李西岐/著

大周原

西周开国传奇

这是当代作家李西岐殚精竭虑打造的一部力作，也是第一次全方位地描述西周开国历史的文学作品。它是一部在还原真实历史的基础上，厘清若干个传奇史实来精心演绎西周肇基过程中波澜壮阔的斗争策略，全景式勾勒周人从豳地辗转周原励精图治继而一统天下的宏伟蓝图，从而使得远在三千多年前传说中的西周开国历史"极致逼真"地重新展现在今人的眼前。

陕西新华出版
陕西旅游出版社

·西安·

图书在版编目(CIP)数据

大周原 / 李西岐著. — 西安：陕西旅游出版社，
2016.8（2024.11重印）
　　ISBN 978-7-5418-3396-0

　Ⅰ.①大… Ⅱ.①李… Ⅲ.①民间故事–中国–当代
Ⅳ.①I277.3

中国版本图书馆 CIP 数据核字(2016)第 174363 号

大周原　　　　　　　　　　　　　　　　　　　　李西岐　著

责任编辑：张　颖　赵爱宁
出版发行：陕西旅游出版社（西安市唐兴路6号　邮编：710075）
电　　话：029-85252285
经　　销：全国新华书店
印　　刷：三河市兴国印务有限公司

开　　本：787mm×1092mm　　1/16
印　　张：26.75
字　　数：530 千字
版　　次：2016 年 8 月　第 1 版
印　　次：2024 年 11 月　第 2 次印刷
书　　号：ISBN 978-7-5418-3396-0

定　　价：79.80 元

目 录

第 一 章	豳地延绵逾十世　古公迁徙奔周原	1
第 二 章	凤鸣岐山呈祥瑞　梧桐树下生姬昌	10
第 三 章	寄保赎身姬昌聪慧　言传身教古公慎思	15
第 四 章	古公亶父坦露心机　太伯仲雍奔袭荆蛮	21
第 五 章	古公亶父与世长辞　季历朝歌称臣商王	28
第 六 章	季历仁义拆民居　姬昌励志征戎狄	34
第 七 章	太伯仲雍祭奠亡父　季历严辞呵斥姬昌	42
第 八 章	周军东征势如破竹　商王心虚枉杀季历	49
第 九 章	姬昌继任西伯侯　礼贤下士聚民心	55
第 十 章	六百之年商朝大厦　帝辛荒淫摇摇欲坠	61
第十一章	帝辛理政目空一切　少不更事妲己进宫	67
第十二章	修建鹿台劳民伤财　九侯行谏被削公位	74
第十三章	理徵血溅大殿柱　母子逃命李子林	79
第十四章	鹿台之下酒池肉林　周原大地五谷丰登	87
第十五章	九侯忠烈萧然遇害　妲己嫉恨炮烙鄂侯	93
第十六章	西伯侯姬昌讨伐密须　崇侯虎费仲狼狈为奸	101
第十七章	崇侯虎费仲演唱双簧　西伯侯姬昌躺着中箭	107
第十八章	比干登门拜访贤才　纣王暴怒羑里囚昌	112
第十九章	散宜生力排众议斥辛甲　伯邑考抚琴弹曲惹祸端	119
第二十章	妲己因爱生恨诬姬考　纣王一怒之下动杀机	126
第二十一章	西伯侯囚里演周易　散宜生重金贿费仲	133
第二十二章	西伯夸官逃离朝歌　西岐城外画地为牢	139
第二十三章	姬昌访贤渭河之滨　姜尚蛰伏伐鱼河边	147
第二十四章	求才若渴姬昌三请　蟠溪侧畔姜尚出山	155
第二十五章	姜尚日巡西岐城　姬昌夜拜子牙府	162
第二十六章	灵山下修筑灵台　白骨旁仁葬枯骨	169
第二十七章	为地盘虞芮兵戎齐相见　赴西岐道德之乡受感染	176
第二十八章	姜尚修兵书规划天下　岐伯尝百草为民除疾	183
第二十九章	韬光养晦姜尚练兵布阵　朝歌朝贡姬昌见缝插针	188

第三十章	仓颉始造文字传文明　姜尚所向披靡灭犬戎	196
第三十一章	箕子祖伊游说比干　姬昌姜尚斗智斗勇	204
第三十二章	朝歌内阴风四起　西岐城艳阳高照	210
第三十三章	胶鬲郁闷空手而归　姬昌造势大摆寿席	216
第三十四章	费仲赴西岐探囊取宝　姬昌装痴呆处心积虑	222
第三十五章	群贤对策姜尚欲擒故纵　铤而走险姬昌朝歌进贡	230
第三十六章	姜尚执意讨伐诸戎狄　姬发威武攻破黎城池	237
第三十七章	回西岐安抚烈士遗属　伐邘国扫清北翼屏障	243
第三十八章	整训黎邘降俘讨伐崇国　扫荡残余势力剑指朝歌	249
第三十九章	张世芳奉召西征　姜子牙冰冻岐山	254
第四十章	修丰京奠定灭商基础　讨有巢扩至江淮势力	260
第四十一章	迁徙丰京如鱼得水　姬昌托孤姜尚受命	268
第四十二章	姬发临危受命承继遗志　姜尚练成虎贲剑指殷商	275
第四十三章	黄飞虎反商奔西岐　闻太师命丧绝龙岭	281
第四十四章	姬发孟津观兵　姜尚盟会诸侯	288
第四十五章	纣王东线调兵护朝歌　费仲火上浇油害祖伊	297
第四十六章	妲己设计谋害比干　微子夜遁箕子逃亡	303
第四十七章	姬发占卜夜观天象　叔齐伯夷不食周粟	309
第四十八章	两军交战勇者胜　牧野喋血炮声隆	315
第四十九章	苏妲己朝歌城下遭刀刃　商纣王摘星楼上玩自焚	322
第五十章	六百年殷商分崩离析　八百载周朝巍然挺立	327
第五十一章	姬发丰京新君嗣位　姜尚封齐励精图治	333
第五十二章	箕子丰京讲述《洪范九畴》　姬发创伤复发危在旦夕	342
第五十三章	周公承继遗命殚精竭虑　姬旦鞭笞伯禽敲山震虎	351
第五十四章	周公握发吐哺日理万机　召公听信蛊惑顿起疑心	358
第五十五章	姜尚再伸援手助周室　周公力挽狂澜治乱局	365
第五十六章	周三监原形毕露为虎作伥　周成王在河之洲飞凤求凰	371
第五十七章	成王幡然醒悟请周公　姬旦统帅东征伐武庚	378
第五十八章	武庚贼心不死命丧黄泉　三监助纣为虐贻害无穷	385
第五十九章	势如破竹东征伐敌顽　天下归心众星拱月明	391
第六十章	封邦建国天下安宁　姬氏一族长盛不衰	407
后　记		416

第一章

豳地延绵逾十世　古公迁徙奔周原

走,还是不走?这是一个十分巨烦又不得不面对的现实难题。

戎狄大军压境,来势汹汹,气焰嚣张;豳地形势逼人,姬族存亡,危在旦夕。

黑黢黢的夤夜,暗无天色。茫茫苍苍的豳地高原,被黑蒙蒙的夜幕遮盖得严严实实。一孔硕大昏暗的窑洞里,炕上炕下,满满当当坐满了古公亶父召集来的人,黑压压的一堆。人群中不时地有人吭吭哧哧地咳嗽着,悲悲切切地唉叹着。架板上放置的小油灯光晃晃悠悠,映照着一窑心事重重的姬氏族人,影影绰绰的剪影,重重叠叠的散布在圆弧形的窑顶部。盘腿坐在炕头上的古公亶父,清癯沧桑的脸颊上写满倦容,他一直在低头沉思着,许久,许久,方才昂起头来,深深地叹口气。

在此前召集的族人会上,古公亶父曾经问曰:"狄人何欲?"一位白发苍苍的耆老答道:"欲得菽粟财货。"古公亶父答道:"与之。"戎狄依然不依不饶,继而欲得土地,古公亶父被迫割让了不少地盘。戎狄得寸进尺,贪得无厌,古公亶父方才知晓此前的缓兵之计已彻底失效,一味地退让,只能是吞咽苦果矣。

此时,坐在炕头上的耆老抬起头来,叹口气,继而追问道:"君不为社稷乎?"古公亶父低着头,依然未接言。耆老又问了一遍,古公亶父方才缓缓答道:"社稷,所以为民也,不可以所为民亡民也。"耆老气鼓鼓地高声呛道:"君纵然不为社稷安危着想,岂不为宗庙乎?"炕下的族人,仿佛麦田里的大雁一般昂起脖颈,警觉地抬起头四处张望起来。古公亶父镇静自若,依然不紧不慢地回答道:"宗庙,吾私也,不可以私害民。"耆老"嗯"了一声,张了张嘴,不再言语了。

蓦然,古公亶父剧烈地咳嗽起来。太伯和仲雍兄弟俩不约而同地冲过去,急忙扶住父亲的肩膀,轻轻拍打着老人家的背部,连连呼唤着:"爹!爹!"

古公亶父的整个身子,好像一个快要散架的旧耒耜,摇摇晃晃好一阵子,方才停顿下来。他慢慢地挺直身子,微微张开嘴,不停地喘着气。末了,遂撩起衣袖,揩干脸颊上溅落的泪水，继而缓缓地抬起头来，环视一圈，瞅了瞅周围惊恐的人们。炕围下的人群鸦雀无声，惴惴不安，眼巴巴地瞅着满腹心事的部族首领。他们十分紧张地瞪圆眼睛，屏气凝神，心疼不已。然，少不更事的季历，原本端坐在木墩之上，此刻却已瘫坐在地上，登时哭成个泪人儿。

走，还是留？这可是关乎到姬氏一族生死存亡且必须决定的重大议题。

古公亶父勉强地笑笑，缓口气道："太伯，你和仲雍、季历一起，随我去密室占卜。"然后，他又抬起头来，看了看惊魂不定地众人，用右手指揉揉太阳穴，略带伤感地曰道，"上苍的意志不能违背，咱们姬族还得听天由命耶。"

顿时，炕下众人应声一片："一切听从老族长安排。"

古公亶父被儿子们搀扶着，慢慢地走向设在偏窑洞中的占卜龟室窑穴，负责占卜的两位老者，早已将祭祀品一一准备安妥。古公亶父率领儿子们跪倒在几案前，虔诚地给上苍焚香叩拜。毕，悄然站立一旁，心中默然祈祷。两位占卜者从占卜木箱内取出五块龟腹甲，细心地摆放在祭坛之上。腹甲正面打磨得光洁圆润，而反面钻凿出密密麻麻的孔洞，变得坑坑洼洼。一位占卜者从小火炉中拿出一条烧红的火棍，铆劲儿刺入龟甲上的一个孔，口中念念有词："迁徙，还是留守？"接着，他手持火棍继续在龟甲孔内旋转，另一位占卜的助手，站在旁边快速地挥舞着扇子，火棍不停地发出"吱吱吱"的声响，持续不断地维持着高温，灼烤着龟甲。突然，"啪"地一声，龟甲炸裂了，一个"卜"形吉兆纹，清清楚楚地显现在这块龟腹甲上。两位占卜者低首观看，少顷，便喜形于色，一起转过头来，向古公亶父微笑着点头示意。古公亶父微闭着眼，淡然一笑。两位占卜者，一位持火棍继续刺穿龟腹甲，一位持续地猛扇扇子，龟腹甲在"吱吱吱"声中，不断地"啪啪"作响，直至五块龟腹甲孔洞全部烧灼完毕，两位占卜者方才长长地缓口气，他们小心翼翼地察看半响，终于发现其中四块龟腹甲，均已呈现出十分清晰的"吉"纹。

古公亶父顿时泪流满面，再一次虔诚地三叩首，致谢上苍。

他在儿子们搀扶下颤颤巍巍地回到炕上，低头不语。昏暗的窑洞里寂静得有点出乎意料，不知过了多少时辰，古公亶父哀叹一声，方才慢慢言道："想我姬族不祧之祖弃大人，生长于乱世之中，曾被母亲姜嫄先是遗弃于陋巷，马牛过者皆避之不践；再弃之于树林，路人抱还与姜嫄；三弃于河渠薄冰之上，无数飞鸟以其翼覆之。呜呼！三弃皆得救而不死矣。嘻嘻！姜嫄这才'弃'而不舍，养育成人。先祖躬耕于邰地，当是种植庄稼的行家里手，他熟谙五谷生长规律，掌握四季农事土地秘籍，耕种耙耧，精心务作，面对不辨菽麦愚拙之农户村民，先祖亲自教民稼穑，劳苦功高，被帝尧任命为司掌农业的'农师'。他一心为公，勤奋敬业，心无旁骛，在其位，谋其政，精心改良培育出稷子和麦子两个新品种并大力推广，百姓身受其惠，无不欢欣雀跃。

帝尧时,先祖弃大人因治理农事功成名就,受封于邰地①,号为'后稷',别姓姬氏。"

古公顿顿,接言道:"我姬姓一族,方才由此发展开来,盛极一时。先祖姬弃大人播百谷以示丞民,百姓欢颜。此'农师'乃世袭之官职,皆由姬姓之长子世世代代继承之,从尧舜继任延至夏朝末年'后稷'谢世焉。此时,姬姓中的长子不窋续任为农官,专心于农事推广,黄河流域农耕生产呈现一片繁荣景象。不窋末年,夏后氏不理朝政,去稷不务,民不聊生。不窋被迫辞官,为避国之殇,遂率族人北上迁徙,辗转于戎狄北豳②之间。不窋卒,其子鞠立。鞠卒,其子公刘立。公刘虽在薰鬻之间,复修后稷之业,勤务耕种,践行地宜。行者有资金,居者有积蓄,多徙而保归焉。周道之践行,自此始作焉,有歌乐颂思其德耶。兵食具足,相度地势,民情欢实,删定兵制税法,安置新附民众,正是乘夏亡商兴之际,武装殖民,继而光大祖业之气象矣。公刘卒,其子庆节立,随之南迁,国于南豳③。皇仆卒,其子差弗立。差弗卒,其子毁隃立。毁隃卒,其子公非立。公非卒,其子也就是我的太爷高圉立。高圉卒,其子就是我祖父亚圉立。祖父亚圉卒,我的父亲公叔祖类立。"

油灯芯"噗"的一亮,接着暗了下去。众人不约而同地抬头瞧个究竟,古公亶父微微一笑,接着又哀叹一声:"我的话,是不是讲得太多了?你们看看,连油灯都嫌叵烦④了哇。"

太伯登时明白过来,连忙走到小油灯前,从头上取下簪子,将灯盏里的油捻子拨了拨,灯火又慢慢地恢复了光亮。

古公亶父睨视一眼油灯,感慨道:"真是灯不拨不亮,话不说不明么。"仲雍上前给父亲的陶碗里续添上水,古公亶父眉头微微一扬,他端起陶碗,咕嘟嘟喝下半碗水,用手一抹嘴巴,挺直了身子,接着曰道:"想我姬族,自二世祖不窋开始,已在北、南豳地传承十一代矣。伊我承序,敢有不同!然,天不遂人愿,地不遂吾意,今岁以来,原来一贯与我姬族修好的狄人翻脸不认人,他们穷凶极恶,屡犯疆土,不断侵扰我姬氏一族。最初为息事宁人,我听从耆老建议,遂派人为狄人送去皮帛、珠玉和犬马,然,他们蛮横不讲理,根本不领情,且又强行侵占我姬族土地若干。为此,民为我战,死伤无数。呜呼!大厦将倾,姬族危在旦夕矣!"

太伯"噌"地站起身来,双手抱拳,亮声喊道:"爹,只要你令旗一挥,我等军民必然将齐心协力,奋力御敌,决不让先祖辛苦所创之基业,毁于一旦。"

---

① 邰地,即今陕西省武功、杨凌一带。
② 豳,故地名。北豳,即今庆阳、合水、宁县、正宁一带。
③ 南豳,即今长武、彬县和旬邑一带。
④ 叵烦,为西府和关中人口头语,形容人每每遭遇烦恼,心里不舒畅,十分纠结。《说文》:"叵,不可也。"《正字通》:"叵耐,不可耐也。"今日常写为"颇烦""波烦",当是"叵烦"之误矣。

众皆立马应声,窑洞内登时群情激昂,大家挥拳呐喊,声嘶力竭,汇集成一片同仇敌忾之滚滚声浪,其愤愤然之怒气,仿佛要掀翻窑顶。

古公亶父缓慢地昂起头来,哀叹一声,眼角里登时渗出些许泪水,他微闭着眼睛,任其沿着千沟万壑的脸颊滚落而下。

"乡亲们,你们勇敢御敌,卫我疆土,我看在眼里,疼在心里。说句心里话,我亦是被逼无奈,实在不忍心看着姬族民不聊生,生灵涂炭。而戎狄之流,乃愚顽恶劣之辈,烧杀掠夺,泯灭人性。此时此刻,我们原本自耕自足的生存环境急剧恶化,皆因北方发生罕见的冰雪天气,狄人执意要向南迁徙,侵略土地,看来他们是不达目的,绝不会轻易罢休矣。我们姬族以德立国,岂能长期与其周旋!"

"爹!"仲雍高声道,"人善被人欺,马善被人骑。我们是仁义之邦,水来土掩,兵来将挡,誓与姬族共存亡耶。"

众人又一次激愤起来:"老族长,我们永远和你一起,生死与共,不灭戎狄,誓不罢休!"

古公亶父伸出双手,上下按了几按,曰道:"诸位,请先静一静,且听我细表一番。面对这个棘手问题,我想了不止一天了。豳地虽有农耕沃田,毕竟群山连绵,坡大沟深,当属阴凉地域也。我姬氏一族,若要图谋发展壮大,必须另辟蹊径,迁徙富饶之地矣。总而言之,此处终非久留之地耶。"

一直静心听讲的季历,忍不住起身问道:"爹,你说我们这么多人,应该迁徙到哪里去?"

走,还是不走?这不但是一个巨烦问题,而是一个困扰了姬氏部落首领古公亶父多日,非常头疼而且必须决断的棘手问题。

"叶落归根。"古公亶父几乎是咬着牙说出这句话的,他顿顿又道,"我近来常常想起很久以前,祖父和父亲,他们生前曾经多次对我讲过故乡的许多故事,南山与北山之间,尚有良田沃野八百里,嘻嘻!那该是一片多么令人向往的神奇土地。"

太伯和仲雍相对一视,嘴巴张了张,又闭上了。

众人交头接耳,议论纷纷,仿佛一群冬麦地里受惊的大雁,伸直脖颈,眨巴着困顿的双眼,疑惑重重。

"想我姬氏一族,源自黄帝一脉。昔少典娶于有蟜氏,生黄帝以姬水成,生炎帝以姜水成。成而异德,故黄帝为姬,炎帝为姜。二帝用师以相济也,异德之故也。而今我们欲前去之故地,正是先祖黄帝生长肇兴之故乡耶。"古公亶父乜斜着眼睛,顿时声音高亢起来,"我姬族倘若壮志不立,必像无舵之舟,随波逐流;犹如无衔之马,飘荡奔逸,终亦何所底乎?"

晃晃悠悠的油灯影下,古公亶父消瘦的身影仿佛幻影一般,映在窑壁上。夜深人静,他激情四溢的声音环绕徘徊,在半空嗡嗡回响着,一时间,众皆悄然不语,满满当当的窑洞里,顿时鸦雀无声,寂静,沉默中的寂静。

"爹,你高瞻远瞩,为姬族殚精竭虑。"太伯鼓起勇气言道,"我辈愚笨,但骨鲠在喉,不吐不快,确实一时无法转过弯来。咱们在豳地日子过得好好的,实在是不太理解你,为何要坚持迁徙关中?再者,我先祖已在豳地繁衍十余世,逾两百多年矣。一旦迁移,心里总是恋恋不舍矣。"

"我儿言之有理。俗话说故土难离,何况这里葬埋着我先祖的骨殖!"

古公亶父一席话,耆老的泪水忍不住流了下来。众人亦齐刷刷地低下头去,座中甚至有人低泣起来。

"嘻嘻。"古公亶父深深呼吸一口气,曰道,"姬族存亡,在此一举;惜指失掌,因小失大。想我先祖在天之灵,亦不会安生矣。"

年轻气盛的季历忽地站起身来,大声道:"我也听过村里老年人说过这样一句话:树挪死,人挪活。爹爹,我坚信你的重大决策。"

寂静,又是一阵沉默的寂静。

太伯和仲雍打破沉默,郑重其事地几乎齐声曰道:"爹,我们听从你的决断。"众人也齐声附和道:"敬请族长大人英明决断。"

"乡亲们,我何尝不知晓大家的心思,可话又说回来,我们姬氏一族不是迁徙,而是回归故土耶。"古公亶父挺直了腰板,朗声曰道,"好!明日祭扫祖陵之后,即可迁徙。"

灯盏里的小油灯火,"噗"的一声又亮了,映照得窑洞一片辉煌。

翌日巳时,天高云淡,秋高气爽,青山如黛。泾河北岸之公刘墓周围四山围屏,群峰揖拱,势若蟠龙。南有泾水流淌,鱼嬉期间;北有丘陵连绵,草色浮动;东西两山则峰峦重重叠叠,峻岭高耸。前来拜祭的人群熙熙攘攘,太伯等族人早已在供桌上,盘子里依次摆放着祭品。古公亶父披麻戴孝,率领族人对先祖公刘焚香、叩首,庄重肃穆,虔诚之至。古公亶父泣曰:"列祖列宗,不孝子孙今日拜别,不知何年何月何日,才能再次祭扫陵墓耶。"话音刚落,周围随即一片泣声。

天空中隐隐约约地传来一曲《公刘》,悠悠扬扬,如泣如诉:

笃公刘,匪居匪康。乃场乃疆,乃积乃仓。乃裹糇粮,于橐于囊。思辑用光,弓矢斯张;干戈戚扬,爰方启行。

笃公刘,于胥斯原。既庶既繁,既顺乃宣,而无永叹。陟则在巘,复降在原。何以舟之?维玉及瑶,鞞琫容刀。

笃公刘,逝彼百泉。瞻彼溥原,乃陟南冈。乃觏于京,京师之野。于时处处,于时庐旅,于时言言,于时语语。

大周原

　　笃公刘,于京斯依。跄跄济济,俾筵俾几。既登乃依,乃造其曹。执豕于牢,酌之用匏。食之饮之,君之宗之。

　　笃公刘,既溥既长。既景乃冈,相其阴阳,观其流泉。其军三单,度其隰原,彻田为粮。度其夕阳,豳居允荒。

　　笃公刘,于豳斯馆。涉渭为乱,取厉取锻。止基乃理,爰众爰有。夹其皇涧,溯其过涧。止旅乃密,芮鞫之即。

　　太伯、仲雍搀扶起父亲,刚离开墓地百余步,只见数以千计的豳地百姓扶老携幼,围堵而来,古公亶父忙上前迎接。为首的是一位白发鹤颜的当地族人首领耆老,他踉踉跄跄地扑到古公亶父脚下,未开言,泪先流,古公亶父连忙俯下身子,企图将耆老搀扶起身。耆老执意不肯,遂跪在他的脚下,泣不成声。古公亶父随即也跪了下来,口中连连说道:"老兄请起,折煞我也。"耆老继而痛放悲声,嚎啕不已,众乡亲也不时地甩袖抹泪。古公亶父劝慰道:"老兄快快请起,我还有话要讲哩。"耆老这才止住泣声,颤颤巍巍地站起身来,身子仍然在不停地颤抖着,嘴里啜嚅着:"老天爷,仁人之君不可失也。"

　　古公亶父站在一块高地上,环顾一周,朗声曰道:"诸位乡亲,我姬氏一族,自先祖不窋开始辗转豳地以来,承蒙各位不弃接纳。咱们朝夕共处,共生共荣,鸡犬之声相闻,老死相互往来,和谐生存,其乐融融。自从盘古开天地,三皇五帝到如今,人民渴望过着丰衣足食、幸福平安的生活,无不向往和追慕明主,皆因为他会做有利于老百姓的好事。如今,豳地乃忧患之秋,狄人进犯多多,杀戮掠夺,无非是看中大家经营多年的这一片肥沃良田而已。然,我们在豳地安居乐业,何罪之有?我何尝不明白,他们显然是冲着我姬族而来,城门失火,殃及池鱼。显而易见只会牵连到诸位乡亲,你们也将会遭受惊扰,致使民不聊生,生灵涂炭。如果我们坐以待毙,有何颜面再见先祖列宗?想我姬族先辈,代代相传,以弘扬农耕基业为己任,教民稼穑,从来不以炫耀武力为荣焉。诸位知晓,戎狄乃纵横马上之强悍野蛮族类,利刃强弩,飓风般呼啸袭来,扫落叶般荡然飞去,我等赤手空拳,即使以木锨锄头御敌,焉能抵御此类虎狼之师乎?若是奋勇抵抗,恐怕也是以卵击石,血流成河,尸骨遍野矣。如此下去,不但我姬族危矣,还要连带诸位父老乡亲遭受磨难,这一片肥沃土地,恐怕要遭受灭顶之灾耶。我姬族先人,素以仁德为源,以孝义为本,以慈善为基,焉能出此下策来连累你们?于情何苦,于心何忍乎!"

　　崇山峻岭,秋风萧瑟,天气阴凉,树杈枝头稀稀落落,黄叶萧疏。蓦然间,一群乌鸦盘旋飞翔在天空,"嘎嘎"惨叫几声,朝北方惊慌飞去。众人不约而同地昂起头来,眼瞅着它凄然地鸣叫着,仿佛剪碎的黑色布屑,慢慢地消失在天空。不知什么时候,一块硕大的黑云悄然飘来,悄然遮住了秋阳,人们在一刹那间似乎已经感受到了几分寒意。

耆老身子不由自主地晃了晃，苍老的声音也变得沙哑，颤抖着问道："古公大人，你素来仁慈忠厚，难道你就这样忍心离开我们？"众人交头接耳，议论纷纷。

"不！"古公亶父高声说道，"绝不！如果乡亲们不嫌弃我古公姬族，大家可以一起随迁关中平原。只要我有一碗饭，就会分给诸位半碗。我有一个蒸馍，一定会掰半个分给大家！"

寂静，又是一片寂静。突地，人群里爆发出一阵欢呼声，掌声雷动。这是一次值得大书大歌的大迁徙，也是一次大悲大壮的大迁徙。它必将在中华历史上写下极其辉煌的一页，一场史无前例的兴周灭商大戏的帷幕，从此堂而皇之地拉开，演绎了一曲华夏民族的壮丽凯歌。

古公亶父及其姬族部落要离开豳地的消息，仿佛长了翅膀似的立即传遍了广袤的豳地。不少人抛家弃舍，随同大队人马迁徙，人们扶老携幼，肩背手提，青壮年们吆喝着牛车，车上装满农具和被褥。驴背上骑着年老体衰的长者，一路上唉声叹气，心思重重，徙之如归市。妇孺们手捧着泥质面盆、灰红陶罐、簋、豆、尊、甗、瓮、鬲等坛坛罐罐生活用品，艰难地行进在弯弯山道之中。一个流着鼻涕的小儿，手中拿着乳状三袋足夹砂绳纹红陶鬲，宝贝似的不松手。有人趁机打趣道："蕞怂，你拿的是啥宝贝？得是饿了要咂奶么？"小儿扬起衣袖，将鼻涕揩净，扭扭头道："我娘用它给我熬肉汤哩。嘿嘿，馋死你。"几人不由得大笑起来，步履似乎也轻松许多。

大队人马的末尾，一个老者吆喝着一群山羊，慢悠悠地跟着人群前行。羊群的旁边，有两只凶光毕露的狼狗，一左一右地护卫着，须臾不曾离开。有一羊羔钻到草丛深处觅草，一只狼狗忽地跳跃过去，对着离群的羊羔一顿狂吠，羊羔只得怯怯地回到羊群里来。

果不其然，不远处的山岗之上，一只白狼正趴在突兀的石头上，懒洋洋地龇牙咧嘴，它不时地引颈吼叫一声，绵长且刺激。耆老眯着眼睛揶揄道，羊羔，羊羔，在阳世上你真的是太柔弱了，天敌太多了。要是没有这恶物看护，恐怕你真的就会成为虎豹豺狼腹中餐矣。

北山之中树木茂密，落英缤纷，山间小路沙土中夹杂着碎石，泥泞不堪。迁徙的人群脸颊上写满疲惫，他们只能相互搀扶，跌跌撞撞，行走得异常艰难。通常行走一个多时辰，就要停顿歇息。渴了，以山泉解渴；饥了，以炒面充饥；累了，席地而坐。这一天，当人们走到漆水河边，夕阳洒在河面之上，波光粼粼，数不清的鲫鱼儿悠然游弋，煞是好看。

一夜无言。翌日风和日丽，迁徙的人们朝着西南方向毅然走去。夕阳西下，一行人马，稀稀拉拉地来到沮水河边安营扎寨。夜之纱静静地挂在天上，繁星点点，空寥得近似虚无。古公亶父侧身躺在帐篷里,他一只手托在腮帮下,陷入了久久地沉思,梦想中的周原,你该是怎样地一个地方?

洁净如洗的蓝天白云之下,一道道山梁起起伏伏的连绵着。

又是一日夕阳余晖时分。迁徙的人群疲惫不堪,几乎是绝望至极,尤其是背着孩子的妇人脚下拌蒜,跌跌撞撞地向前挪动着,趴在母亲背上的娃娃们凄厉的哭声回荡在山野之中,戚戚然直冲云霄。

一座碧绿的青山屹立在前,东西双峰对峙,中为缺口,形如箭栝,仿佛两把利剑一般刺破蓝天白云,巍然挺立在原野之中。岭上草木葱茏,悬崖挂柏,鸟雀啼鸣,鹿鸣原野,野麂出没,别有一番幽静之野趣也。

"箭括岭!箭括岭!"疲惫的迁徙队伍加快了步伐,远处一片碧绿,巍巍北山下的关中平原,广阔无垠。有人禁不住高声喊道,"我们终于要走出荒山野岭了。"

人群蜂拥着向前狂奔而去,欢呼声响彻云霄。

古公亶父左手搭凉棚,环视一圈。他右手指着南方,朗声喊道:"乡亲们,请大家一鼓作气。我们一路向南,朝周原进发。"

灰头土脸的人群开始躁动起来,行进的步伐加快了许多。古公亶父消瘦的脸颊上终于露出些许笑容,这是绵绵群山与漫漫沃野接壤之胜地,仿佛又是天空与大地最近之境界。他何尝不知,后退一步是百丈深渊必将死无葬身之地;前进一步海阔天空必然一路是蓝天白云,不远处的山外之平原地带,一定是安妥身心的美好家园。

一望无际的大平原,沃野千里,道路平坦,坦途顺畅,人群的行进速度,明显地轻快了许多,浩浩荡荡的姬族人马,终于走出重重大山,来到了目的地——周原。

初来乍到的姬氏一族,人困马乏,零零落落地溃不成军。古公亶父站在一块突兀的土堆上,久久地注视着绵绵山峦,眉宇间透着坚毅与凝重,他终于舒心地笑了,笑得肆无忌惮,笑得胡须乱跳。青壮年们四处散去,从树丛中捡来许多枯枝朽木,再用三根木棍缠扎起支架,将陶鬲吊起烧水,用石头支起大甗做饭。期间,有妇人亦从田野草丛中拔了不少野菜,在河水中洗净,并把它和谷米混合在一起,做成糊糊状的羹汤,分而食之。毕竟是仲秋时节,塬边河湾之间已经是寒气逼人,有人在空旷处燃起一堆堆篝火,将夜空映照得发亮,旅途的疲惫一扫而光,族人们围着篝火尽情地歌唱着,歌词里透着些许无奈与愤懑:

> 殷商扰兮不窋北徙,
> 教民稼穑于豳。
> 姬族兴旺兮万民欣,
> 唧唧鸣叫兮百鸟朝凤。

第一章 豳地延绵逾十世 古公迁徙奔周原

狄戎侵兮土地南移,
邦邑适于岐山。
蒸民丕忧兮谁者知?
嗟嗟奈何兮予命遭斯。
……

第二章

凤鸣岐山呈祥瑞　梧桐树下生姬昌

这真是一片神奇富饶之地。

岐山屏障于北，迤逦灵秀，林木繁茂，芳草萋萋。南山横亘于南，巍峨碧绿，苍松翠柏，山泉淙淙。滔滔渭水东流去，浪花翻卷写春秋。台原河谷，丘陵坡地，姬水雍河，激流涌波。四季分明，气候湿润，土地丰饶，易于农耕。

十余世圂地穴居习俗，狩猎农耕风范，对初来乍到的姬人部族而言，一段时间之内竟然茫茫然无所适从。周原原住居民，多以夯踏土墙、修造木制房屋为院落村舍。初来乍到的姬族及随迁人群，只能先在靠近沟畔低洼之处，或挖掘洞穴，或搭建凉棚，暂且安身。古公亶父为此夜不能寐，思索再三，多次寻访拜会当地长者，虚心请教，细心考察，煞费周章。首先，他们因地制宜建造了一批与当地居民相同的房屋，安顿族人住宿，一年成邑。古公亶父深谋远虑，思忖再三，立足之本，乃衣食无忧矣。他遂走访考察周原之原住民民情及农耕粗放之现状，因地制宜，颇有耐心地教民稼穑，当年初见成效，周原五谷丰登，族人丰衣足食，其乐融融，其仁慈之心，声名远播。期间，不断地有其他方国的人们也举家迁来，姬族部落，物阜民康，族库盈余，盛极一时。四方名士，亦仰慕而至。伯达、伯适、仲突、仲忽、叔夜、叔夏、季随和季骄等，均受到古公亶父以礼相待，委以重任。在《国语》之中谓之"八虞"的名士参政下，古公亶父开始整顿组织，规划土地，设立司徒、司空等五官，即"筑室于兹，乃疆乃理，乃宣乃亩，乃召司徒，俾立家室。其绳则直，缩版以载，作庙翼翼，百堵皆兴。"

春来秋去，三年转瞬而过，古公亶父倾注姬族世代积累之财富，遂以本地民居为蓝本，规划出姬族部落方城，"乃立皋门，皋门有伉，乃立应门，应门将将"。此城名曰"西岐城"，呈南稍偏西方向，南北不足三里，城墙周长约为八里，总面积将近一百万平方米。城内遍筑民舍，错落有致，供族人及归附的人们来居住。并在位于西岐城中心位置，规划设计建筑一座太庙大殿，由庭、堂、塾、厢房和回廊组成的台式大型建筑。这是一座布局严谨、左右对称可以称之为"四合院"式建筑格局,坐北朝南,以中轴线为基准,从广场进入,经大门、中院、过廊到后室,为三进院落、东西厢房布局。前堂为主题建筑,是古公亶父处理时政、举行祭祀天地祖宗和婚丧嫁娶等典礼场所,后室则是古公亶父及妇人子女居住所在地。

这当是华夏辉煌历史上第一座"廊院制"建筑格局与风格的方城。

姬族部落日益强盛,逐渐地呈现方国繁荣之端倪。转眼又是一年一度秋风劲,姬氏一族迁徙周原已逾五载,其根基已经牢牢地扎在周原宝地。古公亶父为感恩周原这一方神奇土地,开始自称为周人矣。

人生在世不称意,阳世间总会有这般那样地烦心和忧愁。令古公亶父心中隐隐作痛的是,长子太伯和次子仲雍结婚多年均未生子。这年秋末冬初,周原天气异常寒冷,格外干燥,麦田里仿佛鬼剃头一般,裸露出一片又一片的黄土。古公亶父几次巡视农田,每每遇见心急如焚的农人,三三两两地在田间地头唉声叹气。周原农谚:三场雨,麦包溢。种麦水滴滴,出苗整又齐;起身逢春雨,秆壮分蘖密;扬花下透雨,丰收没问题。转眼即到大年二十三祭灶日,周原上村子里已经稀稀拉拉地响起了爆竹声,本应张灯结彩的农户们,此时此刻,似乎没有一点过年的喜悦,总是心思重重地打不起精神来。为此,古公亶父长跪在祭坛神灵之前,叩首祈雨,祈祷天佑周民耶。

十月三十夜幕降临①,天色阴沉,黑云密布,不一会儿,天际间便洋洋洒洒地飘起雪花,霎那间,一阵狂风袭来,风雪交加,漫天飞舞着。瑞雪兆丰年。村落里不断地燃起炸响的爆竹声,时至交夜,爆竹声更是震耳欲聋。古公亶父站在雪地里,仰望着迷迷蒙蒙的夜空,双手举过头顶,虔诚地三作揖,朗声道:"老天爷,你大慈大悲,佑我周民,古公这厢有礼矣。"

正月初一,雪花依然飘飘洒洒地下着,周原上一片白茫茫洁净无瑕。初六清晨,凤雏村南姬族宗室皋门内外,锣鼓阵阵,爆竹齐鸣,季历迎娶商朝贵族中任姓挚氏之女太任。此前,已经按照约定俗成的婚嫁"六礼"程序,已经完成了"纳采、问名、纳吉、纳征、告期"之仪式,今日进行的则是最后一道程序——"亲迎"。

一顶八抬大轿抬至门前,一拨吹鼓手们卖力地吹吹打打,围观的人群熙熙攘攘,里三层,外三层的围得水泄不通。季历在众人的嬉笑声中背起新媳妇,大步流星一般朝门内走去。这时,坐在轿子里面的儿子娃突然嚎啕不已,有一老者连忙把他抱下轿,嘴里笑道:"咦,把人忙得颠懂了,咋把这压轿的蓁蓁给忘了么。"

---

① 夏历以寅月为正月(与今汉历(农历)正月相同),殷历以丑月(相当于今汉历(农历)12月)为正月,周历以子月(相当于今汉历(农历)11月)为正月。秦历以亥月为正月(相当于今汉历(农历)10月)。

儿子娃皱着眉头,苦瓜着脸,身子拧着要下地。

老者侧着身子,在腋下夹着他,问道:"蕞娃①,爷问你,叫啥名字?"

儿子娃喊起来:"天赐。爷,爷,我要尿尿哩。"

老者一愣神,胳膊稍一松劲,天赐刺溜滑下地,跑出六七步,忙不迭地抹下棉裤,掏出小鸡鸡,"哧"地射出一道弧线,噼里啪啦地溅落在雪地里。他调皮地摇晃着小鸡鸡,忘情地画着重重叠叠的圆弧,一脬尿尿毕,又将小鸡鸡摇晃几下,"噌"地提起裤子朝门内跑去。老者在一旁看得如醉如迷,天赐尿过的雪中,小圈圈套大圈圈,仿佛就是一个"昌"字。他嘴里喃喃自语:"天赐,天赐。"老者兴奋不已,悄然请来古公亶父,附在他耳旁,如此这般地说一通。古公亶父脸上顿时露出久违的笑容。

太任惊采绝艳,貌若天仙,聪颖贤惠,明晓事理,恪守妇道。她每日清晨天色微亮,便手执扫帚,将庭前庭后清扫完毕,即向婆婆太姜请安。尤其是太任发现自己怀孕以后,克服最初不适感之后,余下时日,更是目不视恶色,耳不听淫声,口不语傲言,以胎教子,母仪周庭。

时至深秋,周原已经秋收耕种完毕,秋高气爽时节,树木硕果累累,一派和谐美好景象。转眼间,太任十月怀胎,一朝分娩临盆在即,周庭上上下下,顿时紧张地忙碌起来。古公亶父貌似喜形于色,眉宇之处,仍然不时地泄流出一丝丝不安。太伯之妻东媊和仲雍之妻西薇,亦是窈窕佳丽,貌如天仙。她们虽然常常怨恨自己肚子不争气,此时此刻,亦只能咬碎牙齿往肚子里咽,尽管心里不是十分地乐意,但她们总是大家闺秀风范,每日依然陪着年迈的婆婆来到祖案前,虔诚地为先后②太任焚香祈祷。

姬族后继有人,传承有序。太伯脸颊溢满喜色,仲雍更是喜气洋洋,兄弟俩遂将周庭内外打理得有条不紊。毕竟,这是姬氏家族繁衍生存之头等大事,非同小可。

临盆前夕的太任躺在西厢房内土炕上,腹痛已经隐隐约约连续三日,依然不见其生产。她脸色苍白,面无血色,几乎是气力衰竭,不时地喊叫声撕心裂肺一般,显得痛苦不堪。

远古时节的周原大地,妇女生产如同闯荡鬼门关一般凶险莫测,这无疑会增添许多不确定因素。季历几天来状若热锅上的蚂蚁,寝食不安,如坐针毡。瓦盆里的热水换了一盆又一盆,接生婆手中的剪刀烫热变凉,凉了又烫,如此反复多次。按常

---

① 蕞娃:(普通话读音为 zuì wá,西府及关中方言读音为 suì wā)"蕞尔"形容"小",多指地区面积小,王充《论衡》:"蕞残满车,不成为道。"这里的"蕞残"指的是小而残缺的文章。《左传》:"抑语曰:'蕞尔国'。"杜预注:蕞,小。由此延伸,关中人说的小娃即是蕞娃,只是与普通话的读音不同,其意思却是相同的。)

② 先后,周原方言俚语,即妯娌。

· 12 ·

理说,这位接生婆医术高超,在周原可谓闻名遐迩,接生无数。此时此刻,她亦是焦虑不已,似乎从未见过如此难产之孕妇。

季历离开西厢房门口,凄然来到梧桐树下转悠着,焦虑不安,心急如焚。他不时地手扶着梧桐树干,仰天长叹。这原是一棵野地里生长、高耸入云且合抱粗的梧桐树,树干光滑,枝繁叶茂,仿佛一把巨伞遮荫挡阳。几年前建设周庭之时,还是他力排众议才得以保存下来的。

蓦地,一声明亮婉丽的鸟鸣声从远处飘飘逸逸传过来。季历抬起头来,看见一只色彩斑斓的凤凰在天空盘旋着,鸣叫着,最后栖落在梧桐树枝头之上。

忽然,一缕七彩祥光环绕四周,清香无比。

围观的人群中,有人忽然惊叫起来:凤凰!凤凰!

古公亶父不知何时已经悄然站立在躁动人群之中,他低头若有所思。一个多月前,有人曾向他说起凤鸣高冈的逸闻趣事。周原故地,世世代代流传着美丽大鸟之传说:凤凰飞矣,当有圣人降生。若此传言当真,我姬氏一族,必生贵子也。

凤凰依然在梧桐枝干上鸣叫不已,高亢亮丽,悦耳动听。古公亶父望着泛着金色的梧桐树,不由得心潮澎湃,感慨万千,看来三子季历当初力排众议,决定留下这一棵梧桐,真的引来凤凰耶。他想到此,便双拳虚叩,举过头顶,拜了几拜,低声曰道:"叩谢苍天佑我姬族,生生不息;叩谢上苍佑我周室,将出圣主。"

沉浸在幸福之中的季历,蓦然发现叩谢苍天的父亲大人,连忙走过去,顿时热泪盈眶,嘴唇颤巍着曰道:"爹——凤凰!"

古公亶父按捺住心中激动,微微点点头,暗忖,传说此鸟出于东方君子国,翱翔四海,见则天下安宁祥和。凤凰是上苍之使者,人间更是难觅其卓雅风姿。百鸟朝凤,乃鸟中之神鸟,它却从不轻易鸣叫,倘若鸣啼时其声一鸣千里,一鸣惊人,音长而不息,惊天且动地。

"啾——"凤凰一声长鸣,大音稀声,戛玉鸣金;继而凤凰又"啾啾"鸣叫几声,天际之间宛如天籁之音悠扬地回荡着,古调独弹,矫首八荒。

此时此刻,古公亶父激动的心情方才平复下来,他抬起头,仔仔细细地观看神鸟的风姿。停栖在梧桐树枝头的凤凰神采奕奕,鸿前鹿后,蛇项白尾,鹤颡鸢腮,龙纹龟背,燕颔鸡啄,五色齐备。

倏忽,凤凰展翅飞翔,盘旋三匝,火红夕阳,光环耀眼,甚是斑斓。它尖厉地鸣啼一声,俯冲而下,继而在古公亶父头顶呼啸而过,一条红色丝帛飘飘然落下,不偏不倚地落在古公亶父肩头。季历失声叫道:"爹——丝帛!丝帛!"

古公亶父又一次地紧抱双拳,叩谢上苍。他惴惴然取下丝帛,微微闭眼,祈祷再三,毕,正欲展开观看。此时,西厢房忽然传来响亮的婴儿啼哭,"哇"的一声,清亮无比,响彻半空。季历顾不得许多,撒腿朝西厢房疾走而去,刚走到门口,只听到屋里接生婆兴冲冲喊道:"上苍开恩,母子平安!"季历猛地站住脚步,身子晃晃,顿时觉得一阵眩晕,他伸手扶住门框,激动的心情好一会儿才平静下来,转身走进上房,对仍跪在神案前祈祷的母亲轻声道:"娘,太任生了,是儿子,是儿子耶。"

太姜微闭着眼,默不作声,她再一次向神灵顶礼膜拜,嘴里喃喃自语:"苍天不负我姬氏一族。"

季历搀扶起母亲,太姜也许跪拜过久之缘故,腿脚僵硬,佝偻着身子,竟然直不起腰板来。季历右手紧紧搂抱着母亲腰腹,几乎将母亲夹持着,才跌跌撞撞护送至炕上。他乐呵呵地给母亲端来一碗热水,服侍老人家喝下小半碗,悄然抹一把泪,转身默默离开。

季历大步流星般朝西厢房走来,迎面正碰上接生婆从屋里走出来,她在产房门楣拴上一条红布条,颔首请安,微笑着离开。季历长长呼出一口气,掀开门帘,三步并作两步,冲到太任炕前。只见太任面无血色,苍白乏力地平躺在炕上,身子旁边的婴儿生得圆润白嫩,黑发盈寸,宛如熟透之蟠桃一般十分可爱。

季历爱怜地抚摸着太任汗津津的额头,轻声地安慰道:"夫人辛苦。"

太任凄然一笑,偏过头来,睨视着儿子,脸颊上写满幸福与惬意。

凤鸣周原,天降伟男。周庭上下沉浸在前所未有的欢庆之中。

古公亶父一人端坐在祖案之前,默默不语。香案旁边,放置着凤凰抛下的丝帛。不知过了几个时辰,他才慢慢地展开丝帛,眼前一亮,只见丝帛中央书写着八个大字:苍梧玄凤,仁德天下。

他不由得神清气爽,大呼痛快也哉!待欢喜过后,方才发现八个大字的四周,竟然还写着密密麻麻的文字:

敬胜怠者吉,怠胜敬者灭。义胜欲者从,欲胜义者凶。凡事不强则枉,不敬则不正。枉者废灭,敬者万世。以仁得之,以仁守之,其量百世。以不仁得之,以仁守之,其量十世。以不仁得之,不仁守之,不及其世。

"我世当有兴者——其在昌乎!"古公亶父又一次匍匐在地,虔诚地再三叩拜,喃喃曰道,"苍天有眼耶!"

第三章

寄保赎身姬昌聪慧　　言传身教古公慎思

季历之子出生三天，即可笑声朗朗，满院子人听得满心喜欢。转眼过去旬日，季历特来父亲炕头前请示道："爹爹，敬请你老人家为孙子赐一佳名。犬子长大倘若能有些许出息，发扬光大我姬氏一族，也是列祖列宗和父亲大人仁义恩德所赐耳。"

古公亶父依然坐着喝茶，闻听此言之后，低头沉思不语，季历不好再三催促，正欲起身离开。古公亶父抬起头来，曰道："季历，为你儿子名字，我亦是苦思冥想多日，斟酌再三。想我姬族一脉传至为父，在豳地多年除戎狄不断惊扰之外，余事还算顺畅，惟姬族命脉欠佳，人丁不旺。你二位兄长，且婚配成家许久，屡试屡踬，至今没有后人也。咱们趱马疾进周原以来，诸事俱佳也。凤鸣岐山，当有圣主鸣世焉。如今上苍开眼，你今喜添儿子，乃我姬氏一族兴旺发达之吉兆也。这一段日子里，我一直在思索，莫非我姬族之繁荣昌盛，单就寄托在这仔娃子身上？昌盛，昌盛，那就给娃起名叫'昌'。"

"姬昌。好名字。"季历连忙跪下来，叩首谢过父恩。

姬昌满月那天，周室里一片祥和与喜悦，古公亶父更是喜不自禁，乐得髭须直翘。此时，有一位年过五旬的家丁，本系周原原住民，他低声讲道："启禀我主，若按周原习俗，要给儿子娃行'寄保'和'赎身'之礼，祈祷神灵保佑他消灾免难，驱除疾病，方能聪明伶俐，健康成长。"

古公亶父突闻此言后，稍一愣怔，不由得眨巴着眼睛，暗忖，真是五里不同风，十里不同俗，自己以前从未听说过周原还有此等风俗！老家丁接言道："周原民谚曰'房檐水滴滴，不离旧窝窝'。乡俗民情，辈辈流传，期望古公采纳才是。"

言之有理。古公亶父决定以周原习俗，即刻给孙子姬昌行"寄保"之礼。周庭里外，顿时忙碌起来。季历叮嘱家丁，将姬族先祖排位恭请到几案，焚香祭拜，然后，再在灶神像前敬献猋头、羊腿及瓜果，祈求神灵佑护。

老家丁妻子用红色麻绳搓成"项圈",嘱咐季历还要挨家挨户去讨要各色细线,名曰"百家线"。季历乐不可支,欣然前往,才一个多时辰便讨来一百多条形形色色的细线,老家丁的妻子喜滋滋地将这些线编成"项圈",然后给姬昌戴到脖项上,嘴里念念有词,意喻已将姬昌拴住且交与神灵寄保了。老家丁兴冲冲地又端上提前蒸好之麦面"囫联",从姬昌身上穿过,整个"寄保"仪式顺利完成。从此后每年如此,直至赎身。

孩子周岁时,周原原住民一般要对娃娃们进行沿袭许久的"抓周"习俗。

古公亶父亦遵从此地习俗,在姬昌周岁时,家人早早在盘子里依次摆放着贝币、丝帛、小刀、弓箭等寻常物品。太任把姬昌抱来,任他在盘子里胡乱抓挖。姬昌先是抓起贝币,兴奋地"哇哇"喊叫两声,古公亶父的心立马提到嗓子眼,瞪大眼睛瞅着孙子的一举一动。季历不由得哀叹一声:罢了,罢了。看来这小子也就是个爱财如命的平庸之徒矣。

太任的脸色先是由红变白,再从白变红,眉宇间怨气丛生,鼻孔里喷着粗气儿,胸脯急促地起伏着。俄顷,她实在是看不过眼,忍不住在姬昌的手背上轻轻地扇了一把。原本兴高采烈的姬昌,立马瞪圆双眼,将手中的贝币撇了出去,就在众人愣怔的一刹那间,姬昌一手抓起兽毛笔与刻甲骨的小刀,一手抓起一支箭镞,小嘴里"嗷嗷"叫着,一顿乱舞,憨态可掬。

有家丁高声赞曰:"姬昌文武双全,当属姬周经天纬地之帅才也。"

古公亶父眼角里不由得湿润起来,季历也顿时喜出望外,脸颊激动地流下两行泪水。

太任更是泣不成声,泪流满面。周庭上下,一片祥和之气。

姬昌聪慧敏学,当为过目不忘之奇才,深得周庭里里外外喜爱有加。

姬昌在学堂内倾心听讲,在同辈学子中出类拔萃,每每遇到疑难问题,非要弄懂方才罢休。回家后亦是书不离手,假以时日,他已博览群书,博学多闻。加之季历太任夫妇悉心教诲,朝夕督促。这一切,古公亶父看在眼里,喜在心头,他亲自教习姬昌骑射之术,演练沙场军事争斗之谋略。凡武学通备,天文地理,异象奇景,姬昌都能一一默记于心。

岁月如梭,光阴荏苒,十年一眨眼而过,姬昌转眼已经长成眉清目秀的半大小伙子。此时正值初夏季节,周原一片金黄,麦浪滚滚,煞是辉煌。农人们磨刀霍霍,等待挥镰收割。

忽一日,有探马来报,鬼方联合薰鬻蠢蠢欲动,且已大兵压境。古公亶父连忙召集诸子商议如何击退敌兵,然众说纷纭,无法统一御敌之策。伯达等八士均是治国之文士,大都建议以与鬼方议和当为应对之策略,尚无武力抗敌安邦之良策也。敌

第三章　寄保赎身姬昌聪慧　言传身教古公慎思

前会议,竟然一时陷入僵持之中。

正在议事厅旁的姬昌,看似没心没肺地玩耍,却是竖着耳朵留意大人们的话题。他走近几步,扬起头来曰道:"爷爷,我有御敌良策。"古公亶父抬起头来,问道:"你?"季历连忙起身,一把捂住儿子嘴巴,低声斥责:"小小屁孩,胡说什么?"太伯笑道:"贤弟休要阻拦。所谓童言无忌,且听侄儿如何说道。"古公亶父附和道:"昌儿,你说给爷听。"季历恶恶瞪一眼儿子,心里骂道:井蛙观天,不知深浅。他无可奈何地摇摇头,只得满脸狐疑地坐下来。

姬昌扬扬手,煞有其事地言道:"我以前听爷爷说过,北地薰鬻甚为怯弱,当属散兵游勇之辈,又数败于我周人。他们若要策马南攻,必经子午岭重重险关,咱们还有巍峨岐山天然屏障相阻隔,不足为患矣。西北鬼方,游猎族群,马背之上,飘忽不定,以慓悍鸣世,向来怀有灭我姬族之心耶。但其生性豪放,纵横冲杀,有勇无谋。我周人若与其硬碰硬,得不偿失,还将陷入持久战争之中,不但耗费族库财物,势必生灵涂炭,民不聊生矣。"

一席话语惊四座。

古公亶父听得仔细,鼓励道:"好! 说下去。"

姬昌得意地瞧瞧四周,一副得意样儿。他挺一挺小肚子,继续言道:"商今天下,四分五裂;方国林立,各自为政;掠夺蚕食,狼烟纷起;族群争斗,百姓殃殃。常言道,兵来将挡,水来土掩。我若御敌失策,则难免有捉襟见肘之忧愁也。安妥完全之计,惟虚实相依,明御薰鬻,暗灭鬼方。对薰鬻则大张旗鼓地御敌,虚张声势,使其未战心怯;对鬼方出其不意,攻其不备,在其来犯之途径陇山狭隘之山道两旁,暗中重兵布下'口袋阵',给其来一个瓮中捉鳖。倘若鬼方一败涂地,薰鬻则望风而逃也。"

室内顿时鸦鹊无声。

"爷,我说毕咧。"姬昌扮个鬼脸,嘻哈道,"耍去了。"毕,他连蹦带跳地出门玩耍去了。不一时,窗外传来一阵悦耳的儿歌:

　　黑娃黑,爱寻虱,捉了一斗两簸箕。
　　碾子碾,磨子推,娘给乖娃烙锅盔。
　　黑娃要,娘给你掰,女子要,快耍去。

几人登时愣在那里。忽然,又传来整齐稚雅的童声合唱:

　　罗罗,面面。麁肉,扇扇。羊肉,串串。
　　姬昌你娃娃,就是个福蛋蛋。
　　福里生来福里长,跟着古公把福享。

古公亶父大喜过望,双目紧闭,心潮起伏:天佑姬周,降昌赐以经天纬地之机灵鬼才,大敌当前,少年老成,竟然能临危不惧,傲睨自若,口似悬河。天不灭周,小小薰鬻鬼方,焉能奈我姬周如何!他不由得仰天长叹:"我姬周有此大才槃槃,实乃先祖德行超迈也哉。"

太伯泪水盈眶,仲雍满脸喜色,惟季历坦然自若,不喜不悲。座中之伯达和伯适相对而视,仲突与仲忽欣然一笑,叔夜和叔夏喜不自禁,季随与季骄乐不可支。

古公亶父随即号令周人同仇敌忾,太伯领兵杀戮鬼方犯敌于陇山古道,仲雍率卒追击薰鬻败房于子午岭上。

这是姬族迁徙周原以来,进行的第一场大规模地自卫战争,两面御敌鏖战,周人大获全胜。

姬昌十三岁时,季历夫妇按照周原习俗,要为儿子举行"赎身"仪式,向保佑姬昌健康成长之神灵还愿。此前,喂养三年之久的公彘,膀圆腰肥,眯着眼睛躺在墙根,哼哼唧唧,走起路来,一摇三晃,肚子几乎贴着地面。

转眼已是腊月二十二日卯时时分,杀彘壮汉,将肥彘赶到灶房门口,用一碗开水猛地浇泼在肥彘脊背,彘被烫伤,疼痛得哇哇大叫不止。一旁随同的老家丁朝灶神作揖叩拜道,敬请灶神收下我主还愿之礼。此时,门外爆竹齐鸣,壮汉顿时如凶神恶煞一般,大声喊来几个小伙子,合力将肥彘抬在杀彘案板上,他手执利刃,一刀捅到肥彘心窝口,顿时血流如注,咕嘟嘟流淌在案板下的陶盆里。老家丁用小碗从血盆里,舀出半碗冒着血泡的彘血,放在一旁。几名壮汉又将宰杀的肥彘抬进滚烫的大锅内,翻转烫毛,再将彘脊背处一撮鬃毛拔下,放进血碗内,端到灶神案之上,名曰"领牲"。壮汉又将彘开膛破肚,摘取内脏,然后将全彘卧伏在条状供桌之上,四肢分开,彘嘴之中,插入绿色柏朵和红色布花,彘之脖项,缠绕着紫红被面并系吊贝索,彘之脊背,披上幔肚油,敬献于灶房门口之前。

时至未时,季历亲率族人数十人,端着祭盘前往先祖衣冠冢祭奠,迎请先人魂灵一起回家见证喜事。

姬昌闹着要吃彘尾巴,太任在他的小手打了一下,责怪道:"小小年纪,就知道吃。"姬昌撅着嘴使性子,说他是要给一起耍的女娃尝鲜哩。

太任用手点戳着儿子额头,笑骂道:"花喜鹊,尾巴长,娶了媳妇忘了娘。我看你以后也是个软颡。"

腊月二十三卯时,亦是祭灶之日。天色微明,周庭里里外外,一片喜庆气氛。宴席棚上竖刻画着两行字,左是"季历诚酬赎身礼",右为"姬周拜谢诸神灵",横额曰"仁义太平"。

爆竹声声,喜客盈门,熙熙攘攘,热闹非凡。季历抱拳作揖相迎,满脸稚气的姬昌穿戴着新衣新帽,在门口恭敬地迎接嘉宾。等待列位嘉宾一一坐满席以后,一家人再次向灶神叩谢还愿,卸下项圈,并抛向姬水之中,漂流而去。"准成人礼"成功举办,了却一桩心愿,季历太任夫妇喜不自禁,环绕一周,遂向来宾一一致谢。

两人走到姬昌的大舅挚伯面前,季历慢慢地斟一樽酒,笑道:"他大舅不辞辛苦,季历特敬一杯。"接着又给姬昌二舅敬一樽酒,季历曰道:"他二舅辛苦。"任仲戏言道:"应该,应该。"挚伯回敬道:"舅甥血脉相连,亲如臂腕。外甥赎身,此乃姬族大事,做娘舅的焉有不到之理?"

邻桌旁有一人喝得醉意矇眬,晃晃悠悠站起来给挚伯和任仲敬酒,两人以不胜酒力为由,婉言谢绝。

敬酒者逢场作戏地说了一段顺口溜:

两老舅坐席上——脊背朝后。
没想到把肚皮——挺在前头。
喝半樽推半樽——势没扎够。
他大舅他二舅——都是他舅。
上马石下马石——都是石头。
天在上地在下——你娃甭牛!

席中有人站起来起哄道:"谝传客,你谝得好!"

众皆笑得前仰后合。

热气腾腾的流水灵珠面宴席,香味扑鼻,只见得煎汤滚沸,醋味蘘酸,浇汤油汪,漂菜绿茵。劳客们鱼贯而入,一碗又一碗的浇汤端上桌来,宾客们大快朵颐,从面盆里挑着薄亮筋道光滑之面条,席间吸溜声此起彼伏,个个吃得不亦乐乎。

姬昌"赎身"仪式完成,古公亶父便督促姬昌在进行德育学习的同时,进行骑射枪戟等军事技能之训练。季历尽心教诲,姬昌悉心演习,学业出类拔萃,技能突飞猛进。闲暇之时,爷孙俩促膝畅谈,纵论天下,每到兴处,朗然大笑。而这一切,太伯看在眼里,默记在心。

一日,他约仲雍在西岐城外散步,二人默默走动许久,谁也没有说话。仲雍憋不住,问道:"大哥有啥心思,可否说与小弟?"

太伯唉叹一声:"贤弟,你难道看不出来父亲的心思?"

仲雍眨巴眨巴眼睛,不解地问道:"啥心思?"

"你真的看不出来?"太伯苦笑一声,"父亲早就有意愿传位于昌儿。"

仲雍不由得"吁"了一声,似乎明白过来。

"可是"。他若有所思地点点头,又摇摇头道,"自殷商以来,各方诸侯方国,均实行的是嫡长子继承制。我姬族繁衍十余世,亦遵守族规。如今父亲执掌姬周,焉能够随意改弦更张,废长立幼乎?再者,有不少望族因此导致家族内乱,彼此争斗,祸害不断矣。"

太伯凝目远望,只见秋空霁海,旷朗无尘,岐山孤峰顶上,翠接岚光,溪声山色,他心有天游,矜而不争,言道:"一则是我暂且无后,百年之后,谁来继姬周大业?二则我有自知之明,才不足安邦治国,德不能服众悦民;三则恐怕有负先祖遗训,获罪于族人。况且,季历颇有才华,思逸神超,博古通今,贤能亦在你我之上,父亲传位于他,继而由姬昌发扬光大姬周之伟业,跃马争春,惠泽千秋万代,一举两得,何乐而不为哉!"

仲雍侧耳倾听完兄长一席话,幡然醒悟。他顿顿又道:"大哥言之有理,言之有理耶。那就尽快地将你我二人心思,禀过父亲大人如何?"

"不。"太伯轻轻地摇摇头,曰道,"此事为兄已经思索许久,一直藏匿于心中,只是等待合适时机再表不迟。三弟倘有孝慈仁义之心,若是我在不经意间唐突提出,他绝不会接受废长立幼之举耶。人言可畏,遭受谮毁之讥,不知要比你我难过多少倍矣。"

仲雍微笑道:"大哥禅让之高风亮节,自是承继尧舜明智之举,古往今来第一人也,必将开华夏诸族之先河耳。"

"无奈之举,何言其伟。"太伯苦笑道,"常言道故土难离。你倘若要真正地离开它,恐怕就笑不出来了。"

仲雍猛地一愣怔,鼓圆眼睛,继而又咂着嘴,低头沉思不语。

太伯瞅一眼仲雍,叹口气道:"咱兄弟俩为姬周世代辉煌,一片丹心,可昭天地日月。此事暂且不表,如果时机成熟,我们随即迁徙便是。"

仲雍忙不迭地点头称是。

第四章

古公亶父坦露心机　　太伯仲雍奔袭荆蛮

古公亶父视姬昌为掌上明珠一般,喜爱有加,常常溢于言表。一次在与八位贤士闲谈之中,似乎有意无意地坦露心机,他兴致勃勃地曰道:"姬氏一族寻寻觅觅,辗转迁徙十余世,惟上苍眷顾,才能在周原鸿图大展。吾孙姬昌降生,凤鸣岐山,此乃吉祥之兆也。千古圭璋,打磨成器。倘若他能励精图治,加之诸位贤达倾心辅佐,姬周定当王天下也。"

"苍天有眼,保佑我主后继有人。"伯达言道,"如果周人墨守成规,习焉不察,必然丧失天时、地利、人和之契机矣。"

伯适接言道:"三岁看老矣。孺子可教也,我等心知肚明。"

古公亶父此番言论,很快地传入太伯、仲雍耳中,二人安顿家眷,暗里悄然收拾好细软,只待离开周原契机,不提。

来年三月,春暖花开,正是周原麦子分蘖,继而起身时节。一个多月来滴雨未下,土地干燥,麦苗枯黄,姬水、渭河几近干涸,农人每日抬头望天,眼巴巴地期盼天降甘霖。村庄里涝池中的蓄水,早已被村民浇灌麦田了。偌大之周原,旱象日益严重,减产已成定局。倘若天旱绝收,对姬周之族而言,当属灭顶之灾。面对如此严重之旱象,古公亶父心急如焚,寝食不安。他每日里必去各地察看旱情,并听从原住民祈雨建议,决定修建祭坛,亲自主持祈雨大典。

古公亶父毕竟年事已高,加之马不停蹄地到各地巡查旱情,多日下来,脸色紫糖,形容枯槁,身子骨大不如前,愈来愈虚弱。太伯请愿,以代替父亲祈雨。古公亶父摆摆手,婉言谢绝,为表示对上苍敬意,他洗净五官双手,徒步前往城南祭坛,一路踉踉跄跄,甚为艰辛。

祭坛新修而成,在赤日炎炎之下显得格外肃穆。祭坛前置一供桌,依次摆放着彘、羊、牛头及酥饺花蒸馍等供品,香案之上香雾缭绕。毕,古公亶父慢步走上祭坛,

三叩拜天,开始宣读祭文:

    倬彼云汉,昭回于天。古公於乎:何辜周原。
    旱魃肆虐,赫赫炎炎。枯黄禾苗,龟裂田园。
    后稷开恩,上苍可怜。周民心焦,我且胆寒。
    祈求甘霖,解此大旱。天降洪福,国泰民安。
    我以我身,置换天谴。呜呼哀哉,伏惟尚飨。

  祭文宣读完毕,古公亶父再次带领周人顶礼膜拜,祈求上苍,普降甘霖。毕,一堆爆竹炸响,数面锣鼓喧天。两个多时辰下来,古公亶父已经是精疲力竭,大汗淋漓,面如土色。老家丁连忙将他搀扶起身,古公亶父颤颤巍巍,正欲转身离开。

  蓦然之间只见烈日晴空之西方,慢慢地飘来一朵朵浮云,愈来愈多,愈来愈急,云团逐渐地合拢,连绵成片;云团状如万千野马奔腾,腾跃嘶鸣;云层不断地叠加翻卷,忽然,春雷滚滚,一声炸雷响过,仿佛万千支利箭齐齐射向周原大地,登时化作倾盆大雨,哗啦啦从天而降矣。天地霎那间一片迷蒙,莽莽周原笼罩在一片滂沱之中,众多参加祈雨大典仪式的人们,在雨中欢呼雀跃,喊叫声震耳欲聋。

  周原民谚曰:春雨贵如油。久旱逢甘霖,这一场春雨,下得真是痛快淋漓,润泽四方。古公亶父再一次匍匐在祭坛下,泪水涟涟,长跪不起,虔诚地感谢上苍怜悯周民。毕竟是年事已高,且体力明显不足,气喘吁吁。他被儿子搀扶着回家,一路上喃喃自语,跌跌撞撞,连连打了几个喷嚏。

  春寒料峭,寒气逼人。谁知费尽周折祈求的一场透雨,竟然浇得古公亶父浑身上下湿透,使得他偶感风寒,涕泪长流。季历之妻太任连忙将公婆屋内的土炕烧热,又熬了一碗姜汤,端与公公喝下。季历服侍父亲躺在热炕上,盖上被子发汗。

  古公亶父自此一病不起,医士调治一个多月,每况愈下。太伯和虞仲每日里守护在父亲炕前,精心伺候,日复一日,仍不见好转。眼看着父亲病入膏肓,兄弟几人束手无策,只能在祖宗案前多次祈祷。季历更是悲痛欲绝,声泪俱下:我为之敬仰的列祖列宗在上,徒孙季历磕头了。倘若保佑家父安康长寿,不肖子孙季历情愿代父去死,决不食言耳。

  眼见着父亲沉疴不起,太伯心如刀割,他默然背过父亲和季历,将仲雍拉到僻静处,未开言,泪先流,泣道:"贤弟,看来父亲时日不多,咱们俩且要当机立断,忍痛别离耶。"仲雍顿时急眼了,呛道:"大哥,父亲已经是风中残灯,瞬间可熄也!病榻之前无孝子,你我怎能忍心离开?况连寻常百姓都知晓人之常理,谁养我小,我养谁老。"

  仲雍一席话,惹得太伯大放悲声,嚎啕不已,仲雍亦是涕泪长流,痛不欲生。半个时辰过去,兄弟俩方才止住悲声。

  太伯强忍住胸中悲痛,可谓是字字滴血,声声流泪,他凄然曰道:"养儿防老,积谷防饥。寻常人家,当为常事。寸草春晖,投桃报李,何况我们生长在仁义之家也!姬周历代先祖之豪情壮志,飞龙在天,必王天下;父亲今若传位于季历,他必能革古鼎新,道济天下;季历再传于姬昌,日新其德,穷理尽性,鸿鹄凌虚,逸翮独翔!事到如今,大是大非,孰轻孰重?面对姬周千秋功业,传承有序,你我二人必须当机立断!倘若此时不走,更待何时?"

仲雍被太伯一番话深深打动,他抹掉眼泪,斩钉截铁地曰道:"大哥心任天造,小弟心悦诚服。别离迫在眉睫,咱俩即可见父亲最后一面。"

兄弟俩稍待片刻,各自调整好情绪,结伴来到父亲床前,一起跪下。

太伯低头言道:"不孝之子太伯、虞仲拜别爹爹大人。儿近日闻听周原土著所言,南岳衡山有灵芝仙草,可医治疑难病症,拯救父亲于困厄。明日清晨,我与仲雍便去山中寻觅,采挖仙药,一定能医治好父亲顽疾。"

古公亶父慢慢地转过头来,不由得"嗯"了一声,他睨视着下跪的两个儿子,心中若有所思,过了一会,遂苦笑一声:"我儿一片孝心,可感天动地,为父何尝不知。然,人故有一死,几人能长命百岁乎?但是,你们不能另派他人前往,非得要自己去么?"

大门外的梧桐树上,蓦地传来一阵阵鹧鸪凄厉嘶哑的鸣叫声:行不得也哥哥!

太伯闻听鹧鸪鸣啼,登时心里一慌,急忙掩饰道:"爹爹尽管放心,我俩前去采药,一定快去快回,要不了十日半月,必定尽快地归来。"

"好。"古公亶父盯着下跪的儿子,深情地看了太伯、仲雍一眼,有气无力地言道,"我儿辛苦,且快去快回,免得为父日日惦记矣。"

"爹爹大人在上,儿等走后,姬周政事,便可交付季历全盘料理。"太伯又道,"至于我侄姬昌,还望爹爹不辞劳苦,在床前训诫教诲,多多栽培,以保我姬周一族他日王天下矣。"

古公亶父沉默不语,闭上眼睛,不再答话。太伯和仲雍不禁潸然泪下,悄然退出,迎面碰上季历外出归来,寒暄几句,太伯曰道:"贤弟,为兄有话要说。"

季历"扑哧"笑道:"大哥,我也有话要说哩。"

"哦。"太伯诧异道,"看来我兄弟们真是心连心了。"仲雍见状,给太伯眨巴眨巴眼,道:"大哥,我还有事要给内人讲,你就先陪三弟拉拉家常。"季历扮个鬼脸,打趣道:"黑面馍馍费菜,姊嬿美人费汉。二哥么,总是离不开嫂子的。"

仲雍微笑着走开。太伯牵着季历之手,两人一起来到凤雏宫,坐下后竟然一时默言。太伯顿顿曰道:"贤弟,为兄有一件大事要委托与你,请你千万不要推辞。"季历忍不住笑道:"大哥净说笑话,姬周政事由二位兄长打理,还有甚事托付与我?"

太伯登时沉下脸来,郑重其事地嘱咐道:"父亲大人久病不愈,长此以往,惟恐不测。我明日和你二哥,要去南山深处采挖灵芝仙草。为兄走后,你要以政事为重,精心理政,万万不可懈怠;姬周上下,都要悉心照料,和谐相处;遇到疑难事宜,要多请教伯达等周八士;百姓纷争,不偏不倚,当妥善处置;天灾人祸,沉稳应对,勇于担当。愚兄以为,以贤弟经天纬地之才,执掌姬周,绰绰有余矣。"

太伯推心置腹的一番话,却让季历听得云山雾罩,一时间稀里糊涂。他瞬间竟然有点发愣,盯着兄长脸颊瞧究竟,疑窦顿生,问道:"大哥,父亲卧病在炕,而执掌族人乃头等大事,采药次之。况且此等区区小事,小弟可以代劳,何劳兄长非得亲自爬山越岭?"

树上的鹧鸪又一次鸣叫起来:行不得也哥哥!行不得也哥哥!

太伯眼眶里不知不觉地汪了一潭水,他昂起头来,随即转移话题道:"咦,鹧鸪鸣春,诸事不愁么。"

"大哥。"季历沉下脸来,嗔怪道,"我刚才说的话,你咋一点也不往心里去么?俗话说,火烧眉毛顾眼前,你的心真大,还有心思谝这没沿沿的闲传?"

太伯仰着头,飘忽不定的目光黏在一朵云彩上,他长长吁一口气,平复一下胸襟激荡,继而深情地曰道:"贤弟,且听大哥的话,定然没错。"

"大哥,我一直十分敬重你。今日之言,却是甚为荒唐。"季历一点也不领情,"我现在就去找父亲,言明轻重缓急,让他老人家来定夺。"

太伯沉下脸来,曰道:"贤弟勿要再讲,此事板上钉钉,不容更改。况且,这事关乎姬周社稷大事,万万不能视为儿戏。再者,此事为兄且已经深思熟虑了很久,请你不要再意气用事。"

季历晓得大哥脾气,不再坚持己见。翌日五更时分,两辆马车悄然驶出西岐城东门,消失在晨曦之中。太伯和仲雍一直悄然守候在父亲窗外,听到父亲一阵阵揪心的咳嗽声,方才轻轻推门进去,向老人家请安。

古公亶父双眼红肿,不停地大声咳嗽着。太伯、仲雍一起跪下,齐声道:"父亲大人,我们走后,请你悉心静养,多多保重身体。"

"我的儿。"古公亶父蓦地又咳嗽起来,然后颤颤巍巍地曰道,"太伯,仲雍,你们千万不要走,不要走。你们走了,可就再也见不到爹了。"

太伯心里猛然一惊,瞬间仿佛百爪挠心,是那种撕心裂肺的疼痛,是那种苦不堪言的悲伤。

古公亶父紧接着又是一阵撕心裂肺地剧烈咳嗽。仲雍连忙起身,扶起父亲,用手捶背,太伯依然跪在地上,思绪万千,默默祈祷:爹爹,此举绝非儿子不孝,实在是不得已而为之。上苍垂兆,父命难违,姬周使命,在此一举。他何尝不知此次一走,当是与父亲最后之诀别,不禁潸然泪下,泣道:"父亲恩德在天,仁义广泽,上苍保佑一定能康复矣。"

第四章　古公亶父坦露心机　太伯仲雍奔袭荆蛮

"我的娃。"古公亶父苦笑一声，"千年王八万年鳖，最后不是还要归天也。儿之一片孝心，感天动地，儿之深谋远略，史无前例。为父不是木头，焉能不知！事到如今，别无他法，你们走，快快走。"

仲雍又跪下来，兄弟俩给父亲磕头再三，眼含热泪，忍着悲痛一步三回头地离开周庭。两人走出大门不远处，只听得季历高声喊叫："大哥、二哥，你们快去快回，争取早日回家。"太伯、仲雍回首挥手致意，快步走出朝阳门不远，两人又一次跪倒在地，放声恸哭。

太阳从东方地平线上冉冉升起，周原旷野一片碧绿，生机勃勃。太伯、仲雍依然忍不住频频地回头，不停地抹着泪水，迈着沉重地脚步朝东方走去。早行的马车，停在五里以外道路旁，五辆车上，围坐着数十名家眷家丁，他们亦是心思重重，低头不语。太伯、仲雍追赶到马车跟前，强作笑颜。一干人马，在马蹄声中郁郁而行。

这是一条多么熟悉的大道。一群鹧鸪飞翔盘旋在鹅黄垂柳的枝头，声声呼唤着：行不得也哥哥！行不得也哥哥！行不得也哥哥！

断肠人闻听断肠声……曾经的豳地艰难迁徙，曾经的周原发奋图强，曾经的岐周励精图治……这一切的一切，都将如云烟一般悄然散去矣。太伯不由得长吁一声，泪水忍不住夺眶而出，周原，我的大周原，我们此一去数千里之遥，焉知何年何月才能回归故乡耶！他微微闭上眼睛，不忍再多看一眼，耳旁的鹧鸪声愈来愈远，故乡的影子愈来愈模糊。

一路东南行走的马车，荆棘塞途，昼行夜宿，翻越崇山峻岭，渡过河流湖泊，穿行于淮河楚界之中，奔袭于荆蛮古越之途，历经千辛万苦，时逾一个多月，途中几次辗转停歇，终于到达江南梅里村。

梅里村地处江南平坦肥沃之地，鱼米之乡，所在苏州城北五十里，即今江苏省无锡市辖区之内。太伯环顾一周，地形地貌似与周原有些相似之处，只是没有南北两山屏障，但此地域河汊密布，湖泊交集，甚是欣慰。他与仲雍商议再三，决定在此地安营扎寨矣。

荆蛮之地，原住民多以渔猎为生，湖泊河汊之中，帆船渔舟星罗棋布，渔民们长年累月生活在渔船之上。太伯访贤，屡试不爽；仲雍问苦，每每碰壁。旬月时光，转眼即逝，二人一筹莫展，无端地平添了许多烦恼。

太伯闷闷不乐，夫人东嬬看在眼里，默记在心。一日，她和妯娌西薇一大早就精心打扮一番，两人不约而同地将一直压在箱底的煤玉珏取出来，戴在手腕上，晶莹剔透，煞是好看。东嬬出门后又折回来，将黑润光鲜的煤精耳挡又戴在耳朵上，手执铜镜照了又照，臭美一番，这才结伴出行。

二人走出梅里村庄，一路向西，边走边聊，西薇嘴里唠叨道："咱男人们整天在外奔忙,我们俩闲着弄啥?唉!还是咱们周原好么,日子过得多美气,男人们狩猎耕田,女人们出门采桑养蚕,进屋缫丝纺织。"东嬗低着头走了一截路,忽然停住脚步曰:"此地这么平展,不知是否有桑树?西薇眨巴眨巴眼睛,大叫起来,我可带了一大片蚕卵的。"

两人走着走着,果然在河堤上发现一片枝繁叶茂的桑树林,微风袭来,哗哗作响。西薇皱皱眉头,苦着脸道:"我最不爱听风吹桑叶了,跟鬼拍手似的难听极了。"东嬗瞅她一眼,讥笑道:"嘻嘻!你金贵得很。"两人大约走了一个多时辰,瞧见河湾处有一妇人正在河岸边晾晒衣物,东嬗遂上前问安。眼前渔妇,面颊黝黑,寸发凌乱,赤身裸体,丰腴健美,尤其是浑身上下,纹饰繁复,艳丽奇异,腹部只有一条粗布条遮盖羞处,脸颊却无任何羞涩之情。

西薇暗地里拽一拽嫂子衣角,小声说道:"娘娘。此地女人竟然如此穿着,袒胸露背,扭么儿,殃不唧唧的。我的婆,快把人羞死么。"

"悄悄地,休要多言。"东嬗低声道,"妹妹,我们初来乍到,屎壳郎哭它娘——两眼煤黑的。俗话说,到啥山上唱啥歌,咱们只能见貌辨色,见兔放鹰,万不可贸然行事,轻嘴薄舌的。"西薇吐了吐舌头,不再吭声。

"大姐。"东嬗走到渔妇面前,微微欠身致礼,笑脸相问道,"你晒衣物?"渔妇抬起头,突然看见眼前的不速之客,面容姣好,黑发飘飘,长衣短裙,彬彬有礼,遂猛吃一惊,愕然间张口结舌,愣怔不动了。东嬗和颜悦色地曰道:"大姐,我们是从西北周原一带迁徙而来的姬氏一族。"渔妇依然惊愕不安地望着,仿佛雕塑一般。西薇见状,低声对东嬗道:"大嫂,咱们贸然来访,吓着人家了。"东嬗想想也是,两人便匆匆离开,走出很远,转头瞧见渔妇仍然站在原地,动也不动。两位夫人慌慌张张转回家园,遂各自将所见所闻告诉了自己丈夫。

翌日,太伯与仲雍谈及此事,感慨颇多。太伯道:"看来我们初来乍到,对此地民风民俗还是缺乏了解,生产作业,更是两眼抹黑。"

仲雍亦是感同身受,曰道:"我近日去周边村舍巡看多次,此地人多以渔猎为生,不擅五谷种植。荆天棘地,大片沃田荒芜,杂草纵生,真是民不聊生矣。昨日后晌,我与村中一白发老者搭讪,他们世世代代游弋在江湖之上,食则鱼鳖虾蟹,根本不晓得五谷为何物,更别提菜蔬瓜果了。"

"嘻嘻。"太伯言道,"此地风俗,我多年前亦有所耳闻,看来北地向来对荆蛮有不屑之言,似有几分道理。处女之地,不正是我姬周一族大显身手之契机耳。江南土地肥沃,开发之前景多么诱人。我们如果在此地成就一番事业,亦不忘父亲和先辈之期望矣。"

仲雍接言道:"大哥,若看两地习俗,不啻南辕北辙,差之甚多。但是,山不让尘,

第四章　古公亶父坦露心机　太伯仲雍奔袭荆蛮

川不辞盈。我们倘若要图一番事业,将我周人仁义道德传播乡梓,农耕文明拓展四方,必须入乡随俗,断发纹身,才能与他们交心贴肺耶。"

"贤弟之言,振聋发聩。"太伯声音登时高亢起来,"山海争水,水必临海。你若不想征服自己,何言征服江南乎?"

仲庸连连点头称是。几天以后,太伯、仲雍一同拜访梅里村中专事纹饰的老者,强忍受针刺之痛苦。等待纹身短发完毕,头似野草蓬勃,身若龙鱼缠绕,纹饰艳若壁画,竟然与土著无二。兄弟俩面目皆非,相对一视,大笑不已。

东嫱和西薇采桑养蚕,两人瞅着蚕宝宝一天天长大,心都醉了。西薇忍不住自夸道:"大嫂,你说咱两人是不是传说中的嫘祖再世了?"

太伯、仲雍尊荆蛮习俗,当地土著亦不再另眼相看,视为知己。惟有周原的饮食习惯,却是一时地难以改变,没有醇醯,蔬菜无论热炒抑或凉拌,总是寡味得很。

东嫱和西薇亦为此事苦恼不已,一日,二人获知随从的家眷中曾有一位醯人[①],于是,三人一起摸索着制醯。周原的古法制醯是以五谷为原料,而此地则以大米为主食,故而她们只能因地取材,尝试着以大米为主料来酿造醇醯。

功夫不负有心人,东嫱她们的努力终于得到回报,惟一的缺陷是岐地原本酸溜溜的醇醯,却无端的变成了甜丝丝的淡醯。

西薇疑惑不解,女醯人亦是束手无策,东嫱想了许久,方才幡然醒悟,咦,除了原料不同,恐怕只能是两地的水色相互有差异么!

也许是荆蛮之地鱼米美味的过度滋养,也许是太伯和仲雍的身心极大的放松,也许是上苍对他们的眷顾,东嫱与西薇竟然先后都有孕在身,这可是久旱逢甘霖耶。这迟来的好消息,对于太伯、仲雍兄弟两人而言,真是喜出望外,乐不自禁矣。

---

① 据《周礼》载:"醯人掌五齐、七菹。""五齐"是指我国周代制醋业酿造发酵的五个过程;"七菹"是指韭、菁、茆、葵、芹、笋等七种醋的腌制品。醯人,是周王朝设立掌管祭祀和王室贵族饮食的官吏。庄颂在《物原类考》中指出,"酱成于盐,周时已有醋,一名曰苦酒,周时称醯。"醋在此时为奢侈品,平民一般无法享受。为此,周庭设有专门负责制醋的官吏,以保证王室之用,其中女醯人有二十人之多。周原地区今有"醋"姓家族,即为周代制醋业醯人之后裔也。岐山古法酿造醇醋之精髓,乃取五谷之精粹,汲润德泉水之甘露,遵循"三伏天踩曲,二八月做醋"之古法,追索"醇厚柔和,脂香浓郁"之美味。

第五章

古公亶父与世长辞　季历朝歌称臣商王

　　光阴似箭,岁月如梭。太伯、仲雍采药一月有余,季历每日望眼欲穿,却不见两位兄长踪影。古公亶父体似枯柴,每况愈下,状如风中残烛,苟延残喘。季历无奈政事甚多,每日忙得不亦乐乎,又是一个多月转瞬而过。时至五月初四,这一日万里无云,天气甚好,古公亶父亦感觉身子轻松许多,周庭上下十分欣慰。太任下厨,为公公做了一碗鸡蛋醪糟,古公亶父喝得一干二净。季历心中窃喜,看来父亲已经度过生死难关,康复有望矣。

　　古公亶父提出他要出城走一走,看一看,季历劝阻不住,只得安排一辆马车,车厢内用被褥铺好,自己陪同父亲一起出行。

　　周原大地已经是一片金黄,庄稼长势喜人,麦浪滚滚,丰收在望。

　　古公亶父边走边看,欣喜不已。山川秀美,廪仓丰实。这是多么令人眷恋的一方神奇土地。

　　季历按捺不住心中兴奋,曰道:"爹爹,这是你老人家祈雨,感动上苍,才给周原消灾降福。四方黎民百姓,无不感恩戴德,祝你健康长寿。"

　　古公亶父轻轻地摇摇头,沉默不语。

　　马车走在凹凸不平的乡间小路上,颠簸得特别厉害,季历实在不忍心,便劝慰父亲趁早返回家园。古公亶父有气无力地曰道:"我想多看看,多看一眼。"毕,他深情地凝望着远方,不停地叹息着。

　　马车轱辘嘎吱作响,眼看着夕阳斜下,日落西山,天际间一片红霞,仿佛天宫打翻了染衣缸。

　　古公亶父何尝不知,人生状若日月星辰朝乾夕惕,春夏秋冬四季轮换,自己亦是行将就木之人,来日不多矣。他不由得仰天长叹:悠悠上苍,曷此其极!

　　季历见父亲体力稍有恢复,心中十分地欣慰。晚上喝毕汤后,随即来到父亲炕前,嘘寒问暖。古公亶父曰道:"季历,爹有一事托付与你,且细细听来。"

季历眨巴眨巴眼睛,随即颔首称是。

古公亶父曰道:"生死由命,成败在天。为父久病卧炕,自知大限已至,阳寿将终。你定当殚精竭虑,励精图治,继往开来,万不可辜负先祖和周庭之期望也。"

季历稍一愣怔,疑疑惑惑地问道:"不孝之子季历忽闻爹爹之言,诚惶诚恐。周庭有大哥执掌政事,我将尽力协助即可。"

"我的瓜儿。"古公亶父苦笑道,"你是装不懂,还是真的不懂?"

季历眨巴着眼睛,曰道:"儿真是方寸大乱,尚不解父意,愿闻其详。"

古公亶父缓缓言道:"你大哥、二哥心系社稷,意在周庭。他二人获知我对姬昌喜爱有加,早就有禅让别离周原之意。只是念及父子情深,兄弟手足,一直不忍提及此事耶。这次见我病入膏肓,他两人这才痛下决心,以去衡山采药为托词,远走他方矣。"

"噫嘻——"季历惊惶失色,忽然大哭起来,"我秉性愚拙,何德何能,焉能担负起姬周之大业?我们生离死别数月,二位兄长前途未知,至今生死未卜,我于心何忍耶?爹爹,你又沉疴不起,周庭政事繁忙,千头万绪,这叫儿如何料理?"

"我儿且莫悲伤矣。太伯有此仁德,仲雍有此贤能,正是为父欣慰之处。"古公亶父接言道,"自古以来,诸侯方国多因权利相争,兄弟兵刃相见,屡见不鲜。你二位兄长皆有尧舜之德,禅位与你,用心何其良苦!周原民谚曰:打柴的不能跟着放羊的走。倘若你不两脚踏住平川路,发扬光大我姬周大业,就枉费了他们一片苦心矣。夫闻生死无常,谁也难逃此定数耶。待我死后,你要以社稷为重,即可执掌政事,提纲挈领,把握均衡,万万不可眉毛胡子一把抓,乱了方寸。尤其是对姬昌要严加训导,使其铭记先祖仁德,文治武功,不可一日荒废也。周原民谚又曰:人生一子掌乾坤,豳下一窝拱墙根。姬昌乃我姬周栋梁之材,他日必将有大出息也。"

"噫!"季历哭泣不止,牢骚满腹地言道,"君子不夺他人之美。既然爹爹早就知晓两位兄长心事,为何不给我透露一点信息?"

古公亶父曰道:"你大哥曾经对我说过:活着为周庭,儿命值千金;活着为自己,不如一根针。既然事已如此,还是不再提及为好。人死如灯灭,一抔黄土掩埋了,此乃阳世间再寻常不过之事也。我的丧事,万不可大操大办,何必劳民伤财!炕前孝子乃真切,坟头哭丧多愚顽。望儿切记为父此言。"一席话说完,他已经是上气不接下气,命悬一线矣。

眼见得父亲面容枯槁,危在旦夕,灵魂似已游离天界矣。季历悲从心生,潸然泪下,抽泣不已,身不由己,卧跪不起。

翌日天色灰暗,阴风阵阵,虽是五黄六月,却依然寒气逼人。

时至卯时,古公亶父溘然长逝,面容平静,状若生时。周庭上下,顿时陷入巨大的悲恸之中。西岐城内外,无不痛惜哀恸。

古公亶父遗体被安置在前堂,停放在棺盖之上,脸上遮盖着一方手帕,棺材上方,写着古公亶父生平年表及祭奠细则。门楣之中,悬挂着白布绾结的一朵白花,门框两旁白墙之上,刻画着"古公建城立邦功德千秋,姬周教民稼穑利益当代"。棺木周围,铺着厚厚一层麦草,周庭孝男孝女,披麻戴孝,围跪一圈。供桌上摆放着梅、李、酥饺、蒸糕等祭品,香炉里香雾缭绕,陶盆内燃烧着梧桐树叶。四方百姓,闻之古公亶父归天,无不大放悲声。前来周庭吊唁古公亶父灵前之人群,摩肩接踵,络绎不绝。季历缟素在身,迎来送往,无暇顾及其他。伯达作为主祭,遂与其余七士分而操持之,打理丧事礼仪,事无巨细,一一安排妥当。每日黄昏,季历还要端着祭品,带领姬昌等前往父亲坟茔处祭拜。

时逾古公亶父"头七",周庭进入丧葬礼仪倒计时,高潮迭起,周庭门前祭杆高悬,白旗招展。八日午时刚过,四方百姓,陆陆续续前来吊唁,叩首三拜。晚霞弥漫西天,灯火红遍周庭。锣鼓喧天,唢呐呜咽,孝子哭天恸地,然后在经师带领之下,频频穿越八卦灯阵百圈。

少顷,伯达开始主祭封棺仪式,季历和姬昌跪在棺前,太姜代替太伯、仲雍和季历,将儿子们所献褥子,一一平铺在古公亶父身下,她再一次为丈夫细心整理好衣冠,站在遗体跟前久久凝视,直到主祭催促方才用手摸摸丈夫脸颊,欠身致礼,低声道一声:"夫君,一路走好。"继而抽泣着离开,回到寝室,痛放悲声。主祭的伯达高喊一声:"孝子告别慈父。"季历率姬昌等家人,围绕棺木环顾一周,站立棺前,遂想到父子从此阴阳两隔,不禁泪如雨下。主祭喊道:"封棺!"站立一旁的几位头扎白孝布的族人,抬起棺盖妥妥盖上,木匠用铁锤钉死。子时到临,主祭喊道:"一升棺。"四周族人,众皆一同施力,抬起棺木,再在棺木四角,垫上砖块。丑时、寅时依次三升,卯时刚过,主祭喊道:"起灵!"八人抬棺,八人随行替换。姬昌手擎招魂幡,不离父亲左右。季历左手拄一柳棍,右手扶抓头顶陶盆,盆内盛着香灰,双肩背拽着延绵数十丈之长的挽帐,族人依次扶拽拄柳,跟随左右。途径城中大十字,停棺祭礼,抬棺之人,齐齐散开,避让一旁。季历用力将陶盆猛然摔于地上,灰烬飘然荡起,状如无数蝴蝶翻飞。太任左手提木斗,盛放五色粮食,她右手抓起斗里粮食,围着公公棺材四角,奋力击打,叮当作响。毕,主祭又喊道:"起驾。"众人复起,抬棺疾行。一行孝子贤孙,蹒跚而行。

行至坟茔前,季历等跪倒一旁,众人用绳索将古公亶父棺木吊入墓穴,两名壮汉在墓穴地上撒上豆子,使劲将棺木推至窑窟。主祭喊道:"孝子赏贝。"季历将衣兜内准备好的贝币,抛撒于墓穴之中,壮汉弯腰捡拾已毕。主祭言曰:"抹棺。"季历在他

第五章　古公亶父与世长辞　季历朝歌称臣商王

人扶持之下,跳入墓穴,用孝布将父亲棺木前后上下,一一揩擦干净,在棺前伏地叩首拜别。主祭一声令下:"撒土!"四周手持铁锨汉子,蜂拥而上,挥土扬尘。

眼见着与父亲从此阴阳两隔,季历嚎啕大哭,匍匐扑向墓穴,遂被众人拦下。

半个时辰过去,坟茔封土隆起,前低后高,呈牛脊之态势。主祭再喊:"祭拜!"季历率族人焚香燃炮,再三叩拜。毕,一路低泣,凄然回还。

周庭门口,此时早已放着一陶盆清水,并置一把菜刀,众人依次洗手、刮磨手心。周庭院内,宴棚内桌椅齐备,厨师调汤下面,遂唤来姬昌,将第一碗臊子面汤在大门口泼洒矣。众人围坐一起,吃得吸溜作响。从此,臊子面作为祭祀的神来之食,历经周人后代逐步完善发展,成为尸祭制度"馂余"之礼的源头。

主祭交待季历,三日内傍晚,必须要去古公亶父坟茔"打啪啪"。季历不解,主祭解释道,老人仙逝埋葬到荒郊旷野,临近夜幕降临,必感孤独耳。你等前去,给老人家壮胆,消除寂寞云云。次日,天色将晚,季历带领姬昌手持烧炕捅火用的炕钯,在父亲坟茔周围挥舞炕钯,在坟土上敲敲打打,前打三圈,后又打三圈,嘴里念念有词:打炕钯,打炕钯,狼来鬼来不怕吵。连着三日,如此而已。季历居庐食粥,藉草枕块,黯然神伤,整日以泪洗面,痛不欲生。"三七"祭祀毕,又逢"五七",再是"七七",转眼间,"百日"过去,祭祀才告一段落。不提。

季历继承古公亶父遗志,听从伯达等周八士谋划,又广征民意,对姬周发展宏图重新予以规划。伯达认为,目前姬周一族虽然建城立邦,但偏安西北一隅,远离朝歌,各自为政,非国非侯。名不正,则言不顺矣。仲突、季随与叔夜建议与商朝建立密切关系并被商王认可,借风使船,是当务之急。伯适却不以为然,认为商王是鸠占鹊巢,极力反对曲意逢迎,贻害周民。仲突反驳道,目光如豆,此说非也。天下诸侯皆臣服于朝歌,保一方平安,方国之间虽老死不相往来,却各霸一方,国泰民安,彼此相安无事矣。仲适更是言辞激烈,痛斥众皆群蚁附膻,聚蛾投火。叔夏则以为,大谬不然。此乃权宜之计,目不见睫耶。仲忽言道,我们正好借机行事,在周原奋发图强,厉兵秣马,却是图谋称霸之大好时机。积石成山,云雾聚焉;流水成渊,蛟龙生焉。季䯄却以为只有仁义广德,植根膏沃,才能继往开来,云鹤游天。

八士之间,为此举而发生激烈冲突,众说纷纭,莫衷一是。

季历屏气凝神,漠然处之。后人有诗赞曰:

前后同心八谏臣,朝阳丹凤一齐鸣。

锄奸反正扶明主,留得功勋耀古今。

太任见夫君几日来长吁短叹,闷闷不乐,怅然若失,如坐针毡。她获知详情则直言道:"覆巢之下,复有完卵乎?"

季历如醍醐灌顶,茅塞顿开:"夫人言之有理。"

太任会心一笑:"妇道人家之言,仅供夫君参考。"季历乐得眉开眼笑,夸誉道:"总归是大家闺秀,所见所闻,别开生面,高屋建瓴。"太任赧然一笑:"羞煞妾身矣。"季历不由得感慨万千,感叹道:"妇人原本贵胄之身,屈高就下,荆钗布裙,为夫于心何忍焉?"

太任急忙截住夫君话题,言道:"同船一渡,十年之缘;卧榻同眠,百年之姻。妾身何尝不知嫁乞随乞,嫁叟随叟之民谚。相夫教子,此乃妾身之本分;解忧献策,当属妾身肺腑之言语耶。夫君若不怪罪,我则心满意足矣。"

季历昂起头来,霎那间眼眶湿润。

太任屏声息气,悄然离开夫君。她坐在屋里,思前想后,心中那个蓄谋已久的策略浮上心来。

商朝武乙末年冬月,太任返回娘家朝歌,她穿戴上锦衣绣裳,珠围翠绕,神采奕奕,一则探望父母,二则担负季历之托,并利用任姓挚氏与豪门望族故旧密切交往,不失时机地炫耀夫君仁义广德,治理姬周,大刀阔斧。众皆大喜过望,纷纷表示要在商王殿堂之上为季历多多美言。太任满心欢喜,遂派人将详情密报夫君。季历闻之,心中尤喜,暗忖机不可失,时不再来。他立马决定,倾箱倒箧,亲自前往朝歌。一路轻车简从,不日即到朝歌都城。季历叩拜岳父母之后,顾不得鞍马劳顿,即刻展开拜访诸多权贵,卑辞厚礼。毕竟有太任先前铺设之坦途,季历所拜访之处,出手阔绰,连太任心里都觉得有点怜惜不已。

"世风日下,声色犬马。若无奇珍异宝奉献,朝歌豪门高槛,权贵深宅,焉能畅通无阻,如履平地乎?"季历笑道,"朝野奢靡之风盛行,权贵豪门蝇营狗苟,如此腐败朝廷,焉能长治久安哉?"

太任点头称是,苦笑了之。

果不其然,季历奉行的"金钱外交",很快就收到意料中的奇效,权贵们利用各种机会在武乙面前举荐季历,建言其德才兼备,素怀忠心,倘若委其重任,可保西域一方平安矣。武乙问道,诸位爱卿,此人是否愿意臣服于大商?权贵们则纷纷证言季历忠心耿耿,绝无二心。武乙虽然面无表情,心中亦平添了几分喜欢。

季历住在岳父母家里,白天带领着随从三人,四处探访,乘势考察朝歌都城风情,夜晚秉烛研读商朝典籍朝纲,获益匪浅矣。

转眼间时逾月余,季历更加惴惴不安。忽一日,有宫人前来宣召季历入朝觐见。季历喜出望外,随行进宫,跪拜商王,并呈献一箱贡品,均为价值不菲之美玉珍玩。

武乙见季历相貌堂堂,神色自若,谈吐彬彬有礼,处变不惊,心里又陡增了几分好感,立马赏赐季历土地三十里,玉器九件,珠宝十串,良马二十匹,丝帛五十匹。季历跪拜谢恩。武乙环顾朝堂之上,多是脑满肠肥之樗栎庸材,顿时眉头紧蹙,心中十分厌恶,忿然退朝,不提。

　　季历乞浆得酒,喜不自禁。太任父亲见女婿归来,神气十足矣。又闻知他用价值连城之宝物才换回如此少量土地和赐物,竟然还乐得合不上嘴,仿佛捡来元宝似的乐不可支。一贯精于算计的老丈人,总是觉得这样的举动入不敷出,太不划算,心中哀叹这个人模人样的女婿,亦是盛名之下,其实难副,暗忖,噫!这个瓜女婿,真是个榆木脑袋,头还是让门框夹扁矣。

　　商贾逐于利。季历何尝不知岳父心里的那个"小算盘"拨打得溜圆。呜呼!燕雀安知鸿鹄之志,只能敷衍了事。但是,若设身处地想一想,岳丈所言世间人情世故,莫不如此。冷眼观看天下熙熙攘攘,皆为利来利往。自己一番权宜之计,他一个古稀老丈,焉能知晓乎?大丈夫韬光养晦之深谋远略,焉能轻易炫耀哉!

　　黉夜寂寞,太任心事重重,辗转反侧。清油灯闪烁,卧榻之上,季历将胸中宿愿,给太任和盘托出:姬周一族,自豳迁岐,经过几十载打拼,已渐成气候。部族兴旺,丰衣足食,自足自乐,总不是久长之举;姬族要王天下,必拓展生存空间;王天下必先臣服王之下,借力施力,方能鲲鹏展翅,翱翔于九天之上;商王分封姬周寸土,季历梦寐以求,亦是赐与我之合法身份,便可与周边方国并驾齐驱;假以时日,姬周人稠物穰,厉兵秣马,扫荡戎狄薰鬻,踏平鬼方诸寇。国富民强,人莫予毒;我今日委曲求全,蛰伏周原,一年不飞,一举千万里。十年不鸣,一鸣惊四海。垂翼附冥鸿,他日蛇作龙。

　　太任听君一席话,豁然开朗。她爱怜地张开双臂,环抱着丈夫,贴在胸前,磨蹭许久,情不自禁地呻吟起来。季历亦是激情四射,立马雄心勃勃,状若久旱逢甘霖,两人厮杀在一起,只见得被翻红浪,蛟龙缠绕,风云际会,浅水游弋;褥涌波涛,席卷狂风,一番鏖战搏斗,风樯阵马,畅快淋漓。毕,季历气喘吁吁,太任回味无穷。夫妇相互抚摸,心满意足矣。然,太任意犹未尽,复抱夫君,双眼紧闭,呼唤不已。季历也翻身上马,杀性顿起,二返长安,搏杀得痛快淋漓,待两人精疲力竭,方才昏昏睡眠矣。

· 33 ·

第六章

季历仁义拆民居　姬昌励志征戎狄

　　季历朝歌归来,随行之人将商朝典籍礼仪借鉴演变,并请伯达等人对姬周规章一一规范,施政于周庭,诸侯政体,初见端倪,周人国是,别具特色。而告慰父亲在天之灵,成为季历首选之议题。

　　仲秋的周原,秋高气爽,正是大兴土木的好季节,西岐城内的姬族宗庙扩建工程,迫在眉睫。季历指派姬昌负责施工监理,姬昌手下一干人,便马不停蹄地购置建材,丈量土地,启动宗庙周边的居民搬迁事宜。

　　一日早晨,负责施工的官吏急匆匆地来到姬昌住处,报告他有人拒绝搬迁,是否可以强拆?

　　姬昌毕竟年轻气盛,顿时恼羞成怒,火冒三丈,厉声呵斥道:"宗庙扩建,乃我姬族方国头等大事,谁人吃了豹子胆,不明事理,竟敢冒天下之大不韪,敢以螳臂当车?"

　　施工官吏欲言又止。原来,规划内有一座破烂不堪的房屋,住着一对年过花甲的老夫妻,他们无儿无女,平日里只能依靠这个小杂货店勉强度日。但是,此店不拆,宗庙扩建便无法完成。

　　姬昌知晓缘由,顿时脸色暗红,遂想起祖父和父亲倡导仁政,一贯爱民如子,这才有了姬周兴旺发达,成就西方诸侯。他意识到自己刚才失态,立马向施工官吏和声悦气地说道:"既然老者家境如此贫困,你等可要以礼相待,以情动人,万万不可强拆了事。"

　　施工官吏许诺走后,姬昌依然不太放心,遂另派官员前去协同处理好搬迁事宜。受命在身的官员,携带不少绢丝与货贝,前去老者家里拜访。老者杂货店地势偏僻,生意萧条,门可罗雀。

　　出乎所有人意料的是,老者根本不为眼前的巨额财物所动,倔强的严辞拒绝,似

第六章　季历仁义拆民居　姬昌励志征戎狄

乎毫无商量余地。官员晓之以理,动之以情,阐明扩建宗庙重要意义。

老者被逼急了,急赤白脸地辩解道:"姬族宗庙扩建,意义非同小可,老夫焉能不知晓乎?可话又说回来,将心比心,习非成是,你们扩建辉煌气派的宗庙是祖业,难道我这破屋烂厦,就不是先祖基业?况且,我老先人几辈人在此居住之时,你们还在豳地放羊哩。"

官员被老者一席话说得哑口无言,席不暇暖,只得悻悻然而归。他们无计可施,万般无奈之际,遂将详情汇报给姬昌。

姬昌细细思索一番,觉得老者言辞凿凿,虽然绝情,却不无道理。他心急如焚,只得召集官吏商议。有人主张修改方案,绕开此屋;有人提出强行拆除,按律行事;有人愿意再去沟通,和平解决。各抒己见,莫衷一是,大家争得面红耳赤。

面对棘手难题,姬昌真的是无计可施,他只得请教父亲季历。季历听完姬昌一番话后,沉思不语。姬昌心中忐忑不安,不时地乜视父亲。季历抬起头来,慢声细语地曰道:"我儿莫急。凡事要慎重从事,方能圆满。你祖父当年在豳地不忍心百姓深受戎狄伤害,这才带领姬族渡漆、沮水,越梁山,来到岐山脚下的周原,励精图治,贬戎狄之俗,而营筑城郭室屋。他老人家素以仁德闻名周边百里,民皆歌乐之,赞颂其德。你是否知晓,倘若比起那一户老者来,我们倒是真正的移民耶。既然如此,且绕开老者,先修建其他房屋,我再想其他办法。"

"爹!"姬昌不解地曰道,"这样拖延下去,费工费时不说,能否按时竣工,还真是一个问题。"

"事在人为么。"季历微笑道,"那就由为父来破解这个难题,如何?"

姬昌长舒一口气,谨遵父命,先在别处大张旗鼓地施工。从此,他每每路过老者门口,谦恭问安。谁料老者一副铁石心肠,不为所动,按部就班,一一往之,习焉不察,依然坐在门前打瞌睡。长此以往,不少人担心这个不通情理阻挡宗庙的拆迁户,必然没有好果子吃的。说来蹊跷,就在众人围观看热闹之时,谁也没有料到,本来生意萧条的杂货店,生意竟然慢慢地红火起来了,老两口应接不暇,每天忙得不可开交,有时连饭都顾不上吃。无奈之下,只好雇了几名帮工料理。小小杂货店里,丝绢堆积,粮食满囤,皮毛散乱,不忍卒看。

有细心之人终于发现其中的奥秘所在。原来季历在西岐城门口贴了一张告示:

祖庙毗邻,老者贫寒;膝下犹虚,鳏寡可怜;居民善心,可帮驰援;仁慈之心,人皆有之;季历叩谢,西岐欢颜。

顾客盈门,利润翻番。老者蒙在鼓里,自然不知晓其中缘故,依然沉浸在欣喜之中。然,房屋毕竟窄小,空间有限,顾客蜂拥而来,摩肩接踵,实在不堪忍受。于是,他主动地找到姬昌,要求搬迁到一处较大的地方再图发展。姬昌喜不自禁,连忙禀

大周原

报父亲,季历心里暗暗高兴不已,遂令姬昌立马组织精干施工队伍,夜以继日,半个月内,在西市为老者建造了一处窗明几净的临街新居。搬迁之日,姬昌又带领精兵强汉,车载人扛,老两口喜泪涟涟,众皆欢呼雀跃。

这座曾经影响市容市貌的老房子终于被拆除,华夏历史上最早的"钉子户",亦以和平共处、皆大欢喜的方式予以顺利地解决。困顿多日的姬族宗庙扩建工程,也得以按时竣工。而季历笃于行义,仁慈德政,广为传播。周边方国闻之感动,诸侯顺之。季历爱民如子,德高望重,在岐山脚下口碑相传,世代不衰。

一日傍晚,季历走出西岐城门,信步来到一个村落前,但见户户炊烟袅袅,树树飞鸟归巢,整个周原大地霞光万道,一片辉煌。季历触景生情,感慨不已,念天地之大美,叹人生之无常。安居乐业,和平简静,此乃为政者之最终目标耶。正在遐想之际,巧遇一位耆老前来请安。季历上前一步,躬身施礼道:"老丈,敢问甚事相求?"奢老哈哈一乐:"敬请我主,可否屈尊前去寒舍一叙?"季历微笑着跟随奢老,来到一座茅屋前,走进门去,院子里有不少人嘻嘻哈哈正乐着,墙边的一棵大树下,拴着一头红色肥牛,但见牛头方正,犄角短粗,鼻子呈肉红色,向后稍稍弯曲,体型硕大,发育均衡,骨骼粗壮,肌肉丰满,体质强健,肩长而斜,前躯发育良好,胸部深宽,肋长而开张,背腰平直宽广,长短适中,荐骨部稍隆起,四肢粗壮结实,前肢间距较宽,后肢飞节靠近,蹄呈圆形,蹄叉紧凑,蹄质坚硬。

"好牛!"季历忍不住伸出大拇指,连连赞誉,"真是一头好牛!"

"明主仁德之心,善行不胫而走,我等寻常周民,真是福气不浅。"奢老接言道,"虽则祖庙拆迁,说是小事一桩,但一滴水可以映照太阳。明主爱民如子,我等乡民为表对明主敬意,特奉献周庭壮牛一头。此牛肉细嫩、烙饼牛羹,膏脂润香,为上品佳肴矣。"

季历被庶民的一片诚心感动得不知所措,登时热泪盈眶。遂想,此乃当权者本职之所为耶,焉何敢以此为荣焉?何为父母官?何为爱民如子?差矣!差矣!眼前的这些寻常百姓,他们如同我的父母一般心慈善良,只求衣食不愁,安居乐业,他们并未奢求过多利益。我季历重任在肩,如芒在背,惟有勤勉为民,焉能懈怠混事了之!

"诸位乡亲。"季历躬身致礼道,"奢老诚心实意,季历没齿难忘。牛是大家耕作农田的宝贝疙瘩,还是留在此处为好。再者,我提议诸位还要养殖更多健壮耕牛,竭力发展农业生产,五谷丰登,方能健步走上康庄大道。"

奢老被季历高瞻远瞩的一番话,感动得哽咽无语,众乡民更是眼含热泪,他们簇拥着季历,将他送到西岐城门前,方才一步三回头,依依不舍地返回家园。

戎狄一次次地小规模进犯,令周人十分头疼,懊恼不已。自古公亶父迁徙周原以来,遭遇戎狄接二连三地惊扰,姬周可谓是屡遭侵犯,深受其害。此前,姬周初来

第六章　季历仁义折民居　姬昌励志征戎狄

乍到,又被东邻西舍之商属方国视为异族别类,不受待见。相互之间,鸡犬之声相闻,老死不相往来,甚至还磨刀霍霍,乘机作乱,致使周人自顾不暇,麻秆打狼,两头害怕。

薰鬻衰竭不再,新的一支戎狄部落鬼戎又强势崛起,此乃西北方游牧部落,逐草而居,凶猛慓悍,暴戾恣睢,春、夏、秋三季放马牧羊,辗转多处,飘忽不定;冬季则在密林旷野狩猎,飞马鸣镝,横行无忌;所需粮秣大多是从周原等村落农舍抢劫掠夺,他们呼啸而来,如虎入羊群,鹰袭鸡栅,所到之处,往往惊得鸡犬不宁,周原百姓苦不堪言。姬周疲惫御敌,事倍功半,拉锯一般,来回折腾。

如今,姬周与周边方国同属商王,彼此修好,后院不再起火。

季历为诸多戎狄部落屡屡进犯周原而伤透脑筋,全民皆兵,枕戈待旦,长此以往,必成大患;俟河之清,尚不可得;随遇而安,必将后患无穷。季历与诸位幕僚多次商议,若想国富民强,文治武功,厉兵秣马,缺一不可,当以其人之道,还治其人之身,他决定派季骝为邦交使节,西出关山,与此地游牧部落修好,并以丝帛粮秣换取良骥百匹,请来剽悍骑士伏乙,为周人教授骑射之术。

周人以农耕为上,重农轻武,不擅冲锋搏杀。季历亲自召开动员大会,号召周人青壮年踊跃从军,保家卫国。一大批壮汉从四面八方迅速集结,在此基础上百里挑一,组建成第一支骑士军。季历又挑选一名骁勇战将修甲统领周军。修甲曾经跟随古公亶父与薰鬻戎狄征战多年,谙熟戎狄部落习俗及杀戮战术。而经过选拔的一百名骑士,先在伏乙言传身教下,仅仅半旬时光已经能在马背上下翻飞,骑射自如。毕竟,这些农人虽则身体壮硕,却是耐力极差,加之散漫成性,练兵时辰稍久,即气喘吁吁。修甲知晓,戎狄啜牛啖羊,身体健硕,尤其是耐力极佳,好勇斗狠,横刀跃马。如果不对周军骑士进行超强度军训,以此涣散弱势群体上阵搏杀,恐怕仍会重蹈覆辙,兵败如山倒矣。修甲重新制定军训细则,黎明即起,武士背负沙袋十里急行军,早饭后练习马术骑射,午饭后讲述兵法要义并在操场进行格斗搏击,晚饭后爬越岐山。逾七日,武士人困马乏,疲惫不堪。一名武士不堪忍受训练之苦,趁夜色逃遁,被修甲巡夜时抓回。翌日清晨,修甲在阵前厉声呵斥,并杖打五十军棍,逃兵鬼哭狼嚎,众兵士噤若寒蝉,默不做声。

修甲怒不可遏,喝道:"今后凡逃亡者,杖一百!"

有好事者密报季历,诬言修甲不近人情,军训过分严厉。季历仁慈,私下规劝修甲可否降低训练强度,万事不可一蹴而就矣。

修甲据理力争,言道:"启禀我主,仁者不兵。兵贵神速,体能为上。若要报仇雪耻,必须严格训练,不可一日懈怠焉。倘若兵士们咬紧牙关,度过生理极限,则班师振旅,指日可待矣。"

有道是强将手下无弱兵,季历只得点头称是。翌日。两名周军兵士在演练中对攻搏击,吼声如雷,一时杀得不可开交。但见二人大战百余回合,仍然不分高低。一名兵士趁对方不备之际,一刀刺中腹部,肠子随即流出,血流如注。随即经过医治脱险,却使季历陷入深深沉思之中。上阵杀敌,兵戈相见,血肉之躯焉能抵挡快刀利剑乎?倘若长此如往,一仗下来,必然伤兵满营,战斗力急剧下降矣。

为此,季历召集修甲及军械官牛犊娃专门研讨此事,几人争议半晌,最终没有结果,只得不欢而散。晚上,牛犊娃回到家中闷闷不乐,其父牛皮匠询问缘由,方知儿子为此事作难。他蓦然看着院子里堆积如山的牛骨架,若有所思:假如能将坚硬的牛肩胛骨用皮条串联在一起,兵士穿在身上,岂不就能刀枪不入!

妙哉!妙哉!牛皮匠被自己的奇思妙想激动得有点忘乎所以。于是,他从骨架上卸下五块肩胛骨,反复比划,先在肩胛骨上钻眼十余小孔,再将肩胛骨边沿处相互叠压,最后用泡软的皮绳扎紧。他一直忙活到后半夜,方才将骨甲制成,自己先扎在胸前试一试,但见硬邦邦无坚不摧,轻飘飘雄强如铁。

牛皮匠兴奋地在屋内驴拉磨一般转圈儿,未等天明,遂将牛犊娃叫醒来欣赏他的这一杰作。牛犊娃几日来愁绪满腹,昨夜又是失眠半宿,磨磨蹭蹭不愿下炕来。

儿子的不屑一顾,惹得牛皮匠大发一通脾气,他气急败坏地吼道:"我看你娃是懒得撅筋哩么。他婆的臭脚哩,把我一晚上忙得脚朝天,你倒睡得美很!"

牛犊娃烦躁至极,他极不情愿地答道:"爹,你别唠叨了,我再睡一会么。"牛皮匠竖眉瞪眼骂道:"亏你先人哩。我昨晚半眼没眨,替你把骨甲做倭也了。"牛犊娃眨巴眨巴眼睛,疑疑惑惑地问道:"啥骨甲?"牛皮匠挖苦道:"睡、睡,你就会在炕上挺尸么。"毕,转身离去。牛犊娃愣怔一阵,蓦然跳下炕,连鞋都顾不上穿,疾步走到堂屋,眼前顿时一亮,他拿起骨甲,反复观看,然后兴奋地喊道:"我的爷,你咋就这么能行的!"牛皮匠怒气顿消,揶揄道:"我看你蕞怂得是兴糊涂矣。你娃就是想给我当孙子,还没资格。"

牛犊娃兴冲冲地穿着骨甲来到修甲府邸,二人反复试穿,立马兴奋地手舞足蹈。顿顿,修甲又提出耕牛数量毕竟有限,是否还可以用羊肩胛骨或者麂肩胛骨制作?牛犊娃跑回家,将修甲建议如实禀告父亲。牛皮匠一听似乎有道理,他随即找到两位杀麂宰羊的屠夫,一起实验制作骨甲,果然一举成功。

当修甲和牛犊娃把这一喜讯禀报季历后,季历夸誉道:"三个臭皮匠,顶个军械将!"

骨甲的横空出世,使得周军如虎添翼。姬昌以为还需研制盾牌来防御弓箭射杀,季历遂令军械官牛犊娃再接再厉,制作防御盾牌。牛犊娃回家后对父亲言及此事,牛皮匠搔着头皮,为难地曰道:"隔行如隔山。除过皮活以外,我可没法子了。"

第六章 季历仁义拆民居 姬昌励志征戎狄

牛犊娃顿感失望,唉声叹气。牛皮匠又道:"进山访樵,涉水问渔。你为何不去铁匠铺碰碰运气?"

一句话提醒梦中人。牛犊娃兴冲冲地来到西岐城内西北部的一家"铁记"铁匠铺,正好碰上儿时伙伴铁掌柜铁蛋子,牛犊娃言明叫响,只要研发出盾牌,周军照价收购。铁蛋子闻听此言,大为惊喜,可谓时来运转,此等军需物资之商机,要比打造镰刀斧头盈利多多,遂低声对牛犊娃许诺道:"只要这笔生意弄成,我一定忘不了你的。"牛犊娃登时勃然大怒,义正严辞地斥责道:"兵器乃护卫国家安危之利器,岂能从中巧取豪夺,伺机钻营牟利乎?倘若再提此等妖言,小心尔等项上人颡!"

铁蛋子被骂得羞愧不已,灰溜溜不敢再言。五日后,铁蛋子将所制铁盾送至军营验收,修甲会同姬昌一起察看,掂在手中反复试验,总是觉得此盾牌分量太重,兵士倘若在战斗中使用,必然消耗体力太大。

修甲寻思几日,郑重提出需要集中西岐所有铁匠与铜匠打造精英团队,另行建立兵工坊,组织能工巧匠,全力予以研制。姬昌闻之甚喜,遂告诫父亲,季历亦觉此动议甚好,叮咛他要亲自督办,不得有误。实验一次次失败,材质一遍遍替换,最终确定为一款铜质盾牌,整体上宽下窄,呈长方形状。

修甲兴冲冲地将盾牌送到季历面前,他异常高兴,赞誉不已。而姬昌总觉得盾牌表面光秃秃的,似乎缺少点甚么?

"雄狮气势。"修甲曰道,"所谓虎狼之师,气吞山河,临难不屈,临危不惧,方能勇往直前耶。"

"将军此言甚好,一语中的。"季历随即呵呵大笑道,"命画工在盾牌上设计出威武凶煞之形象,以正驱邪耳。"

众画工绞尽脑汁,反复修改,方才设计制作出一款盾面铸有凸凹明显的兽面纹,大头弯眉,双目圆瞪,虎鼻狮梁,阔嘴獠牙,形象狰狞甚为可怕。继而在盾的四周钻有数十个小孔,镶嵌在木质底板之上,背面凿有把柄。姬昌将此盾牌拿在手上反复比试,甚觉满意。修甲更是兴高采烈,他依此觉得周军今后添有骨甲和盾牌,必然所向披靡,战无不胜,攻无不克。众皆欢欣不已。

一日,季历与姬昌谈及修甲从严治军之事,姬昌听后,却沉思不语。季历倒先沉不住气了,他忍不住问道:"昌儿,你对此事如何看待?"

姬昌略一停顿,慢条斯理,言辞凿凿,曰道:"父亲大人,且听我直言秉报。修甲治军,法度森严,训练之严苦,儿早有耳闻。然其骁勇善战,兵法韬略,当为无敌天下之将才,侪辈无出其右焉。古往今来,所谓慈不领兵。凡为将军者,缮甲厉兵,赏罚严明,麾下才能聚集无懈可击之高手耶。"

又过半旬,兵士们熬过体力极限,军事技能随之大增,修甲又详尽讲授兵无常势之战略并进行战术合成演练,正面迎敌,则要如狮虎一般咆哮,气势逼人;侧面夹击,则视实情而便宜行事,避实击虚;伏击则要兵不厌诈,虚张声势;总之,战场瞬息万变,稍纵即逝,万不可墨守成规,狄进我挡,狄退我追,狄疲我扰,对戎狄不战则已,战则伤筋动骨,使其再无还手之力,当以取胜为最终之目标。

三月转瞬即逝,修甲进行军训检阅。季历和姬昌站在高台之上,眼观周军骑士军纪严明,精神抖擞,大喜所望,遂下令犒赏将士。修甲遂将百名骑士编入周军方阵,由他们每人领兵二十,复制强训兵法,又一月过去,整个周军兵强马壮,嗷嗷叫嚣,面目为之一新。

正在此时,有探马来报,鬼戎悄然来犯。

季历猛一愣怔,姬昌忍不住笑道:"周原地方邪,说龟鳖就来。"

"好!"修甲接言道,"练兵千日,用兵一时。正好借此来检验我军训练成果,一举两得,何乐而不为哉!"

季历喜出望外,当即召集众将领研究御敌策略,布下连环阵,只待骄兵来。他遂令姬昌统率周军,修甲为征伐西北鬼戎急先锋。周军勇士,早已磨刀霍霍,恨不得手刃鬼戎,将来犯之敌碎尸万段矣。

骄兵必败。鬼戎兵马挟昔日之余威,一路杀气腾腾,沿途强取豪夺,村落山民大多闻风而逃,鬼戎所到之处,鸡飞狗跳,他们趾高气扬,更加肆无忌惮,一路烧杀抢劫,向周原奔袭而来。鬼戎势如破竹,行进途中,忽有探马来报,周军一小队兵马,正押解十余车辆粮秣,在千河边歇息多时。鬼戎首领崇信太子开怀大笑,下令追击。周军见狄人来袭,丢下车辆粮秣,慌忙四处逃窜矣。崇信太子走到战利品前,见是刚刚收割的豆糜,喜不自禁,只留下少数兵马,运输粮秣,大部人马沿着雍河两岸,一路向东,穷追不舍,转眼间追出八十余里,已至磺雍北原之下。

崇信太子下马观看,此处正处雍河姬水相交之处,北原沟壑密布,南原突兀而起,平坦延绵,东原一望无际,土著部落曾在原上修筑城墙,遇雨坍塌,亦名半阁城。天晴可见西岐城轮廓。雍河右侧,有十余户人家,散布于台阶塄坎之上,凹如锅底,林木巍然,树高十丈,枝繁叶茂,郁郁葱葱,佳气浮飘,燕舞莺啼,河畔水草密集,碧水之中鱼鳖成群。小村曰后河,周原土著笑称其为"鳖窝"。村前羊肠小道,有三五周兵漫步其中,吊儿郎当,甚为懒散。崇信太子下令众武士下马休息,以逸待劳。鬼戎兵士们宽衣解带,捉鱼放水,浪激草地,劈啪作响。紧接着,又有探马来报,后河窑洞里粮食满囤,且只有数十人把守。

"呵呵。天赐良机,时不再来耶。"崇信太子大笑道,"瓮中捉鳖,手到擒来。我等不费吹灰之力,即可满载而归矣。"

常言道骄兵必败。崇信太子得意忘形,他万万不知此乃姬昌欲擒故纵之计耳。

第六章　季历仁义拆民居　姬昌励志征戎狄

忽听一声炮响，硝烟弥漫，东坡原下，杀声阵阵，北坡沟壑之中，呼啦啦杀出一队兵士，将推车横挡于便道之中，随即将它点燃焚烧，登时火光冲天。崇信太子方才知晓大事不好，一声口哨，鬼戎骑士随即翻身上马，怎奈地势坎坷不平，慌乱中相互踢踏，死伤无数。蓦然，南坡上巨石滚滚而下，砸得人仰马翻。东坡上飞箭如蝗，铺天盖地而来，鬼戎死伤一片。姬昌令旗一挥，率先手持宝剑骑在马背，冲锋陷阵，周军兵士，勇往直前，杀得天昏地暗，真是痛哉快哉。

崇信太子见大势不妙，连吹口哨急急呼唤所率其余兵马，慌忙逃窜，向西行二里，又听得一声炮响，修甲带领百名骑士呼啸而至，利刃在阳光下熠熠闪烁，寒气逼人。修甲身先士卒，砍杀无数，骑士更是马上翻飞，杀得眼红。

季历站立在北坡头，厉声断喝一声："西落鬼戎逆贼，祸害我周原数载，罪不容诛！我念其你是王子，快快下马受降，可保你不死。倘若负隅顽抗，必诛杀之！"

崇信太子眼见大势已去，环顾四周，方才看清此地名曰太子村。回想去年曾在此地慷慨陈词：太子村，太子村，真乃我崇信太子福地也。时过境迁，不由得仰天长叹道："太子村，太子村，罢罢罢，你果真是名存实亡矣。"毕，拔刀自刎。

鬼戎兵马顿时陷入一片混乱，群龙无首，眼见大势已去，只能纷纷下马投降。周军打扫战场，俘获西落鬼戎数千人，得马匹近万匹，辎重无数。

这一仗打得真是漂亮至极。西落鬼戎，从此一蹶不振。周人声名远播，他们从此次战争之中获益匪浅，国力提升许多。周军威风凛凛，能征善战，北方戎狄强奴，无不闻之丧胆。此后，周原在很长一段时间内，平安无战事，周人养精蓄锐，操练兵马，跃跃欲试。正是：

> 秋雨连绵叶染霜，长空雁叫菊花黄。
> 马嘶旷野膘肥壮，五谷丰登初上场。
> 万户暖烟香霭霭，千家灯影明煌煌。
> 忽闻戎鬼兵马到，枕戈周民保故乡。

季历从此信心倍增，雄心爆棚，仁德广播天下，他殷切地勉励姬昌，弘扬我姬周大业，必须依靠武力作为保障。

第七章

太伯仲雍祭奠亡父　季历严辞呵斥姬昌

光阴荏苒。转眼之间,古公亶父三周年祭日临近,季历每每梦到往昔情景,历历在目,仿佛就在昨日。一家人其乐融融,父亲笑容可掬,默不做声,太伯与仲雍,交杯换盏,乐在其中。他每次从梦中哭醒,哀叹不已。太任见夫君郁郁不乐,遂向他提议,何不派人送信去荆蛮,请兄长返乡致祭,兄弟团圆,一举两得。季历闻夫人之言,不觉长叹一声,喉中语塞,泪如雨下。

周原习俗,世代相传。凡家中长辈亡故三周年祭日,必定要竭尽全力,大操大办,凡沾亲带故者抑或远亲近邻,亦要登门祭拜亡魂。季历重任在肩,责无旁贷,安排得力人手,提前一个多月,开始操持准备祭祀事宜。等到祭日前三日,一切安顿妥当。季历正在大堂审查祭奠议程,忽地有人急报,西岐朝阳门外,两名短发异人,蓬头垢面,衣衫褴褛,呼天抢地,恸哭得死去活来,惹得周人围观,指指点点。季历眉头紧蹙,责备道:"此人痛哭流涕,必有冤情矣。守城官兵,为何不搀扶他们前来见我?众人却在一旁嬉笑,成何体统!"来人忙起身回转,飞奔而去。季历若有所思,胸中云海翻卷,诧异道,西岐城外如此咄咄怪事,当属头一遭矣。他百思不得其解,决定亲自前往处置,走出周庭十几步,蓦然醒悟过来,不由得大叫一声:"我的天神!"

季历顾不上许多,撒腿就跑,一路狂奔东门而去。他跌跌撞撞地跑到朝阳门口,气喘吁吁地扑倒在两位异人面前,痛放悲声:"大哥、二哥,你们可回家来也,小弟想死你们了!"

旁边围观人群顿时惊愕得目瞪口呆,齐齐上前,生拉硬拽,才将哭成一团的三兄弟搀扶回周庭。

在扩建竣工的姬族宗庙古公亶父牌位前,焚香,三叩首,太伯、仲雍又是一番嚎啕,众人亦暗自落泪。太任安顿庖人准备酒菜,为大伯二伯接风洗尘。三兄弟交杯换盏,叙述离别之苦,思念的泪水一次又一次地溅洒酒樽。

第七章　太伯仲雍祭奠亡父　季历严辞呵斥姬昌

太伯道："远离故土的最初一段时光,相互言语不通,习俗差之千里,甚为艰难。我们只得断发纹身,这才融入南蛮部落。逾二年,开始普及农耕,教民稼穑,使之夏秋之季插秧种粮,闲暇时节渔猎。三岁初上,按照父亲规划西岐城之蓝图,创建基业,缩版以载,建成一处方城,初见规模。"

季历感慨万千,不由得泪湿眼帘,言道："兄长们长途奔袭,异地创业,另开辟一方天地,几多艰辛,几多愁苦。小弟闻之,真是于心不忍矣!"

仲雍接言道："三弟,这次回家,感慨良多,我和大哥耳闻目睹西岐城千变万化,真是喜上眉梢。贤弟,承继父亲遗志,图谋姬周大业,千斤重担,你千万不可懈怠之。"

三人正说着闲话,姬昌急急归来,拜倒在大伯二伯膝下。太伯扶起侄儿,上下打量,只见姬昌相貌堂堂,身材魁梧,一表人才,喜不自禁："我侄儿真乃栋梁之大材,姬周伟业,当寄托在昌儿身上。"仲雍赞曰："姬族幸甚。还是父亲高瞻远瞩,慧眼识英才。"

季历慌忙起身,言道："大哥这次归来,小弟如释重负。姬周家业,我拱手相让,望大哥重新担负起光大姬周之大任,带领我们再接再厉。"

太伯笑道："贤弟扯远矣。此事不可再提,否则就是忤逆之罪。父亲在天之灵,亦不饶恕耶。"

季历凄然泪下,道："大哥继位,天经地义。季历何德何能,本已越俎代庖,岂能一错再错!"

姬昌也跪倒在地,曰道："父亲真心实意,日月可鉴。万望大伯留守周原,统率姬周,完成祖父发奋图强之大业。"

太伯登时沉下脸来,怫然不悦道："父亲祭日在临,我和二弟千里归来,为的就是此事。祭奠之事,马虎不得。大家应当全力忙活,其余杂事,一律免谈。"季历欲言又止,太伯转身拂袖离去。

古公亶父祭奠之日,天气阴沉,乌云密布。太伯等孝子贤孙,披麻戴孝,周庭上下,白花花缟素一片,西岐城内外庄严肃穆,白旗低垂,唢呐呜咽,四方百姓,扶老携幼,额头扎白布条带,手持山野黄花,聚集于太庙门前。已时刚过,祭司宣布古公亶父逝世三周年祭奠开始,众行三鞠躬礼。季历宣读祭文之后,一队军士,成扇形依次列开,两人一组,一人双手紧握一个镢把炮铳,一人手持燃火棉絮,鸣放二十一响,声震云天。

毕。太伯双手捧着盛放着白面糕子和菜肴的木盘走在头前,一干族人紧跟其后,西岐城内外百姓,浩浩荡荡,列成蟒蛇巨阵行,神龙见首不见尾,煞是庄严隆重。

太伯看见父亲坟茔,立马瘫倒在地,道一句："爹爹,不孝之子太伯,归来晚矣。"

一句话说毕,便昏倒在坟头前,不省人事。众人慌作一团,赶紧把他抬在平坦处使其躺平,有人使劲掐其人中,却见太伯牙关紧咬,白眼频翻。有一医者上前察看,把脉诊断道:"伤痛过度,气血攻心,稍作休息,即可苏醒。"眼见兄长晕倒,众人纷纷抹泪。仲雍更是悲痛欲绝,嚎啕大哭。季历亦是泪流满面,抽泣不已。太伯终于苏醒过来,并无大碍。

众人方才松了口气,称赞古公亶父教子有方,父孝子贤,一门仁义,堪称世人之楷模焉。

太伯面色逐渐地红润起来,心智体态随之平复了。他眼含泪水,在父亲坟前焚香祭拜,跪拜再三。仲雍徒手将坟茔之上杂草一一拔掉,季历和姬昌挥锹培土,将封土修整得又圆又高。祭拜仪式完毕,众人陆续返回。

一阵冷风袭来,季历不由得打了个冷颤。太伯对季历曰道:"三弟和昌儿,请你们快速回转家园,招承前来参加祭奠的客人。我和仲雍想再陪伴一下父亲大人,诉说心中离别之苦,即可回来。"季历担心兄长情绪再次失控,劝他一同返回周庭。仲雍言道:"贤弟放心,有我陪同大哥,不会有事的。"季历这才一步三回头地缓步离开。

太伯、仲雍复跪在坟前,沉默不语,泣不成声。不知不觉过了一个时辰,方才返回周庭与族人促膝言欢。时逾月半,太伯告诉季历,他与仲雍即将返回梅里村,请三弟准备一些良种菜籽云云。

"长子立国。这是规矩。"季历大骇道,"大哥万万使不得!你焉能再次离开?姬周大业,谁来承继?"

太伯微笑道:"三弟此言差矣。我们这次回家以来,目睹周原风调雨顺,人泰年丰,西岐城内外,百姓安居乐业,姬周蒸蒸日上,我打心眼里欢欣不已。当年凤鸣岐山,已显示圣主之天象。父亲大人洞察天意,为姬周深谋远虑,已经奠基可靠基础。况且天道不可移,父命不可违耶。我几日来细细观察昌儿,天庭饱满,天禀聪慧,有王者之相也。姬周生昌,幸甚至哉。正如父亲大人所言:兴王业者,其在昌乎!"

"大哥一番话,亦是我心声。"仲雍接言道,"鸢飞唳天,鱼跃于渊。望贤弟以社稷为重,不可一日懈怠,当以姬周复兴为崇高伟业。征程艰难,且不可一时松弛耶。"季历心事重重,低头不语。

季历再次请求两位兄长共谋大业。仲雍笑道:"你二嫂又有身孕,难道你忍心我们夫妻两地分居?"太伯微笑道:"吴地初见曙光,你我兄弟东南西北遥相呼应,共谋天下,岂不美哉!"

太伯与仲雍执意返回荆蛮,大大出乎于周人之意料。他们出城时许多人依依不舍,好言相劝。姬昌更是拦马拽镫,不让二位伯父离开周原。太伯摸着姬昌额头,亦恋恋不舍。

鞭棄圍場萬马空
故心從此老隨風
袁荒藐地未魚肴
一脈姬吳抱小同

第七章　太伯仲雍祭奠亡父　季历严辞呵斥姬昌

太伯、仲雍与众人依依惜别,然后恋恋不舍地消失在漫漫征途之中。正是:

离弃周原万事空,故乡从此梦秋风。

蛮荒荆地米鱼香,一脉姬吴相与同。

大哥与二哥执意地要返回荆地,季历虽然多次好言相劝,还是挽留不下,为此闷闷不乐好几天。他何尝不知自己肩上的担子,当有万千斤之重也。

太伯和仲庸返回梅里村,心无旁骛,致力开土拓疆,梅里村四周几百里土地全部纳入了其麾下管辖范围,兄弟两人审时度势,决定分而治之,太伯留守梅里村,仲庸迁到今常熟一带。如此分离许久,二人相互怀念不已。太伯命人在附近的鸿山建造了一座"望虞亭",每逢佳节,倍思仲庸,他总要登高望远,在"望虞亭"独自滞留许久,借云聚云散寄托着对二弟的思念。也许是心心相映,仲庸亦心照不宣,在他的属地虞山建造了一座"望鸿亭",逢年过节亦是登临虞山,在此极目眺望梅里村的兄长,鞠躬致礼,遂留下一段手足情深的千古佳话。

一日,季历正在周庭院中散步,姬昌前来禀报,有商王信使来到西岐,季历换衣遂去大堂会见。商朝信使告曰,近来北方燕京、余无、始呼、翳徒等戎狄部落,不断骚扰中原边民村庄,掠夺财物粮秣,百姓遭殃,民怨沸腾,必须给其以毁灭性痛击,彻底消灭北地之隐患焉。大军征伐戎狄所需粮秣辎重,朝廷已经备齐。王令季历为讨贼大将军,统率周军,旬月内大军开拔征讨戎狄。季历略一思索,请信使回禀商王,西岐军民,同仇敌忾,绝不负王命。信使授之于季历尚方宝剑,商之大旗,遂返回朝歌复命。季历令姬昌即刻召集众人来商议对策,伯达、伯适等文士坚决反对出兵,言此举劳命伤财,弄不好会削弱西岐国力,从此一蹶不振,若周边方国趁虚而入,则弊大于利矣。姬昌正欲言讲,季历却用眼色制止。修甲等武将则极力赞许,并举例说明灭鬼戎一战,缴获甚多,自然利大于弊矣。大堂之上,文武相争得面红耳赤,不亦乐乎。季历制止道,文官武将,各抒己见,言之有理。请诸位少安毋躁,待我思索一番,再作商议,如何?

众官吏悻悻而归。姬昌按捺不住,呛道:"父亲大人明知伯达等八士瞻前顾后,窝窝囊囊,遇事总是前怕老虎后怕狼,为何不力挺修甲等骁勇善战之将士?"季历不动声色,闭目养神,姬昌更加焦躁不安,在大堂之上来回走动。不知过了多久,季历方才睁开眼睛,嗔怪道:"为王侯者,必有鸿鹄之志,即使天塌地陷,亦要镇静自若,不可自己先乱了方寸。人世间凡事都有利弊,更别说牵扯到国家命运之重大决策耶。大堂之上,众说纷纭,兼听则明,偏信则暗。每做重大决策,更需文武畅所欲言,眼观六路耳听八方。主政者则要理清头绪,分辨主次利害。临危不惊,方能立于不败之地。吹沙见金,往往觅得稀世之宝。我今见你六神无主,心浮气躁,与莽夫何异乎?长此以往,匹夫之勇,焉能安邦治国哉?先祖复兴强国之梦,恐怕定当付之东流!我儿,你年轻气盛,有勇无谋,为父心焦如焚也。"毕,拂袖而去,将姬昌一人晾在大堂之上。

姬昌登时惊愕不已,如临深渊,顿时懵懂,如堕烟雾。在他记忆之中,父亲一向文质彬彬,循循善诱,极少乱发脾气。今日劈头盖脸地一番呵斥,如雷贯耳,字字刺心,句句裂肺,他瞬间宛如万箭攒心,浑身仿佛被剥皮抽筋,酥软得没有丁点力气。

季历径自离开,走到院中梧桐树下,徘徊不前。暗忖自己刚才在儿子面前是否有点失态？虽则是火急攻心,怒其不争,而恼怒之下,过于求全责备,功倍事半？虽则是一片苦心教诲,忠言逆耳,是否适得其反,变得苍白无力？思想到此,季历甚至有点悔不当初。一阵微风袭来,梧桐树上窸窸窣窣,几片树叶飘然落下。季历弯腰捡起一片黄叶,静眼观看,梧桐叶子纹理纵横,排列有序,煞是细密。他仰观蓬勃树冠,依然枝繁叶茂,华盖如伞,遮天蔽日。忽地明白过来,合抱之木,且有残枝败叶,亦不能遮盖其巍然；于阗之玉,自存微瑕,尚不可掩饰其白皙。欲速则不达,如此看来,姬昌这块顽石,尚需精心打磨,方能成大器耶。

几天来,姬昌闭门思过,寝食不安。季历察言观色,心中窃喜。猛虎舔血自救,必长啸山岗；钝剑刮垢磨光,当寒光熠熠；勇士刮骨疗伤,必天下无敌。

一日清晨,窗外的梧桐树上,一只喜鹊在枝头上蹦蹦跳跳,喳喳鸣叫。季历洗毕脸后,姬昌便端来一杯茶,恭恭敬敬地跪倒在地,低声说道:"父亲大人在上,不肖之子姬昌有礼矣。自从那天爹爹呵斥儿之后,懵懂不得要领,一时悲喜交集,慌张不知所惜。这几日以来,闭门思过,惶惶不可终日。儿虽愚钝,还是感悟甚多,略有体会。愿慈父不弃,多多教诲。儿洗耳恭听,愿闻其详。"

季历心中不由得暗暗高兴,响锣不用重锤,看来昌儿并非不稂不莠,还是可塑之才,能堪大用矣。他呷一口茶水,清清嗓子道:"五帝以来,建国立邦之都邑,政治文物,皆所出之于东方。如今,我姬周偏安西土周原一隅,若论起国力差异,相去不啻天渊。而图一方霸业,国富民强,制度典礼乃道德之杠杆,安民强军为社稷之基础,而尊亲贤达三位一体,当为王道霸道并重,百废待兴之翅翼也。为王侯者,满招损,谦受益。此次东征戎狄诸强,我亲临督战。你且在朝理政,不可一日懈怠之。"

姬昌叩首谢恩道:"父亲大人嘱托,儿时刻铭记在心。"

第八章

周军东征势如破竹　商王心虚枉杀季历

周军欲东征讨伐燕京、余无等戎狄,周人无不摩拳擦掌,跃跃欲试。季历与修甲等将领反复推敲作战策略,决定分而击之。关于此次讨伐范围,季历做了精心谋算。盘踞在周原东南方的犬侯(即今陕西兴平市一带),乃商之方国,暂不讨伐,则可麻痹朝歌。季历所率周军沿岐山脚下一路向东,趁其不备,首先对一直与周人作对的程国发起进攻。程国(即今陕西富平县一带)土地肥美,物产丰富,乃关中之"白菜心"。程人养尊处优,优越感十足,平日里走路大多背着手,仰头挺胸,四平八稳,一副目不斜视之傲慢模样。

正在此时,程国国君因为天旱缺少粮草,竟然指派使者前来西岐无偿索取,且言辞强硬,倘若不满足其欲望,将马踏周原。季历闻此恶言恶语,登时气得不得了,将士们更是义愤填膺,怒不可遏。季历遂想,倘若关中腹地常有程国不断地作祟,何言长治久安乎?于是,他亲自率领训练有素的周军将士一万五千人,长途跋涉来到程国城下,乘其不备之际,猛然发动了声势浩大的攻势,交战双方在毕地展开了强强对决。面对突如其来的周军杀声震天,平时骄奢淫逸的程人登时慌了手脚,几乎没有做多少抵抗,时不过三日,程国军队便放弃抵抗,随即缴械投降矣。其中有不少兵士纷纷阵前倒戈西岐,程国国君见大势已去,随之自杀身亡焉。从此,程邑便成为西岐的势力范围,东征门户萧然洞开。

极具雄才大略的姬周领袖季历一举拿下程国,其卓越的军事指挥才能,在连绵不断地讨伐战争中得到充分的体现。周边的几个方国(即今陕西泾阳、高陵、三原等)随即作鸟兽散矣,周军乘胜追击,渡过泾河,顺势拿下整个关中平原的渭北(即今蒲城、澄城、大荔、合阳、白水、韩城)与渭南(即今临潼、渭南、华阴和潼关)地带。猃狁在古公亶父迁徙周原后,已经占据豳地五十多年了。季历决定挥师北上收复失地,周军所到之处,猃狁闻风而逃,其首领亦在慌乱中坠马被俘矣。猃狁残余逃至大

大 周 原

漠,南北豳地(即今陇东和陕北一带)重新归姬周一统管辖了。至此,泾河流域相安无事,再无往日猃狁袭扰叵烦之忧矣。

返回周原的将士们,士气高昂,风樯阵马。季历命周军休整一个多月之后,随即渡过黄河,一战始呼部落(即今山西南部一带),敌军丢盔弃甲,溃不成军;二战余无(即今山西长治一带),其兵马望风逃遁,兵不血刃;三战燕京(即今山西汾阳一带),戎狄龟缩城内,周军围城数日,却久攻不下,虽然费了不少周折,最终以胜利告终;四战讨伐西洛鬼戎(即今陕西与山西北部一带),俘获十二翟王,残余鬼戎一战即溃,落荒而逃;最后一战为讨伐翳徒之戎(即今山西阳泉与河北石家庄之间),季历集中优势兵力,予以强攻之,但效果却不太理想。修甲以为,周军毕竟长途跋涉,连续作战,伤病满营,兵士普遍体力不支,如果战事久拖不决,再延续下去极其不利。季历审时度势,决定见好就收。此次讨伐诸戎,周军纪律严明,沿途追击穷寇,从不惊扰百姓,大军所到之处,深得民心。加之黄帝部落许多姬姓部族暗地予以有力支持,季历率军队讨伐之城池,几乎是一夜之间倒戈于周军。周边大大小小几十个方国和部落主动修好,纷纷归附周人。姬周势力范围快速拓展,疆域比原先扩大十余倍,国力大增,财富累积,奴隶制经济实力得到空前发展。

据统计,季历在位二十五年,他亲自率领训练有素、英勇不屈的周军,先后进行了七场大范围地讨伐之战,西伐、北上、东征,从周原到今之陕北、华北、内蒙、晋北、燕京,一路凯歌高奏,车辚辚,马萧萧,奋力征战数千里之遥,姬周的势力几乎占据了殷商的半壁河山。

周军班师回朝,季历将缴获的部分财宝进献朝歌,商王文丁龙颜大喜,遂封赏季历为商朝牧师,宛若今之农林牧业部一把手,执掌天下之畜牧业。东征之战,不但使得姬周国力倍增,而且季历亦获得朝歌嘉许。从此,姬周独木成林,遂成商朝西方强大之方国。

佳木独秀高岗,厉风必摧之;芝兰生于幽谷,野花自妒耶。周人日渐强大,傲视群雄。商属列国心存芥蒂,惶恐不安。豪强亦是心怀叵测,见风使舵。他们频繁串联,上蹿下跳,亟不可待,行贿于庙堂之宠臣,送礼于商朝之奸佞,里应外合,摇唇鼓舌,一时阴风四起,妖言惑众,诬陷季历貌似忠厚,其实早有忤逆造反之心,周之崛起,必将代商而称霸天下云云。危言耸听,何其毒也,欲置季历于死地而后快耶。

最初,文丁并未留意在心,并且当朝训斥过进言官吏乃是小肚鸡肠,嫉贤妒能之鼠辈耶。

有道是:西山有鸟鸣叫,东山天罗地网。候鸟自由飞翔,大网铺天盖地。

权奸们一计不成,又生一计,谗言周原美女如云,季历搜刮一空,藏匿于周庭之中,明铺暗盖,独享艳福。庙堂之上,一时暗流涌动。文丁闻之,暗忖,季历多次进贡

· 50 ·

珍玩无数,却从未有美女进献,心中略有不快,遂派近臣赴周原暗访。使臣所经之处,方国早已准备就绪,见兔放鹰,佳酿美女款待,重金异宝奉送,使者未到周原,诬陷之词已经溢满胸襟矣。

天有不测风云,人有旦夕祸福。朝歌磨刀霍霍,季历却生生蒙在鼓里,全然不知杀人之刀,已高悬头顶了。

官场险恶,如狼窟虎穴;官吏沉浮,若深渊骇浪。朝歌内权力倾轧,犬牙交错,明争暗斗,似乎从未停息过。任挚氏为参知政事,权倾天下,久而久之,遂引起其他贵族羡慕嫉妒恨。他们蛊惑商王,朝歌危在旦夕,诬告任挚氏与季历里应外合,必将取而代之。文丁获知此谗言,顿时火冒三丈,他权衡轻重,暗动杀机,季历岳丈亦不幸躺着中箭,被指控参与任挚氏家族谋逆,惨遭杀身之祸。

太任闻知家族覆灭,顿时哭得死去活来。季历安抚再三,发誓道,此仇不报,枉为周人。谁料快马来报,一道接一道诏书,催促季历火速前往朝歌。姬昌规谏父亲曰道,姥爷家族刚刚罹难,此时商王召之,其中是否有诈?季历惨然一笑,桀犬吠尧。君让臣死,臣不得不死。但为父循常习故,规矩绳墨,胸襟坦荡,心里无冷病,不怕嚼冰溜。

季历明知此行凶多吉少,在劫难逃。临行之前与姬昌促膝畅谈,交待政事,嘱咐道,凡事不可鲁莽冲动,定要慎重行事,思之再三,为周人强大而暂且忍让。为政者位居高堂,万不可受人蛊惑。天行健,君子当以自强不息。为父倘若遭遇不幸,昌儿当节哀顺变,不得轻举妄动。古人云,将飞者翼伏,将奋者足跼,将噬者爪缩,将文者且朴。假如为父劫后余生,必大鹏展翅于九州,飞鹰翱翔于华夏。

姬昌跪拜父亲,怆然而泪下。季历缟素披麻,前往古公亶父坟茔泣别,毕,策马扬鞭,一路风尘仆仆,奔向朝歌而去。

三日后,季历进宫晋拜商王,进献珍宝玉石若干。满朝文武肃立两旁,冷眼旁观。庙堂之上,阴风习习,波诡云谲,危机四伏。季历曰道:"启禀我王,西岐季历前来觐见。微臣沿途见百姓安居乐业,朝歌歌舞升平,心中甚喜。王上为社稷殚精竭虑,国泰民安,微臣敬仰不已。今日面见王上面容憔悴,龙体可否安康?"

文丁心中微微一震,支吾道:"秋高气燥,本王痰热内躁,寝食不安,御医已做诊疗,不碍事矣。"

季历依然跪地言道:"微臣尚且不知缘由,王上为何诏书连连,催促季历来朝觐见?"

文丁竟然吭哧起来,只好令季历平身。季历诺一声谢恩,站立一旁。太师费非见缝插针,接言道:"奸臣季历,你可知罪否?"

季历睥视一眼,心中顿生厌恶,暗忖此人心地阴暗,左右逢源,惯于煽风点火,作奸犯科,乃潜伏在朝歌庙堂真正的权奸逆臣。他傲睨自若,讥讽道:"请教费太师,季历虽为商朝牧师,与你同朝为官,似不曾得罪过大人?今日朝堂之上,你口出狂言,以售其奸,诬陷下官,于情于理何在?"

"季历,你大逆不道!"费非气急败坏,色厉内荏,曰道,"你擅离职守,不在朝歌理政,却躲避朝廷繁忙国是,自去料理西岐独家营生,此一罪耳;你招兵买马,征东伐北,方国皆受袭扰,此二罪也;你满口仁义道德,却掠夺美艳,荒淫无度,此三罪焉。"

一席话说毕,满朝文武,皆交头接耳,嗡声四起。

"呵呵。"季历坦然自若,冷笑一声。宛如泰山压顶,面不改色,据理力争,呛声道,"太师乃朝廷重臣,一言九鼎,季历向来尊而敬之。予万万没有想到,一个众官师表,焉能罔上虐下,当廷造谣生事?"

费非被刺得脸红脖子粗,一时无言以对。季历器宇轩昂,不卑不亢,继续曰道:"王上明鉴,微臣虽不才,但对朝歌忠心耿耿,鞠躬如仪。综予业绩,瑕瑜互见。今日大堂之上,费太师居心叵测,信口开河,臣先闻之愕然,继而愤愤然。尔所言三宗罪,乃无中生有,肆意污蔑,纯属无端捏造耶。王上明鉴,臣为牧师,专司农牧之事,乃王上恩赐,季历没齿难忘,一心为公,岂敢懈怠之。微臣掌管天下农牧业,尚需长年累月在乡野一线体恤民情,察看农耕田地;巡察游牧诸部族牛羊繁殖,责无旁贷。予关注五谷丰登收歉,马肥牛壮,水草茂盛,这样才能力保商朝江山千秋万世永固。倘若常驻朝歌,岂不是不守本分?其次,微臣此前东征戎狄,乃是奉王上授之权柄,皆为商朝扫荡敌寇,平复边境,何罪之有?三是深山出俊鸟,京畿多佳丽。西岐无非弹丸之地,姬周原本山野人家。周原少女豆蔻年华,颧骨似山杏红紫;妇人腰身,粗若木桶耶。所谓掠夺美艳,更是空穴来风,顺嘴胡诌,莫于毒也!"

文丁登时赧颜,低头不语。众官僚窃窃私语,交头接耳,局促不安。

上大夫浑丘狞笑道:"启禀我王。季历伶牙俐齿,善于诡辩。真乃是死不认罪。"

费非恼羞成怒,厉声喝道:"季历匹夫,大言不惭,所谓仁义天下,浪得蜗角虚名而已。你身为朝歌命官,王上待你不薄,没想到你恩将仇报,勾结任挚氏,竟敢冒天下之大不韪,撺掇忤逆,抢班夺权。此欺天犯上之重罪,罪不容诛,尔等再巧舌如簧,亦无济于事矣。"

季历仰天长叹,五内俱焚,肝肠寸断,自知今朝在劫难逃,想到此处,遂放声大笑道:"太师心怀鬼胎,却倒打一耙。妖言惑众,无所不用其极也。逆臣逸言,何患无辞!我王在上,微臣季历一片丹心,可比天界玉壶耶。"

朝廷大堂之上,即刻人头攒动,大臣们议论纷纷。浑丘相时而动,曰道:"逆贼季历,你若下跪求饶,洗心革面,或可免死罪。"

季历暗忖,费非、浑丘之鼠辈,一唱一和,狼狈为奸。本为小人得志,溪壑无厌,

第八章 周军东征势如破竹 商王心虚枉杀季历

固不足责。而文丁素来谦和勤政,善解人意,没想到却被这帮宠臣蒙蔽,有眼如盲。呜呼!俗话说光棍不吃眼前亏,看来只能委曲求全,退而求其次矣;如今雀入鸠巢,险象环生,惟逃之夭夭,方为上策;狭路相逢,拐弯自遁,亦是自救。想到此,他再次跪下来,曰道:"启禀我王,微臣季历耿直畅言,桀骜不驯,当属野马无缰,不可理喻之蠢才。若再谋其政,恐怕只会贻误王业。事已至此,微臣斗胆请辞牧师一职,敬请王上另选贤能,以免误国。微臣从此闲云野鹤,了此残生矣。西伯侯爵位,还请君王予以撤销之。至于西岐兵马,即可就地遣散,马放周南山,刀枪冶铁筑犁。微臣将在朝歌闭门思过,悉心听从王上落发。"

费非冷眼旁观,心中却暗暗高兴,季历老儿,即使再花言巧语,我且看你今日就是三头六臂,恐怕亦难以摆脱困境矣。他面带讥笑,依然不动声色。浑丘却是惊得目瞪口呆,手足无措。文丁身体微微一颤,动了恻隐之心,欲言又止,只好下令仓促退朝矣。

季历仓惶踅回朝歌官邸,紧闭大门,立马吩咐随从赶快收拾好细软行囊,欲待日落西山之后,乘夜色逃遁。几人饥不择食地填饱肚子,心神不宁地围坐一起,默默无言。华灯初上,朝歌街头熙来攘往,热闹非凡。时至亥夜,季历一行悄然出门,刚走出朝歌城墙不远,忽见一队兵马拦住去路,猛地听到一声断喝:"季历逆贼,哪里逃遁!"

季历蓦然一惊,浑身立马惊出冷汗来。待他细细打量一番,方才看清是太师费非居高临下,骑马截道,兵士威风凛凛,杀气腾腾,将季历几人围得水泄不通。

"匹夫季历。"费非冷冷笑道,"果然不出老夫所料。黑天暗地,尔为何不闭门思过?呵呵,难道还要不辞劳苦,趁夜色四处巡察乎?"

季历昂首挺胸,微闭双目,两行热泪悄然流下。他何尝不知晓,自己纵然有三头六臂,亦是插翅难逃矣。罢罢罢,命该如此,亦不可惜。

"上。"费非一声令下,"将罪臣季历拿下。"众官兵将季历等人五花大绑,捆绑得结结实实。

季历挣扎着吼道:"费非老贼,我命休矣,尚不足惜。倘若不放过家丁,我就用这身老羊皮兑你这羔羊皮,活活碰死在你的面前。"

费非眉头紧蹙,颐指气使,兵士即刻松开季历家丁,释放了事。遂将他押解朝歌牢房关押,并派重兵把守。

季历家丁连夜慌不择路地逃离朝歌。几日后返回西岐,遂将季历遭遇权奸诬告之事禀报于姬昌,周庭上下群情激昂,怒不可遏,仿佛炸锅一般。姬昌召集伯达等人商议,力挺出兵者有之,主张媾和者有之,众说纷纭,莫衷一是。

修甲等诸将领"嗷嗷"叫着请战,兵伐商朝,马踏朝歌,大不了拼他一个鱼死网

· 53 ·

破。伯达等八士则慎言道,若按双方实力相比较,商强我弱,西岐目前倘若贸然行事,出兵朝歌,无异于绵羊斗虎,反被其伤;以卵击石,未有胜算者也。以愚拙见,我们可静观其变,等待时机,最为稳妥之策也。

姬昌登时陷入莫名的困顿之中,日日焦躁不安。

坐在朝歌大牢之中的季历,度日如年,宛如蛟龙困于浅滩,雄鹰折翅于雨林。费非、浑丘之流,不断地奏请文丁,早做决断:西岐狼子野心,初见端倪;养痈遗患,去根绝株;季历不死,商乱未已。

文丁遇事优柔寡断,耳根酥软,经不住费非等人挑拨离间,轮番鼓惑,终于动了杀机。当费非乐呵呵地来到关押季历之牢房,宣读毕诏书,颇有点小人得志的样子,昂头挺胸,背着手在季历面前来回晃悠几圈,狞笑道,你季历即使真龙现身,恐怕也只能做浅滩王八矣。季历淡然一笑,然后大义凛然地怒斥道,我微不足道,万死不惧矣。岭峻无木,水湍无鱼。只可惜商朝大厦,必将毁于尔等稷蜂社鼠之奸佞手里。季历做鬼,亦不会放过费非与浑丘尔等奸贼矣。毕,饮完毒酒,一命呜呼。

季历之死,晴天霹雳,引起朝野一片哗然。

噩耗传到西岐城内,群情激愤,周庭哭声一片,待季历灵柩运回周原,姬昌更是悲愤不已,望着父亲大人遗容,恍如隔世。周人更是跺脚捶胸,怒不可遏。朝歌魑魅魍魉横行,贼臣恶吏霸道,天地不容。复仇者之火,一触即发,周人摩拳擦掌,誓与朝歌一决雌雄耳。姬昌跪在季历灵前,泪水涟涟,他再三思考,打,还是不打?脑海里却不断地浮现父亲大人临行之前的谆谆教导,强压住心中怒火。他随即召集众人,循循善诱,并竭力说服文官武将,养精蓄锐,他日再报深仇大恨不迟。

季历的葬礼隆重而肃穆。西岐百姓,念及其仁义广播,惠及桑梓,无不痛心疾首,哀伤不已。姬氏宗庙季历灵前,前来吊唁之民众,如丧考妣,痛放悲声。周围方国部落首领,亦亲自前来吊唁,姬昌一一盛情款待,共话友情。出殡那天,壮士们刚抬棺出宗庙大门,只见不远处一对白发苍苍的翁妪,跌跌撞撞扑倒在十字街前,痛哭流涕。姬昌连忙上前搀扶起两位老者,定睛一看,原来是几年前拆除宗庙时碰到的"钉子户"。老伯抱住姬昌,泣不成声:"王季好人,仁义亲民,咋能遭此横祸?老天爷,你为何如此不公道?留下我们这些棺材瓤子,有何用场?老天爷,你睁睁眼,为何不让我替他去死!"

姬昌顿时泪如雨下,跪倒在翁妪面前。

送葬的人们,亦是深受感染,唏嘘不已。有人叹曰,仁德无敌,民心不可违焉。得民心者,必得天下。

第九章

姬昌继任西伯侯　礼贤下士聚民心

话说季历在朝歌被无端杀害后,在很长一段时间内,姬族周人依然是义愤填膺,方国诸侯更是为他遭受如此厄运而抱打不平。商王文丁接到密报后,一连数天,茶食不宁,心中忐忑不安。黉夜之时,窗外风吹草动,夜莺鸣啼,亦是惊愕不已,即是卧榻眠睡,常被噩梦惊醒,浑身大汗淋漓,战战兢兢,嘴里仿佛噙着苦胆似的难以忍受。他惊恐之余,遂想起季历劳苦功高,惨遭诬陷丧生。怪只怪自己耳朵酥软,悔不当初,轻易听信奸佞逸言,真是下了一步臭棋,不由得黯然伤神,为此差点引火烧身,导致天下大乱矣。于是,他不顾费非等人强烈反对,遂诏告天下,宣姬昌子承父业为"牧师",继任西伯侯爵。

时至初冬,北风肆虐,天气变得阴冷绵绵,淅淅沥沥地下了一夜小雨,周原上秋树萧瑟,枝头在寒风中瑟瑟抖动,一时节落叶缤纷。西岐城内外,千家寂寥,万户萧瑟。伯达与众人商议,家不可三日无主,国不可一日无君,遂诚劝姬昌要节哀顺变,以社稷江山为重,以周原百姓安危大局为重。

姬昌审时度势,在极度悲痛中与群臣的拥戴之下,登上君位,宣誓就任西伯侯。

姬昌何尝不知,摆在自己面前的绝非坦途,这一片荆棘之路,需要自己独自去闯荡。回想起幸福之往事,姬周的发展格局与军政大事,一切皆由父亲筹划把控,自己只要身体力行全力辅佐即可。而在今后的漫长岁月里,这关乎到姬周王天下的总体设计与发展规划,千斤重担,则要靠自己独自来担当重任矣。当前天下形势严峻,商强周弱,周人要在如此险恶环境之中,进行残酷激烈的生存竞争,图谋进一步发展壮大,前途迷茫,谈何容易?

他随即陷入久久地沉思之中:想我姬氏一族,与姜氏同出少典氏一脉,乃炎黄子孙,起源于广袤无垠之西北游牧区域,过着往来不定迁徙无常的游牧生活。祖先遗留的基因里,残留着游牧族群刚烈勇猛的血性本真,获得西方金行之气,尚能忍耐恶劣环境及人间寒苦。倘若战场厮杀,手刃敌顽,以血溅沙场马革裹尸为荣,卧榻病殁为不齿焉。炎黄同根相煎,使得早几百年就入住中原农耕地区的炎帝部落大败于阪泉之野。夏禹执掌天下,遂令先祖后稷掌管天下农牧业,阅尽人间沧桑。然,滔滔黄河冲击而成的中原厚土,大规模农业生产带来的丰硕回馈,却使得曾经生机勃勃的商王文丁不思进取,杀害贤良,天下百姓苦不堪言。

姬族部落在豳地十余世,半牧半农,期间与戎狄战而不决。祖父古公亶父,痛感游牧部族呼啸而来呼啸而去之掠夺陋习,不得不背井离乡迁徙周原,曾经殚精竭虑地改革与破除姬族身上残留的戎狄旧俗,不厌其烦地摒弃冷血残暴的兽类天性,开始提倡并大规模地推广农耕文明,建立了全新的生产关系。延至父亲季历一辈,每到丰收季节,戎狄总要隔三差五地骚扰进袭,周人只能全民皆兵,奋力抗争。文韬武略,坚韧不拔,皆因连绵不断地战争修炼而成。亦兵亦民,枕戈寝甲,自在旷日持久的拉锯战中愈演愈烈。周人蛰居周原,能征善战,日益壮大并演练成虎狼之师,亦在情理之中。

忆往昔峥嵘岁月,怅怅然不堪回首。姬族之神圣火炬,如今传到我姬昌之手,我只能把它高高擎起,决不能任它自生自灭。那么,只有保持姬族半是游牧强悍、半是农耕文明合二为一之特征,发扬周人半是军人凶猛、半是农民圆滑两位一体之优势,才是凝聚人心取得国富民强的惟一途径,我周人傲视群雄,屹立天下,便可指日可待矣。

那一日,天清气朗,姬昌骑马来到岐山脚下,遂弃马步行至山顶,他站在山顶之上,顿有小天下之感慨,眼极处一派生机勃勃,郁郁苍苍,一只苍鹰,伸展着两个强健的翅膀倾侧着,坦荡着,悠然地划着巨大的圆弧,盘旋在蔚蓝色的天空,它不时地发出清脆的啼鸣声,仿佛一个巨人在九天云霄吹着口哨,短粗而幽远,意趣深长。

几只在原野中穿梭的兔子,警觉地竖着耳朵,四处张望。忽然间,苍鹰从高高的天空宛如鸣镝一般俯射下去,一霎那间,利爪已经紧紧抓住一只狂奔的兔子,随即又复飞起来。从鹰爪下逃过一劫的剩余兔子,慌不择路地四处逃窜了。

茫茫天地间,滔滔大河流。这原本就是一个弱肉强食的时代,适者生存。

噫嘻,雄鹰!姬昌顿时感到浑身燥热,胸腔里那颗怦怦直跳的心脏,仿佛要冲撞而出,猛烈地爆炸在半空。他霍地站起身来,来来回回转悠着,一个网罗天下英才凝聚人心的妙招,成竹于心。

英才乃治理国政之根本。为此,姬昌连续颁布招募文官武将的文告。几日后,四面八方陆陆续续地来了不少人,姬昌有时候连饭也顾不上吃,礼贤下士,一一尊为上宾。但考查多日之后,大失所望。这一拨又一拨的来者,大多为精明之商贾,盘算借此良机而行升官发财之梦也。虽有少数人高谈阔论,指点江山,亦是徒有虚名罢

第九章 姬昌继任西伯侯 礼贤下士聚民心

了。姬昌叹道,贤达若夜空之星魁,难得一见矣。

次日,不远处的官道上,踉踉跄跄地又走过来一行人,等他们走近时,方才看清这一拨人虽然是蓬头垢面,却依然掩饰不住书生优雅之气质。他们个个面黄肌瘦,人人疲惫不堪,显然已经长途跋涉了许多时日。

姬昌忙迎上前去,关切地问道:"请问先生们从何而来?又奔向何方?"

为首的一位长者顿时惊得张口结舌,面红耳赤,他眨巴着眼睛,不知如何是好。

"先生不必惊慌。此乃西岐境界,仁德之乡。"姬昌躬身作揖道,"姬昌这厢有礼矣。"

为首的老者惶恐不安地跪倒在地上,随行的几人亦随即跪下,鸡啄米似的连连叩首。姬昌顾不得许多,俯身跪倒在他们面前,挚言相劝一番,方才弄清楚这一行人的底细。为首的正是名播天下的贤士散宜生,与其同行者便是太颠、闳夭、辛甲、鬻子等大名鼎鼎的贤达之士。

"予闻诸位贤士盛名久矣。"姬昌连连作揖道,"天降英才,周原幸甚,姬昌幸甚。"他连忙招呼散宜生诸位先生坐上马车,其余人跟车随行。

散宜生遂被感动得热泪盈眶,忍不住泣道:"普天下贤达都传言西伯侯仁义道德,广聚天下英才。老夫今日亲眼目睹,方知不是虚言耳。"太颠深有同感,曰道:"常言道士为知己者死。我等寒士就是肝脑涂地,亦要辅佐西岐,奉献毕生也。"鬻子接言道:"我乃伧夫俗吏,西伯侯尚能以礼相待,焉能不王天下也哉!"

姬昌闻言甚喜,乐在心头。他喜滋滋地对随行的人坦言道,看来周原又将迎来一个丰收年矣。

散宜生等贤达之士莅临西岐,从而使得姬昌如虎添翼。他虚心请教,不耻下问,每每纵论天下大事,畅谈图强发展,常常通宵达旦,废寝忘食。又一日,宫人来报,有一名唤南宫适的人求见。姬昌遂想,我麾下早已人才济济,难道天下还有遗留之英才哉?暗忖,莫非来者又是一个"蒸馍混花卷儿"的酒囊饭袋乎?然,不见来人,于情于理,且是不妥之举。

姬昌磨磨蹭蹭地来到凤雏宫前,却见一人背着身子,静然站立在台阶前,身材修长,仿佛玉树临风一般。他心中微微一动,躬身问道:"先生从何处而来?姬昌这厢有礼矣。"

来者慢慢转过身来,姬昌方才看清他眉清目秀,器宇轩昂。少顷,来者自我介绍道:"南宫适闻听西伯思贤若渴,招募天下英才,故而前来碰碰运气。"

姬昌稍一愣怔,随即请南宫适入得宫来,两厢坐定,侍女端上茶水,相互谦让一番,随后敞开心扉,纵论天下大事,诸多见解,竟然不谋而合矣。姬昌兴高采烈地曰道:"我麾下现已聚集散宜生、太颠和闳夭三位谋士,今又喜获南宫君。天下四位名

· 57 ·

士英才,皆云集于西岐,兴周灭商,指日可待也。姬周幸甚,西岐幸甚!"

南宫适亦深受感动,从此悉心辅佐西伯侯姬昌,名扬华夏。

除过招募贤达以外,姬昌"卑服,即康功田功"。他身先士卒,能做卑下之事。《尚书》载:"姬昌徽柔懿泰,怀保小民,惠鲜鳏孤,自朝至于日中昃,不遑暇食,用咸和万民。"赞颂他勤政爱民,和蔼仁慈,善解民意,笃敬弱势群体,为此常常废寝忘食,不辞辛劳,鞍马劳顿,巡查于田间地头。

一日,姬昌从乡下返回西岐城,在朝阳门里忽然听到一个老者在路边敲打着应田县鼓,周围呼呼啦啦站着不少人看热闹。他不由得停住脚步,遂翻身下马,走近一看,原来是一位白发老翁,在尽情地演唱着一首《生民》:

厥初生民,时维姜嫄。生民如何?克禋克祀,以弗无子。履帝武敏歆,攸介攸止,载震载夙。载生载育,时维后稷。

诞弥厥月,先生如达。不坼不副,无灾无害,以赫厥灵。上帝不宁,不康禋祀,居然生子。

诞寘之隘巷,牛羊腓字之。诞寘之平林,会伐平林。诞寘之寒冰,鸟覆翼之。鸟乃去矣,后稷呱矣。实覃实讦,厥声载路。

诞实匍匐,克岐克嶷,以就口食。蓺之荏菽,荏菽旆旆。禾役穟穟,麻麦幪幪,瓜瓞唪唪。

诞后稷之穑,有相之道。茀厥丰草,种之黄茂。实方实苞,实种实褎。实发实秀,实坚实好。实颖实栗,即有邰家室。

诞降嘉种,维秬维秠,维穈维芑。恒之秬秠,是获是亩。恒之穈芑,是任是负,以归肇祀。

诞我祀如何?或舂或揄,或簸或蹂。释之叟叟,烝之浮浮。载谋载惟,取萧祭脂。取羝以軷,载燔载烈,以兴嗣岁。

卬盛于豆,于豆于登,其香始升。上帝居歆,胡臭亶时。后稷肇祀,庶无罪悔,以迄于今。

一曲唱罢,周围随即响起热烈的掌声。众人听得津津有味,歌者唱得口干舌燥,有人端来一陶碗温水,歌者咕嘟嘟喝下,用手抹掉嘴边的水滴,接着又兴致勃勃地演唱了一首《绵》曲:

绵绵瓜瓞,民之初生。
自土沮漆,古公亶父。
陶复陶穴,未有家室。
古公亶父,来朝走马。
率西水浒,至于岐下。

第九章 姬昌继任西伯侯 礼贤下士聚民心

爰及姜女,聿来胥宇。
周原膴膴,堇荼如饴。
爰始爰谋,爰契我龟。
曰止曰时,筑室于兹。
乃慰乃止,乃左乃右。
乃疆乃理,乃宣乃亩。
自西徂东,周爰执事。
乃召司空,乃召司徒。
俾立室家,其绳则直。
缩版以载,作庙翼翼。
捄之陾陾,度之薨薨。
筑之登登,削屡冯冯。
百堵皆兴,鼛鼓弗胜。
乃立皋门,皋门有伉。
乃立应门,应门将将。
乃立冢土,戎丑攸行。
肆不殄厥愠,亦不陨厥问。
柞棫拔矣,行道兑矣。
混夷駾矣,维其喙矣。

一曲终了,人群中发出阵阵的叫好声。姬昌侧着身子,费劲地挤进人群之中,他半蹲在老翁身前,关切地问道:"老人家,这是你编唱的歌词?"老翁眨巴着眼睛,答道:"老夫自呱呱落地,便为瞽者。三岁时父母撒手人寰,穿百家衣,吃千家饭长大成人。后来拜一瞽者师傅学习唱词,便四处逃荒,以乞讨为生,受尽人间磨难矣。去岁辗转来到周原后,亲身感悟此地民风淳朴,又闻听百姓多念及西伯仁义广德,惠及黎庶,感慨良多,故而琢磨出一段唱词,今日上街来演唱一番,以求教于贤达耳。"

旁边有人早已认出姬昌,正欲大声说与瞽者,姬昌连忙摆手制止。一位中年男子大声喊道:"老叔,你老人家唱得好。这一段唱词,真的是唱到我们西岐人民心里去了。"

姬昌登时心花怒放,他惬意地笑一笑,试探着问道:"老人家,你是否愿意去周庭做乐官?"

瞽者翻翻白眼,笑道:"官人尽说笑话了。我一个孤老头子,大半辈子以沿街乞讨为生,方才苟活于人世。试问人世间,瞽者焉能为乐官?"

"先生。"姬昌笑道,"天下有百工,人间有千艺,凡有一技特长者,则为人中之豪杰,良骥中之千里马。你老人家出口成章,为何不能成乐官乎?"

瞽者依然摆摆手,开始摸索着收拾鼓架欲离开。旁边有人打趣道:"老人家,恭敬不如从命,你且认命如何?"

瞽者惨笑一声:"我此生能在周原了此残生,足矣。"

姬昌深情地劝道:"老人家,我是西伯侯姬昌。衷心邀请你为周庭乐官,一来可以免除风吹雨淋之辛苦,二来可为西岐创作更多好诗句,两全其美,何乐而不为哉?"

瞽者惊得半天合不上嘴,一时愣怔在那里。跟随姬昌的几位卫士,不由分说将瞽者搀扶起来,一起回到周庭。

众皆拍手叫好。

从此,瞽者在周庭衣食无忧,他与周庭史官史佚一起,精心编排各种诗句与器乐,教化于民,流传后世,如《民劳》等篇什,"歌乐思其德",影响深远。其中一首《有瞽》,似乎就是为自己而吟唱:

> 有瞽有瞽,在周之庭。
> 设业设虡,崇牙树羽。
> 应田县鼓,鞉磬柷圉。
> 既备乃奏,箫管备举。
> 喤喤厥声,肃雝和鸣,先祖是听。
> 我客戾止,永观厥成。

第十章

六百之年商朝大厦　帝辛荒淫摇摇欲坠

商人的始祖名契,传说是其母吞玄鸟卵而生的。显然,此乃原始人类母系社会之缩影使然。契长大成人后,因协助大禹治水有功,被帝舜任命为司徒,教民有功,封于商,赐姓子氏,传十四世生天乙,是为商汤。此段时间内,天乙八次迁都,最后定居于亳,即今河南商丘北部一带。商族是以畜牧业见长的部落,相传在契之孙时,他们开始驯养牛马,并把它作为运载工具。显而易见,从散漫的游牧散居过渡到放牧定居,使得商族当以农、牧业并举,其经济实力得到极大地发展与提升,两翼齐飞,整个部族很快兴旺发达起来。

夏朝末期,民不聊生。商汤继位之时,以夏桀为代表的奴隶主贵族,骄奢淫逸到了极点,尤其是对其所属方国和人民的欺诈奴役,惨无人道,真是到了罄竹难书之地步。此时,统治阶层内部分崩离析,利益集团犬牙交错,各种社会矛盾激烈碰撞,一触即发。可以说整个夏王朝大厦岌岌可危,随时都有坍塌覆灭之危险。

商汤胸怀大志,广罗天下英才,不拘一格,唯才是用。当获闻伊尹耕于有莘之野,而乐尧舜之道,是一个人皆敬仰的贤达之士。有人推荐此人乃绝代奇才,倘若他肯相辅佐,商汤必然能安定天下。商汤闻之大喜,三次派遣使节送去币帛,以礼相待,邀其为社稷出谋划策。后来,商汤全然不顾众卿极力反对,破格将其擢用为相。伊尹天资聪慧,熟谙韬略,然出身卑微,徒有雄才大略,满腔豪情却无处抒发。今遇贤君,思贤若渴,正是名垂青史,功标竹帛之时,他焉能不顾天下苍生之悲苦,错过施展才华之机,抱恨终天,空老于村舍院落之中?于是,伊尹悄然潜入夏都数日,将城防敌情察看得一清二楚,归来后立马呈报商汤,并以此制定行之有效的战略部署,先剪除其羽翼,逐步地削弱夏桀,最后取而代之。

商汤在伊尹等贤人的全力辅佐下,整顿组织,严格训练军队,以势如破竹之势,先后消灭了葛、韦、顾、昆吾等夏之属国,一鼓作气势如虎,"十一征而无敌于天下",

其势力范围迅速扩大。此时,夏朝民心涣散,已成强弩之末。商汤集中优势兵力,在鸣条即今河南封丘东部一带,与夏桀决一死战,大获全胜。此后,夏亡商立。

延至盘庚时,商人迁都于殷,即今河南安阳西北一带。因慕地域之名,商人便以殷为姓,又称殷人,殷商之谓,从此名播天下。盘庚"行汤之政",颇有成效。商朝从此进入繁荣发展之路。盘庚死后,其弟小辛、小乙相继嗣位。小乙死后,长子武丁继位。武丁少时生活在民间,对平民生存之艰辛,稼穑之艰难,了若指掌。为此,他继位后一直保持着比较简朴亲民的生活习惯,励精图治,任用贤达之士甘盘、傅说等人,使得商王朝的统治得到进一步巩固和发展。此后十多年期间,武丁东征西讨,统治区域得到较大的拓展。可是西北方向的戎狄之患,愈演愈烈,商属方国屡受侵扰,严重地威胁着殷商的统治范围。武丁为此大动干戈,调动精锐军队,每次均以三五千兵力,相继征伐犯上作乱的呈方、土方、鬼方、芍方等戎狄部落,最多的一次曾达到一万三千人,重兵压境,所向披靡,戎狄只得落荒而逃,作鸟兽散矣,从此西北方边境才得以安定。

等到凶恶难缠的戎狄之患破除后,武丁终于腾出手来,对南方诸强开始讨伐征战,所到之处,诸强无不闻风而逃。特别一提的是武丁的配偶妇好,亲自率大队兵马出征,扫荡敌顽,成为中国历史上最早的巾帼英雄,由此可见殷商推崇的尚武之风,已经遍地开花。虽然连绵不断地南征北战,给人民带来了深重的灾难,但同时却使殷商获得了大量的财富和奴隶,从而进入有商以来的极盛时期。

凡事摆脱不了盛极而衰之规律,家族如此,国家亦如此。一代明君武丁死后,继位的几代商王不思进取,安于现状,享尽荣华富贵。特别是祖甲在位三十三年间,暴殄天物,荒淫无度,导致民不聊生,各种社会矛盾空前激化,而以商王为代表的奴隶主贵族阶层,藏污纳垢,不但不收敛其骄奢淫逸之行径,肘腋之患,毫无觉察,对内横征暴敛,加紧盘剥,使得寻常百姓,愁肠百结;对外则大发淫威,掠夺珍奇异宝,致使商王朝内外,人心涣散,众叛亲离矣。

对殷商一贯怀有敌意的西北方国,趁势反叛,悄然动摇了商朝原本巩固的统治基础。尽管延续到廪辛、康丁时期,商朝曾经发动王族远征,但却鞭长莫及,收效甚微,反而这些方国部落的日益反抗渐成燎原之势。在商朝的东方,盘踞在江淮一带的东夷人,借机拓展势力范围。帝乙九年二月,东夷人重整旗鼓,乘虚而入,大兵压境,气势汹汹地对商朝发动了大规模地进攻。外强中干的殷商王朝,被迫陷入了战争泥潭,而这样旷日持久的拉锯战,消耗极大,致使殷商国库空虚,一蹶不振。为此,商朝统治者不但不体恤百姓疾苦,反而加紧进行更为疯狂的压榨和掠夺。四方百姓,不堪重负,只得抛家离舍,落荒而逃。眼看着六百年商朝大厦,在危机四伏之中摇摇欲坠矣。

第十章　六百之年商朝大厦　帝辛荒淫摇摇欲坠

　　帝乙生三子,长子名曰启,为人耿直,乃一谦谦君子,在商朝群臣中颇有威望。其生母人微言轻,启虽为帝乙长子,却无缘嗣位,被封于微,授子爵,故称微子启。次子名曰衍,授子爵,故名微子衍。少子名曰辛,因是其正宫娘娘所生育,子以母贵,母以子荣,自然而然成为皇位的继承者。

　　帝辛年幼时,聪慧伶俐,才思敏捷,十分讨人喜欢。帝乙喜爱有加,精心挑选殷商满腹经纶的老师,教授太子习文,且命赫赫有名的战将教他练武。同时,又选择一批朝中大臣的贵族子弟作为陪读,众星捧月一般陪伴在帝辛左右。投桃报李。帝乙的一番良苦用心,得到丰硕的回报。帝辛学有所长,能言善辩,他在这一批同龄学子之中,很快的就脱颖而出矣。

　　帝辛的老师名曰比干,是父亲帝乙的庶弟,也是他的叔叔。比干官居丞相,位极人臣,其文采风流,在商朝可谓是首屈一指,无人能望其项背焉。帝辛读书甚多,加之记忆力超人,聪明绝顶,过目能诵,他七岁时即受业于才华横溢的比干,一年过后,凡是叔叔教授过的所有典籍,都已了然于心。有如此聪慧过人的侄子,比干深感自豪,欣慰不已。他多次在哥哥帝乙面前,大加称赏,言其年少俊朗,才华出众,将来必成大器,当是殷商社稷之栋梁大才。帝乙大喜所望,不由得心中暗暗窃喜。

　　帝乙何尝不知朝廷之上,臣子们常常是报喜不报忧也。比干虽然是庶弟,他是否亦为讨好自己,因而夸大其词?想到此,他决定要亲自测试一番,看帝辛是否可为大用之才。这一日,帝乙临朝事毕,命比干携太子帝辛随侍左右,在御花园内散步聊天。此时正是春暖花开三月天,群芳争斗,草长蝶飞,拂堤杨柳,荷池莲叶,好一派醉里春烟。帝乙与比干一边欣赏美景,一边谈古论今,流连忘返,兴致盎然之际,纵论天下之兴亡,商谈社稷之忧患。

　　帝乙道:"自从盘古开天地,三皇五帝到如今,王朝更迭,非有常时,然帝业之兴旺,缘于何故?"

　　比干略一思索,随即答道:"德及禽兽,天下方归一统。"

　　帝乙安然一笑,扭头对紧随其后的帝辛曰道:"辛儿可否听到,刚才王叔言及帝业兴亡之十字箴言,该作何解释?"

　　小儿科也。帝辛当然晓得父王测试之意,心中暗自窃喜,眼珠滴溜儿乱转。毕,他清清嗓子,一字一板地回答道:"儿臣愚顽,少不更事。倘若满嘴放炮,胡言乱语,万请父王训诫之。叔父所言,特指我商祖成汤狩猎之事耶。我祖出郊外山林前去狩猎,看见从人张网四面,心中略有不忍:'从天坠者,从地出者,从四方来者,皆罹吾网。飞禽走兽亦是天地万物中一分子,乃我商汤之友朋。和睦相处,当为周全上策,何必要赶尽杀绝哉?'遂下令去其三面,至置一面之网矣。我祖兴致勃勃,祝辞道:'欲左者左,欲右者右,欲高者高,欲下者下,不用天命者,乃入吾网焉。'此事很快传

· 63 ·

播开来,众人纷纷赞曰:'汤德至矣,及于禽兽也哉。'于是,有四十余方国归顺于我祖麾下。夏桀作恶多端,民不聊生,伊尹相汤伐桀,放桀于南巢矣。诸侯大会,我祖谦逊,退而就诸侯之位。天下诸侯,同结一心,推举我祖为天下共主也。元年乙末,我祖去除夏桀虐政,顺民无不奔走相告,远近纷纷归顺之。此时节因桀无道,天已大旱七年,我祖虔诚地祈祷于桑林,一片拳拳之心感动上苍,天降甘霖,一举解除旱情矣。其后,又以庄山之金铸币,而拯救天下苍生。我祖宽仁大德,感天动地,继而开创商汤六百年之伟业,传承至今矣。"

帝乙闻言,习焉不察,心中暗自欣喜不已,侧目笑看,只见帝辛鼻翼翕动,面容微红,依然镇静自若。他不由得感慨万千,如此一个乳臭小儿,纵论起吾商朝天下往事来,侃侃而谈,竟然能如数家珍!

比干屏气敛息,在一旁察言观色道:"恭喜王上圣恩浩荡,如今太子天资聪慧,智商过人,当是天下英才万不及一也。他小小年纪,竟能如此这般的熟谙祖训,实在是我殷商之大幸使然,黎明百姓之洪福齐天焉。"帝乙喜形于色,转过头来夸赞道:"辛儿学有所长,天资使然。但是,若不是贤弟教诲有方,细心雕琢,一块顽石,何尝能有如此的熠熠生辉!"

帝辛与比干四目相对,悄然一笑。帝乙愣是掩藏着心中喜悦,板着脸道:"辛儿听着,你虽然学有所成,还尚需百尺竿头更进一步。要多听从王叔教导,不可一日懈怠。殷商大业,寄予你一身矣。"

帝辛连忙跪倒在地,俯首答道:"孩儿牢记父王教诲,定当悉心听从王叔教导,时不我待,学业渐进,日就月将,为光大我殷商千秋大业而竭尽全力矣。"

帝乙与比干相对一视,不由得开心地笑起来。

太子勤奋好学,志向宏达,朝野上下,无不欢欣鼓舞。"神童"之美誉,不胫而走。帝辛文采风流,同时对习武亦是特别用功。他天生一副好身体,健硕强壮,力大无穷,十几岁时就能手操几十斤的铜戟,把它玩耍得上下翻飞。殷商名将祖伊,更是爱才如命,亲自手把手地指导教习,在他悉心点拨之下,帝辛的军事技能日渐精进,文韬武略,威震四方。

帝辛射箭之技艺,可谓是炉火纯青,常常是百步穿杨,箭无虚发。

一日,帝乙率领众人去朝歌郊外狩猎。时过晌午之际,帝乙突然看见有一只梅花鹿惊慌而逃,他张弓搭箭正欲射时,梅花鹿却连蹦带跳地消失在密林深处。帝乙扬鞭跃马,紧追不已,当追赶到一座山巅时,他身边只剩下帝辛和几名随从,正在寻找梅花鹿之时,猛地从山石后头蹿出一只金钱豹来,"嗷"的一声,张牙舞爪,直向帝乙扑来。面对如此凶残恶物,帝乙顿时惊得面如土色,一时愣怔在马上。正在金钱豹扑向帝乙的一刹那间,帝辛张弓射出的一支利箭,"嗖"的一声,正好射中金钱豹的左眼。金钱豹顿时疼得厉声长啸，负疼落荒而逃矣。帝乙所乘之马，却受惊性起，直向悬崖边沿冲去。帝辛瞬间弃马，猛地飞身翻腾而起，在父王坠下山崖的一瞬间，一把抓住御驾的后腿，用力硬拽回来，此马竟然被他活活地撕拽成两半截了。

帝乙跌落在巨石之上，接连翻了几个滚，惊得面如土色，气喘吁吁地说道："今日悬崖边捡回一命，若非辛儿出手相援救，本王命休矣。"

帝辛一边抚慰着父王的胸口，一边安慰道："父王洪福齐天，纵然是天下毒蛇猛兽齐聚殷商，它焉能奈你何哉！"

帝乙受了惊吓，围猎归来之时，竟然在马上摇摇晃晃地坐不稳当。帝辛见父王神情恍惚，立即俯下身来，将他背负着回宫去。帝乙身心疲惫，几日内卧床不起。经过御医一番调理，方才逐渐地恢复健康。一日，他在文武官员陪同之下游览牡丹园，正在兴处，忽然看到不远处的宫内飞云阁嘎嘎作响，随即升起一股烟尘，缥缥缈缈散去。帝乙心中又是一惊，手指着飞云阁频频点丮着，口中却说不出话来。说时迟，那时快，就在众人愣神之时，帝辛紧跑几步，单手托住刚要坍塌的一根房梁，顶天立地一般，巍然不动。宫廷的工匠们闻风而至，手忙脚乱地一顿整修，方才完事。帝乙终于长出一口气，随行的商容等高官，见状无不惊叹不已。翌日上朝，本奏帝乙，乃正式册立帝辛为太子。

帝辛狩猎箭射金钱豹、力劈惊马之英气，飞云阁下独臂擎举房梁之壮举，随即在朝野传播开来。有好事之徒，添油加醋，言太子辛文韬武略，古今罕见，朝野一时传得神乎其神。更有阿谀逢迎之辈，妄言太子辛是神龙游天，受上苍之命复兴殷商，造福黎民百姓矣。

经过三番两次的折腾惊吓，帝乙为此元气大伤，朝廷之政事，基本交由帝辛自己打理。太子辛在一片阿谀声中，不禁有点飘飘然起来。他自恃聪慧，骄奢淫威，目中无人，对于大臣们的忠言逆耳，动辄不是呵斥，就是当朝责备。而对于投其所好之唯利之徒，则令其常伴随左右，不久，他的身边便聚集了一帮奸人贼臣。

天赋极高的帝辛，本应成为殷商继往开来的一代明主。但是，他虽然智商超群，却一点没有用到正道之上，竟然成了臭名昭著的末代商王。他颇有表演天赋，擅长作秀，当是后世历代之爱出风头官吏的祖师爷。譬如帝辛酷爱酒色，整日宴乐，沉迷其中，不能自拔。但是，当他前去觐见父王时，一定要换上破旧不堪的衣服，糊弄了事。每逢帝乙使者到来，太子辛遂命身边侍从，取下自己身上所佩戴的珍宝饰物，再穿上粗布衣服，并将琴弦人为地弄断，并请使者到书房里会见。这样的摆拍作秀，在使者眼里，简直就是一代明君勤于政事、孜孜不倦的现场直播。帝乙费尽心机获得的考察报告，竟然掺假水分有如此之多，其结果则可想而知了。

帝辛二十岁那年，帝乙终于熬得油干捻子尽，临终前，他将太子辛和比干、微子

· 65 ·

启、微子衍等人宣至卧榻之前,殷殷嘱咐道:"众位爱卿,为殷商社稷殚精竭力,本王没齿难忘。然天不留本王,况已时日不多矣,万望你们要衷心辅佐太子辛,恪守其责,一日不可懈怠,勿负本王托孤之心耶。"

众卿闻听此言,登时泪如雨下。

帝乙拉着太子辛之手,一番谆谆教导:"我儿听着,本王殁以后,儿要勤政廉明,万分努力,广纳忠谏之语,兼听重臣谏言,为国为民,忍辱负重,体谅我历代商王创业之艰难困苦。然个人荣辱,何足挂齿,一切当以社稷为重,一切要以百姓疾苦为重,才能永保我殷商千秋万代江山不倒耶。"

众皆黯然落泪,帝辛频频点头称是。

一番话说毕,帝乙竟然气喘吁吁,面色煞白。帝辛顿时泪流满面,泣道:"父王教诲,儿牢记在心矣。"帝乙又挣扎着抬起头来,提高声音曰道:"世事难料,你倘若恣意妄为,殷商必毁于一旦矣。"

帝辛连连磕头道:"儿悉听尊言,万万不敢造次耶。"

比干强忍着悲痛,插言道:"王兄放心,愚弟呕心沥血,即使肝脑涂地,亦要全力以赴地辅佐辛儿耶。辛儿志存高远,大勇若怯,他一定会励精图治,殚精竭虑,将我殷商伟业发扬光大。"

帝乙驾崩,殷商陷入极度地悲痛之中。葬礼过后,帝辛便在群臣拥立下,登上至高无上之王位,史称其为商纣王。从此以后,朝歌上下进入了黑暗恐怖的统治阶段。帝辛荒淫无耻,无所不用其极,殷商六百年大厦将倾,独木难支,摇摇欲坠矣。

第十一章

帝辛理政目空一切　少不更事妲己进宫

酒,古名酋。它是采撷天地之灵气,汲取日月之精华,云集五谷杂粮之魂魄,汇聚宇宙万物之豪情酿造而成焉。酒乃百乐之首长,佐餐助兴之利器,荒唐纵欲之帮凶矣。酒有三分之谓,一曰事酒,有事而饮;二曰昔酒,无聊而饮;三曰清酒,祭祀而敬。酒有三饮之别,贤者添彩,仁者增寿,贱者败兴。酒有三饮之忌,多喝伤肝,多愁伤心,多忧伤身。饮酒乃雅事,交杯换盏,酒助雅兴,一唱三和,划拳猜令,顿添豪情,抽刀可断水,扬鞭亦奔腾,唱诗情荡山岳,吟歌曲漫江河。

一代商王帝辛,指点江山,胸怀天下,处理朝政之事,从不拖泥带水,干净利落。朝廷上下,无不欢欣鼓舞。久而久之,他便恃才傲物,目空一切,满朝臣子,似乎都是酒囊饭袋,谁也瞧不上眼矣。常言道,苍蝇不叮无缝的蛋。一些平时惯于溜须拍马的逸佞之臣,无不暗暗窃喜。此后,每逢纣王临朝商议军国大事,众皆叫好,即使是有少数良臣如比干等人据理力争,最终亦淹没在一片阿谀之声中了。尤其是中谏大夫费仲、恶来,在献谀贼臣中异军突起,独领风骚,他们见风使舵,惯于挑拨离间,颐指气使,以售其奸,却深得纣王欢心,很快地成为其左膀右臂。

费仲此人长得隼眼鹰钩鼻,面目可憎,为人狡诈,乃奸佞费非之次子也。西伯侯姬昌最初审时度势,剖析朝歌百官优劣,遂发现此人骄奢淫逸,心地阴暗,乃献谀之佞臣,便予以特别关注。

《周礼》载:以玉作六器,以礼天地四方,以苍璧礼天,以黄琮礼地,以青圭礼东方,以赤璋礼南方,以白琥礼西方,以玄璜礼北方。由此可见玉在周人心目中之崇高地位。

西岐城内存有一块珍贵玉琮,价值连城。费仲获知此消息后,谮言西伯侯藏匿不贡。纣王亟不可待地令大臣胶鬲前来西岐索取,姬昌获悉此情后,心里顿时忐忑不安,不知如何应对朝廷命官。王命难违,他只好先安顿胶鬲住下,再与伯达、散宜生等臣商议此事,谁知几人意见相左,竟然一时无法统一应对之策略。

伯达献计道:"胶鬲乃当朝贤臣,忠心报国,经常给纣王献奏一些治国良策。假如长久如此地发展下去,胶鬲则会不断地得到纣王的信任和重用,这对周人而言,却是一大隐患。"

"言之有理。"散宜生接言道,"倘若我们略施小计,让胶鬲这次空手而归,岂不美哉!纣王若是得不到玉琮,必然会对胶鬲心生厌恶,足以证明此人志大才疏,不过尔尔。胶鬲办事不力,则会失去朝歌信任,帝辛将逐步地轻视他,继而鄙弃他了。胶鬲若是在朝歌被冷藏失势,必然无法施展其治国才略,满腹经纶,则无用武之地,周人当然高枕无忧矣。"

姬昌闻之甚喜,此计妙哉。他拖延三日后,才约胶鬲再次会面。席间,胶鬲伶牙俐齿,循循善诱,言及玉琮不贡,后果将非常严重。姬昌打着哈哈腔,环顾左右而言他,弄得胶鬲哭笑不得,束手无策,木然不知所从。拖延半月后,姬昌遂巧言送走胶鬲。其后不久,纣王又指派费仲来取玉琮,文王又一次召集群臣开会,这次伯达散宜生等一致赞同由费仲带回玉琮献谀帝辛。费仲唾手可得,纣王则会愈加信任和重用他,奸臣当道,继而将大大削弱殷商王朝之实力。此妙计按照伯达之总结:"费仲乃朝歌一大奸臣,他经常教唆纣王寻欢作乐,投其所好,使得纣王穷奢极欲,每日沉醉在花天酒地之中;其巧舌如簧,经常拨弄是非,颠倒黑白,极易造成外部孤立和内部不和;同时其贪婪成性,搜刮天下奇珍以供己用。此贼若是长期潜伏盘踞于朝歌,妖言惑众,胜过十支劲旅耶。"

姬昌闻之大喜过望,当以西岐最高礼遇招待费仲,席间诸位大臣举樽频频敬酒,乐得奸佞差点找不着北了。果不其然,伯达与散宜生二人此计一箭双雕,费仲从此深得帝辛信任,成为纣王之宠臣,胶鬲则被纣王训斥降阶,遂被冷藏于朝歌矣。

俗话说,酒色是穿肠毒刀。纣王力大无穷,精力过剩,无处发泄。尽管后宫之中美色如云,艳若桃花,纣王每每临幸事毕,总觉得味同嚼蜡。长此以往,枕边无有耳鬓厮磨之意趣,又不能享用宿花眠柳之异味,纣王眉宇间总是凝结着丝丝愁绪,郁郁不欢耳。

费仲察言观色,又从纣王身边侍从探得枕边详情,乘机进言试探:"我王乃天下共主,万民仰慕。君自登基以来,天下归于一统,国泰民安,风调雨顺,五谷丰登,四海五湖除去兵戈之难患,庶民百姓尚无饥馑之忧愁矣。"

纣王低着头,依然沉思不语,费仲眨了眨眼睛,继续言道:"微臣实在不明白,如此悠悠然太平盛世,亘古至今,未曾有过。我王为何心事重重,郁郁寡欢也哉?"纣王"哦"了一声,掩饰道:"没啥事,真的没啥事。"费仲双手拱于颡前,曰道:"启禀我王,微臣妄加猜测,莫非是缺乏床笫之意趣乎?"

第十一章　帝辛理政目空一切　少不更事妲己进宫

纣王面色凝重，依然闷闷不乐。费仲睨视一眼，心中已经猜得八九不离十。他大声曰道："普天之下莫非王土，世间美色皆属天子。百花园中，一满都是妖娆妍丽之花，只要我王喜欢，直接采撷便是了。"

"咦。"纣王猛地抬起头来，面颊潮红，眉毛扬了扬，张开嘴喷着粗气，情绪甚至有点失控，他激动地曰道，"本王虽然贵为天子，王权天下，却无法享用寻常庶民之性福。放眼望去，偌大个后宫庭院，圈养的尽是一群木讷乏味之行尸走肉，本王每次临幸嫔妃，宛如蒜锤捣蒜窝，简直是复习旧课，真如土饭尘羹，大煞风景矣。你且看看，这样的例行公事一般，本王焉有鱼水欢娱之乐趣乎？"

费仲差点笑出声来，好在纣王正沉浸在激愤之中，并未体察到他的失态。费仲连忙低声咳嗽两声，悄然掩饰过去。他终于等到纣王情绪逐渐地平复下来，又复献言道："王上乃万乘之尊，天下之所有，皆王上之所有。此等小事，何必烦恼。王上一声令下，四方诸侯即可选择普天下美女进贡，后宫佳丽如云，美色流溢，何愁挑选不出几个舒心之绝代佳人哉？"

纣王顿时眉飞色舞，从榻上"噌"地站起身来，猴子一般在原地转着圈儿，转着转着，似乎想到自己毕竟在臣子面前，还是有失身份矣，随即又坐回原处，虚情假意地曰道："爱卿所言极是，但这样大规模地猎艳搜丽，毕竟会引起方国诸侯们心怀不满，加之群臣以扰民强谏阻拦，徒生烦恼。倘若此等美事无疾而终，岂不在朝廷内外留下笑柄乎？"

费仲接言道："王上，王上。臣还是要重复一遍前面说过的那句话，'四海之内，莫非王土；率土之滨，莫非王臣。'王上是天之骄子，端端享用五湖四海之佳人美色，理所应当，天经地义。试问满朝文武，在这样的大是大非面前，谁敢说个不字！"

纣王长长出了一口气，双手举过头顶，攥紧拳头，挥了两挥，一副志在必得的样子。临了，又叮咛道："本王获知民间有一俚语，宁吃仙桃一口，不吃烂梨半背篓。此事还望爱卿斟酌再三，慎重从事才是。"

费仲眨巴眨巴眼睛，略一思索，计上心来，心里叫道，真是天赐良机，正好借机报复苏护以前参言弹劾自己之仇恨。他献媚献言道："臣听说有苏氏家有一美女，名唤妲己，年方二八豆蔻之岁，德性贤淑，举止优雅，貌若天仙，精通音律，且长袖善舞。王上倘若宣其进宫陪驾左右，亲密状若胶似漆一般，必然满心欢喜，又能避免诸侯群臣多嘴饶舌，一举两得，此千载难逢之艳遇，何乐而不为哉？"

费仲一席话，竟然惹得纣王心里痒痒的急不可耐，状若怀里揣了二十五只猫咪——百爪挠心。他立即下诏，宣有苏氏之女妲己进宫。

谁也没有料到，一场恶魔导演并亲自演绎之裙钗下的大戏，从此堂而皇之地拉开了帷幕。一个流传几千年来众口一词的"红颜祸水"版本，从此深刻的烙印在国人的记忆之中。

有苏氏是商朝赫赫有名的贵族之一,封国于朝歌之北部,也就是今日的河北邯郸一带。有苏氏与商族素有姻亲之好,相互之间世代往来频繁,关系极为密切与融洽。

这一日,天气晴朗,清风徐来,时至午后,天色慢慢地变得阴暗,雾霾顿生,冷风飕飕。苏护夫妇二人甚觉十分诧异,眼皮亦跳个不停,心神不安地在屋子里来回踱步。苏夫人更是惶惶然不可终日,她遂来到女儿闺房门口,睨视一眼,只见妲己两颊喜色,正对着铜镜悉心梳妆。她心中略有不快,暗忖道,闺女从小娇生惯养,老身视为掌上明珠一般,她长到豆蔻年华,何曾受过一星半点儿委屈?想到这里,立马回转到堂屋来,满面愁云地对夫君曰道:"你说咱这闺女,真是四六不懂的傻瓜蛋,倒是把吃饱了当肿哩。后宫之内,清规戒律甚多,假若稍有不慎,便可大祸临头,死无葬身之地矣。"

苏护低头不语,他何尝不晓得后宫乃龙潭虎穴,一人得宠,全家受益;一人失宠,九族遭殃。可是,商王圣旨且已颁布,谁人敢不服从?若是不送小女入宫,天子龙颜大怒,有苏氏恐怕将要遭受灭门之祸殃矣。苏夫人瞧见夫君默不做声,愈加焦急,局促不安。

正在此时,女儿迈着碎步走进屋来,未开言,眉眼儿笑作一团,朗声笑道:"爹,娘,我在宅子里憋得慌,正好借机去王宫看看热闹。"

"你是真傻,还是装傻?"苏夫人气不打一处来,疾言遽色地斥责道,"你以为王宫是自家后院,想转悠就能自由自在地转悠!"

妲己莞尔一笑:"天下女子,谁人不向往荣华富贵?再说,只要入得后宫,凭女儿如花似玉之美貌,何愁不能得到天子惜护?再说,小女一人之下,万人之上,举国仰慕,你二老就是王亲国戚,身价倍增,此两全其美之好事,岂不妙哉!试问,今后天下还有谁敢小觑咱们有苏氏一族乎!"

听完女儿一席话,苏夫人气得面红耳赤,苏护亦面带愠色,顿时有点挂不住,厉声呵斥道:"你这女子,怎能如此这般的没心没肺?凡事都要往两面想,后宫险恶,是是非非甚多,嫔妃之间争风吃醋,往往撕扯得血丝呼啦,万一失宠,你恐怕哭都来不及了。"

"好,好。"妲己冷笑道,"那你们说该咋办,就咋办。"

一句话,还真是把苏护老两口呛得哑口无言,毕,她转身离去,竟然把父母晾在屋里。苏护不禁仰天长叹,商王圣旨已颁布天下,板上钉钉,自然只能听从召唤。噫嘻!看来自己疼爱不已的宝贝疙瘩,真是不可救药耶。继而又想,妲己,就凭你这没心没肺的傻样子,若是贪图富贵,任性妄为,必然会扰乱后宫,毁坏社稷江山,留下千

第十一章　帝辛理政目空一切　少不更事妲己进宫

古骂名矣。妲己，我的女儿耶，假如你能多长点心眼，与天生的美貌相互匹配，说不尽还真的能青史留名，荣耀我有苏氏一族也。

默然站立一旁的苏夫人，早已泪水涟涟，哭泣道："她打小娇生惯养，任性妄为，且不谙侍君之礼，大大咧咧，没心没肺，反而会惹是生非矣。"

苏护哀叹一声："我们真是无计可施，只能听天由命了。"苏夫人伤感不已，这个没良心的兔崽子，全然不顾爹娘的离别感受，心硬得跟石头一样。苏护劝解道，女大不可留，留来留去结冤仇。人命在天，或福或祸，只好任她去了。

苏护老两口正在屋子里伤心不已，忽然闻听门外人声嘈杂，有宫人来到庭前，宣读商王圣旨，妲己即刻进宫。妲己闻听王令，顿时泪如雨下，依依不舍地跪别父母，媚态若芍药弃笼烟，哭相如梨花带雨露。在苏护夫妇泪水涟涟之中，妲己噙着泪水上车，一路浩浩荡荡地向朝歌驶去。

朝歌城里的商纣王帝辛，几日来朝思暮想，竟然有点魂不守舍，心猿意马，寝不安席，食不甘味，即便是朝廷议事，他亦心不在焉，郁郁不乐耶，丽人妲己的影子，总是在眼前晃悠，他不止一次地想象过美人坯子的俏俊模样，到底该是怎样的倾国倾城？每每想到此处，竟然不能自已。这一日，纣王正在处理朝政事宜，忽报苏护之女妲己，已进午门，过了九龙桥，在殿外等候。纣王顿时喜上眉梢，"腾"地一下从坐榻上站起身来，右手一挥，大声喝道："快点宣美人儿进殿来耶。"

众大臣面面相觑，左顾右盼，依然蒙在鼓里。

妲己轻移莲步，状若水上漂移一般，款款步入殿堂，只见她乌云叠双鬓，瑞雪落肌肤，柳眉樱唇，娇杨腰柳，宛如海棠醉丽日，梨花带细雨，又好似九天仙女下瑶池，月宫嫦娥别玉阙。美兮兮秋波百态，娇滴滴风情万种，莞尔一笑，百媚顿生，轻启朱唇，曰道："民女妲己觐见王上，祝愿王上万寿无疆！"

一句话如闷雷轰颡，利箭穿心，纣王顿时觉得魂飞魄散，骨软筋酥，一刹那间耳热心跳，目瞪口呆，傻傻的不知如何是好。朝廷两班文武见多识广，亦是被妲己妖冶妩媚的美貌，惊得不知所措。

正在此时，只见左班中有一大臣奏曰："老臣商容启禀王上，君有道，止则万民安居乐业，不令而从。臣又闻，'悦民之乐者，民亦乐其乐；忧民之忧者，民亦忧其忧。'今朝水患频发，国家忧患未除，王上招之美色，恐有不妥。遥想尧天舜日，以仁义昭化天下，与民同乐之，与民共忧之。吉星高照，甘露降临，凤凰止于门庭，芝兰生于野谷，民丰物阜，国泰民安，民皆知书达理，兽亦脱胎换骨，风调雨顺，稻生双穗，麦分五蘖，此乃有道兴隆发达之象也。今王上倘若只取眼前之乐，沉湎酒色，可谓是无道衰败之象也。老臣斗胆劝诫王上以社稷江山为重，以万民百姓为重，千万不要被美艳所累矣。"

大周原

纣王的好心情顿时消失得无影无踪。他摆手示意商容勿再多言矣。两班文武，见天子如此这般的思恋女色，大都面呈不悦之意。纣王立即宣道："美人快快平身。"

妲己扭扭捏捏地站起身来，莲步轻移，瑞彩蹁跹，真乃天姿国色，妖娆美艳宛若仙女临凡，她睨视一眼，余光正与纣王眼神相撞，瞬间撞出熠熠火花，撩拨得帝辛心猿意马，急不可耐，恨不得马上拥抱怀中淫乐，当即令左右侍女："搀扶苏美人进万寿宫，等候本王回宫。"眼看着妲己离去，纣王当即宣旨：赐有苏氏土地百里，每月俸米二千石，显庆殿筵宴三日，首相及百官庆贺作陪；夸官三日，文官二员，武官三员，送卿荣归故里。随即宣众臣退朝，起驾回宫，文武依次退之，无可谏争，只得闷闷不乐地到显庆殿陪宴。

妲己被侍女送至万寿宫中，但见宫内雕梁画栋，豪华奢侈，欣喜不已，她兴冲冲地奔来跑去，俨然疯丫头一般，无拘无束地嬉闹再三。有宫女提醒她该沐浴更衣，妲己这才依依不舍地停止玩耍，沐浴梳妆。午时刚过片刻，有宫女慌忙跑到妲己面前告曰："启禀苏娘娘，天子起驾回宫，已至宫外不远，请娘娘速去门外接驾！"妲己连忙整理衣冠，慌不择路地疾走到万寿宫外，跪地等候，天子下辇之后，妲己俯首言道："妲己恭迎圣驾。"

纣王上前一步，俯身扶起妲己，其发髻间一股异香忽地蹿入鼻息，纣王鼻翼情不自禁地翕动着，贪婪地吮吸着。妲己似乎已经感觉到天子粗鲁的喘气声，她慢慢地抬起头来，嫣然一笑，勾魂摄魄。纣王执手细看，只见得美人儿柳眉恰似弯月，白齿状若碎玉，笑靥旋旋如浅浅酒窝，温柔可爱，眼睛闪闪似柔柔猫咪，喜不自禁。正在此时，宫人已将酒席一一摆好，恭请入席。纣王携扶妲己坐在榻上，开怀畅饮。酒过三巡，妲己亦将十余杯酒喝下，面如桃花，唇似杏蕊，愈加妩媚可爱，楚楚动人。她在纣王邀请之下站起身来，且歌且舞，一时霓裳艳云，袅袅婷婷，纣王看得心花怒放，如醉如痴，一直喝到华灯初上，方才罢休。

夜幕降临，万寿宫里一派喜庆景象，宫女们在绣着《百子图》的床帏边上插满红烛，灯火通明。纣王已经喝得醉眼乜斜，面如赤枣。他在宫女搀扶之下，步履歪斜地走向卧榻，妲己扶纣王款款躺下，坐在一旁，若有所失。宫女轻轻放下帷帐，低头后退着离去。妲己扭头看着帐外举行合卺之礼的器皿，静静地摆在那里。显然，民间所谓的喝交杯酒议程，是女人一生最值得回味的幸福时刻。新郎大醉卧躺，所谓合卺之礼，遂在纣王熟睡之中断然夭折。蓦然，她有点心慌意乱，这毕竟是自己首次和一个陌生的男人同卧在一张帷帐之中，帐外宫灯闪闪，烛光摇曳，如梦如幻一般。帐内鼾声如雷，而眼前这个体硕伟健的男人，是统领天下苍生之一国君王也。倘若今夜无眠，他将与她同枕共眠，体肤相亲滚床单。一想到此，妲己不免有点羞涩，甚至有点害怕。正在这时，纣王忽然睁开眼睛，三下五除二地脱光自己的衣服，然后，双

第十一章　帝辛理政目空一切　少不更事妲己进宫

眼死盯着妲己不吭声。纣王看着看着，突然狂笑不已，毕，牙缝里蹦出一个字："脱！"妲己的心顿时提到了嗓子眼上，突突跳个不停，一时愣怔着。纣王明显地恼怒道："脱光！"

妲己如梦方醒，赶紧手忙脚乱地解衣宽带，怯怯地溜进红被，纣王一把搂过来，盯着她看了一阵，蓦地狂笑起来，一个鹞子翻身骑在妲己身上。妲己顿时感到千斤重负，顿时连气都有点上不来，她不由得夹紧了双腿，害羞得闭上眼睛，白嫩的身子在瑟瑟发抖。纣王冷笑一声，双手扒开妲己的双腿，坚硬的尘柄宛如一根硬棍，直戳戳地刺进妲己的身子。妲己"噢"的一声，登时疼得咬牙切齿，痛苦地闭上眼睛。一番肆意折腾，妲己忍痛承受。纣王意犹未尽，复又交媾。妲己极不情愿地承接，默然忍受。两人玩耍几个时辰，方才罢休。

· 73 ·

第十二章

修建鹿台劳民伤财　九侯行谏被削公位

　　自从妲己入宫来,万寿宫里朝朝宴饮,夜夜欢娱,歌舞升平,一片奢靡淫乐之声。纣王天天醉生梦死,寻欢作乐,忘乎所以,惟此为大,从此君王不临朝。有时竟然数日甚至数月不理朝政,不容谏官,军政议案束之高阁,文案奏本堆积如山,国家政务,基本陷于停滞瘫痪状态。商朝贵族及四方诸侯不能面君,皆生怨言,心怀不满。有道是,上梁不正下梁歪。以费仲、恶来为首的一帮献谀之臣趁机犯上作乱,恃宠骄横,到处兴讹造讪,搬弄是非,朝廷内外,怨声载道。百官之荣辱升迁,皆由佞臣把控,顺者则昌,逆者则亡。

　　众官吏日夜忧思,惴惴不安,更是人人自危,惶惶不可终日矣。

　　春天悄然来临,原野中的百花竞相盛开。

　　纣王率妲己等嫔妃出宫郊游,一路走走停停,过了些绿杨古道,穿越于红杏园林;见了些蜂飞蝶舞,倘佯于百花丛中。妲己在万寿宫数月,早已厌倦宫内繁文缛节,如今游玩于荒郊野外,宛若孩子一般,玩心大发。纣王看在眼里,喜上心头,便下旨大兴土木,在朝歌郊外及邯郸、沙丘一带修建诸多行宫别墅,富丽堂皇,别具一格。有这些景致奇异的离宫别馆,纣王便隔三差五地出宫游玩,每个馆驿停留数天,再前往下一站,如此往复,不计日月。

　　秋高气爽之际,纣王又一次率领妲己及后宫嫔妃数十人,来到沙丘刚修缮一新的安乐宫内。但见殿堂雕梁画栋,金碧辉煌,宫内摆设着奇石碧玉,煞是好看;圈养着珍禽异兽,千奇百怪。妲己欢喜不已,众嫔妃亦是大加赞赏,纣王与嫔妃一起边欣赏美艳壁画,边饮酒作乐,好不潇洒,自在快活!

　　这一日,纣王与妲己弈棋遣兴,正在兴头之上,妲己忽然把棋盘一推,嘟噜着樱桃小嘴言道:"不玩了,老待在一个地方,有啥意思。"纣王眨巴眨巴眼睛,忽然想起邯郸的玉壁宫来,哄着妲己曰道:"美人儿,既然在此地玩腻矣,那咱就去邯郸游玩如何?"妲己顿时拍手叫好,扑到纣王怀里撒娇。翌日清晨,一行人马,浩浩荡荡朝邯郸而来。话说这玉壁宫真是天下无双,室内装饰乃采集四方八面玉石镶嵌而成,故名玉壁宫。尤其是三伏天,宫外赤日炎炎似火烧一般,宫内却温馨宜人,清凉无比,当是避暑之胜地,休闲之佳居也。

妲己每日里尽情地陪伴君侧,几乎寸步不离王上左右。毕竟远离朝歌,纣王在行宫之间来回奔波,日久生厌。一日早晨,纣王面对御厨精心准备的早膳,两眼发直。妲己见纣王闷闷不乐,心里便猜出几分缘由,她两眼珠子滴溜儿转,连忙跪倒在地,嘴里却道:"臣妾无能,没有侍候好王上,倘若有不妥之处,愿王上责罚臣妾不敬之罪。"

纣王愣怔片刻,随即扶起妲己道:"爱妃温柔可人,贤淑聪慧,焉有不当之为乎?"妲己莞尔一笑:"只要王上每日愉悦开心,当是臣妾的最大幸福。"纣王愁眉舒展,妲己赶紧把早膳端至君王面前,他边吃边道:"本王与众嫔妃已经外出游玩多日,期间辗转十余行宫,虽游兴足矣,但总觉得各处所之间路程遥远,往来实属不便。加之旅途劳累,身心俱疲,余兴往往不达本王之意,故而惆怅不已耶。"

"这有何难?"妲己忸怩道,"王上,臣妾有个好主意。"

纣王停住手中夹菜筷子,扬起眉头问道:"爱妃有何妙策,快点道来。"

妲己媚笑道:"不,你要先吃饭,只有等王上吃饱喝足后,臣妾再告诉不迟。"

纣王摇摇头,戏言道:"后宫三千,也就是你这个小妖精,敢在本王面前撒娇矣。"

妲己登时心里不爽,有点不太乐意君王称呼自己为妖精,该多难听也!她话到嘴边,却嘻嘻一乐:"你不就是喜欢妖姬么!"

纣王与妲己打情骂俏,用完早膳后,心情大悦。

妲己趁机献策曰道:"王上既然觉得朝歌之外行宫相距甚远,鞍马劳顿,何不下旨在朝歌城内,选择一处风景俱佳之吉地良宅,重新规划设计一鹿台,云集各处行宫别馆之精华,搜集天下之珍奇异宝,镶嵌其墙壁之上,豪华无二,岂不美哉。若是如此,王上只要稍迈步履,便可一览奇绝景观,既可去除旅途之苦闷,又能保有游玩之乐趣矣。"

妲己一番议论,纣王闻言大喜曰道:"你这个小妖精,真是本王肚子里的蛔虫,啥事都瞒不了你的。"妲己撅着樱桃小嘴道:"王上,臣妾可真的要生气了。人家一会儿是妖精,一会儿是蛔虫。怎地这般不中听?"

纣王咳嗽两声,将妲己搂紧在怀里,亲了又亲,哄道:"别的嫔妃想叫本王这样称呼她,门都没有。"妲己虽然心里偷着乐,嘴里依然撒娇道:"人家就是不乐意当妖精,做蛔虫么,多难为情么。"纣王见到妲己绯红羞涩的小模样,不由得龙心大悦,哈哈笑道:"你就是本王的小妖精,小心肝。"妲己颇为不满,道:"臣妾知晓,王上叫妖精,是疼我喜爱我。倘若传出宫去,若被人反唇相讥,这恶名我可就背定矣。"

翌日,纣王降下圣旨,由崇侯虎全盘负责,调集天下能工巧匠,在朝歌城内修建一座"鹿台"。

崇国乃商朝之同姓诸侯,治所在朝歌西南方位,即今河南嵩县西北一带,是商朝西部的一个重要方国。国君崇侯虎为人尖刻,狡诈贪婪,擅于投机钻营。他心怀叵测,暗地勾结费仲、恶来之宠臣,常献谀纣王,深得商王信赖。而对于其周边之中小诸侯国,则任意欺凌,横加干涉,动辄役使训斥,甚至强征暴敛,无所不用其极也。这些方国危如累卵,国君只能战战兢兢,忍气吞声,敢怒不敢言。当纣王要修筑鹿台令其监造消息传来之后,崇侯虎高兴得差点发疯,他知道这又是一件千载难逢的好差事,油水绝对肥美,借机中饱私囊,正可谓机不可失,时不再来矣。

建造鹿台实乃十分浩大之工程,耗资巨大,工期漫长,需要动用大量的财粮及无数人力,搬运数以千万木材、砖瓦、石灰等建材,络绎之苦,不可胜计。此工程几乎折腾得商属方国怨声载道,民不聊生。崇侯虎下令在商朝京畿地区,大肆征调能工巧匠和强壮民夫,三丁抽二,独丁鞍役,违抗者严惩不贷。随着工程逐步扩大,商属各诸侯国亦根据国之大小,分摊若干工匠民夫,以供鹿台工程奴役使用。千家万户,惶恐不安。大户人家纷纷行贿,买闲在家,借以逃脱苦役。庶民奴隶,每日里干着极其繁重的体力劳动,过着衣不遮体食不果腹的悲惨生活,不知多少人因劳累而倒毙在工地。更为悲惨的是,有的苦工因稍加歇息,而丧命于监视兵卒的皮鞭之下,壮士断臂,男丁失明,鹿台夯土之下,白骨撑摞,孤鬼幽魂……有的人实在是忍受不住这非人之苦役,伺机避乱逃亡者甚多,若是被抓回来则难逃一死,即使侥幸逃生者,也不得不背井离乡,或者隐匿深山老林,或者饿毙荒郊野外。

纣王下令各方国诸侯,一律要敬献本国之奇石佳木,异花珍草,且要自行运输到朝歌鹿台工地,违抗者杀无赦。

各个方国的青壮劳力都被派往朝歌修筑鹿台,致使大量肥沃的农田荒芜,民不聊生,饿殍遍野。而崇侯虎为了加速鹿台工程进度,奏请纣王并颁布新的规定:凡是逃亡之庶民奴隶及罪犯,只要自动参加鹿台修建,一律免除惩罚。否则,罪加一等。

商朝另一些大臣见纣王如此这般的大兴土木,搜刮民脂民膏,搞得天下哀怨,财源枯竭,诸侯离心,盗贼四起,纷纷欲奏本谏阻。其中的忠臣九侯为文丁时的重臣,乃三朝元老,威重朝野,且根据商朝惯例,可以直接进入后宫面君。众官吏共推他入宫,代替百官行谏。

这一日,纣王正在万寿宫与妲己饮酒对弈,忽报九侯有本上奏,已在宫外候旨。纣王正与妲己在棋盘上杀得难解难分,不分伯仲。蓦地闻听九侯奏本,顿时扫了雅兴。但是,九侯乃三朝元老,又不得不见,遂令妲己到内室回避,他只好耐着性子宣

第十二章　修建鹿台劳民伤财　九侯行谏被削公位

九侯进宫。

片刻之后，九侯进宫见驾，跪倒朝拜曰道："老臣九侯祝愿王上龙体安康。"

纣王眉头紧蹙，不耐烦地问道："爱卿有何急事，非要硬闯后宫？等到朝廷议事之日，你再呈表不迟。"

九侯清清嗓门，曰道："王上息怒。老臣这次奏本，关乎社稷江山安危，焉能不急？王上可曾知晓，自修建鹿台以来，民怨沸腾，兵戈蜂起，田园荒芜，杂草丛生，黎庶生灵涂炭，四方诸侯叫苦不迭。万望王上体恤百姓疾苦，停建鹿台，广施仁德，倘若如此，方能解黎民之苦役，还良田之青绿也。"

纣王疾首蹙额，两道蚕眉仿佛被煎水浇烫，频频扭动着，曰道："爱卿言之有理，但你还是有所不知其中缘由。本王虽修筑行宫别墅十余处，然其散居各地，每次远游鞍马劳顿，颇为不便。本王思虑再三，才决意要新筑鹿台，其利有三：一是本王不出朝歌都城，即可赏遍天下美景，且不需劳师动众，忧民伤财，更不需打扰诸侯及方国国君；二是本王蛰居鹿台，身心愉悦，精力旺盛，得以专注朝廷政事，统筹思考治国安民之大策；三是汇聚天下之能工巧匠，征集四方八面之奇石异玉，融于一台，正可展示我商朝天威浩荡、国富民强之壮举，何乐而不为哉？"

"嘻嘻！"九侯被纣王一番狡辩彻底激怒了，他脸颊憋得通红，厉声讥讽道，"王上真的能颠倒黑白，巧言善辩！"

纣王心中暗暗窃喜，嘴里却道："爱卿考虑政事，难免有窥豹一斑之见；本王为君王，以深谋远虑纵横天下为上策。今虽一时尚有扰民之实，然可行一劳永逸之举矣。两全其美，于国于民，利大于弊也。"九侯还想再次献言，纣王却极不耐烦地阻止道："爱卿不必再饶舌矣，本王意早决，不可更改。"

作为三朝元老的九侯，原本就是嫉恶如仇的正人君子，性情刚正不阿，见闻一代纣王强词夺理，竟然不以为耻，反以为荣。他登时火爆若烈火，大声呛道："王上只晓得自己寻欢作乐，何曾将商朝社稷、黎民百姓放在心头？朝野谁人不知，君自纳妲己以来，天天宴席，饮酒取乐，数月不曾临朝，国政紊乱，朝纲松懈，几近瘫痪矣。忠良谏言，君不理不睬。妇人轻薄之妄语，言听计从。君尚且不知，大兴土木，建筑鹿台，引得天下诸侯离叛，兵戈不断。倘若王上不悬崖勒马，复施仁政，恐怕大商六百年基业，必将毁于一旦！"

纣王自恃聪明绝顶，天下无双，何等自负，忽听到九侯谏言犯上，勃然大怒，厉声斥责道："匹夫九侯，你好大胆子！你家族数代为商朝重臣，世沐国恩，不思报本，反而巧舌如簧，诅咒忤君。倘若本王不念其为三朝老臣，必将尔斩首示众，以正朝纲。"

九侯凄然冷笑几声，用手指着纣王，频频点乩。

纣王喝令左右："快快将老匹夫赶出宫去，削去三公之位，不得再入宫面君也。"

大周原

  九侯被武士提溜着拉出宫外,嘴里仍然骂骂咧咧,怒不可遏。这时,妲己从屏风后面摇摇晃晃地走出来,鬓发散乱,花容失色。
  纣王连忙上前搀扶着,关切地问道:"美人儿,你怎么了?"
  妲己挣脱纣王,瘫坐在地上,泪如雨下:"九侯口口声声言称臣妾祸害朝纲,迷惑王上。难道我陪伴君王,使王上天天愉悦,再无烦恼,竟然错乎? 天地良心,我真的是冤枉耶,王上。"
  "美人息怒。"纣王半边脸哭,半边脸笑,曰道,"爱妃这一哭泣,真的是梨花带雨了。"妲己依然使性子,呛道:"既然九侯指责臣妾饮酒取乐,从今往后,王上不必再临幸万寿宫,天天早朝,免得众大臣总是没事找事,把甚脏水都往臣妾身上泼。"
  "爱妃,这不关你的事。"纣王搀扶起妲己,哄劝道,"朝政大事,我成竹在胸,用不着这些老臣们多嘴多舌。九侯巧言令色,真是可恶至极,今后凡是再有谏言者,尤其是无事生非怪罪到美人儿身上,我必重罚不可。"
  妲己闻言,破涕为笑,忸怩曰道:"就是么,人家一个女流之辈,只是爱嬉闹玩耍,怎能晓得你们男人治理天下的大事!"

第十三章

理徵血溅大殿柱　母子逃命李子林

纣王修鹿台大兴土木，大小监工状若虎狼一般残暴无情，尤其是任意处罚与杀戮黎庶民夫，民怨沸腾，亦引起了当朝大理徵的警觉。

惩戒乃国之法律范畴，律条为官民行为之准则。法不责众，法不阿贵，此事牵一发而动全身，牵扯到国家稳定，非同小可。若按常规，凡是牵扯到国家法律刑责之律法修改，理应由他先提出议案，经过朝廷商议后再由君王下旨，方能颁布实施之。况且，自始祖皋陶在唐尧时即担任掌管国家刑狱之大理一职，其子伯益被赐为嬴姓，成为上古时嬴姓各族的祖先。伯益生恩成，其后代历经虞舜、夏、商三代世袭大理一职。理徵自世袭大理以来，掌管天下刑罚及监狱事宜，且为商朝律法殚精竭虑，制定了数十条律法刑责，保证了国家有法可依、违法可究之可靠基础。

如今纣王暴虐无道，为修筑鹿台，强奸民意，大肆杀戮无辜民众，视天下苍生性命为草芥耳。不可理喻的是一国之君，肆意践踏法规，竟然视刑律为儿戏，朝令夕改，任意妄为，岂不乱套也哉！

为此，理徵夜不能寐，焦虑不安，翌日三更天，即唤醒契和氏，将他要上疏纣王一事和盘托出。

无异于一声惊天霹雳，契和氏登时被吓得目瞪口呆。她嘴唇哆哆嗦嗦，牙齿上下打颤，浑身筛糠似的不能自抑，半晌竟然说不出一句完整话来。理徵默默无言地把妻子抱在怀里，轻轻抚摸着，悉心安慰着。不知过了多长时间，契和氏这才放声哭出声来，她十分委屈地泣道："纣王残暴无情，倒行逆施，根本听不进去相反言词。你若是执意奏本，不是自找麻烦，自讨没趣么？"理徵叹口气道："为官不谏言，我有何面目再见天下苍生？"契和氏哭泣道："不怕一万，就怕万一。纣王若是怪罪下来，咱们理氏一门数族可就大祸临头矣。"

理徵在夫人背上轻轻地拍了拍，随即下炕来，在地上转着圈儿。他思绪万千，何尝不知此去奏本,独闯虎穴龙潭,必定凶多吉少,焉能忍看着妻儿遭受劫难？正在此时,小儿子利贞迷迷瞪瞪地从卧榻上坐起,揉着眼睛曰道:"我要尿哩。"理徵连忙跑过去,把儿子抱起来掂尿。契和氏破涕为笑,嗔怪道:"看把娃娇惯的,利贞都七岁了,你还掂尿？"

"咦！总归就是个娃么。"理徵把儿子抱回被窝里,将他捂得严严实实,忍不住笑道,"掂个尿能娇宠到哪里去？"

契合氏黯然神伤道:"你既然知道咱的娃少不更事,须臾离不开爹爹的,为何要铤而走险,非得一意孤行地赴汤蹈火？"

为甚？理徵亦在心里默然地问自己。他盯着儿子粉嘟嘟的脸庞,看着看着,胸口蓦地宛若撕裂一般,刹那间仿佛千刀万剐似的疼痛难忍,身不由己地双手抱胸,圪蹴在地上,颡上蚕豆般大的汗滴簌簌滚淌而下了。

契和氏惊惶地叫一声,扑到夫君身前,她望着丈夫痛苦不堪地脸庞,急急呼唤道:"夫君,夫君！"理徵面色苍白,紧咬着牙齿,有气无力地回答道:"不碍事,不碍事矣。"契和氏气喘吁吁地喊道:"夫君,你要挺住。我马上就去找郎中。"理徵摆摆手,勉强地笑道:"半夜三更的,你上何处寻找郎中去？"

"娘——"利贞叫了一声母亲。契合氏猛地吃了一惊,愣怔在那里。

"爹——"利贞怯怯地又叫一声父亲。理徵鼓足劲站起来,在妻子搀扶下走到卧榻前,强忍着疼痛,微笑着问道:"我儿,不怕。爹爹就在你身边,甭怕。"利贞从被窝里钻出来,扑到父亲怀里,他瞅着爹爹苍白的脸颊,伸出小手,将父亲颡上汗珠抹了一把,扑闪着大眼睛问道:"爹,你病了？"理徵不由得眼眶湿热,心如刀割。他强作笑颜地答道:"儿子,你爹好好的,没病。"利贞扭头想了想,扑闪着大眼睛又问道:"爹,你要去死么？"契和氏惊诧不已,脸色煞白,大声呵斥道:"利贞,咦,你胡说啥？"理徵回过头来,用眼色制止妻子。然后,又对儿子嘱咐道:"我儿且要记住,爹不会死,爹永远不会死。"

利贞目不转睛地瞅着父亲煞白的脸庞,委屈地流下两串晶莹剔透的眼泪。

契和氏扶着夫君款款躺下,好不容易等到天色大亮,才去唤来郎中诊治。契和氏惴惴不安地询问夫君病情,郎中微笑道,大理政是急火攻心,才突发心病的,待我开一药方,保证药到病除,不碍事矣。这几日定要卧榻休息,过几天则会好转。契和氏这才松了一口气,责怪道,你这死老头子,差点吓死我了。

九侯被逐出万寿宫并被削去三公之位,震惊朝野。众官吏为求自保,纷纷缄口不言。理徵连续服了几服汤药,身体已无大碍。这一日,他心情烦躁不已,坐在堂屋里长吁短叹。契和氏捧着一杯热茶,端至夫君面前,关切地问道:"夫君,你哪里不舒服？要不要再找郎中诊病？"

第十三章　理徵血溅大殿柱　母子逃命李子林

理徵摆摆手,道:"身病可医,心病难除也。"

契和氏心里酸楚不已,眼窝里热泪盈眶,她背过身悄然离去。

理徵呆呆地盯着夫人远去的背影,不由得思绪万千,娇妻年少,爱子尚幼,仍需自己百般呵护,且须臾不可离开。但是,若贪图小家安逸,放任国家朝纲混乱,朝令夕改,是可忍,孰不可忍耶。想我世代大理,耿直清正,廉洁奉公,先祖为整饬国之法律规范,诉讼狱监而前赴后继,呕心沥血。我理徵倘若在大是大非面前装聋作哑,苟且偷生,放纵纣王践踏律法而不闻不问,焉能对得起列位祖宗?个人荣辱进退,比起国之大政朝纲来,何足挂齿!即使以生命为代价,换的天下太平,国泰民安,此生足矣。

日上三竿,霞光万道。理徵默然站立在窗前凝望,庭院中一株银杏亭亭玉立,绿芽初露,甚是稚嫩,却似翠玉一般可爱。

正在此时,小利贞在卧榻里喊爹叫娘,契和氏连忙走进堂屋,将儿子抱起来,在其屁股上轻扇一把,溺爱地言道:"小懒蛋,日头都晒在尻蛋上了。"理徵转过身来,表情严肃地对夫人曰道:"一会把孩儿带到堂屋,我有话要对他说。"

契和氏随即给儿子穿戴好,匆匆用完早饭,便把利贞领到堂屋之上。

理徵把祖宗牌位一一安置妥,焚香拜祭后坐在一旁。

契和氏心里已经猜到夫君的心思,不由得暗吃一惊,看来他是要在列祖列宗面前交付事宜,心中悲伤不已,忍不住又悄然抹了一把泪。利贞看到父亲正襟危坐,眨巴眨巴眼睛,不敢多言。理徵首先示意儿子在祖案前三鞠躬,然后命利贞跪下,他拿出早已拟好的训戒,一字一板地宣读道:

肇始先祖,青史流芳。训戒子孙,悉本义方。
仰绎斯旨,更加推详。曰诸后裔,听我训章:
读书为重,次即农桑。取之有道,工贾何妨。
克勤克俭,毋怠毋荒。孝友睦姻,六行皆臧。
礼义廉耻,四维毕张。处于家也,可表可坊。
仕于朝也,为忠为良。神则佑汝,汝福绵长。
倘背祖训,暴弃疏狂。轻违礼法,乖舛伦常。
贻羞宗祖,得罪彼苍。神则殃汝,汝必不昌。
最可憎者,分类相戕。不念同氣,偏伦异乡。
手足干戈,我民忧伤。愿我族姓,怡怡雁行。
通以血脉,泯厥界疆。汝归和睦,神亦安康。
引而亲之,岁岁登堂。同底于善,勉哉勿忘。

理徵读毕,长吁一口气,随即将儿子扶起,搂在怀中,殷殷切切地问道:"我儿可知为父所读训诫之涵义？"

利贞先是点点头，然后又摇摇头，眨巴着眼睛，茫茫然不知所云。

契和氏萧然落泪，心想，一个流涕小儿，尚在懵懵懂懂之岁，焉能懂得夫君此番良苦之用意！

"吾家之盛衰，不在田地多寡，帛金有无，只看子孙有何出息。"理徵神情淡定，继而言道，"古人云：未看山前土，先观屋下人。子孙果不肖也，眼前富贵不足恃；子孙果贤也，眼前贫贱不必忧。然，人未有生而皆能贤者也，当其幼时不可失教耶，禁其骄奢，戒其淫逸。闻正言，则心胸日开，聪明日启，久之，义理明白，世务通晓，自能担事，振家声，光大门楣。人非同类，切不可令子弟往来。倘若出外当亲近正直之人，远离追名逐利之徒耳。古语又云：蓬生麻中，不扶自直；白沙在泥，不染自黑。再云：与善人亲，如入芝兰之室，久而不闻其香，与之化矣；与不善人亲，如入鲍鱼之肆，久而不闻其臭，亦与之化矣。我儿知书达理，尚需时时求教于先生与长者。故子弟不宜避宾客，若一味回避，偶接正人，必如樵夫牧竖，手足无所措耳，必为人所鄙视也。然，家有一贤子孙，则家门生色；子孙不肖，则家族诸门皆蒙羞焉。故为父母者，切不可不教子孙耶。若有不服管教者也，可当面责训，则不辱门庭耶。吾此一去，吉凶难料，累累挚言，当为自利贞始之后辈儿孙所遵循之家规也。万望夫人担当起教儿重任，理徵这厢有礼矣。"毕，他给契和氏深深鞠了一躬。

契和氏黯然失色，早已泪水涟涟，泣道："夫君苦谏，天子不从，为之奈何？"

理徵苦笑一声："身为三朝大臣，眼见朝纲无统，百事混淆，黑白不分，昏君只听谗佞之言，蔽惑左右，与妖姬日夜荒淫。眼见天下混乱不堪，生灵涂炭，惨不忍睹。倘若我苟且偷生，不冒死谏言，恐无颜见列祖列宗理政者也。"

利贞眨巴着眼睛，茫茫然不解其意，他抬头望望爹，又瞧瞧娘，悄然不敢做声。理徵亦是泪流满面，心如刀割斧砍一般难受。利贞又怯怯叫一声："爹，娘。"理徵这才如梦方醒，赶紧揩干眼泪，对夫人曰道："你快去收拾细软。今日便可以回娘家为名，尽快离开朝歌，一路向西而行，投奔西岐。"

契和氏欲言又止，黯然神伤。理徵摆摆手制止道："为夫主意已定，贤妻不必再多言。"她只得收拾好行囊，午饭一毕，夫妻相拥泣别，契和氏带着儿子利贞，在老家丁的陪伴下，马车出了朝歌东门五里路后，一头拐向西方，疾驶而去，消失在一路黄尘之中。

华灯初上，朝歌城内一片喧闹。理徵独自坐在厅堂，水米未进一滴。一直坐到清晨，他沐浴换衣，先在祖案上香叩拜，然后在庭院内散步遐想。一轮红日升起，金色洒满庭院。理徵随即锁门而去，走了一段路后又返回身来，将门锁打开，大门虚掩，前行几步，忍不住又停下来，依依不舍地看了庭院一眼，方才朝万寿宫大步流星地走去。

　　万寿宫里,纣王与妲己饮酒嬉戏,正在兴处,忽报大理政奏本,已在宫外候旨。妲己闻听后立马拉下脸来,把手中酒杯猛地一放,面带愠色地言道:"真扫兴。"纣王勃然大怒:"快叫他滚!"侍官返身离去,纣王妲己继续嬉戏。过了一阵,侍官回来呈报:"大理政长跪不起。"妲己鄙夷道:"且不要理睬,他想跪就跪。"纣王本想发火,转瞬又想,大理政毕竟也是三朝元老,不理不睬,甚为不妥,于是吩咐其可以奏本。妲己撅着嘴,转身离开,极不情愿地悄然躲在屏风后面。

　　理徵大踏步地走进宫内,见驾跪拜道:"微臣理徵祝愿王上龙体安康,万寿无疆。"纣王忍耐着性子,挖苦道:"朝歌文武两班,倘若都像九侯和你这样烦人,本王恐怕早就气死矣。"理徵伏地曰道:"微臣不敢。"纣王横眉冷对,极不耐烦地催促道:"爱卿平身,有急本就快快奏来。"理徵站起身来,言道:"叩谢王上隆恩。"

　　纣王鼻子哼一声,面色凝重,状若紫茄。毕,理徵遂起身奏曰:"微臣掌管天下刑责数载,未曾一日懈怠耳。今闻王上不理朝政,远贤近佞,不容谏言,荒乱国政,杀害忠良。王上乐于后宫,朝朝饮宴,夜夜欢娱,对百姓疾苦视而不见,听而不闻。鹿台之工,劳民伤财,府库空虚,民生凋零,以劳役之缺工为由,大赦囚徒,竟然使众多杀人越货、恶贯满盈之徒逍遥法外,损我刑律之威严耶。所谓积羽沉舟,覆水难收,臣不知王上之所终矣!"

　　纣王气得满脸通红,厉声呵斥道:"一叶障目,不见泰山,何尝自喻高明乎?本王建鹿台,为的是今后不再去四处游览,省出时间打理朝政,治国安民,决狱平讼;本王乘造鹿台之际,大赦囚徒,体现本王爱民如子之仁德;本王一年半载不朝,皆因天下太平无事,无需躬逢其盛者也。"

　　"王上道貌岸然,不以为耻,反以为荣。此番歪理斜论倘若传播天下,恐怕会令方国诸侯犯上作乱,黎庶百姓笑掉大牙也。"理徵冷笑一声,"微臣三代受先王知遇之恩,不得不披肝沥胆,今日冒死谏言,王上如不整顿朝纲,安富恤穷,止鹿台之役,息天下之怒,继续安于现状,胡作非为,与妖姬觥筹交错,沉迷酒色,惟恐殷商六百年之基业,毁于一旦!"

　　妲己在屏风后面恨得咬牙切齿,暗忖道:理徵这个老东西,真是胡说八道,满嘴放炮。我日日在后宫陪伴君王,明铺暗盖,累的腰酸背痛,何人知晓?此前九侯谏言,还未指名道姓地公开责骂我。你这老匹夫,竟然诅咒老娘是妖姬?今日若忍气吞声,委曲求全,不知以后还会有啥脏水,一股脑儿全泼到我头上!想到此,她一闪身走出屏风,朝着理徵微微一笑:"咦!这是哪里来的毛鬼神?竟敢跑到后宫撒野来了。"

　　纣王连忙起身,微笑着召唤妲己坐在自己身旁,哄劝再三。理徵看在眼里,恨在心头,他深知朝纲已渐成鼠窃狗盗、鹊巢鸠居之颓势矣。纣王暴戾恣睢,不辨菽麦,喜怒无常,不可揆度,如此看来,道不同不相为谋矣。妲己助纣为虐,祸害后宫,不屑齿及矣。他不由得长叹一声,回想自己为官数载,清正廉明,不愧不怍,身正不怕影子斜,想到此,厉声斥道:"商朝天威堂堂,竟然有女流之辈不招自来,擅自置喙!不稂不莠,成何体统!"

纣王被理徵讥讽的浑身不自在,面如赤枣。妲己顿时面如霜打的丹柿,黑乌泛红。纣王忽地站起身来,恼羞成怒,大声喝道:"刀斧手,快将理徵逆贼拉出去砍了!"

话音刚落,周围呼啦啦扑上来数名虎狼一般的卫士,凶光毕露,张牙舞爪。

理徵怒目圆睁,用余光横扫一圈穷凶极恶的兵士,突地狂笑不已,惊得卫士们后退几步,愣怔原处。

理徵整整衣冠,高声骂道:"昏君帝辛,你耳根酥软,听从妖姬任意摆布,真乃是荒淫无耻,狗彘不如。理徵乃堂堂伟丈夫,今日死谏,为的是天下黎庶百姓,不再遭受生灵涂炭也。大丈夫顶天立地,且早已将生死置之度外,何惧怕斧钺刀戟乎?"毕,他紧跑几步,一头撞击在龙盘石柱上,顿时脑浆溅射,血染衣襟。

妲己吓得鬼哭狼嚎一般,惊恐不已地扑到纣王怀里,瑟瑟发抖。

纣王一手搂着美人,一手狂舞不已,厉声喊道:"快拖出去,把理徵逆贼挂在朝歌城门之上,示众十日!"

卫士们怯怯上前,小心翼翼地把血流如注的理徵抬出万寿宫外,悬挂于朝歌城门外木杆之上,众皆鄂然。次日,纣王似乎仍不解心头之恨,遂下令诛灭大理政三族。兵士们虎狼一般嗷嗷叫着杀上门去,且不分男女老幼,见人就砍,直杀个理徵家族血流成河,死尸满门。有恶吏回禀纣王,被斩杀家族人群之中,惟独不见理徵夫人契和氏及小儿子利贞,业已打问清楚,娘儿俩已于两日之前回陈国娘家去了。

妲己在一旁煽风点火,纣王暴跳如雷,下旨就是追到天涯海角,也要将理徵遗孀及幼子捉拿归案,斩草除根,方才解心头之恨。

大队人马得令,宛如旋风一般呼啸着追击而去。契和氏三人乘着马车,走了两天,日行夜宿,方才驶出百余里路程。第三日清晨,她蓦然从噩梦中惊醒,眼皮突突跳个不停,随将心中之惶告诉老家丁,一时手足无措,不知如何是好。三人慌慌张张地赶车上路,走了十余里路,老家丁一直闷着头吆车,沉思不语。此时中原地带连绵的麦田已是一片金黄,麦浪滚滚,疾速行走的马车穿行其中,宛若浪里泛舟,隐隐约约地忽高忽低。老家丁忽然将马车停了下来,他面如凝脂,言道:"夫人,我等老马破车,穷途末路,焉能躲过风驰电掣之虎狼之师?倘若如此这般慌不择路地逃亡,毕竟不是办法,惟一生路,由我沿原路返回,以便引开追兵。你且与少公子就此躲进麦田深处,千万不要声张才是。"

第十三章　理徵血溅大殿柱　母子逃命李子林

契和氏毕竟是妇道人家，面对险象丛生的困境，登时慌了神。她只好在老家丁指引下，用手拽着利贞，跌跌撞撞地朝一望无际地麦田深处走去，泪水涟涟，边走边回首张望。老家丁眼含着热泪，看着娘儿俩走远，方才牵过马车，顺着原路返回。老马识途，马车叮叮当当，老家丁拔了一把麦子，边走边把车辙痕迹清扫干净，心里默默祈祷：老天爷你可要睁眼，全力保佑大理政惟一血脉矣。

夕阳西下，残阳如血。老家丁已经来到黄河口岸边，他蹲在黄河堤岸。忽地，一队兵马呼啸而至，将老家丁团团围住。为首的恶吏原熊滚下鞍来，挥舞马鞭，朝老家丁劈头盖脸一顿猛抽。老家丁被打得浑身上下，血迹斑斑。原熊吼道："老匹夫，我看你能逃到哪里去？"老家丁咳一口浓痰，猛地啐在原熊面门之上，正巧糊了他的眼窝。此时，旁边又冲出一个面目狰狞的军官浑丘，一剑刺中老家丁右肩，登时血流如注。老家丁一个趔趄，半跪在大堤草地里。浑丘断喝道："老匹夫，大理政夫人和儿子躲到何处去了？"老家丁微微一笑："混账东西，我家夫人冰清玉洁，焉能和你们这些畜生，同在一个蓝天之下并苟活于世哉？她为了不受侮辱，已经带着儿子跳下黄河，追随我家主公去矣。"

原熊好不容易才将眼窝里的浓痰擦拭干净，紧接着对老家丁又是一顿皮鞭抽打。

老家丁趁其不备，忽地一个箭步冲到其脚下，顺势抱紧原熊双腿一滚，两人便骨碌碌滚下滔滔黄河，刹那间淹没在激流波涛里。

这一幕似乎来得太突然，出乎于现场所有兵士意料之外。浑丘更是大吃一惊，差点跌倒在地，等他缓过神来，方才下令在方圆数十里麦田里仔细搜寻，一定要把大理政的犯妇及逆子捉拿归案。

契和氏按照老家丁嘱咐，躲藏在一棵麦李树下，几日里不敢声张动弹。饥了，捡李子树上落下的李子充饥；渴了，乘夜幕降临，吮舔麦秆上露水解渴。商朝的兵士在不远处转来转去，却始终没有发现她们藏匿的行踪。三日过去，兵士们方才全部撤走。此时此刻，契和氏与小利贞已经熬煎得面目皆非，身心疲惫不堪。娘儿俩只好沿着偏僻地域，一路讨要而行，大约经过一个多月的颠沛流离，到达了西岐地界，过了金鸡岭，途径首阳山，又是几日路程，方才到达岐山脚下。在一农户家借宿歇息一晚，翌日后响，便蹒蹒珊珊地走到西岐城里，亲眼目睹了一片祥和景象，街市繁华，市井谦和，行人让路，童叟不欺。

契和氏触景伤情，不由得大放悲声，最后瘫倒在大街之上，有路人前来问候。她哭泣不止地曰道："这一片尧天舜日，只可惜忠烈夫君无缘见识矣。"

有人将此情匆匆报告姬昌。一个携引饥荒小儿之落魄妇人，放声痛哭，必有冤屈在身。姬昌立马来到契和氏面前，问清缘由，大吃一惊，原来是当朝大忠臣理徵妻儿逃难于此了。他赶紧派人接至周庭，安顿好食宿。次日一早，姬昌来到契和氏住

· 85 ·

大周原

处,嘘寒问暖,关心备至。

真是两重社会两重天,契和氏又一次被感动得声泪俱下。临行前,姬昌叮咛契和氏要教育好利贞,承继先祖遗志,进入庠①后精心学习典籍,将来为岐周制定刑责律法大展宏图。此后数月,契和氏精心教子,闲暇之际,总是念念不忘麦李树救命之恩,遂改理为李,儿子亦称之为李利贞,成为天下李姓共奉之先祖矣。

笔者有诗为证:

其一

颛顼高阳大业生,女华偃育皋陶身。
恩成慈父乃伯益,偃氏嬴族相与倾。
禹夏商朝官大理,理徵血殿留英名。
寡孤亡命麦田树,李子救拯神鬼惊。

其二

元祖利贞乃吾尊,大名老聃似山深。
奇功武略扬海内,伟绩文韬载典经。
数代大唐繁衍多,百千赐姓播甘霖。
子孙从此若繁星,四海五湖郁郁森。

---

① 庠,西周已有比较发达的教育制度。即在国人乡里中设立的学校,称之为庠(一说称序),教授知识技艺。贵族子弟的教育更为完备,专设有小学、大学。贵族子弟满八岁入小学,到十五岁成童时入大学。《周礼》有师氏、保氏两官,从他们的职掌来看,教育的内容包括德行、技艺和仪容等方面。技艺兼及文武,有礼、乐、射(射箭)、御(驾车)、书(文字)、数(算术),称为六艺。

第十四章

鹿台之下酒池肉林　周原大地五谷丰登

众说纷纭的鹿台历经两年半多建造,方才竣工,崇侯虎兴冲冲地前往万寿宫奏本。纣王听说鹿台顺利竣工,喜不自禁,大呼痛快。妲己更是眉飞色舞,恨不得插上翅膀飞到日思夜想的鹿台。而一心借此显摆邀功的崇侯虎暗暗高兴,伏地启奏道:"王上,微臣自奉谕旨建造鹿台两年半以来,殚精竭虑,千日施工,万人辛劳,天下之能工巧匠集聚一处,四方之珍品奇玩荟萃一台,采撷天地之灵气,汲取日月之精华,建筑而成金碧辉煌之琼楼玉宇,今已完工,特来复命也。"

"爱卿快快平身,你可谓劳苦功高。"纣王赞道,"此台若不是依赖卿之辛劳,终不能如是迅速矣。"崇侯虎道:"微臣昼夜督造,不曾有一日懈怠耳。故此,方能成就竣工之迅疾也。"纣王明知故问道:"鹿台既已完工,本王何日可以视察之?"崇侯虎随即答道:"万事俱备,只待王上巡视之。"纣王甚为欢喜道:"爱卿辛苦。本王明日即在鹿台宴请百官,以贺竣工之盛典也。"崇侯虎遂领旨退下。

鹿台建成,遂合妲己凤愿,她兴奋得如同发疯的母鸡,丹颜放光,兴高采烈地叫了一声:"耶!"

翌日清晨,艳阳高照,晴空万里。纣王率妲己及众嫔妃一行乘辇出行,一路彩旗飘飘,锣鼓喧天。朝歌城内外百姓蜂拥而至,竞相观看,摩肩接踵,煞是热闹。远眺鹿台,拔地而起,高耸入云,巍巍然挺立于天地之间。楼榭亭阁,星布其上。雕檐碧瓦,金銮兽马。楼阁重重,亭台叠叠。错落有致,金碧辉煌。中有一楼,直插云端,突兀峰起,傲视群雄,状如鹤立鸡群一般新颖别致焉。

面对如此胜景,纣王着实吃惊不小,他霍地从七香车上站立起来,搀扶着妲己,指指点点。众嫔妃亦是欢呼尖叫,好不热闹。不一会儿,行驶鹿台之前,纣王妲己下辇,两边扶持登台,百官跪地接驾。

"咦——"妲己忍不住又叫一声,"真是人间仙宫耶。"

纣王大喜过望，静目观看。整个鹿台乃团团白石砌就，围围皆玛瑙装饰而成。浮雕四壁，彩绘柱梁，饰佩奇珍，堆积异宝，镶嵌美玉，铺设金银。真个是紫府瑶池一般亮丽，俨然玉阙珠楼一体辉煌。纣王携妲己信步登上摘星楼，环顾四周，蓝天白云，碧空如洗，放眼整个朝歌，皆在脚下连片团聚，官府民宅，错落有序。

崇侯虎乘机献谀道："王上攀登此楼，便可与天同高，独树一帜，方显凌驾百官之上赫赫权威，突兀万乘之主巍巍尊贵也。"

纣王闻言哈哈大笑，吓得几只飞燕惊恐地飞逃而去矣。

随行的比干等良臣贤吏，脚下若铁履一般沉重，郁闷难行，大家无不摇头叹息，比干唉叹道：这一栋栋楼台亭阁，不知耗费几许金银财宝，民脂民膏？那一处处水榭花园，不知埋下多少青壮苦力，屈鬼冤魂！

御酒筵席备齐，豪华无比。真乃是烹龙庖凤，珍馐美味，酒海肴山，鲜奇色香。纣王传旨奏乐饮宴，众人鱼贯而入，弹冠相庆。一时觥筹交错，谀臣惑言邀宠。

费仲乘机献媚道："鹿台形制乃天造地设，正应四季之吉象，意寓五谷丰登之征兆哉。"浑尤更是借此良机谀言道："王上之朝歌，民丰国盈，天下百姓，无不感恩戴德。所谓尧天舜日，亦不过尔尔。"

比干在席间如坐针毡，惶恐不安，他不由得仰天长叹："君王妖姬奢靡成风，谀媚奸臣扶摇直上，我商朝大厦危矣！"

纣王几樽酒下肚，面似涂丹，未饮先醉，飘飘然不知所以然。众官吏交杯换盏，好不热闹，只喝得红日西坠，华灯初上，方才相互搀扶着大醉而归矣。纣王与妲己舍不得离开，夜宿摘星楼上，两人交颈鸳鸯戏水，并头鸾凤穿花。妲己金钗斜坠玉枕，堆积一团乌云。她酥胸荡漾，频频叫床不已，樱口莺声，缠绕君王耳畔。纣王更是醉眼朦胧，畅美不可言矣。仿佛蛟龙戏于深潭，直搏杀得气喘吁吁，方才熟睡过去。

一连数月，纣王和妲己足不出户，缠绵悱恻，淫乐不已。

一日午时，风和日丽。纣王与妲己在鹿台下散步，悠闲地走到一片桃林之中，眼见桃花盛开，艳云片片，妍丽无比，枝杈圆润，妲己玉手抚摸，突发奇想，扭头对纣王言道："王上，臣妾有一异想，不知可否？"

纣王呵呵笑道："美人儿就是要天上星星，本王派人摘下即是。"

妲己拍拍树干，莞尔一笑，百媚俱生，曰道："王上既造鹿台，可观可眠矣。美中不足的是，惟缺饮乐之场所也。"

纣王不解："偌大鹿台，可宴请文武百官，焉何无饮乐之地？"

妲己笑曰："朗朗天空，艳阳高照，百草碧绿，千花盛开，皆因阳光普照，茂盛繁衍。臣妾久居高楼，焉能不花容失色，日渐枯萎？"

纣王登时恍然大悟，拍着脑瓜叹息道："美人儿尽管提议，怎的才能心满意足，本

第十四章　鹿台之下酒池肉林　周原大地五谷丰登

王依次安置就是了。"

妲己玉手一指桃林,兴冲冲地曰道:"桃林枝干,可悬挂熏肉及果品若干。王命御厨树下放置烤炉,烤制肉品。王上走到哪,吃到哪,纵然野外烧烤,岂不美哉!"

纣王闻听此言,"扑哧"笑出声来:"我又不是野驴,走到哪,吃到哪?"

妲己撒娇道:"你就是,就是一头野叫驴!"

"咦。"纣王将妲己一把搂在怀里,亲一口,笑道,"我就是,行么?"

妲己莞尔一笑,接言道:"桃林远处,有一池塘,再在池中置一亭台,内挖一酒窖,即将陈年美酒藏匿其中。王上游到哪,喝到哪,天趣盎然,岂不快哉!"

纣王心情大悦:"好!游到哪,喝到哪。这么说,我随时随地都能享受鱼水之欢乎?"

"呵呵。"妲己忍不住笑出声来,讥讽道,"你又不是公鸡踏蛋,焉能随时随地肆意妄为哉?"

纣王哈哈大笑道:"肉林与酒池相佐,本王与美人儿便可日夜饮欢。此等美妙之计,除了美人儿,还有哪个狗彘脑瓜能想得出来?"

不出旬月,肉林酒池便顺利地建成,纣王妲己游戏其中,流连忘返。夏夜浩月,天气炎热。一日晚夕,纣王突发奇想,遂令宫中嫔妃们宽衣解带,人人赤身裸体,在清清爽爽的月光流泻之下,美姬们人人嫩肉鲜肌,滑润似翠,个个更凸现冰清玉洁,清光溢射。纣王和妲己在一旁饮酒取乐,时至午夜,纣王忽然频频皱眉头,妲己问道:"如此美景良辰,王上却因何事烦恼乎?"

纣王近来正为朝廷琐碎诸事堵心,叹曰道:"忘忧草,含笑花。王图霸业为了啥?"

"人生百年如白驹过隙,念良辰美景,岂能虚过。"妲己妩媚一笑,"臣妾与王上共对芳樽,浅吟低歌,且酩酊,任它日月轮转,来往如梭。"又喝了几樽,两人亦忍耐不住寂寞,脱尽衣装,光溜溜地逐戏期间。堂堂皇皇之鹿台之下,宛然偌大澡堂,无垠浴场,脱衣舞会自此应运而生焉;一片淫声荡语,此起彼伏,欢娱妖艳之乐,彻夜不绝矣。

朝歌这座屹立了几百年的繁华都城,在末代商王帝辛的肆意摧残与任性折腾之下,它的坍塌损毁,无可奈何地进入了倒计时。

此时的岐山脚下,莽莽苍苍的周原大地,正是麦黄天气,到处呈现出一派丰收景象。雄心勃勃的西伯侯姬昌,正与散宜生等几个官吏驾车出行,他们在城东十里开外的农田地头巡视,眼看着一片片麦田里粗壮的秸秆顶上,挑着大大的穗头,好像是岐周校场上列队训练杀声震天嗷嗷叫的兵士,成熟得是那么豪情似火,肃整得是这么威严深沉。

周原!你这肥沃的土地,养育了多少西岐儿女。

周原！你这一方宝地，又隐藏了多少英雄豪杰。

周原！你是姬氏一族之福地。自从古公亶父辗转到此，获益匪浅，我们当以做周人而自豪万丈。

呵呵！姬昌笑得是那么开心，那么爽朗快活！

微风袭来，麦浪滚滚，宛如一望无际金黄色的海洋。

一直低头沉思的散宜生，心中亦是感慨万千，他何尝不知，自从季历被商王文丁杀害之后十数年以来，姬昌心里承受的千斤压力与苦闷，是常人无法理解的，亦是他人无法体会的。他几乎是一个人默默地承担着姬族复兴的希望，引领着周人实现王天下的远大梦想。

偌大的周原云凝翠空，苍梧玄凤，九天澄澈。

姬昌依然我行我素大步走在前面，任夏日的热风吹拂着棱角分明的面颊，深沉的眸子里荡漾着情寄八荒与介然不群，昂首挺胸的走姿里挥洒着刚健中正的至诚如神。散宜生悄然地陪伴着姬昌，信步走在阡陌之间。眼看着被生生拉开一段距离，散宜生赶紧小跑一阵，方才撵上主公。他终于看见姬昌的情绪平静下来，遂献言曰，周人目前偏隅西北一方，其方国实力毕竟有限，尚且不足与独霸南方的鄂侯之雄厚势力和盘踞中原的九侯之残余势力相提并论，更别说挑战势力强大且如日中天的商王帝辛了。况且，西岐周边生存环境十分恶劣，西北部尚有戎狄部落蠢蠢欲动，伺机骚扰。我们何不效仿先侯，先是武力整治好方国，继而强力征东，凭借商王之旗号，西岐讨伐戎狄，师出有名。倘若如此这般地行事，不但可以得到朝歌大量军事物资的援助，还能乘机积蓄人财物力，秣马厉兵，为以后王天下而打下可靠之基础。俗话说，枪打出头鸟。我们周人正好借此千载难逢之契机，明处讨好商王，私下里联络朝歌各路豪门英杰，进而密切彼此和谐之关系。

"哦！"姬昌停下脚步，扭过头来问道，"时过境迁，帝辛绝非其父文丁那样糊涂行事，他在一块石头上还能再跌倒一次？"

散宜生笑道："帝辛自喻雄才大略天下第一，谁人也不搁在眼里。再说，老虎还有打盹的时候，我们何不火中取栗，试一试也罢！"

一句话提醒梦中人。姬昌如饮醍醐，他回想起父亲季历在世之时的谆谆教导及所作所为，登时恍然大悟。为此，他先后多次召集贤臣开会商议细节，最后，按照群臣商议的既定方针，他几年间多次亲赴朝歌，一一登门拜访了父亲以前建立的关系，每次出手阔绰，不惜财力，该出手就出手，依次奉送奇珍异宝，受者无不喜爱有加。有一次，姬昌专门带着姬旦，在朝歌拜访几位在朝廷中举足轻重的老臣，无一例外的是金银珠宝成了无坚不摧的通行证，艳丽美女又是屡试不爽的绝佳武器。这些盘踞在朝歌的权贵们，他们几乎是来者不拒，多多益善，一点也不掩饰他们对奢侈品的贪

第十四章　鹿台之下酒池肉林　周原大地五谷丰登

婪渴求。更让姬旦不解的是,就在姬昌还在厅堂上相谈甚欢之时,这些胸大却头脑简单的家眷们,便会旁若无人地将礼品盒当面打开,并在自己身上比划着,嬉闹着,甚至会当面说出下次需求的物品。

几人在返回住地的路上,姬旦长吁短叹道,朝歌有这样一批贪得无厌的权臣把持着,奢靡成风,贪得无厌,腐化演变是迟早的事。

姬昌一直在低头走路,他思绪万千,心中顿生革故鼎新、敬业乐群之宏愿,君子礼仁,刚健中正,居安思危,自昭明德,方能顺天应人,大哉乾元,蒙以养正,必将飞龙在天。末了,他特别叮嘱姬旦道,看来周庭若要兴周灭商王天下,非要制定一系列的政策不成,教化庶民,端正风气,上梁不正下梁必歪,没有规矩,必然不成方圆矣。

而这些盘踞朝歌多年徇私枉法的权贵们,自从收受了姬昌送来的重礼之后,他们纷纷在纣王面前夸赞西伯侯真乃有情有义之忠臣。

晚上,姬昌与姬旦走在朝歌大街之上,但见人头攒动,香粉四溢,随处可见两边店家灯火通明,酒肆里吆三喝五,一派奢华景象。

姬昌触景生情,他不停地在摇头,心里嘀咕道,官吏肆意放纵,贪婪成性,奢华之风气极易泛滥成灾,朝歌如此颓废,焉能长治久安乎?于是,他忍不住对随行的姬旦又一次叮嘱道,有道是道济天下,方能风清气正;正所谓含弘光大,自然日月丽天。

姬旦却一直没有搭腔,他此时在心里似乎亦有了些许打算。他何尝不知道,二哥高瞻远瞩,自强不息,修辞立诚,恭桑敬梓,时时刻刻有着刚健笃实与正位凝命的紧迫感,作为兄长信得过的得力助手,纵然有千难万险,亦是责无旁贷,万死不辞。

翌日,姬昌觐见纣王之时,他精心地为妲己挑选了几件出自西域的羊脂玉镯和幽地雕刻的耳珰、簪子等饰品,当场就把妖姬乐得找不着北矣。妲己紧紧攥着细腻滑润的羊脂玉镯,左看右瞧,喜欢得不得了,她迫不及待地把玉镯套在手腕上,炫鬻道:"咦!这玩意可带劲了。"登时玩得不亦乐乎。

纣王看得心花怒放,眼瞅着另外一堆饰品,用手一指,遂询问姬昌道:"恁这黑不溜秋的环环子,棍棍子,到底是个啥玩意?"

姬昌微微一笑,答道:"启禀我王,这是产生于幽地的煤炭耳珰,是稀世珍品。想我西岐妇人粗俗不堪,无人可以佩戴此稀罕之物。环顾当今世上,惟有苏娘娘天生丽质,方可佩戴此耳珰矣。"

纣王听得是心胸舒坦,不由得呵呵大笑起来。姬昌用手一指纣王面前的簪子,趁机又夸耀道:"此煤炭簪子,亦是稀罕之物,苏娘娘在头发上穿插用之,瀑布一般乌发,便可归拢一团,更显得妩媚动人。"毕,他顿觉失言,连忙侧目斜视,却见纣王正沉浸在欢喜之中,并未觉察,悄然吐一吐舌头,不敢再多言矣。

妲己闻言转过身来,眼睛瞪得铜铃铛一般大,喜滋滋地问道:"这耳珰簪子是用啥做的？怎是黑色的？"姬昌弯腰答道："启禀苏娘娘，这是用豳地出产的煤精石所雕刻而成，即为我西岐商人所收获，遂在我周原贵妇人中广为流传，大音稀声，甚为稀罕。此次微臣觐见我王，以表对苏娘娘一片忠心，遂下令周庭内贵妇人，今后一律不可佩戴耳珰与簪子，缴获珍品，全部贡献朝歌矣。"

纣王眉头一扬，乐得合不上嘴。

妲己更是喜出望外，连忙侧身把耳珰戴上，又把簪子插在高耸的发髻之中，悠然转过身来，妩媚一笑，百媚顿生。姬昌眼前一亮，喜形于色，忍不住夸鹭道："花容皎洁，玉齿粉唇，黑白搭配，宛若天仙！"纣王笑着，笑着，脸色登时晴转多云，姬昌心里一惊，立马意识到刚才自己说话太多，遂低头不语了。

妲己兴奋得不得了，嗲声嗲气地缠着要纣王封赏姬昌。

纣王目睹妲己愈加美丽动人，情不自禁地把妖姬搂抱在怀中，胸中的怒气登时消了大半。

姬昌伏地拜谢王恩已毕，慌里慌张地回到府邸，草草吃完饭，遂快马加鞭地离开朝歌。他回归西岐城后，遂召集散宜生等人，将其在朝歌所见所闻和盘托出。

散宜生认为，时不我待，一定要借此良机，积极增强与拓展周人在西方的势力范围，高举起纣王赋予的讨伐大旗，广泛组织联合商属个中小诸侯方国，势如破竹，一举击溃了戎狄的侵扰袭掠。

如虎添翼的周人在这场前所未有的几次讨伐中，一鼓作气势如虎，迅如疾雷震西域，树立起了绝对的权威，从此以后，姬昌便成为西方诸侯方国一致拥戴的"精神盟主"。

第十五章

九侯忠烈萧然遇害　妲己嫉恨炮烙鄂侯

　　自从两年多以前理徵血溅万寿宫柱后，妲己为此心悸了好一段时间，并为此忿忿不平纠结了许久，你们这些臭男人治国无方，执政无能，凡是改朝换代，总会把气撒在我们女人身上，什么红颜祸水，什么女人祸国，什么妖孽殃民，有意思么？随着在鹿台之下肉林酒池的淫乐暇余，处事乖张并且越来越放荡的妲己不以为耻，反以为荣，总会无缘无故地嫉恨起九侯来。

　　一日，纣王宣恶来大夫在摘星楼上饮酒对弈，君臣两人你来我往，兴致勃勃，搏杀得不亦乐乎。时至未时，恶来拜退之际，妲己乘机将提前准备好的丝帛，暗地里由侍女送至恶来手中。恶来素与九侯不合，早有加害之心，只是没有找到下手的机会。常言道，欲加之罪何患无辞。现有纣王宠妃妲己之托书，真是天赐良机，何愁老贼不除！

　　恶来虽然长得尖嘴猴腮，却是猎艳高手，时常出没于朝歌烟花柳巷，到处留精遗情，所俘获美艳无数，却无一妓与其贴心牵肺矣。他心里仰慕妲己美貌久矣，却可望不可及也，自然只能望梅止渴，画饼充饥耳。今日天赐良机，与美人眉来眼去，虽无体肤之欢，即使完成其所托之事，亦是大喜所望也。他一回到府上，连忙打开妲己交与的丝帛，一股香气扑面而来，禁不住贴在嘴唇边，吻舔再三。他鹰隼一般的目光，死死盯着丝帛，忽地一声冷笑，眉头一蹙，计上心来。

　　翌日，纣王召集恶来等宠臣一起去朝歌南郊十数里外的山中狩猎，一路车马辐辏，冠盖飞扬，浩浩荡荡，煞是热闹。如此这般地大张旗鼓，诸多兽类早就逃遁藏匿，不见踪影矣。纣王面色凝重，有点扫兴而归，正好转过一个山头，蓦然撞见一群梅花鹿正在草丛中觅食。纣王大吼一声，率众兵士扬鞭策马，呼啸着追击而去。梅花鹿被猛然惊起，撒开四蹄慌乱逃散矣。纣王大声喝令其卫队兵士们分头围堵，他亟不可待地追击一只大鹿，张弓射箭，梅花鹿应声倒地，抽搐死去。

恶来更是乘机赞曰："我王神箭,百步穿杨,古往今来,举世无双。"纣王闻听此言,心中十分愉悦。

片刻刚过,卫队一干人马,方才气喘吁吁地归来,倒也有所斩获,三只梅花鹿亦命丧箭下。纣王大喜所望,遂令回归鹿台,欢娱半宿,直喝得醉眼乜斜,才被两个宫女一左一右架扶着,一步三摇地走上摘星楼来。送至卧室门口,两名宫女后退着离去。纣王一把推开房门,屋里香气漫溢,一时惊呆在那里。

但见卧室内烛光晃晃悠悠,妲己面朝里斜倚在卧榻边上,发髻高耸乌云,俨然流淌的瀑布,姿势婀娜多姿,躯体曲线优美,仿佛一只通透剥皮的大虾,惹得纣王口水溅落胸前。

"美人儿——"纣王跌跌撞撞地扑到卧榻前,朗声喊道,"本王来也。"

妲己慢慢地转过头来,回眸一笑,百媚顿生,脸腮微微绯红,颧骨泛泛粉白,宛如春月桃林梨树,落叶缤纷,红的是桃花朵朵,白的是梨花片片。她酥胸荡漾,万种风情涟漪;两轮圆月,千般妖娆突兀;杨柳腰肢,百味旖旎春浓。薄如蝉翼的白纱,罩着一副冰清玉洁的美人坯子,活生生摆置在君王眼前。

纣王呆呆地看着,仿佛在欣赏一件绝世无双意趣天成的艺术品。

妲己偏过头来,伸出玉臂,"嗤"地一笑:"王上,臣妾正等着你。"

纣王依然摇晃着身子,痴迷迷地看着,忽地饿虎扑食一般,趴到妲己身上,妲己惊叫一声,眼泪默然流下来。她显然被纣王黑熊一样的体重压疼了。纣王闭着眼睛捉麻雀,他喷着酒气的大嘴,在妲己粉嘟嘟的脸上乱拱胡蹭。

妲己只能默默忍受着君王肥豨拱圈似的肆意妄为,遂想,后宫佳丽三千,人人似乎都羡慕嫉妒恨自己万千宠爱集一身,是何等风光,可天下谁人又知晓这其中的心酸!

两人云雨一番,大约折腾够了,纣王这才一骨碌翻下身来,躺在妲己身旁,一会儿就鼾声如雷,酣睡过去。待到次日早晨,日上三竿,他方才醒来。纣王看着身边睡得死沉的美人儿,意犹未尽,又用嘴巴亲昵挑逗。妲己被无端弄醒,扑闪着狸猫一般的大眼睛,讨好地言道:"王上如此这般的喜欢爱恋臣妾,此生足矣。"纣王打了一个酒嗝,一股浊气,呼啸直上。

妲己心里虽厌恶至极,却只能默默忍受。而可恶九侯,却不知妾身愁苦,肆意诬陷,无事生非,且让你的掌上明珠来后宫,亲身体验一下酸甜苦咸,方能封住你的臭嘴。她借机试探道:"倘若世上还有与臣妾一般的美姬,王上能否不再动心?"

纣王哈哈大笑:"爱妃集天下美色于一身,绝艳无双。有你一人陪伴,本王心足矣。"

妲己献谀道:"王上卧云眠月,自然不知天外有天,人外有人。宛如进得桃园,只

第十五章　九侯忠烈萧然遇害　妲己嫉恨炮烙鄂侯

见得枝繁叶茂，硕果累累，岂不知最美的桃子，就藏匿在枝叶深处。"

纣王伸出毛茸茸的手臂，在妲己脸颊爱恋地抚摸一把，笑道："这天下最美最大最艳丽的桃子，本王不是已经嚼了一口了。"

妲己摇摇头，嘟着嘴曰道："瓜果有千种，味道自不同。王上甚为可怜，只是未曾享用耶。"

纣王眼睛鼓得溜圆，吃惊地问道："咦！这么说爱妃知晓？"

妲己见火候已到，故意撅着嘴巴频频摇头，捉弄得纣王心如猫抓，许愿只要觅得此女，愿赠玉石若干。妲己这才亮出谜底，言道："九侯千金，艳美天下。王上竟然充耳不闻乎？"

"不。"纣王死死盯着妲己的眼睛，摇摇头道，"本王不信，天下还有超过美人儿之惊艳容貌？除非天女下凡。"

"既然如此。"妲己撅嘴道，"那就当臣妾没说过此事，好么。"

纣王盯着妲己的眼睛，郑重其事地问道："真的假的？"

妲己嬉笑道："蒸的煮的。"纣王低头沉思不语，心中早已心猿意马，恨不得马上拥香搂艳，遂成好事一桩。

妲己借机补充一句："无风不起浪，宫人传言，必有说辞，当然不会是空穴来风。王上一道谕旨，岂不就真相大白了。"

纣王兴奋不已，夸誉道："爱妃一片忠心，宛若一片冰心玉壶。体恤本王之爱意，无人能及伊矣。"

当日早膳已毕，纣王宣恶来鹿台见驾。对弈期间，纣王曰道："本王闻听后宫传说甚广，九侯家有一绝世美女，不知大夫是否知晓？"

恶来眨巴着眼睛，小心翼翼地回答道："微臣知晓，此女贤淑雅致，美丽动人。若是比起妲己娘娘天生丽质来，不啻天渊矣。"

纣王连忙解释道："咦！正是爱妃全力举荐的。"

恶来方知枕边之风已传至君王耳中，遂见风使舵，曰道："王妃言之有理。九侯有一豆蔻年华之美女，美丽动人，绝冠朝歌，名叫玉娥。此女美貌出众，大名鼎鼎，路人皆知。当年王上选妃之时，微臣曾劝言于九侯，将此美女进献王上。谁料九侯爱惜玉娥如掌上明珠，断然拒绝，且隐匿至今。倘若不是王上问及此事，臣一时还未想起这位遗漏的美女来。"

"可恶至极。"纣王怒不可遏地骂道，"这个九侯老匹夫，真是罪不容诛。数月前还教训本王要远离酒色，原来他是藏美匿艳，以售其奸，使得本王清浊难澄，蒙蔽至今。爱卿即传本王之旨意，速令九侯进女入宫。九侯若再花言巧语，继续推诿，本王非得扒了老贼皮不可。"

大周原

话说九侯晚年得女儿，捧在手上怕摔着，含着嘴里怕化掉，香饽饽一般怜爱珍惜。玉娥俨然一副美人坯子，生得眉清目秀，温婉可人。夫妇两人喜爱有加，打小教授女儿诗书画印。玉娥聪慧过人，且又知书达礼，人见人爱。年届二八，提亲的人摩肩接踵，几乎踏破门槛。九侯夫妇婉拒数人提亲，为的是要为女儿找一家门当户对且才貌双全的如意郎君，故玉娥虽已过及笄之年，仍待在闺中。

恶来领旨后来到九侯府邸，趾高气扬地宣读圣旨。毕，九侯夫妇如雷轰顶，惊愕不已，等恶来扬长而去后，方才醒过神来，两人当庭抱头痛哭，声泪俱下。玉娥亦在闺房内呜咽泣诉。九侯何尝不知，纣王无道，惨绝人寰，如果抗旨不尊，即使逃到天涯海角，亦是徒劳耳。玉娥哭了许久，眼看着父母双亲双鬓染霜，自知难逃此劫难，只能听天由命。她强忍悲痛，反而安慰二老，不必为此伤心矣。

九侯夫人含着眼泪给女儿稍作梳理之后，九侯便匆匆送玉娥入宫面君。纣王传旨下去，片刻之间，九侯与玉娥上台跪倒施礼。九侯面呈难色，低声禀道："罪臣九侯与小女玉娥觐见王上。"纣王直眉瞪眼地瞅着美人，但见得玉娥生得小巧玲珑，柳眉似黛，杏目含露，肤白如霜，鸭蛋一般脸庞，状若芙蓉初开，娇艳妩媚，不由得淫心荡漾，喜上眉头，大声言道："九侯进女有功，官复原职。赐白璧一对，黄金百镒。玉娥摘星楼候侍。"

九侯面无表情，呆若木鸡，他强压着内心愤怒，且战战兢兢地后退归去，走出鹿台不远，随即大放悲声，嚎啕不已。

纣王转身大笑着离去，竟然把妲己晾在一旁。

妲己与恶来相对一视，顿觉索然无味。妲己醋意溢胸，随即跺着脚咚咚离去。恶来亦是觉得自己出力不讨好，心存委屈又不好言表，只得灰溜溜地离开鹿台，回到府中，闷闷不乐，心中五味杂陈，不由得感叹道，这女人心事，真是天上浮云，时聚时散，且不可捉摸者也。

夜幕初挂，华灯齐明，纣王便与玉娥在摘星楼饮酒用膳。玉娥毕竟是侯门淑女，何曾与他人交杯换盏乎？况且刚与父母别离，焉有心思饮酒食物。席间，她每每想到父母年事已高，孤寡凄凉，不由得泪如雨下，断珠一般溅落胸前。纣王心里虽然不悦，但见美人儿热眼盈眶，宛如梨花带雨，海棠滴露，平添几分妩媚，心中愈加喜欢。夜深，纣王已带几分醉意，他硬拽着玉娥入得帷帐来，急猴一般先扒光自己衣服，对在卧榻之上瑟瑟发抖的美人，一声断喝道："脱！"

玉娥睨视一眼，瞅见纣王浑身上下长满黑毛，狗熊一般雄壮，羞得面若丹霞，心中更加惶恐不安。她双手抱胸，怯怯然不知所措。纣王不由分说，将玉娥内衣撕扯得片甲不留，肌肤光溜溜宛若剥皮羔羊，胸前滑腻腻好比剥鳞之鱼。纣王淫心顿发，将玉娥双腿猛地劈开，狞笑一声，便将坚硬如铁的肉棍，深深地插入玉娥户中。玉娥

第十五章 九侯忠烈萧然遇害 妲己嫉恨炮烙鄂侯

一声惨叫,撕心裂肺似的疼痛难忍,浑身筛糠一般颤抖起来,两行清泪顺着脸颊悄然流下,随即昏死过去。

黑夜不忍猝看,痛苦的闭上眼睛。

次日,玉娥披头散发,不吃不喝,泪水涟涟,花容失色。纣王意犹未尽,晚上欲再次临幸,却见得玉娥蜷曲一团,泪水盈眶。纣王顿觉索然无趣,遂气呼呼地转身离去,顿顿,又阔步向妲己寝宫走去了。妲己被冷落一晚,正在卧榻旁暗自伤心,情不自禁地暗自抹眼泪。忽地听见纣王咚咚作响的上楼声,她赶紧揩干泪水,情急生智地把藏匿在梳妆台里的指甲花露水,倒在手心,一一涂抹在脖颈胸前,登时芳香袭人。纣王大步流星地走进屋来,见妲己躺卧在帷帐之内,烛光摇曳,影影绰绰,恍如一帘幽梦。他大喊一声:"美人,本王来也。"

妲己佯装睡着,微微扭动了一下身子,嘴里"嗯"了一声,且无声无息矣。

纣王走到卧榻前,一把扯开帷帐,在妲己丰腴的屁股上轻扇一把,嬉笑道:"宝贝儿,本王看你来了。"妲己这才扭过头来,张开嘴巴轻轻"哦"一声,睡眼惺忪地问道:"谁?"

纣王瞬间一愣神,随即释怀,心里乐道,呵呵!这小妖精耍脾气矣。

"恁是你爹。"纣王故作生气,嬉骂道,"你倒睡得好甜香么。"

妲己这才扑上来,两只玉臂环绕在纣王脖颈上,嘟着樱桃小嘴,娇滴滴地说道:"一日三秋,臣妾都想死王上了。"纣王在妲己颊上吻一下,鼻翼翕动着,欣然问道:"咦,怎地这香来?"妲己偏着头,直眉愣眼地瞅着纣王,嗲声嗲语地曰道:"妾身本来就馨香无比,难道王上今日方才知晓?"

纣王笑得嘎嘎直乐,小妖精还是不依不饶地较劲儿。他想到此,立马拉下脸来,正色曰道:"爱妃既然如此嫌弃本王。本王则去其他嫔妃宫中便是。"毕,一把推开妲己,起身欲离开。

妲己这下真慌了神,知晓自己表演功力稍欠火候,且已演砸矣。她赶紧再次扑到纣王怀里,玉臂搂抱,双腿环绕,整个身子贴在纣王胸前,且悬挂在空中。纣王动弹不得,妲己使出浑身解数,玩耍一般嬉戏,两人后退着挪到卧榻之上,宽衣解带,一个将阔嘴紧贴,星眼朦胧,大浪淘沙;一个将粉唇迎接,酥胸荡漾,花园承露;一个是水牛耕田,气喘吁吁,拨弄得千般雄强;一个是黄莺鸣柳,浅吟低唱,揉搓的万种妖娆。仿佛别离三秋月,宛如重逢新婚时。

一番云雨之后,君妾两人似乎仍然意犹未尽,于是故技重演,温习旧课,方才罢休矣。妲己躺在纣王怀里,追问昨夜宠幸玉娥之事,纣王勃然不悦。妲己心中窃喜,不提。

身陷深宫的玉娥每日里以泪洗面,思念父母双亲,茶食不宁。十多天过去,纣王再次欲临幸玉娥,却见她面黄肌瘦,花容失色,消瘦得不成人形。他顿时觉得索然无趣,厌恶地啐一口痰,转身离开,从此再未踏入一步。

一月过去,时至仲夏,白日里天气闷热难熬,月夜却微风习习,银色透明,好不清爽也。

纣王在鹿台之下饮酒,妲己与玉娥陪侍左右,众嫔妃席间一一就坐。

酒过三巡,方添了几分热情。妲己趁着酒兴翩翩起舞,众嫔妃眼含妒色,却不敢吱声。妲己跳了一阵独舞,响应者寥寥,顿觉无趣。她遂建议王上,请玉娥妹妹弹奏"飞凤求凰",以助兴焉。纣王遂令侍者取来琴,交给玉娥,曰道:"本王且知晓,美人自幼习琴,乃弹拨高手,今夜花好月圆,爱妃何不演奏一曲'飞凤求凰',与本王同乐乎?"

玉娥深通音律,且听力超强,并能弹奏古今名曲若干。她进宫以来,在摘星楼上多次听过此曲,何尝不知这首出此宫廷乐官之手的"飞凤求凰",纯粹就是靡靡之音也。更令她颇感震惊的是,这种不登大雅之堂的乐曲,不但有伤国体民风之虞,而且颓废色迷,焉能堂而皇之演奏于鹿台之上哉?而堂堂一代商王,竟然如此喜欢这种不入流的淫乐,真是匪夷所思。假如诉说其中奥秘,无疑是对牛弹琴,枉费口舌,徒劳无益。她想到此,只好推脱道:"启禀王上,此曲深奥,非一时三刻之功,方可弹奏。待臣妾日后反复演练十分精熟之后,再奏于王上不迟。"

一席话,说得既委婉,又合理,愣是把纣王噎得张口结舌,面红耳赤,妲己疾首蹙额,心里亦恨得咬牙切齿。

乐师们奏着淫乐,眉飞色舞。妲己身披薄如蝉翼的白纱裙钗,在琴声中翩翩起舞,其魔鬼一般身材,妖艳火辣,勾魂摄魄。纣王在一旁看得满口生津,馋涎欲滴,淫性大发,连连大杯饮酒,醉眼朦胧。一阵风起,妲己身上的裙钗竟然迎风飘下,赤条条地独舞在台中。纣王见状甚喜,立马脱掉衣装,喜滋滋地跑到妲己面前,狗熊一般笨拙地扭来扭去,丑态百出。

玉娥早已羞得面红耳赤,难为情地低下头去,不忍猝看。纣王跳得高兴,得意忘形之际,忙唤玉娥等嫔妃尽衣取乐。

九侯家教甚严,玉娥从小知书达理,耳不听淫声讹语,眼不见赤身露体。如今面对鹿台如此放肆之奢靡淫乐,她不由得怒火冲天,是可忍孰不可忍耶! 一个堂堂良家女子,岂能忘记父亲教诲,继而辱没家风,行此苟且之举。她"腾"地站起来,怒目圆睁,断然骂道:"王上伤风败俗,贵为天子,岂不知人间还有羞耻二字乎?苏妲己妖言惑众,坏我朝纲,真是令人不齿的妖姬!"

乐师们猛地一愣神,"飞凰"骤停,现场顿时鸦雀无声。

纣王勃然大怒道:"把玉娥这小贱人赶出去,免得扫了本王的雅兴!"

第十五章　九侯忠烈萧然遇害　妲己嫉恨炮烙鄂侯

妲己更是借机火上浇油，谗言道："这小贱人真是疯狗一个，逮谁咬谁。我陪王上欢娱，有何过错？还不是为了王上身心快乐，好为国家大事操劳耶！"

玉娥凄然一笑，继而讥讽道："雅兴？你等这货色，有何资格谈论雅兴？咦！真是一对人间奇葩。"

"呔！"纣王厉声骂道，"你不奏'飞凤'，此一罪也；当面忤君，大胆犯上，此二罪也；你诬陷苏爱妃，损贬我大商，此三罪也。"

玉娥被卫士们扭住双臂，依然高声骂道："莫须有三罪，何足挂齿！昏君、无耻帝辛，你罪不容诛，恐怕一百桩、一千桩、一万桩大罪也挡不住矣。"

"快！"纣王气急败坏地断喝一声，"快把她灭了！"

虎狼一般的卫士们挥舞刀戟，立马将玉娥剁成肉泥。可怜一个豆蔻年华的金枝玉叶，刹那间香消玉殒，一命归西矣。

玉娥在鹿台被屠杀的消息，很快地传到九侯府邸。九侯闻此噩耗，状若五雷轰顶，愤愤然心如刀割，一瞬间悲愤难忍。他更衣坐轿，来到九间殿奋力击鼓。有宫人随即飞报纣王，他只好从鹿台乘辇回宫升殿。

文武两班分列两行，个个面目肃穆凝重。纣王曰道："有本呈奏，无本退朝。"

九侯出列启禀："王上，臣有一事不解。小女玉娥被宣进宫才数日，为何惨死鹿台？臣尚不知她违反哪条律法乎？"

纣王一时语塞，吭哧一阵狡辩道："玉娥目无君王，不守后宫戒律。昨晚本王夜宴众嫔妃，欢娱之际，本王令其演奏'飞凤'。可她胆大包天，竟然抗令不遵，且放言忤君，诋毁爱妃妲己。不杀玉娥，则不足以震慑后宫者也。"

"呔！"九侯冷笑一声，继而破口大骂道，"帝辛昏君，自从你继位以来，朝纲无统，百事混淆，日听谗臣诬言，夜伴妖姬淫乱，四方百姓叫苦不迭，天下诸侯众叛亲离，民怨载道，盗贼横行。殷商六百年基业，必将毁于一旦。呵呵。我看你有何面目见先王于地下？诸位同僚，我女玉娥，自幼知书达理，贤淑聪慧，焉能有演奏淫乐扪操失德之举措乎？"

纣王怒不可遏地骂道："老匹夫，甭以为你功高盖世，且与本王同宗同姓，便可以目无国法，当面忤君，罪不容诛。来人，速将九侯推出午门，斩首示众！"虎狼一般的卫士们猛地扑上来，将其五花大绑，押解出宫而去矣。九侯一路骂声不绝，在朝歌百姓围观下，被乱刃砍成一堆血肉红泥。

纣王怒气难消，正准备下令退朝，只见一人急匆匆上朝来，大声疾呼："王上，刀下留人！"话音刚落。监斩官来报，已斩九侯于午门。

喊话的老臣与九侯一样，同为商朝同姓诸侯，世居三公。鄂国位于朝歌之南，势力强大，鄂侯和九侯关系甚为密切，共主朝政，惺惺相惜耳。皆因其母病逝归葬，且刚刚归来。忽闻听市井传言九侯问斩,便疾步赶来,万万想不到还是阴阳两隔矣。他怒从心起,进得殿来,遂破口大骂:"昏君帝辛小儿听着,你忠奸不分,施政不仁,残害股肱之臣,丧尽天良。"毕,朝祖庙方位拜了三拜,大放悲声,泣道:"列祖列宗在上,受我一拜。老臣有负先王之托,不忍心殷商江山之分崩离析也。今日愿以死谢罪,成全忠节矣!"言罢,头便朝着殿柱碰去,多亏祖伊眼疾手快,一把拦腰抱住,方才救下一条性命。

今日朝堂之上,纣王先是被九侯咒骂得灰头土脸,紧接着又被鄂侯呛声得哑口无言。他一时气得眼冒金花,只得传旨将鄂侯押入大牢,听候处置。回到鹿台以后,他就像一头受伤的困兽,在摘星楼上来回转悠,叫嚣道,不杀鄂侯,焉何威慑群臣!于是,遂派恶来暗地里制造一新型刑具,名曰"炮烙"。此刑具高约两丈,圆八尺,里面安置十数根黄铜立柱,上、中、下用火三门,木炭烧之,倘若将犯臣丢弃其中,须臾之间,便可化为灰烬也。

三秋之后,一日临朝。纣王色厉内荏地喊道:"将罪臣鄂侯施以'炮烙'新刑具,以儆效尤耳。"

满朝文武,大惊失色。兵士们将炮烙推至殿堂,几丈之外亦能感受灸烤高温。群臣交头接耳,议论纷纷。鄂侯被押进九间殿,大骂不已:"昏君,鄂侯早将生死置之度外,有何惜哉?呜呼!只可惜历代商王励精图治,栉风沐雨,造就子孙万世之基业,成为金汤锦绣之天下,今日却毁于昏君帝辛之手矣。老天爷,鄂侯将以何颜见吾之先王!"

如恶狼一般,纣王洋洋得意地曰道:"鄂侯老匹夫,本王看是你嘴硬,还是'炮烙'铜坚乎?"

毕,众兵士如恶狼一般,遂将鄂侯剥光衣裳,赤身用铁索捆绑缠紧其手足,扔进铜柱之上。鄂侯大叫一声,其气断绝,顷刻间被烤得吱吱作响,四周臭不可闻,肉体立刻化为灰烬了。

纣王疾言遽色道:"今后但凡辱谤君王者,当以鄂侯为例耳!"

群臣面面相觑,浑身筛糠一般,噤若寒蝉。

第十六章

西伯侯姬昌讨伐密须　崇侯虎费仲狼狈为奸

纣王午门外乱刃砍杀九侯，九间殿堂之上炮烙鄂侯之恶行，早被姬昌安插在朝歌里的"卧底"一一传到西岐。姬昌暗吃一惊，眼看着商朝三公去其二，他顿有唇亡齿寒之忧虑，俨然感到脊背之上阵阵凉意！而目前更为迫切的是，戎狄亡西岐之心不死，蠢蠢欲动，死灰复燃，他们故态复萌，不断地惊扰周原，四方黎庶，深受其害。

为了彻底解决持续不断的戎狄忧患，尤其是西北方向二三百里以外的一支密须国，成了周人亟待破解的难题。周人与戎狄之间的拉锯战，几乎已经上演了几十年之久。此前季历在世时，就曾经对密须国及诸戎进行过多次讨伐，方圆百里地域内基本平息。姬昌继位以来，继续奉行先祖与阮国、共国修好的传统友谊，加之周人厉兵秣马，在与密须国的反复征战中，逐步地占了上风。但凡周人占领戎狄部落后，广布仁德，教民稼穑，中小鬼方部落纷纷归降，周人势力范围得到空前扩张，疆域逐步拓展，基本据有岐山之南、渭水以北的广袤平原。

《诗经·大雅·皇矣》记载："密人不恭，敢拒大邦。侵阮徂共，王赫斯怒。爰整其旅，以按徂旅。以笃于周祜，以对于天下。

依其在京，侵自阮疆。陟我高冈，无矢我陵。我陵我阿，无饮我泉。我泉我池，度其鲜原。居岐之阳，在渭之将。万邦之方，下民之王。"

显而易见，在西伯侯姬昌时期，周人之统辖地域——姬周的聚居地盘已经逐步扩大，西到陇山之下，南至秦岭之北，兼有渭河之滨，北到岐山以南，东至咸阳之程邑，均可统称为周原。周人肇基岐山，全力发展农耕，加之姬水原台、渭水河谷有大片良田沃土，南接褒斜，可通巴蜀。关中形胜之地，历经古公亶父、季历及姬昌祖孙三代人惨淡经营，逐步地奠定了奴隶制国家的雄厚基础，仁德安邦，礼仪天下，昂然崛起，实始翦商，天下一统，成就八百年王业。

密须国土辽阔，地处泾、渭之间，南望岐周，北接豳城，西控陇原，扼据关中通往

大周原

甘、宁之咽喉要冲,是联络与制约西北诸戎狄的枢纽,极具战略地位,大致包括今之甘肃平凉、宁夏固原地区。密须国人以牧业为主,善骑射,常常翻越岐山北部山区,频频侵扰周原,抢掠五谷粮食,掳走妇女壮丁,以为奴役。

阮国与共国,位于密须国北侧,即今甘肃泾川一带,曾经是周先祖奔走豳地后长期经营的势力范围,虽然两国皆是商属方国,但与姬族一直保持着睦邻友好的传统友谊。自从公刘执掌姬氏一族并延续古公亶父、季历以来,更是往来频繁,互结姻亲,成为坚定地盟友。

周人倘若要真正成为西方的霸主,必须消除后患,只是苦于没有讨伐的理由。这年初秋,一位在豳地经商贸易的周人,带着特意从豳地为西岐专门定制的石涅工艺品,即周庭贵妇人常用的雕琢玉簪、耳珰等饰品。正在卡口盘查过往商旅的密须国兵士,显然对这些晶莹剔透、黑润光鲜的"奢侈品"浑然不识,他们在翻动周之商人的口袋时肆意妄为,一不小心打碎了几只石涅玉镯。当看到自己花费很大气力才弄到的喜爱之物,竟然无端地被这些粗鲁蛮横的密须国兵士肆意损坏,周之商人便勃然大怒,破口大骂。这一下,彻底激怒了守卡的兵士,几人不由分说地挥起刀剑,将其砍杀成一摊肉泥。此消息很快地传到西岐,皆因是夫人们期待已久的饰品,却被密须兵士弄得半途而废,周庭后室内对密须国仇恨的反应,是前所未有的激烈。加之密须国自恃兵强马壮,根本就不把与之毗邻的阮国和共国放在眼里,时不时地地派兵骚扰,甚至强行拦截并没收了他们两国送往西岐的礼品车辆。

这两件看似毫无联系的事件,几乎是一前一后地发生,成为密须国的灭顶之灾。姬昌心中积蓄已久的仇恨,蓦然在瞬间爆发。关于此次征伐的事实,毋庸置疑。20世纪70年代周原出土的周文王姬昌时期的甲骨卜辞中就有"今秋王西克往密"、"王其往密山昇"等可为佐证。具体时间发生在公元前1057年。

姬昌此次远征密须国,满腔怒火,距离彻底解除戎狄之患,指日可待矣。这一年,周原秋收接近尾声之际,忽有探马来报,密须国王的大王子西吉和二王子海原,各自带领五千精兵强将,已经杀到四方山附近。姬昌连忙召集散宜生、修甲、闳夭、辛甲等商议对策。散宜生娓娓言道:"岐周多年来遭受戎狄屡屡侵扰,长此以往,我们奉行的是兵来将挡、水来土掩之对策,虽然屡败屡战,却也不落下风。目前的严峻形势是,西北边有劲敌密须国虎视眈眈,东边是强敌崇国奸佞当政。这两个祸害一日不除,西岐永无宁日。控制关中之战略要地,则成为空谈。那么,姬氏先祖立下的翦商大计就无法实现。因此,消灭此两大隐患,迫在眉睫。"

"此祸不除,更待何时。"姬昌一拍大腿,忽地站起来,高声曰道,"密须王子来犯,真是天赐良机也。"

散宜生笑道:"国运辗转,有时就在王侯一念之中。有道是强将手下无弱兵。西

第十六章　西伯侯姬昌讨伐密须　崇侯虎费仲狼狈为奸

岐倘有修甲等久战沙场之老将,亦有南宫适、闳夭、辛甲等武艺高强之新锐,消密灭崇,还不是掌控在侯王股掌之中矣。"

姬昌扭过头来询问修甲,此役如何应对,才能保证全歼来犯之敌,并且能做到万无一失。修甲笑道:"这些狗彘之徒,都是一些记吃不记打的货,咱们就像十几年前一样,照方抓药,足以将他灭了。"

姬昌忍不住笑道:"修甲将军倒是省心得很,一个老药方,就能包治百病矣。"

散宜生微笑道:"所谓一计定乾坤,偏方治顽疾。臣始信矣。"

南宫适与闳夭在一旁听得迷迷瞪瞪,不知他们葫芦里到底卖的什么药?两人只能默默无言,呆坐一旁。

一次关乎到岐周命运的战前军事会议,就在这样轻松的氛围中结束了。在姬昌的统帅下,修甲作为前敌总指挥,精心拟定了作战方案,南宫适与闳夭各领三千兵马,在密须国两位王子必经之山路狭窄处,堆积荒草及粮食作物秸秆,挖掘一条长约百丈、两人多高的陷阱,并加以巧妙地伪装,山顶上放置巨石若干,士兵埋伏在山口及山顶隐蔽之处,一旦敌军落入陷阱,两边兵士立马点燃堆积物,山顶巨石推滚而下,其余将士乘烟雾遮蔽天日混乱之际,突然杀出,即可大获全胜矣。

姬昌曰道:"倘若有违犯此军令贻误战机者,杀无赦。"

整个战役,几乎就是战前预案的翻版,状若教科书一般准确。

姬昌一声令下,西岐军民几乎倾巢而出,一夜之间,便把军事防御及预防措施做得十分到位,只等来犯之敌乖乖地钻进天罗地网。翌日午时,西吉王子和海原王子率大队人马,一前一后沿两条山道进犯而来。走到山口,西吉王子用马鞭一指堆积的秸秆,大声笑道:"岐周秋粮刚刚收获完毕,我们正好肚子饿着,咱就先替他们咥饱,如何?"兵士们立马笑成一团,毫无警惕地缓缓而行。忽然,前面山道弯曲之处,出现一小队周兵,正在稀稀拉拉地打闹着,似乎全然不知追兵将至。

西吉王子一挥马鞭,断喝道:"追!"

密须国的士兵嗷嗷叫着,宛如狼奔豕突一般,大队人马潮水般地向前追击而去,刚拐进山口,只听得"哗啦啦"一阵响声,西吉王子连人带马掉进陷阱,后面的兵马飞奔而来,一个个也都掉入坑内,山顶上的落石随即滚落而下,顿时死伤过半。海原王子率领的另一队人马,在山前碰到的则是推着粮秣的一行兵士,等他们紧追不舍地进入山道,亦是同样地遭遇到了陷阱与落石,死伤无数。

当灰头土脸的西吉王子和海原王子双双被押解到周庭大堂之上时,已是狼狈不堪的恓惶模样。而这样的灭顶之灾,来的如此迅疾,来的猝不及防,两位王子的神情似乎还有点恍如隔世,如在梦境。当传说中的西伯侯端坐在其面前时,他们却张嘴结舌,惊愕得说不出一句完整话来。

周人紧随其后,乘胜追击,不给密人一点喘息的机会。浩浩荡荡的周军大军将密须国城围得水泄不通,遇到的只是零星的顽强抵抗。最初,架在城楼上的密须之鼓,还在"咚咚咚"不断敲响着,响如炸雷。后来鼓声渐弱,恍若闷瓮。七天过后,密须国不攻自破,城门吊桥自动地放下来,五花大绑的密须国王,走在一行人的前列,来向周军乞降。一场原本规划要付出巨大代价与异常惨烈的攻城之战,竟然是以这样的和平方式结束了。西岐不战而屈人之兵,善莫大焉。密须国亦避免了生灵涂炭,密人从此与周人修好,归顺西伯侯,彼此不再刀兵相见,世代友好。至此,长期困扰周人的最后一块心病,终于完全彻底地解决了。

姬昌讨伐密须国胜利的消息,很快的引起东方诸方国的不安与警觉,其中反应最为激烈的当属崇侯虎。崇国位于朝歌之西南方,即今河南嵩县西北一带。崇国与西岐相距甚远,相互之间理应没有任何直接的利益冲突,崇侯虎与西伯侯乃各自霸持一方的诸侯,风马牛不相及矣。崇侯虎大约属于人心不足蛇吞象的狠角色,依仗其兵强马壮的强盛势力,骄奢淫逸,对内勾结纣王宠臣谀官,扰乱干预朝政,对外奉行横征暴敛,任意欺凌周边中小方国,大发淫威。而这些势力相对较弱的诸侯,只能俯首听命,忍气吞声。

卧榻之侧,岂容他人鼾睡。尽管自己的卧榻,确实离得尚有千里之遥,崇侯虎还是日思夜想,挖空心思地要在鸡蛋里挑骨头,无事生非,非要弄出点动静来不可。尤其是西伯侯一以贯之奉行的仁义道德之举,似有"春风又绿江南岸"的"蝴蝶效应",曾经对崇国俯首帖耳的周围方国诸侯,愣是梗直脖子,不时地朝崇侯虎翻翻白眼,不屑一顾蔑视的调皮样子。众叛亲离,崇侯虎不但对其毗邻咬牙切齿,更是对间接构成威胁的西伯侯恨之入骨。恍然如梦,当今西岐军事经济实力如日中天,而崇国势力范围似乎有点江河日下,此消彼长,不言而喻矣。

深藏在崇侯虎心中另一个不可告人的秘密是有朝一日代商称王于天下,坐上觊觎已久的天子宝座。尽管这是一个遥不可及的梦想,如同期待太阳从西边出来一样荒诞不经。但是,崇侯虎非要做这个梦,谁也无法弄清,他究竟是如何产生如此不靠谱的想法的?

显然,崇侯虎在默默地等待着时机。这样执着痛苦的等待,曾经使他心力交瘁,有时甚至于歇斯底里,差一点崩溃矣。但是,在他狭隘而略带偏执的人生理念里,只要能把劲敌姬昌置于死地,自己付出的任何痛苦和煎熬都是心甘情愿的,同时,亦是窥伺朝歌王位千载难逢之良机也。

每年一度秋季诸侯国朝拜商王,指日可待。崇侯虎提前一月精心准备,几乎是倾箱倒箧,精心挑选多于往年数倍的礼品,在兵士们的武装护卫下一路风尘仆仆,日夜兼程地赶赴朝歌,等到达官邸后,他浑身疲惫不堪,差一点散了架。歇息一日,顾

第十六章　西伯侯姬昌讨伐密须　崇侯虎费仲狼狈为奸

不上旅途辛苦,崇侯虎便吩咐家丁带上重礼,前去拜访费仲。

费仲与崇侯虎不期而遇,他心中还是吃惊不小。两人此前虽然同为王臣,加之崇侯虎与商朝又是同姓诸侯,多年来彼此之间虽然和谐相处,谦恭有加,但却往来不多,形同路人。今日唐突相见,崇侯虎热情异常,却令费仲甚感意外,浑身扎了刺似的不太舒服。虽然彼此嘘寒问暖,言语谦和,但相互间还是有点做戏的感觉。平白无故,天上不会掉馅饼。无利不起早,崇侯虎不是善茬。他为何要兴师动众地抬进几大箱礼品,意欲何为哉?费仲脑子里飞速地思谋着,依然不得其解也。

少顷,他躬身施礼道:"老夫不知崇侯大驾光临,有失远迎,得罪,得罪。"

崇侯虎连连还礼,曰道:"冒昧打扰,还请费大夫恕罪,恕罪。"

费仲迎请崇侯虎在大堂厅就坐,闲话家常。费仲问道:"崇侯别来无恙?"

崇侯虎笑呵呵地回答道:"鹿台建成,蒙天子恩赐,归去故园亦两年有余。然,予闲暇之余,常常思念与大夫交杯换盏之趣乐,且有息息相通、志同道合之默契耶。"

噫嘻。费仲暗忖道,崇侯虎今日大套近乎,且不知其葫芦里卖的是什么药,自己还需小心为妙耳。

崇侯虎见费仲低头沉思,遂令人将礼单送上,微笑道:"区区一点薄礼,敬请大夫笑纳。"费仲接过礼单粗粗一览,心中暗吃一惊,崇侯虎出手阔绰,竟然奉送如此厚礼,尚不知其究竟何意?

这一切却被崇侯虎看得真真切切,他笑道:"敝国距离朝歌甚远,穷壤僻土,无甚奇珍异宝。只是将家中珍爱之物挑拣几件奉上,不成敬意。再说,这都是一些不值钱的玩意儿,只是略表心意而已。"

费仲眉毛微微一挑,心里顿时释然,好。崇侯虎,你这可是贼不打三年自招耶!修筑鹿台二年多,尚不知贪污了多少金银财宝?罢罢罢,反正你这珍玩亦属来路不明之物,何不顺水推舟,别冷落了人家一片心意。他坦然笑道:"崇侯如此豪爽,令我坐卧不安。俗话说无功不受禄,崇侯假如用得上老夫,今后尽管开口便是。"

崇侯虎从衣袋中又摸出一件玉虎,递到费仲手中,微笑言道:"听说大夫乃玩玉行家里手,请把玩鉴赏。"

费仲接过玉虎一看,不禁倒抽一口凉气。此玉虎长约一拃,作奔跑状,虎眼圆睁,虎口张开,虎齿尖利,虎身塌腰,虎肢曲前,虎爪伏地,虎尾上卷。所刻虎纹处于静态,彰显凶猛狞厉之气。整件玉虎,比例匀称,简洁生动,形神兼备。费仲玩赏再三,赞不绝口道:"上好玉虎,实在是好。此玉虎乃世间玉之绝品耳,刀法娴熟,刚柔相济,尤其是纹饰线条精准细腻,宽坡又平且直,阳线纤细如线,风摆杨柳委婉流畅,绵延曲折一气呵成,极富韵律与动感耶。"

崇侯虎在一旁看在眼里,乐在心头,暗忖道老贼既然爱不释手,这事也就八九不离十了。他乘机曰道:"大夫既然喜欢,请留下便是。"费仲方如梦惊醒,连忙把玉虎还给崇侯虎,目光依然贪婪地盯在玉虎之上,嘴里却道:"君子不夺人之所爱。"崇侯虎递过玉虎,乐道:"听君一席话,胜读十年书。人道是美玉有缘,予始信焉。"费仲赶紧接过玉虎,揣进怀中。

正闲聊间,家人已将酒菜备齐,左右皆悄然退下。费仲与崇侯虎交杯换盏,三杯酒下肚,话意愈来愈浓。崇侯虎却叹息再三,费仲试探地问道:"崇侯春风得意,焉何愁眉不展?"

崇侯虎长叹一声:"大夫有所不知,崇国虽偏于一隅,百姓原本乐天知命,相安无事。不料想西伯侯标新立异,在西岐推行什么仁义道德,此歪风邪气传至崇国周边方国,诸侯为之弹冠相庆,不再服从我的号令,且向姬昌暗送秋波矣。令人不能容忍的是,吾国黎庶竟然为之遥相呼应,官吏亦疾呼效仿耳。予一年多来思前想后,寝食难安,每每想到此,脊背发凉矣。明知此贼不除,后患无穷,却苦于束手无策,无计可施。今日特祈求大夫出个良策,我愿洗耳恭听。"

给活人眼里插柴棍,你这损招倒挺绝的。费仲微微一笑,不以为然,反驳道:"崇侯此言差矣。姬昌推行仁政,不也是我王所期待的?"

崇侯虎诬言道:"西伯侯自恃位居三公之列,傲慢无礼,蒙蔽天子,欺凌百官。他欺我有情可原,教唆方国与我为敌,皆因当年上疏其父匿艳不报也。"

费仲微微一笑,暗忖道,你甭想在我眼里下蛆,这不是故意找茬儿,挑拨是非么。他遂想起前年奉王令出使西岐,并顺利地取回玉琮交差。姬昌盛情款待,历历在目。纣王奖赏有加,那是何等风光!崇侯虎接言道:"西伯侯与我向来不和,相互敌视久矣。窃以为,姬昌本与大夫无冤无仇,按说同为朝廷重臣,理应相互尊重才是,但他何曾将大夫放在眼里?"

末一句诬言,竟然让费仲心情非常不快。酒过三巡,费仲方才大悟,心里鄙夷道,崇侯虎老儿非寻常之辈,狼子野心,昭然若揭。借刀杀人,更是无所不用其极焉。崇侯虎察言观色,又言道:"姬昌剿灭商之密须国,大夫应该耳有所闻也。此密人一灭,朝歌富贵后宫及大夫妻妾,所穿戴之兽类皮草,从何而来哉?"费仲心中一颤,近日收房的一美妾,昨晚还在卧榻里使性子索要狐皮大衣来着。他轻叹一声,毕竟是久居朝纲,见风使舵是其强项。西岐剿灭密须,总归是犯上作乱,倘若不加制止,殷商朝野岂不乱套乎?有道是沧海横流,方显英雄豪杰之本色也。弹劾姬昌,此事若成,则凸显举足轻重之忠良;倘若偷鸡不成蚀把米,则可借机将崇侯虎置于死地,将妖言惑众之罪名全部推到他身上。此一箭双雕之妙计,除老夫以外,谁还能有此才华乎?

费仲与崇侯虎各怀鬼胎,彼此相对一视,大笑不已。

第十七章

崇侯虎费仲演唱双簧　西伯侯姬昌躺着中箭

有道是一朝被蛇咬,十年怕井绳。吃了大半辈子官饭的朝歌百官重臣,似乎对此谚语有了更深切的体会。

一种炮烙酷刑,使得群臣嘴巴自贴封条,莫再敢言纣王是非。此后很长一段时期间,纣王倒是过得悠哉游哉,除过每日里与妲己恣情行乐外,消消停停度过了好一段幸福时光。岁月如梭,君王久不临朝,便不能在百官面前时不时地大发淫威,来展示作为天子的威严,纣王为此既有点失落,又有点寂寞,甚至觉得有几多百无聊赖。一日,他早膳后散步,眼前一行高高的像大蘑菇般的银杏树,叶子被秋风染成一片金黄,煞是好看,这景致似乎也提不起纣王一丝半毫的兴趣。

碧蓝碧蓝的天空中,一群南飞的大雁,笑嘎嘎地飞过摘星楼。

正在一旁陪着纣王游玩的妲己,兴奋地拍着手,颇有几分孩子气地向大雁挥手致意。纣王皱皱眉头,正要发作。忽然有宫人来报,费仲大夫台前候旨。纣王即令宣上台来。

费仲施礼奏曰:"微臣久未面君,今日拜见,王上似有不快之忧愁乎?"

纣王掩饰道:"本王久居鹿台,不曾远游,近日则心烦意乱矣。"

费仲暗忖道,这真是瞌睡遇到枕头了。他微笑道:"启禀王上,微臣有一挚友,日前来朝歌游玩时带一奇鸟,通体五彩斑斓,煞是惊艳。更奇妙的是它能擅人语,且巧舌如簧。普天下珍奇异宝,当然只能天子享用也。微臣不敢自赏,进献王上,或可解忧,去除一时烦恼矣。"

纣王闻言,心中欢喜,乐滋滋地曰道:"满朝文武,酒囊饭袋,一满都是些不明事理的瞽者。惟费爱卿甚解本王意,体察本王心矣。"

费仲退至台下,家丁便把鸟笼奉上,他又疾速地返回台上,将一金丝鸟笼,款款放置几案之上。纣王龙心大悦,忙凑到笼前,瞧个究竟。

笼中之鸟双眼晶莹剔透，尖喙呈橙色，末端鲜黄，通体羽毛黝黑闪亮，两翼腹侧"八"字形金色黄斑，状若丝巾，脚趾亮鲜色黄。其形略似乌鸦，昂头挺胸，宛如一块精心雕琢的墨玉摆件。此鸟曰鹩哥，善模仿人言兽语，倘若经过人工训练，几乎能与人类对话。鹩哥啪啪拍两下翅膀，偏过头来朝纣王打招呼，鸟声鸟语叫道："你好！"

"咦——"纣王诧异道，"这家伙，还能说人话？"

费仲沉下脸来，朝着笼中之鸟训斥道："咋回事？见了天子，不知道咋称呼？"

纣王顿时不悦，蔑视费仲一眼。费仲睨视一眼，忽然发现王上脸色不悦，他赶紧向笼中之鸟咳嗽两声，鹩哥蹦蹦跳跳好几下，朝着纣王频频点头，大声叫道："王上万岁！"

"咦！"纣王乐得手舞足蹈，围着鹩哥开怀大笑道，"这小鸟竟然也知道本王是天子？"费仲献谀道："千真万确。"纣王喜笑颜开，说起话来都有点结结巴巴："真是神、神哪！这小、小、小鸟都晓得天、天子。"费仲献谀道："王上是天下共主，禽兽焉能不晓乎？"毕，顿觉失言，遂侧目察言观色，却见纣王正在兴头上，并未留意。于是，悄然不语了，纣王兴致勃勃，自我感觉挺好，遂借题发挥，曰道："天辅朝歌，四海升平，九州同乐，鸟语花香。"费仲阿谀奉迎道："王上威震四海，朝歌固若金汤，若是天下诸侯一心一意地拥戴王上，殷商必将万世辉煌也！"

纣王闻听此言，心中大悦，吩咐宫人将鹩哥送与妲己玩赏，他要与费仲弈棋畅饮一番。君臣二人边下棋、边聊天，其乐融融。费仲趁机进言道："微臣所奉献之鸟，纯属小打小闹的玩意儿。微臣昨日获知，崇侯虎这次带来不少奇异珍玩，已在府邸等候王上宣旨。"

纣王感慨不已："何为忠奸，相互比试，便知分晓。崇侯虎昔日监造鹿台，呕心沥血，劳苦功高，本王铭记在心，从未忘记。今又提前进贡，一片忠心，可鉴日月矣。"遂宣旨令崇侯虎上殿来面君。

几日来无所事事，只能在府邸里闲坐，崇侯虎等得心烦意乱。忽闻纣王宣旨，他几乎是一路小跑地来到鹿台，躬行礼毕，一番表白，真是声情并茂："微臣自两年以前拜别王上，返回崇国之后，每每想起王上之隆恩，多次泪流满面，恨只恨臣不能整日陪侍在天子身边，鞍前马后，方能回报王上知遇之恩。今日参拜王上，得以再睹圣容，但见天庭饱满，玉颜圆润，威仪凛然，真乃是大商之幸焉。"

费仲嘴角微微一撇，心里鄙夷道，没想到这崇侯虎两年未见，嘴上功夫倒是大有长进矣，献谀张口即来。

"微臣之崇国，地处伏牛山一带，荒蛮僻野，无以为进。"崇侯虎又接言道，"俗话说深山出俊鸟。但此地却屡出俊妞，微臣万里挑一，特选美艳淑女数名，玉石珍珠若干，呈送王上享用，以回报天子圣恩之万一也。"

第十七章　崇侯虎费仲演唱双簧　西伯侯姬昌躺着中箭

纣王闻之大喜，暗忖道，费爱卿送的是真鸟，崇侯虎送的可是美鸟么。他强按捺住浩荡淫心，夸誉道："贤侯真是用心良苦矣。昔为本王造好鹿台，尚未封赏，本王始觉疏忽矣。今日又进献美女金银，待诸侯朝贡完毕，本王定要重重封赏。"

崇侯虎道："王上圣恩，崇侯虎念念不忘。"

费仲借机曰道："殷商天下如皓月在空，万国仰慕焉。然，天下所有方国诸侯，并非像微臣和崇侯虎一样，对王上赤胆忠心，绝无二意。"他明里插言，暗里却在提醒崇侯虎言多必失，本末倒置，忘了今日谈话的主题。崇侯虎稍一愣怔，立马意识到该进入主题了。他接着言道："承蒙历代商王之洪恩，崇侯虎世代为商之重臣，屡受王恩。王上更是待微臣不薄也。区区薄礼，不成敬意，焉何奢望封赏也哉？然，近有一桩关乎到朝歌生死攸关的大事，微臣如鲠在喉，不得不报，祈望王上饶恕臣直言禀呈之罪也。"

"嘻嘻！"纣王忍不住笑道，"贤侯未曾开言，何来之罪？卿有何言，依次禀来，本王洗耳恭听，如何？"

"王上如此贤明，天下焉能不平乎？"崇侯虎续言道，"微臣所顾虑此事久矣。反复揣摩，惟恐有诬陷朝廷重臣之嫌也，故而一直深藏心中。今日为了商之社稷江山永不变色，方才冒死谏言：西伯侯貌似忠厚，心怀鬼胎，当是奸诈狡猾之徒耳。微臣建造鹿台之时，曾尊王命，大赦罪犯及逃亡奴隶若干，引来掌声一片。黎庶百姓无不欢欣鼓舞，赞曰王上真是尧舜再世，仁善之心感地动天。姬昌却反其道而行之，在西岐推行所谓'有亡荒阅'，下令搜捕逃亡奴隶及罪犯，使得他们怨声载道，以为王上出尔反尔，言而无信也。"

纣王眉头一皱，问道："西伯侯乃我朝三公之一，素以仁德驰名天下，且又对本王忠心耿耿，从无怨言。爱卿所言，此事当真？"崇侯虎又道："姬昌打着天子旗号，为所欲为，欺凌弱小，近日又将商之密须国断然灭掉。他阳奉阴违，背着王上大肆收买人心，西方诸侯，只知西伯侯小恩小惠，却不晓天子广德仁义。在他们眼里，只有西伯侯，焉知商王乎？"

这一席话，说得纣王脊背一阵阵直发凉，诸侯威望震主，此乃国之大忌也。纣王皱眉苦思，似乎有点将信将疑，他心中盘算许久，继而询问费仲道："费爱卿，你说崇侯之言，是道听途说，还是确有其事？"

"启禀王上，所谓无风不起浪。"费仲煞有其事地曰道，"西伯侯姬昌胸襟壮阔，深藏不露，阴行善德，必有鸿鹄之大志，图谋天下之野心，人皆知之。倘若不除此人，必成朝歌之大患焉。近日马踏密须国，即是真凭实据。"

纣王脸色陡变，呼吸忽地急促起来，大声斥道："密须国毕竟是商之属国，姬昌胆大包天，肆意妄为，焉能说灭就灭哉？"费仲献言道："王上则可当面质问他，再看其如何狡辩不迟。"纣王气急败坏地曰道:"二位爱卿,此事要严守秘密,待诸侯朝贡之时,本王再做处置。"

崇侯虎与费仲偷偷一笑,方出了一口恶气。

一年一度秋风劲。岁岁重阳,复又重阳。

西伯侯姬昌安排好国内的军政大事之后,率散宜生、太颠等一干人马,风餐露宿,大约走了半个多月,方才来到位于朝歌南郊的"西岐驻京官邸"深宅大院,一行人安顿下来休整,耐心地等待朝贡之日。

方国诸侯朝贡,意义非同小可,主要有三项大的活动:一是表明臣服于商王,以表忠心;二是借此相互拜访,密切彼此关系,保持友好往来;三是借此良机,进行以物易物的商务贸易。

朝贡之前十余天,朝歌城里城外,已经是人头攒动,熙来攘往。前三天更是热闹非凡,人满为患。商朝末年,文字文书还处于尚不发达的初期阶段,诸侯赖以宣传各自治理国家的理念和推行方略主张,就只能由口才俱佳的官吏,通过频繁地互访,来实现达到彼此和平共处之目的。

西伯侯姬昌熟稔此道,并且运用自如,精于策划。他深谋远虑,知晓此举对于周人而言,是十分难得的机遇。

散宜生与太颠分头活动,几乎拜访遍了为数众多的诸侯,借此宣传姬昌统治下的西岐是如何仁德盛世,安富恤穷,黎庶百姓是多么地安居乐业,安分守己;周人奉行的和平共处原则是彼此尊重,相互惠顾。

这一高屋建瓴的构想及纵横捭阖的策略,对于进一步扩大周人在为数众多的诸侯方国之中的影响,起到举足轻重的作用。这样颇具创意且易于操作的宣传推广预案,经过连续几年不懈地努力,取得的成效出乎意料的好,西伯侯姬昌因此声名远播,如日中天。

此次来到朝歌,散宜生和太颠一以贯之,在走访朝歌重臣之后,继续频繁地拜访方国诸侯,密切彼此传统友谊,进一步加深情感投入。与以往不同的是,"西岐驻京官邸"的门前车水马龙,川流不息,诸侯们鱼贯而入,主动前来拜会姬昌。宾客之间把酒言欢,畅叙友情,其乐融融,大多乘兴而来,满意而去。

这一切,却被暗中窥测方向以求一逞的崇侯虎看在眼里,气在心头。他对前去打探消息归来的家丁咬牙切齿地言道:"姬昌老儿,你且等着,有你好果子吃的。我弄不死你,我就当你的儿!"

家丁实在是不太理解崇侯虎,对八竿子打不着的西伯侯,焉何有如此这般的愤怒?他小心翼翼地问道:"周人与崇人相隔千里之遥,老死不相往来,大人因何事大动肝火?"

第十七章　崇侯虎费仲演唱双簧　西伯侯姬昌躺着中箭

崇侯虎气急败坏地回答道："谁倘若挡住本王的路，本王非要拧断他的脖颈不可！"毕，气呼呼地转身离去。愣在一旁的家丁眨巴着眼睛，用手摸摸自己的脖子，吐一下舌头，"本王"两字像一把利刃，在光天化日之下白花花的闪耀一下，心里顿时惶恐不安起来。

与此截然不同的是，今年的朝贡，多少还是显得要冷清许多。纣王大兴土木修筑鹿台以来，国库逐步亏虚，需要搜刮大量民脂民膏来填补，以致怨声载道；勒令诸侯方国无偿奉献辖区佳木奇珍，且造成民不聊生；帝辛宠妖姬，近奸佞，远忠良，拒谏言，施酷刑，杀贤臣，祸诸侯，乱朝纲，倒行逆施的恶果是上行下效，奢靡之风，蔓延朝野。

东夷反商大旗猎猎，列国纷纷改弦更张。

这显然是一个十分诡异与微妙的新时段。

面对费仲崇侯虎们鹰隼一般歹毒的目光，显而易见，一贯精于谋算的姬昌，却浑然不知晓其中的隐秘与狡诈，他依然沉浸在迎来送往之中，坦坦荡荡地度过忙碌且悠闲的时光。

第十八章

比干登门拜访贤才　纣王暴怒羑里囚昌

一场秋雨不期而至，朝歌城里街道两旁的树上落叶缤纷，似乎已经夹带了几分寒意。姬昌府邸门前的那棵老槐树，尽管躯干上伤痕累累，依然是树干如飞龙在天，桠枝虬曲团团若云盖，遮天蔽日，多像一位慈眉善目的智者，手中高擎着一把巨大的绿伞，给路人遮风挡雨。

话说姬昌二日后要朝贡，于是闭门谢客，在堂前与散宜生等人商议具体事宜，几人正聊得热火朝天，不亦乐乎。家丁忽报，商朝丞相比干与微子、箕子一起来访。姬昌顿时慌得不知所措，尚不知此时比干来访，是福是祸？幸亏有散宜生与太颠在一旁提醒，方才整理好衣冠，开门迎接。

姬昌将一行人接到大堂之上，恭请比干上座，其余人列坐两边。姬昌上前复行礼毕，曰道："丞相大人在上。姬昌此次入朝歌数日，整日忙于琐碎事务，未曾登临相府拜访，亦是失礼在先。今日丞相和几位大人屈尊降临寒舍，真是姬昌之莫大荣耀焉。既来之，则安之。我略备薄酒，一是敬请丞相大人多多原谅，二是酬谢各位大人多年来的知遇之恩。"

比干还礼道："西伯侯切勿过于谦逊。我等不请自来，亦属不恭才是。"

不一会，庖人已将酒菜放置食几之上，姬昌邀请比干诸位来宾围坐一圈，散宜生与太颠列座作陪。姬昌端起酒樽曰道："西岐偏于西北一隅，自祖父古公亶父从豳地迁徙周原以来，教民稼穑，励精图治，一晃已近百年了。期间，家父被商王文丁封为'牧师'，成为执掌天下畜牧业的朝廷命官，勤奋有加，不辱使命。只是天子被奸人所蔽，致使家父无辜被害，断我姬氏一族脊梁矣。"

此事虽然与比干等人无关，但他们毕竟是殷商王族中的重量级人物，几人闻听西伯侯此言，多少有点尴尬。比干不由得低下头去，微子脸颊微红，箕子表情亦不太自然。姬昌顿顿，继续言道："姬昌何尝不知此举乃奸佞所为，并非商王本意耶。我

第十八章　比干登门拜访贤才　纣王暴怒羑里囚昌

自继承父业以来，阴行善德，如履薄冰，如临深渊，整日惶惑不安，上则恐惧辜负商王之期待，下则惟怕失去黎庶之信任。今日丞相和两位大人莅临寒舍，正好当面请教。"

一番话说得不卑不亢，且意味深长，既不伤和气，又毕恭毕敬。座中几人顿感气氛轻松许多，彼此之间一笑了之。比干接言道："贤侯素以仁德闻于朝野，王上多次赞誉有加，百姓更是口碑相传。以老夫所见所闻，自阁下主政西方以来，西岐国泰民安，以一臂之力抗御戎狄数载，独自撑持我大商半壁江山，功莫大焉。"

姬昌又起身敬酒一圈。微子心里颇为着急，暗忖，倘若这样坐而论道，无休止地试探下去，相互闲聊扯淡，尴尬尚且不论，难为情总是难免矣。那么，此行最终之目的，必将付之东流。箕子更是坐立不安，频频给比干使眼色。而这飘忽不定的眼神，似乎都没逃过姬昌的眼帘。散宜生在一旁冷眼旁观，揣摩其来访之目的意欲何为。太颠皱着眉头苦想片刻，还是不知所以然。

"西伯且听我言。"比干清清嗓子，曰道，"当今天子不务朝政，多月不朝，整日与妖姬淫乐于鹿台之上，荒诞不经，前所未闻。他远拒忠良，近宠奸佞，致使生灵涂炭，兵戈四起矣。"一席话说完，比干脸色潮红，如涂丹粉，显得义愤填膺。姬昌连忙劝道："丞相慢慢讲来。"比干继而曰道："老夫不请自到，今日前来贵府之目的，诚请贤侯以国家社稷为上，以黎庶百姓为重，出面主理朝政：一则可复施仁政，拯救天下黎民苍生于水火；二则可劝诫天子悔过自新，力挽商之大厦于将倾；三则可借此重振雄风，横扫一切奢靡浮华之歪风邪气。倘若如此，当为国之大幸，民之洪福也！"

姬昌方才知晓比干几人来访之目的，终于松了一口气。散宜生与太颠相对一笑，顿时释然。比干又接言道："贤侯深明大义，勿望推辞，奉天命以从众望，以盖世之略，拯救大商于今朝，刻不容缓，时不我待也。"姬昌暗忖，比干语言犀利，单刀直入，大大出乎意料也。然，此事关乎到社稷江山存亡，非同小可，不在其位，焉敢问其政乎？噫嘻。烫手山芋，还是不沾手为好，上上策则能是推诿了之。他苦笑一声，坦言答道："丞相大人在上。朝廷大政，有诸位大人主持大局，岂容姬昌置喙。我本驽钝之才，不舞之鹤，焉能对国政指手画脚？"

比干闻听此言，不由得潸然泪下，抹了一把泪水，泣道："天子恶行，路人皆知。制造炮烙，残害重臣，致使君臣离心离德，众官吏朝不保夕。今商之三公，九侯、鄂侯死于非命，贤侯岂能隔岸观火，不知唇亡齿寒之道理乎？"

姬昌心中一愣，随即又冷静下来，曰道："依姬昌看来，天子只不过太年轻，尚且是贪玩之岁，搞一些寻欢出轨之举，亦在情理之中。窃以为，只要丞相及各位大人耐心教诲，时移物换，必将重振朝纲，洗心革面，再铸辉煌。"

"咦。"微子讥讽道，"西伯不为福先，不为祸始，明哲保身，与世无争。倒是落得

· 113 ·

大 周 原

一身清静,闲云野鹤一般自在了。"

姬昌心里猛地又是一震,脸颊发烫,低头不语。比干曰道:"贤侯倘若不出手相救,大商基业必将毁于一旦。皮之不存,毛将焉附?我辈死后,有何面目见先帝于九泉之下?"毕,嚎啕不已。

箕子接言道:"我一向佩服西伯以社稷江山为重,从不计较个人荣辱进退。今日我等好言相劝,贤侯为何不动心?"

"大人息怒。"散宜生出面解释道,"我主公言及自己不胜其任,亦是忠言逆耳。他忠心耿耿,坦坦荡荡,恭请诸位大人予以多多谅解。"

微子言道:"我等诚心,日月可鉴。西伯贤明一方,人皆仁德,却不为社稷江山之重而勇于担当。举凡天下,能力挽狂澜于既倒者,除贤侯之外,又有何人?国家盛衰,匹夫有责,何况你我乃国家重臣,微子百思不解,尚不知为何一再推辞乎?"

比干起身,恭敬姬昌一樽酒,声泪俱下,曰道:"老夫言真意切,望贤侯以大局为重,以社稷为重。倘若天子以此降罪,比干愿以项上人头担保西伯无虞。"

几人苦苦相劝,步步为营,遂将姬昌逼到墙角,几乎没有任何回旋余地。散宜生心中暗暗叫苦不迭,太颠亦是干搓手掌。姬昌忽地站起身来,与比干碰樽而饮,脸色赤红,大声言道:"姬昌这厢有礼矣,敬请丞相与各位大人放心。食君之禄,为国解忧。分内之事,怎敢让大人相求?若为社稷江山谏言,为黎庶百姓分忧,我即使千刀万剐,亦百死不辞!"

比干及微子、箕子一起为姬昌敬酒,又闲聊一阵,称谢辞别归去。

几人复回几上,姬昌见散宜生闷闷不悦,遂敬一樽酒,坦然曰道:"散大夫为何叹息?"散宜生阴着脸,冷言答道:"丞相几人乃天子血亲之脉,亦是束手无策。帝辛一意孤行,油盐不进。况且朝歌伤痕累累,体无完肤,尚存一口气了。大人不识大体,必然酿成祸端耳。"姬昌凝眉言道:"此事非同小可,我何尝不知其中风险巨大!一着不慎,全盘皆输,贸然进言,极有可能危及性命。"散宜生坦言道:"天子滥杀无辜,暴虐成性,不屑齿及。此寻常道理,明摆常识,别人惟恐躲避不及,主公却要独闯龙潭,奏本劝诫,风险巨大,不可预测。商之千疮百孔,如此病入膏肓之态势,任何治国良方,恐怕也是无济于事了。"

"举凡世事,皆有利弊可言也。"姬昌哀叹一声,曰道,"比干乃当朝丞相,今日屈尊求我,为的是朝纲政事;微子其言虽烈,为的是黎庶百姓;箕子好言相劝,为的是天下平安。他们此举乃堂堂君子之言行,姬昌既非草木,焉能不为所动?今若一再推辞,传播至朝歌内外,必将引得方国诸侯轻蔑,四方黎庶百姓寒心。人必言姬昌无非浪得仁德之虚名,却无匡扶正义之诚心。俗话说好事不出门,恶行传千里。若任如此这般地声名远播,西伯必然从此失去天下人之心,兴周大业,必将遥遥无期耳。

第十八章　比干登门拜访贤才　纣王暴怒羑里囚昌

然,果真因此而获罪于天子,却能赢得天下之民心。常言道得民心者得天下,孰轻孰重,何乐而不为?"

姬昌一番话说得大义凛然,座中几人深受感染。散宜生还是有点担心,言道:"倘若天子降罪,尚不知丞相会不会挺身而出?"姬昌笑道:"比干乃正人君子,有他作保,尽可无忧耳。"散宜生方才释然,曰道:"但愿一切安好,上苍保佑我主平安。"

翌日秋高气爽,蓝天白云,正是一年一度收获的时节。朝歌城里彩旗飞舞,人群熙熙攘攘,大街之上,一片喜庆景象,四方诸侯车水马龙,朝拜的盛典正式拉开帷幕。

姬昌急匆匆地走出官邸时,忽然一阵疾风迎面袭来,老槐树枝上半绿半黄的叶子纷纷飘落而下,他立马感到一股凉意透骨入髓,情不自禁地打了个冷颤。他稍一愣怔,顾不上许多,马不停蹄地赶到九间殿。

高大雄伟的九间殿内庄严肃穆,金碧辉煌。早朝升殿,朝拜仪式正式开始。纣王趾高气扬,高坐其上,文武百官神情严肃,位列两旁。诸侯们按照排名顺序,依次鱼贯而入,叩拜皆呼"万岁",抬进的礼品堆成小山一般。纣王年轻的脸庞上,虽然写满得意,但其眼圈乌黑,颧骨之上印着团团红记,沉溺酒色纵欲无度的夜生活特征,十分地显眼。当帝辛居高临下眯缝着眼睛,看到一个又一个穿戴华丽的美女之时,心中的豪情喷薄而起,似乎又一次领略到天子至高无上的威严,这是多么爽快,多么开心。

纣王站起身来背着手,迈着八字步走了几个来回,头扬了扬,眉毛抖了抖,面无表情的国字脸拉得老长。这个略带商王经典的做派举止,则是他通过反复演练而刻意模仿祖爷爷———一代商王文丁的勃勃英姿,暗地演练而来也。

然而,今日的朝贡仪式却是提前草草结束,不仅大大出乎于所有人的预料,更是令纣王万万没有想到的。若与以往两三天走马灯似的规模相比,不但有点窘促,更是有点寒碜。

翌日,纣王在九间殿内举办答谢宴会,宴请四方诸侯。偌大的宴会厅内摆放着百十个食几,多少显得有一点空寂。悦耳动听的宫乐声响起,数十名美女们翩翩起舞,云裳霓衣,耀眼华丽。纣王三大樽下肚,登时兴致盎然。文武大臣频频举樽,四方诸侯皆呼万岁,纣王喝得尽兴,得意忘形。

姬昌见缝插针,起身奏曰:"启奏万岁。微臣久别朝歌,羁于琐碎国事。此次朝贡进京几日来,但见赤日流光,秋高气爽,当是王上文韬武略功高盖世之洋洋大观也。"

纣王闻听此言,乐得哈哈大笑。比干在一旁频频蹙眉不已,微子与箕子,亦在一边唉声叹气。

"西岐民谚曰,天上星繁月不明,河里鱼多水不清。"姬昌续言道,"微臣闻听市井

· 115 ·

坊间诸多传言,似乎与王上鹿台欢娱有关。姬昌自思为人臣者,当直言禀报,故而冒昧奏本,祈请王上恕臣不敬之罪耶。"

姬昌一番话石破天惊,仿佛巨剑刺破天幕,挑逗秋雨萧然落下,众人顿感一阵凉意。费仲起身插言道:"微臣甚为不解,西伯才来朝歌几日,怎在暗地里寻访到如此多传言乎?"崇侯虎启奏道:"朝歌青天朗朗,云翳俱无,国泰民安,歌舞升平。王上修筑鹿台,正是天赐良机,当以展现商朝天威,西伯焉何置喙乎?"

"忠言逆耳,良药苦口。"姬昌反驳道,"西岐民谚又曰,马行软地易失蹄,人贪安逸易失志。人道是,进山访樵,涉水问渔。姬昌在周原频频访贫问苦,方才获知许多民情民意耳。"

费仲冷笑一声,讥讽道:"既然你口口声声不离西岐,那你就在周原好好待着,操心好自己的一亩三分地,甭在朝歌来添堵!"

纣王恨得咬牙切齿,暗忖道,姬昌你这个老东西,踩鼻子上脸,真是给脸不要脸。鹿台即使声色犬马,寻常事而已。牛槽里多了个马嘴,还轮不上你来龇牙咧嘴!自从前几日费仲与崇侯虎献谀逸言之后,纣王自然便对姬昌动了杀机,只是等待着合适时机才能痛下杀手。今日本属朝贡大喜之时,姬昌却不识抬举,妄言犯上,他这不是纯粹找死么。费仲又谗言道:"西伯言及自己在西岐如何廉政,言下之意王上荒疏朝政,只在鹿台欢娱!"一旁的比干仰观俯察,听得心惊肉颤,有费仲与崇侯虎狼狈为奸,进谗害贤,看来西伯侯今日凶多吉少,他忙给姬昌使眼色,奏本千万不要再呈奏,否则后果不堪设想矣。

纣王冷笑一声:"西伯不是有本要奏,还不呈上?"比干顿感手脚冰冷,屏住呼吸,大气亦不敢多出了。面对如此险恶之环境,姬昌却坦然应对,他不慌不忙地从怀中取出奏章呈上,躬身退后听旨。费仲仰首舒眉,轻蔑地笑一笑,傲慢地转头巡视一番,崇侯虎更是一副小人得志的猥琐嘴脸。纣王展开奏章看本:

微臣闻已故尧舜不下阶,垂拱而天下太平盛世,万民乐业。王上统治天下以来,务勤施政,体恤民心,惟敬修天命,所以六府三事允治。臣又闻有奸佞乘机谗言,祸害朝廷,引诱王上沉湎酒色,荒疏政事,致使朝野怨声载道。微臣以为,王上正值黄金青春年华,尚需殚精竭虑,正国正法,退奸除佞,惟君子是亲;洗明沉冤,以匡不替,庶几日心可回;复立三纲,重振雄风,必然弘扬商之大业,天下可长治久安,不然,臣等不知所终矣。为商之社稷江山千秋万代,姬昌不避斧钺,冒死上言,恳乞天颜,纳臣直谏,速赐实行,天下幸甚,万民幸甚!

纣王愈看愈迷惑,眉头紧蹙,竟然一时不知如何应答。原本昨夜姬昌与散宜生、太颠一起修改润色,逐字逐句地琢磨再三,通宵达旦,心中纠结许久,几乎一夜未眠。费仲察言观色,甚感疑惑,尚不知姬昌在奏章里如何遣词造句,竟然使得王上手足无

第十八章 比干登门拜访贤才 纣王暴怒羑里囚昌

措。崇侯虎眨巴着眼睛,曲意逢迎,强颜为笑。比干眉头舒张,表情轻松,方才长出一口恶气。微子箕子亦和颜悦色,静观其变。

这只老狐狸。纣王心里恶恶地暗骂一句,仰屋著书,无端上纲上线,假如因此而定其罪,别说天下诸侯不服,还会令朝野贻笑大方。然,不治其罪,反而会养虎遗患,自生祸殃。遂思索再三,不知如何是好,庙堂之上,一时鸦雀无声。

纣王沉思许久,忽地灵光一闪,计上心头。他微微一笑:"西伯之奏言,句句甚善,真言逆耳,本王甚感欣慰。有尔等良臣辅佐,大商怎能不固若金汤。"此言一出,姬昌依然镇定自若,面不改色心不跳。费仲与崇侯虎相对一视,登时惊得目瞪口呆。比干微子箕子却喜上心头,面呈悦色。

"西伯爱卿。"纣王蓦地勃然大怒道,"本王有一事,尚未明晓,今日正好借机咨询与你,闻听一二。上次朝贡,川流不息,天下八百诸侯,来朝歌者约七百有五,而今来朝者不足十之二三,却是何因?"

费仲心中一阵狂喜,连忙向崇侯虎暗递眼色。姬昌猛然闻听纣王此言,脑子里顿发愣怔,一时张口结舌,无言以对,吭吭哧哧,局促得面红耳赤。崇侯虎见机谗言道:"微臣有言禀报。姬昌貌似忠厚谦恭待人,实则奸诈蛊惑人心。臣获悉他在西岐仁义广德,乐施善事,笼络人心,积善累德,以售其奸。此次刚至朝歌,四方诸侯闻风而至,府邸门前车水马龙,人来人往,煞是热闹。而今朝贡,却是人心向背,稀稀拉拉。臣闻之如今只知周原有西伯,而不知朝歌有王上也!假以时日,恐怕日后天下诸侯,倒要千里迢迢前往西岐朝贡去了!常言道,当事者迷,旁观者清。王上,但愿微臣抛砖引玉,此言不是危言耸听也!"

此一番献谀之言,状如滚雷烈烈地炸响在庙堂之上。文武两班,大惊失色,群臣骚动,面呈难色。比干更是气冲斗牛,出列奏曰道:"启禀王上。西伯者,乃商之三公之一,天子之股肱。崇侯虎窥闲伺隙,信口雌黄,倨傲无礼。况姬昌忠心不二,为国为民,可谓是邦家之良臣,大商之栋梁。其道和天地,德配阴阳,仁结诸侯,义施文武,礼治邦家,智服叛逆,信达军民。其治下人心思定,和谐睦邻,夜不闭户,路不拾遗,四方瞻仰,称之为'西方圣人'。若是不分青红皂白,玉石俱焚,人心未必诚服者也。愿王上念其一片忠心,且怜悯予以豁之,则民之幸甚,国之幸甚!"

一席话激得纣王哑口无言。崇侯虎巧言偏辞,曰道:"丞相一番赞辞,予真是闻所未闻也。若是姬昌为当今圣人,那么,王上莫道是天下暴君乎?"纣王闻听谗言挑拨,勃然暴怒,厉声喝道:"姬昌老儿,若非崇侯提醒,本王险些上当受骗矣。来人,速将罪臣拉出午门斩首示众,以儆效尤!"

"呔!"比干挺身而出,用手指着崇侯虎脸颊,高声骂道,"奸佞崇虎,你竟敢颠倒黑白,混淆是非!西伯统领西方,讨伐戎狄,岂不是替天子分忧,替商家平叛?而今你

大周原

巧言惑君,惟恐天下不乱,罪当问斩的不是姬昌,恰恰是你这奸佞小人!"

费仲在一旁冷眼旁观,悄不作声。微子出班并呈道:"启禀王上。崇侯虎诬言西伯,事出有因,皆因其嫉贤妒能使然。臣闻'君明则臣直'。直谏君过者,忠臣也;阿谀逢君者,佞臣也。臣等目观国事艰难,隐患纷多,姬昌所言,臣等亦有同感。"

箕子接着曰道:"愿王上以商之社稷江山为重,赦之姬昌,使君臣喜乐于尧天舜日,万姓讴歌于蓝天白云。臣等不胜感激涕零矣!"

此时此刻,双方唇枪舌剑,针锋相对,彼此争执不下。纣王甚觉骑虎难下,比干毕竟是王叔,微子与箕子,亦是王亲贵族,他们出面力保,这个面子实在不太好反驳,相互僵持一阵,只好顺坡下驴,曰道:"王叔其言虽善,似有几分道理。然,众多诸侯不朝,姬昌既位居三公之列,难辞其咎。死罪可免,活责必究,暂且将其羁押于羑里,以观后效。"

比干意欲再禀,纣王拂袖而去,一场宴会不欢而散。四方诸侯亦面面相觑,默默返回。

姬昌被押出朝歌城门之时,比干一行已在此处等候拜别。比干满脸羞愧之色,深深一拜,言道:"西伯且谅,恕比干无能,怂恿贤侯上疏忠言,无端招致横祸缠身,险些坏了性命,此乃比干尚欠斟酌之罪也。"

毕,禁不住老泪纵横。微子箕子亦是萧然泪下,连连赔不是。

"丞相万勿自责。"姬昌作揖拜曰,"姬昌虽则愚笨,但却上知有天,下知有地,中知有君,生身知有父母,训教知有师长,'天地君师亲',我时刻铭记在心,从不敢忘却也。昌既为国事政通人和,社稷黎庶之福祉,即使血溅午门,又有何妨?"

比干揩尽泪水,叹息道:"贤侯为国为民,一片忠心,可鉴日月。今虽身陷囹圄,暂羁羑里。比干必然等待适当时机,再具奏章,以保西伯早归故国。"

姬昌一一拜谢。正欲动身之际,忽见散宜生和太颠等人匆忙赶来,他赶忙使个眼色,曰道:"散大夫少安毋躁。我冒犯天威,罪不容诛。全凭丞相诸君拼死相救,方得不死。君虽下旨暂押昌于羑里,近期自然不可归国。请大夫速率众人离开朝歌,不得延误时期。返回西岐后,精心辅佐太子,遵守祖宗成法,安抚民心。切勿贸然行事,否则有违天道,损坏君臣大义也。"

武士们催促上路,姬昌只得与比干、散宜生诸人挥泪分别。此刻,亦是夕阳西下,晚霞映红天地一片,辉煌无比。萧瑟秋风恰似一支如椽之笔,将一抹天地云霞杂树林木,涂画得五彩缤纷,气象雄浑。

姬昌眺望着西方,一股愁绪涌上心头,眼看着姬周大业遥遥无期,不禁感慨万千,浩叹不已:夕阳无限之好,却是接近黄昏。

第十九章

散宜生力排众议斥辛甲　伯邑考抚琴弹曲惹祸端

西伯侯被拘羑里城,此消息很快地传到质商多年的姬昌长子伯邑考耳中。几日以来,他在寓所之内寝食不安,心烦气躁,却苦于无计可施。

这一天清早,他洗漱已毕,便坐在院内弹琴。秋日的阳光洒落在琴盘之上,反射到伯邑考清秀俊朗的脸庞上,浓眉大眼里荡漾着几分忧愁,几分凄婉,往日里优美动人的琴声,此刻却变得嘈嘈切切,如泣如诉,乐曲音符里跳动的是愁绪绵绵,凄风苦雨。一曲终了,伯邑考起身在院子里转了几圈,抬头望见墙角的那棵枝繁叶茂的银杏树,已经微微发黄。他清楚地记得,当年爷爷被杀害后,且父亲刚被封为朝歌牧师时,他就作为人质来到这座庭院里居住至今。当年,送他来这里的父亲亲手植下这一棵银杏,自然希望他像银杏一样品行高洁。

显而易见,商王将本应作为太子的姬考质于朝歌,其遏制周族发展之图谋不言而喻也。

伯邑考何尝不知父亲的艰难抉择,为了姬氏一族十余代人的兴周大业,必须有人要为此做出牺牲。多少年来,伯邑考在朝歌待人接物谨小慎微,言行举止小心翼翼,除过必要的拜会社交活动,基本上大门不出,二门不迈,他惟一排除寂寞的是潜心在家研习音乐,演练琴技,并借此对夏商以来流传散失的琴曲,做了悉心地整理归纳。

这是一场类似后世马拉松长跑一样的体力与心智的角力,而且是遥遥无期,前景黯然。伯邑考在岁月的变幻之中,由最初的翩翩少年,变成颇具成熟的男人。一年一度的春游,只要伯邑考骑马出行,朝歌城门口必定会引起人山人海的围观,人人以争睹他的翩翩风度为荣幸。那些富家商贾的姨太太与闺秀,大多慕名而来,睹一眼姬考英气俊朗的容貌便春心荡漾,淫性难抑。更有不少土豪富商与方国诸侯,主动找上门来续结姻缘,却被伯邑考——谢绝。他清楚地知晓,只要结婚成家,不管是贵族抑或是黎庶,必须要面对柴米油盐酱醋茶诸如此类的琐碎家事,更重要的将会陷入儿女情长英雄气短之弊端,而不能自拔。魂牵梦萦的周人崛起乃至翦商大业,都将在岁月穿梭的四季变换中消失殆尽。

散宜生等与姬昌泣别,一路行色匆匆地回到"西岐驻京官邸",已是华灯初上,夜幕降临。本来不算太大的府邸,此时此刻却显得格外空旷寂寥。几个人围坐在一起,众皆心事重重,茶饭不思。时至夤夜,散宜生遂叫他人散去歇息,只留下太颠两人一起议事。

散宜生曰道:"国不可一日无主。主公被囚于羑里,国内尚不知生发此变。倘若延误时日,传至西岐,必将引起混乱。明日一早,我启程速速赶回周原,辅佐太子,安定人心。然主公一人被囚商地,孤独无助,甚为悲惨。我意将军不妨留守朝歌,时刻关注朝廷动向,掌控时局演变,伺机而动,勤与丞相多多联络,拯救主公于水火之中。尚不知将军可否担承此重任乎?"

"散大夫尽管放心。"太颠抱拳言道,"主公待我等恩重如山,太颠即使粉身碎骨,亦决然不惧。"

次日清晨,天色微明,二人在萧瑟秋风中凄然泪别。

散宜生一行风餐露宿,骑马疾行,三日后回归西岐。守护城门的兵士瞧见散大夫落魄归来,惟独不见主公颜面,遂交头接耳,窃窃私语。散宜生睨视一眼,心头随即一沉,悄然牵马进入西岐城门,向周庭萧然走去,一街两行路人亦驻足观看,眉眼里写满疑惑,攒三聚五,窃窃私语。散宜生如芒在背,三步并作两步走,低头来到厅堂。正在火烧火燎等待父亲消息的姬发,及其他同母兄弟姬鲜、姬旦、姬度、姬奭、姬铎、姬处、姬封、姬载闻讯立即赶到,姬郑等其余庶子七人亦急匆匆赶来,大家围坐一圈,心急如焚。散宜生心事重重,未开言,泪先流,遂将此次朝歌朝贡的遭遇细说了一遍。

整个厅堂鸦雀无声,姬发低着头默默地听着,一言不发。一旁围坐的兄弟们心情紧张地望着他,甚至连大气也不敢多出。

寂静,出奇的寂静。这实在是大大出乎散宜生的意料。他甚至有点怀疑,姬发是否真的听清了自己刚才的一番话?此处无声胜有声。他在从朝歌返回的途中,不止一次地想象过姬发闻此消息后,将会怎样的双眼充血,怒发冲冠,失控的情绪必然会在一瞬间勃然大怒,歇斯底里。血气方刚的太子发必然会将令旗一举,浩浩荡荡地向朝歌扑去。倘若如此,他就是拼上老命,也要坚决阻拦。可眼前的一幕,令他十分茫然,甚至有点不知所措,难道是太子被这意外的结局,击打得懵懵懂懂?还是被父亲遭遇的厄运吓傻?

此时此刻,散宜生的脑海里,不停地在想着各种不可预测的结果。

第十九章　散宜生力排众议斥辛甲　伯邑考抚琴弹曲惹祸端

"这真是一个两难的抉择。父亲冒死谏言，为的是商之社稷江山，其言甚烈，其魄可叹。他不畏生死，为的是黎庶百姓安康，其辞甚好，其气可鼓。倘若全身而退，自然就不太正常也。所以，父亲身陷囹圄，不是出乎意料之外，却是在意料之中。"姬发巡视一圈，冷静地曰道，"纣王再鲁莽愚蠢，还不至于敢拿谏言劝君的三公来开刀，诸位少安毋躁，父亲定无性命之忧焉。此事倘若传播出去，西岐城内外必将引起轩然大波，致使政局不稳，风云突变，人心惶恐矣。各位贤臣，诸位弟兄，在此国事复杂多变万分之艰难时刻，周人更需团结一心，众志成城，沉着应对，渡过难关。"

忽然门外有报，久染疾病的修甲将军溘然长辞。姬发心中猛然一震，随即流下泪来。这位战功卓著的老将军，曾是与祖父和父亲一起数十次讨伐戎狄的大功臣，沉疴不起，已经卧病在床多年。老将军今日溘然长逝，无疑又在悲愤之中更增添一道悲伤矣。

姬发连忙起身，决定亲自上门去吊唁，他边走边对散宜生叮咛道："修甲将军乃西岐开国元勋，戎马一生，勇猛杀敌，战功卓著。我们当以隆重祭奠，化悲痛为力量，借此弘扬周人之烈烈豪情。"

几人一起来到修甲寓所，老将军已躺在棺盖之上，面色凝重，宛如生前英姿。

姬发在灵前下跪磕头三拜，同行几人亦是哽咽不已。

"斯人去矣，当和山河同在，且与日月同辉。"姬发对其子辛甲曰道，"老将军驾骥西游，还望节哀顺变，继承遗志，为西岐再立新功。"

修甲下葬七日之后，姬发召集群臣前来议事，散宜生早早来到大殿，趁机建议姬发对当前极其复杂的国内外形势，需要做出正确而清晰的判断，以便统一策略与部署，万众一心，同仇敌忾。不一会儿，百官鱼贯而入，分列两班。姬发曰道："诸位文武，目前形势急转直下，周庭频生祸端。此次家父朝贡，却无端被囚，周人亦失去主心骨了。"

却见文武两班之中，有少将军辛甲出列奏道："我主公千里迢迢远赴朝歌朝贡，践行君臣之礼，情礼兼到。纣王不予奖赏也罢，反而听从奸佞谗言，囚禁我主西伯于羑里，真是可恶至极。天子无道，惟妇人妖言悉听，拒谏言以大兴土木，施酷刑以残害忠良，加重徭役税赋荼毒黎庶百姓，搜刮民脂民膏致使饿殍遍野。纵观今之天下，民不聊生，怨声载道，盗贼蜂起，诸侯举旗，此时不灭商纣，更待何时乎？"

"西岐上下，不胜唏嘘。"闳夭施礼，高声言道，"辛将军言之有理。我等文武久沐主公恩泽，无以回报，此次高举义旗反商，诛杀独夫民贼，即使肝脑涂地，裹尸马革，亦在所不辞。"

姬发眉头紧蹙，欲言又止。散宜生在一旁心领神会，出面阻拦道："列位少安毋躁。兴周翦商之大业，宛若冰冻三尺，非一日之寒。今日朝议，只是论及西岐发展长远统筹之规划,其余事宜,可暂且不用提及。而眼下当务之急,当为统一思想,收聚人心,凝聚众志,万不可一时冲动,坏了主公一统伟业之宏图大略。"

"辛甲数载以来,十分敬佩散大夫足谋多智。"辛甲冷笑一声,朗声讥讽道,"今日闻此胆怯畏缩之言,心头凉意横生耳。辛某甚为不解,大敌当前,群情激昂,一个竟凭三寸不烂之舌且贪生怕死之人,焉何成为西岐之重臣乎?国难当头,缩头缩尾,误国误民,真是不可理喻也!"

此言一出,众皆交头接耳,议论纷纷。散宜生坦然一笑,不为所动。姬发面色凝重,呼吸亦是明显地加快,他忽地站起身来,大喝一声:"来人,把辛甲拉出去斩首示众!"

武士们一拥而上,迅疾将辛甲双臂扭住,众皆愕愕然。

闳夭赶忙出列言道:"辛将军一门忠烈,父子两人为国征战,前赴后继,曾立下赫赫战功。今进言讨伐商纣,亦是营救我主心切使然,一时激愤且瞬间失态了。他诬言散大夫,本无恶意,当是口无遮拦,脱口而出焉。倘若因此斩杀将军,恐怕对我翦商大业极为不利耶。"

散宜生眯眼微笑,依然平静如水,曰道:"修甲老将军与辛甲将军,乃我西岐赫赫之战将,东征西战,功不可没。然,图谋天下,规划未来,绝非一时冲动而所为也。盲人摸象,不及全貌,管中窥豹,只见一斑。若是不顾形势利弊得失,便可断然拍脑袋定夺,鲁莽勇夫而已。敬请列位细想琢磨,今商强周弱,贸然进击,无异于以卵击石。辛甲有罪,罪不在犯上作乱,而是只知晓披坚执锐,一勇无谋,倘若造次胡为,恐怕周兵未到朝歌,先陷主公于不义而断命于羑里焉。此举何意,此诚何心?"

众皆恍然大悟。

姬发道:"列位均为西岐重臣,忠心耿耿,姬发焉能不知。然,武可夺关斩隘,文可安邦治国。二者相辅相成,方能立于不败之地。辛甲听着,我念你尚且重孝在身,此次莽撞,罪孽深重,暂且饶你不死。近日之内闭门思过,以观后效。"

散宜生接言道:"为国为民,辛将军与我之主张虽南辕北辙,却是殊途同归。散宜生诚请太子宽恕,再请将军予以谅解。"

辛甲满面羞色,道:"辛甲错矣。"谢恩退下。

姬发曰道:"今日议政,暂且到此。列位各负其责,各尽其职,大家同舟共济,渡过难关。至于何时拯救父亲于水火,绝非易事一桩,还得从长计议,视情而定也。"众官悄然出殿,不提。

七年时光,似乎又在一瞬间度过。朝歌城里的伯邑考,这一段日子里方寸大乱,坐卧不宁。有道是三日不弹,手生荆棘。当他重新坐下弹琴之时,竟然心慌意乱,烦躁得不能自抑。他纤细的长指在琴盘上来回疾行滑动,状若疾风骤雨一般凄厉,时而秋风扫落叶,时而飞雪漫旷野,时而长剑舞蹁跹,时而铜戈刺苍穹……而这一切都被费仲派来盯梢的家丁悉数闻听,并以此汇报。

费仲心中窃喜,一个潜伏许久的诡计,漫上心来。

一日清晨,银杏树杈上落下一只老鸹,宛若小炉匠挫铜砸铁一般嘈嘈切切,惹人心烦。忽然有宫人来宣旨伯邑考进宫弹琴,伯邑考微微一怔,紧接着右眼皮连跳几下。他只好硬着头皮收拾好鼓琴,紧随着宫人来到鹿台。

费仲、恶来早已在此等候多时,瞧见伯邑考慢慢走过来,费仲厉声问道:"来者可是西岐质人伯邑考乎?"伯邑考仰起头来,眉梢微微一扬,不卑不亢地回答道:"正是鄙人。"

费仲多年来只是听说伯邑考一表人才,风度翩翩,今日一见,方才看清其眉清目秀,举止优雅,果然不同凡响。他心中一股无名火腾地升起,嫉妒羡慕恨油然而生,牙齿咬得咯吱响,心中暗忖,西伯侯,没想到你生养的犬子,竟然如此优秀。正在此时,纣王宣旨伯邑考上摘星楼侍琴。

费仲一边走,一边窃喜,他暗暗狞笑道,伤其一臂,不如断其一指。西伯侯姬昌,你老小子等着瞧。

伯邑考来到摘星楼上,立于栏杆之外,环视一周,不觉眼前一亮,他早就听说摘星楼辉煌无比,今日走进猛然一看,琼楼玉宇,豪华灿然,如此穷奢极欲,不由得大吃一惊。

妲己躲在屋内窗帷后面,眼巴巴地窥视到伯邑考身材健硕,瑶林琼树,心中蓦然间狂蝶乱舞,坐立不安。

费仲急匆匆走进楼禀报道:"启禀王上。西岐质人伯邑考,已在楼外等候侍琴,此生博通音律,深知大雅遗音,精好鼓琴,天下无双也。"

纣王宣道:"弹奏一曲,本王且听一听。"伯邑考低首进入殿中,叩拜完毕,便默然摆好鼓琴,手指只在琴盘上轻轻滑过一道,摘星楼上一瞬间状如飞燕鸣笛,雨滴芭蕉,余音飘渺悠扬。

妲己脸色潮红,怦然心动,仿佛被活活撕拽下心肺上一片肉。

伯邑考颔首低眉,他轻呼一口气,伸出纤细修长的双手,在琴盘上略一停顿,然后如飞燕凌波,悄然划过一道吻痕,十指尖尖,若蜻蜓点水,弹奏一曲《凤鸣高冈》:

周原岐阳,姬族造邦。天降仁德,爰发厥祥。

凤凰鸣矣,于此高冈。梧桐生矣,于彼朝阳。

庶哉吾民,莫于兹方。何以旬之,稼穑穰穰。

何以宣之,盛德皇皇。以绥以厘,诞和多臧。

大周原

　　　　有凤来仪,翩翩翱翔。飞凤在茲,鸡舞鸭翔。

　　一曲终了,悠扬美妙之琴声,飘飘荡荡,依然余音绕梁。恍若身处瑶台银阙,瑶池碧波。纣王眨巴眨巴眼,只是咧着嘴傻笑。费仲品咂再三,蹙额皱眉。妲己睨视一眼,方才细细看清传说中的美男子伯邑考,果然是不同凡响:面如满月,仪表堂堂,瑶环瑜珥,神姿高彻,宛若玉树临风一般。她回头又看纣王一眼,面色晦暗,形容枯槁,心中顿觉一阵腻歪。

　　纣王喊道:"拿酒来。"遂与费仲、恶来一起举樽畅饮。妲己却拧拧身子,撅着嘴撒娇道:"人家还要听琴么。"纣王不耐烦地摆摆手,示意伯邑考继续弹琴助兴。

　　伯邑考强忍着悲愤,又弹奏一曲《秋风入松》:

　　　　苍松猎猎啸秋风,城半橘黄落日红。
　　　　莫道肃杀霜降至,巍然南北与西东。

　　但见伯邑考十指在琴盘之上左右腾挪,上下翻飞,宛如长剑画戟,直刺心肺;状若飞箭鸣镝,摄魂取魄。费仲顿时听得心惊胆战,手中的酒樽竟然颤颤发抖不已。恶来却毫无察觉,自顾自的饮酒。

　　纣王看在眼里,颇为疑惑,询问道:"爱卿为何如此惊慌?"

　　妲己在一旁没心没肺地曰道:"感动呗。"

　　费仲扬扬眉梢叹曰道:"姬考弹拨之琴声,深奥无比,寓意万千。《凤鸣高冈》若彩霞铺地,艳阳耀天;《秋风入松》如万木萧瑟,百川凋零。"

　　"咦!"纣王哈哈大笑道,"朝歌真是藏龙卧虎,人才若过江之鲫也。爱卿乃治国大才,本王自知之。却又深谙琴曲,本王不甚解矣。"

　　伯邑考侧耳倾听,心中略感不安,此贼善于投机钻营,鸡蛋里挑骨头,莫非他真的听出来此曲所隐含之意味乎？正在此时,费仲一席话,惊得他不禁脊背发凉,登时心惊肉颤。

　　费仲怒目圆睁,朝正襟危坐的伯邑考恶狠狠地瞅一眼,曰道:"启奏王上,我对琴曲略知一二。伯邑考弹的第一首曲,夸誉的是西岐凤鸣朝阳,天降祥瑞,草长莺飞,极尽渲染夸耀周原春回大地、万物复苏之盛世景象也;第二首琴曲,诅咒的却是朝歌秋风萧瑟,原野荒芜,草薙禽狝,恶毒讥讽责骂王上秋高气衰、草木知威之败落不堪惨景也。"

　　"噫嘻!"纣王举到嘴边的酒樽停顿在那里,瞪着圆眼,盯着低头不语的伯邑考看了一阵,然后眨巴着眼睛,转过头来,看着费仲问道:"此话当真?"

　　费仲"嘿嘿"奸笑一声,随即诳言道:"曲高和寡。王上倘若不信,可否询问鼓琴者伯邑考。"

　　尽扯咸淡。费大夫总是喜欢鸡蛋里挑骨头。恶来为此窝了一肚子气,心里暗暗

第十九章 散宜生力排众议斥辛甲 伯邑考抚琴弹曲惹祸端

骂道。

伯邑考亦是脸颊通红,如涂胭脂。他暗暗告诫自己,此时此刻,无论如何要沉着应对,万万不能乱了方寸,以免被奸贼抓住把柄,倘若束手就擒,即使跳进黄河也洗不清了。想到此,他连出几口气,尽快使激愤的心情平复下来,曰道:"启奏王上,姬考不才,窃以为,弹琴只是消磨时光,更非费大夫所言,包藏甚么祸心。君不见,音乐乃一个个音符集结而成,琴曲当为作曲者所创制也,弹琴者只是选择不同场景演绎而已。姬考今日弹琴,王上并未指明所弹之曲目。而这两首琴曲,也是姬考十分熟练并经常演练弹拨之乐曲,在此之前,姬考曾经演绎过多次,众皆叫好,从未有人像费大夫这样无事生非,挑拨离间,对此曲目进行无端的猜疑与诬陷。"

费仲气得面红耳赤,站起身来骂道:"姬考小儿,纵然你巧舌如簧,也难逃一死耳。"

"呵呵!"伯邑考昂起头来冷笑一声,讥讽道,"既然费大夫早就知晓,姬考所弹琴曲大逆不道,蒙蔽圣聪,为何此前不予阻拦乎?反而怂恿姬考尽情玩赏,戏弄王上?一曲终了,方才穷追不舍,恃强凌弱,肆意鞭挞!姬考愚钝,尚不知此举为一片丹心忠君乎?抑或阳奉阴违忤君乎?"

伯邑考一席话,激得费仲张口结舌,面红耳赤。

妲己在一旁早已看得不耐烦,心里十分厌恶费仲多嘴多舌,纯属臭显摆自己。她淡淡地刺一句:"一首琴曲,焉有这么多说辞乎?"

纣王亦是慢慢冷静下来,圆场道:"我就说么,弹琴当是玩赏而已。"

费仲满腔怒火,却无计可施,只能强压住心头之愤恨,然后灰溜溜退下。

恶来一路走,一路想,费大夫真是扯淡,拿个鸡毛当令箭。

伯邑考也乘机告辞,抱着琴惴惴不安地回到寓所。

第二十章

妲己因爱生恨诬姬考　纣王一怒之下动杀机

费仲气冲冲地回到府邸,一名家丁上前问候,他大喝一声:"滚!"随即进入厅堂,仍然怒不可遏,侍女端上一杯茶,也被其打翻在地。府邸的家丁吓得惴惴不安,早已悄然躲避。费仲心中绞痛不已,抚摸着胸口,长吁短叹道,好一个恃才傲物的伯邑考,等着我,叫你娃有好果子吃的。

忽有家丁来报,尤浑来访。费仲忙起身迎接于厅堂之上,互致问候。尤浑见费仲唉声叹气,魂不守舍,便询问缘由,费仲哀叹几声,遂将伯邑考摘星楼弹琴之事和盘托出,只是隐匿了他从中撺掇之实情。尤浑狰狞地笑道:"这有何难,派个杀手,将他暗地宰杀,岂不了断完事。"费仲瞅一眼尤浑那副恶心嘴脸,心里鄙夷道,这种下三滥伎俩,也只有你这种龛脑子才想得出来。他摆摆手道:"此事非同儿戏,却要从长计议,别再瞎胡闹。"

尤浑不好意思地笑道:"咦!我也就这么一说,怎还当真了?"

费仲亦是顺坡下驴,摸一摸自己的脑瓜,短笑一声:"此事还得另外想辙,但是,我绝不能咽下这口恶气!"

尤浑无可奈何地摇摇头,恶狠狠地骂道:"这姬公子真是个烫手的山芋,骂又骂不得,杀又杀不得,真是愁煞人也。"

费仲沉思不语,绞尽脑汁,仔细地回忆今日在摘星楼之上的星星点点。忽地,他一拍大腿,大叫一声:"有了。"

尤浑听得稀里糊涂,眨巴着眼睛问道:"哪房小妾?怎又添儿了?"

"去。"费仲摇摇手,"嗤"地一声,笑道,"甭扯咸淡。"

尤浑呵呵一笑,打趣道:"这类事情,我就是想扯淡,也扯不着么。"

两人胡扯了一会,费仲这才将妲己窥觑伯邑考之貌的过程,添油加醋地演绎一番。尤浑似乎有点不太相信,叽咕道:"这小妖精如今是一人之下,万人之上,享尽人

第二十章 妲己因爱生恨诬姬考 纣王一怒之下动杀机

世间荣华富贵,她焉能吃着碗里,瞅着锅里,咦!图的是啥?"

"图的是啥?"费仲奸笑一声,"胡辣汤好吃,天天顿顿都是这,搁你不也腻味么。"

尤浑点头称是。两人压低声音,遂将如何怂恿撩拨妲己、借刀杀人之计精心策划,反复推敲,方才散去。

妲己几天以来,茶饭不思,闷闷不乐。俗话说,百闻不如一见。伯邑考姿态端庄,眉清目秀,天下第一美男子,果然名不虚传。自从前几日与伯邑考摘星楼一别,妲己仿佛丢了魂似的魂不守舍,一闭上眼,眼前浮现着伯邑考俊朗健硕的身影,侧耳一听,周围飘荡着伯邑考略带磁性的男中音。

翌日,妲己正在梳妆,有贴身侍女递来尤浑密信,言及伯邑考羡慕娘娘貌若天仙,深谙音律,真是阳世上难得之知音,欲再借抚琴之际前来相会者也。天下掉下来如此美妙之艳遇良机,妲己心中狂喜不已,登时有点手足无措。早膳之时,她乘机向纣王提议,宣伯邑考再次来摘星楼抚琴赏玩,岂不美哉!纣王闻听后蹙额皱眉,言道:"前几天伯邑考鹿台抚琴,大家弄得不欢而散,若再宣旨,万一彼此又言词不和,岂不自讨没趣乎?"

"王上。"妲己嗲声嗲语地曰道,"那一日,姬公子弹的琴曲多好听,莫不是那个讨厌的费大夫,爱臭显摆并且从中挑拨,方才节外生枝,扫了大家的余兴么。"

纣王想想,曰道:"本王只宣伯邑考一人抚琴,他人一律回避,如何?"

"好,好。"妲己喜不自禁地笑道,"早该如此,何必当初。"

伯邑考抱琴出门之时,树上的老鸹又一次聒噪,声音低沉而沙哑,它一身黑袍,绅士一般,彬彬有礼地站在高出屋檐的银杏树顶鸣叫着。伯邑考心里恶恶骂一句丧门星。他停住脚步,抬头看见它俯着身子,继续冲着自己呜哇呜哇大叫不已,心里登时添堵,一种不祥之兆,涌上心头,难道今日鹿台之行,竟会招致杀身之祸乎?

伯邑考脊背一阵阵发凉,止步不前,惶惑不安。在宫人一再催促之下,只得硬着头皮走路。他暗忖是福不是祸,是祸躲不过。伯邑考忐忑不安心事重重地来到鹿台之下,等候片刻,即被宣到摘星楼上,他用余光一扫,却不见奸贼费仲与恶来之流陪侍,心中亦舒展了一口长气。

偌大的空间里,十分寂静。伯邑考依然端坐在台下,目不斜视,低首沉心,两只手放在琴盘两侧,悄然等待宣旨。妲己静眼观看伯邑考,这真是天下难得一见的美男子,五官端庄,举止优雅,当为成熟男人之中谦谦君子也。虽则是二次重逢,似乎比初次见面之时更加风流倜傥,勾魂摄魄。她登时心猿意马,恨不得立马扑到伯邑考怀里,与其抵掌而谈也。当纣王邀其喝酒时,她方才从梦幻中惊醒过来,忙换上一副笑脸,举樽干杯。

纣王朝伯邑考扫一眼,问道:"今日弹甚曲?"

伯邑考身体微微前倾,低头答道:"王上喜欢听甚琴曲,姬考弹奏便是。"

这一句话,倒把纣王问住了,他张张嘴,不知如何回答,遂转脸问妲己道:"爱妃,你爱听甚么琴曲?"妲己腻腻歪歪地笑道:"王上喜欢啥琴曲,臣妾就喜欢啥琴曲。"纣王眉毛扬扬,嘴凑到妲己耳边,低声说道:"我要知道琴曲,还需问你?"妲己闻到纣王嘴里的酒气喷涌,随即一阵恶心。她偏过头去,用手频频扇着空气,嗲声嗲气地曰道:"先弹一首《飞凤求凰》,如何?"

伯邑考心中大吃一惊,此等荒淫曲目,如何弹得出手?眼前立马浮现出玉娥惨遭杀害之恐怖血腥场面。尽管自己当时不在现场,但是市井坊间传播的沸沸扬扬,活灵活现。看来今日只能智取,万万不可生碰硬撞,落下话柄。他微微抬头,凛然曰道:"启禀王上,姬考一年四季足不出庭院,对娘娘所言《飞凤求凰》名曲,从未听说过,更别说弹琴了。"

妲己急言道:"那你就自己弹,弹啥琴曲,我都喜欢。"

伯邑考脸上的表情,立马轻松许多,他前倾着身子,十指轻轻滑过,悠扬的琴曲宛如一池春水,碧波荡漾,整个摘星楼里仿佛阳光灿烂,拂堤杨柳,草长莺飞,醉里春烟。

纣王与妲己饮酒取乐,愈加兴高采烈。妲己乘机曰道:"今日要是费大夫在这里无端骚扰,王上焉能如此这般地欣赏美妙之琴曲乎?"纣王点点头称是。

琴曲飞飞扬扬,仿佛天籁之音。伯邑考依然沉浸在自己美妙的曲目之中,他微闭着眼睛,摇头晃脑地陶醉其中,眼前仿佛就是那一片莽莽苍苍的岐山脚下,周原膴膴,堇荼如饴。这是一首在自己心中酝酿许久的新琴曲,他甚至还没有想好琴曲的名字,却在一瞬间从手指之间轻轻地弹拨而出了。尽管他已质商多年,但故乡岐山的一草一木,似乎已经在他的梦寐之中愈加清晰明了。他甚至不止一次地憧憬着,自己总是能回到遥远的周原!

故乡,故乡,可爱的故乡,我何时才能回到你的怀抱?他眼睛顿时有点湿润了,甚至于想起今天出门时听到刺耳的老鸹声音,仿佛没有周原的老鸹叫得那么悦耳动听。那首从小耳熟能详的《老鸹》歌谣,蓦地浮现在耳旁:

老鸹老鸹一溜溜,你娘给你娃炒豆豆。

你一碗,我一碗,把你娃憋死我不管。

一个帅男人,眼帘悬挂着些许泪水,竟然是如此别具风范,美如冠玉。而这一幕,恰恰又被妲己看得一清二楚。她那颗被酒精浸泡弥久的心痒痒的,一瞬间堆积爆发的情意弥漫,甚至有点难以自抑。此时此刻,她多么想和这个举止优雅的男人,贴心贴肺地围坐在一起,耳鬓厮磨,眉来眼去。

"爱妃。"纣王轻轻地一声呼唤,"喝酒。"却把妲己吓得一哆嗦,刹那间花容失色。

第二十章　妲己因爱生恨诬姬考　纣王一怒之下动杀机

纣王看得清楚,冷眼斥责道:"你?"妲己慌忙掩饰道:"做梦。"纣王眉头紧锁,追问道:"白日做梦?"妲己点点头"嗯"了一声,紧接着又摇摇头,不置可否。纣王瞧见妲己可爱又调皮的小模样,看着,看着,畅然大笑,笑得肆无忌惮。妲己也在浅浅地笑,笑得泣泪俱下。毕竟心驰神往,毕竟心虚胆寒,毕竟灵魂出轨,妲己随即夸张地钻到纣王怀里撒娇。然后,两只手臂环绕着纣王的脖子,偏着头,仰着粉嘟嘟的脸颊,撅着嘴,矫情地曰道:"王上,我要学琴。"

纣王疑疑惑惑地问道:"好好的不喝酒取乐,学甚琴?"

妲己朝台下努努嘴,言道,"王上。我就是想学好琴,只给王上一人弹奏,你说好不好?"

"咦!"纣王顿时释然,曰道,"这是好事一桩。"妲己登时高兴得手舞足蹈,纣王见状,遂大声宣道:"伯邑考领旨。从今日起,你务必全力以赴,悉心教授妲己娘娘琴技,不得有误。"

这道圣旨下的如此突然,伯邑考一时愣怔,并未反应过来,傻傻地竟然未做任何表示。妲己大声提示道:"伯邑考,还不领旨谢恩!"伯邑考这才慌忙将鼓琴放置一边,叩首谢恩。妲己早已按捺不住,喜颠颠地跑到伯邑考面前,伸出手来在琴盘上猛地一划,噪音顿起。伯邑考心疼地一把将妲己推开,怒目圆睁,训斥道:"琴娇贵,音清脆,你咋能胡弄么。"妲己却一点不生气,扑闪着大眼睛,温柔地答道:"正因为小女子不会,这才要跟你学习。"纣王站起身来,居高临下,大声曰道:"伯邑考,你若尽心竭力地教会妲己娘娘弹琴,本王有赏。"伯邑考低首称是。

妲己扫一眼纣王,故意曰道:"王上请坐,听妾身抚琴如何?"

纣王摇摇手笑道:"就凭你刚才那一下,差点把本王耳膜震碎了。还是等你学好琴技,本王再听不迟。"毕,转身离去。

妲己一挥手,站立一旁的四位宫女后退着离去。偌大的摘星楼大厅中央,只剩下一对孤男寡女,寂静的有点窒息。妲己直眉瞪眼地盯着伯邑考,仿佛在欣赏一幅画。伯邑考若有芒刺在背,不知所从。妲己伸出手去,在他棱角分明的脸上摸了一把,吓得伯邑考魂飞魄散,连忙跪倒在地,奏曰:"伯邑考乃犯臣之子,又人质于商。娘娘乃万乘之尊,人间国母,姬考怎敢同席相坐?"妲己笑道:"你紧张甚?这里既没有甚犯臣,亦没有甚国母。妲己既然学琴,学生拜的只是老师而已。"伯邑考拜曰:"君臣之礼,万万不可逾越耳。"妲己嬉笑一声:"伯邑考此言差矣。若论朝廷繁复礼仪,果然不得肆意妄为;若论师徒之道,传业授技,二人坐坐,这又何妨?"

伯邑考恨得直咬牙齿,暗忖道,这妖姬淫荡惑君,果然名不虚传。

妲己继而挑逗道:"妾身听说,学艺之人师徒之间有句行话,要得艺学会,得跟师傅睡。伯邑考老师,此民间俗语,你可曾听过?"

伯邑考大吃一惊，暗暗骂道，妲己小贱人，你真是色胆包天，不可救药也。你睁大狗眼瞧一瞧，难道我是那不忠不孝、不仁不德、不智不良之鼠辈乎？

妲己察言观色，却见伯邑考正襟端坐，五官并无轻浮之色，知晓自己莫不是自作多情，单相思而已。她哀叹一声，登时无计可施，眼睛却死死盯着伯邑考，暗忖道，我放下国母身段之尊严，屈身爱恋你这犯臣之子，你却不动声色，装得正人君子一般，全无顾盼之意，反而婉拒再三，真个是近在眼前，却似远在天边，这种剃头挑子一头热的无奈之举，倒叫我情何以堪？

噫嘻。伯邑考长吁一口气，暗忖，我姬氏一族，累代忠良，仁义道德，烂熟于心，操行周正，不容置疑。倘若妖姬再三纠缠不休，我今日就是上刀山下火海，何惧风险！即使粉身碎骨，浑然不怕，若是遭遇不测，惨死在摘星楼里，断然不能辱没姬门家风！

一计不成。妲己实不甘心就此罢休，起身转了一圈，又生一计，微笑道："姬考老师在上，王上命妾身学习琴技，倘若无功而返，王上怪罪下来，你我恐怕都不太好收场！"

伯邑考猛地一颤，随即冷静下来，随即俯首曰道："既然娘娘真要学琴，微臣定当教授便是。"

妲己冷笑道："识时务者，当为俊杰。"她轻挪莲步，水上飘过一般，复坐在伯邑考面前，媚眼调情，曰道："老师若是手把手地教琴，妲己学艺，岂不快哉！"

伯邑考知晓妖姬一定会得寸进尺，他只能按捺着性子劝道："冰冻三尺，非一日之寒。娘娘千万不要性急，需要持久耐心，才能有所体验。弹琴如练功，久抚自精，耐心习之，必有成就。"

妲己眉毛一挑，偏着头，莞尔一笑，红唇里露出一排碎玉一般的白牙，她明知故问道："今晚王上若要听妾身弹琴，你说我该如何应对？"

"岂有此理。"伯邑考急言道，"娘娘真是胡说八道，弹琴毕竟是雅事一桩，岂能草率行事。这又不是锄地耘田，三下五除二，即可学会！"

妲己朝伯邑考努努嘴，嬉笑道："所以，卿可将妾身抱在怀里，你抓着我双手按弦，事半功倍，不用几个时辰，即可熟练。一举两得，何劳延续时日乎？"毕，抬头莞尔一笑，似玉如花，妩媚动人。两只大眼睛水波荡漾，频频扑闪，眉来眼去，千般俊美，百样玲珑。

如此近距离地注目欣赏，妖姬纵然是千般妩媚，万般娇艳。伯邑考如饮琼浆一般，恍恍惚惚，如梦如痴。

"姬考，老师。"妲己一声轻轻呼唤，却是如雷贯耳。

伯邑考猛地一惊，如梦初醒，遂一把奋力推开妲己，"腾"地一下站起来。原本沉浸在幸福之中的妲己，被姬考猛然掀翻在地，登时花容失色，顿觉无地自容。伯邑考

第二十章　妲己因爱生恨诬姬考　纣王一怒之下动杀机

大气凛然,厉声呵斥道:"娘娘掌六宫金阙之权,享椒房至尊之实,乃万姓之国母,受天下诸侯之贡贺耳。倘若今日抚琴之事,竟成笑谈儿戏,在朝野传播开来,纵然使微臣万载竟为狗彘之辈,今后即是苟活于世,岂不如临深渊,如履薄冰乎?娘娘虽仪态万方,冰清玉洁,而天下万世又焉何信哉?"

这一掌真是有雷霆万钧之力也。妲己挣扎好一阵,方才从地上爬起来,随即瘫坐在地上,蹙额皱眉,浑身疼得仿佛散了架似的直叫唤。她用手揉着细腰,恨得咬牙切齿,暗忖道,尔等匹夫,真是水火无情,不知好歹。噫嘻!我本将心托明月,谁知明月满沟渠?

正在此时,纣王转回摘星楼来,刚好瞧见伯邑考与妲己怒目对视,满腹狐疑地打趣道:"爱妃,你是学琴,抑或比武?"

伯邑考大义凛然,宛若风中苍松,巍巍然挺立不动。

妲己却眼珠一动,随即扑到纣王怀中,抽泣不已。纣王问道:"爱妃为何伤心?"妲己用手一指伯邑考,哭诉道:"是他。"纣王略显不快,追问道:"他如何待你?"

妲己夸张地一捂脸,一只手在空中点戳着,声泪俱下,斥责道:"伯邑考借教琴之际,非礼调戏臣妾矣。"

纣王勃然大怒:"这匹夫吃了豹子胆了,焉敢如此放肆?"

伯邑考奏曰:"启禀王上。伯邑考尊命为娘娘授琴传艺,尽心竭力。谁料她水性扬花,借机调情于微臣,若有这般歪斜之心思,焉能得臻古琴其音律之妙耳?想我十数辈一门忠烈,家风何曾不正?今日大堂之上,微臣身正不怕影子斜,我所作所为,一片丹心,可鉴日月。"

"夫君。"妲己长啸一声,"臣妾冤枉也哉。"

纣王稍一思索,遂即哈哈大笑道:"爱妃尊贵,天下无双,一人之下,万人之上。焉能调情尔等匹夫者乎?真是天下奇闻一桩,令人笑掉大牙了。"

伯邑考怒目圆睁,反诘道:"浮云掩月,不用擦拭;浊者自浊,清者自清。苍天在上,伯邑考倘若有一句虚言,即刻遭受雷殛也。"

"咦!"纣王禁不住畅然大笑,"如此说来,倒真的是爱妃不是了?本王且问你,天下者王之天下,富贵者王之富贵。本王位极人臣,登高一呼,天下为之胆寒。噫嘻。妲己娘娘乃本王爱妃,她难道肯为尔等匹夫动容献媚乎?"

伯邑考自知对牛弹琴,枉费口舌,随即面带讥笑,不再饶舌。妲己愈加不能忘怀伯邑考风姿,心生一丝怜悯,遂提议伯邑考若再弹奏一曲,情飞心逸,可免其罪也。纣王看一眼妲己,又睨视一眼伯邑考,嫉火妒意,油然而生,他暗忖道,留此祸根,迟早必节外生枝焉,不知要惹出何等污秽之事。想到此,他勃然大怒道:"卫士们,且将伯邑考五花大绑,押进大牢,待秋后问斩。"

大周原

卫士们扑上前去，遂即将伯邑考双臂扭得动弹不得，他默然思想，看来今日难逃一劫，拼死一搏，即使惨死于乱刀之下，留之史册，见我姬氏一族累世不失忠良也。伯邑考正气凛然，厉声喝退武士，然后席地而坐，抚弄瑶琴，只见得纤指翻飞，高音若凤鸣碧空，萦绕四方；低音如莺啼芳草，春意绵绵：

凤凰翱翔舞圭璋，翙翙其羽鸣高冈。

和鸾雍雍万福同，梧桐生矣于朝阳。

伯邑考神情自若地弹奏完一曲《凤鸣朝阳》，闭目养神，眼泪宛若断线之珠，止不住流淌在胸前。纣王听得神思恍惚，颠倒情怀，妲己闻之，芳心如醉如痴，浑身酥软乏力，武士们更是闻听得神摇意夺，恍然凝视。

伯邑考回想起自己从少年起便被质于朝歌，多少年来小心翼翼，举步维艰，这样的生离死别，这般的生不如死，不知又到何年何月？他随即又弹奏一曲：

和鸣万古咏岐周，唤起春风遍九州。

离自周原质殷后，碧波烟冷不计秋。

一曲终矣。伯邑考睁开泪眼，神色不惊地站立起来，横扫一眼，猛一挥手，将琴奋力朝纣王妲己二人击打而来，妲己惊叫一声，惶恐不安地趴在地上，纣王亦是惊慌不已，侧身闪过，勃然大怒道："好匹夫！弑君逆贼，罪不容诛。"妲己早已吓得魂不附体，跌倒在地，呻吟不止。

卫士们虎狼一般，遂把伯邑考捆绑起来，只见他依然骂不绝口："帝辛小儿，你这暴君，荒淫无耻，已将商之锦绣江山，糟践得支离破碎。妲己妖姬，你这贱人，狐媚妖艳，且将后宫清静之地，折腾得乌烟瘴气。我生不能啖汝之赘肉，甚为可惜！即使崩定为厉鬼，亦要嚼食汝之魂魄也！"

纣王大叫道："快快来人！"卫士们手执钢刀，呼啦啦冲上前去，一顿乱砍乱杀，登时血肉飞溅，可怜一代风流才子伯邑考，立马被剁成肉泥了。

"这路硬眉货色，既然敬酒不吃吃罚酒，真是罪该万死。"妲己从惊慌中醒过神来，盯着伯邑考血淋淋的尸体，竟然恶狠狠地骂道，"他不是口口声声要啖王上与妾身之肉么，这一下倒提醒我了。王上，何不将伯邑考之肉，令厨役做成肉饼，再赐予西伯。若姬昌食之，则证明此人亦是浪得虚名。所谓祸福阴阳，俱是谬说。所谓周易八卦，实属故弄玄虚也哉。庶可赦宥，以表王上宽宏大量之仁义。如果巧言善辩，再三推辞，当速斩姬昌于朝歌，以绝后患焉。"

纣王思索再三，遂令御厨以此照办，不提。

第二十一章

西伯侯囚里演周易　散宜生重金贿费仲

　　羑里城原为商朝旧都殷城,在今河南安阳市汤阴县境内。随着朝歌新城的建立迁都,新贵们附炎趋势,追随商王朝向南迁徙,羑里城便成为一座废都,遗老遗少们大多故土难离,依旧居住在这座亦有数百年历史的老城之内。从此,他们远离了车水马龙和尔虞我诈,黯淡了鼓角铮鸣与刀光剑影。日出日落,月黑月明,一年四季,随之轮回。

　　姬昌被囚禁在一处王室撤离后的大宅院中,其衣食住行被严格限制在此处。最初的时光寂寞而无聊,姬昌可谓是度日如年,内心虽然是极其痛苦与挣扎,表面却依旧快乐着。他何尝不知,这样的囚居生活何日结束,是自己无法预判,亦无法左右的。倘若消极地应对,听天由命,日益沉沦,那么姬周几代人图谋王天下的宏志大略,从此可能就会一蹶不振,胎死腹中矣。

　　一日,姬昌看见室内墙角处放着一团乱麻,他随手拿起来瞅瞅,眼前忽然浮现出儿时的一个画面:母亲正坐在炕头搓麻绳,她身边的一团麻,却被玩耍的姬昌不小心弄得乱七八糟。母亲依然面不改色,对儿子没有做任何责备,睨视一眼笑道,姬昌,天下无难事,你自己能把它整理好么。姬昌望着眼前一团乱麻,心里急得差点哭出来。母亲和颜悦色地微笑道,万事皆有头绪,只要你心静如水,方能理出门道来。假若遇事先慌了手脚,必然会一败涂地。母亲一番话,姬昌虽然听得似懂非懂,但他随即冷静下来,抹掉眼泪,把乱麻捧在手里,慢慢地寻找出头绪,一点一点地择出来,不到一个时辰,便将一团乱麻整理得一清二楚。母亲夸赞道,世事皆一理。凡事要细心处置,更要有耐心和恒心。为娘高兴的不只是你今日里能理清乱麻,我儿,日后待你治理国政,亦是此理也。

　　于是,姬昌审时度势,随之从刚开始的心烦意乱之中解脱出来,静下心来,重新规划一番未来的大策方略。首先,他充分利用可以广泛接触羑里老旧官僚与百姓的

大周原

契机,在闲聊之中悉心汲取研讨夏商更替兴衰之历史经验,并以此为戒,运筹帷幄,在反复推敲之中逐步地为西岐设计一套崭新的社会运行管理制度。其次,遂将伏羲所创八卦推演为六十四卦,且是以高度抽象之形式,表征可能发生的各种各样的变化,并附以卦爻辞作简要说明之。

《周易》是一部中国古代哲学书,是建立在阴阳二元论基础之上,对事物运行规律加以论证和描述的奇书,其对于天地万物进行性状归类,天干地支五行论,甚至精确到可以对事物的未来发展,做出较为准确的预测。《周易》是中国传统思想文化中自然哲学与伦理实践的根源,对中国文化产生了巨大的影响力。它是中华民族智慧与文化的结晶,被誉为"群经之首,大道之源"。在古代是帝王之学,亦为政治家、军事家、商家的必修之术。《周易》涵盖万有,纲纪群伦,是中国传统文化的杰出代表;其广大精微,包罗万象,亦是中华文明的源头活水。

姬昌拘而演《周易》,并以此来修身治国平天下,成为姬周最重要的指导思想与施政纲领。

对于身陷囹圄七载之久的西伯侯而言,每日里都是在寂寥中度过。这一日姬昌闲暇无事,正在院中抚琴,忽然一根琴弦"嘣"的断掉了,他心中一惊,随即伸出右手五指,依次子丑寅卯辰巳午未申酉戌亥快速地心算片刻,便知大事不好,顿时泪流满面,哭泣道,我的心肝,你不听为父之言,吃亏在眼前矣。姬昌何尝不知,伯邑考乃是西岐栋梁之才,周人未来之领袖,今日命丧朝歌,魂断异乡,他焉能不伤心痛哉!可事已如此,无可奈何,遂独自伤心不已。

正在此时,忽报朝歌命官到府宣旨,姬昌忙擦净眼泪,伏地接旨。命官狞笑一声:"王上见贤侯久羁羑里,甚为挂念。昨日野外狩猎,打得麋鹿等猎物,王上命御厨做成肉饼,分别赏赐朝廷大臣。我王慈悲为怀,特赐西伯,故有是命。"

姬昌跪地曰道:"王上驰骋原野,遭受鞍马之劳顿,反赐犯臣鹿饼为之享用,真是无功受禄,寝食不安也。"叩头谢恩已毕,遂强作镇定,慢慢打开膳盒,眉头在不经意间皱了一下,却没有逃过命官眼睛,他冷笑一声:"贤侯不敢品尝鹿饼?"姬昌用鼻子闻闻,微微闭目赞曰:"香味扑鼻,妙不可言。"然后略一停顿,便抓起鹿饼大嚼大咽起来,一连吃下三块,方才罢休矣。

命官亲眼目睹姬昌大快朵颐,随即呵呵大笑道:"好吃就好。"心里却腻歪极矣,人道是西伯能掐会算,占卜吉凶,看来亦是浪得虚名而已。

毕,姬昌伸出右手在嘴巴上抹了一把,吧唧着嘴,似乎意犹未尽,然后下跪曰道:"犯臣闭门思过,无一日不思念王恩浩荡。烦请大人转达姬昌敬意,愿圣光普照千里。"

送走使命官出大门不远,姬昌折身返回院门里,随即瘫倒在地,昏厥过去,几位

第二十一章　西伯侯囚里演周易　散宜生重金贿费仲

家丁手忙脚乱地把他抬进堂屋,掐毕人中捶脊背,折腾好一阵子才缓过劲来。

姬昌掩饰不住心中巨大悲痛,放声嚎啕痛哭,哀音绕梁不绝,其状甚为凄惨焉。

家丁亦泪流满面,如丧考妣。

使命官回朝歌复命时,正逢纣王与费仲、尤浑在显德殿弈棋,三人弈得不亦乐乎。纣王会心一笑,却使得费仲和尤浑蒙在鼓里,茫然不知其中奥秘。使命官奏曰:"微臣奉旨,遂将用伯邑考人肉烙成的肉饼送至羑里,宣旨后姬昌感激涕零,叩谢王恩浩荡。他连食三饼,直呼痛快也哉。"

"盛名之下,其实难副。"纣王忍不住哈哈大笑道,"朝野传言姬昌善演吉凶,掐算福祸,上晓天文地理,下知鸡毛蒜皮,呵呵,看来亦是浪得虚名而已。"费仲与尤浑相对一视,眨巴眨巴眼睛。纣王接言道:"既然西伯如此低能,何患之忧乎?本王念其羁囚羑里七载,欲赦姬昌回西岐,不知二位爱卿意下如何?"

费仲凝目略顿,献言道:"姬昌素有重名,绝非空穴来风。他推演卦数,从无差错。此次定知其中奥秘,倘若不食子肉,必然露出狐狸尾巴,难逃杀戮之患耳。"

尤浑接言道:"费大夫所言极是。姬昌忍食肉饼,此乃瞒天过海之计也,亦是不得已而为之。"

纣王略觉不快,遂即质问道:"虎毒尚不食子,何况人乎?本王以为,姬昌既知子肉,绝不可能食之。他毕竟是大贤,仁德天下,倘若为一己之忧,忍痛啖食子肉,与猛禽困兽何异哉!"

费仲见纣王执迷不悟,赶紧奏曰:"王上英明。姬昌貌似忠诚厚道,实则内心狡诈,非常人所能比拟也。况自羁押羑里七载,宛如虎落平阳,鸟入雕笼,且已磨灭其大半锐气。微臣以为,倘若再羁押七载,恐怕这只姬老虎就彻底变成病猫了。"

纣王摇摇头,又点点头,一时不知如何是好。

费仲借机献言道:"王上英明。况今朝歌内外太平无事,但东南二路逆贼反叛,尚未降服。假若此时放纵姬昌回归西岐,岂不是又添一忧患乎?"

纣王沉思不语,似乎陷入两难之中。

费仲见状又言道:"微臣谏言,当为殷商万年大计而乞之,望王上慎之又慎。"

纣王想想,曰道:"两位爱卿,忠言是也。"此事便搁置不提。

朝歌城内,依然是日日欢宴,夜夜歌舞,一派繁华。返回到崇侯国的崇侯虎,亦从最初的兴奋中逐渐地醒悟过来,方才发现自己力主扳倒西伯侯姬昌之后,继而辛辛苦苦栽培的果树上面虽然硕果累累,摘果子的却是袖手旁观的费仲。物是人非,事事休矣,自己原来是替他人做了嫁衣。费仲不劳而获,从中谏大夫升任为上大夫,继而操持朝歌之政务。崇侯虎竹篮打水一场空,这口气怎么也咽不下去,他暗地里私通恶来,企图联手扳倒费仲。恶来与费仲一样,都是献谀之臣,声名狼藉。但费仲得势以后，便趾高气扬，对恶来不屑一顾。此次崇侯虎邀其共谋天下，二人臭气相投，遂结为死党矣。

此时此刻，远在周原的西岐城里，姬发和群臣们也在为此事而大伤脑筋。商议的结论则是，如果一味地等待下去，被动应对，天长日久，可能只会错过此次救援之良机。

散宜生道："诸位一定还记得上次为此事的分歧。以我看来，主公七年之殃即将灾满，荣归指日可待。然，今纣王宠信费仲、尤浑二奸贼，倘若不打通此关节，任其翻手为云覆手为雨，此事恐怕多舛矣。"

姬发微微点头，示意他继续说下去。

散宜生曰道："为今上策，可先指派得力官吏，带上金银古玩，重贿费、尤，设法封堵二人之口，以免节外生枝。与此同时，臣修书于丞相，恳言切语，苦苦相求。据臣多年观察，费仲、尤浑二贼贪得无厌，受贿后必然会在纣王面前见机行事，这样内外接应，方能万无一失。老大王归国，悠然如鱼得水，飞龙在天，义旗一举，天下诸侯风起云涌，共伐无道昏君，正义之师，定当所向披靡也。"

姬发感慨万千，曰道："先生一席话，姬发茅塞顿开，真乃金玉之言也。此事还望先生从细斟酌，派遣之官员，望认真挑选，所需礼物，一一列出，呈送便是。"

散宜生称诺归去，精心选择黄金、白银、明珠、白璧、玉带和绸缎六样礼品，选派闳夭等人扮作商贾模样，夜以继日，潜进朝歌，住宿在费仲、尤浑府邸不远处客栈，细细观察七日，遂用贝币买通家丁，顺利地将厚礼送至费、尤两贼手上，然后返回客栈等候佳音。费仲和尤浑，翌日相约于酒楼密室，推心置腹地商议许久，权衡利弊，不妨做个顺水人情。

朝歌的夜晚灯火辉煌，一城星斗，灿烂无数。太颠趁着夜色，怀揣着散宜生修书，悄然来到丞相府拜访，相互问候，他遂将修书递上，比干阅览完毕，轻叹口气曰道："此事说来惭愧不已，皆因本相所为也，原想邀请西伯扭转乾坤，解民倒悬。谁料天不遂人愿，枉费一番心思。天子偏听偏信，致使忠良遭遇囹圄之苦，比干无能，愧对西岐也。"

太颠接言道："丞相为国为民，一片忠心，日月可鉴。然今日朝歌奸佞当道，小人上蹿下跳，为非作歹。若不是丞相屡次上疏，竭力相救，后果难料矣。"

比干哀叹道："几年以来，本相曾多次上疏豁免姬昌，均石沉大海，看来西伯凶多吉少也。"

太颠本想将暗地里贿赂费仲、尤浑之事和盘托出，但见比干身心憔悴，话到嘴边又强咽回去。他只好苦口婆心地力劝比干，近日寻机再上疏纣王，亦是尽力而为也。比干低头想了想，勉强答应。太颠趁热打铁，提出想去羑里拜见姬昌，一则是久未见主公,二则送一些日常生活用品。比干这回没有推辞,他立马痛快地答应,并派遣丞相府总管商申陪同太颠,前往羑里探视西伯侯姬昌。

翌日清晨,太颠与商申策马扬鞭,午时即到羑里古城之内姬昌住处,二人寒暄之时,身旁有官吏监视,片刻不离左右,话别时姬昌掏出一个小包,当着官吏及卫士们面前打开,却是一只木雕的小狗。太颠自然明白此中奥秘,一把接过木狗,喜不自禁地曰道:"这个好玩。我把它带回去,给我儿子当玩耍物。"姬昌呵呵大笑,毕,与太颠交换一下眼神,然后,右眼似乎在不经意间眨巴一下,左手拍一下肚腹,两脚轮流跺着,嘴里掩饰道:"噫嘻,今早晌吃肉夹蒸馍,咋咥多了。"这一双簧,似乎就在卫士们眼皮之下演绎完毕,太颠心中早已知晓主公示意:姬昌眨巴右目者,言纣王好色;拊抨其腹者,言欲得其宝也;蹀躞其足者,使之迅疾也。

太颠回朝歌以后,立马将姬昌暗示及木狗交于闳夭,曰道,看来此前还是对此境况估计不足,险些误了大事。多亏主公明察秋毫,见机行事,指点迷津也。我且在朝歌观测动向,你速回西岐呈报太子,另作打算,方能拯救主公于水火之中。

闳夭连夜晚离开朝歌,一路马不停蹄地返回周原。

几日后清晨,费仲与尤浑两人各怀鬼胎,一路走,一路想,今日还要见风使舵,免得妲己从中搅和,说话间便来到摘星楼,见纣王正与妲己在院中散步,费仲叩拜曰道:"今日云高气爽,正是品茗弈棋好时节。不知王上可有此兴趣乎?"妲己在一旁撇撇嘴,揶揄道:"王上白天除了弈棋,就是想念你们。"费仲连忙解释道:"微臣真是罪该万死,打扰娘娘兴致矣。"纣王用手指在妲己鼻子上刮一下,哄道:"美人,弈棋虽是智力游戏,可与治国安邦有异曲同工之妙也。棋盘上斗智斗勇,一着不慎,则全盘皆输也。"妲己撅着嘴,撒娇道:"好,好。你们三个大男人一起玩耍,我找其他姊妹说闲话去了。"

费仲给尤浑眨巴一下眼睛,两人喜不自禁,遂陪纣王上台弈棋。期间,费仲连输两盘,尤浑接着弈棋,又是连输两盘,纣王乐不自禁,兴致勃勃。三人开始品茗论茶,费仲乘势提起豁免姬昌一事,其言甚为恳切。纣王昨日接到比干上疏,未及多想,今日又遇到此事,甚觉蹊跷。他略微一愣怔,警惕地问道:"上次本王欲豁免姬昌,你二人齐力反对,今日怎的,太阳从西边出来了?"尤浑接言道:"微臣近日在坊间听到许多传言,言及王上羁押姬昌,已达七年之久,长此以往,是何道理?"费仲曰道:"西伯久拘羑里,大臣们亦是议论纷纷,长此以往,恐怕于王上不利也。所以,我们这才献此下策,请王上予以明断。"纣王舒一口气,曰道:"既然如此,待本王上朝后再议放人。"费仲又言道:"西伯一案,皆因崇侯虎谗言所致。为显示王上仁慈德性,可在朝歌为姬昌夸官三日,以抚慰人心。"纣王笑道:"人无完人,且不以一眚掩大德。等朝廷议定后,此事由二位贤臣全力操办。"

费仲、尤浑借机回府,遂唤太颠前来,虚张声势地演绎一番,言及二人如何如何劝说纣王,真乃是唾沫飞溅,极力讨好云云,不提。

然时过旬月,并未见纣王上朝议政,太颠在朝歌度日如年,熬煎得面若土色,却只能苦苦等待。忽一日夜晚,费仲派心腹前来告诉太颠,近日内纣王要临朝议政,进贡需等待其时节,万万不可错过此次良机也。

太颠宛如热锅上蚂蚁,心急如焚,焦虑万分。他万万没想到子夜时分,西岐车马风尘仆仆赶到府邸,方才长出一口气。

翌日早朝,议政过半,忽报西岐有官员进贡,替西伯赎罪。

纣王宣旨进殿,太颠跪奏道:"微臣太颠启禀王上:敝主西伯姬昌触犯天颜,罪该万死。蒙王上洪恩,令其反省闭门思过,赦免死罪。西岐百姓皆念大王仁慈,无不感激涕零。今太颠奉幼主姬发之命,略备珍玩异宝若干,以表寸心。"毕,呈上礼单送纣王过目阅览。

纣王看毕礼单,龙颜大喜。

太颠命随从将抬的什络一一揭开,一箱玉器,珠光宝气;四匹纹马,红鬃金眼,颈脖鸡尾,斑斓多姿,美其名曰"鸡斯之乘";一对金丝幼猴,唧唧嘶叫,小巧玲珑,煞是可爱;一顶花轿抬上,有侍女掀开轿帘,搀扶出一绝色女子,身材高挑,乌发披肩,如瀑布一般。她回眸一笑,面似桃花带雨,海棠流光,莲花出水。好一副美人坯子,杨柳细腰,恍如嫦娥上飞月。婀娜多姿,宛如天仙下凡来。

纣王看得眉开眼笑。太颠何尝不知,此前为觅得有莘氏之女玉凤,可没少费工夫,花费巨资暂且不论,不知磨破多少鞋底才挑选到她的。他兀自窃喜不已,正在兴处,忽听纣王朗声笑道:"有此女,足以释放西伯,何况还有这么多好东西!"随即宣旨,赦免姬昌无罪,即令明日入京城听候封赏。太颠伏地叩首谢恩退下。

纣王搀扶着美女玉凤,径直朝摘星楼去了。

一夜欢愉,畅美不可言也。

第二十二章

西伯弃官逃离朝歌　西岐城外画地为牢

　　太颠乐滋滋回到府邸，与闳夭喜极而泣，夜不能寐。次日申时，西伯侯已在使臣陪同下来到朝歌，比干、微子、箕子及百官在午门外等候迎接，场面极其热烈，姬昌下马之后，一一行礼拜谢，彼此相见甚欢，相互簇拥着缓慢前行。忽有使臣传旨，天子正在九间殿内等候朝见，比干与微子、箕子会心一笑，已知晓纣王欲赦西伯，无不欢欣鼓舞。

　　姬昌华发长髯，缟素上殿，碎步小跑，俯伏奏曰："犯臣姬昌，罪不胜诛。今蒙圣恩特赦，此生之余年岁，皆为王上所赐焉。即使肝脑涂地，粉身碎骨，亦难报圣恩之万一也。臣祝愿王上龙体安康，万岁！万岁！万万岁！"三叩首谢恩毕，仰起头来，顿时泪流满面。他略显肥胖的身子侧身欲立，颤颤巍巍地摇晃好几次勉强站住，方才直起腰来。

　　比干及百官目睹此状，念及姬昌毕竟年事已高，又深受七年牢狱折磨，无不伤感也。

　　这一切都被纣王真真切切地看在眼里，不由得心里微微一颤，他宽慰道："爱卿在羑里羁囚七载，却无一怨言，反而祈本王国泰民安，四夷拱服，乞四海升平，黎民安居乐业，可见卿之忠诚，日月可鉴，此乃本王之所过也。"说到此，纣王低下头去，沉思片刻，又接言道，"今本王特诏，赦卿无罪，七载无辜，加封为贤良忠孝百公之长，并赐白旄、黄钺，坐镇西岐，得专征伐。另每月加禄米一千石。隆德殿赐宴且游街三日，百官作陪。此后，再派文、武官员各两名，送卿荣归西岐。"

　　姬昌俯伏谢恩。毕，他换服赴宴，前往隆德殿，一路愉悦。酒宴豪华无比，百官鱼贯而入宴席，众皆推杯换盏，开怀畅饮，相互交头接耳，共叙友情，酒话绵绵，乐不可支。

　　比干、微子与箕子陪伴姬昌，久别重逢，围坐一桌，其乐融融。酒过三巡，比干敬酒道："西伯大难不死，必有后福也。今日获释，天子亦多自责，且加封贤侯官爵，坐镇西岐，统率西北诸方国，此乃因祸得福也。然，君臣之大义，不可不顾。祈望西伯不忘先帝之仁德，尽释前嫌，以社稷江山为重，以黎民百姓安乐为重，永保我大商千秋万代。倘若如此，比干幸甚，万民幸甚。"

微子、箕子频频点头，连声附和。姬昌自然晓得丞相话中有话，随即起身端起酒樽，作揖曰道："丞相一言九鼎，姬昌铭记在心。予父子两代久沐国恩，焉能不识大体？此次虽久囚羑里，常闭门思过，检讨己责，况且天子已赦免死罪，西伯余生乃王上所赐，不报恩尚不为人也。纵然老骥伏枥，苟延残喘，尚不忘圣恩浩荡，尽心竭力。列位在上，倘若姬昌有忤逆之举，必将如此樽一般。"毕，他将手中酒樽猛力摔在地上，破碎成几块残片。

比干见姬昌脸色通红，气喘吁吁，他连忙起身扶西伯坐下来，继而微笑道："西伯乃仁义之人，有此忠心，大商幸甚，我等幸甚也。"

"来来来。"微子忙唤人递上酒樽，斟满恭恭敬敬地双手递给姬昌，接着言道，"酒逢知己，千杯不醉，忠心为国，天地可鉴。"

箕子亦插言道："常言道，人心齐，泰山移。只要我等与西伯齐心协力，大商延续先帝之德政，朝歌重现昔日辉煌，便可指日可待也。"

姬昌长吁一口气，心里鄙夷道，帝辛昏庸霸道，人神共愤，可惜枉费了比干、微子和箕子一片忠心矣。他嘴上却曰道："姬昌不日归国，只是再也无法聆听丞相及诸位宏论教诲，甚为遗憾也。"几人酒话绵绵，众皆尽欢而散。

姬昌乘马游街，朝歌城中黎民百姓，扶老携幼，蜂拥而至，人头攒动，争看西伯夸官仪式，煞是热闹。翌日夜晚，姬昌回到府邸，身心疲惫，正欲躺下歇息，太颠和闳夭两人急急走进屋内，插上门闩，太颠悄声曰道："主公，臣有一事禀报。"姬昌连忙起身，登时神色不宁，慌了手脚。太颠道："今有眼线急报，崇侯虎智囊今夜到朝歌之后，即直奔恶来官邸。臣惟恐此二贼联袂出手，不知又会生出些许异端来哉。"姬昌转头询问闳夭："费、尤两奸贼有何动静？"闳夭答道："蛰伏未动，风平浪静。"姬昌方才舒口气，低头沉思一阵，曰道："看来朝歌是非甚多，暗流涌动，此地绝非久留之地耶。"太颠接言道："天子昏庸，纸醉金迷；奸佞当朝，文武自危；黎庶遭殃，国将不国。"闳夭道："主公明日可以家中高堂病重为由，拜别天子，从速回归西岐，以免夜长梦多，节外生枝焉。"

姬昌低首沉思一会，抬起头来曰道："二位贤臣，此言正合我意耶，看来事不宜迟，拖延下去徒生异变，必将后患无穷耳。费仲奏请帝辛赦我无罪，一则是收受贿赂，不得已而为之；二则是以夷制夷，以我来牵制崇侯虎，伺机为之；三是见朝廷与我加官封赏，得专征伐，日久必然心生妒意。既然如此，明日我便向帝辛辞别，正好可

第二十二章　西伯夸官逃离朝歌　西岐城外画地为牢

借机行使金蝉脱壳之计也。"

三人密室策划已毕,天色黝黑,已至子夜时辰。次日游街至午时,姬昌便骑马拐向摘星楼方向而去,行至楼下候旨,纣王正好陪有莘氏散步归来,宣旨进来,姬昌俯伏拜礼毕,天子赐座,他趁机启奏道:"微臣几日来夸官走马观花,但见天子治之朝歌,物产丰盈,欢歌笑语,不绝于耳,真是天下太平,举世无双也。看来老臣久居羑里,不知世外桃源,早已璀璨一片。"

一番恭维话语,说得纣王喜上眉梢,乐不可支,他大声笑道:"如此说来,朝歌繁荣昌盛,百业兴旺,西伯可是心服口服?"

"心悦诚服!"姬昌作揖笑道,"五体投地。"

纣王眨巴一下眼睛,问道:"朝歌和西岐相比,繁华如何?"

姬昌脊背上顿时渗出冷汗来,赶紧曰道:"西岐乃穷乡僻壤,焉能与堂堂天朝比拟哉?王上是飞龙在天,姬昌乃井底之蛙也。"

纣王呵呵大笑,好一阵才停顿下来。姬昌抹了一把额颅上渗出的汗水,立马接言道:"如此太平盛世,姬昌本应效犬马之劳,无奈昨夜家丁飞马来报,微臣的老母突发急病,危在旦夕。老臣启奏王上准臣即日归国,以孝敬慈母于病榻耶。"

"为儿女者,孝顺父母,天经地义。"踌躇满志的纣王正在兴头之上,欣欣然曰道,"既然西伯归心似箭,本王准奏。"

姬昌辞别纣王,出得楼来,众文武相互道别,有几人依依不舍,怆然涕下。他回到府邸,简单收拾一下行囊,留下太颠继续潜伏于朝歌,与闳夭几人匆匆离开朝歌,一路骑马向西南方向奔去。当一行人走到汤阴县境时,姬昌喉咙处奇痒无比,他一低头,嘴里喷涌而出一团血水。闳夭忙勒住马缰,滚马下鞍,搀扶姬昌下马歇息。西伯坐在草丛之上,抹掉嘴边呕吐脏污,忽感头昏眼花,浑身乏力。闳夭细细观察主公呕吐之物,竟然瞬间变成肉块,蠢蠢欲动。他登时有一种不祥之兆,赶紧用手操起细土,把姬昌呕吐的血块掩埋了,然后搀扶起主公,马不停蹄地连夜向西狂奔。却见主公昏昏欲睡,他们只好在新乡境内暂且安顿歇息。

眼见姬昌几日里游街夸官,费仲妒意大发,心里又怅然忿忿不平起来。这天早晨,一只乌鸦在院中树枝上跳跳蹦蹦,不时地哇哇大叫。他走出堂屋,寻思今日天气晴朗,焉何这丧门星添堵?他登时心烦意燥,喝令家丁掷石驱之。谁料这恶物扑棱棱惊慌逃窜,飞一圈又落在原处,依然鼓噪,忘情歌唱,尽管这音质似破锣一般毫无美感。费仲心中暗暗琢磨,莫非有怪事降临哉?正思索之时,忽报尤浑来访,他忙不迭出门迎接至大堂之上。尤浑落座后,急匆匆曰道:"年兄可曾知晓,姬昌已经逃离朝歌了?"费仲大吃一惊:"此事可当真?"尤浑答道:"千真万确。昨日巳时,姬昌已经悄然辞别王上,午时刚过,他便疾速地离开府邸,一行人骑马向西而去矣。"

费仲频频眨巴着眼睛,他似乎还是有点不太相信,一般夸官三日之后,官员之间还要进行礼节性地相互拜访,少则六至八天,即是延续十天半月,甚至一个多月时间,亦是寻常之事。姬昌如此慌慌张张地别离朝歌,究竟是何道理?那么,他的葫芦里卖的究竟是啥药?

尤浑冷笑一声,接言道:"还不是东夷起事,姬昌正好借机遥相呼应,图谋天下。若此隐患不除,你我二人必然寝食难安矣。"

"咦!"费仲登时倒吸一口凉气,"为今之计,将为之奈何?"

尤浑张开右手五指,在空中猛地抓一把,冷笑一声:"年兄尽可放心便是,姬昌老儿插翅难逃,命在旦夕焉。只要派出得力武官两名,统率士兵数人,不出一天工夫,即可将西伯缉拿归案。再以欺君之罪,速斩于朝歌,一石二鸟,借刀杀人,岂不两全其美!"

费仲、尤浑相对一视,随即朗声大笑起来。他们疾步来到摘星楼之下,心急如焚地等纣王宣旨毕,上楼叩拜。费仲曰道:"启禀王上,微臣有万分紧急之政事禀报。"纣王笑道:"何急之有?二位竟然如此慌张?"费仲奏曰:"姬昌忘恩负义,夸官二日,即望风而逃。逆贼若逃遁西岐,必生反意,以启叛乱猖獗之端矣。"

"窥闲伺隙,莫衷一是。"纣王闻听此谗言,心中顿觉不爽,眉头紧蹙,厉声呵斥道,"此前二卿直言姬昌忠义仁德,余音尚且绕梁耳。呵呵!今日又出尔反尔,言及西伯忘恩负义,图谋叛国。如此这般地朝三暮四,危言耸听,焉何服众乎?"

坐在一旁的有莘氏打了一个哈欠,脸颊上写满厌恶与不屑,然后,若无其事地一笑了之。

费仲、尤浑手足无措。尤浑急不可待地献谀道:"常言道,知人知面不知心。姬昌表面谦恭,内心阴险,人头兽鸣,若此逆贼不除,必生大患耳。"

"天地良心何在?"纣王疾言厉色道,"姬昌老母病重,归国心切,为本王许之,他并非遁去,凭甚诬陷其谋反乎?若言问责,追根溯源,恁二人亦脱不了干系!"

费、尤二贼尴尬至极,无言以对,颇为狼狈,竟然一时愣怔。正在此时,有急本呈上,纣王耐着性子打开阅读,刚看一半,倒抽一口凉气。原来是崇侯虎密奏姬昌早有反叛之心,西岐城内磨刀霍霍,一旦放任其回到故土,如虎添翼,必生祸端也。纣王顿时大怒道:"费仲、尤浑二卿听令,本王命恁二人挑选良将精兵一千,即刻围追犯臣姬昌。飞骑传旨于崇国,命崇侯虎带兵堵截于临潼关隘也。"

费仲、尤浑随即起身,急慌慌听命而去。

姬昌等人休息两个多时辰,趱马继续西行,至孟津渡过黄河,歇息在渑池境内。午夜时分,姬昌右眼皮突然跳个不停,蓦然间胸口如针扎一般疼痛不已,他立马眯眼伸手掐算一阵,口中连连喊道:"呔!大事不好也。"闳夭忙问道:"主公,何事不好?

美走归来端句生风唱与同肇文明和吾一助
描到这丞待舜韶奏九成 丙申冬 西岐

第二十二章　西伯夸官逃离朝歌　西岐城外画地为牢

我们已经距离朝歌甚远,明日即到茅津渡,后日便至风陵渡,人不下鞍,马不停蹄,到达周原指日可待矣。"姬昌仰天长叹道:"我刚起一卦,甚为差池,且凶多吉少。商军前堵后追,看来我等若按老路行走临潼关隘,必然会自投罗网矣。"

一席话,遂把闳夭唬得骨软筋酥。他寻思一阵,似乎心里还是不太相信纣王竟然如此反复无常,出尔反尔,但却知晓主公卦象厉害,又不得不服,遂问道:"那我们该如何应对?"姬昌曰道:"天无绝人之路。我等即刻出发,连夜行至陕原,另辟蹊径,在茅津渡北渡黄河,再绕回风陵渡,伺机过境矣。"

闳夭登时心情大爽,兴奋不已地曰道:"出其不意,乘其不备。就凭商军这些彘头狗脑子,既是把颡想炸裂了,恐怕也理不出头绪来的。"

一行人急匆匆朝陕原奔去,行至茅津渡,天色微亮,忙唤醒船老大,北渡黄河而去。姬昌他们刚上岸不久,忽然听见黄河南岸马蹄声碎,尘土遮天蔽日,旌旗招展,锣鼓齐鸣,人声鼎沸,杀声阵阵,不由得惊出一身冷汗。众皆隐藏树木后面,闳夭忙唤过船夫,低声叮咛道:"老伯,你返回南岸,千万不要提及摆渡之事!"老船夫笑而不答,鹤心自闲,随即摇摆着木船,逆流而上,坦然飘去,一会儿便消失在薄雾里,他悠然的歌声却飘荡在黄河上空:

你晓得天下黄河几十几道湾?

几十几道湾上,几十几只船?

几十几只船上,几十几根竿?

几十几个那艄公嗬呦来把船来扳?

我晓得天下黄河九十九道湾,

九十九道湾上,九十九只船,

九十九只船上,九十九根竿,

九十九个那艄公嗬呦来把船来扳!

姬昌被船夫嘹亮的歌声感动得不能自已,嘴里连连称赞道:"天籁之音,人寰绝唱。此曲只配天界才会有,世间焉能闻听几回哉?"

一行人马不停蹄地朝着西北方向疾行,白日歇息,夜晚行走,两日后行至首阳山下,派出一兵士扮作商贾模样,在风陵渡仔细地察看,确无商军把守,他们方才趁着傍晚夜色的掩护,顺利地渡过风陵渡,进入西岐境内,急慌慌行了许多路程,姬昌终于又见故园,百感交集,不由得潸然泪下。趱马行至岐山脚下,钟灵毓秀,风物独绝。北望两峰并立,看不够山中奇景,苍松翠柏,遍植其上,灵芝碧草,覆盖其间,十数鹿鸣。唳鹤坡前,有几只野兔往来如梭也。

姬昌触景生情,不由得跌下马来,倒伏在地,嚎啕一声:"痛煞我也!"他老泪纵横,忽然一阵恶心,低头痛苦不堪,口中吐出一块肉羹。谁料此肉羹于风一吹,随即生出双耳四足,随地一打滚,撒腿望风而逃了。

闳夭在一旁看得真真切切,登时悲伤不已,泪流满面,喃喃道:"吐儿岭、兔儿岭。伯邑考公子,你终于回到老家了。"他强忍着悲痛,悄然擦干眼泪,扶起姬昌上马西行至西岐东门,忽见门外人山人海,走近方才看清,原来是次子姬发率领散宜生等众官吏前来迎接。姬昌与闳夭等人牵马疾行,众皆欢呼不已。姬发跪拜姬昌,父子再见相拥,恍如隔世,两人紧紧拥抱,哭泣不已。

诗曰:

羑里归来瑞自生,凤鸣高冈肇文明。

和声一曲描新画,不待箫韶奏九成。

时至晌午,西岐朝阳门外,人山人海,有一挑夫正担着两捆木柴气喘吁吁地走进门来。蓦地,他被拥挤的人群推搡得趔趔趄趄,无奈之中左躲右闪,不觉塌了挑担。呜呼!盖事出得蹊跷,木柴正好跌落在一俯身弯腰的守城兵士头上,兵士顿时血流如注,瘫软在地,不一会便昏死过去,几人慌里慌张地把受伤兵士抬到医馆,由于其流血过多,不治身亡矣。守城的其他兵士,气愤不已,遂令肇事者待在原地,并在其脚下画一圆圈,谓之为"牢狱",此即"画地为牢"是也。

姬昌闻讯,颇为怜惜。遂命将罪犯押解至周庭问罪,挑夫声泪俱下地喊冤道:"小人武吉,原本山野人家,且与兵士今世无怨,上辈无仇,焉能有意伤害兵士者也?我只是被簇拥的人群推搡,脚步趔趄,身不由己,方才致人于死地矣。"姬昌心里一沉,莫非此事与自己尚有关联?但误伤他人,亦是有罪在身,不得不追究其罪责也。

"西伯在上。"武吉忍不住哭泣道,"小人尚有八十老母,且已瘫痪卧炕多年,全凭我一人照顾。倘若官家治罪惩处武吉,那风烛残年的老母,必然要忍饥挨饿矣。呜呼!老母无依无靠,终久必成沟壑之鬼也。"

姬昌哀叹一声,此罪犯乃十亩地里一棵树——独苗。若是依律收监,必然会伤及无辜,其老母定当呜呼哀哉。他想到此,决定派人押解武吉前往他家察看实情,果如罪犯所言,则可网开一面,等到其老母归西,再予以追究不迟。

兵士回禀,正如武吉所言,老母卧炕多年,且已风烛残年。姬昌遂令暂缓追究刑责,以观后效。此举传播开来,周人皆夸誉西伯侯明鉴事理,慈悲为怀,当为西岐明君者也。

然,过了半年多时间,有村民报告说犯人武吉贪夜逃遁而去,不知去向。姬昌伸出右手来回演算一番,叹息道:"此人真是愚蠢透顶,不可救药。我何尝不知他是误伤人命,若要惩罚,也只能以过失罪从轻发落。糊涂,无知!他焉能如此轻视生命,畏罪自杀!唉唉!真的是不可理喻。"

第二十三章

姬昌访贤渭河之滨　姜尚蛰伏伐鱼河边

  姬昌歇息一天,次日清晨卯时刚过,东方晨曦微露,天色渐明。他便忍不住走出凤雏宫,在西岐城中溜达一圈,大街之上,空空荡荡,偶尔有人急匆匆走过,大多数店铺依然关张。西岐城内整洁静穆,秩序井然,百姓安居乐业,其乐融融。他不由得感慨万千,看来我儿姬发几年来治理有方,国泰民富,颇为欣慰。姬昌边走边想,心里顿生许多豪情,图谋天下,正当其时也。他正思索着,猛地抬头看见自己已经回转到凤雏宫门前,转身走进门内,家人已将早餐准备好,他急匆匆擦把脸,有滋有味地吃了个肚子圆,临了,掰开一块蒸馍,将碗中沾的糊汤擦拭得一干二净,扔进嘴里,哑巴哑巴嘴,余味未尽的样子。

  这一幕正好被夫人太姒看着眼里,她忍不住打趣道:"娘娘,你看么。老汉盖把碗擦得亮的照影影子哩。"

  "夫人此言差矣。"姬昌沉下脸来,正色曰道,"一米一粥,当思来之不易。五谷丰登,更是农人血汗之所得。今后凡是官朝乡野,吾民众均不得肆意糟蹋五谷粮食,违者严惩不贷。"

  太姒收拾好碗筷,背过身去,偷偷吐一下舌头,疾步悄然离去。

  姬昌刚缓口气,散宜生遂前来问安,二人边走边聊,径直来到凤雏宫大殿坐下叙旧,谈话便直入主题。散宜生曰道:"主公归来,如猛虎复入深山,蛰伏待动;若苍龙飞跃九天,独往独来。今天下者,貌似纣王之天下。然其昏庸无道,沉湎酒色,听任宠妃肆意妄为,包容奸佞祸害忠良,朝令夕改,杀人如麻,废先王之盛典,弃仁德之纲常,如此倒行逆施,人神共愤,殷商早已名存实亡矣。"

  "得人心者得天下。"姬昌接言道,"若是依我们目前的势力,尚不足与朝歌分庭抗礼。惟有宁息兵戈,民丰物阜,万民乐业,勤于农事,等待时机,再图谋天下不迟。"

  一番话说得散宜生心悦诚服,点头称是。

大周原

十日后,太颠派人送来密信,言及此次姬昌虎口脱险之后,纣王气急败坏,大发雷霆,私下里将费仲、尤浑之流骂了个狗头喷血。崇侯虎重兵围追堵截,却寂然空手而归,更是气得差点吐血。一切恩恩怨怨,一切是是非非,伴随着姬昌回归西岐而尘埃落定。

这一晚,正值月亮初上之时,姬昌徒步走出凤雏宫,独自在西岐城内漫步散心。他抬头眼观天象,忽然看见西南方向有一星时而灰暗,时而闪烁,心中隐隐觉得今夜天象颇为异常。他边走边想,不由自主地走出西城门很远,这时可见那颗星辰熠熠闪烁,亮亮的挂在天际。姬昌停住脚步,不眨眼地盯着它,暗自思索许久,莫非上天在昭示着将有一个旷世奇才苍临周原,前来辅佐自己安邦治国?这,已经是困扰他许久一个命题。蓦地,一股热流奔涌于五脏六腑之内,他竟然有点晕晕乎乎,好一阵子方才站稳脚步。

于是,姬昌疾步返回凤雏宫内,依然有点魂不守舍。接着,他便在先人案前焚香叩首,祈祷先祖在天之灵保佑姬族兴旺发达。

姬昌躺在炕上,仿佛烙锅盔一般,辗转反侧,久久难以入眠。

黉夜时分,窗外明月高悬,素蛛儿鸣叫声嘟儿嘟儿,此起彼伏。他浮想联翩,继而哀叹不已:英雄,英雄,你究竟隐藏在何方也?如此这般地在炕头上折腾了半夜,时值四更天,方才迷迷瞪瞪地睡了过去。恍恍惚惚之间,一只斑斓猛虎从窗棂中突然飞进来,在其炕前低鸣几声,呜呜呀呀,兽语人声,仿佛念叨着甚么。姬昌吓得浑身颤抖,不敢吱声,任凭老虎在屋内自由自在地走动,走着,走着,猛虎胁生双翼,又从窗棂霍然穿越而去。他想呼喊,却一点也发不出声来,只能眼巴巴地任其飘飞而去,了无踪迹。早晨醒来,他方知才是一场梦,但是梦中情景却依然历历在目。姬昌连忙下得炕来,洗漱已毕,便入密室占卜,待火烫龟甲,细观裂纹,密密麻麻之处尽显多道吉利纹饰。他喜不自禁地回到先人案前,连连叩首谢恩。

次日,刚过卯时,姬昌与散宜生带领三名卫士,出了城西门,一路骑马朝西南方向,行走两个多时辰,翻越了几处沟壑,走到了碛雍南原边,驻足远眺,只见周南山崔巍碧绿,一条渭河自西向东蜿蜒流去,足下原坡土路陡峭,只得牵马步行至原下,又骑马南行不多时辰,方才来到渭河北岸,稍作停顿,唤过船家,人马乘船南渡。姬昌站在南岸,脑子里仔细回忆梦中之情景,似乎还要西行数里。于是,继续西行一个多时辰,朝南山一块簸箕状山洼处走去,遇一村,询问村口老丈,告之此乃伐鱼村也。

一行人困马乏,找到一户人家暂且歇息,散宜生正在和老妪说话之时,刚才在村口碰见的老丈,拄着拐棍转回到家来,姬昌忙上前问安,仿佛久未走动的亲戚见面,其乐融融。转眼天色灰暗,小村炊烟渺渺,偶尔有几声犬吠声传来,期间又夹杂着妇人喊叫孩子回家的声音。伐鱼村中,不时地有风箱吧嗒吧嗒地响着,看来人们都到

第二十三章　姬昌访贤渭河之滨　姜尚蛰伏伐鱼河边

了做晚饭时节。家里来了客人,老丈自然高兴得不得了,老妪几乎把家里的好东西全部搜刮出来,但是晚饭还是有点寒酸,一大盘凉拌的野菜,一大笼屉热蒸馍滚瓜溜圆,喝的是拌汤疙瘩,虽然是农家饭食,却把姬昌他们吃得肚腹滚圆,直呼痛快。

一盏油灯下,姬昌盘腿坐在炕头之上,与老丈拉起家常。老丈说他世世代代在此讨生活,农忙时种地务庄稼,自耕自足。农闲时上山砍柴火,挑到街市上换个零花钱贴补家用,儿子长年在豳地做生意,只留下他们老两口留守家园,日子过得平淡且快活。姬昌说他们此次来的目的,为的是寻访一位隐士高人。老丈眨巴着眼睛笑道,山野人家散布,寻常百姓杂居,此地焉有甚么高人乎?姬昌便把自己如何夜梦飞熊之兆,从头到尾细说一遍。老丈偏着头想了一会儿,若有所思地曰道,你说的这人,莫非就是那个在离水面三尺用直钩垂钓的老家伙?嗨,他耍宝耍得邪乎得很,周围村庄人都说他就是个四六不靠的瓜娃么。说起来,他来此地已经三年有余,本地人看他行事诡异,做事四六不靠,不按套路,久而久之,都把他当笑话看了。我倒是与老家伙相互之间走动很多,时间久矣,方才晓得他来头不小,还真是个人物。但是,他就这样长年累月地甚事也不弄,坐在石头上甩鱼竿,我咋也弄球不明白。

"老丈。"姬昌欣然问道,"你所说此人尊姓大名?"

"这人么。"老丈稍一愣怔,曰道,"好像是姓姜名尚,字子牙,号飞熊。"顿顿,又补充一句:"对,我平时就叫他姜子牙的。"

姬昌眼前蓦然一亮,遂和散宜生交换一下眼神,两人兴趣盎然,悉心听着老丈把姜尚的来历一一和盘托出。

姜尚先祖曾为此地姜水河畔之古老姜戎部落,其生于营丘(即今山东淄博东),及长,遂在东夷一个部落担任首领。其先祖在帝舜时曾担任过"四岳"之类的官职,因佐大禹治水有功,在虞夏时别姓姜氏,受封于吕,亦称吕尚。姜尚降生之时,家道旁落,且已沦为庶民。俗话说,瘦死的骆驼比马大。因其家庭藏有大量典籍,其父亲乃饱学之士,经常给他讲述前代王朝兴衰更替之历史变迁,希望他像先辈一样建功立业,出人头地。姜尚聪明好学,智商过人,他常常废寝忘食地阅读典籍,其中揭示的军事思想与战略战术令其眼界大开,兵法谋略,治国方针,烂熟于心,均能举一反三,言简意赅,深入浅出,讲得头头是道,使得周围的小伙伴都惊呆了。

正是一次次地长途跋涉和野外考察,使得他在理论与实践的结合上有了切身感受,对殷商社会制度、民情习俗及经济状况的调查了解,又成为日后辅佐西伯侯,制定西周开国方略的首要依据。当然,这是后话。

姜尚在无奈之中与一位家境贫寒的姑娘结为夫妻,次年便生下一个儿子。他身强力壮,才华横溢,志向远大,颇有领袖气质,以其为首的吕氏部族同鱼氏、桑氏、林氏、郎氏、田氏、栾氏、杞梁氏、薄姑氏等东夷部落结成联盟,对倒行逆施的商王的讨

· 149 ·

大周原

伐进行了多次顽强地抵抗。尽管姜尚领率下的东夷联盟英勇善战，屡败屡战，但终因寡不敌众，四下里落荒而逃矣。姜尚凭着武艺高强，在千军万马之中杀出一条血路，方才逃出重重包围圈，辗转五年有余，最后流落在朝歌，以给他人屠牛为生计，苦度时日。一日，姜尚在屠宰场巧遇前来卖牛肉的当年九姓联盟之一的林氏族长林虎，两人喜不自禁地拥抱在一起。

原来，林虎那一年在与商军作战中被俘，半路乘机逃脱来到朝歌，隐姓埋名，栖身在一位在朝廷做官的亲戚家里。坐吃山空，无所事事，毕竟不是久长之计，时隔月余，亲戚便替林虎张罗在偏街开了一家旅店，接待南来北往之商贾，生意倒也做得红红火火，过了一段时间，方才站稳了脚步。林虎眼见得姜尚这些年来依然流离失所，心痛不已，想当年，堂堂一个九姓联盟盟主，叱咤风云，何等威风？如今却混得鸡零狗碎，真是惨不忍睹，恍如隔世矣。好日子是日子，苦日子也是日子，还得接着往下过。林虎先是资助姜尚，从邻居磨坊里批发几袋面粉，再挑着担子走街串巷叫卖，其盈余利润倒也落得衣食无忧，得过且过。

商人趋于利。而追求利润的最大化，当是古今商道之通病也。在商言商，姜尚亦不例外。时至中秋，朝歌东市彘肉看涨，西市羊价大跌。彘贩子乐得合不上嘴，羊贩子愁得睡不着觉。姜尚看得心动不已，仔细观察许久，又向林虎借了一笔钱，去东夷挑挑拣拣买回二十头滚瓜溜圆的肥彘，昼夜不停地赶回来，却见东市冷冷清清，门可罗雀。他一打问，才知晓这几日突然彘瘟爆发，人人谈瘟色变，彘市行情一落千丈，早就无人问津了。更为悲惨的是，辛苦挑选买回的二十头肥彘，无一幸免，全部染上瘟病，只得挖坑埋掉了事。姜尚遭受此打击，竟然一蹶不振，在炕上躺了半个多月，方才恢复些许精神。秋草肥，牛羊壮。幽地所产的肥羊被商人一批又一批地赶到朝歌，价钱扶摇直上。姜尚依然不甘心就此认怂罢休，硬着头皮又向林虎借一笔巨款。林虎没有推辞，只是提醒他做生意要看准时机，循序渐进，不可一口吃个胖子。姜尚表面点头，内心却依然不太服气，我行我素。他深入到燕地，精心挑选三十只上等肥羊，边走边放牧，一路游游荡荡，至朝歌西市，第一天就卖出十多只肥羊，本钱赚回来大半。谁料翌日，市场饱和，羊价大跌过半，一只羊也未卖出。他百思不得其解，一打问，原来有多个羊贩子从幽地贩回三百余只肥羊，偌大个西市，顿时羊群咩咩，煞是热闹。物以稀为贵。羊价大跌，自然亦在情理之中矣。姜尚有点叫天天不应，叫地地不灵，只得灰头土脸地降价卖掉剩余肥羊，盘点盈亏，又是赔本赚了一回吆喝。

姜尚万念俱灰，故态复萌，差一点崩溃了。他躺在炕上，翻来覆去的寻思，老天爷怎的这么不开眼，眼睁睁看着他一次又一次地倒霉透顶，亦不拉一把！贩彘彘死，贩羊羊贱，难道朝歌真是自己一方的伤心地界，火坑跳了一次又一次？然而，借钱还

第二十三章　姬昌访贤渭河之滨　姜尚蛰伏伐鱼河边

钱，欠情补情，天经地义。我姜尚亦是堂堂一汉子，总不能欠下好友一屁股债，就此隐身逃遁了。东方不亮西方亮。看来做生意这条道真的是走不通，那就认命，老老实实靠用手艺来赚钱。他一夜未眠，清早在朝歌东市转悠，正好看见宰牛场招聘屠夫，他跟随十多个应聘者一起来到屠宰场，二话不说，挽起袖子帮着场主宰杀一头牛，眼疾手快，杀牛动作麻利得很，赢得围观的人群击掌叫好。从此，姜尚一干就是七年，不但还清了林虎全部借款，还在给建造鹿台工匠们杀牛宰羊过程之中，深得崇侯虎信任，向纣王推荐，提拔姜尚为朝歌专管宰牛杀彘的小官吏。

　　姜尚此时已年过半百，一人吃饱，全家不饿，半生漂泊，百亩地里独苗——光棍一个。原来的妻子和儿子，且已失散多年，了无踪影。林虎看着心里十分着急，好不容易托人保媒拉纤，这才说成功一门亲事，娶了一个年过三十的老姑娘马珠。这马珠人长得倒也说得过去，年轻时亦是苗条婀娜，一表人才，只是左挑右拣，荒芜了终身大事，眼看着人老珠黄花落去，只得屈嫁给一个老屠夫，心里总是觉得凤凰褪毛不如鸡，一支鲜花插在牛粪上了。老美人虽然人老珠黄，心思做派却依然停留在花季之岁，一年后开怀生了一个丫头，取名邑姜。我们此地人常说，买个彘娃子还要看条条子光堂哩。马珠生的这个丫头，聪明伶俐，貌若天仙，惹人喜爱。姜尚更是视为掌上明珠，教习诗文，演练剑戟，邑姜天资聪慧，一学就会，长到七岁时已经显示出过人天赋。马珠虽为人妻女母，却以此为荣耀，愈发好吃懒做，前家串门，后院扯闲，东头吹胀，西头捏塌，惹得左邻右舍八家浆水渥不酸，街坊里彘嫌狗不爱的。姜尚虽然多次劝诫做人要厚道，行事需勤勉，方才不失女道人。谁料她蛮横无理，根本不听劝诫，依然我行我素。姜尚万般无奈之际，只好一绢休书，将其打发回了娘家。他念及马珠与其夫妻一场，将所有积蓄全部赠与马珠。又过了五六年，邑姜出落得如花似玉，且能文能武。姜尚眼见得朝歌日益腐败，万念俱灰，下定决心投奔西岐，再图一番事业。他含泪告别林虎，带着邑姜一路西行千里，来到渭水之滨，安家在伐鱼村旁。最初一段时间，他频繁外出考察当地民风民情，从而对周原及周边广大地区人口分布、经济发展和军事现状，如数家珍。

　　老骥伏枥志在千里的姜尚跃跃欲试，一个缜密详尽的灭商兴周之战略方针，成熟于心；一幅波澜壮阔的创业开国之宏伟蓝图，前程似锦；一台精彩纷呈的置换江山之舞台大戏，锣鼓齐鸣。

　　蛰伏在伐鱼河边的姜尚，每日里都在为他思索多年的兵书做最后的润色与完善，旭日夕阳里的云开云散，变换成孤灯下的刻刀竹片；清幽寂静的地理环境，获得了思想上的天马行空；心静似水的缜密思考，必将开出绚丽的哲理花朵。

　　自小聪慧过人又十分懂事的女儿邑姜，只得比往常更加勤勉辛苦，她每日里要去山外村子里帮助富裕人家洗衣干活，用自己的辛勤劳动所得换些米面，方能勉强

大周原

维持父女两人的最低基本生活之所需。

老丈兴致勃勃地夸誉姜尚能掐会算,真乃神人焉。一天,他正在伐鱼河上垂钓,忽然听见有人唱着山歌从山里走下来,扭头一看,是一个30多岁的樵夫,人长得高大英武。他只瞅一眼便知此人必将有难在身,随口说道:"左眼青,右眼红,进城必然打死人。"樵夫名唤武吉,是此地人氏。平日里为人和善,家中只有一个八旬老母,长年卧病在炕,母子俩相依为命。他闻此言后先是嗤之以鼻,继而慌不择路,挑着两捆木柴,一路小心翼翼,见坎躲坎,逢人让人,总算平安地到达西岐城门,谁料正好碰上西伯侯驾马回城,守城士兵慌忙之际,遂将武吉一把推开。武吉步履蹒跚,猝不及防地后退几步,跌倒在地,他肩挑的重担,正好砸在另一士兵面门之上,顿时七窍流血,倒地亡矣。其余兵士一拥而上,将武吉团团围住,然后在地上画一圆圈,命其站立圈内,等候理徽审问。兵士警告武吉道,你不许乱说乱动,我主公会演绎八卦,尔等即使逃到天涯海角,亦难逃一劫矣。

姬昌眨巴着眼睛想一阵,蓦然间回忆起这一段蹊跷往事。

一席话拉呱到这里,老丈笑道:"人道是西伯侯上知天文地理,下知鸡毛蒜皮,演绎八卦,百试不爽。老丈以为,亦是徒有虚名而已。"

"此话当真?"姬昌微微一笑,追问道,"我倒是想洗耳恭听,愿闻其详。"

散宜生吃惊地睁大眼睛,他盯着老丈,且听如何分解。姬发依然沉思不语,姬旦却兴趣盎然。闳夭暗里攥紧拳头,气鼓鼓地哼了一声。

"此事说来话长。"老丈抹一把胡髭,接着娓娓道来,"这武吉小儿,也是命不该绝。他自知杀人要偿命,而自己耄耋老母,谁来养老送终?无奈之下,只得连夜逃遁出了西岐城,回到家中后,母子俩抱头痛哭了小半宿。天亮之后,武吉只好乞求姜尚救命。姜尚说,我授你一法,你回去要在你家后院挖一土坑,再扎个草人放入坑内埋严实,即可保你安然无事。"

姬昌闻听老丈一番话之后,悄然微笑不语,遂想到,武吉明明是自己放其回家,何来逃跑一说?所谓口口相传,必然演绎变味也。道听途说,俨然乌焉成马矣。继而闻听姜尚以草人掩盖武吉死讯,顿时惊愕不已。看来天下之大,无奇不有;天外有天,人上有人焉。这个姜尚,竟然能破解我之八卦,堪称人间奇才也。

眼见得天色已晚,姬昌只得与老丈话别,歇息不提。

兵家鼻祖

第二十四章

求才若渴姬昌三请　蟠溪侧畔姜尚出山

翌日清晨，姬昌在老丈家吃过早饭，一行人便来到伐鱼河边。抬头可见南山峻岭雄峙，两峰之间，白云缭绕，翠柏森森，花草荟萃，一条伐鱼河水，从两山之间蜿蜒奔涌而出焉，宛若猛兽咆哮于山涧，继而淙淙流下，东拐向一平坦处，汇成清雅之滋泉，其水清冷凛冽，北流十二里注于渭河，滋泉之泉水潭积，自成渊渚，碧波荡漾，幽静依然。滋泉东南端谓之凡谷，石壁深高，幽篁邃密，林泽秀阻，人迹罕至焉。

姬昌信步来到草庐之旁，只有一个童子守候在那里。一打问，方知姜尚只身去伐鱼河上游转去了。姬昌只好顺着伐鱼河朝南走去，一路山道蜿蜒，峰峦叠嶂，遮天蔽日，飞流激荡，柏山作屏，芳草为毯，森林茂密，红叶尽染。一干人再朝上行走，蟠溪峡谷，奇石云集，碧潭相连，小桥径幽，栈道悬空，竹林葱郁，瀑布如练，鸟飞鱼跃，山花烂漫。恍惚间一座山峰，横在远处，形似一尊巨大的英豪雕像，惟妙惟肖，傲然挺立在天地之间，其面北而立，身着衣袍，后背文卷，长须飘飘然垂于胸前，宛如生人，令人叹为观止耶。

姬昌注目仰视许久，心潮澎湃，看来一个文能治国、武能安邦的帅才，远在天边，近在眼前。他在悄然退回的路上，一言未发，心里却将手下良臣战将悉数做了盘点：散宜生善于理财，南宫括智勇多谋，两人极富行政管理才能，惟缺军事纵横之策；太颠能言善辩，机智灵敏，倘有置之死地而后生之策略；辛甲战无不胜，攻无不克，闳夭勇冠三军，屡建奇功，然，二位将军却对政务一窍不通。

随行官吏见主公闷闷不乐，一路无话。姬昌返回西岐城后，因琐事缠身，只得指派次子姬发来请姜尚出山。姬发来到滋溪旁，果然见一老者正在溪旁垂钓，旁若无人一般。他无计可施，只好朝着老者的背身施礼道："请问老丈，是否为姜尚先生？我父西伯侯闻听先生大名久矣，特派小生前来恭请先生出山。"谁料，姜子牙竟然身体纹丝未动，头也不回，依然眼盯在水面，把姬发晾在原地。

大周原

他娘的臭脚哩。随行的辛甲实在是看不下去,心里先窝了一团火,继而愤愤不平地喝道:"嗳!白胡子蔫老汉,你扎的甚势?"

姬发连忙用眼色制止。另一随从亦憋不住话,脱口而出讥讽道:"一介山野村夫,跑到西岐境界装神弄鬼。呵呵,真是可笑至极矣。"

"尔等不得对先生信口雌黄。"姬发厉声斥责道,"若是再有不敬之辞,我将严惩不贷!"

众人见姬发勃然大怒,他们相互扮个鬼脸,吐吐舌头,悄然不语,一时尴尬在那里。

山涧里有飞鸟倏忽飞过,在天空中划了几个大大的弧形,落在一棵树梢上,叽叽喳喳叫着。一泓溪水,碧波荡漾,泛着青光,时光仿佛在寂寞中停滞了……

突然,姜尚自言自语道:"鱼儿跳,鱼儿闹,大的不到小的到。"

姬发闻听此言后,一时愣怔在原地,他低头思索一阵,立马招呼众随从转身悄然离去,一路默默无言,垂头丧气。姬发回到凤雏宫内,才将所见所闻对父亲和盘托出。姬昌闻听此事缘由,顿时后悔不已,看来邀请姜尚出山,此事非同小可。过了一段时光,他备好车马,决定再一次前往渭滨拜访。

姬昌一行人马风尘仆仆地赶到伐鱼村边,天已过午,只见春光明媚,百花盛开,路遇一樵夫挑着一担柴从远处吟歌而来:

　　春水悠悠百草奇,金鱼未遇隐滋溪。

　　世俗不识贤达面,只做泉边老钓矶。

姬昌和散宜生相对一视,会心一笑。一旁的姬旦曰道:"看来姜老先生必是大贤之辈也。"南宫括亦是点头称是,大将军辛甲却不以为然,信口开河地笑道:"嗨!咱们可别碰上一个装腔作势的谝传客。"

姬昌回过头来,恨恨地瞪一眼辛甲,斥责道:"先生乃不赀之器,尔等脚面见识。若再满嘴放炮,我将严惩不贷。"众皆噤声。

姬昌两颊怒色,沉着脸斥道:"尔等在此地等候,我一人去请先生。"

"此举甚为不妥。"辛甲曰道,"主公孤身前往,万一遇见歹人,如何是好?"

"笑话!"姬昌冷笑道,"一方诸侯,假如在自己脚下这块土地之上都缩头缩尾,怯如鼠辈,不敢随便走动,何谈安邦治国乎?"

毕,他转身向山中径直走去。

姬昌走了半个多时辰,山道弯弯处河水奔流,状若虎啸狮吼之态势也。蓦然,瞅见河道中一块元宝状巨石,突兀其中。他不禁感叹万千,此石天外飞来乎?南山峻岭孕育乎?疾步走近石前,更觉奇妙异常也。青山如黛,山花烂漫,真乃是世外桃源,人间仙境。河水绕过巨石,突然拐向东北方向,一路奔淌流而去。姬昌举目远

· 156 ·

第二十四章 求才若渴姬昌三请 蟠溪侧畔姜尚出山

望,几十丈外柳树成行,一个古柳树旁,一位老者端坐于青石之上,执竿垂钓。他想,这一定就是传说中的姜尚无疑了。姬昌沿着北岸羊肠小道,疾步向垂钓老者走去,距离三四丈外,停住脚步,静眼观看,只见他端坐巨石,面朝西南,背身对着伐鱼河吼声如狮之湍急水流,丈余钓竿扛于肩上,直钩,无饵,距离水面三尺。

姬昌放眼望去,此下游不远处,绿潭回旋,鱼嬉水中。

玉树临风,介然不群,虚怀若谷,澄心清神……好一位世外高人也。

姬昌暗忖道,看来姬周百世江山但凭此钓也,一竿谋略岂仅为鱼乎?他默默站立许久,老者却旁若无人,姬昌欲言又止,颇有几分难为情。

老者依然双目微闭,不动声色。时光在寂寞中静静地流失,空气里弥漫着几分无聊的尴尬。姬昌何尝不知,闲聊是个技术活儿,兴之所至,思之所归,兴随意起,思随兴行,交流者彼此平等相待,相互身心放松,纵论人间善恶,评说世态炎凉。剃头匠的挑子一头热,道是有情却无情。此时此刻,他也是豁出去了,最后还是忍不住问道:"子乐渔耶?"

老者眯着的眼睛,微微睁开,咽口唾沫,然后慢条斯理地回答道:"君子乐得其志,小人乐得其事,今吾渔甚有似也,殆非乐之也。"

姬昌闻听此言,一时不知如何是好。又是一阵难熬的寂静。老者慢慢曰道:"宁在直中取,不向曲中求;非为锦鳞设,只钓王与侯。"

"我虽不才,但却诚心诚意是也。"姬昌舒口气,从尴尬中缓过劲来,他躬身行礼道,"不知我能否有资格成为先生垂钓的王侯?"

"咦。"老者慢慢转过头来,眼前倏忽一亮,心里暗忖道,"大鱼来也。"他微微皱着眉头,偏着头将姬昌仔细打量一番,相貌堂堂,气度非凡,非王即侯,果然一表人才。

姬昌忍不住笑道:"看来在先生眼里,我亦不过一条游鱼而已。"

"不。"老者正言道,"在姜尚眼里,世人无非都是鱼托生矣。然,鱼蜕变为人,却失去了在水中的幽闲贞静、迥然独脱、优游自得之自由天性。一切的一切,都变得患得患失了。"

姬昌笑道:"久闻姜先生赫赫大名,今日相会,我真是三生有幸耶。"

姜尚摆摆手,微微一笑:"一个山野村夫,宛若水中四处游荡之鱼,俶尔远逝而已。"

姬昌接言道:"先生大才槃槃,国之栋梁,岂能甘为鱼乎?"

姜尚眉飞色舞地曰道:"小鱼嬉戏溪水,荷叶遮天蔽日,微风涟漪,自由自在,阅其一生,当属观赏之物;中鱼游于河流,水势或平缓,或湍急,它逆水上浮,顺水博浪,活得潇洒,死的快乐;大鱼者,大海大潮中之英雄豪杰者也,博风击浪,不屈不挠,历经千难万险,亦不改变其豪迈志向,统帅下的诸多鱼类,和谐相处,相得益彰。"

"先生一番宏论,使我茅塞顿开。"姬昌曰道,"虽则我不会钓鱼,但却想学习钓人之术,不知有何赐教?"

姜尚笑道:"世间万物,皆同一理。用心钓人,忠诚相待,如同老夫此类钓法,愿者上钩;用高官厚禄钓人,为之利诱,状若用饵料诱惑,逐利者必然上钩;用重金钓人,熙熙攘攘,皆为利来利往,仿佛用香饵吸引,势利之徒必然趋之若鹜。"

"此三种权术,我已经铭记在心。"姬昌曰道,"先生能否进一步阐明事理,予愿闻其详?"

姜尚接言道:"源深则水流不息,水流不息,鱼类水族便可以生存嬉戏耳,此为寻常之理也;根深则枝叶茂盛,枝叶茂盛,硕果累累便是顺理成章之情也;君子心若皓月,则能吸引贤达与之密切合作,继而情投意合地取得事业成功之缘故也;相互提防,语焉不详,心存芥蒂,则是掩饰人之真情矣。而彼此之间心心相印,打开窗子说亮话,方为人世间最好的结局。老夫今日敞开心扉,毫无隐讳,可能会引起你反感,甚至厌恶。不当之处,则请多多原谅。"

姬昌笑道:"有道是,忠言逆耳利于行。放眼天下,只有胸襟宽广之人,方能接受如此真言相告也。先生高瞻远瞩,令我眼界大开,焉能不知好歹,不辨菽麦乎?"

姜尚微微一笑,抬望眼,晴空万里,白云飘飘,碧蓝如洗。

"西伯侯在此闻听先生教诲多时,受益匪浅。"姬昌躬身施礼道,"姬昌愿者上钩。不知姜尚先生愿意受累垂钓乎?"

"折煞老夫也。"姜尚闻听此言,心里乐不可支,看来三年的潜伏终于达到目的,遂起身还礼道,"山野村夫不知西伯侯大驾光临,请勿怪罪。"

姬昌道:"姬昌仰慕先生久矣,今日得以会见,颇有相见恨晚之憾。"

姜尚曰道:"百年修得同船渡。人生在世,一切皆是缘分使然。"

姬昌曰道:"当今天子无道,宠信权奸,远贤拒谏,致使朝纲紊乱,诸侯离心离德,四方兵戈匪患蜂起,八面黎庶生灵涂炭。昌虽不才,德薄恩寡,欲效法尧舜,惩恶扬善,解民于水深火热之中。"

姜尚沉思一会,接言道:"天下非一人之天下,乃天下人之天下也,同天下之利者,则得天下;擅天下之利者则失天下。天有时,地有财,能与人共之者,仁也,仁之所在,天下归之。免人之死,解人之难,救人之患,济人之急者,德也,德之所在,天下归之。与人同忧同乐,同好同恶者,义也,义之所在,天下赴之。凡人恶死而乐生,好德而归利,能生利者,道之所在,天下归之。"

"先生所言极是。"姬昌曰道,"西岐偏隅西北一隅,势力尚不足与朝歌相抵抗,况且缺乏像先生这样傲睨自若、拔新领异、登峰造极之顶梁大柱。万望先生不以西岐之偏僻敝陋,当为万民之福祉,成就百世之伟业。昌从此得奉先生为师,早晚承教,

第二十四章　求才若渴姬昌三请　蟠溪侧畔姜尚出山

不知先生意下如何？"

　　姜尚当即为西伯侯的虔诚之心所感动，继而曰道："尚本无经天纬地、抱玉握珠之大才，今蒙西伯侯盛情相邀，一片忠心，可对玉壶者也。"

　　两人说着话，一起来到姜尚居住的茅草房里，室如悬罄，简陋不堪，却收拾得一尘不染，整洁有序。姬昌叹曰，细微之处可见真情。一个在家庭整洁氛围内成长之人，做事自然会有条不紊；一个在庭院脏乱环境下生活之徒，行事必然不按常理出牌。姬昌盛情邀请姜尚出山，辅佐西岐，共商灭商兴周大业。姜尚不再推辞，痛快答应。二人约好次日动身。姬昌拜别后，一行人再次来到伐鱼村老丈家中歇息。

　　翌日清晨与老丈依依惜别，姬昌和众人一起，将姜尚铺盖及少量家什搬到车上，姜尚望着南山峻岭，拜了三拜。他上车后依依不舍地回头看了看栖身几载的茅屋，随即坦然盘起腿来，两眼目不斜视，正襟危坐在车上。

　　姬发欲扶父亲一同坐车，姬昌摆摆手，曰道："为了表示对姜尚先生尊重，我愿意躬身做一回牛马，亲为先生拉车拽镫。"

　　嘻嘻！姜尚闻听此言，心中微微一颤，他稍一愣怔，随即俯下身来，拱手谢绝，急言道："西伯侯，这可使不得，羞煞老夫了。"

　　"恭请先生，勿再推辞。"姬昌还礼道，"姬昌一意孤行，此举并非标新立异耶。从此姬周重用人才贤臣，当以我此举为榜样耳。"毕，他肩上套着麻绳，一手扶在车辕之上，回头对姜尚笑道："姜先生，请你坐好，姬昌这就拉车走了。"

　　"爹爹。"坐在姜尚身旁的邑姜稚齿媵嫮，左顾右盼，疑惑不解，她凑到父亲耳旁，悄声问道："这，这个周方伯，他还真的要亲自拉车？"

　　姜尚微微一笑，随即低声叮咛道："邑姜，你且数一数能有多少步？"

　　车子在路人诧异的眼神中缓缓前行，走出一段路，姬昌已经汗流满面，姜尚却镇静自若，闭目养神，看来他是很享受此等待遇矣。跟随在车前车后的几人，心里却恨得咬牙切齿。辛甲恶狠狠地想，姜尚匹夫，你等着瞧。早晚有一天，有你老怂喝一壶的时候。一段斜坡，挡住了前行的脚步，姬昌更是气喘吁吁，累得上气不接下气。姬发愈加心疼不已，他从父亲肩上强行卸下套绳，遂将一匹马塞进车辕里。

　　蓦然，坐在车上的邑姜拍手叫起来："娘娘，姬伯伯整整走了八百步耶。"

　　姜尚慢慢睁开眼睛，淡淡地说一句："一行脚步疾，太平八百春。"

　　姜尚下得车来，扶着满头银发的姬昌，万语千言，涌上心头。若观夫当今天下王侯者，骄奢淫逸，目中无人，高高至上，惟我独尊。西伯礼贤下士，有几人能如此谦恭乎！士为知己者死，马为善骑者行。他默默誓言，必将以血肉之躯，回报西伯侯一片深情，且为灭商兴周之宏伟大计殚精竭力，即使粉身碎骨，亦在所不惜也。

　　一轮红日从东方冉冉升起，周原大地沐浴在金色阳光之中，碧空如洗，一条渭河

大 周 原

波光粼粼,鱼儿欢跃,两岸芦苇密集,杂树荟萃,飞鸟鸣啼,马蹄声碎……江山如艳美画卷,宛若天外仙境。姬昌与姜尚并肩而坐,浩浩荡荡一路东行。车行至五丈原下,见路旁有一卖酒麸子的老妇人,姬昌顿觉口渴难耐,遂命停车,邀请姜尚一同品尝。一碗酒麸子下肚,甜丝丝清香无比,美滋滋余味无穷……继而拐向北行,坐木船渡过渭河,又行至磝雍原下,在此稍作歇息,再沿盘山小路蹒跚前行至原上。姜尚远眺南山,青山如黛,浮云环绕,山巅白雪皑皑,煞是惊奇。蓦地,他的眼光盯在五丈原上,此塬背靠南山之天然屏障,北俯渭河自成护卫沟壑,西边深沟险壑,东边石头河水湍急奔涌,势不可挡。倘若占领此地,进可攻,退可守,真乃天造地设兵家之地矣。

马蹄声中,姜尚侃侃而谈。今殷商天下分崩离析,其主要原因有三:一是纣王连年对外用兵讨伐,大规模调兵遣将讨伐诸夷族他邦,致使国库空虚,民不聊生;二是以纣王为代表的贵族土豪生活奢侈糜烂,醉生梦死;三是苛捐杂税多如牛毛,黎庶百姓人心思变,人祭与殉葬更是惨绝人寰。

姬昌沉思许久,仰天长叹道,失道者寡助,人心向背定成败。仁德天下,方能普天同庆万民欢欣。凡王侯者,必以苍生福祉为己任,急黎庶之所急,苦百姓之所苦,念平民之所想;适者生存,仁者无敌;天下者大家之天下,利益者全民之利益,国家者人民之国家;共同富裕乃王道乐土,天下和谐为终极目标;王道大旗林立,人心所向,趋之如鹜。国泰民安使然,万民享受福祉。倘若如此,天下焉何不一统也哉?

姜尚抱拳曰道,听君一席话,胜读十年书。西伯胸怀天下,素有仁义广德,鸿鹄大志,果然名不虚传焉,姜尚三生有幸,仰慕久矣。人为知己者死,鸟为悦己者鸣。老夫愿以残生,躬身于麾下,兴周灭商,图谋天下。抬望眼殷商日落西山,气息奄奄,只待姬族奋发图强,厉兵秣马,一举定夺中原。

姬昌呵呵大笑道,人生得一知己足矣。先生博学多才,指点江山,姬昌早已视为智囊者也。遥想当年,我太公曾经预言,姬族振兴发达,繁荣昌盛,必有高士贤达辅佐之。如此看来,天降英才于周原,先生就是太公所望之人也!

姜尚登时脸色潮红,鼻翼翕动,那一把神采飘逸的花白胡须随风飘拂。

太公望,太公望。姬旦在心里默默地念叨着。

姬昌与姜尚在车上纵论天下,颇有相见恨晚之遗憾。姬发、姬旦、散宜生及辛甲等人,在一旁听得津津有味,热血沸腾,心中藏匿的怨气,早已云消雾散。车行磝雍原北一村庄,杂树荟萃,杨柳成行,已是午时已过,偌大的村舍里炊烟袅袅,人声鼎沸,一行人顿感饥肠辘辘,遂借路边一家院落歇息。女主人出门迎客,彬彬有礼,气度不凡,问候道:"西伯今到寒舍,真是蓬荜生辉焉。"毕,转身张罗饭食去了。

此时此刻,有一翩翩少年正好从庠学习归来。姜尚见此后生玉树临风,相貌堂堂,顿觉面熟,却一时想不起在何方见过?不一时,少年端饭上来,微笑着请诸位用餐。

姜尚问道:"公子尊姓大名,可否是从朝歌流落到此地乎?"

少年微微一愣,他静眼观看,却见面前这位长髯飘飘的老者和颜悦色,并无恶意,随即点点头,答道:"后生乃理徵之子李利贞是也。"

姜尚大吃一惊,当年理徵血溅九间殿堂柱之上,纣王一路追杀,契和氏和幼子脱逃,万万没想到竟然在此地不期而遇了。姜尚即将此事对西伯侯言明,姬昌方才恍然大悟,似乎想起以前曾经安抚过理徵遗孀及幼子,没想到十多年悄然过去,李利贞已经长大成人,真是恍如隔世矣。临行之时,姬昌反复叮咛契和氏,教导后生不可荒废学业,有朝一日为姬周建功立业。

契和氏再三谢恩,母子俩将姬昌一行人送至村口,依依不舍地告别。

"覆巢之下,焉有完卵?"姜尚感慨不已,"惩恶扬善,解民于忧患耳。西伯仁德广义,由此可见一斑耳。"

白云飘然而过,天际一派蔚蓝。北山翠微密集,万树郁郁葱葱。

二人复坐于车上,姬昌指着北山一山洼处,曰道:"此曰凤凰山,凤鸣于高冈,当在此处耶。"

姜尚叹曰道:"人杰地灵,风水宝地,凤凰不鸣,一鸣飞天。"

姬昌笑道:"先生今日莅临周原,大鹏展翅,飞龙在天,定能匡扶周室,伸张正义,以拯救天下黎庶于水火之中,亦是建立奇功伟业之良机也。"

姜尚忙还礼道:"尚几十载东奔西走,浪迹江湖,阅尽人间沧桑,惶惶然若丧家之犬也。承蒙西伯侯再三垂顾,不甚感激,焉能不效犬马之劳乎?!"

毕,二人仰天大笑不已。在前呼后拥中快马加鞭,浩浩荡荡地直奔西岐城而去,月上林梢之际,进了凤雏宫内,一桌盛宴,款待姜尚。

第二十五章

姜尚日巡西岐城　姬昌夜拜子牙府

这场接风之宴，吃得是意味深长。姜尚回到安置的临时寓所内，心潮起伏。女儿邑姜看到屋内准备的物品应有尽有，欢喜得手舞足蹈。姜尚坐在卧榻之上，毫无睡意，在窗外的雄鸡一遍遍歌唱声中双目微闭，竟然彻夜无眠。天色微亮，他轻轻地走出房门，只见天空细雨霏霏，雾气弥漫，信步来到大街之上，不时地碰见菜农推车挑担，急匆匆向西市走去。有道是民可半月无肉，不可一日无菜。姜尚想到此，便跟着菜农来到西市，也许因为天降小雨，市场上人数不是太多，稀稀拉拉散布四处。他走到一个卖白菜的摊前，只见菜农将白菜帮子悉数去除，只留下新鲜鲜嫩的菜心。于是，姜尚忍不住问道："乡党，你且摘去这么多菜帮子，不是要吃亏么？"菜农边摆弄白菜边答道："为商者，要像这白菜一样，一清二白，方能对得起买主。倘若以次充好，以售其奸，必然信誉皆无，迟早会自食其果，倒灶歇菜。"姜尚连连点头称是，又来到一个凉棚下面，只见一位鬻谷者将斗里的米堆得尖尖的，好奇地问道："老哥，这又为何？"鬻谷者欣然笑道："赚多赚少，商贾凭的是良心使然，让利于民，才能赢得回头客。无尖不商嘛。"

岐周大地民风淳朴，礼尚待人，和谐相处，农商业兴旺发达，童叟无欺，名不虚传。姜尚不由得暗暗叹服，他遂回想起朝歌商贾之间尔虞我诈，囤积居奇；地痞欺行霸市，哄抬物价；居民深受其害，叫苦不迭。一路走，一路想，回到凤雏宫内，西伯侯已经等待多时，吃了早饭，姜尚提出他还想四处看一看，多多考察民风民情。姬昌欲派家丁跟随，姜尚婉言谢绝。在接下来的十多天内，他几乎将西岐经济现状、军事部署及地理民俗考察得一清二楚，一幅宏伟蓝图亦在心中规划成熟。

自从请来高士，姬昌兴奋不已，当然希望姜子牙能马上为他献出锦囊妙计。谁料姜尚却似乎一点也不为所动，每天日出而出，日落而归，天马行空一般独往独来，宛若一个游客在周原旅游观景。散宜生仿佛看出其中端倪，君子藏器于身，待时而动。姜尚不在其位不谋其政，情有可原。他随即谏言主公应该尽快任命姜尚为太师，另辟太师府安置，则名正言顺，顺理成章。姬昌点头称是，立即安顿姬旦在凤雏宫西边不远处，将一处闲置许久的院落修缮一新。

姬昌召集散宜生、姬发、姬旦、南宫适、辛甲、闳夭等人在凤雏宫大殿内商议国是，封姜尚为西岐太师，执掌军政大权。姜子牙谢恩再三，表示将以身许国，肝脑涂地亦在所不辞。然而，此举却在姬周内部引起轩然大波，各种猜测质疑接踵而来，一时众说纷纭。一个山野村夫，寸功未立，却身处高位，岐周诸多将士浴血奋战，待遇不及十分之一；是骡子是马，该拉出来遛一遛，方能分出高下；西伯侯爱才心切，礼贤下士，莫非这次小题大做，看走了眼，请来一个谝闲传的野路货色？

如此这般地奇谈怪论，自然亦会传入姬昌耳中。他十分坚信自己的判断，姜尚文韬武略兼备，满腹经纶，乃当今旷世奇才，绝非浪得虚名之江湖闲人野士。然，树欲动而风不止，长此如往下去，更会惹得人心躁动，朝野不稳。

这一夜皓月当空，星斗满天，西伯侯带着姬发、姬旦来到太师府中，遇见姜尚正在院中低着头散步，姬昌招呼一声，倒使他着实猛吃一惊，急急曰道："不知主公月夜大驾光临，有失远迎。"姬昌一摆手，欣然笑道，"太师，你就不要见外了。"姜尚连忙请姬昌进屋内入座，几人坐下。姜尚依然不解主公来访之意，继而问道："主公日理万机，今夜怎的有闲暇来寒舍一坐？"

"旦儿。"姬昌回头看姬旦一眼，数落道，"看来你这次安置不力，先生似乎不太满意么。"姜尚一听，连忙解释道："少将军尽心尽责，子牙感激还来不及矣。"

"我真的是考虑不周。"姬旦插言道，"父亲说得有几分道理，若是头门上方没有悬挂'太师府'牌匾，可不就和寻常百姓家一样么。"

耳闻姬旦此言，姜尚登时陷入一阵深思，姬周人才济济，公子们心细如发，而后朝廷衙门千头万绪，看来亦不在话下。姬旦见姜尚默默不语，立马解释道："太师见谅。牌匾之事，姬旦正在制作之中，两日后即可安装。"姜尚作揖道："主公父子，对子牙可是厚待不已。天地良心，我可从来没有计较过此事么。"姬昌忍不住呵呵大笑道："这么说，倒把太师惊着了？"几人又笑一阵，随即探讨转入正题。

"今夜我在凤雏宫内散步，眼见一个流星划过，瞬间闪耀后随即长逝。"姬昌曰道，"此时此景，感慨良多。星依然，国依然，人更依然。故而特来与太师一叙，以解心中几多存疑，几多惆怅。"姜尚微笑道："子牙亦有许多想法，正要向主公倾诉，看来主公与老夫心心相通，真是不谋而合也。"

姬发与姬旦相对一视，默然窃笑。姬昌曰道："观古今天下纷杂熙攘，繁华时国运昌盛，人心思治；衰败时国富民穷，人心向背。而国家兴亡与匹夫利益息息相关，朝代更替和黎庶生活相去甚远。国之兴衰焉，状若顺水行舟，有时风平浪静，有时惊涛骇浪,这是舵手驾驭江河能力欠缺乎?抑或江底河流变幻多端所致乎?"

"治国如同江河行舟,两者皆同一理。"姜尚一字一句地曰道,"君王又像舵手,眼观六路耳听八方,仁德待人,贤明朝野,以天下百姓安居乐业为上,百业兴旺,则国家蒸蒸日上;假如君王贪图享受,骄奢淫逸,视贤臣良将为鹰犬,召之即来挥之即去;视黎庶平民为粪土,朝令夕改,放任各级衙门大小官吏颐指气使,鱼肉百姓,那么,国家这艘大船,即使躲过激流险滩中颠覆之厄运,它抑或在貌似风平浪静之中遭遇暗礁随时沉之。可以这样说,天命虽不可违也,但却不能主宰世间万物矣。明君就像明察秋毫之旗手,指挥若定,审时度势,化险为夷,顺利到达彼岸。而贤明之君王,自然非尧舜莫属矣。他们统治之下的国家,真是万民欢欣之王道乐土耶。"

"太师真是满腹经纶。佩服,佩服。"姬昌赞叹不已,"姬昌几十年来碌碌无为,忙于琐事,羑里七载,演绎八卦用心颇多,却对尧舜德行确实知之甚少。予以蠡测海,移樽就教于太师者也。"

姜尚起身给几人陶碗里续上水,坐下来曰道:"尧舜治国,以简朴为上,对奢侈花哨之丑行,坚决制止。如衣食住行,皆以朴素舒适为前提。禁止官吏穿戴华丽服饰,禁止享用饕餮筵席,禁止粉饰宫墙庭垣,禁止雕梁画栋,禁止奇花异草,禁止佩戴金银珠玉,禁止追求古玩宝器,禁止奢侈淫靡;尧舜从严治国之时,自己身体力行,带头勤俭节约,以鹿裘御寒,以粗布遮体,以杂粮果腹,以野菜充饥也。君王严于律己,上行下效,节俭蔚然成风。国之朝野,当以俭朴为荣。官吏清廉,无为而治,廉洁奉公,则升官授爵;消极怠工,刁难黎庶,则削其俸禄,降职为民;民间提倡尊老爱幼,家庭和谐,睦邻谦让,惩恶扬善;提倡社会公平正义,不论妇孺,无论青壮,皆有道德楷模为之敬慕笃学耶。凡鸡鸣狗盗之徒,人人唾之,犯奸作恶之辈,个个逐之;每逢天灾人祸,赈灾救济,减免赋税,赡养孤鳏独寡。尧舜太平盛世,德隆望尊,恩威并施,黎庶拥戴他们如同敬仰丽日圆月,天下物产丰盈而百姓安乐富足耶。"

一番话说得姬昌心悦诚服,低头不语。

姜尚睨视一眼,接言道:"子牙自投奔主公麾下以来,多日间走访西岐城内集市商贾,足迹遍布周原四乡八邻,我亲眼所见主公将岐周治理得井井有条,百姓安居乐业,官吏勤政为民,社会安定,人心向上,周原大地,真的有尧舜之遗风也。"

姬昌这才抬起头来,感叹几声,曰道:"寻常百姓,皆念尧舜之好;草木河山,尚知四季变换;日月星辰,当与贤君同辉;王侯将相,焉能鼠目寸光,不知此荣辱乎?"

"天下乃天下人之天下,非一人之天下。国家为全民之国家,非一人之国家;执掌国政者,乃大家庭之执事者也。为国殚精竭力,为民竭诚服务,则为其担当之神圣职责也。贤明之君王,则能与天下人共享天下之利益者,必然导致所辖之区域四海升平,国富民安。"姜尚呷一口水,继续曰道,"倘若反其意而行之,独占天下之利益

第二十五章　姜尚日巡西岐城　姬昌夜拜子牙府

者,则将失去天下民心矣。君主能和民众生死与共者,当为仁爱;仁爱无敌,慈心润泽四方百姓;德厚流光,拯救民众于水火之中;王道天下,天下自然归顺于谁。"

姬昌兴奋不已,赞曰道:"太师高屋建瓴,观往知来,真是讲得太好了。安邦治国,聚集人心,为王者享用九五之尊,为民者得到平安宁静。那么,我该怎样做才好?"

"惟有一方,爱民之心足矣。"姜尚道,"不与民争利,尽力维护之;不与民争农时,兵丁劳役暂缓之;不与民计较利益得失,绝不任意摧残之;不与民争实惠好处,严禁掠夺之;不与民争夺良田美居,而加深其失去安居乐业地盘之痛苦;不与民意唱反调对台戏,而顺应民心,则可使其祛除痛苦且喜悦之。"

"太师这一番宏论,真是如雷贯耳。姬昌仿佛醍醐灌顶也。"姬昌抬起头来,深情地看了姬发和姬旦一眼,曰道,"你们可曾听明白?"

姬发与姬旦连连点头称是,姬发道:"太师能否再详尽阐述乎?"

姜尚眉梢一扬,脸颊写满惊喜,顿感欣慰,岐周王天下建一番霸业,后继有人,后生可畏,真是可喜可贺也。姬旦给姜尚碗里续上水,恭恭敬敬端到太师面前,姜尚接过来大口喝下去了半碗,用手抹掉残留在胡髭上的水滴,将长髯捋了两把,然后摇头晃脑地曰道:"黎庶居者有其屋,百姓耕者有其田,自然会人心思治;农事大于天。春播秋收,冬种夏藏,官吏要体贴农人虎口夺食之辛苦;天有不测风云,粮食亦有丰歉之变化。丰收之岁多征粮秣,农人则免去存储之累赘矣。歉收之年少交五谷,平民定当消除饥饿之恐慌也。国库盈余,民心思安;国之赋税征收,为的是保家安邦,只要能维持军队、衙政及宫廷正常运转,不得横征暴敛,苛扰盘剥;君王与民众同心,官吏行事清廉,刑律奖罚分明,戒除骄奢淫逸,少修宫殿台榭,多植菜蔬果木,倡导尊老爱幼,完善公平交易。君主者视其麾下臣民为己之兄弟姐妹,官吏者尊其所管辖百姓为衣食父母。倘若持久地如此作为,朗朗乾坤,自然清澈明媚,巍巍江山,焉能不若绝美画图乎!"

"太师提纲挈领,所言甚善。姬昌铭记在心,自然不敢掉以轻心。"姬昌接着问道,"予向往尧舜之仁治,愿追随圣人步履而弘扬之。此宏伟目标,绝非一日之功,还请太师不吝金玉之言。"

姜尚连连摆手,曰道:"凡王侯者,当为大智慧之圣贤也。姜尚原本一山野村夫,蒙西伯侯不弃,抬举太师之高位,亦是乌鸦变成凤凰,岂敢涉及王侯之高端层面乎?"

姬昌诚心相问,姜尚却一再婉言谢绝,登时陷入僵持之中。万般无奈之际,姬昌眉头一皱,计上心来,笑道:"太师毕竟是新来乍到,看来对姬昌根基,还是不甚了解,故而出言谨慎矣。我也不再为难与你,只是建言太师是否收姬发为徒,今后多多传授他治国方略如何?"

姬发闻听此言，正中下怀，他连忙跪倒在地，高呼道："幸甚至哉。姬发愿叩拜太师为师尚父！"姜尚赶紧俯下身来，欲搀扶起姬发。

姬昌笑道："太师，你若是不答应拜师，姬发咋能起来么。"姬发听到父亲递话，死活不愿起身。姬旦在一旁劝道："太师，你再不答应，姬旦也要跪下相求矣。"姜尚只得含着泪答应。而拜师之礼，叩谢的竟然是一碗白水。

姜尚登时老泪纵横，忍不住泣道："主公和公子对老夫如此厚爱，子牙当为周庭效犬马之劳，鞠躬尽瘁，死而后已！"

夤夜时分，夜阑人静。邑姜端上来四陶碗荷包鸡蛋，又拿上来些许粗制的点心，几人分别用过，谈兴大增，姜尚转过头来，对着姬发曰道："为君王者，一国之首领也，高山之仰止，不厉而威；万民之楷模，深渊之莫测，不露圭角。其仪表服饰庄严肃穆，言行举止落落大方，喜怒哀乐藏而不露，安静稳健气质淡静，温柔相济胸有成竹，处理军政大事审时度势，既要高瞻远瞩，像阳光普照万物生灵；又要细察丝微，若春雨绵绵润施恩惠。不愧不怍，善于同臣民协商而不固执己见，兼听则明，偏信则暗；不偏不倚，大公无私，谦虚谨慎。君王效法上天，独占鳌头，一人双目，焉能详察天下之事物乎？两耳聪听，怎能倾听万民之心声哉？臣民效法大地，则为君之千里眼，顺风耳，王则汇集天下之大智大慧，步步莲花，一骑绝尘耳。"

几人洗耳恭听，闭气凝神。他们听的是心潮澎湃，热血沸腾。

"无为而治者国家兴盛，政令畅通；逆天而行之则国家衰败，一盘散沙。"姜尚兴致勃勃地讲道，"焉何如此乎？近小人而远君子哉。"

姬发听得目瞪口呆，脑门上早已渗出密密细汗来。他惊呼道："精彩至极。恭请师尚父从细讲来，我当悉心恭听之。"

姬昌在一旁笑眯着眼睛，微微摇晃着脑袋，欣欣然而然。

姜尚继而言道："君王虽为天之骄子，却无有三头六臂，当然要依靠贤达之人管理国家。而其选择人才，必独具慧眼，有章可循，有规可依：一曰仁，二曰义，三曰忠，四曰信，五曰勇，六曰智。"

姬发问道："那么，怎样才能选拔出符合这六条标准的栋梁之才？"

姜尚顿了顿，曰道："其实，这也好办。使其富裕，以考验他是否逾越礼法，不逾，则为仁；给其尊位，检验他是否狂傲不羁，不骄不躁，是为义；给其委以重任，检阅他是否坚定不移地完成任务，尚能，则为忠；交于其处理疑难问题，正好察看他是否欺上瞒下，不隐不讳，是为信；让其频临绝境，验证他是否临危不惧，不惧，则为勇；使其处置突发事件，观察他是否应付自如，若能，是为智。富裕且不逾礼法者，是仁爱无疆；尊贵而不飞扬跋扈者，为正义化身；肩负重任且能排除万难者，是忠贞不二；面对难题不推诿而不糊弄欺诈者，为才华盖世；身陷绝境且无所畏惧者，是勇不可挡；面

第二十五章　姜尚日巡西岐城　姬昌夜拜子牙府

临大是大非而冷静机智,为才德兼备。倘若选拔出符合上述标准之人,治国安邦足矣。反之,则弃之不用。除此之外,还需警惕'六贼'和'七害',万万不可大意也。"

"何谓'六贼'与'七害'?"姬发问道:"还请师尚父细言叙之。"

"六贼者,奸佞之鼠辈也。"姜尚站起身来,在屋内来回走了几大步,顿时脸色通红,目光如炬,朗声斥责道,"一是高官厚禄之中大兴土木者,营造奢华台池亭榭,贪图享受,自然会败坏社会风气并殃及君王之盛德;二是庶民大众之中游手好闲者,不务农桑,偷鸡摸狗,四处闲逛,不服管制,显然会贬低君王之教化;三是臣僚显贵之中结党营私者,蝇营狗苟,诋毁贤良,蒙蔽圣上,则会损害君王之权威;四是士人门徒之中居心莫测者,标新立异,结交诸侯,妖言惑众,气焰嚣张,更会危及君王之权威;五是臣僚官吏之中藐视官爵者,轻则不屑一顾,重则顶撞上司,耻于为国家服务,犯上冒犯君王,倘若此类歪风邪气甚嚣尘上,忠臣良将则为之心寒;六是豪强列族相互之间缠斗掠夺者,攒三聚五,欺贫压弱,巧取豪夺,则会使黎庶百姓怨声载道。"

"六害者,真乃国之蛀虫也。"姬发忍不住长叹一声,继而问道:"何谓七害乎?"

"七害,祸国殃民者也:一为才疏智浅者也,其缺乏谋略,却恃勇逞强,盲目进击,不计后果,这种贪天之功邀赏之辈,君主千万不能任其为军事将帅,否则,后患无穷;二为徒有虚名者也,其华而不实,言行不一,扬恶掩善,拨弄是非,君王当慎用此类人渣,否则,悔不当初;三为善于伪装者也,其外表憨厚,貌似朴拙谦恭,实则惟利是图,君主必须远离此类小人,否则,人心蛇胆,贪得无厌;四为装腔作势者也,其华冠丽服,能言善辩,如簧之舌,高谈阔论,东头吹胀,西头捏塌,君主万勿宠用此类之人面兽心,否则,蜚短流长,此起彼伏;五为献谀逸言者也,其投机钻营,贤否不明,卖官鬻爵,贪图俸禄,追逐利益,不择手段,君主定当斥责弃用此类咸嘴淡舌之势利小人;六为骄奢淫逸者也,其精雕细镂,奢华无度,雕梁画栋,费工费时,众矢之的,君主理应禁止奢靡工艺,否则,丰衣足食,无从谈起;七为蛊惑人心者也,故弄玄虚,故伎重演,君主一定对此类旁门左道,万万不可姑妄听之,否则,奇技怪艺,迷惑众生。"

姜尚长长的舒一口气,曰道,"凡是具备六条君子标准者,忠诚可信,委以重任;凡是'六贼'与'七害',必须抑制革除,以绝后患耳。"

"七害者,实乃是国之奸佞也。"姬发听的是满腔怒火,他义愤填膺地曰道,"这些蠃狗之辈,倘若任其为非作歹,国将不国矣。"

姬昌点头称是,欲言又止,过了一阵憋不住又问道:"甚么人君王应该尊崇乎?甚么人应该抑制乎?甚么人应该重用乎?甚么人应该去除乎?"

姜尚曰道:"为君王者,应当推崇德才兼备之正人君子,抑制无德无才之人,任用忠诚可靠之人,去除奸诈虚伪之人。"

姬昌又问道:"太师,我有一事始终弄不太明白?君主虽然选拔贤能用之,结果却往往适得其反,大相径庭,究其原因何在?"

"呵呵。这倒是一个非常有趣的问题。"姜尚忍不住笑起来,"君王只要喜欢任用世俗所赞扬之人,自然就得不到真正的贤达之士。"

姬昌眨巴着眼睛,如坠五里雾中,问道:"焉何如此乎?"

姜尚答道:"君主以为大多数人称赞的就是贤达之辈,经常被诋毁的则是不肖之徒。而问题恰恰就出在此处,给结党营私者留下可乘之机也。党羽多者恣意妄为,翻手为云,覆手为雨;党羽少者则茫然若失,寡不敌众,孤掌难鸣。倘若朝廷之上,奸邪群体弹冠相庆,忠良贤达则会郁郁寡欢矣。忠臣有功无罪,反被置于死地,奸佞无能有过,则借用虚名而骗取爵位。长此以往,社会自然混乱不堪,国将不国,必将危在旦夕。"

姬昌深呼吸一下,问道:"那么,怎样才能做到真正的选拔贤能?"

姜尚干咳两声,姬发赶紧把一碗水端到他的眼前,看来师尚父真的是口干舌燥矣。姜尚咕嘟嘟喝下小半碗温水,抹一把胡髭,叹口气曰道:"文武百官,尽心尽责。各司其职,奖罚严明。奖赏贵在守信,惩罚重在必行。这样,才能达到国运昌盛,长治久安。"

"太师一番话,使我醍醐灌顶,茅塞顿开。"姬昌转头对着姬旦言道,"唯才是用,此乃国策。身体力行,惟步维艰。"

姜尚接言道:"农、工、商,三宝也。作为君主,此事要作为重中之重,必须亲自缜密思考综合治理,万万不可轻易交付与他人打理。否则,国政则会成无源之水,无本之木,权威皆失。且把农民组织起来,集聚一乡,相互协作,五谷丰盈;且把工匠组织起来,集聚一场,互相借鉴,器具制造必然会产量大增;且把商贾组织起来,集聚一市,互通有无,物资必然丰富。这种区域经济强强联合,三大行业,相互促进,各安其业,发展有序,民心思治,方能长治久安。值得提醒的是,臣民不得富于君主,城邑不得大于国都,祭祀不得任意逾规也。"

几人一夜未眠,如切如磋,如琢如磨。窗外传来一声声雄鸡长鸣,东方已见鱼肚白色。姬昌方才醒过神来,连声曰道:"对不起,耽误太师休眠了。"姜尚朗声笑道:"岐周大业,将于今日一冲飞天!"姬昌如释重负,十分激动地曰道:"太师宏才大略,姬昌如饮醍醐。岐周觅得太师,必将如虎添翼,如鱼得水。"

姜尚送姬昌和两个儿子一起走出府邸,旭日东升,阳光灿烂,周原大地,一片辉煌。

第二十六章

灵山下修筑灵台　白骨旁仁葬枯骨

　　建国立业,急需的是大批贤才良士。《逸周书》中的《度训解》等十七篇,以及有题厥文之《文开》等七篇,当为姬昌开始大办庠序培养人才总的教育原则及行动纲领。

　　为此,姬昌将所有嫡子与庶子在脑海里过滤一遍,最终决定由四子姬旦担任西岐大庠序督学。姬旦性情温和,行事缜密,不激不厉,且满腹经纶。期间,他多次聆听父亲训示,及时调整办学思路及步骤,大致可以归纳为以下六个方面:首先,立极立中,荣辱与共。勉励学子刻苦学习奋发向上,为西岐腾飞而努力奋斗;其次,教化有则,民比天大。《逸周书·常训诫》云:"抚之以惠,和之以均,敛之以哀,娱之以乐,慎之以礼,教之以艺,震之以政,动之以事,劝之以赏,有之以罚,临之以忠,行之以权。";再次,因势利导,凝聚人心。强调六极(命、听、福、赏、祸、罚),推行八政(夫妻、父子、兄弟、君臣)和平,遵守九德(忠、信、敬、刚、柔、和、固、贞、顺);第四,举贤使能,金石为开。《逸周书·武称》云:"美男破老,美女破舌。"当为选拔贤士井然有序之原则。《周易·井》云:"井渫不食,为我心恻。"则是用人失察井中视星之失策;第五,止戈为武,止暴禁非;第六,有让成礼,有本有则。

　　姬昌在访得姜尚以前,已经在周原推行了贤达分封制,鉴于跟随古公亶父与季历时期为周庭立下汗马功劳的周八士——伯达、伯括、仲突、仲忽、叔夜、叔夏、季随和季骝,均以年事已高,他指使姬旦在原有土地基础上,再增加少许分封地,使得他们老有所依,安度晚年。为使儿子们安居乐业,尽快地学习管理国家的能力与经验,姬昌决定为每个儿子分封一块土地,其中如三子姬鲜和五子姬度分封于蔡(即今岐山蔡家坡一带),四子姬旦分封于毕(即今岐山周公庙一带),六子姬奭分封于召(即今岐山刘家原一带),庶子毛叔郑分封于郑(即今岐山与扶风交界处),庶子姬原分封于原(即今眉县一带)。除过最初的分封以外,后来随着周人向东拓展,这种以血脉

大 周 原

为主的分封制变动多次,封地亦经历多次变化,地盘拓展十数倍之多,更是与最初的分封地不可同日而语了。与此同时,为周庭服务多年的贤达均已得到封地,从而使得这些既得利益者衣食无忧,死心塌地地为岐周殚精竭虑。如狩猎出身的太颠、闳夭,管辖北山至陇山一带,此地猎户皆顺从折服矣。

采邑制度便成为最早的基层组织,生产经营井然有序,社会管理为之一新。

姜尚执掌岐周军政大事,顺理成章,散宜生辅助,诚心诚意。周原从此迈入高速发展之快车道,周人如鱼得水,如鹰击长空,而这一切皆在姬昌掌控之中。

西岐政令畅通,社会风气为之大变,周原风调雨顺,五谷丰登,呈现一派欣欣向荣之盛世。中秋时分,田间地头已经有农人陆陆续续在秋收庄稼,熟透的黄豆炸开了豆角,成熟的谷子累弯了腰,澄黄的糜子随着秋风摇来晃去,毋庸置言,周原又是一个丰收的季节。几天以来,这样的好消息接踵而至,姬昌早已按耐不住心中的激动,他决定亲自去看一看。这天清晨,他与姜尚、散宜生一起,骑着马哒哒哒出了东门,一路看见田野一片金黄,状若抛金撒银。最是一年间繁忙时节,农人们弯着腰,奋力地挥镰收割,不时地起身擦汗,个个脸颊之上写满自豪,喜上眉梢,一片片广袤肥沃的土地上,到处都充满着大丰收带来的欢歌笑语。

不知不觉间走出十几里地,在一处小村庄旁,姬昌勒住马缰,手搭凉棚,朝周围地里眺望着,脸颊上写满自豪。秋风习习,凉爽宜人,散宜生提醒该下马歇息一会儿。姬昌将马赶到一块立石边上,顺势下马,沿石阶走下。姜尚甚觉好奇,亦照方抓药,倚石下得马来,用手摸着立石,疑惑不已,问道:"周原村庄前,为何多有此立石?"

姬昌笑而不答,舒心自闲,仰观天际间旷朗无尘,轻鸿凌虚。

散宜生接言道:"太师有所不知,这正是主公几代人迁徙周原以来教民稼穑,制礼作乐,矢志不移地在西岐推广仁德之效果使然。"姜尚如坠烟雾,问道:"小小一块立石,焉能有此说法乎?"散宜生呵呵笑道:"石本无言。然,若将石头依次摆放,其放置地方不同,地位则大为不同,差之毫厘,谬以千里。"姜尚兴趣大增,问道:"姜尚愿闻其祥,不揣冒昧,请先生赐教。"

散宜生顿顿,表面不矜不盈,心扉深处却五味杂陈,自从姜尚来到西岐,自己地位江河日下,郁郁寡欢好一阵子,今日天赐良机,正好借机高谈阔论,免得他不知天高地厚矣。想到此,他冷笑一声,不紧不慢地曰道:"石本乃俗物也,女娲可以补天,匠人可以垒宫墙,农人可以贴茅厕。然,石头还是石头,只不过用在不同之处罢了。"

姬昌何尝不知,散宜生不过是高视阔步,借题发挥,排泄心中不满。他索性昂起头去,遥望天界云开云散几秋风,且不管他庭院花开花落悄无声。

"女娲补天之石,五彩石也;工匠修葺大殿之石,花岗石也;农家贴茅房之石,河滩之乱石也。石之优劣,乃自身构造不同,而功效则有天壤之别也。"其实,姬昌在一旁早就听出其中端倪,只是不好点破,免得彼此尴尬,故而只能旁敲侧击,借机劝诫散宜生,微笑道:"散大夫,你不是在说这块石头么,怎的扯到九霄云外去了?"

散宜生从姬昌的话中,立马听出言外之音。他当然知晓,主公精于谋算,是何等英明之人,眼里却是揉不得沙子的。当断不断,反受其乱。见好就收,顺坡下驴。于是,他随即换上一副笑脸,曰道:"咦。今日策马扬鞭周原,放任自由,我说起话来也就无边无沿了。"姬昌见散宜生迷途知返,于是,打起哈哈腔来,扭过头来笑道:"下笔千言,离题万里。散大夫,你还没说这块石头么?"

姜尚心细如发,缜密严谨,他亦从两人对话中分辨出些许别样意味来,只得装聋作哑,心中却如煮锅一般沸腾不已,遂想道,自己现在是身处一人之上,万人之下,其言行举止,当要谦虚敬慎,分外小心才是。

散宜生抬起头来,用手指着立石曰道:"太师,此石曰'下马石',为周原古来习俗之一。凡是官宦人家之中有在外做官者,倘若返回故地,一律要先在村口下马,方能牵马进村;出走时亦如此而行,徒步牵马出村,在此上马远行,则可称为'上马石'。"

"周原民风淳朴,可见一斑。"姜尚登时恍然大悟,赞叹不已道,"仁义之乡,果然名不虚传。一块寻常石头,亦能分出道德水平之高下,姜尚折服也哉。"

一个流着鼻涕的小儿,双手端着一碗水,晃晃悠悠地走着。姬昌看在眼里,走过去欲接过来,那小儿却瞪着眼睛不松手,嘴里大声喊着"爷爷"。不远处的田地里,一个白发老头直起腰来,一手拿着镰刀,一手抓着一把谷穗,正好看见这一幕。他对着小孙子喊道:"狗蛋,你先让这位爷爷喝水。"姬昌心头一热,多好的臣民,多好的百姓。小儿看一眼眼前这位跟自己爷爷一般老的老头子,很不情愿地把水碗递过去。姬昌接过水碗,三步并作两步走,来到田间,遂将一碗水递到老者手里,问道:"老丈,今年收成如何?"老者静眼相看身边这位官吏,大笑道:"托你的福,今年又是丰收年。"姬昌弯下腰,用手托起一个谷穗,在手里掂了掂分量,嘴里夸道:"看来又是一个丰收年景了。"老者两眼乐成一道缝,扬扬手中的谷穗,笑嘻嘻地曰道:"大人,你看谷穗粗壮的跟狗尾巴一般。"

姜尚和散宜生一起走过来,老者眨巴着眼睛,小心翼翼地问道:"这不是散大夫么?"散宜生静眼一瞧,这老伯似乎有点面熟,却一时想不起来曾在何处打过交道?老者连忙作揖道:"大夫贵人多忘事,焉能记得小老儿?"

散宜生登时脸上有点挂不住,低声问道:"这位老伯,散宜生平日里事物缠身,倘若有不当之处,请多谅解。"

"咦!"老者激动地抹一把眼泪,曰道,"散大夫,你这可是见外了。俺想谢你还来不及,焉敢胡说八道?"这一下倒把几人弄糊涂了,相互看一看,不知所云。老者破涕为笑,曰道:"散大夫,你误会俺了。我是三年前从崇国逃难到周原,正在流离失所之际,还是你带人给我划分的土地么。"

一直忐忑不安的散宜生,方才长出一口气,眉梢眼角皆是笑意。

其实,姬昌早就听出老者话语里夹杂着中原口音,正寻思着老者来历,却听见老者一股脑儿倒出原委:"我世居崇国,数代忠厚农家,以耕田种庄稼为生,小日子过得倒是闲散清静,日出而耕,日落而息,不求大富大贵,平平安安最好。噫。自从崇侯虎继位后,横征暴敛,闹得鸡犬不宁,田间所获十之八九,均交了赋税。平常苛捐摊牌,多如牛毛。为修筑朝歌鹿台,三个儿子先后被抓去充当苦力,万万没有想到有两个儿子惨死在皮鞭之下,小儿子送回家后不久,即因伤不治。小儿媳妇哭天不应,哭地不灵,乘我不注意跳井身亡。大儿媳妇和二儿媳妇被抓进崇侯虎府中做了佣人,生死不明。我知道,若是再这样下去,除了死路一条,别无选择。万般无奈之际,只得背井离乡,流落周原。没想到周方伯如此仁义,不但不驱使流民,反而给我们爷孙划分土地,兵士们又帮助建造了三间茅屋。散大夫还亲自送来粟、稷、黍、麦、豆的种子,交代邻舍以耕牛及覃耜、铲、铚等农具帮助。三年了,我们爷孙终于享到清福了。西岐之好,天下皆颂;西伯仁慈,不下尧舜。"

"老伯,过奖了。散宜生不过是替主公分忧,职责所为。西伯仁义天下,有目共睹。"然后,散宜生用手一指姬昌,对老者言道,"俗话说,远在天边,近在眼前。这位大人就是我们主公西伯侯。"老伯一时愣怔,傻兮兮站在原地,不知所措。一直在旁边看热闹的流涕小儿,蓦地跪倒在地,连连叩头不已,嘴里曰道:"谢谢爷爷大恩大德。"老者这才反应过来,跪倒在地,口中念念有词:"小老儿真是有眼不识泰山。没想到恩人来到身边,竟然熟视无睹,罪过、罪过。"

姬昌赶紧扶起老者,两人抱在一起。临行时,老者执意要送上新谷米半袋,姬昌推辞不过,只好收下。

姬昌何尝不知,自从爷爷古公亶父迁徙周原不久,即开始合理地利用地力,早已把土地分为菑、新田和畬。《尔雅·释地》:"田一岁曰菑,二岁曰新田,三岁曰畬。"初垦菑地易生杂草,新田庄稼长势良好,畬田肥力减弱。有鉴于此,分门别类,周人又把畬田即熟田分为不易之田、一易之田和再易之田,继而采取土地轮转休耕之法来恢复田地之旺盛肥力。其先进的耕作技术亦体现在土地分配之上,"凡造都鄙,制其地域而封沟之,以其室数制之,不易之田家百亩,一易之田家二百亩,再易之地家三百亩。"加上垄耕耕作,即《诗经·小雅·大田》所言:"以我覃耜,俶载南亩,播厥百谷。"《尚书·梓材》援引周公语曰:"若稽田,既勤敷菑,惟其陈修,为厥疆畎。"利用沟洫排水及人工灌溉技术,业已十分成熟。《诗经·周颂·良耜》云:"茶蓼朽止,黍稷茂止。"懂得利用田地中腐烂杂草来沃田。《诗经·大雅·生民》曰:"诞后稷之穑,有相之道,茀厥丰草,种之黄茂,实方实苞。"下种之前,选择好优良品种,并加强田间管

第二十六章　灵山下修筑灵台　白骨旁仁葬枯骨

理,足以证明周人已经熟练掌握并实际应用了先进的农业耕作技术。

几人骑马回转,姬昌感慨万千,曰道:"太师所言要与民同甘共苦。此乃真知卓见,今日感同身受,体会颇多焉。"

姜尚笑道:"所谓圣人之仁德,宛若日月星辰,既可惠泽草木禽兽,何况人乎?"

姬昌若有所思,曰道:"民以食为天。倘若在此地建一祭祀塔台,可以祭祀天地,又能观测天象及灾祸之兆,周原焉能不风调雨顺乎?"走了一阵,他叹气道:"建造塔台,恐怕又要劳民伤财,如何是好?"

"此言差矣。"散宜生接言道,"主公造塔台,既为观察灾祥而设,为的是社稷百姓,又非游览之乐,焉能伤民哉?"

几人说话间,又走了一里多路,来到一座山下,只见两山对峙,巨壑中分,山上奇石林立,苍松翠柏,郁郁苍苍,煞是幽美。姬昌立马观测,此处乃风水宝地,正是建塔台之佳境。姜尚问道:"此山何名也?"散宜生答道:"此山曰'灵山'是也。"

"灵山,灵山。"姜尚嘴里念念有词,"既然叫灵山,所建塔台就叫'灵台'如何?"

姬昌连声叫好:"灵山脚下建灵台,实至名归。"

三人相对一视,不由得呵呵大笑起来。过了一阵,姬昌又沉思道:"不过,我还是心有余悸,大张旗鼓地建造灵台,必然要耗费大量民之劳力。西岐四方百姓虽然连续两年丰收,目前似乎刚刚解决温饱,如果大规模建造灵台,怕的就是劳民伤财。"

散宜生张张嘴,欲言又止,睨视一眼姜尚,却见他低头沉思不语。

一只百灵鸟飞来,悠然地落在眼前的树杈上,叽叽喳喳叫个不停。

姬昌抬起头来,若有所思。姜尚心中自然知晓主公此意,清清嗓子曰道:"姜尚以为,建造灵台,祭祀天地,一则是为民祈祷,二则是观察天象,三则是安抚民心。此乃国之政事,为的是社稷之长治久安,何乐而不为耶?"

散宜生接言道:"主公仁慈,体恤民力,日月可鉴。至于避免劳民伤财之殇,臣倒有一两全其美之策:工期可选择在秋后农闲时动工,自然会错开农事;张榜公开招募义工,贫寒家庭再补助以工钱。百姓采取自愿方式,且不强逼硬拽,任民自便,家中有急事,则可随时离开。倘若如此,既不扰民,又能保证灵台建成,岂不美哉。"

姬昌大悦道:"两位爱卿此言,正合吾意。如此看来,灵台旬月可成。"姜尚与散宜生四目相对,朗声大笑。

十几日后的一个早晨,西岐东西城门,新贴一安民告示:

西伯姬昌告谕西岐军民知悉:周原朥朥,堇荼如饴;西岐之境,乃道德之乡;去年今岁,风调雨顺,民安物阜,讼简官清,黎庶安居乐业,且无兵戈用武之忧,此乃上苍所赐也。本欲近日祭祀天地,占验灾祥,及察本土,竟无坛址可使之。为报天地之恩,昌昨日详察地貌,兹选择城东灵山脚下官地一隅,建造灵台,以占气象风候,若验

· 173 ·

民灾。此虽为社稷重典之事，昌又恐土木之繁，有伤尔军民力役，故而广而告之如下，此工程浩大繁复，尚需大量强壮劳力，每人每日工钱五贝。不拘工期长短，但随民便。愿做工者，来者不拒，即请上簿造册，以便领取赏钱。如不愿者，各随经营，绝不强逼耶。"

告示旁边立马围满人群，众皆奔走相告，消息不胫而走，很快地传播开来。第一个报名的则是姬昌昨日遇见的老者及其孙子，他在招工处上簿时，却被登记的官吏婉言拒绝，理由是老人家年事已高，孙子尚未成年云云。

老者凄然泪下，据理力争道："时已秋闲，我等丰衣足食，终日无所事事，坐享太平之福，于心何忍耶？故而前来支差，此乃天经地义，为何婉拒？"官吏好言劝阻道："老伯，修筑灵台，搬砖垒石，是个力气活计，你年老体弱，焉能支撑？"老者一把拉过孙子，曰道："我这孙子，虽然体态偏瘦，干活可得劲。"旁边站的一个小伙打趣道："孙子得劲，老伯你可不得劲。"老伯生气道："咦！你这孩儿，咋说话咪？我给你说，咱俩要扳手腕，怹不一定是我的对手。"小伙讥笑道："蕞爷，你甭再胡谝传咧。这是修灵台，不是习武台。没事你回家找个凉快地方歇着去，再别耽误我们大伙报名。"正在此时，人群中又挤进来一个老妪，气喘吁吁地要报名。刚才讥讽老者的小伙子曰道："噫嘻。这都是啥阵势么，你们这些腰来腿不来的闲人，凑的啥热闹？"

姬昌在姜尚和散宜生陪同之下途径此处，正好看见这一幕，甚为感动。

姬昌微笑着停下脚步，他示意散宜生前去妥善处理。散宜生好不容易才挤进去，一手握住老伯，一手牵着老妪，然后对登记官吏曰道："你先登记，且不可冷落老人家一片炽热心肠。"官吏显得十分为难，叽咕道："这些病娃蔫老汉，在家抱娃收鸡蛋还凑合，他们在工地上能做啥哩？"散宜生曰道："安排他们干一些力所能及的活计，譬如烧开水啥的都行。"官吏点头称是。

散宜生提高声音对围观人群喊道："主公恩泽，感天动地。黎庶同心，天下无敌。今日看我西岐军民齐心协力，人心齐，岐山移，但愿早日修好灵台。"

"好！"人群中发出一阵阵欢呼声。有人在一旁翻翻白眼，嘀咕道，岐山能随意移么？

三日之后，灵台修筑正式开工，姬昌命姜尚为总监工，散宜生辅之，其他大小官吏各负其责。只见偌大工地人来车往，人欢马叫，每天都有数万人自动加入到修筑大队中来，有人甚至是从方圆百里之外赶来参加劳动。半个多月时间里，整个工地上人头攒动，热闹非凡。姬昌几次去工地视察，几乎每次都能碰到十分感人的故事。姜尚感慨万千，真是人多力量大，心齐志不移。接下来的一幕，更是令他吃惊不小，最后前来结算工钱的人，竟然寥寥无几。他再次被周原朴实无华的民心所感动，自古只闻仁政浩荡，今日方见真情实感。

第二十六章 灵山下修筑灵台 白骨旁仁葬枯骨

姬昌视察灵台这一天,四方百姓,蜂拥而至,人山人海,尤其是远方来人,争先恐后,欲一睹西伯侯风采。姬昌走过之处,掌声雷动,众皆欢呼不已。他最后走上灵台,但见台阶凭栏,朴素大气,放眼四周,山清水秀,紫气东来,灵山与灵台融为一体,庄严肃穆,交相辉映,甚感欣慰。姬昌围着平台转一圈,若有所思,眉头紧蹙,似乎心中隐隐不乐。姜尚小心翼翼地问道:"主公为何闷闷不乐?莫非老臣监工不力?"

"非也。"姬昌摆摆手,曰道,"太师切勿自责。灵台建造,工期如此短暂,情绪如此高涨,古今未见,近乎完美。"散宜生试探地问道:"主公是否觉得,尚缺少些许配套设施?"姬昌声音高起来,曰道:"然也。我刚才一直在心中细细琢磨,又稍作演算,方知灵台为阳,尚需配置一水池为邻,以应'水火既济,合配阴阳'之寓意耶。"姜尚亦恍然大悟,曰道:"主公技高一筹,姜尚心悦诚服。"散宜生接言道:"水为利也。阴阳相配,此池甚妙耳。"姬昌眉头紧蹙,曰道:"建造灵台以来,军民已经疲惫不堪,若再挖一水池,又恐劳伤民力,于心不忍,故此郁郁寡欢耳。"

姜尚微微一笑道:"主公尚不必为此烦恼。灵台之工,甚是浩大,尚且半月之余而成焉,何况台下一池,其工甚易耶。"

三人说话之时,周围军民大致上已经听得明白。散宜生上前一步,朝着台下众人高声喊道:"列位父老乡亲,主公欲在台下再挖一池,一配阴阳之妙耳。烦请各位再接再厉,锦上添花。"

人群中站立起一位红脸汉子,高声喊道:"我等久沐主公恩德,无以回报。修筑灵台,尚且不在话下。再建水池,亦是造福于民,焉何难乎?"说话间离去,周围的人纷纷散去,不一时扛着铁锹、镢头、扁担及竹筐等工具,围在台下。姜尚指挥一兵卒用石灰撒成将所挖水池之白线,众人开始挖掘。姬昌深受感动,亦加入到挖池的人们之间,众皆深受鼓舞,人吹马叫,干得热火朝天。

午饭时节,更有四方八面百姓送来一罐罐蒸馍烩菜,大家吃得非常尽兴。姬昌与姜尚、散宜生一道,在工地上巡查一周。他忽然发现脚下新挖出土中有白白的弃物,低头一看,竟然是累累白骨!

姬昌连连后退几步,向遗骨作了三揖,喃喃道:"修筑灵台水池,没想到惊动先人遗骨,姬昌该死,万勿见谅。"遂命查看是否还有遗骨出土,果不其然,附近几处都有人骨抛掷。姬昌命兵卒将遗骨用木匣装殓,亲自带人在灵山高地之上,挖掘墓穴,祔葬于此,又命人用麦草扎成人形,覆盖其上。然后,作揖叩拜,以尽葬礼之礼数。

周围众人亲眼所见姬昌如此仁义,感慨不已:圣德之君,仁义主公,恩泽黎庶,惠及遗骨。我等生活在周原四乡八邻,真是福分不浅,三生有幸也。

· 175 ·

第二十七章

为地盘虞芮兵戎齐相见　赴西岐道德之乡受感染

灵台建成之后旬月,姬昌便在台下举行了盛大的祭祀天地仪式。

姬昌广施仁政,姜尚励精图治,散宜生殚精竭力,众官吏上下一心,黎庶百姓安居乐业,周原方圆百里人心思定,和谐安康。岐周影响力日益剧增,延绵至殷商管辖境内,诸多商属方国人心思岐,向往明主,遇到方国之间纷争,亦不远千里,前来西岐恭请西伯侯姬昌进行裁决。其中最为闻名的则是虞国和芮国,双方因边界争执不下,长期不合,甚至到了兵戎相见的地步。

虞国和芮国,被一条蜿蜒九曲之滚滚黄河相隔于东西两岸,他们同为商属方国,一衣带水,两国世代友好相处,紧邻友邦,多年来唇齿相依,相辅相成,相得益彰。在两国交界之处,原有一片三十多里的闲置矿山土地,多少年来无人居住,更无农人耕种。如此荒蛮弃地,谁也没有在意,任其荒草疯长,荒芜空寂。不久前,有虞人在此不经意间发现了稀缺的铜矿石,虞国甚为欢喜,不由分说地把矿山围圈起来,继而大张旗鼓地开采矿石。芮国人闻讯赶来,质疑并且指责虞国此举乃蚕食自家之利益。虞国开采者置之不理,依然我行我素。芮国公只好派人与虞国公据理力争,言明商王分封此地为芮国所有,应物归原主。虞国君严词拒绝,这一块肥肉自然不许他人染指。继而以此地已经荒废多年为由,所谓谁开发,当然利益就要归谁所有来搪塞。芮国人几经交涉无果,恼怒成羞,兵戎相见,用武力强行将虞国人赶出去。虞国人自然不会善罢甘休,又出兵将其夺回来。这样几场拉锯一般地厮杀血战,各自都有数百人伤亡,代价颇为巨大,归属地不明,双方依然剑拔弩张,彼此难分胜负,矿业开采难以为继,两败俱伤。从此以后,虞、芮两国虽然鸡犬之声相闻,却老死不相往来。

眼睁睁看着铜矿石丰盈,却无法开采。长此以往,与两国无有一点好处。况且目前朝歌混乱不堪,纣王荒淫无耻,殷商朝不保夕,自然不会过问此事。面对如此险恶境遇,双方骑虎难下,却无计可施。正在相持之时,乃相谓曰:"西伯仁人,盍往质

第二十七章 为地盘虞芮兵戎齐相见 赴西岐道德之乡受感染

焉。"即是有人建议他们前去周原,恭请西伯侯姬昌裁决一二。西伯侯治理下的西岐,仁政广播,道德之乡,早已声名远扬。于是,他们共同约定来西岐一决高低。

话说虞国公与芮国公这次倒也痛快,抛弃前嫌,乘一辆车西行。沿途经过十多个方国,三天后来到周原,一踏上西岐土地,便觉得清风阵阵,别有天地非人间。道路两旁,绿树成荫,枝杈上莺歌燕舞;田间地头,到处是欢声笑语。路旁一片土地里,有两个农人耕耘,待相互走近之时,吆喝着耕牛让开地畔,复又前行。不时地路遇行人匆匆,遭遇到人稠处,相互谦让着错开身体。男男女女同行,更有适当间距,相隔数丈距离。他们耳闻目睹,平添许多感慨。路过一村口,二人有点口渴,遂下车进入一农家院落,刚一开言,女主人连忙放下怀抱的孩子,从水瓮里舀来一马勺凉水,两人推辞一番,互相谦让着喝下。

"芮国公。有道是百闻不如一见。"虞国公用手抹掉胡须上沾的水滴,萧然曰道,"此地冰水,亦有如此之甘洌甜美耶。"

芮国公亦有同感,答道:"自然井水,天趣昂然,真的是意味无穷矣。"

两人谢过女主人,走出大门外不远处,看见一棵参天大树下,围坐着一圈半大小孩儿,正在倾听一位白发如霜的老者说古今故事。演讲者唾沫飞溅,讲到兴处,眉飞色舞,摇手耍膀子。听书者洗耳恭听,津津有味,不时地发出一阵阵呵呵笑声。老者身边卧一狗,匍匐在地,闭目养神,不时睁开困眼,左右巡视一圈,又接着睡去。远处走来一只母鸡,带着一窝鸡娃,叽叽喳喳,在地里乱刨乱挖,甚是欢快。一只鸡娃捉到一只蚰蜒,唧唧叫着跑到僻静处独享。老鸡见状,遂奔过去,将蚰蜒鸽断成数节,咕咕叫唤几声,其余鸡娃飞奔过去,分而食之。几只山羊,咩咩叫着鱼贯而来,却在麦田边上止蹄,扭头转向草丛中去了。

虞国公看得目瞪口呆,叹息道:"文脉传承,当在演绎讲述之中潜移默化也。"芮国公亦是张嘴结舌,言道:"恩泽禽兽,莫非亲眼所见,当为大街陋巷笑谈耳。"虞国公不由得长叹一声:"惭愧,惭愧。"芮国公连连摇头,喃喃道:"折服,折服。"

"此地民风淳朴,果然名不虚传。"虞国公曰道,"俗话说,进山访樵,涉水问渔,下乡自然要访贫问苦者也。"芮国公接言道:"你我先借机在城外多多考察,学一些治国方略回去,亦算不枉此行了。"虞国公笑道:"老兄且慢,咱们的官司未断,你别想鞋底抹油——乘机开溜么。"芮国公不依不饶地呛道:"当然。争执未决,谁也别想先走。"

夕阳西下,周原原本碧蓝如洗的天空,蓦然间被涂染成一抹橘红色,芳草萋萋,清幽寂静。一群燕子在天空中悄然飞过,飘飘扬扬地抛洒在夕阳余光之中。绿树林立,晚风习习,青砖碧瓦之处,炊烟袅袅。

这一方神奇土地,多么宁静,多么安详,虞国公又一次陷入了沉思。

车夫扬鞭策马,马车一路奔西岐城而去。虞国公和芮国公两人说笑着来到西岐

大周原

东门门前,只见城门口守卫兵士面带微笑,彬彬有礼,简单询问后,随即放行人得城门。华灯初上,但见街道两旁店铺林立,行人熙熙攘攘,甚是繁华。几人在一客栈前停车下马,店主牵过马来,拴在后院马桩之上,高声喊叫杂役给马匹把草料拌上。他殷勤招呼着客人进屋,暂且歇息。

虞国公遂问道:"店家留步,请问贵府可有饭食充饥?"店主答道:"客商远道来岐周,粗茶淡饭尽可用之。"芮国公问道:"此处可有大的饭店?"店主自然晓得他们非官即商,自家店小,容纳不了官商。他曰道:"客商丰俭随意。如果你们不在小店用餐,所住店费用之中,则可减去一贝。"虞国公倒是有点不好意思,连忙解释道:"我们新来乍到,还想借此游玩西岐城,多了解一些民风民情。"店主微微笑道:"客商出门去,一路朝西,行约半里地,有一家岐周地道风味,店名'凤鸣人家',经营的全是我们周原土菜。外地客商来西岐,一般都要品尝的。"

虞国公和芮国公出得门来,径直朝前走去,沿途可见行人熙来攘往。忽见有两个青壮汉子低头行路,不期而撞,随即相互作揖赔礼,微笑着离开。芮国公看得分外清楚,浩叹不已。

几人说话间便来到"凤鸣人家",但见门前左右门柱上刻画着文字:周八士闻香下马,商三杰知味停车。大家进去坐了,虞国公好奇地问道:"店家,周八士我略知一二,商三杰是何许人也?"店家一手提铜壶,一手拿一摞碗,依次在他们面前排开,边倒水,边回答道:"周八士为周初八位名士,伯达、伯适、仲突、仲忽、叔夜、叔夏、季随和季騧是也;商三杰么,则为姜子牙、散宜生和太颠是也。"

"西伯仁政,周原安详,天下贤士广而聚集,亦在情理之中。"芮国公感慨言道,"只可惜我辈愚钝,不明事理也。"

虞国公听得明白,一时无言。随从则听从店家推荐,依次点了肘花、杏仁、花生和荠菜,店家建议每人再来一碗面食就差不多了。面食品种多多,有臊子面、扯面、豳豆面、棍棍面、酸汤面、裹裹面、裤带面。咦!还有 biáng biáng 面。

店家笑道:"当然,做面先是要把面和好,揉到,最后是面要饧好。"从屋里走出一个身材丰满的少妇,冷着脸斥责道:"你光坐在这哒谝闲传哩,不把面揉到、饧好,咋做饭么?"店家笑容登时僵在脸颊上,尴尬至极,只得转身进厨房和面去了,嘴里发泄着不满,嘴里依然絮絮叨叨着:"打到的媳妇揉到的面,把他家的,把他家的。"

虞国公和芮国公相互对视一眼,忍不住呵呵笑起来。

"周原真乃面食之乡,名不虚传。"虞国公问道,"掌柜的,我有一事不明,裹裹面是何面?你男人最后说的那个面又是甚面?"

店家婆娘扭捏着胖身子,鼓凸的乳房仿佛两只闹春的鸽子,晃悠悠,喜颠颠,呈振翅欲飞状。她笑嘻嘻接言道:"客官新来乍到,自然不知周原此类面食了。所谓裹

第二十七章　为地盘虞芮兵戎齐相见　赴西岐道德之乡受感染

裹面么，就是杂粮粗面外面再裹一层细面，再把它擀成一团面，包裹的面么。biángbiáng 面，比扯面稍宽，比裤带面稍窄些。"

芮国公兴趣大增，问道："这字咋写？"店家婆娘难为情的摸摸头，曰道："这下倒把我箍住了。说实话，我也知不道咋写哩。反正扯面时要在案板上用力摔打，发出的声音就是 biáng 儿 biáng 的。"

旁边一个玩耍的小男孩仰起头来，眨巴着眼睛，继而插言道："我爷说咧，井字里一点就是 biáng 么。"店家婆娘笑道："对，对。我爹是说过，井里撂一块石头，不就是 biáng 的一声么。"

男孩捡一节柴棍，在脚地上歪歪扭扭地写了一个"丼"字，站起身来高声喊道："看，我爷说的就是这么一个'丼'字。"

"咦！有趣。"虞国公笑得合不上嘴，曰道，"对，今天就吃一碗'丼丼面'。"

店主婆娘微笑着离开，心里却偷着乐，揶揄道，去球！一个丼丼面么，盖差一点把客官舌头的卯给裂了。芮国公扭头瞧见，一位老妪正坐在厨房门前，用缝衣针细划从山野中采挖的小蒜苗，心里叹曰，此地人心细如发，做事细腻，啥事都能做到极致也。虞国公遂想，做饮食就是凭良心。食客不言，腹中有数。

一顿饭吃得尽兴，两人乘兴四处游街。城中街上行人渐渐稀少，路灯灰暗，一处空旷平地上，白色圆圈内站着一个壮汉，兀自垂手直立，身后竖一木桩。常有路人匆匆走过，并未停步注目。虞国公甚觉奇怪，忙拦住一行人询问详情。路人曰道："此人是待审囚犯，只等西伯明日发落。"芮国公问道："犯人若乘夜色逃遁，岂不一溜了之？"路人笑道："看来客官不明事理。西岐境内没有牢房久矣，此乃'画地为牢，竖木为吏'是也。"毕，疾步匆匆离去。

虞国公心里怎么也想不通，犯人收监羁押于牢房，古往今来只如此。况且，罪犯凶残，若如此宽泛地刑事管理，岂不乱套？他径直走到犯人跟前，明知故问道："这位乡党，我已经观察你多时了。眼看天色已晚，夜幕降临，且路人稀少，惟独你在此地站立，形影相吊，却为何故？"

嫌犯抬头看一眼，垂泪泣道："客官有所不知。小人乃北山四方沟山民，平日里以砍柴为生，贱内家里养一圈母鸡，补贴家用。今日逢集，我挑着担来卖鸡蛋，再换些五谷杂粮，一家老小尚可果腹度日。不料，集市人流如织，我左躲右闪，生怕把鸡蛋筐碰翻。众人拥挤时将一老者掀倒，额颅正好碰在我的挑担上，顿时血流满面。我将老叔送到医馆诊治完毕后送至家中，遂向官家自首，故而才被羁押在此。"

虞国公长舒一口气，继而问道："你的家人，可知晓此事？"

嫌犯怅然答道："官家已经派人通知小民家眷。我家在北山深处，加之路途遥远，恐怕一时无法前来看望了。"

大 周 原

芮国公忙问道："无意为之。那你总不能眼巴巴挨饿么？"

正在此时，一位白发苍苍的老妪提着一瓦罐饭食，颤颤巍巍地来到犯人面前，揭开苫布，嘴里曰道："我的娃，你趁热吃。我刚把你老伯安顿好才赶来，娃你甭嫌弃老姨的手脚慢么。"

集市上路人拥挤，无意间碰到老翁；老翁身体趔趄着倒向挑担子，额头受伤；挑担的汉子送老者去医馆诊治，又将他款款送回家园；汉子投案自首，被"画地为牢"羁押此地；伤者老伴操心肇事者，送来晚餐，竟然自责不已。虞国公和芮国公两人听得清清楚楚，看得触目惊心，彼此心里，却五味杂陈。如此民心，宛如清水河的石头一样清澈透亮；浓浓乡情，恰似天空一般蔚蓝洁净；普天之下，倘若像周原如此和谐，焉能不为太平盛世也哉！

汉子一整天水米未进，饥肠辘辘，端起瓦罐，呼呼噜噜吃了个干净。他放下瓦罐，跪在地上给老妪叩首谢恩。老妪临走时再次叮咛道："我娃，你且放宽心，你伯在炕上躺几天就好咧。可怜的娃，你要犯的是家法，咱早就私了了。可你犯的是国法，咱就得听从公家判决发落么！"毕，她拄着拐杖，蹒蹒跚跚地离去，消失在夜色之中。

芮国公故意逗汉子，曰道："虽说你犯了国法，误伤老人。但毕竟不是有意为之。况且，此处无人看守，为何不趁着夜色逃遁乎？"

"客官何尝不知，西岐民风淳朴，此非一日之功；周原道德之乡，绝非浪得虚名。我等臣民，遵法守纪久矣，自觉道德规范，且已蔚然成风。"汉子凄凄然笑道，"不过。我等周民心中还存储一禁忌，西伯侯演绎周易八卦，堪若神算子，扪心自问，谁人焉能逃脱此劫哉？"

芮国公佩服得五体投地，赞曰："圣人之所以为圣，绝非雕虫小技可以忽悠。西伯侯姬昌教化子民，深隐骨髓，达到如此这般境界，真是用心良苦也。"

虞国公念及汉子家境贫寒，又遭遇此劫，于心不忍，从衣兜里掏出一把货贝，塞到汉子手里，汉子坚决不收，泣道："小民与诸位客商大人萍水相逢，陪同我度过一段寂寞时光，已经感恩不尽。焉能不知深浅，惟利是图。假如无功受禄，必将寝食不安。"二人见汉子执意分文不取，只好依依告别，回到客栈，仍然辗转反侧，夜不能寐。

月夜的周原幽雅寂静，清清爽爽，莹莹月光洒满在窗棂之上，弥漫着慵倦的温馨。天空飘着纱巾似地片片流云，空气中洋溢着奇花异卉的阵阵暗香，墙脚外传来无名草虫的声声喧嚣……

日上三竿，虞国公方才醒过来，与芮国公一起用早餐，店家端上的是蒸馍、荠菜和拌汤，几人吃得津津有味。虞国公曰道，咱们再到别处转一转，看一看，再造访西伯侯不迟。芮国公亦认为此主意甚好，难得有此机会，不妨借机多多考察西岐，对治理国政当是前车之鉴。几人出了北门，乘车朝北山根而去，村舍密布，祥和平静，偶

第二十七章　为地盘虞芮兵戎齐相见　赴西岐道德之乡受感染

尔有农人走过来,见车来便侧身站立一旁,微笑着等车驶过,才继续前行。

车行山下,几人沿着坡路徒步进入青山峻岭,但见悬崖侧畔草木葱笼,绝壁挂柏悬松,鸟啼雀鸣枝头之上,唧唧喳喳,野鹿时而出没,在树丛中探头探脑,撒欢的野彘咆哮山林之中。此情此景,别有一番幽静野趣。苍松翠柏之中,有双峰对峙,俗名箭括岭。《西京赋》注曰:"山有两岐,因以名焉。"

回眸周原,零零散散的村庄农舍,尽收眼底。虞国公与芮国公走得气喘吁吁,坐在一块大石头上休息。忽然听到身后树林里有人大声说话,等到他们脚步声渐近,方才看清是一老一少两个猎户。深山密林之中不期而遇,两拨人都有点猝不及防,相互点头问候。年轻猎户放下身上扛的野鹿,头顶热气腾腾,他用手在脸上来回扇着。

老者放下手提的几只野兔和呱啦鸡,上前一步作揖道:"客官到此处游玩,可否看见还有猎人到此?"虞国公答道:"我们一路走来,亦有两个多时辰,途中并未见到他人。请问老丈,你问此何故?"老丈伸伸腰,叹一口气道:"我们爷父二人,长年在此狩猎。今晨射中一只野鹿,细察才知道,此鹿早已身中一箭,奄奄一息。我们无功受禄,自然不敢独吞。故此询问客官。"芮国公笑道:"野鹿本来就是无主之鹿,既然获得,天经地义,何必多此一举?"老丈摇摇头,曰道:"人不知道,天却睁着眼。人心不古,焉何做得西岐臣民乎?"虞国公问道:"倘若猎户永不再来,此鹿如何处置?"年轻猎户哈哈笑道:"我们只好上交官府处置,绝不贪图此等小便宜。"

虞国公和芮国公目相觑,无言以答,默默告别猎户,下山时一路沉默不语,回到客栈,依然相对无言。虞国公心事重重,芮国公亦是满腹疑虑,窗下一盏油灯,晃晃悠悠地燃烧着。虞国公终于憋不住,曰道:"此次周原之行,感慨良多。西伯侯治下之西岐,民风淳朴,谦恭礼让,亘古未有。两相比拟,天地之别,吾自私自利,惭愧莫及也。"

芮国公叹气曰道:"岐周朝野,礼让成风。周族上下,友爱团结。吾一叶障目,惟利是图,真是悔之莫及矣。"

虞国公情绪激动地站起来,在屋内来来回回走了几圈,高声曰道:"为区区地盘,我们两国兵戎相见,死伤无数;争夺铜矿资源,毗邻翻脸,大动干戈,造成多少孤寡人家!"

芮国公脸色通红地曰道:"虞芮之争,愚迷不悟;城门失火,殃及池鱼;你我所为,乃岐周所不齿也。"

虞国公亦被芮国公一番真言所感染矣,他顿顿曰道:"此地原本属芮国所有,只有物归原主,吾心里方能平静耳。"

芮国公大吃一惊,连连摆手拒绝道:"此地荒芜久矣,正因虞国勘探开采,方才大放异彩焉。故此,虞国享有,天经地义。"

正在两人相互谦让之时,有人敲门,虞国公开门一瞧,似乎有点面熟,却一时无从想起。原来是猎户父子,费尽周折方才找到客栈。虞国公连忙让座,盛水端上,猎户看来真是渴矣,二人各喝下一老碗水,方才细叙缘由。老猎户舒一口气,问道:"二位客官,可曾遗失甚么宝贝?"

虞国公和芮国公登时一愣怔,眨巴着眼睛不知所云。

老猎户微笑道:"你们再想想,是否遗失了身上的挂件?"

虞国公摸摸身上,摇摇头。

芮国公摸着,摸着,"哦"的大叫一声:"我的腰牌丢了。"

老猎户给儿子使个颜色,小猎户从衣兜里掏出一块和阗玉牌,晶莹剔透,润如羊脂。芮国公接过腰牌,把它捧在眼前,喜不自禁,连声道谢。老猎户曰道:"我们爷父俩在箭括岭等到太阳落山,方才等来射鹿的猎户,送还猎物后正欲下山,忽然踩到这块玉牌。此物豪华,有贵胄之气,绝非寻常百姓家所有,我们便骑马追到城里,却不知道客官下榻何处,只得一家一栈寻访,故而到此时才找到你们。"

芮国公连连作揖,声声道谢不已。

虞国公问曰:"既然老伯知晓此玉牌价值连城,何不藏匿乎?反而不辞劳苦,深夜送还与我。费工误时,多不划算?"

老猎户呵呵大笑道:"不贪无义之财,乃西岐普世良知之守则。物归原主,为周原公德广兴之使然。"

芮国公掏出一把钱贝答谢,却被猎户婉言谢绝,就此告别。芮国公忙问猎户家在何处?老猎户回答一句"礼村",便扬长而去,骑马消失在夜色里。

"礼村,礼村。"虞国公感慨不已,"周礼之村,道德之乡。佩服,佩服。我真的是佩服得五体投地。"

芮国公接言道:"周原世风淳朴,民心良善;夜不闭户,路不拾遗;画地为牢,竖木为吏;公平交易,童叟无欺。若不是亲眼所见,当为天方夜谭。吾痛定思痛,茅塞顿开,真是不虚此行。"

虞国公叹口气,曰道:"你我前去西伯侯处裁决,岂不是自取其辱乎?"虞国公和芮国公几乎异口同声地道:"我等小人,不可履君子之庭!"至此,两人方才各自解开心结,彻底地冰释前嫌。

翌日清早,虞国公和芮国公一起来到凤雏宫内,向西伯侯告辞。姬昌闻之二人此行所见所闻,随之开怀大笑。他遂建议两国联合开发铜矿,共享利益,况且西岐亦需大量铜材,乐见其成,虞芮亲密一家,两全其美,岂不快哉!

第二十八章

姜尚修兵书规划天下　岐伯尝百草为民除疾

　　姜尚主持建造灵台完毕后，紧接着整顿吏治，对周庭里存在的办事拖拉、推诿扯皮和懈怠散漫之风进行了严肃地查处，一时间西岐官场里人人自危，官不聊生，少数职别较低官吏不堪忍受严厉处置，辞去公职，抑或摆摊经商，抑或回乡务农。甚至还有极个别官员心怀不满，造谣诋毁姜尚无事生非，以显其能。这些闲话传言很快地传到姬昌耳中，他却依然不动声色，我行我素，仿佛从来未发生过一样。

　　姜尚在郁闷中度过一段时光，开始静下心来，对其篆刻多年的兵书做了进一步修改，直到无懈可击，才抱着它来到凤雏宫，请姬昌予以审阅。

　　姬昌握着姜尚粗糙不堪的手，瞧见右手大拇指和食指尖厚茧累累，虎口处还有道道血痂，关切地问道："太师夜以继日，大功告成也。"姜尚答道："勤能补拙，锲而不舍，总算完成了多年心愿。"姬昌将兵书轻轻放置身后，曰道："太师鸿篇巨著，我当细细品读才是。"姜尚作揖道："尚心中忐忑不安，期待主公斧正耳。"

　　"太师前一段时间整顿吏治，周庭面目为之一新。"姬昌心情大悦道，"我看在眼里，喜上心头。"姜尚试探着问道："西岐要图谋天下，周庭依然安于现状，小打小闹，安堵如故，死水一团。老臣亦是心急如焚，不得不作为焉。"姬昌赞曰："太师居安思危，雷厉风行地整肃懒散吏治，横扫萎靡不振之风，周庭上下如春风拂面，西岐若万象更新。大小官吏，意气风发，如此革新洗面，多年未见，予欣喜不已。"姜尚连连作揖道谢："只要主公体谅臣一番劳苦，姜尚万死不辞焉。"姬昌笑道："太师功在当朝，利益万代。岐周有太师执掌帅印，何愁不王天下乎？"

　　"老臣初来乍到，主公冰心玉壶，坦诚以待。臣以为，凡是器量覆盖于天下者，总能包容天下；凡是诚信誉满天下者，才能约束天下；凡是仁爱施与天下者，方能怀柔于天下；凡是恩惠撒于天下者，定能永保于天下；凡是权威驰骋于天下者，必能掌控天下。"姜尚曰道，"主公雄才大略，气度不凡。凡遇国之大事，定要果断英明，雷厉风

· 183 ·

大周原

行,绝不迟疑。否则,就会失之交臂,机遇则转瞬而去矣。顺应天体运行之规律,遵循四时变换之更替。为天下人谋利益者也,人民则会欢迎他;为天下人谋幸福者也,人民则会拥护他;为天下人安居乐业乐此不疲者也,人民更会依赖他。反之,倘若为害于天下人者,人民就会反对他;荼毒于天下人者,人民就会仇视他;危害于天下人者也,人民就会躲避他。天下不是一个人的天下,只有修身养性品德高尚的王者,才能担负起统治天下之重任;只有心中时刻装着黎民百姓的明君,方能重现尧舜仁政之盛世;只有心地坦荡发愤图强的圣贤,更能使一方土地五谷丰登,安定和谐。"

姬昌听得热血沸腾,脸颊通红。他拊掌大笑道:"听君讲话,宛若清风徐来,爽美不可言矣。纵观天下,风云激荡。商王暴虐成性,朝歌黎民苦不堪言。我欲效法尧舜,图谋天下,拯救于四方百姓于水深火热之中。此举绝非易事,关乎到西岐生死存亡,不知太师有何妙招?可否指点一二?"

"主公几代人前赴后继,励精图治,已经在岐周打下一片瑰丽江山。倘若不思进取,守住这一方乐土,倒也自娱自乐,悠哉悠哉。"姜尚话锋一转,接言道,"然,大丈夫胸怀天下,建立霸业,方能青史留名。鸷鸟在九天飞翔,欲攻击猎物之时,必先收翼盘旋;猛兽面临生死搏斗之时,必先四肢伏地,蛰伏待扑;圣贤要实行重大行动之前,必先低吟浅唱,言信行果,继而快刀斩乱麻耶。"

姬昌点点头,微笑道:"人,有时候还是要低调一点的。否则,蒸笼揭得过早,蒸的馍不就夹生了?"

"大智若愚。"姜尚笑道,"主公真是一语中的。明君礼贤下士,施惠于民众,民心方可凝聚;天兆人祸,才能兴师动众,高举义旗,讨伐逆贼;尤其是要对敌国内部了若指掌,探试君臣关系是否紧张?朝野是否离心离德?军队是否涣散乏力?民众是否怨声载道?知己知彼,方能立于不败之地。"

姬昌曰道:"吊民伐罪,替天行道。人神共愤,所向披靡。"

"此乃坦途正道。明君义旗一挥,麾下勇士聚集;攻城拔寨,勇不可挡;万众一心,攻守相济;追逐群兽,余勇尚可;同船共渡,无敌天下。"姜尚慷慨激昂地言道,"现在朝歌内外,纣王依然荒淫无度,奸佞兴风作浪,忠良遭受排挤,官吏暴虐成性,军队一盘散沙,黎庶百姓,叫苦连天,田地荒芜,禾苗枯萎,野草疯长,民不聊生。整个朝歌,已经是日落西山,暮气沉沉,无药可救矣。主公倘若能效法先贤,举义旗号召天下英杰,四方诸侯,同心协力,则能一举夺取天下也。旭日照耀长空,则万物沐浴阳光;皓月映照碧野,则百草感其温馨。正义之师,所向披靡,仁德所治,天下归心。民众之快乐,则是君主之快乐;民众之幸福,当是君主之幸福。主公难道不想领略如此快乐与幸福乎?"

姬昌何尝不知,姜尚这番话当是为兴周灭商之宏大战略构想,也与他多年来苦

第二十八章　姜尚修兵书规划天下　岐伯尝百草为民除疾

苦探索并为之实践的方略基本一致。此前,岐周几乎没有一人能和他的设想合拍,图谋天下的宏略趋于一致。安邦治国,姜尚将是他欣赏并倚重的第一帅才,苍天既然将此人慷慨地赠与岐周,姬氏一族十几世梦想,焉何不能实现哉?

正在此时,忽然散宜生急急赶来报告,雍河一带突发急症,十余个村落农人咳嗽不止,却不知为何病?姬昌又详细询问周原其他地方,是否亦有同类病症?散宜生答道:"其他地方一切正常,如果不加防治,随时都有蔓延开来之可能。"姬昌蹙眉道:"快命岐伯前往诊治,不得有误。"姜尚随即曰道:"重大疾病流行,关乎社稷安全。近日内商贾往来,要严加防范,不得任意传播小道消息,以免引起民众恐慌,使歹人突发念想。"

姬昌心里暗忖,姜尚大处着眼,小处心细如丝,真乃神人是也。

散宜生忙令人去请岐伯,老半天不见动静,他急得在屋内团团转,两个多时辰过去,岐伯这才急匆匆赶到。散宜生询问其为何姗姗来迟?岐伯答曰:"老夫惊悉雍河一代有流行疾病肆虐,刚上山采药归来。"散宜生这才舒一口气,将病情简单言明。岐伯曰道:"此病成因未明,一时尚难以有效防治。"散宜生急道:"主公爱民如子,先生可不敢怠慢。"

岐伯笑道:"从医者以治病救人为天职,焉能不竭尽全力?散大夫放心,有岐伯在,病魔必将无处可逃矣。"

散宜生叮咛再三,若是需要人手协助,尽可言明叫响,总而言之,一定要尽快地控制住病情传播,使病患者早日康复。

岐氏一族世代为医,悬壶济世,广施恩泽,声名远播。若考岐下地望,从岐山东岭之下的牛头东侧顺麻刺沟而下,至小石沟出山,右转向西,经三龙山而达肖家坡铁橛山,再右拐沿石沟河而上至曹家沟口,向东北方过桃沟、花豹湾,其尽头又回到了牛头山。这一大圈与岐山的主峰是可以划分开来的。倘若鸟瞰,这酷似一个大太极图,这一大圈中的马刨泉和吐儿嘴,好似阴阳鱼的两只眼睛。魂来沟正是在这太极图与周原切面的中心点上,而西杜城在岐山三龙之阳,且魂来沟一线贯南北,作为岐山与岐水的纽带,杜城村与岐山箭括岭壑口正对,自古以来也是岐山故道必经之地。岐伯就出生于这个名叫西杜城的村落。

中国在三皇时期,"易"之思想,业已形成。《易·系辞上》:"易有太极,是生两仪。"姬昌居羑里又演绎周易八卦,集大成也。岐伯知晓医易虽不同源,但却有"不知易不足以言大医"之彝训。

岐伯天资聪敏,志向远大,善于观测,勤于思考,求知欲极强。凡春秋寒暑、山川草木、风土人情等自然界物象,均烂熟于心胸。但其家境日渐衰落,其父岐祖诊病无数,却对自己妻子的病症无法医治。更意想不到的是岐祖在一次巡诊中,不幸跌入枯井遇难。少年丧父,人生三大不幸之一。岐伯眼看着母亲重病缠身,心急如焚,却无计可施,只好每日里去北山里采摘草药,尝试药性,并一一记录在案。箭括岭下草木繁茂,草药有上百种之多。一日,岐伯上山采药下山途中,碰见一个白胡子老头在悬崖旁边呻吟不已,显得十分痛苦。原来老者不幸摔伤膝盖,已在这里躺倒多时,奄奄一息。岐伯连忙将老者背下山来,一路举步维艰,已经累得气喘吁吁,正好碰上本村一个砍柴的邻居,这才让老者躺在推车之上,小心翼翼地推回家,此后精心照顾一个多月,方才转危为安。

岐伯询问老者是何方人士,是否应该尽快通报家人,以免他们惦记。老者自我介绍他叫中南子,真名僦贷季。他长年在周南山中采药,并云游四方,为世人解除病患。这次来箭括岭采药,不料脚下一滑,差点掉进悬崖峭壁,多亏岐伯相救,这才保全了性命。且又不厌其烦,精心照料起居,方才转危为安。岐伯安慰道,先生拯救天下苍生,功德无量,后生钦佩不已,此区区小事,何足挂齿。这天清晨,中南子终于下得炕来,拄着木棍在院中散步。岐伯扶着母亲出来晒太阳,中南子作揖问安。岐伯母亲问候道,寒舍简陋,委屈先生了。中南子忙还礼道,感谢岐母,养育岐伯这样一个仁义孝子。僦贷季真是三生有幸,这才捡得一条性命。岐母曰道,医家治病救人,天道使然。蓦然一阵旋风袭来,院子里树叶随即飘零起来。岐伯怕母亲受凉,赶忙搀扶她进了里屋。中南子亦转身回屋,不一时岐伯来问安。中南子问道,你母亲面黄肌瘦,有何病症?岐伯答道,不知何故。父亲岐祖在世时,曾多次诊治,未曾见效。中南子笑道,医家医术再高,医得了他人,却医不了自家人的。岐伯问道,这又为何?中南子答道,医家诊病时,闭户塞牖,系之病者,数问其情,以从其意,得神者昌,失神者亡。而面对自家里的病人,医家往往心神不定,自然就无法对症下药了。岐伯忙问道,先生刚才观察我母,她病状如何?中南子眉头紧蹙,曰道,你母亲此病久矣,必须下猛药救治,否则……他咽下后半句话。岐伯闻此言后,登时伤心不已,大放悲声。中南子好言相劝,答应竭力予以救治。他开出一剂以益母草为首药的益母丹方剂,七剂为一疗程,岐母连服三疗程,红光满面,病态皆无。期间,四方百姓闻讯赶来求诊,中南子来者不拒,并以此手把手地传授岐伯医术,掌握脉理,味尝百草。

忽一日清晨,中南子不翼而飞,消失得无影无踪。岐伯大哭一场,朝南山拜了又拜,从此在周原巡诊救人,声名为之大震。

岐伯骑马来到雍河,依次对上游水源与周边环境做了勘察,天时地利,似乎并无大碍。他随即询问村中老者获知,有风袭来,他们只是偶然闻到过几回异味。村中人据此便口口相传,说是老天爷降罪于庶民也。岐伯闻听此言,又紧接着在周边多个村落察看巡诊,依然无法找到病源。岐伯一夜未眠,辗转反侧,若有所思,看来这只是一场群癔症现象,但异常气味之来源,却一时无从查起。

第二十八章　姜尚修兵书规划天下　岐伯尝百草为民除疾

岐伯赶到西岐城内,将两日以来勘察病源详情,向散宜生做了汇报。

散宜生问道:"民心乱矣,国则不稳。疾病流行,国将灭矣。周原若受瘟疫侵扰,必将影响主公兴周灭商之大业。请问先生,将用何法驱除病魔乎?"

岐伯答道:"岐伯不才,愿殚精竭力,消除病患。我昨夜苦思冥想,既然空气中时常有异味浮现,则证明雍河附近有污染之源,继而燃烧所致焉。"

散宜生曰道:"倘若如先生所言,即刻派出大队兵马沿河两岸,状若渔民拉网式一般仔细搜查,何愁不能发现污染之源哉?"

岐伯答道:"千军万马地毯式搜索,倒是良策。问题是污染源时有时无,时隐时现,宛若小儿捉迷藏一般飘忽不定,大队人马亦无济于事。"

散宜生听得哑口无言,一时愣怔。岐伯思索许久,开口言道:"我倒有一法,以暴制暴,以牙还牙。"散宜生眼睛一亮,急急问道:"先生快快讲来,急死我也。"

"污染源头,当是不明燃烧物所致耶。"岐伯一字一句地曰道,"散大夫莫急,听我细细辨析。村民闻此怪味,甚觉不适,则是异味污染空气而为者也。周原土著,自古则有用翠柏树叶熏虫之妙法。我想借此方法来洁净空气,亦是不得已而为之也。但是,此次所用柏树之树叶数量巨大,还望散大夫从中协调。"

散宜生答道:"主公虽然严谨砍伐树木。此次病情蔓延,祸害百姓。黎民健康,惟此为大。他一日三问,绝不会因此而怪罪先生也。"

岐伯呵呵笑道:"人心齐,岐山移。只要令箭在手,岐伯保证马到成功。"毕,他马不停蹄地来到雍河旁边,将周边地形地貌仔细观察一遍,这才发现南坡之上,有一片茂密的柏树林,郁郁葱葱,甚是伟岸。岐伯命兵士们爬上柏树,砍伐树枝。而此时有风从东方来也,岐伯顿时醒悟,若是错过风向,将悔之晚矣。岐伯当机立断,命兵士们爬上树梢,直接用火把点燃翠柏树尖,不一会儿,漫天浓烟滚滚,天地中一刹那间,登时化作一片火海,噼噼啪啪作响,燃烧约半个多时辰。蓦然,狂风大作,雷声滚滚,一阵瓢泼大雨,从天而降。兵士们虽然被浇成落汤鸡,却依然欢呼跳跃,欣喜不已。

一阵炸雷响过,雷阵雨骤然间停息,太阳仰着笑脸,又从云层里钻出来,金色的阳光普照大地。只是南坡之上,那一棵棵苍翠欲滴的柏树,个个被火烧成秃尖儿,无可奈何地直戳苍天。不一时,就有监视临近村落的官吏来报,雍河上下,芳草萋萋,河道川原,碧空如洗。偶尔有浮云飘过,大地风和日丽,气流洁净。村人甚觉奇异,蟒蛇一般贪婪地大口呼吸,嗓子清爽顺畅,妇孺皆欢,翁叔皆喜。

一场不明原因的瘟疫,被岐伯以燃烧柏树枝叶而予以化解了。

西伯侯甚觉神奇,特在凤雏宫内设宴招待岐伯,姬发、姜尚、散宜生等悉数陪同。席间,姬昌频频举杯,并嘱咐岐伯承继先贤医术,发扬光大,为岐周军民健康保驾护航云云。

第二十九章

韬光养晦姜尚练兵布阵　　朝歌朝贡姬昌见缝插针

　　这一日,风和日丽,姬昌在凤雏宫内全神贯注地研读姜尚著作的兵书,他一整天独坐于室内,愈读兴致愈高昂,愈读情绪愈激动,时而拍案叫绝,时而沉思不语,时而朗声吟诵,时而掩卷遐想,真是达到物我两忘之地步,以至于夜幕降临,华灯初上,依然手不释卷,足不出户。

　　太姒一天几次地在门口张望徘徊,进退两难,丈夫已经一天水米未进,心疼不已,且又怕自己贸然进入,打断他的思路。她何尝不知丈夫每逢决策国家大事,总是大门不出,二门不迈,将自己独自关在室内,苦思冥想。每每于此,太姒虽然担心丈夫,却也无计可施,只能默默等待。

　　忽然大门推开,姬昌走出房门来,大声喊道:"快快端饭,饿死老夫也。"太姒走过来,嗔怪道:"你还知道肚子饥?"姬昌笑道:"人是铁,饭是铜,一顿不吃饿得很。我又不是石人,咋能不饿么。"太姒连忙招乎家丁上饭,嘴里仍然抱怨道:"我看你也跟石头差不多的。"

　　姬昌笑道:"石头不语,乃自然之造化焉;圣贤慎言,为慎独之奥秘也;群鸦乱噪,夕阳西斜黄昏将至矣;池蛙齐鸣,玉壶东悬星空正逢时也。"

　　"咦咦咦。"太姒揶揄道,"夸你细发很,你还说自个在针屁眼里歇脚哩。"

　　"呵呵。"姬昌撇撇嘴,摇摇头,无可奈何地笑道:"如此看来,凡圣贤之宏论箴言,对天可讲,对地可言,惟独对贱内不可言也。"

　　太姒白夫君一眼,正欲发作,家丁遂将一盘菜和一碗饭端上来,姬昌席地而坐,端起饭碗,风卷残云一般呼呼啦啦吃下去,抹着嘴,赞曰道:"今天这饭香,美得很,莫非是夫人亲自下厨做的么?"

　　太姒笑道:"今天看来我老汉心里倭也得很,还知道疼婆娘,夸婆娘,噫嘻,日头真是从西边出来了。"

第二十九章　韬光养晦姜尚练兵布阵　朝歌朝贡姬昌见缝插针

"看来夫人就是趴在我身上的虮虱,啥好事都瞒不过的。"姬昌忍不住嘻嘻笑道,"夫人,我今日可读到一册奇书。此书乃姜尚先生所著兵书,奇辞奥旨,前无古人;奇文瑰句,后无来者。得此书者,可以驰骋天下,所向披靡;攻无不克,战无不胜。"

太姒赞曰:"千军可得,一将难求。有太师尽力辅佐,夫君一定能夺取天下耶。"姬昌打趣道:"姬昌王天下,夫人可就是王后了。"太姒白一眼夫君,撅嘴道:"我才不稀罕甚王后不王后。只要天下人都幸福安康,太姒亦是莫大的幸福。"

妻贤夫祸少。姬昌望着太姒头上的丝丝银发和依然端庄的脸颊,不由得感慨万千。她多年来相夫教子,默默伴随左右,从来以家国大事为重。糟糠之妻不下堂,一腔心思在姬门。他一把搂过妻子,用手拨弄着太姒的银发,满腔深情,却一时不知从何谈起,最后,只有十分温情地道谢一句:"夫人,你真的是辛苦了。"

太姒头枕在夫君肩上,默默无言,此时此刻,方才感觉到从未有过的莫大幸福,两行热泪仿佛断珠一般,顺着脸颊悄然流下来。

不知过去多少了时辰,太姒这才从兴奋中回过神来。她不好意思地摇头笑一笑,自责道:"人将老矣,其言亦善。"

"时光荏苒,白云苍狗。"姬昌长叹一声,继而答道,"岐周图谋天下,完成十几代先祖梦想,昌甚感肩上责任之重。岁月如梭,白驹过隙,故而我时刻不忘使命,从无懈怠。姜尚乃百世之师,苍天慷慨赐我,天下必然归于一统矣。"

太姒关切地曰道:"夫君,你毕竟不太年轻,做事亦要量力而行。有些国政大事,尽量交付姬发和他的兄弟们去打理。"姬昌点点头,曰道:"今夜拜访太师,仍然要叫姬发和姬旦一起前往,聆听教诲,毕竟未来社稷江山,还得靠他们承继打造。"太姒皱起眉头,责怪道:"刚刚说过你不要连轴转,怎的又要夜访?"姬昌答道:"岐周开国之大业,将要在今夜定夺。夫人,如此重大之历史转折与决定姬氏一族前途命运重要时刻,我咋能缺席么?"太姒嘟噜着嘴,曰道:"反正我即使长着八张嘴,纵然也说不过你的。"

姬昌和姬发、姬旦一起来到太师府时,大门已经关上,姬发喊了一阵,邑姜这才将门打开,迎了进去。姜尚正在灯下苦苦思索,见姬昌父子们深夜来访,略感意外。他连忙恭请主公与两公子入座,邑姜端上茶来,几人扯一阵闲话,便进入主题。姬昌曰道:"太师,你的兵书我已拜读完毕,真是眼界大开,获益匪浅。今夜来访,我想与太师再做进一步探索,不知你意下如何?"

姜尚微微一笑:"主公不请自到,业已登堂入室。姜尚焉能无情无义,拒人于门户之外乎?"姬昌朗声笑道:"不速之客,不请自来。太师兀自烦恼,看来只能乖乖就范耶。"

邑姜在一旁插言道:"其实,我父亲早就知道主公要来寒舍,故而提前告知与我。

189

小女未及时开门,正在厨房里准备夜宵,真的是慢待姬伯了。"

姬发深情地看一眼邑姜,但见得花季少女双目溢彩,清澈透底,披肩之乌发长若瀑布,楚楚动人,在油灯之下更添几分妩媚。他不由得心中为之一颤,慌忙低下头去。邑姜似乎亦感受到姬发的异样眼神,她登时脸若丹云,霎那间乱了方寸,扭身疾步,慌慌张张地走开。姬昌看一眼姬发,又看一眼慌忙离去的邑姜,心里暗暗窃喜。姜尚亦是看在眼里,喜上心头,嘴角微微一撇,依然不动声色地微笑着。

姬旦用胳膊肘轻轻碰一下二哥,朝远去的邑姜努努嘴。姬发脸色暗红,表情极不自然。一时间,屋内寂静的只剩下几人的呼吸声。

姬发的神情愈发不自然。姬昌却沉着脸曰道:"好!好!只要填饱肚子,这下就可以通宵达旦,扯他个野马长缰绳了。"

几人说笑一阵,便围坐在榻前,开始品茗论道。

姬昌遂将一捆简书送给姜尚,曰道:"此乃太师呕心沥血之作,字字珠玑,句句经典,予拜读再三,钦佩至极。战争谋划,高屋建瓴;战术安排,面面俱到;战斗方略,出其不意,繁复易懂,有条不紊,统而叙之。真是令人读后大开眼界,拍案叫绝。"

"过奖,过奖。"姜尚双手抱拳朝姬昌致礼道,"尚闭门造车,出门是否合辙,还需主公多多校正。"姬昌曰道:"太师过于谦逊矣。我尚有一些疑问,还需请教一二。"姜尚答道:"主公请讲。"

姬昌问道:"谓之'全胜不斗,大兵无创',诚然为将帅用兵如神之崇高境界也。太师若此用兵,怎样才能攻无不克战无不胜?"

姜尚答道:"要达到'全胜不斗,大兵无创'之高度,绝非轻而易举之事。战争乃政治之延伸拓展,军事又是推翻残暴朝政之最终手段。若要做到不战而屈人之兵,则需运用各种计策与谋略并以此渗透瓦解敌国,使其君臣虩虩相处,官宦之间众叛亲离,方能致使庙堂腐朽,继而土崩瓦塌矣。而彼此之间力量悄然转换,做到此消彼长,当为敌衰我强之时,不战而胜之。诚然,所谓水到渠成,马到成功是也。"

"何谓文攻?"姬昌直截了当地问道,"难道武卫不再重要?"

"二者相辅相成,缺一不可。"姜尚答道,"所谓文伐,乃是上乘之政治手段:一曰深藏不露。表面顺从,蛰伏待机而动,暗地因势利导;二曰投石问路。近奸佞,远忠臣,诋贤良;三曰贿赂权贵。窥闲伺隙,使之愧天怍人,离心离德;四曰投其所好。奉送珠宝美女蛊惑君主,使其纵情淫乐,无暇国事;五曰离间忠奸。略以小恩小惠于忠臣,继而冷落,使之寒心,再诱惑赞美奸佞,使其趾高气扬,不可一世;六曰无事生非。串通收买朝中权臣,散布朝外大臣一心二用,使之内外交困,自相残杀;七曰麻痹对手。不定期地朝拜敌国君主,诱惑其醉生梦死,使之财粮匮乏,国库空虚;八曰与虎谋皮。充分利用敌国君主之信任,游刃有余地图谋自身利益;九曰投桃报李。尊其

第二十九章 韬光养晦姜尚练兵布阵 朝歌朝贡姬昌见缝插针

所需,满足虚荣,抛得愈高,摔得愈重;十曰假意屈从。利用一切机会与朝廷重臣称兄道弟,毕恭毕敬,伺机而动,见缝插针;十一曰混淆黑白。谎报军情,以售其奸。密结党朋,暗勾谋臣。巧布流言蜚语,伺机混淆视听,正所谓真作假来假亦真;十二曰乱中取胜。所谓火中取栗,巧使手段,方能致使君臣离心,将相不合。继而大厦将倾,分崩离析。"姜尚说得唾沫飞溅,口干舌燥,他呷一口茶水,接言道,"以上办法,当是以弱胜强之首要前提。虽然一些计谋,略显诡异,亦无法摆上几面,其做法自然有待商榷,却是削弱敌国,战无不胜攻无不取之有效途径。有道是古往今来只如此,当以胜败论英雄。只要能达到图谋天下之最终目的,至于后人如何评说,焉能顾上许多说辞乎?"

姬昌曰道:"靡不有初,鲜克有终。先古圣王多言称战争为凶残之器具也,万不得已,不可用之。太师所言之文伐,倒是别开生面,另辟蹊径。只是某些做法,不登大雅之堂,当为小人之所为也。似乎有碍观瞻,若是传播出去,与我倡导仁德道义两相抵制,水火不容了。"

"胜者为王,败者为寇。"姜尚再次强调道,"天下者仁者之天下,绝非暴君之天下耶。主公倘若瞻前顾后,左右为难,天下黎庶捬膺顿足,挣扎在水深火热之中,不知要苦苦煎熬渡过多少岁月也哉?"

姬昌笑道:"投鼠忌器。以此看来,世上原本就没有两全其美之法则。除暴安良,慎用武力,则文攻武卫,看来不失为上策也。"

姜尚接言道:"主公所言,正是兵道之精髓。文攻武卫,将帅指挥若定,令行禁止;军队高度统一,步调一致;攻守兼备,进攻势如破竹,守卫坚如磐石;所向披靡,出奇制胜,方能无敌于天下焉。"

"它山之石,可以攻玉。如切如磋,如琢如磨。"姬发曰道,"师尚父所言,姬发洗耳恭听,获益匪浅。"

姬昌不由得赞曰道:"太师真乃治国安邦之旷世奇才。姬发,你以后要虚心向师尚父多多请教,为国家早日建功立业。姬旦,你也要悉心听从太师教诲,为西岐一统江山出谋划策耶。"

姬发面色凝重,姬旦频频点头。

"未遇主公之前,老夫无非是山野一钓翁耳。人世间像我这般隐匿之人,比比皆是。"姜尚起身拜曰道,"姜尚能遇上主公父子,真是三生有幸也。知恩图报,为明君圣子,我愿奉献此残生,为灭商兴周之千古大业,鞠躬尽瘁,死而后已,不枉费主公知遇之恩矣。"

姬昌上前一步,紧紧握住姜尚的双手,回头对姬发曰道:"我儿,你且记住。千军易得,一帅难求。"姬发双手抱拳,拜曰道:"姬发不才,还望师尚父多多栽培才是。"姬旦默默无言,心中却波澜起伏。

邑姜将荷包蛋款款地端上来,四人方才觉得饥肠辘辘,饿意立马袭来。几人狼吞虎咽,吃喝得一干二净。邑姜却在一旁目不转睛地盯着姬发帅气的脸庞,一时愣怔在那里。姬发猛地抬起头来,一刹那间四目相撞,两人登时慌乱起来,飞霞笼罩着脸庞,青春气息瞬间四溢。邑姜慌不择路地疾步离开时,姬发依然不错眼珠地盯着她窈窕婀娜的背影,不由自主地舔了一下发干的嘴唇,"咕"地咽了一口唾沫。

此情此景,却被姬昌和姜尚一一看在眼里,相对一视,坦然笑了。

一段时间以来,姬发做起事来,心不在焉,眼前总是晃悠着邑姜那姣美的面容与婀娜的身躯,闲暇之余,他常常眺望着太师府遐想联翩。这一日,姬发无所事事地走到家门口,正好听到父亲与太师相谈甚欢,不由得停住了脚步。姬昌随即问道:"发儿,你且进屋来。"姬发登时慌了神,嘴里依然敷衍着:"爹,我没事胡转哩。"姬昌与姜尚相对一视,哑声笑了。姬昌高声曰道:"没事正好。你且进屋来,我有要事问你?"姬发只得硬着头皮走进屋来,对着父亲和太师尴尬地笑一笑,呆立在一旁,低下头去,默不吱声了。

姬昌清清嗓子,板着脸训斥道:"你这一段时间内,做起事来老是心不在焉,丢三落四,宛若丢了魂似地。你身为西岐未来掌舵人,整日间梦游一般,长期如此,焉何了得?"面对父亲的质问,姬发羞愧难言。姜尚眉头微微一扬,曰道:"主公,此话严重了。姬发在处理周庭军政大事上还是有板有眼,可圈可点的。再者,年轻气盛,哪个少年不怀春?窈窕淑女,君子好逑么!"

姬发脸色暗红,低头不语。姬昌故意"哦"了一声,随即接言道:"太师,你看看谁家的芳龄女子还未出嫁,给发儿做个媒如何?"

姬发未等太师答言,急赤白脸地呛道:"我才不要别家的女子哩!"

姬昌明知故问道:"我还没提说是谁家女子哩,你激动个甚?"

"哦!姬公子。"姜尚也紧追问一句,"那你看上谁家的俊女娃了?老夫愿意前往说媒么。"

这一问直逼心扉,姬发愈发着急,张口结舌,额头上汗津津的。

水到渠成。姬昌觉得火候差不多了,再演下去就没劲了,遂问道:"发儿,我看你师尚父的千金邑姜很不错,貌美心善,不知你意下如何?"

"爹爹英明!"姬发兴奋地喊起来,"我愿意。一百个愿意!"

姜尚心里仿佛汪了一坛蜜,他眼眶里登时湿润了。女儿邑姜能嫁给姬发,这是多么般配的天地之合耶。过了一阵,姜尚曰道:"主公,我父女俩得到周庭以礼厚待,没齿难忘。邑姜若能嫁给姬发,是孩子天大的福气。话又说回来,邑姜虽则是老夫的掌上明珠,但她毕竟生长在山野人家,相夫教子,未必能事事如意,还望公子深思

第二十九章　韬光养晦姜尚练兵布阵　朝歌朝贡姬昌见缝插针

熟虑,万万不可草率决定终身大事才是。"

姬发闻听此言,眼珠子差点都变绿了,一时手足无措,惊愕得无言以对。他眼巴巴地瞅着父亲,期盼他能出手相助。

"太师此言差矣。珠联璧合,这岂不是美缘一桩!"姬昌清清嗓子,郑重其事地起身朝姜尚弯腰致礼道,"邑姜是名门闺秀,我惟怕发儿配不上邑姜,焉有弹嫌之理?还望太师高抬贵手,让我们早日迎亲乎!"毕,他给发儿使了个眼色,姬发忙不迭地跪倒在姜尚膝下,鸡啄米似的拜了三拜。姜尚连忙将姬发扶起,急言道:"公子且起,折煞老夫矣!"姬昌朗声笑道:"儿女婚姻大事,惟遵父母之命、媒妁之言。太师,咱今日干脆定下发儿与邑姜婚事如何?"姜尚笑道:"这当然好么!"

姬发兴奋得差点蹦起来。

一年一度地朝歌朝贡在即。临行之前,姜尚提议此次朝歌之行要主动出击,先从道义层面对商进击,扰乱朝政,鼓惑人心,继而各个击破,分而化之。

姜尚继而曰道,纣王无道,天下皆知其暴虐成性,罄发难数,其炮烙之酷刑毫无人道,惨绝人寰,为古今闻所未闻者也。不知有多少忠良,惨死于此酷刑之下矣。若以此为借口,必然会引起人神共怒,纣王将会声名狼藉,威名扫地,天下共诛之。

姬昌闻听太师此言,眼前仿佛重现九间殿下炮烙之残忍:横直之铜柱,灼灼其红;沸腾之油锅,沸沸扬扬。犯言直谏之大臣赤身裸体,浑身战战兢兢地被赶上铜柱,走几步必然跌入油锅,眨眼间即化为一股青烟,戚戚然只留下一具累累白骨。

噫嘻。姬昌顿感一阵心悸,胸中泛潮恶心不已,呕吐一口夹杂着血丝的浓痰。他忽然觉得有点天转地旋,步履蹒跚,差一点跌倒。姜尚连忙扶住姬昌,差人速将主公送回凤雏宫内歇息。

太姒见夫君脸色煞白,惊叫一声:"我的娘娘,你咋了?"她手忙脚乱地与差人一起把他搀入屋内,再扶上炕躺下,盖上被子。差人告辞回转而去,太姒心急如焚,惊慌失措,六神无主,她慌里慌张地在屋内来回转悠,嘴里自言自语:"不是出去时还好着哩,咋就一阵子犯病了。"

姜尚与散宜生傍晚各自在家喝毕汤以后,相约来到凤雏宫内看望主公,却见姬昌依然昏睡着,又仔细询问岐伯,方知其并无大碍,坐了两个多时辰,这才在姬发反复劝解下,二人心事重重地离去。

姬昌迷迷瞪瞪地昏睡到黉夜,方才睁开眼睛,看了看满屋子里的人,似乎还有点神情恍惚。他问道:"你们不去睡觉,围到这里做啥?"

太姒"呜"地哭出声来,泣道:"死老汉,你把人吓得都快没魂了。"

"爹爹。"姬发曰道,"你猛然昏厥过去,已经有六个多时辰了。"

姬昌转过头来,只见姬鲜、姬旦、姬度、姬奭、姬铎、姬武、姬郑、姬处、姬封、姬载、

· 193 ·

姬雍、姬滕、姬郜、姬高、姬郇一个个面色凝重,人人哭丧着脸。他蓦然问道:"你们的大哥姬考,他现在哪里?"

太姒"哇"的一声嚎啕,瘫软如泥,顿时昏厥过去。

姬发赶紧抱住母亲,几个儿子乱作一团,方才把太姒平平展展地放置在炕上,姬旦连颠带跑地出门去找岐伯。自打姬昌晌午昏厥以后,岐伯一直留守在凤雏宫内,刚才见主公醒来,已无大碍,便在隔壁房间坐着歇息,正欲返回之际,又见姬旦来请,立马赶到姬昌炕前,只见太姒牙关紧闭,五官蹙缩,昏死不醒。岐伯伸出大拇指,用指甲狠掐人中,许久,许久,太姒方才松开牙齿,彻底地苏醒过来大放悲声,泪水涟涟,哭泣不已。

岐伯安慰道:"老夫人突受刺激,继而昏厥,悲伤过度矣。只要休息片刻,便可无恙,不碍事也。"姬旦问曰:"先生可否开一方剂,予以调理?"岐伯答道:"主公积劳成疾,老夫人心力交瘁,暂无大碍,众王子尽管放宽心矣。我明日便以安神补血及安神补心方剂予以调理,七服药下去,保证主公与老夫人药到病除。"

儿子们如释重负,方才松了一口气。

姬发慢慢地扶着父亲坐起来,在他身后垫了两个枕头。

姬昌见儿子们站立一地,这才彻底地明白过来,长子伯邑考已经永远地离去矣。他长吁短叹一阵子,曰道:"人生如梦,转眼就是百年。时不我待,为父要加紧完成灭商兴周之大业。"

姬发安慰道:"爹爹,来日方长,我们一定能实现这个梦想。"

几服汤剂下肚,姬昌慢慢恢复了体力。鉴于姬昌刚刚痊愈,姜尚建议今年朝贡,由近日回西岐禀报的太颠与先期到达朝歌的闳夭二人办理,这样目标相对不太明显,可以此来静观其变。临行前,姜尚以姬昌名义给纣王上疏,愿意以周最东边一块肥沃土地,即洛西之地无偿奉献于朝歌,以换取纣王废除炮烙之酷刑,云云。

末了,姬昌叹息道:"此地无偿奉献朝歌,我真是于心不忍。先父季历当年征伐获得,为当年许多英烈用生命和鲜血置换而来的。"

"俗话说,舍不得鞋子①套不住狼。主公这次尚未出手,已经胜券在手。"姜尚站起身来,在地上来回走着,大手一挥,颇有点指点江山舍我其谁之意味。他十分得意地笑道,"此招貌似一着险棋,实乃一石二鸟。帝辛若是答应以土地换酷刑,主公美名则扬遍四海;倘若帝辛恼羞成怒反复无常,主公仁义德行将传播天下。所以,无论帝辛如何处置这个烫手山芋,岐周都是大赢家了。如此稳赚不赔的好买卖,焉能不

---

① 古人制作布鞋,工艺繁复艰辛,民众极其珍惜之。鞋,在关中方言中读音为 hái,故而才有"舍不得鞋子"套不住狼"之俗语。而把"鞋子"说成"孩子"的话,显得血腥不堪。

第二十九章　韬光养晦姜尚练兵布阵　朝歌朝贡姬昌见缝插针

为乎?"

"呵呵。"散宜生忍不住揶揄道,"这一桩买卖,恐怕是姜太师做'生意'以来,最有把握且稳赚不赔之大买卖么。"

姜尚明知其话里有话,脸色登时暗红,知趣地尴尬一笑,不再吭声。

太颠精心备好厚礼,另外依旧给费仲、尤浑二位奸贼带上价值不菲的礼品。一切安排妥当,他便带上三名随从,扬鞭策马朝殷都奔驰而去。一路顺顺当当,七日后到了朝歌,住在府邸。太颠兴致勃勃地将姜尚计谋和盘托出,闳夭甚觉奇妙,连连叫好。二人趁着夜色,依次来到费仲与尤浑府上,且将厚礼送上。费仲见西岐使者前来拜访,喜出望外,尤浑更是惊得目瞪口呆。二贼尽管各怀鬼胎,但是心底却不得不佩服西伯侯大人大量,不计前嫌。

翌日清晨,正逢纣王临朝,文武百官分列两行。太颠和闳夭递上朝贡礼单,纣王看后心情极爽。太颠又呈上奏折:

西伯姬昌启奏王上:微臣昔闻尧舜治理天下,敬修天命,素以仁义广德为本,是故垂拱而天下太平,黎庶敬业乐群。臣居西陲方国,赏闻王上为阻重臣谏言,增设炮烙之刑罚,臣闻之其状甚为惨烈也。此刑罚传之甚酷,故而朝野谈炮色变,议论纷纷。臣以为,王上素以仁德名扬天下,此刑罚可谓无奈之举,其中必有隐情。臣愿以洛西之地,换取王上废除炮烙之酷刑。从此政令疏通,百官畅所欲言,万民欢呼雀跃,王上浩德之光,普照朝廷内外,殷商江山,万古长青。倘若如此善心通行,则天下幸甚,百官幸甚,黎民幸甚。臣冒昧犯上,万乞饶恕西伯不恭之罪也。

纣王脸颊上先是阴云密布,继而晴转多云,最后,竟然是阳光灿烂了。他清清嗓子,曰道:"本王自设立炮烙刑罚以来,确实制止许多造谣惑众之言行。久而久之,朝歌一片静寂,死气沉沉。本王视之亦觉残酷,正想废除此刑也。今西伯侯自愿献出洛西之地,请求废除炮烙之刑罚,其一片善心感动本王也。准奏。"

百官交头接耳,甚觉欣喜。费仲、尤浑二贼察言观色,静观其变。当听到纣王当朝废除炮烙刑罚之时,费仲却痛苦地闭上眼睛,心里盘算道,姬昌,姬昌,尔从来就不是省油灯耶。尤浑心里知晓,西伯侯这次可是赚大发了。常言道,拿人手短,吃人嘴短,只能顺坡下驴,咬碎牙齿,强咽肚腹矣。

妲己过后听说此事大发雷霆,妖言蛊惑道,姬昌老谋深算,技高一筹,一石数鸟,高招!

纣王冷静下来,亦觉其中有诈也。可覆水难收,只能听之任之。

第三十章

仓颉始造文字传文明　姜尚所向披靡灭犬戎

这一日,姬昌正在院中读书,看到"祖、妣"二字,眼前竟然浮现出父亲季历和母亲太任的清晰影像。他不由得掩卷叹息,继而起身来到供奉先祖的祭祀堂,焚香叩首。毕,他走出门来,在院子里漫无目的地转悠着。正在此时,散宜生来风雏宫内欲报政事,姬昌却心不在焉,应付差事已毕,遂问"祖、妣"两字的出处,却把散宜生问得抓耳挠腮,不知所云。顿顿,他蓦然想起凤凰山南五里地横水河边,有一村落曰仓神庙,造字之神仓颉的后人们,仍然在此居住繁衍,兴许他们应当知晓二字之出处。

姬昌甚觉兴奋,曰道,今日惠风和畅,正是春风得意马蹄迅疾,结伴郊游大好之时光。散宜生笑道,主公,你别光顾自个玩。这样的寻访最好带上姬旦、姬奭两位公子,他们真是可塑之大才也。

四人扬鞭策马,一个多时辰来到仓神庙村口,遇见一个白发老翁,一打听,正是仓颉的后人。几人跟随老翁来到仓神庙中,姬昌率先给仓神焚香三拜。散宜生和姬旦、姬奭,亦是虔诚叩拜。

举头三尺有神明。姬昌坐下来曰道:"华夏文字,源于仓颉发明与整理,功莫大焉。姬昌前来祭拜,亦是表达感恩之情,更是寻根之旅。"

老翁抱拳作揖道:"西伯大驾光临,我祖仓神庙蓬荜生辉也。"

散宜生曰道:"先生世代造字,穷源求索,能否细细讲来。"

老者自我介绍名曰仓承。先祖仓颉生而能书,又受河图洛书,废寝忘食,朝夕研读,于是穷天地之变,仰视天上魁星圆曲之势,俯视山川脉络之象,又旁观鸟兽鱼虫之迹,草木器具之形,描摹绘写,造出各种不同的形势,继而创造文字也。

相传仓颉曾跟随黄帝从姬水之畔转战九州,黄帝分派他专门管理战马辎重勤务事宜。随着战事扩展,战线拉长,军用物资品种不断地增加,数量繁多,先祖仓颉苦恼不已。他先是在绳子上打结,用各色绳索来区分不同畜生。时间久了,竟然乱作一团糟。其后,他又在绳子上打圈,圈里挂上各式各样的贝壳,用来记载他所管的物资,增加则添一个贝壳,减少则去掉一个贝壳。黄帝见此法甚好,交与先祖管理的事务愈来愈多,如祭祀,如狩猎分配,如部落人丁增减等等。仓颉知晓仅凭着添绳挂贝,极易出错。有一天,他参加集体狩猎,走到一个三岔路口时,几人为往哪条路行走而争辩起来。一人坚持要往东言有羚羊;一人要往北言可追鹿群;一人偏要往西说有老虎。仓颉方知他们都是以观察兽迹足印而为之,心中窃喜:既然从足迹可以辨别兽类,我为何不能用符号来表示所管之物品?由此看来,画符是个好方法,于是,他开始琢磨并创造各种符号用来表示事物。果不其然,先祖遂把各种原来混乱不堪地琐事管理得井井有条。黄帝闻之,大加赞赏,命令仓颉到各部落去传授此种方法。显而易见,这些符号的推广运用,即形成华夏文字之雏形。远古时没有纸张,仓颉便把搜集到的资料,记录在树皮和苇叶之上。转战途中,驴骡驮得过重,走到今岐山境内竟然负重累死。仓颉便不能继续前行,只得寻找一处茅草房歇息居住。先祖发现周原民风淳朴,物产丰硕,四季分明,从此不再离开,除过必要的生产劳动之外,其余时间之内,他几乎是从早到晚写写画画,忙着造字不停。

尤为蹊跷的是,传说有一次祖婆婆出外采桑,仓颉一人在家编筐。正在此时,有人慌慌张张地跑来告诉他,岐山之上蹿出一只猛虎,将一头黄牛咬死了。先祖十分气愤,带几人手持农具,前去山中除害。临行之前,他在墙上画一只老虎,又画一个圆圈,里面点了一点,意思是说他出外打虎,太阳落山才能回来。祖婆婆采桑归来,瞅见墙上画了一只老虎,旁边还有一口井,误以为儿子被老虎逼得跳井,顿时气晕过去。傍晚,仓颉打猎归来猛然瞧见老娘面色苍白,且已气息奄奄,他大呼小叫唤醒后询问娘亲,方才知晓缘由。仓颉既后悔,又难过,很长一段时间内不敢轻易外出了。

生活中无文字用来表达真实意愿,有诸多不便,造字迫在眉睫,刻不容缓。从此,他便骑着驴,四处考察各地风土人情,记录方言土语,立志要造出文字来。

仓颉立志造字,且颇有心得。为此,黄帝十分器重,人人赞扬。久而久之,先祖有点心不在焉,致使错误频出,词不达意。有一老者故意为难他,问道:"仓颉,你造字甚多,譬如'马'、'驴'、'骡'字,都有四条腿,而牛亦有四条腿,你造的'牛'字怎么没有四条腿,只剩下一条尾巴?"

仓颉一听,脸颊暗红,想,自己原先造"魚"字时,是写成"牛"样的,造"牛"字时,是写成"魚"样的。噫嘻,怪都怪自己粗心大意,竟然相互颠倒。老人接言道:"你造'重'字,说有千里之远,应该念出远门的'出'字,而你却教人念成重量的'重'字。反言之,两山合并一起的'出'字,本该为重量之'重'字,你却造成了'出'字。这几个字真是令人匪夷所思,歧义频生,我只好来请教与你。"

老者有的放矢,针锋相对,呛得仓颉面红耳赤,羞愧不已,顿感无地自容。从此以后,仓颉每每造字,总要将字义反复推敲,一点也不敢粗心。原来是他琢磨着"出"和"重"两字之时,正在进行一番苦思冥想,山上架山本该读为"重",远行千里本该读为出门在外的"出",但由于屋外涝池之中青蛙聒噪,扰乱思绪,结果把这两个字的读音给弄颠倒了。他一气之下,饱蘸了浓墨,狠劲向窗外涝池之中甩去。谁料到墨点子竟然把青蛙的嘴,全部染得油墨乌团,青蛙这才闭嘴不再乱叫了。

功夫不负苦心人。经过数年努力,黄帝得知文字终于造成,下旨召见仓颉,问道:"听说你借灵龟神书,方成文字,可否一观神书?"仓颉把丹书呈上。黄帝观看半天,却看不懂写些甚么。仓颉曰道:"此乃六体六字之式。一曰象形,是用摹拟事物形状,方得一种造字之法。如日像一轮红日,月像一弯新月;二曰假借,是用借字表音之办法造字;三曰指事,是用符号标出事物的特征;四曰形声,是用意符和音符组成新字的一种方法。如:'赏'字,'贝'是意符,表示这字的意义与钱财有关,'尚'是音符,表示这字的读音;五曰会意,是合字表义的造字方法。如:明,由'日'和'月'两个象形字组合而成,借日月之强光,来表示'明亮'之意;六曰转注,是部首相同,音相同或相近,意义相通可以互相训释之字。如'老'可以训'考'。天下礼仪归于文字,文字必归于六书类者也。"

黄帝闻听之后,异常兴奋地曰道,先生将六书加以详解,布教天下。民得文字,如眼重明,此乃万世之功也。

仓承一席话,在座几人听得如醉如痴。姬昌问道:"先生累代不懈,功盖华夏,惠及西岐。"仓承答道:"我自先祖仓颉始,传至仓翰、仓梓、仓启、仓源,继而又传仓博、仓达、仓精、仓深,继而又传仓历、仓史、仓悠、仓久,继而又传仓有、仓序、仓传及我仓承,业已十七代矣。自然,吾儿仓继、吾孙仓往、吾重孙仓开、重重孙仓来,仍要担当造字之大业,前赴后继,心无旁骛也。"

姬昌随即嘱咐散宜生,每年从周庭列出一笔贝币,以供仓氏家族继续修字,造福于民。

正在热恋之中的姬发,猛地想起美人邑姜,他顿时兴趣盎然,冒冒失失地问道:"请问仓老先生,为何'好'字为'女子'也?"

"单'好'字而言,男子和女子不仅相好,其中包含阴阳,异性相吸,孤阴不生,独阳不长之哲理。"仓承笑道,"你再看这'喜'字造得是多么绝妙!从古到今,男女谈情说爱,除过拥抱,下来就是口对口,亲热一番矣。"

姬发听得心惊肉跳,脸色通红,悄然低下头去。姬旦与姬奭却竖起耳朵,听得滋滋有味,兴趣盎然。

"至于其他字体,则更多矣,如二口为'吕',三口为'品',四口为'器';二人为'从',三人为'众';二木为'林',三木为'森'等等。"仓承连连摆手,自嘲道,"老矣,老矣。嘴上缺把门的了。"

姬昌忽然想起"祖、妣"二字来，遂请教先生。仓承曰道："'祖'字由来，皆因'示'在左为神灵，'且'在右为男根，合在一起，便是以男根祭神之意。'妣'字由'也'字几经转化而来，母亲者，亦指过世之娘亲也。"

姬昌一行告别时，走到村边涝池之旁，池中蛙声鼓噪，嘈嘈切切，音若乱弹。姬奭兴趣盎然，跑过去逮住一只青蛙，果然嘴唇乌黑，甚感诧异。有趣的是，自古至今，仓神庙村中涝池里的青蛙之嘴全是黑色，如墨涂染。有诗云：

  仓颉造字巨烦生，窗外涝池蛙闹声。
  神笔墨滴封大嘴，至今闭口噪音轻。

几人骑马回到西岐城内，正好碰上姜尚去训练兵士归来。

姬昌与姜尚并肩而行，闲话军训。忽有探马来报，犬戎大队兵马，已经渡过泾河，气势汹汹地朝南扑来，估计两日后即可到达周原。姬昌与姜尚相对一视，随即策马扬鞭，迅速赶回凤雏宫，连夜商议御敌之策。

姬昌曰道："密须被剿灭十多年以来，北狄一直平安无事，近来犬戎乘机崛起，大有替代密须成为新的狄戎霸主。想我姬氏一族，自先祖不窋迁徙豳地以来，十数代遭受诸戎不断侵扰，多次面临灭顶之灾。身处如此险恶环境之中，姬族先祖多以奉送粮秣金银珠宝，化解危机，息事宁人，借以委曲求全。自从祖父古公率众人迁徙周原以来，戎狄不劳而获，窃取姬族数代经营留下之基业，甚是得意几十年。岐周此后，面临的主要是以密须为首的众多戎狄侵犯频频，期间，虽然周人与犬戎彼此偶尔有一些摩擦，从未酿成兵刃之战。如此看来，此贼邦桀骜不驯，狂妄自大，凶残本性未泯，这次悍然侵犯周原，纯属禀性使然。真是欺人太甚，是可忍，孰不可忍也。"

"犬戎蛮族，掠夺成性久矣。真是蚍蜉撼树，不自量力。"姬发接言道，"有师尚父整训军队，演练战术久矣，岐周兵强马壮，士气高涨，正好是解除犬戎经久骚扰，斩草除根之天赐良机也。"

散宜生曰道："犬戎来势汹汹，状若疾风暴雨一般呼啸而来，转瞬而去，岐周兵马，同仇敌忾，必须重拳在握，痛快淋漓地一举平定北狄，使其再无还手之力。"

"犬戎来犯，兵来将挡，水来土掩。战略藐视，战术重视，排兵布阵，出其不意，攻其不备，方能立于不败之地。"姜尚曰道，"犬戎乃马上夷族，常年驰骋草原，善以速战速决为上，马刀砍杀，暴风骤雨一般来去匆匆。而我岐周兵士，多为农人后裔，周军多以战车步兵为主，况且战马数量不及犬戎十分之一，倘若正面御敌与之纠缠，必将得不偿失。"

姬昌曰道："此次抗击犬戎，太师为岐周御敌之主帅，姬发、辛甲辅之，散大夫为后方勤务之总管。"

正在此时,又有探马来报:此次犬戎来犯兵力约万余,已过阮、共两国交界之处,由犬戎王子亲率大军,马不停蹄,人不离鞍,浩浩荡荡一路向南奔袭,今夜已歇息在野鸡岭一带山谷之中。

众人随即分头行动,一夜无话。翌日晌午时分,姬昌刚刚用毕午餐,门外报告,犬戎王子派使者送来战表。姬昌立刻来到凤雏宫,姜尚等将领亦闻讯赶到。姬昌打开战表粗览一遍,字里行间,气焰嚣张,杀气腾腾,咄咄逼人。犬戎王子狮子大张口:三日内备齐粮秣万石,金银万两,美女五百,珍玩玉石百件。末了,还严词警告姬昌,倘若阴奉阳违,继而玩弄花招,犬戎铁骑踏处,必将血流成河,鸡犬不留云云。

姬昌将战表交与姜尚阅过,两人心照不宣,相对一视。姬昌微微一笑:"粮秣、金银、玉石,岐周应有尽有,只是美女散布城乡各地,恐怕三日内绝对无法进献。烦请使者转告犬戎王子,七日内定当备齐。岐周美女,可谓是天下无双,你们艳福不浅,可以尽情享受了。"使者满脸淫笑,舔着嘴唇,大笑归去。

"气煞我也!这些不要皮脸的无耻之徒,简直是吃草的畜生。"辛甲拍案而起,怒不可遏地大声喝道,"只要主公一声令下,我必将他们杀得片甲不留。"

姜尚摆摆手,断然制止道:"轻易怒发冲冠,动辄气冲斗牛,当为将帅者之大忌也。大敌当前,尚需沉着应对,精心谋划,方能百战不殆。倘若只凭一腔热血,意气用事,则会阵脚大乱,灭敌一万,自毁八千。岐周要图谋天下,目前树敌众多,保存实力,以逸待劳,方为上上策矣。"

姬发笑道:"这次正好借此检验岐军之实战能力,我等摩拳擦掌,跃跃欲试。恭请师尚父通盘排兵布阵,我定当万死不辞。"

"犬戎王子傲慢无礼,口吐狂言,正好证明他对双方军事实力一无所知。"姜尚显得胸有成竹,曰道,"以卵击石者,血勇之将也。凡古今战争,自有正义之师与非正义之师而区分者也。正义之师,以图谋天下苍生福祉为最高利益也;非正义之师,以图谋一家之利、一族之耀为己任也。正义之师所向披靡,马到成功,皆因人心所向使然;非正义之师往往马失前蹄,折戟沉沙,当为倒行逆施之定然。"

一番宏论兵道,高屋建瓴。辛甲却听得云遮雾罩,疑疑惑惑地曰道:"太师方才说的一番大道理,辛甲听得是迷迷瞪瞪。末将耳拙,只会上阵冲杀而已。"

姬昌严词训诫道:"鼠目寸光,一介武夫而已,焉能成为国之栋梁大才乎?"

辛甲吐吐舌头,灰溜溜地低下头去,不敢吭声。

"辛甲将军,赤胆忠义,日月可鉴。"姜尚正色曰道,"然,善谋略者方为上策也,不战而屈人之兵,乃兵法之最高境界也。此前,主公运筹帷幄,乘其不备,出其不意,攻其不备,剿灭密须当为成功之战例也。此次犬戎进犯,大军压境,大有泰山压顶之势也。列位,主公刚才已经巧使缓兵之计谋,这样犬戎王子必然麻痹,则会造成错觉,

第三十章 仓颉始造文字传文明 姜尚所向披靡灭犬戎

愈加盲目乐观,以为岐周会像以往一般示弱,他们便不劳而获,班师回朝。故而此次御敌之战,非同小可。常言道,伤其十指,不如断其一臂矣。"

姬发听得津津有味,催促道:"师尚父,能否再讲一讲具体战法?"

"天罗地网,枕戈待旦。"姜尚依然不紧不慢地曰道,"各个击破,围而聚歼。"

姬昌呵呵大笑道:"太师,所言极是。不过,你还得直截了当地点兵点将,巧布阵容,免得他们抓耳挠腮,一个比一个猴急。"

"毕其功于一役。"姜尚依然板着脸,曰道,"岐周大业,千年大计,必须脚踏实地,从一战一仗做起,绝不打无准备之仗。为将帅者深虑远谋,倘若谋划不力,战场之上,定当以损失万千条鲜活生命为代价耶。"

大厅里顿时鸦雀无声,众皆屏住呼吸,悉心听讲。

姜尚声音高起来,曰道:"众将军听令!"众人随之亢奋起来,怒目圆睁,双手抱拳作揖,朗声答道:"末将均在,愿听太师调遣!"姜尚扔下一个木质令牌,曰道:"太子姬发,你领五千兵马,正面应对犬戎王子,在阵前以其要价过高,予以坚决拒绝,并用言语来激怒王子之后,便可且战且退,遂将犬戎军马诱入伏击圈即可,万万不可恋战也。"姬发出列听令。

姜尚又道:"辛甲将军,你领兵五千,今夜翻越岐山,朝东方向疾行十五里,再朝北拐向野鸡岭之下,所率兵士皆埋伏于此地,精心设防,绝对不能暴露我军行动踪迹。只等犬戎大军开拔后,可悄然尾随其后,待其回撤之时,全军遂以虎狼之势猛力扑上,刀斧手乘其慌乱之时,砍其马腿,以便收拾残余兵马也。"辛甲大声承诺,喜不自禁地领令后退一旁。

"姬旦、姬奭听令。"姜尚扔下一个令牌,曰道,"你二人轻车简从,带上若干礼品,前往密须国拜访其国君,言及其与岐周结盟以来之友谊,请密军派重兵把守住密须边境,凡是犬戎漏网之鱼,尽力捕捉且诛杀之。姬旦完成使命后,即可回归。姬奭可继续北上,与友好邦国阮、共两国共叙友情,以防个别游兵散勇乘机脱逃矣。"姬旦、姬奭依次出班听令。

大将军南宫适抱拳出班,大声喊道:"太师,众将军纷纷上阵杀敌,惟独我赋闲帐下,是何道理?"

姜尚笑道:"南宫将军切莫着急。你与我领兵一万,在岐山正北二十里苍狼岭,官道两旁大山的避背处,尽设伏兵等候犬戎军马。兵士们每人除兵器之外,需另扛五谷秸秆,乘其慌乱之际,点火抛入敌阵,战马见火必然嘶鸣跳跃,火势蔓延又会使犬戎兵马随之大乱。我军以逸待劳,则可乘机冲入敌阵,奋力杀戮之。而当敌军遭遇迎头一棒,撤退至野鸡岭之下时,辛甲将军所带兵士正好潜伏在一马勺形地域内,前有辛将军堵截,后有南将军与我追击,犬戎残兵败将,定当惊慌失措,四处伺机逃

· 201 ·

窜,最终必然会被我军一勺烩矣。"

姬发眨巴着眼睛,小心翼翼地问道:"师尚父,此兵法是否可叫七星阵?"

姜尚叹服道:"公子真是聪明绝世,大含细入,文韬武略,大才槃槃者也。"

姬昌终于长舒一口气,胜券在握。众将军亦情绪高昂,嗷嗷叫唤。

几日之后,大战依次展开,而战斗之进程,似乎就是战前预案之翻版。

当犬戎王子最终获知,西伯侯所谓奉送粮秣金银美女,原本就是一句忽悠谎言与拖延战术之时,他登时怒不可遏,暴跳如雷,率领犬戎大军一路朝南杀来,浩浩荡荡,势不可挡。当他们气势汹汹地行至苍狼岭下,却见一面红旗迎风招展,上书一黄色"周"字。犬戎王子策马扬鞭,瞬间来到山崖下,昂头可见旗下战马威风凛凛,其中有一白发老翁,指挥若定,气度不凡。

犬戎王子举鞭一指姜尚,大声呵斥道:"西伯姬昌听着,快将你承诺之物品及美女送来,我可免尔等不死。倘若再耍花招,犬戎铁骑,必将周原踏个稀巴烂!"

"犬戎犬子,真是狂犬吠日,胆大包天,桀骜不驯口出狂言,令世人笑掉大牙!"姜尚呵呵大笑道,"我看你这货色真是有眼无珠,竟然连老夫都辨认不出来?我家主公天颜圣目,焉能面对你这种野蛮畜生乎!"

犬戎王子凝视一阵,忽然开怀大笑道:"呵呵。原来是姜尚姜子牙老儿,你这老不死的东西到处流窜,有甚么本事,且将使来。"

"你这个有娘养没爹教的狗东西,明年的今天,则是尔等的一周年忌日。"姜尚厉声骂道,"有道是识时务者为俊杰。老夫劝你快快下马投降,尚可留得一条狗命。如果不识时务,负隅顽抗,必将命丧于我周军刀剑之下。"

犬戎王子仰天大笑道:"哈哈!姜尚老贼,我今天倒要试一试,看一看到底是谁身首分离,命丧黄泉也。"

姜尚令旗一举,山崖上堆放的累累滚石,刹那间从山坡上轰隆隆跌落而下,犬戎大军被砸得鬼哭狼嚎,抱头鼠窜,一时阵脚大乱,乱作一团,四处仓惶而逃,纷纷后撤而去。犬戎乱军慌不择路,如热锅上的蚂蚁。所到之处,兵士哀嚎,谁料山腰间又哗啦啦地投下一捆捆燃烧着的秸秆,山涧内浓烟滚滚,火势冲天,山路中战马嘶鸣,铁蹄乱踏,慌乱之中死伤无数。

犬戎王子顿觉诧异,心中疑惑顿生,如此阵法闻所未闻,他只得匆匆忙忙地率兵撤退,刚到野鸡岭下,还未缓一口气,只听得岭上传来一声断喝:"犬戎王子,快下马受降!"犬戎王子惊诧不已,差一点跌落马下,等醒过神来,大骇道:"你们是何方兵士?"

战马上一员虎将厉声喊道:"狗崽子细细听着,我乃西岐上将军辛甲是也。姜太师早已料到你会退守此处,我军且已提前布防,铸成铁壁铜墙,款款等待尔这残兵败

第三十章　仓颉始造文字传文明　姜尚所向披靡灭犬戎

将乖乖就范矣。"

犬戎王子脊背一阵发凉,顿时惶恐不已,胯下战马亦原地打转,嘶鸣不已。他环顾四周,看见兵士们乱作一团,狼奔豕突一般,慌不择路地四处逃窜了,况自知大势已去,遂困兽犹斗,于是拔剑高声呼道:"快向西突围!"

"瓮中捉鳖。"辛甲令旗一挥,"弓箭手准备!"

眨眼天地之间,飞箭如蝗,一瞬间犬戎乱军嗷嗷待毙,哭喊声阵阵,哀嚎遍野。正在此时,姜尚与姬发飞马杀到,与辛甲兵马合围在一起,遂将犬戎王子团团包围。犬戎王子誓死不降,姬发勃然大怒,手起剑落,将犬戎王子斩于马下。

噩耗传至犬戎都城,犬戎君王口吐鲜血,大叫而亡。纵横北狄数百载,曾经不可一世之犬戎,遭遇灭顶之灾,元气大伤,随即树倒猢狲散,一蹶不振,继而分崩离析,散居北狄数处,不了了之。密须国、阮国和共国亦都乘机捡漏儿,俘获不少散兵游勇,姬昌便将这些兵士交付与他们奴役。

周军此次大获全胜,自己却只有极少量伤亡。西岐城内外,举国欢腾,万民开颜,四方百姓,拍手叫好。犬戎之忧,从此烟消云散。

借此良机,姬昌与姜尚商议,选择吉日良辰,遂把姬发与邑姜的婚姻大事给办理了。一年过后,姬诵呱呱落地矣。

第三十一章

箕子祖伊游说比干　姬昌姜尚斗智斗勇

自从上次姬昌从朝歌虎口脱险后，比干等一批良臣心中暗暗高兴，费仲之流灰头土脸，极为沮丧，恶来则几次上疏要乘姬昌回归西岐立足未稳之际，讨伐周原。纣王却对此不以为然，继而嗤之以鼻。朝歌城内依然歌舞升平，欢娱不已。而姬昌渭滨访贤姜尚出山之后，在西岐广施仁政，德泽四方，声名鹊起，尤其是此次痛击进犯的犬戎，姬昌以纣王所授黄旄、白钺，得以名正言顺地征伐，一举消灭犬戎。消息传到朝歌，更是令一些老臣如坐针毡，惴惴不安。

讨伐之权柄，乃国之重器，古今往来为天子权威之象征。如今大权旁落，无异于养虎为患，倘若姬昌心怀叵测，一日日做大做强，那么，延续六百余年殷商大厦为之将倾，当在朝夕之间。

诚然，面对如此严峻之态势，盘踞在朝歌城内的众臣心思各异，朝野之间更是南辕北辙。顶层权贵奢华糜烂，底层官吏朝不保夕，殷商贵族利益均沾，黎庶百姓苦不堪言，城狐社鼠乘机钻营，权奸歹人借隙作乱，一时间朝歌内外妖风阵阵，谣言四起，刹那间商之基业摇摇欲坠，危在旦夕。面对如此境况，有人暗暗窃喜，有人愁眉苦脸，有人心怀不满，有人哭天抢地……挽救殷商，寄予一旦，惩罚西岐，刻不容缓。

殷商朝廷之重臣箕子与祖伊强强联合，决心共同导演一部咸鱼翻身之煽情大戏。尽管脚本还依然八字未见一撇，主演及配角无影无踪，投资方老板仍然在鹿台日复一日地自娱自乐，荒淫无耻地演绎着二人台。怀才不等于怀孕，需要的是时间佐证。他们实在是心急如焚，寝食难安，有点太急于求成，决心做一回面对千疮百孔却仍急于补商天的女娲，甚至来不及男扮女装，只能粉墨登场，仓促地上马了。

平心而论，箕子是殷商政治舞台上最具有战略远见之风流人物。他胸有大志，高瞻远眺，当初与比干一起为营救姬昌出谋划策，乃是基于维护朝歌稳定而不得不为之，但对西伯侯同情次之。倘若执意杀掉姬昌，动一发而牵全身，必然招致天下诸

第三十一章　箕子祖伊游说比干　姬昌姜尚斗智斗勇

侯,分崩离析;纣王残暴无情,人神共愤;殷商威信皆失,四方揭竿而起。东夷反叛相互博弈,久未平息;西岐乘机兵刃相见,来势汹汹。朝歌尚无余力面对东西夹击,必将顾此失彼,天下大乱,功亏一篑,群雄割据,诸侯蜂起。

　　与箕子有相同担忧的还有殷商重臣祖伊,他是先王帝乙的表弟,帝辛的表叔。多年以来东讨西伐,南征北战,所向披靡,战功赫赫。祖伊在与东夷作战期间获得此信息,他勃然大怒,捶胸顿足,多次私下里咒骂帝辛真是不可救药的白痴傻瓜,黄旄白钺,乃王朝专征讨伐之权柄,岂能私授他人乎? 倘若姬昌心怀叵测,借机扩张势力范围,岂不天下大乱!

　　获知祖伊近日从东夷前线返回朝歌之后,箕子闻讯来到祖伊府邸,两人坐在一起,竟然心事重重地一时无言以对。不知过了多长时间,箕子方才开口言道:"贤弟,东夷一战,业已五年之久,不知近日战况如何?"祖伊叹一口气,答道:"持久战役,将士疲乏不堪。虽大幅压缩东夷地盘,但战事总是来回扯锯,双方只得反复争夺城池,久拖不宜。故而前来朝歌调兵遣将,欲重振旗鼓,一击而溃之。"箕子曰道:"为兄几月以来,日思夜想,寝食难安,心中烦躁,今日且与贤弟叙叙家长里短。"祖伊勉强笑道:"仁兄向来忧国忧民,何尝为一己之私,如此烦心乎?"

　　"是,是。"箕子苦笑道,"家国天下,天下家国。谁叫你我都是王亲国戚者也。姬昌近日早举黄旄持白钺讨伐犬戎,贤弟是否听说过此事?"

　　祖伊脸色顿时涨得血红,腾地拍案而起,厉声曰道:"西伯侯真是得寸进尺,可恶至极,简直不把朝歌放在眼里。如此胡作非为,我恨不得扒其皮,啖其肉,吸其髓。"

　　箕子劝阻道:"此言差矣。问题是帝辛授其征伐之权利,天下皆知。然,此事不得马虎,还得从长计议。眼下风云诡异,你我还得谨慎从事,想方设法削弱姬昌影响力,方能保持殷商千秋万代,永不变色。"

　　祖伊苦笑道:"朝歌目前千疮百孔,危在旦夕,何谓从长计议? 何言千秋万代乎?"

　　箕子摇头道:"大敌当前,危机四伏,更需镇定自若,以不变应万变。倘若你我先是心慌意乱,那朝歌可真是命悬一线矣。"

　　"那——"祖伊急赤白脸地问道,"你我坐在这里,坐而论道,岂不坐失良机?"

　　箕子曰道:"亡羊补牢,为时不晚。只要我们审时度势,临危不惧,继而分头说服重臣,团结朝歌所有仁人志士,才能挽大厦之将倾,拯救殷商于水火。"

　　祖伊闭目思索一阵,忧心忡忡地曰道:"帝辛宠费仲、恶来之权臣,众臣敢怒不敢言也。我向来嫉恶如仇,对二贼不屑一顾,耻与其为伍耳。虽说道不同不相为谋,但是火烧眉毛,如何是好!"

　　"皮之不存,毛将焉附?"箕子言道,"殷商者,不是帝辛一人之天下,当为你我之

· 205 ·

祖业。倘若殷商大厦坍塌倾没,覆巢之下,焉有完卵乎?"

祖伊张嘴结舌,一时愣怔。箕子接言道:"你我还得前去面见丞相,求他出面收拾残局。"二人顾不得许多,火急火燎地向丞相府邸走去。

比干几月以来身心疲惫,日渐消瘦,赋闲家中,多日未曾上朝进言。上次纣王释放姬昌,他原本以为帝辛自然会洗心革面,从此悔过自新,当以社稷江山为重,远奸佞,近贤臣,斥小人,重新整治殷商朝政之奢靡之风。前一段,姬昌以土地置换商王废除炮烙酷刑,虽然心里知晓西伯此举乃釜底抽薪之善行,实际却是获取天下人心之阴招,换与不换,姬昌都是大赢家。自当知晓姜尚已经成为西岐太师之后,他更是感觉到如芒在背,如鲠在喉,却手足无措,无能为力,只能眼睁睁地看着帝辛重色轻贤,渐行渐远渐无悔。尤其是比干亲眼所见纣王左拥妲己妖姬,右搂有莘氏美女醉生梦死之时,他心里一直在滴血,滴滴答答,宛若淅沥春雨,答答滴滴。

夜色黑黝黝的不见星辰,比干正准备歇息,家丁报有人来访。他出门迎接,才知晓是两位贤弟,分坐寒暄几句,便切入主题。

箕子曰道:"丞相容禀:近日西伯侯讨伐犬戎,是以黄旄、白钺得专征伐,风光无限,自鸣得意。真是狐假虎威,狗仗人势,是可忍,孰不可忍也。"

比干忙起身四处张望,在门前侧耳倾听片刻,方才坐回原位,低声曰道:"贤弟不可信口开河,此事还得从长计议,且不可因此而引火烧身矣。"

"岂有此理。"箕子曰道,"国之权柄,焉能私授于旁姓他人乎?"

"此言差矣。"比干咳嗽一声,制止道,"王上在朝廷百官面前亲授之,焉能说私授乎?"

祖伊接言道:"姬昌是以欺骗手法获得,当然可以视为私授矣。"比干劝诫道:"二位贤弟,王上已经授之,一言九鼎,焉能出尔反尔?徒让天下诸侯贻笑大方也。"

箕子一时语塞,脸憋得通红,呼哧呼哧喘粗气儿。

祖伊继续曰道:"我暗中派人潜入西岐,获知姬昌阴行善德,革除弊端,野心不小。这次又徒添姜子牙辅佐,重振雄风,图谋天下之心,昭然若揭。目前姬昌羽毛未丰,倘若任其羽翼丰满,翱翔九天,再想制约,无异于与虎谋皮,为时晚矣。"

"你们真是小题大做,多此一举。西伯侯原本就为天下三公之一,数十年坐镇西域,独掌殷商半壁江山,西北诸大小戎狄才不至于揭竿而起,骚扰商民。近日我又获得准确消息,此次乃犬戎进犯周原,穷凶极恶,敲诈勒索粮秣金银,还要奉送几百美女。否则,要马踏西岐,血洗周原。姬昌不堪侵扰,追而剿之,功莫大焉!"比干义正词严地批驳道,"周军大捷,正是由于王上授之黄旄、白钺,才可以师出有名,打败犬戎。况且,西伯安定西北方,朝歌才能高枕无忧。试问,戎狄进犯中原,铁蹄蹂躏,烧杀掠夺,四方平民流离失所,黎庶百姓民不聊生,尔等难道可以坐视不管乎?姬昌此举,乃是仁义君子,诸侯榜样,上彰显天子之洪德,下维护民众之营生,左监护诸侯之虐行,右卫拱朝歌之侧翼,召之即来,挥之即去,焉有异心哉?"

比干一番话说得有理有据,掷地有声。

箕子被激得张口结舌,面红耳赤,吭哧一阵,无言以对。

祖伊接言道:"姬昌老儿,表面貌似忠厚,其心颇为奸诈。羑里能食亲子之肉,庙堂之上能忍辱负重,足见其绝非寻常之人。倘若不……"

比干摆摆手,立马打断祖伊话题,高声曰道:"姬昌虽然有时狡诈奸猾,亦是不得已而为之,但瑕不掩瑜。况西伯侯德行天下,誉满乾坤,且又为天子所倚重,妒忌者众多,在所难免矣。你我都是自家兄弟,在魑魅魍魉甚嚣尘上之际,精诚团结,心无旁骛,抱团取暖,当以维护殷商社稷江山为己任耶。至于无根无据地蜚短流长,还是不要掺和为好。与人为善,心底坦然。大路朝天,各走半边。可曾记否,去年崇侯虎谗言姬昌,鸡蛋里挑骨头,惹得王上勃然大怒,差一点废其爵位。作为兄长,愚兄劝诫二位贤弟,洁身自好,勿信他人之谣言,勿传是非,以寒天下诸侯之心矣。"

比干起身,拂袖而去,却把箕子与祖伊晾在那里。两人面面相觑,只好灰溜溜地离开丞相府邸,闷闷不乐地各自回家去了。

太颠获知箕子和祖伊深夜拜访比干,甚觉诧异。翌日便借故来到丞相府邸,给比干送来一包野鹿茸,叮咛丞相要保重身体,为国效力。两人在闲聊之中,比干不经意间透露出箕子和祖伊为西伯侯得之黄旄、白钺,因而疑虑重重云云。太颠心知肚明,见风使舵,有意无意地说出姬昌言及自己年事已高,许多事情已经力不从心,故而再掌管西方诸方国,尚有鞭长莫及之忧矣。比干摇摇头,叹息道:"人不服老不行,天命难违。我且垂垂老矣,何况姬昌乎?说来我们毕竟年事已高,都是日近黄昏穷途末路之人,只要能颐养天年,诸事顺心,则就心满意足矣。"

太颠遂派人潜回西岐,将朝歌最近动向,一一详报。姬昌召集姜尚、散宜生、姬发等人商议对策。

姜尚曰道:"近日内朝歌暗流涌动,以箕子和祖伊为首发难于此,其目的则是要继续维持殷商恐怖统治,苟延残喘罢了。此次虽然在丞相比干处碰壁,他们绝不会因此而善罢甘休,甚至于和费仲、尤浑等同流合污,我们要以逸待劳,沉着观变才是。"

"太师所言极是。"散宜生曰道,"但若说箕子会与费、尤二贼沉瀣一起,狼狈为奸,似乎不太可能。箕子是正人君子,祖伊是赫赫战将,他们殊功异德,不足与谋耳。"

姜尚欲言又止,沉思不语。姬昌抬起头来瞧瞧姬发,问道:"发儿,你对此事如何看待?"姬发沉思默虑许久,听到父亲呼唤,随即微笑道:"几位长辈高谈阔论,我洗耳恭听。"姬昌随即宣布,此次议事到此为止,又传口信与太颠要他眼观六路,耳听八方,时刻盯紧朝歌,静观沉渣泛起,歹人兴风作浪。

　　姬昌回到凤雏宫内,闷闷不乐,沉思默虑。刚才议事,虽然不欢而散,他虽隔岸观火,却心知肚明。姜尚老谋深算,大堂之上一番慷慨陈词,绝非危言耸听。相比而言,散宜生书生气颇浓,忠心耿耿,称薪而爨,往往以偏概全。他何尝不知朝歌危机四伏,乌烟瘴气,正是借机谋划将来之大好时机。商相比干老矣,尚能饭否,混沌度日,不足为忧;箕子深谋远略,志向高远,独清独醒,不得不防;祖伊鞍马劳顿,南征北战,上蹿下跳,有勇无谋。而奸佞费仲,足智多谋,狡诈贪婪,乃真正的心腹大患耳,又加之尤浑在一旁摇旗呐喊,不可小觑。倘若他们独行其是,各自为政,当是独弦哀歌。假如两拨势力联手抗周,沆瀣一气,狼狈为奸,不能不引起足够重视矣。

　　翌日早晨,姬昌刚吃过早饭放下碗,姜尚便不请自到,二人分坐,闲聊几句便直奔主题。姬昌曰道:"这半月以来,我两个眼皮轮流跳,跳得我心烦意乱。昨晚我又卜一卦,东方妖孽作乱,鬼魅横行。对西岐而言,看来将会麻烦不断。"

　　姜尚曰道:"我昨晚夜观天象,东方有大片蘑菇云团聚,久久不散矣。"

　　姬昌接言道:"天上人间,总是会有许多异象同时出现。我们且不能麻痹大意,坐以待毙,要主动应对出击才是。"

　　姜尚笑道:"各个击破,离间分化阵营;尊恶抑善,纵使君臣反目。"

　　姬昌大笑道:"一石二鸟,正合我意。"

　　"几日来我一直在思想。"姜尚曰道,"这黄旄、白钺要不要主动归还与朝歌?"

　　姬昌猛地一愣怔:"太师为何有此想法?"

　　姜尚正色道:"此次箕子与祖伊借此发难,则是拿黄旄和白钺说事儿,言辞凿凿,煽风点火,此举颇能蛊惑人心,借以要挟纣王。"

　　姬昌愤愤然曰道:"专征讨伐!为殷商在西北平定戎狄,厮杀征战,西岐军民死伤无数,可以说它们上面溅满了我同胞之鲜血也。"

　　"此一时彼一时也。"姜尚接言道,"当初纣王授予主公黄旄、白钺,并非出自真心实意。他是以夷制夷,坐山观虎斗,两败俱伤,则可坐收渔利耶。主公瞌睡遇到枕头,巧妙地借力发力,大举讨伐诸戎狄。此次剿灭犬戎,周原方国,戎狄在短期之内已无法对我构成威胁。故而,此黄旄、白钺,岂不是成为摆设乎?"

　　姬昌脸色凝重,欲言又止。姜尚接言道:"一个摆设闲物,使命休矣,何足惜哉?若是把它送还朝歌,一则可使箕子与祖伊噤声,二则纣王可以心安得,三则是在众百官中声名鹊起,一石三鸟,何乐而不为哉!"

　　"嘻嘻。"姬昌脸腮通红,豁然间喜笑颜开,继而曰道,"太师所言极为精妙。这黄旄、白钺,有何珍惜哉,明日即可退还朝歌,免得他人借机谗言,节外生枝也。"

第三十一章 箕子祖伊游说比干 姬昌姜尚斗智斗勇

姜尚曰道:"黄旄、白钺,当初乃是纣王亲授。若按常理,主公理应亲自前去朝歌谢恩,这才符合君臣之礼。然,在目前朝歌妖风四起之时,主公贸然前去,岂不是自投罗网!然此事不易久拖,需从速疾行。我修书一封,再由太颠见机行事,使得箕子与祖伊之谏言,纵然胎死腹中,成为马后炮矣。"

姬昌呵呵笑道:"太师真是高瞻远瞩,此神机妙算,真是神来之笔,我佩服之至矣。"

"主公。"姜尚微笑道,"老臣还有一事,急需呈报与你,请予以决断。"

姬昌扬扬眉头,问道:"何事如此紧要?太师快快禀来。"

姜尚曰道:"今闻朝歌大臣胶鬲,欲上疏整顿朝纲之表册。太颠在信中隐约提及,臣反复思索,此人心思缜密,行事有板有眼,时有锦囊妙计献谀纣王,且不得不百般小心提防耶。倘若任朝歌忠臣良将尽释前嫌,联袂出击。此时若不及时出手迎头痛击,分化瓦解,错失良机,必将后患无穷矣。"

姬昌摇摇头,叹息道:"看来又要奉送珍玩美女了。"姜尚笑道:"所谓重臣,谁且将珠宝放在眼里?美女么,纣王倒是来者不拒,多多益善也。"姬昌眨巴着眼睛,问道:"难道太师干指头蘸盐,真的要空手套白狼?"

"正是如此。"姜尚正色曰道,"昨日下午,我去城西街市走访民情,见一商贾从西域带回一块于阗玉石,温润细腻宛如羊脂,稍加雕饰,当是绝世稀品也。老臣讨价还价半晌,方才买了回来。主公,你难道不想一睹芳容乎?"

姬昌笑道:"你就别惹我了,快快拿出来,让我一饱眼福了。"

姜尚变戏法似的从衣袋里掏出一个拳头般大小的于阗玉石,款款递到姬昌手里。姬昌玩赏一阵,爱不释手,嘴里啧啧称赞道:"好东西,真的是一个好东西。"

姜尚眨巴眨巴眼睛,诡秘地笑道:"好东西谁也舍不得,是不是?但是,好东西还是要让别人多看一看,多玩一玩,最后完璧归周,不是更有趣么!"毕,二人心照不宣地哈哈大笑起来。

第三十二章

朝歌内阴风四起　　西岐城艳阳高照

　　箕子和祖伊在丞相府碰了一鼻子灰,悻悻而归。两人在极度地郁闷之中,渡过了一段寂寞时光,虽有我以我血荐殷商之雄伟壮志,且只能面对浩瀚碧天空叹息。日出日落,依然是一筹莫展,愁绪满怀,真所谓老虎吃天,无处下爪。眼见着商之江山风雨飘摇,摇摇欲坠,作为朝歌之重臣,焉能忍气吞声,偃旗息鼓乎？正在此时,东夷前线频频吃紧,纣王下令祖伊速去平叛。

　　这一日,祖伊来到箕子府邸,扯了几句闲话,两人便迫不及待地直奔主题。箕子问道:"近日内朝野可有利好消息？"祖伊苦笑一声:"天子夜夜欢娱,妖姬日日滥情;达官显贵弹冠相庆,商贾土豪日进斗金。"箕子摇摇头,叹息道:"歌舞升平,奢华迷离,表面一派繁荣景象,内层却是千疮百孔。"祖伊接着言道:"东夷犯上作乱,我即鞍马劳顿。"接着,遂将他要去东夷平叛一事和盘托出,箕子倒抽一口凉气,暗忖道,难道苍天真是麻木不仁,放任殷商气势已尽乎？祖伊建议他出征之后,由中谏大夫胶鬲来接替他来完成重任。箕子思想一阵,又觉得胶鬲不失为治国之良才,只是在朝歌命运多舛,多年来沉浮不定,真的是荒费了一个人才。

　　赋闲在家多年的胶鬲,经受不住祖伊再三劝解与委托,次日便前来箕子府邸。两人一时无语,默默以对。呆坐许久,胶鬲还是忍不住心中愤懑,直言曰道:"天子当初为姬昌所惑,不正是丞相在一旁敲边鼓助阵,方才落得今日不可收拾之难堪地步。若是指望比干改弦更张,恐怕亦是与虎谋皮焉。我虽则赋闲在家,却是日日忧心如焚,西岐势力与日俱增,倘若坐等其羽翼已成,移天易日,恐再难以撼动也。"

　　"这——"箕子一时语塞,顿顿,继而言道,"天子荒疏朝政,雨窟云巢;丞相明哲保身,得过且过;我们一腔热血,却束手无策,如临深渊,如履薄冰,上天无路,入地无门。长此以往,如何是好？"胶鬲道:"殷商危在旦夕,你我时乖运蹇,命悬一线矣。"

　　箕子曰道:"难道我们尸位素餐,坐以待毙乎？"

第三十二章　朝歌内阴风四起　西岐城艳阳高照

"所以说。"胶鬲咬牙切齿地曰道,"我们要绝地反戈一击,不达目的决不罢休。当然。还要另辟蹊径,与费仲、恶来之流联合应对才是。"

箕子立马沉下脸来,曰道:"视白成黑,视丹如绿。胶鬲,难道你被气晕乎?我们焉能与这些害群之马,同流合污哉?"

胶鬲喜形于色,他兴冲冲地挽起左胳右膊之衣袖,双拳紧握,大声笑道:"明知不是伴,亦是无法之法耶。"

"咦!"箕子继续呛声曰道,"费仲恶名远扬,恶来臭名昭著,朝野对此二贼视如土芥。我们与其联手,岂不叫天下人笑掉大牙乎?"

"世上所有难题,绝非一种解题方案。"胶鬲言道,"两相比较,取其利焉。费仲权倾朝野,乃既得利益者也。他贪婪荣华富贵,自然不忍殷商江山易主,富可敌国之累累资产,散成一地鸡毛也。此时,当极尽危言耸听,竭力扩大姬昌野心勃勃所造成的危害迫在眉睫,使其如芒在背,不得不为之。"

一番话说得大义凛然,如雷贯耳。两人默默无语,陷入久久地沉思之中。不知过了多长时间,箕子方才慢慢地醒悟过来,不再固执己见。

"此计甚妙耳。"箕子忽地睁大眼睛,盯着胶鬲曰道,"费仲绝非一般奸佞,生性多疑,处世谨慎,且十分狡诈。若要说服其联手制昌,绝非易事一桩。"

胶鬲点点头,接言道:"欲擒故纵,方能出奇制胜。我私下已经买通费仲一家丁,由他暗地鼓动老贼之最宠爱的小妾凤英,吵闹着死活要回一趟西岐娘家。老贼近日急得上火,却又束手无措。"

箕子睁大眼睛,惊叫道:"一个饱学之士,怎地能想出此招数,真是匪夷所思矣。"胶鬲得意洋洋,曰道:"屠夫解牛,批隙导窾;胶鬲制约费贼,略施离间小计,亦是迫不得已而为之。"

"妙哉,妙哉!"箕子伸出大拇哥,夸奖一番。思索一会,继而又曰道,"万一费贼一时心软,放行凤英回归周原,岂不就鸡飞蛋打乎?"

"这下你且把心款款放置在肚腹里。"胶鬲似乎胸有成竹,畅然笑道,"这凤英鬼灵精,早将老贼玩弄得火急火燎,焉能须臾离开半步乎?这一段时间内,我隔岸观火久矣,隔山打兔,可谓妙不可言。只要时机成熟,我便独闯龙潭虎穴,见机而作,趁势而为也。"

箕子叮咛道:"费仲诡计多端,你且要小心从事。"

转眼间时过七日,胶鬲知晓凤英暗中配合,将费仲激得心境大乱,如坐针毡。他一大早便来到费府,家人报至费仲,倒使他甚觉诧异,虽与胶鬲同朝为官,一文一武,张弛有道,表面相敬如宾,私底下却不太走动。来宾今日不请自到,定当有大事发生。他转眼又想,除过自己被小妾弄得筋疲力倦,朝歌似乎未有甚么重要之事。大堂之上，主宾分列两旁，家丁端上清茶，躬身后退下堂。二人先是扯闲，东家长西家短乱说一通，许久，枯燥无味，淡若白水。胶鬲似乎在不经意间一抬手，从袖筒里滑出一块玉石，晶莹剔透，小巧玲珑，状若桃心形状，煞是可爱。

费仲眼前一亮，暗忖道，假如有此美玉送给凤英，说不定她立马回心转意，不再瞎闹腾。然，君子不夺他人之美，自己只能望"玉"兴叹耳。

胶鬲却将话题一个劲儿往玉石上扯，言及玉石之妙趣尔尔，人若佩戴玉石，玉亦养人，尤其是美人戴玉，可谓锦上添花也。一席话，说得费仲心里直痒痒。正在费仲为此纠结之时，胶鬲遂将话题转移，曰道："胶鬲贸然登门拜访，是有大事相要商议。"

"咦！"费仲皱着眉头问道，"如今天下太平，朝歌繁荣华丽，四方黎庶百姓，安居乐业，焉能有大事哉？"胶鬲曰道："我王伟大，上大夫英明，才使殷商繁荣富强，稳如泰山。"费仲心里鄙夷道，好一个伶牙俐齿之徒，想当初，尔接任中谏大夫，还是老夫竭力举荐耶。按常理，你我二人该有师生之谊才是。可逢年过节，从来未见尔等来府上拜访。此等忘恩负义之人，还是敬而远之。他干咳两声，曰道："老夫何德何能，所谓'英明'二字，且则免了。"胶鬲从费仲不冷不热的回答中，很快地嗅出别样意味来，他沉着应对，接言道："费大夫与胶鬲，尚有师生之谊，同僚之情。况多年来朝歌内外，是是非非甚多，学生为维护老师之清正廉洁形象，故敬而远之。正所谓君子之交淡如水。不敬之处，期望恩师多加谅解矣。"

咦！费仲心里又叫一声，暗忖道，莫非胶鬲是自己肚子里的蛔虫。

胶鬲继续曰道："俗话说，人心隔肚皮。上大夫可曾知晓，西伯侯近日内剿灭犬戎之后，野心膨胀，气焰嚣张，又要对崇国图谋下手。"费仲心里猛吃一惊，嘴里却道："西伯侯乃天子所倚之重臣，这种无端猜测，还是不要私下传播为好。"

"姬昌阴行善德，绝非寻常之辈耳。"胶鬲曰道，"他貌似忍辱负重，逆来顺受，实则心怀叵测，暗藏异胆。羑里七载，未曾磨其锐气，反而愈加坚韧也。王上临行之时授之黄旄、白钺，姬昌便以此横行西域，名正言顺地扫荡商属诸方国，凭此良机，借力发力，拓展不少地盘。周之崛起，煌煌然指日可待；未雨绸缪，岌岌然变生不测。"

费仲低下头去，登时陷入一阵沉思。他回想起当初姬昌被释放之时，亦对纣王心血来潮授之于黄旄、白钺一事甚感唐突，避之若浼。其后竭力促成释放姬昌，一则是为遏制崇侯虎，以防他与恶来联手对付自己；二则是收受西岐巨额财物，不得不为之；三则是上疏追击姬昌，亦是源于对他放虎归山，遗留后患之恐惧使然。

胶鬲察言观色，知道费仲已心有所动。他接着言道："姬昌龙游大海，游刃有余，重用姜尚，提携贤能，励精图治，重振周人雄风，远交诸侯，近好方国，仁德广布，仲裁诉讼。奇哉怪哉，天下诸侯，但知有西伯，不知商王乎？"

费仲自然晓得，胶鬲一番慷慨陈词，虽则真假参半，水分过多，但仍有可圈可点

第三十二章 朝歌内阴风四起 西岐城艳阳高照

之处。再者,倘若姬昌一朝翻手为云,覆手为雨,以其隐忍之性格,绝不会善罢甘休矣。他对胶鬲言道:"交大夫一番话推心置腹,言辞凿凿,老夫甚为震惊。不怕你笑话,我近来后院起火,弄得我焦头烂额,无心顾及朝野政事,对西岐境况知之甚少,对姬昌之阴谋,更是闻所未闻。为国为民,交大夫不可再拖延,准备奏折上疏天子,我见机行事,力争一举将姬昌趁势拿下,以去除你我心病。"

老贼。胶鬲心里暗骂道,滑头。转眼又想,费仲在朝歌多年经营,大风大浪见阅多矣,指望他冲锋陷阵,几乎是缘木求鱼,痴心妄想。况且,他已经答应暗中配合,已经是破天荒矣。告别之时,他忽然拿出那块桃心玉石,恭恭敬敬地递到费仲手中,曰道:"胶鬲生性马虎,即使再好东西,亦是狗熊摘果子,难以保存而已。我获知费大夫亦是鉴赏玉石之圣手,学生忍痛割爱,将此玉奉送与你,也算表示一点心意。"毕,双手奉上。

费仲顿时喜出望外,两眼大放异彩。他接过玉石,爱不释手,嘴里连连曰道:"谢谢!"胶鬲方才长吁一口气,起身双手握拳道谢费仲,然后喜滋滋地扬长而去。

太颠几乎是在第一时间知晓此消息,不由得大吃一惊。胶鬲毕竟为朝歌为数不多的忠臣之一,且智慧多谋,如果任其携手箕子上疏纣王,不可小觑。倘若应对失策,不能将此奏折抹杀在摇篮里,必然后患无穷耶。

事不宜迟。太颠连夜将此况写成一封密信,派人送到西岐。几日后,姬昌获知消息,遂与姜尚商议对策。二人先后提出许多预案,否定,又肯定;肯定,又否定。如此反复多次,方才定下一个"调虎离山"之计谋。

太颠接到太师密信,即日通过内线,将信息传达给有莘氏美女玉凤。她在与纣王缠绵之时,趁机提出西岐又发现一块稀世宝石。纣王疑惑地问道:"你身在后宫,怎的知晓此消息?"玉凤眼珠子滴溜溜一转,将热胸贴在纣王身上,扭捏道:"王上,是我做梦梦见的。"纣王大笑道:"你这梦做得好,以后多做几个。"玉凤嘟着嘴道:"王上还没说派谁去么。"纣王答道:"这有何难?随便派个下人,直接索取就行。"玉凤曰道:"要派人就要派懂玉之人前去,否则,走眼如何是好。"纣王笑道:"本王晓得满朝文武,属费仲大夫最懂玉,可偌大朝歌诸事繁多,总不能为一块玉石,还要派他去索取?"玉凤撅着嘴曰道:"那倒是。"过一阵,她眨巴眨巴眼睛又言道:"贱妾倒是听人说过,有一个中谏大夫亦懂玉。"纣王低头思索一番,自问自答道:"胶鬲写奏折是高手,本王从未听过他玩玉石么。"又一想,朝歌太平无事,中谏无谏,索性派他去正好。玉凤睨视一眼纣王,心中有数,嘴里却问道:"王上到底要派谁去?"纣王一把将玉凤搂进怀里,大声曰道:"听美人的,那就派胶鬲去西岐讨回玉石。"玉凤温柔若猫咪,憨态可掬,继而像螱蟱一般拱入纣王怀中。

自与箕子一番长谈后,胶鬲回到家以后,夜以继日,废寝忘食地撰写奏章,长篇

· 213 ·

大论，言讷词直，将姬氏一族来龙去脉一一道来，他正在为自己潇洒文笔得意之时，忽然宫人前来宣旨，命他出使西岐，讨要玉石。胶鬲顿若挨一闷棍，张嘴结舌，等到宣旨宫人再次询问之时，方才醒悟过来。他只好将奏折藏匿到暗处，急匆匆赶往西岐。一路郁郁行走，一路苦思冥想，十多天里茶食不香，睡卧不安，也没想清楚其中之缘由。

太颠早已快马传信，将胶鬲要来周原之事禀报姬昌。几人商定，西伯托病不出，由散宜生与之周旋，让胶鬲在西岐处处掣肘，憋屈却又无可奈何。

一日太阳落山之际，胶鬲风尘仆仆来到西岐城内，随从前去凤雏宫内递上胶鬲名帖，遂被告知姬昌身染疾患，已经卧床多日，不理政事久矣。太师姜尚又去阮国赴宴，大约七天后才能归来。此次接待朝歌命官，皆由上大夫散宜生全面接洽，不巧他家中族人去世，奔丧去了。随从无计可施，只得悻悻归来，直言回禀胶鬲。

首次公差来西岐，被姬昌戏弄一番，他回到朝歌以后，被纣王训斥得灰头土脸，郁郁然数载矣。二返西岐，西伯侯却托病不见，况且自己在周原人生地不熟，真的成了孤家寡人。胶鬲心里满腔怒火，烈烈燃烧，却只能委曲求全，无法借题发作。几人只能住进客栈，耐心等待。一连三天过去，周庭竟然再无人过问。胶鬲只好抹下脸皮，出来在西岐城内到处走走，看看，顺便散散心解闷儿。

默默等待是一种痛苦，轻视怠慢更像是一种人身侮辱。胶鬲这才深深体验到寄人篱下，是多么地无助。无有西岐公务接待，他们只能自己交费住店，身上带的盘缠已不多矣，眼看着一日日食宿结账，几乎消耗殆尽。朝中命官囊中羞涩，可不是一件好玩的事情。胶鬲为官以来，大小出使诸侯方国几十次，高迎高送，何曾像此次在西岐这般狼狈不堪乎？姬昌，姬昌，你真是狠角色，佩服！

坐冷板凳令人十分心酸，住冷店使人百倍心寒，而吃闭门羹更叫人千倍难堪。此时此刻，胶鬲可以说是惴惴不安，度日如年。他觉得再这样漫无目地等待下去，自己一定会疯掉，而且会疯得很难看。一晃十天过去，客栈老板已经几次催缴房租了。胶鬲恨得牙齿咬得咯崩响，姬昌老儿，有朝一日若落到我手里，我叫你吃不了兜着走。可是，这话只能是驴球打肚皮——自己给自己宽心而已。

正在胶鬲状若困兽般咆哮之时，散宜生蓦然来到客栈看望胶鬲，一进门大呼小叫，抱拳致歉道："胶大夫不远千里来到西岐，却只能在客栈等候鄙人，罪过，罪过。"

胶鬲心里痛苦至极，表面上却依然笑容可掬，疑疑惑惑地问道："散大夫真是大忙人也。一个丧事竟然办了有十天之久？"

散宜生曰道："胶大夫，你尚且不知岐周之丧葬习俗，繁复得很。凡是逝者年过六旬，一般都要停尸七天之久，方能下葬矣。我家这门远房亲戚，年过八旬，阴阳先生根据逝者阴阳八字掐算，怎的也得放置九日，方可入土为安。你看看，你看看，这

第三十二章 朝歌内阴风四起 西岐城艳阳高照

不误了大事,因此而耽搁了接待胶大夫么。"

胶鬲张张嘴,又默然闭上了。他心里猛地闪过一丝念想,散宜生似乎原本是中原人氏,此地何曾有亲戚故友?这不就是扯淡么,且是弥天之大谎耳。散宜生接言道:"胶大夫久居朝歌都市,借此到我周原一游,亦是别有一番意趣耶。"

胶鬲被耍弄得哭笑不得,心里恶恶骂道,去他娘的臭脚,阳世上焉有如此这般的旅游乎?他嘴里仍强颜作笑道:"天蓝地绿,空气洁净。草长莺飞,山高水长。周原一方胜地,真是别有一番意味了。"

"咦!真的。"散宜生强聒不舍地言道,"既然有此雅兴,胶大夫还可去西岐城西五十里,此山曰凤凰山,正是凤鸣高冈之处,绿树成荫,泉水叮咚,美不胜收。倘若运气好,兴许还能听见凤鸣之天籁之音耶。"

甚么狗屁凤凰?无非就是幽地之红腹锦鸡而已,大不了亦是孔雀开屏也。你拿这个鸟东西糊弄瓜娃么,散宜生,你还想给活人眼里下蛆,真是不知天高地厚。胶鬲以前出使幽地方国多次,焉能瞒过其法眼哉?锦鸡也罢,凤凰也好,显然不是关注重点,更非其周原之行之目的。他何尝不知,此次会见,机遇难得,必须立马切入正题,若放任散宜生天南海北地胡说浪谝,说古今一般,再说一百回,还在原地踏步矣。胶鬲清清嗓子,曰道:"此次胶鬲奉天子之命前来西岐,正为玉石之事而来,还望散大夫尽快禀报西伯侯,奉上玉石,我好复王上之命。"散宜生眨巴着眼睛,疑疑惑惑地问道:"甚玉石?甚王命?"胶鬲猛一愣怔,噎得差点闭过气去。正在此时,客栈老板敲门进来,催缴房租饭钱。

散宜生见状喝道:"甚么房租、饭钱?胶大夫是朝廷命官,出使西岐,我们平日请都请不动,吃住在这里,你且管吃管住,务必精心伺候,且由我们公务接待。"

"说得轻巧,拿根稻草!"客栈老板苦笑一声,讥讽道,"甚公务接待?他们赖着不走,白吃白喝白住宿,已欠下二百多朋钱了。还好意思说是公务接待,且已三天没缴一贝钱了。"散宜生瞋目而视,吼道:"欠的房租和饭钱及今后费用,全部由我来支付。"客栈老板方才喜笑颜开地后退着离去。散宜生曰道:"你看看,你看看。烦请胶大夫言明所要之玉石,到底是何品种?产自何方?西岐商贾熙来攘往,玉石品种繁多,不计成千上万之多。只要明确告知玉石类型,散宜生手到擒来,保证货真价实。"

咦,我的亲娘!此时此刻,胶鬲恨不得寻找一个地缝钻进去,永远不再露头。他细细回想在离开朝歌之际,宫人宣旨之时,似乎并未言明玉石品种,自己便以为是西岐早已备好玉石,一路快马加鞭未下鞍,方才赶到西岐,又吃了十多天闭门羹,今日终于进入主题,却似茫然闯入迷魂阵,傻眼、无助、郁闷……等到散宜生笑呵呵地离去许久,他方才醒过神来,眼前仍不断地出现一个黑黝黝空洞,仿佛要吞噬自己。

· 215 ·

第三十三章

胶鬲郁闷空手而归　姬昌造势大摆寿席

月亮悄悄地爬到夜空,月夜如洗,清清爽爽,时而有微风袭来,略带几丝凉意。

胶鬲只身一人漫无目的地走在西岐城外郊野之上,他的心冰凉冰凉,大脑却格外清晰。朝歌、纣王、玉石、西岐、姬昌几个图像,重重叠叠地交织在一起,彼此纠缠不清,似乎又互不搭界。姬昌的托病不见,姜尚的深藏不露,散宜生的哈哈腔,这一切的一切,似乎隐隐约约藏匿着某些不可告人的虚伪。那么,这究竟是何道理?究竟有何隐情?胶鬲突然感到头痛欲裂,他跟跟跄跄走几步,手扶着路旁一棵柳树,方才勉强地站稳脚跟。

这一夜胶鬲睡得昏昏沉沉。日上三竿,他依然昏睡不醒,两名随从急得火烧眉毛,只能在其门前干搓手掌,怅怅然六神无主。申时刚过,散宜生打着哈哈腔又走进客栈,随从只好禀报,主人昨夜外出归来之后,神情恍惚,一觉不醒。

"好,真的是好。"散宜生十分惬意地笑道,"胶大夫可能是在朝歌政务繁忙,平时太过于劳累所致。他一到西岐,身心极度地放松,且就让他妥妥地睡个安稳觉了。"

两名随从这才眉开眼笑,笑呵呵出门遛弯去了。

这一觉睡得昏天黑地。日落西山,夜幕低垂,乌鸦鼓噪,飞燕恬静,胶鬲方才醒过神来,躺在炕上,浑身好像被抽筋扒皮,气力皆无了。他连喊几声随从,却无人应答,周围悄无气息,只得自己下炕来,尿泡憋得鼓胀难忍,扶着墙一步三摇地走进茅厕,闭着眼睛捉住麻雀,一泡尿淅淅沥沥,尿的意味绵长。返身回到住室,饥肠辘辘,仿佛十几个淘气小子在腹中演练拳脚,东一铁锤,西一木棒,闹腾的正欢势儿。他走出房门,脚步却十分地调皮,似乎还在不停地晃悠着。走在拐弯处,迎面碰上客栈老板点头哈腰问候道:"先生终于醒了。你且先歇缓一下,今晚夕咱们喝汤!"

晚餐是一碟荠菜,一碟瓠子,一碟蔓菁,一碟炒笋,外加一盘蒸馍,喝的是麦面糊汤。胶鬲吃得风卷残云,直呼痛快。席间,矮个随从言及散宜生大夫晌午前曾来探

第三十三章　胶鬲郁闷空手而归　姬昌造势大摆寿席

望时,我们不知如何是好,犹豫再三,是否叫醒大夫,且又怕耽误先生睡觉,真是处于两难之中。胶鬲忙问散大夫是否送来玉石？矮个随从摇摇头,一脸茫然。他接着言道,散大夫说你可能在朝歌心太累,叮咛我们不要打扰,让你多睡一会。胶鬲"咕"的一声,刚吃下的一块馍,噎在嗓子眼里,憋得他两眼鼓凸发直,张嘴结舌。高个随从一见大事不妙,立马从胶鬲身后环抱着他,双手紧搂胸部,猛一使劲,胶鬲头一晃,喉咙里卡的馍块方才飞吐出去了。

又是一天昏昏欲睡。胶鬲在接下来的几天里梦游一般,浑浑沌沌,迷迷荡荡,两名随从束手无措,真的有点着急上火了。这样的苦苦等待漫无目的,不知今夕是何年。转眼间已过月半,胶鬲与随从们依然过着虿一般的"幸福"生活,无所事事,衣食无忧,心急如焚。

散宜生再一次地出现在客栈客房里,蓦然发现原本精明过人的胶鬲两眼呆滞,语焉不详。他依然打着哈哈腔,语气里却强烈地暗示着其明晰无误的信息:傻等什么！一高一矮两名随从更是云里雾里,摸不出一点门道。两人大眼瞪小眼,乌龟看王八。散宜生冷笑一声,扬长而去。

翌日早晌,胶鬲与随从们到客栈饭厅用饭,客栈老板明确告知,从今往后住店吃饭,一律要先付贝钱的。

胶鬲两眼依然发直,木木讷讷。高个随从长得人高马大,面色黝黑,典型的黑截子,他闻听此言后满脸通红,宛如一只斗鸡在原地打着转,大声抗议道:"胶鬲大夫是朝廷命官,我们是朝歌官差。你们相互推诿,将我们晾在这里,你以为我们是一盆凉粉？非要摊开晾么！"

"瓜怂！瓜得实实的三个瓜娃么。"客栈老板脸颊堆满着不屑,皮笑肉不笑地讥讽道,"官差不官差,管我屁事！我就是个开客栈的俗人一个,开门迎客,关门送客,靠的是官家商贾肯花贝钱么。一粥一饭,来之不易；一房一屋,物力维艰。你不给贝钱,我凭啥给你吃喝住宿？对不对。我即使在客栈后院里养几头肥豖,兴许还能积攒些粪哩么。"

两个随从只好把胶鬲搀扶回房间,气呼呼地来到凤雏宫内,大声喊叫,吵闹得天昏地暗,却无人理睬。几个时辰过去,依然声嘶力竭、声情并茂地演唱着二人台,始终无人倾听。两人口干舌燥,灰头土脸,只得悻悻而归矣。三人在客栈饥肠辘辘,却无计可施。矮个随从来回摇晃着胶鬲,扯着嗓子喊道:"大人,你快醒醒。再待下去,我们真的是山穷水尽走投无路了。"胶鬲听得似懂非懂,嘴里嗫嚅着。高个随从趴在胶鬲耳旁,大声喊道:"我们赶紧回朝歌,别把骨殖撂到周原了。"胶鬲仍然是语焉不详地答道:"回,回么。"

两个随从眼含着泪水,背起空空如也之行囊,正欲离开。忽然,有人送来三个半

· 217 ·

拃厚的大锅盔,宛若锅盖,敲之砰砰作响,皮黄脆香,言说是散宜生大夫去豳地之前,曾经交代赠送途中之干粮盘缠云云。

二人搀扶着胶鬲上马之后,摇摇晃晃地离开西岐城,满腹辛酸地朝东方郁郁而去了。

散宜生站在城楼之上,远眺着胶鬲摇摇晃晃的背影,幸灾乐祸地讥讽道:"胶鬲,我看你真是名符其实的胶锅,粘怂的劲大!还想与岐周为敌叫板,你这头真是塞到胶锅里去了。"

胶鬲一行人慢慢地消失在天地之间。

却说费仲那日回府邸,将太颠所送桃心玉石,喜不自禁地在凤英眼前一晃,美人大呼小叫着追着他抢夺到手。费仲沉下脸曰道:"美人,你还闹不闹?"凤英喜欢得爱不释手,抬头嬉笑道:"有美玉,我当然不闹么。"费仲终于长呼一口气,抹着稀疏的山羊胡髭,惬意地笑一笑,笑得意味深长。

箕子几日不见胶鬲人影,一打听,方知被天子派到西岐寻找玉石去了。他近来心里一直忐忑不安,国家兴亡,大厦将倾,整治朝纲,迫在眉睫,为何要为一块甚玉石而千里迢迢,费尽如此周折?祖伊在东夷一路高歌猛进,捷报频传,自己却在朝歌原地踏步,举步维艰。他心急如焚,每隔两天去一趟胶鬲府邸,总是乘兴而去,失望而归。

眨眼间,一个月飞逝而过,正在望眼欲穿之时,忽然闻听胶鬲已从西岐返回,他顾不得许多,当天夜里急匆匆赶到胶鬲府邸,却见他神情恍惚,词不达意,问及奏折一事,胶鬲翻着白眼,嚅嚅许久,方才从密室中找来。

箕子展开一看,字里行间,文采炳焕。他看的是心潮澎湃,眉飞色舞,双手抱拳,对着胶鬲深深鞠一躬,朗声赞曰:"胶大夫真是人间才俊,文坛领袖,此大作大笔如椽,文辞飞扬,文情并茂,大张挞伐,大义凛然,真乃是天下第一讨昌之檄文也。"

胶鬲嘿嘿嘻嘻地惨笑一声,倒把箕子吓一跳,细细观察片刻,方才发现胶鬲两眼瓷瞪,双目无神,登时慌了手脚,急匆匆地回转家园。

窗外一轮明月高照,清澈冰凉的月光穿过窗棂,照射到室内,恍若白昼。

箕子夜不能寐,辗转反侧,两眼直戳戳地瞪着屋顶,那里有一只硕大的蜘蛛,正急急忙忙着在墙角编织网络。它口中吐出丝丝细线,肥硕的胖身子异常灵敏,来来回回地迅急穿梭着,既是这样地忙忙匆匆,又是那样地从容不迫……美妙无比的丝网之雏形,逐渐地展露无遗。咦!这是一道多么优美且细腻之网络也,丝丝相连,环环相扣,缜密无隙,堪称奇异。

一只飞蛾优雅地飞到屋顶,它美丽修长的两只翅膀,悠悠忽忽闪动着,发出纤细悦耳的声音。飞蛾又悠然飞起来,在丝网前盘旋许久,然后小心翼翼地紧贴着那张

第三十三章 胶鬲郁闷空手而归 姬昌造势大摆寿席

美丽的图案,仿佛全神贯注地欣赏着,又抑或津津乐道地赞美着。

时间在月光之中悄然流逝,飞蛾也许欣赏太久,它纹丝不动地站在网络上,显然是身心疲惫了。

忽地,一只苍蝇悠悠然而至,它潇洒地划了美妙的圆弧,然后在网络旁边做着大幅度地旋转,忽地一头撞上去,便被丝网紧紧缠住了,它企图逃离险境,肥硕的身子奋力地摆动着,翅膀却被丝网死死黏住,挣扎一阵便呜呼哀哉了。

蜘蛛独善其身,依然不动声色,它似乎还在耐心地等待着甚么。慢慢地,慢慢地,不知趣的许多飞虫不请自到,一个多时辰过去,丝网上已经粘满各种猎物,晃晃悠悠,摇摇欲坠。蜘蛛扭动着肥硕的身躯,悠然前去,大快朵颐,享受一顿丰盛的饕餮晚宴。

箕子默默地盯着那只蜘蛛。恍惚之间,蜘蛛蓦然之间衍化为远在西岐的西伯侯姬昌,同样的肥硕身材,同样的老道沉着,同样的以逸待劳,同样的居心莫测……他大叫一声,从炕上翻滚下来,额头上大汗淋漓,他左手紧捂着胸口,大张着口,气喘吁吁。

一旁酣睡的夫人流莲,在睡梦之中被猛地惊醒,连滚带爬地溜下炕头,蹲到夫君身边,惊愕不已,急急问道:"咦!深更半夜的坐到地上干啥?"箕子勾着头默默不语。流莲惊惶失措地追问道:"恁到底咋啦?我的亲娘。"毕,涕泪俱下。

不知过了多长时辰,箕子方才慢慢缓过劲来,瘫坐在地上,白一眼夫人,挖苦道:"恁眼绷大看清楚,恁是你老爹!"

见老公终于醒过神来,流莲这才破涕为笑,十分怜爱地嗔怪道:"恁活了大半辈子,跟俺总是吊个驴脸。老了,老了,倒学会开玩笑了。"

夫妇俩说话间,天已麻麻亮了。箕子下得炕来,早餐后依然心思不宁,惶惶然若丧家之犬。他立坐不安,在屋里来回踱着步,抬起头来,不经意间又看见屋顶的蜘蛛网上粘连的飞虫,大部分已经被蜘蛛吞噬了,然而丝网依然完好无损。他登时怒不可遏,随手操起一把扫帚朝丝网挥去,丝网在风中微微颤抖了几下,却仍然一丝不苟地悬挂着。

箕子眨巴着眼睛,又瞧瞧手中扫帚,竟然差一大截子,只能眼睁睁看着它毫发无损,安然无恙悬在原处。箕子莫名的火气腾地爆发了,登时愤怒得一塌糊涂。他来来回回转了几个圈,似乎意犹未尽,遂找来一把榫卯皆松的条凳,站在上面晃晃悠悠,身子不由自主地来回摇动着。

流莲一看急了,赶紧跑过来扶住丈夫,抱怨道:"恁是吃饱撑的,摔坏咋办?"

有夫人扶着条凳,箕子终于站稳了脚跟,却又不管不顾地挥舞起扫帚,朝蜘蛛网奋力击打而去。谁料到使得力气过猛,竟然身子一扭跌落在地,那条木凳亦是骨架

· 219 ·

解散,瘫痪成一堆乱木。流连在不经意间被丈夫这股冲天的力量夹带着绊倒在地,坐在地上呻吟不止。她嘴里抱怨道:"死老头,恁活腻歪了?"

箕子亦摔得不轻,龇牙咧嘴地呻吟着。

老家丁闻讯赶来,只见老夫老妻双双跌倒在地,东躺西卧,痛苦不已。他惊呼道:"咋啦?一大早,这是唱的哪一出?"

箕子躺在炕上,脑子里昏昏沉沉,没弄明白从昨晚到清晨,自己到底唱的是甚?他只能怒目圆睁地盯着蜘蛛网,冷眉横对着那只肥硕的蜘蛛。

"不——"箕子声嘶力竭地叫起来,"姬昌!"

箕子胸中翻江倒海,波涛冲天,他无计可使,只能痛苦地煎熬着。然,屋顶蜘蛛编织的丝网,依旧轻飘飘地挺立在那里。此时此刻,箕子甚至连碰死的心情都有。可是,身子仿佛是借来的丫鬟,一点也不听使唤,只要稍一动弹,浑身疼得要命。咦!若是能轻松翻身,看来实在是太过于奢侈矣。

呈上奏折是十多天后的早朝之上。

纣王展开箕子与胶鬲联名呈报的奏折,阅看许久,沉思不语。奏道:

西伯侯姬昌者,性非逆来顺受,实乃包藏祸心。昔承继农师之位,念念不忘其父遭诛之仇恨。羑里七载,貌似闭门思过,推演易经,当为忍辱负重。王上仁慈,念及年老体衰,放逐故里。然,姬昌未念王恩浩荡,恩将仇报。盘踞周原,图谋天下,狼子野心,昭然若揭。倚强凌弱,屡屡进犯其周边商之方国;为所欲为,剿灭密须犬戎诸狄邦;断讼公裁,俨然天国之雄姿;网罗天下之逆贼叛将,惟恐天下不乱。残渣余孽,沉滓一气,魑魅魍魉,狼狈为奸;明似臣服朝歌,暗则招兵买马,无一日不觊觎权柄;蛇蝎之肠,昭然若揭,虺蜴之心,路人皆知。

呜呼!老臣箕子与胶鬲不忍卒看,先王肇基六百年王业毁于一旦。为根除姬周之隐患,故请王上收回所授姬昌之黄旄、白钺,以绝生变之忧耶。既着眼于当下,又防患于未然,转祸为福,平定天下,承继先王遗训,共立勤王之勋。

令纣王欣喜的是,箕子与胶鬲在奏折之中,始终未提一句其声色犬马、宠爱妖姬之类废话。可转眼一想,奏言姬昌心存异志,有图谋天下之狼子野心,未免夸大其词,危言耸听。西伯侯仁义广德,逆来顺受,所谓推演易经,亦是在羑里闲得发慌,自我打发日子而已。何况,他不就是算卦么,丢个牛马甚的,掐个指头还能对付。倘若言其以此能算计天下,鬼都不信矣。纵观姬昌网罗的这个所谓太师,不就是在朝歌街头穷困潦倒的贩牲倒羊之徒!一个倒霉透顶四处游逛的逐利小人,焉能翻起大浪哉?

纣王登时心情大悦,命宫人在大堂之上大声宣读,以正视听。

一直垂耳倾听的胶鬲,蓦然从混沌世界中怅然归来,双眼溢彩流光,启奏纣王,

第三十三章　胶鬲郁闷空手而归　姬昌造势大摆寿席

言及他在西岐被无端冷落,如何受辱,说到伤心之处,大放悲声。纣王原本欣喜激动之心情,立马演化为阴云密布了。

纣王眉头紧蹙,忽然想起玉石之事,遂打断胶鬲话语,质问道:"胶鬲,胶大夫。本王命你去西岐讨取玉石之事,尔完成的如何?"

胶鬲猛地一愣怔,立马面红耳赤,张口结舌,宛若便秘之人如厕,表情做作,哭笑不得。箕子见胶鬲甚为尴尬,连忙出列陈述道:"胶鬲被散宜生在西岐不着边际地糊弄再三,正人君子,为之奈何!"

"咦!"胶鬲差一点哭出声来,委屈地分辨道,"散宜生反复问臣,西岐玉石数以万计,到底需要甚何石?微臣不可言状,故而被一再戏弄耳。"

"尔等榆木疙瘩,脑瓜真是让驴踢了。除尚能撰写酸腐文字以外,百无一用,真是朽木不可雕也。"纣王鄙视道,"本王美妾所梦之玉石,谁人不知,何人不晓?尔脑瓜一团糨糊,怎晓得不虞之变乎?"

胶鬲无言以答,一时愣怔。箕子似乎听出一点端倪,原本索要的竟然是所梦之玉石。咦!梦石。梦事。蒙事。散宜生正好借题发挥,借此来游刃有余的戏耍羞辱与他了。

如此窝囊透顶之哑巴亏,看来胶鬲即使浑身上下都是嘴,亦是永远有口难辩也。

第三十四章

费仲赴西岐探囊取宝　姬昌装痴呆处心积虑

　　位于周原西北部山区的另一支昆夷，在毫无征兆的情况下，突然侵犯西岐，一日三至西岐朝阳门，来势汹汹，不可一世。姬氏一族自古公亶父率领族人迁徙周原以来，大大小小经历过几十场战争，与诸多狄夷反复争夺地盘，却与昆夷从来没有发生过战斗。姬昌连忙召集众人，商议御敌之策略。他言道："昆夷此次来犯，猖獗蛮横，我们却不知道其真实意图？"

　　姜尚曰道："知己知彼，方能百战百胜。不知周人以前是否与昆夷有何过节？"

　　姬发欲言又止，散宜生亦是一头雾水，闳夭低头思索一阵，似乎想起来当年他因率领周兵援助阮国、共国之时，曾经遭遇过昆夷的围追堵截，此事后来不了了之，双方再未接触并发生过纷争。商议一阵，还是不知所措也。

　　"此事甚为蹊跷，弄得我一头雾水。"姬昌言道，"倘若比起密须等戎狄，虽然我们对昆夷部落不甚了解，但他们势力绝非在密须之上。既然如此，我们不能坐以待毙，姜太师调兵遣马，当以全力御敌便是。"

　　散宜生愤愤然曰道："想我西岐军民，正值逢年过节之时，这些昆夷却趁机来犯，真是可恶至极矣。此仗不打则已，打则痛打，一举灭其锐气，继而痛打落水狗，使其再无还手之力。"

　　姜尚沉思一阵，曰道："姬发太子听令，你率领兵士一万，等到城门楼上三声炮响，即从朝阳门冲杀而出，正面御敌。"

　　姬发得令。姜尚声音高起来："闳夭将军听令。你带领精锐骑兵三千，疾速从西城门绕道南行，将兵马埋伏在朝阳门东南角不远处，等待城内兵马冲出之时，两相合围，剿杀昆夷来犯之敌。"

　　闳夭出班得令。姜尚命令南宫适道："你且带精兵五千即刻出发，从西门绕道北行，至昆夷来犯途经之险要关隘苍凉岭下，埋伏于山道两旁，等待昆夷兵马逃窜之

第三十四章　费仲赴西岐探囊取宝　姬昌装痴呆处心积虑

时,以迅雷不及掩耳之势冲杀出来,一举剿灭残兵败将!"

南宫适出班得令。辛甲站得笔直,全神贯注地准备听令,却见姜尚低声与姬昌交头接耳。他忍不住出班大声问道:"太师,还有我哩?"

姜尚一愣,随即笑道:"辛甲将军可作为太子副将,一起从朝阳门冲击。"

辛甲欣然得令。姜尚站起身来,大手一挥,厉声曰道:"各位将军,此役必须干净利落地战而胜之。倘若贻误战机,严惩不贷!"

众将军齐声称诺。武吉呆呆地站在远处,眨巴着眼睛,嗫嚅着嘴巴。姜尚似乎也看出些许端倪,随即高声命令道:"武吉,你且守护在太子身旁,须臾不可离开。若是太子有何闪失,我要拿你是问。"

武吉称诺退下。毕,姬昌与散宜生欣然一笑。万事俱备,只待总攻。

姬昌在姜尚陪同之下,登临朝阳门楼之上。只见楼下战马嘶鸣,尘土飞扬。昆夷兵士杂乱无章,嘈嘈切切。姜尚厉声断喝道:"昆夷首领,你我素不相识,且从无利益纷争,尔等为何袭扰于西岐城下乎?"

阵中走出一位盛气凌人的首领,用马鞭点戳着喊道:"呔!西伯侯听着,你们今年丰收,我们天旱绝收,总归你们吃肉,也让我们昆夷喝些汤不是!限你今日之内准备好粮秣五千石,布帛一千匹,玉石百块,乖乖奉送与我。否则,我将马踏西岐,纵使周原鸡犬不留!"

姬昌微微微一笑,怡然自得。姜尚厉声骂道:"好一个不知羞耻的东西,你得是穷疯咧?西岐国富民安,与尔等蛮夷有何关系?周原五谷丰登,凭甚要奉送与你!真是天大的笑话!"

昆夷首领坐骑嘶鸣一声,他高声喊道:"西伯侯,舍财便可换取生命,百姓则可避免生灵涂炭。难道这个浅显道理,你也不懂?"

姬昌依然笑而不语。姜尚怒不可遏地骂道:"呔!尔等进犯周原,不以为耻,反以为荣,真是荒唐透顶,必遭天谴!"

散宜生曰道:"太师,你且下令攻击,甭跟他枉费口舌。"姜尚低声言道:"南宫括率部还在奔袭途中,且要拖延一个多时辰,方可开战。"

姬昌曰道:"散大夫,你可上前一展舌辩功夫,给这些昆夷训导训导。"

散宜生立马精神抖擞,施展三寸不烂之舌,骂得唾沫飞溅。楼下昆夷急得嗷嗷叫,却是无计可施。眼看着一个时辰已过,姜尚令旗一挥,楼上三声炮响,朝阳门哗啦啦大开,早已等待多时的周兵倾巢而出,喊声震天,杀昆夷兵马阵脚大乱。与此同时,闳夭率领的骑兵快马杀到,两相合围,战鼓雷鸣,杀声震天,昆夷登时陷入重重包围圈之中,只见得旌旗翻卷,尘土飞扬,暗无天日,厮杀得难解难分。混战一个多时辰,昆夷兵士死伤过半,周兵愈战愈勇,逐渐地占据上风。昆夷首领眼见得大势已

· 223 ·

去,立马率领残兵败将拼力杀出重围,慌忙向东北方向逃遁,行至苍凉岭下,却与南宫适部相遇,周军挥舞利剑,一一将败军剩余兵马全部砍杀于荒山秃岭之下。昆夷首领见大势已去,只得拔刀自刎。从此,昆夷部落群龙无首,逐渐地消失殆尽。

去西岐索取美玉一事,弄得胶鬲灰头土脸,从此他在朝歌一落千丈,并成为饭后茶余之笑谈。箕子亦是灰头土脸,此后心灰意冷,远离朝廷,静若寓公。惟费仲在此次回合之中坐山观虎斗,赢得钵满盆溢。一日,他在摘星楼陪同纣王弈棋取乐,无意之中又提起此事,纣王仍然是耿耿于怀。

费仲何尝不知晓西伯侯早已心存异志,不鸣则已,一鸣惊人。姬昌图谋天下,一旦得逞,必将天下搅和得鸡犬不宁。但耳听为虚,眼见为实,自己久在朝歌,状若盲人摸象,不窥全貌,思来想去,还是心里没底,忐忑不安。他遂谏言纣王派遣得力之臣,伺机出使西岐,明察暗访,探得虚实。

纣王沉思一会,盯着费仲,曰道:"满朝文武,都是些酒囊饭袋,真要派上用场,一满骡马上阵屎尿多。爱卿能否亲自赴周原,一了本王之疑虑乎?"

费仲闻听此言,登时有点猝不提防,脑袋瞬间肿胀许多,他急忙伏地跪曰:"微臣愿为王上效犬马之劳。"纣王笑道:"费爱卿,快快平身。倘若尔嫌路途遥远,不便此行,本王另派他人赴之。"

费仲转眼一想,借此机会暗查实情,正好可以探寻究竟,亦是知晓西岐底细之最佳契机,借以避免此前总是道听途说,惶惶然不知深浅耳。他继而曰道:"微臣享尽王上所赐之荣华富贵,当为国家长治久安竭尽全力。即使遭遇千难万险,理应在所不辞。只是此事重大,应暂且保密,等待合适时机,我前往之。"纣王点头默许。

有道是无巧不成书。这一年周原又是风调雨顺,五谷丰登,周庭上下欢欣鼓舞。

姬发主理政事,勤奋有加;姜尚操持周军,演练战术。在此国泰民安大好形势之下,当有人提出为姬昌庆典花甲之寿诞时,姬昌却坚决反对,认为此举毫无意义,纯粹是劳民伤财,得不偿失。

正在此时,姜尚收到太颠从朝歌传来的最新消息,箕子与胶鬲上疏西岐图谋不轨,言及姬昌心怀异志,规劝纣王收回黄旄、白钺。他立即来到凤雏宫内,将此紧要情报禀报姬昌。

"树欲静而风不止。"姬昌昂起头,轻轻地叹口气,曰道:"看来纣王对西岐始终心存芥蒂,十分地不放心。"

姜尚曰道:"以目前敌我双方实力而言,敌强我弱,尚不足与其硬碰硬地发生正面冲突。惟有隐匿和保存实力,以动制静,以逸待劳。目前祖伊在东线大获全胜,商军士气正旺。倘若当下与其交锋,无异于以卵击石,后果不堪设想。"

姬昌微微闭上眼睛,登时显得心事重重,双腿不停地摇晃着。

第三十四章 费仲赴西岐探囊取宝 姬昌装痴呆处心积虑

姜尚睨视一眼,曰道:"主公,一味地忍让退守,无异于被动挨打,总是会落于下风。若以目前之严峻形势而言,要打消纣王对西岐戒心,乃白日做梦,而采取绵里藏针,消极等待,恐怕为下策也。以老臣看来,惟有主动出击才是。"

姬昌蓦地睁大眼睛,急急问道:"太师有何高见,快快讲来。"

姜尚顿顿,接着言道:"韬光养晦。"

姬昌思索一阵,遂曰道:"请细细言来。"

"这——?"姜尚苦笑一声,"恐怕要涉及主公的颜面了。"

姬昌正色道:"西岐不保,姬昌纵然有磨盘大的脸,亦是枉然么。"

姜尚怅然叹曰道:"主公道济天下,开物成务,穷理尽性,穆如清风。"

"呵呵。太师,你别夸我了。你总不会提议让我再去朝歌当人质么。"姬昌鼓着眼睛,随即畅然大笑道,"为了西岐大业,姬昌甘愿忍辱负重,即使做了人彘,亦是心甘情愿么。"

姜尚亦忍不住笑出声来,曰道:"主公心大,真的是比磨盘还大。岐周一路走到今天,再也不是可任人宰割的羔羊了。凤凰不鸣,一鸣飞天。不过,咱们暂时还做不得飞天的凤凰,只能先做落架的凤凰。不知主公意下如何?"

姬昌与姜尚相对一视,大笑起来。

西岐城内出现多年未见之盛况,到处张灯结彩,粉饰一新。姬昌特别提醒要厉行节约,往年的灯具能用就用,千万不要劳民伤财,铺张浪费。有一些上年纪的老人们,总是念念不忘当年姬昌年轻时在渭滨宰杀蟒蛇,而与万民共食"蛟龙汤"之壮烈场景:硕大的铁锅里,臊子肉咕嘟咕嘟冒着酸醋香味;滚烫的面锅里,翻卷着薄光筋道的长面条;调汤的大锅中热气腾腾,汤煎、油汪、面稀;一溜溜的流水席,吸溜吸溜的吃面声,那热烈的场景,历历在目,人头攒动,络绎不绝,仿佛就在昨天。人生若梦,岁月如歌,转眼之间,昔日的英俊少年,今夕垂垂老矣,焉能不胜唏嘘。

太颠早已获悉朝歌要派大员前来西岐祝寿,姜尚这才照方抓药,设计让姬昌做戏给朝歌来人观看,一幕精心彩排的"双簧"即将上演。然,出乎所有人意料的是,奸佞费仲要亲自巡视周原。而当太颠获知此最新消息之后,大吃一惊,却已来不及通知西岐了。原来,费仲以到东线慰问商军为名,走了大半天,忽然绕开朝歌一路西行,疾速地朝周原奔来。

而费仲到达周原的时间,显然是经过了严格地计算。

姬昌闻之朝廷命官莅临西岐城,率领十几名官员在东门外迎接,等到命官下马,方才看清是权极一时的太师费仲,心里顿时咯噔一下,大惊失色。姜尚在一旁察言观色,心中泛起阵阵波澜。他仰叹苍天,费仲此行十分诡异,善者不来,来者不善也。

姬昌抱拳施礼道:"费太师大驾光临,姬昌真是喜出望外也。"

费仲器宇轩昂，不卑不亢，双手抱拳还礼道："西伯大寿，费仲特奉天子之命前来贺寿，不胜荣幸焉。"

宾客们一行，欢天喜地来到粉饰一新的凤雏宫内，稍作歇息，主宾便一起赴宴。

迎宾晚宴早已准备妥当。中间放置拼装而成的一贺盘，四周围着一碗肘花，一碗排骨、一碗鹿肉、一碗羊肉、一碗荠菜、一碗花生、一碗韭菜、一碗芹菜、一碗笋菜，谓之"十碗饭"也。此习俗流传有序，荤素搭配，三千年以来沉淀在历史长河中，成为关中民间筵席之风俗，源远流长。主宾们围坐一圈，姬昌先将陪客做一一介绍，姜尚、散宜生、姬发、辛甲、姬旦、姬奭，分列周围。费仲接着又介绍身边一位名曰公豹的将军，言其战功卓著，刚随大将军祖伊东征归来。

姬昌端起酒樽，先朝地上撒一圈酒，然后起身曰道："费大夫千里迢迢，特奉王命，姬昌感激涕零，真是三生有幸也。第一杯酒恭敬天子青春常驻，万寿无疆！"众皆举杯，昂首喝下。姬昌接言道："第二杯酒，恭敬费太师万事如意，福如东海。"众皆举杯，面朝费仲，微笑喝下。姬昌又言道："这第三杯酒，祝愿我大商国泰民安，祝福天下黎庶百姓幸福安康，平安吉祥。"众皆起身，交杯换盏，一起饮下。

三杯酒下肚，筵席由冷清逐渐地升温为热闹。费仲举杯致谢，姬昌昂头灌下。凡众人敬酒，姬昌来者不拒，碰杯即干。片刻过后，他大话连天，已有几分醉意，嘴巴凑到费仲耳边，唾沫飞溅，醉话绵绵地曰道："此美酒名曰'来凤'，是我余生之最爱也。一杯下肚，浑身舒畅；两杯喝上，气高飞扬；三杯见底，去他娘的甚功名利禄。"

费仲频频皱着眉头，身子歪斜着，偏着头劝道："饮酒少量逸情，喝多伤身。西伯毕竟年事已高，焉能如此贪杯，还是适可而止才是。"

姬昌端起酒樽，呵呵大笑道："想我姬昌，大半生殚精竭虑，却只是浪得一时虚名而已。人生如梦，转眼就是百年。蒙天子鸿恩，我位列三公之一，夫复何求哉？人生有此荣耀者，天下几人乎！"

费仲心里嫉妒，暗忖道，沐猴而冠，不知深浅。他嘴里却笑道："西伯倒是懂得经营人生，知足常乐，急流勇退，谓之知机。"

"好！费大夫可以佐证。"姬昌将酒樽端起，昂脖又一饮而尽，他身子趔趄着，且已脚步漂移，舌头僵硬，醉言醉语不成句，"姬昌我、我已达人生顶点，辉煌不、不在，此时不乐，更待何、何时？"

姬发连忙起身扶住父亲坐下，姬昌恼怒道："哪里来的怂娃么，你就球事多得很！"姬发只好默默走开，气呼呼坐下。姬昌看一眼公豹，他端起酒樽，趔趔趄趄地站起身来，大声曰道："公豹将军，你、你此次东征大胜，为天子除、除去心腹大患，西岐军民无不欢欣鼓舞。我、我且敬将军一杯。看着，先喝为敬。"言毕，公豹刚端起酒樽，姬昌已经干杯，他伸出大拇指，冲着公豹的鼻子嬉笑道："痛快！是一头公豹，不

第三十四章　费仲赴西岐探囊取宝　姬昌装痴呆处心积虑

是母豹。"公豹猛一愣怔,正要发作,却被闻仲用眼色制止。

一直矜持静坐默言不语的姜尚,趁机劝道:"主公,你喝多了。"谁料到姬昌眼一瞪,斥责道:"你是谁,竟敢不叫我喝酒?"姜尚唯唯诺诺曰道:"我是姜尚,主公,你不能再这么地海喝了。"姬昌脸颊涂丹,一手端着酒樽,一手指着姜尚面颊,颐指气使,唾沫飞溅,厉声骂道:"姜、姜尚,你凭甚不叫我喝?你、你以为你是谁!一个杀羖贩羊的昔日朝歌流、流寇,老夫看着你、你可怜兮兮,无家可归,才给你、你安排个混饭吃的差事。你、你提着碌碡打月亮——看不来远近,总能掂来轻重么!像、像你这种闲人,狗、狗屁不是。"毕,酩酊大醉,趴在案几上,呼呼大睡不醒。

"一个王侯,整天醉生梦死,成何体统!真是不可理喻!"姜尚拂袖而去,边走边发牢骚道,"西岐危矣,国将不国,民不聊生。"

一场筵席,皆因姬昌醉酒后肆意妄为,此一番折腾,闹得宾主们不欢而散。散宜生、姬发们连连致歉,陪同费仲一行回到客栈住下,一夜无话。

一轮红日升起,照耀得周原大地一片辉煌。西岐城内外,旌旗飞扬,彩球飘荡,一派祥和喜庆之盛况。凤雏宫大殿之上,宾主分列两厢。姬昌无精打采地坐在最上端,依然是两眼肿泡,哈欠连天。公豹代表朝歌将礼品奉上,姬昌睨视一眼,便又连连打起哈欠来。周边方国依次送上贺礼,整个仪式庄严肃穆,有条不紊,惟独令众人倒胃口的是,姬昌自始至终地萎靡不振,台上台下,亦是议论纷纷,啧啧不绝于耳。

费仲正襟危坐,眼观四面八方,心中不时地泛起一波又一波涟漪。西伯侯姬昌,你如此沉溺酒色,看来亦是徒有仁义,浪得虚名而已。

正在此时,一阵靡靡之音响起,紧接着一队队美女出列舞之蹈之,费仲登时睁大眼睛,盯着舞女们不错眼珠傻傻地眺望着。这些舞女大多来自周边方国,妩媚多姿,楚楚动人。她们秀发飘飘,头顶插着妍丽之野花,健硕的身躯,修长的肢体,古铜色的肌肤上,仅以兽皮缠腰,性感而辣烈。

费仲看得心旌猎猎晃动,情不自禁地舔舔发干的嘴唇。

这一切都被姜尚真真切切地看在眼里。他何尝不知这老贼是个猎艳高手,只要在朝歌瞧上任何一朵"鲜花",即使费尽周折,亦要弄到手,不达目的不罢休。

古往今来皆如此,凡是位高权重之人,虽则道貌岸然,然其雄性激素异常旺盛,且大多喜爱美色,狎美掠艳,当为寻常之事也。

此前从密须缴获的转鼓,猛烈烈敲打起来,舞女们在鼓乐中翩翩起舞,随着鼓点不断地加快,舞者愈舞愈浓烈,舞姿愈大胆泼辣,令人眼花缭乱,目不暇接。费仲昂起头来,仿佛麦地里的大雁一样伸直脖子,看的是如醉如迷,心旌飘舞。

姬昌推辞说他不太舒服,摇摇晃晃离席而去了。姜尚和散宜生一起陪同费仲继续饮酒,费仲似乎也有点喝多了,面颊通红,神气恍惚,答非所问,心不在焉。散宜生悄悄附在费仲耳旁,低声曰道:"费大夫到西岐来,可否喜欢此地艳美女子?"

费仲顿感浑身不自在,频频眨巴着眼睛。散宜生察颜观色,心中早已有数,微笑道:"费大夫若有此意,今日大堂之上跳舞女郎,尽可挑选,晚上侍寝如何?"

"咦——"费仲这才从梦中惊醒,彻彻底底回归于现实之中。他觍着脸嬉笑道,"君子不夺人之所爱也。在西岐境界,老夫怎的能如此猎艳乎?"散宜生坏坏一笑,曰道:"大人能宠幸她们,这何尝不是美女的福气。"费仲涎着脸道:"宠幸那是王上享用的词义。我么,只能叫陪寝。这么说来,老夫就不客气了。今日那个跳独舞女子,真格叫一个美艳。"

月上高楼,空寂明亮,宛若白昼交织,房门被人轻轻推开,款款飘来的是一个身披粉红蝉衣的年轻女子,仿佛水上漂一般来到费仲下榻的炕前,侧身弯腰行礼毕,轻启樱唇,低声曰道:"小女子给大人侍寝来也。"费仲喜颠颠地连忙跳下炕,光着脚牵着女子的纤纤玉手,左看右瞧,喜形于色。此女子大不过豆蔻年华,眉目清秀,仪态端庄,果然有闭月羞花一般俊俏模样,令他爱不释手,唏嘘不已。

费仲拥香搂艳,他虚胖笨拙的身子,竟然有点轻轻地颤抖。小女子果然是个尤物,她使尽浑身解数,将老贼侍候得舒舒服服。一夜间缠绵不已,艳艳激情,起落几回,翌日清晨,二人方才昏昏睡去。

早餐之时,费仲方才下得炕来,腿下一软,差点跌倒在地。

在午饭的餐几上散宜生问道:"费大夫意下如何,可否尽兴?"费仲乐得合不上嘴,几丝涎水顺着嘴角嗤地流下,他抹一把揩在身上。散宜生心中一阵恶心,干咳两声,掩饰过去。他继而炫耀道:"费大夫真是艳福不浅,昨晚侍寝的是舞女中最美女子,嫽暴暴么,是不是?"

费仲翻翻眼睛,问道:"何为嫽暴暴?"散宜生哈哈一乐道:"我也说不清,反正夸的是最漂亮女子。"费仲巴咂着嘴吸溜一下,似乎有点意犹未尽的样子。散宜生乘势曰道:"既然费大夫喜欢,带回朝歌即可。"费仲眼睛乐成一道缝,涎着脸道:"那、那,怎么好意思。"散宜生笑道:"这女子能攀上大人,是娃的福气。"

所谓红颜祸水,都是后辈的刀笔吏理屈词穷,偷换命题而污蔑栽赃矣!

散宜生心里百味杂陈,泛起阵阵自责。君不见,在漫漫历史长河之中,女人从来状若知寒晓暖的水鸭,身不由己,随波逐流;她们的命运,哪个不是由世上这些利欲熏心的臭男人,任意地摆布糟践也!

送行的晚宴之上,姬昌几杯酒下肚,又是醉态复萌,姜尚乘机解释道:"主公这么大年纪,整日纵情酒色,我们真是心急如焚,却是无计可施。"费仲呵呵笑道:"我大概记得,西伯侯以前几乎是滴酒不沾,怎的如此贪杯?"散宜生低声曰道:"说来话长,主公自从羑里归来以后,先是隔三差五地小酌,逐渐地发展到顿顿不离酒杯,最近更是

第三十四章　费仲赴西岐探囊取宝　姬昌装痴呆处心积虑

嗜酒成瘾，长此如往，西岐衰败，周原不稳，自当指日可待矣。"

姬昌端起酒樽，摇摇晃晃地走到费仲面前，满嘴喷着酒话，大咧咧曰道："费、费大、大夫，你、你只要和我、我把、把酒碰、碰了，我、我还有好、好东西送你哩。"

谁料想，离席而走的姬昌又摇晃着转悠回来了。他坐在费仲旁边，一句话翻来覆去地念叨好多遍，醉意绵绵。费仲劝道："西伯侯，喝酒么，还是要量力而行。适量饮酒，活血化瘀，身强体健。倘若纵酒作乐，百害而无一益焉。"

姬昌晃着身子，醉眼乜斜，嬉笑道："甚么害、害不害？我又、又不是女人，还要害、害娃哩。今日有酒、酒今日醉，明朝无、无酒喝、喝、喝凉水么。"

费仲皱着眉头，身子直往后退，企图躲避姬昌飞溅的唾液，无奈之下，只得碰杯，呛得他面红耳赤，咳嗽连连。姬发连忙把父亲搀扶回座位，大声抱怨道："爹，你看你，怎的又喝多了。"姬昌直眉瞪眼，斥责道："喝多、多咋地？我能、能陪费、费大夫喝酒，是、是福分么。"费仲又忍不住规劝道："西伯侯，今晚盛情款待，费某不胜感激。酒足饭饱，咱们见好就收，就此作别，如何？"

姬昌摆摆手，制止道："酒、酒，刚喝、喝到兴处，怎的能临阵脱逃、逃？"

费仲闻听此言，立马沉下脸来，睨视一眼，鼻腔里重重哼一声，接着讥讽道："看来西伯侯真的是不可救药了。"起身离座欲走。

姬昌摇晃着肥胖的身躯，双拳作揖道："姬昌愿、愿奉送、送周室所藏、藏美玉，给王上和费、费大夫赔、陪罪。"姬发眨巴着眼睛问道："爹，你真的是喝多了，我们西岐哪有甚么玉石？"姬昌哈哈大笑道："一人藏、藏东西，万人亦难、难寻找、找寻的。去，美玉就、就在我睡的炕、炕洞里面。"

费仲听到美玉两字，两眼顿时贼光四射。不一会，姬发抱来一包东西，当着众人打开。"哇——"席间有人惊呼道，"真是无暇美玉，举世罕见也。"费仲更是瞪大眼睛，头凑到玉石跟前，看的是心花怒放。然后，他闭上眼睛强忍着心中的贪婪念想。

姬昌大声道："上、上次从朝歌来的那、那个胶、胶锅。"散宜生纠正道："主公，是胶鬲大夫。"姬昌曰道："管他、他鬲哩、锅哩，还想要玉、玉的，门都没、没有。"

费仲忽地明白过来，天子所言之美石，果然如此美轮美奂，精美无瑕。

姬昌又从衣兜里掏出一块鱼鹰，小巧玲珑，晶莹剔透，说是送给费仲的礼物，然后，他摇摇晃晃地站立起来，径直而去。姬旦、姬奭连忙左右搀扶，随即离开了。

"烦请费大夫将此美石奉送于王上，以谢天子体恤属国之洪恩浩荡。"姬发曰道，"其余几块精美玉石，当以致谢大夫不辞辛劳，此次款待不周，还望大人多多见谅。"

费仲心里早已亟不可待，恨不得把玉石据为己有，尤其是那块鱼鹰，当是北狄一带的神物。姬发一番话毕，他连连点头称是。

· 229 ·

第三十五章

群贤对策姜尚欲擒故纵　铤而走险姬昌朝歌进贡

费仲和公豹各自带着美姬珠宝，喜滋滋地满载而归。他们离开西岐城不远，费仲喊停马车，回头远眺一阵，悠然朗声大笑道："悲乎！姬昌徒有虚名，枉谈仁义，纵酒取乐，倒是与天子有一拼。西岐之旅，收获颇丰，不虚此行矣。"

"费大夫所言极是。"公豹接言笑道，"我这几日以来暗察周军，亦是军容不整，纪律涣散，街头酒馆，常见醉酒之兵士东倒西歪，丑态百出。周军军纪松弛，军心涣散，如此酒囊饭袋，竟妄言征服天下，简直是滑天下之大稽也。"

费仲登时心情大爽，狂笑一番，毕，他朝车上坐的美女一努嘴，又瞧一眼喜形于色的公豹，暧昧地笑道："难道西岐除过醉汉，就没有将军所好之念想乎？"

公豹心领神会，觍着脸答道："岐周美艳，真乃天下无双。除此之外，这'来凤'之美酒，确实味道醇正，余味绵长，属下亦无法抵制其无穷魅力矣。"

费仲呵呵大笑道："如此看来，那个曾经意气风发指点江山的西伯侯，早已罢罢的了。从今往后，西岐乖乖地臣服于商，你我还愁没有艳姬美酒乎？"

两人心照不宣，忍不住狂笑一阵，心满意足地向东而行矣。

春风得意，马蹄迅疾。费仲顾不得鞍马劳顿，来到朝歌摘星楼奉上美玉，纣王喜出望外，爱不释手。费仲与纣王边弈棋，边禀报在西岐所见所闻，说到兴处，竟然手舞足蹈，忘乎所以。纣王轻蔑地曰道："看来本王把姬昌囚禁羑里七年，真的是把他教乖了。当然，人之将老，青春不再来矣，对酒当歌，及时行乐，看来西伯侯倒是个明白人，烈士暮年，方才参透人生之玄机奥秘也。"

费仲点头称道："牢狱与坟地，当为体会人生百味最好的两处课堂耶。"

"人生苦短，转眼即是百年。"纣王笑道，"及时行乐，不枉人在世上潇潇洒洒地浪荡一回。姬昌尚且如此，本王复何惧哉！"

两人说到兴处，忍不住呵呵呵大笑起来。

第三十五章　群贤对策姜尚欲擒故纵　铤而走险姬昌朝歌进贡

自从送走费仲和公豹两位朝廷使者，周庭上下很是轻松了一阵子。

孟春之月，桃红梨白，莺歌燕舞，柳色迷人。姬昌与姜尚、散宜生一道去郊外游览春色，一路谈笑风生，三人心情甚好。采薇归来路上，天气突然变幻，春寒倒流，细雨霏霏，阴风习习，毛毛雨中竟然夹杂着雪花冰渣。几人快步走到凤雏宫内，恍若回到儿童戏耍之时节。姬昌兴致颇高，随口吟诵四句诗来：

昔我往矣，杨柳依依。今我来思，雨雪霏霏。

姜尚和散宜生几乎同时叫出好来。姬昌摆摆手，浅笑一声，曰道："触景生情，游戏之作。"姜尚伸出大拇指，赞赏道："发乎于心，动之以情。"散宜生接言道："直抒胸臆，触类旁通。"

"你们别再给我戴高帽子了，我又不是诗人。"姬昌另转话题道，"此次费仲来西岐，老夫这只老鸭子，愣是被太师赶上架，几乎把大半辈子的酒都喝了。"

姬昌一句嬉语，却使姜尚陷入一阵沉思。恰恰因为这样的作秀效果，演绎得出奇之好，大大出乎于众人之意料。虽说此类做派表演成分颇多，暂时可能缓解纣王对西岐的防范戒心，久而久之依然会露出马脚。朝歌内外毕竟高人云集，官场之中亦不乏精明之士，微子、箕子、祖伊、比干皆非等闲之辈，一旦识破西岐韬光养晦之谋略，必将大动干戈，黑云压顶，卷土重来。有鉴于此，姜尚建议姬昌尽快召集一次群贤会议，群策群力，以商讨应对殷商之策。

聚集贤达，当然应该放在刚修缮一新的聚贤阁，那是最合适不过了。

次日早晌，西岐众多官吏鱼贯而入，进入到聚贤阁内，开始群贤议政。姬昌开门见山地阐明议题要领，会场气氛随之凝重肃穆。众官吏方才还在交头接耳嬉笑取乐，转瞬之间皆神情庄重，低头思索。

姬昌清清嗓子，干咳两声，他环视一周，首先点名散宜生，请他发表高见。

"自太公亶父由豳地迁徙周原以来，三代英杰前赴后继，诸位先贤殚精竭力，周族上下仁爱黎庶，文武百官勤政为民，西岐方才呈现欣欣向荣之繁茂，蒸蒸日上之盛况也。若观夫主公承继大位后，以德治国，以义待臣，以仁待民，德重恩弘，居安思危，友善毗邻，德惠乡梓，仁布八面，四海归心，德厚流光，诸侯拥戴，三分天下有其二。"散宜生显然是有备而来，侃侃而谈道，"看我泱泱西岐盛貌旷达，自然今非昔比，百业兴旺，国泰民安，昔尧舜之气象宏穆，历历在目矣。黎庶平民安居乐业，寻常百姓教化风行，路不拾遗，夜不闭户，欣欣然天下太平焉。"

闳夭听得热血沸腾，曰道："主公高瞻远瞩，远交邦国，近善诸侯，已成伟业之坚实基础。只要登高一呼，天下人必然心往神驰。"

南宫适接言道："我以为散大夫所言，一语中的，足以代表我等心声矣。"

"诸位。"姬昌连忙制止道，"今朝商议国是，不是歌功颂德，更非树碑立传。西岐任重道远,还望诸君查找隐患,解决问题为好。"

辛甲曰道:"主公谦逊待人,古今圣贤无人可以与之比拟耶。"

"列位贤臣。"姬昌苦笑一声,无可奈何地曰道,"你们今日是咋了么？一开口便是轮番高帽,一声声都是献谀之词。而我听后心里则是十分地不爽。图谋天下,至今仍寸功未立;灭商大计,八字未画一撇;所谓宏图方略,尚在运筹帷幄之中。倘若夸夸其谈,无的放矢,固步自封,自得其乐,这样的议事有何意义？"

会场顿时鸦雀无声。姬发看一看周围,有意地打破尴尬,他接言道:"诸位贤达所言,诚然是肺腑之言。姬发以为,目前西岐论兵力不足五万,尚不足商军十分之一;国土虽则称之天下有其二,亦是所指道义所含之范畴;兵不强,马不壮,民不力,国不大。强国富民,不可能一蹴而就;查找我之不足,方能对症下药,寻找克敌制胜之利器耶。"

姬昌脸色由阴转晴,终于露出一丝欣慰笑容。

辛甲依然不太服气,高声曰道:"周原地大物博,同仇敌忾,民心所向,定会以一当十,无敌于天下。"

一直默默静坐的姬旦起身曰道:"雄鹰飞翔九天,必先收其爪,张其翅,然后一举冲天也。若以目前商周实力相比较,敌强我弱,尚不足与其硬碰硬地拼搏。倘若以卵击石,显然得不偿失。德行天下,仁义八方,土地易得,人心难服。得民心者得天下,失民心者失王权。周之兴旺,兴在民心。周之强大,强在军威。箭在弦上,引而不发。天时地利人和,一一聚之。图谋天下,当在一朝一夕也。"

老子英雄儿好汉。姬昌心里暗自高兴,表面却依然平静似水。他看一眼竖耳倾听的姬奭,灵机一动,问道:"姬奭,为父想听一听你的设想？"姬奭顿时愣住,他扭捏一阵,然后腼腆地回答道:"孩儿只想多听听诸位贤达心声。"姬昌笑道:"仁者见仁,智者见智。俗话说,众人拾柴火焰高。大家各叙己见,方能集思广益。为父就想听一听,你对目前形势的看法。"

姬奭满脸羞涩,吭哧一阵,方才曰道:"灭商兴周,图谋天下。悠悠万事,惟此为大。倘若讨伐逆贼战争骤起,我周军必将勇往直前,一举直捣虎穴龙潭。有道是兵马未动,粮草先行。以儿之浅见,自现在起,后方勤务必先提前做好准备,以保障战争之必需辎重物质。所谓有备无患,以逸待劳,才是战争取胜之根本。"

姬发接言道:"姬旦言之民心,姬奭曰之粮草,以我之见,眼前当务之急,乃为整饬军机大事,农忙时则务弄作物,农闲时则全民皆兵,万众一心,同仇敌忾,何愁朝歌不灭乎？"

姬昌心情甚爽,扭过头来对姜尚曰道:"太师,众皆各抒己见。最后由你提纲挈领,做一总结如何？"

第三十五章 群贤对策姜尚欲擒故纵 铤而走险姬昌朝歌进贡

"姜尚今日聆听诸位贤达高谈阔论,茅塞顿开。"姜尚开口言道,"散宜生散大夫寻根溯源,言之姬氏一族继往开来,老夫闻之,颇为感动,并为之折服;南宫适、闳夭、辛甲几位将军赤胆忠心,日月可鉴;尤其是三位公子才思敏捷,所言高屋建瓴,一语中的。姜尚原本担心之忧虑,云开雾散,艳阳高照。姬发公子沉稳睿智,绵里藏针,登高望远,心中早已胸怀天下;姬旦公子足智多谋,思维缜密,当为稀世大才;姬奭公子性格柔和,大中见小,平地骤起春雷。"

姬昌眉头紧蹙,今日怎的?夸完老爹夸儿子?姜尚说到此处,竟然有点激动,声音高起来,曰道:"常言道,世有明君,则国泰民安,国强民富;昏君无道,则魑魅魍魉横行,妖魔鬼怪当道。遥看当今天子,力大无穷,聪明绝世,一人能兼数人之功。然其沉迷酒色,荒废朝政,早已失去人心。观其麾下,聚集一拨摇尾乞怜之徒,阿谀奉承鼠辈,君臣一起醉生梦死矣。俗话说,独虎难对群狼。况且还是西北狂野之狼也。放眼看我朗朗周庭,尧天舜日,人才济济,英武风流,万众一心,无坚不摧,只要主公令旗一举,摇山振岳,所向披靡。"

散宜生不经意间撇撇嘴,睨视一眼,目光正好与闳夭对视。二人心照不宣,暧昧地一笑,顿时释然。姬昌虽然耳里听着十分妥帖,心里却是隐隐感到一丝不安,众文武及公子们对世事状态过于乐观,激情有余,谨慎不足。但是,对目前形势判断及应对之策,却是真知灼见。

姬昌巡视一周,慢腾腾地曰道:"姬周起事,惟在周原。政通人和,天地如愿,此其一也;商贾农人,苦心经营。人强马壮,惟我独尊,此其二也;扩张势力,远交近盟。诋毁奸佞,安抚友朋,此其三也;练兵武备,闻鸡起舞。军民一家,自给自足,此其四也;文武一心,阴阳互补。同仇敌忾,灵活战术,此其五也;得道多助,失道寡助。天下归一,和平永驻,此其六也。"

一席话讲得言简意赅,荡气回肠。

众人听得心悦诚服,喜不自禁。毕,欢欣不已,掌声雷动。

过了几天,姬昌独坐于凤雏宫之内,正欲打发人去太师府,请姜尚前来商讨朝政事宜。忽然朝歌派人送来请柬,言及纣王讨伐东夷大获全胜,欲在一个月后宴请各路诸侯。姬昌默默无语,静坐半日,苦思冥想,还是一筹莫展。无奈之际,方才召唤姜尚、姬发、姬旦几人,一起商议应对之策。

姜尚以为,姬昌应该亲自出马到朝歌,正好借此良机暗地观察朝歌动向。散宜生却极力反对主公贸然行动,以防不测。姜尚坚定地认为此次纣王东线大捷,他是想借此宣扬商汤战无不胜,攻无不克,并演绎一回杀鸡给猴看之恐怖剧目,并以此恫吓天下之方国诸侯。姬旦忧心忡忡,惟怕纣王翻脸不认人。姬发却一反常态,竭力支持父亲前往朝歌。散宜生依然担忧纣王喜怒无常,突发意外,万一主公被扣押朝

· 233 ·

歌如何是好？姜尚不以为然，此一时，彼一时耶。我岐周虽羽毛未丰，确已有与其周旋之力量。姬发审时度势，提出一个大胆设想，此次可否与周边方国戎狄结成同盟，一起朝拜并互结友邦。

"诸位爱卿。有道是不入虎穴，焉得虎子？"姬昌微笑道，"我心意已定，此次前去朝歌，看来还得继续扮演沉迷酒色之徒，以此来彻底地麻痹昏君，使其沾沾自喜矣。"

姜尚曰道："虽然这是一步险棋，我们却是不得已而为之。所谓韬光隐晦，需要的是在时光流逝中奋发努力，需要的是西岐一步步做大做强。而此次大家分头行动，尚需尽心竭力地联络戎狄方国，以真情结盟示好。只要齐心协力，见机行事，才能充分保证主公朝歌之行安然无恙。"

一个月后，姬昌与闳夭等人来到朝歌，每逢宴席之时，姬昌与官吏们几乎是碰杯就喝，一直喝到口眼歪斜，方才跌跌撞撞地蹒跚而归。

翌日，纣王在九间殿临朝，接待四方八面诸侯方国进贡，场面极其热烈。

太颠与闳夭一边一个，搀扶着醉眼迷离的姬昌等候宣旨。百官见姬昌头顶发稀如秋蒿，两眼肿胀，目光呆滞，胡须花白，步履蹒跚，不由得感叹万千，岁月催人老，时光最无情，昔日英姿勃发之西伯侯，宛如一个老态龙钟之岐周老农，邋邋遢遢，威风不再了。

费仲见姬昌眯瞪状态依旧，心中甚为暗喜。箕子虽然仍有怀疑，却不得不被眼前姬昌唯唯诺诺之窘状所震撼。比干亦是心生怜悯，对自己与姬昌同是垂暮之年而唏嘘不已。姬昌暗地观察一圈，惟独不见那可怜兮兮的胶鬲，暗忖自己玩的那一阴招，恐怕真够他喝一壶了。

姬昌呈上奉送的金银宝玉珍玩礼单，数量之多，精美之妙，大大出乎于纣王的意料，他大喜过望，曰道："西伯侯镇守西域，为本王操持国事，劳苦功高。"

姬昌伏地拜曰道："微臣在西岐，时刻不忘王上之洪恩盛德，为天子镇守西域，理所应当。王上乃天之骄子，人中飞龙，威名远播，四海敬仰，文功武略，天下无双耶。"

纣王听着是那么舒坦，他喜笑颜开地令姬昌平身。

姬昌却依然跪在地上，低着头禀道："微臣所献珍玩珠宝，乃是天下之寻常物品，不足为奇。此次特意进献周原特产——万寿果，供王上与妲己娘娘品尝。"

纣王欣欣然问道："西伯侯，何为万寿果？"姬昌抬起头来，脸上堆满笑意，兴致勃勃地答道："此树为吾周庭官园种植之，唻之甘美如饴，深秋季节方才成熟，谓之木蜜，故飞鸟慕而巢之。"

纣王大喜过望，遂命姬昌平身。诸位大臣交头接耳，议论纷纷。姬昌谢恩起立，静立一旁。纣王高声喊道："西伯快快进献，本王先睹为快。"姬昌表情做作，似乎有点不好意思，随即答道："王上，万寿果虽为稀罕之物，却是不登大雅之堂。微臣以

第三十五章　群贤对策姜尚欲擒故纵　铤而走险姬昌朝歌进贡

为,此物拟请王上与娘娘私下享用为好。"费仲插言道:"西伯侯,你也太小气了。既然是稀世宝物,我等也可一饱眼福么。"纣王笑道:"好好。本王何不借此与诸位贤臣先一睹为快么。"姬昌只好命随员将绑扎的一把把拐枣送上来,纣王分赐于几位权贵。大家拿在手中,目目相觑。

纣王看了又看,瞧了又瞧,此物枝柯不直,子着枝端,两头横拐,果梗虬曲,紫红色,大如指,长数寸,甚为诧异道:"此物勾勾连连,鸡爪子一般,究为何物乎?"

姬昌面带喜色,曰道:"王上神明。此物虽则其貌不扬,却是果肉多浆,并无果核,味浆甜美略有甘涩,视之曲里拐弯,食则意味绵长。生吃甘美妙不可言,熬汤则是独特醇香,更有益气补血之功效耳。"费仲皱着眉头,思索一阵,揶揄道:"西伯侯,这么个乡野粗陋之物,却被你夸奖成稀世之物,嘻嘻!莫不是在挑逗我们的智商不成?"纣王闻听费仲此言,脸色登时黑红,鼻子重重"哼"了一声。姬昌依然不动声色,微微一笑。大堂之上仿佛炸了锅一般,众大臣立马义愤填膺,朝着姬昌指指点点,嘈杂不已。纣王忽地站起身来,指着姬昌的鼻子斥责道:"西伯侯,你这是甚意思?"姬昌伏地拜曰道:"王上息怒。微臣此前且已禀报,此物既是罕物,亦是俗物。西岐百姓眼里,却是至上圣物。朝歌满朝文武,皆是满腹经纶之辈,难道学识尚不如周原粗鄙之农人乎?"一番话说得有理有据,众皆面面相觑,噤若寒蝉。

姬昌扬起头来,高声曰道:"拐枣果实形态酷似'万'字,故名'万寿果'。费大夫,假若此物王上不能享用,难道你等臣子却能享用乎?"纣王立马兴高采烈地曰道:"万寿果。好名。西伯侯一片忠心,堪比玉壶悬空。"毕,一时静场无声。

费仲心中微微一颤,低头沉思。众大臣亦是悄然不语,如芒在背。

一直冷眼旁观的祖伊出班奏曰:"启奏王上,微臣刚才闻听西伯侯一席话,真是感慨万千,深受感动。姬昌虽然老态龙钟,可献谀奉承,竟然亦能伶牙俐齿,佩服,佩服。好口才耶。"

姬昌猛地一愣怔,心中暗暗叫苦,看来今日真正遇到大麻烦了,心里盘算再三,不知祖伊因何横刀立马,半路截杀?他随即冷静下来,想,老夫今朝以不变应万变,看你老儿焉能蹦跶几何!

"祖伊大将军。"姬昌继而曰道:"姬昌闻之此次讨伐东夷大胜,皆因将军指挥若定,真乃是我商之顶天立地之栋梁,老夫钦佩之至焉。"

祖伊冷笑一声:"西伯侯见风使舵,恭维献谀,真是炉火纯青。我商军所向披靡,东夷闻风而逃,不知西伯侯闻之,有何感想?"

一旁站立的太颠、闳夭,早已暗里攥紧拳头,恨不得立马冲杀过去,给他一个大耳刮子。姬昌心里波涛汹涌,表面却仍然平静似水。他决定反击一下这个狂妄之徒,让他见识见识马王爷还有三只眼。姬昌复又跪拜道:"启禀王上。刚才微臣一番

· 235 ·

大 周 原

言词,当为忠心赤胆,乃为十万分佩服王上盖世无双之赞颂也。尚且不知因何言而惹恼祖伊将军,竟然出言不逊,伺机谗言与我?天下者王之天下。我等为臣之人,还是莫要贪天之功为己功耳。"

纣王伸手曰道:"西伯侯快快请起。"太颠和闳夭连忙上前,一人一边使足劲儿,方才搀扶起姬昌肥胖的身躯,颤颤巍巍地复立原地。

"姬昌老儿,你阳奉阴违,早有叛逆之心。"祖伊面红若涂丹,气得五官挪位,他气急败坏地骂道,"王上授予黄旄、白钺,你却拉大旗作虎皮,借此扩张势力范围,妄想演绎蛇吞象之惊天阴谋矣。"

一席话,竟然掀起滔天巨浪。大堂之上,顿时鸦雀无声。呼哧呼哧,只有大臣彼此之间急促的呼吸声。比干与微子面面相觑,不知所措;箕子亦是四处张望,表情颇为复杂;费仲却微闭着眼睛,一副坐山观虎斗之休闲姿态。

纣王眉头紧锁,怒不可遏,原本一场欢乐喜庆场面,愣是叫祖伊这个狂妄之徒给毁矣。此次东征获胜回到朝歌,祖伊傲然睥睨,自恃武功盖世,天下无敌,甚至酒后扬言自己可以通吃天下云云。纣王最初听到这些传言,不以为然。一个武将得胜归来,飞扬跋扈为谁雄,倒也不足为奇也。今日朝廷之上,原本是百官诸侯团聚之吉日,他却毫无征兆地突然发难,却是让人不堪忍受了。

姬昌再一次出班跪拜道:"微臣虽然耳背眼花,姬昌还是能听出弦外之音。祖伊大将军口口声声说王上授予黄旄、白钺,姬昌据此就能犯上作乱,真是天大之笑话耳。臣屡次讨伐戎狄方国,无不是为殷商天子之马前卒,鹰之犬。目前东夷治乱,西域安定,南北无战事,天下太平。原本王上所授黄旄、白钺,姬昌此次则打算予以归还。"毕,扭头对闳夭摆一下头,闳夭立马出列跪倒,将黄旄、白钺举过头顶。

这一招实在是石破天惊,祖伊被惊得目瞪口呆,箕子亦是惶恐不安,比干和微子甚感安慰,费仲终于睁开眼睛,笑傲大堂。

"自本王授予西伯侯黄旄、白钺以来,勤勉有加,威震西域,屡建战功,功莫大焉。"纣王勃然大怒道,"西伯侯,此黄旄、白钺你可继续使用,西北境内,凡有不臣者,西伯侯可代本王讨伐之,先斩后奏便是;祖伊征伐东夷,功不可没。然其居功骄傲,目中无人,屡出狂言,本王念及尔亦是一片忠心,暂且不予追究。"

祖伊扑倒在地,泣声曰道:"此次不除姬昌,必将后患无穷。西岐狼子野心,昭然若揭。姬昌迟早必图谋天下,倘若其阴谋得逞,王上,你我将再无葬身之地也。"

纣王忽地站起身,指着祖伊大吼道:"倘若尔再出妄语,定将严惩不贷。"众皆愣怔。他断喝一声:"退朝!"纣王挥一下胳膊,拂袖而去,把百官晾在九间殿里。

第三十六章

姜尚执意讨伐诸戎狄　姬发威武攻破黎城池

跪倒在地的姬昌爬起来时，颇为艰难，先是向右边侧过身子，十分艰难地伸展左腿，然后摇晃着笨拙肥硕的身躯，坐在地上，再把右脚从尻子下面挪出来，弯成匍匐状。太颠上前去硬拽起他的胳膊，头伸进腋下，右手搂着腰肢，咬紧牙关，这才费劲地把姬昌连抱带拽地架起来。

费仲眯着眼想，咦！就姬昌这样行将就木的棺材瓢子，焉能成甚大事？有人亦唏嘘不已，岁月真是一把杀戮刀，当年叱咤风云的西伯侯，眼看着日落西山，暮气沉沉了。有人却幸灾乐祸，看来姬昌老态龙钟，真的是到了回家抱娃收鸡蛋的地步了。

百官你看看我，我看看你，各自怀着极其复杂的心思，退朝归去。

别离朝歌返回西岐的路上，第一天晚上歇息时，姬昌心情大爽，破例多喝了两樽酒，他按捺不住心中窃喜，喜滋滋地对闳夭曰道："上次老夫逃离朝歌，狼狈不堪。今日回归西岐，志得意满。"闳夭又连敬几樽，直喝的姬昌直摆手，继而大喊大叫道："再甭喝了，我的颡疼。"

闳夭打趣道："主公真不够意思。酒往腔子里喝的，你却叫唤颡疼！啥人么。又没往头里灌，名不副实么。"几人说着，笑着，方才停杯。

一行人路过芮国，姬昌顺便拜访芮国公，共叙友情。席间，芮国公言及东侧的黎国公野心勃勃，尚有并吞周边方国之迹象。他再拜访虞国公之时，满腹心事的虞国公又提及此事，言说他晚上睡觉都睁着一只眼的。姬昌沉思许久，看来这黎国是岐周东伐之拦路虎，倘若任其胡作非为，必将后患无穷。

姬昌一回到西岐，歇息几天之后，召集众官吏商讨黎国事宜。忽然太颠派人飞马来报，东夷诸部落蠢蠢欲动，他们乘商军撤退之后朝歌内外欢娱之际，又一次卷土重来，且频频出兵，来势汹汹，攻城拔寨，将商属中小诸侯方国打得落花流水，纷纷溃败逃亡他乡。纣王闻讯后大为恼火，立马下令祖伊为东征大将军。

祖伊自从在九间殿被纣王训斥之后,心灰意冷,先是窝在府邸,生了几天闷气,心里愈想愈生气,索性躲到乡下老宅子里当起寓公去了。纣王派人宣旨后,他以身心疲惫为由,又磨磨蹭蹭三天,方才回到朝歌。纣王火冒三丈,却只能将愤懑强压心中,不好发作。祖伊能征善战,目前朝歌之中,尚无人替代,正所谓千军可得,一将难求。纣王尽管心急如焚,还得耐心等祖伊归来统帅三军。临行之前,他特别以豪华酒宴款待祖伊等将领,并昭示祖伊,凡是与朝歌作对者,一律格杀勿论。席间,祖伊始终拉着长脸,依然是余怒未消。

祖伊率领的东征大军进展缓慢,加之商军在朝歌寻欢作乐久矣,战斗力急剧下降。主帅心事重重,将军瞻前顾后,兵士们畏缩不前,原本骁勇善战的兵士们,仿佛换了一支部队似的不再骁勇善战,所向无敌。他们在东夷部落灵活机动的战略战术面前,慌忙迎战,竟然屡战屡败,溃不成军。战场上形势突变,商军频频落入下风。祖伊这才如梦方醒,重振旗鼓,阵前砍杀两个下级军官和一拨逃回的兵士,商军上下为之一振,随之恢复些许战斗力。祖伊亲自持刀上阵杀敌,鼓舞士气,连续取得了几场不大不小的局部作战胜利,商军方才站稳阵脚。难能可贵的是,东夷人在与商军屡败屡战中,学会了"四两拨千斤"之机动灵活战术,他们与强敌巧妙地周旋,奉行敌强我退、敌疲我扰、敌退我追之多样战法,状若旋风一般忽来忽去,捉弄得商军嗷嗷叫,却无应对之有效战法。整个东征战场瞬息万变,出师不利。面对如此尴尬之境况,从而使得本想依靠强大兵力,摧枯拉朽一般速战速决,一举打败东夷的大将军祖伊,束手无策,不得不与他们陷入持久之战矣。

东边日出,西边雨下,道是天晴,却是无晴。朝歌南边的方国,似乎亦有调兵的迹象。朝歌北边的诸侯,好像也在蠢蠢欲动。尤其是西域的戎狄,趁此犯上作乱,多次派小股兵士不断地骚扰周原。姬昌审时度势,与众人一起分析天下形势,达成共识:彻底消灭戎狄之患,剪除朝歌羽翼,机不可失,失不再来。密须之国,派姬旦与姬郑前去安抚;阮国与共国,由姬奭和姬郜共叙传统友谊;安定后方,扫清戎狄残余,绝不能任其死灰复燃,卷土重来。闳夭主动请缨,姬鲜和姬处为副将,率领精兵一万,即刻出征,从而彻底消除后顾之忧。

旬月过去,姬旦与姬郑出使密须国归来,密须国王念及当年姬昌不杀之旧情,并承诺进一步缔结和平共处之同盟友邦。姬奭和姬郜到达阮国与共国以后,更是得到两国国君热情接待,表示今后休戚与共,同仇敌忾。闳夭率领的周军所到之处,戎狄残余兵力望风而逃,无影无踪。凡周军经过村寨部落,善待戎狄所辖居民,从不骚扰黎庶百姓,严禁烧杀掠夺,以仁义之师弘扬岐周英名。此次西征北伐,可以说是战果累累,取得空前胜利,继而为东征打下良好基础。

在此期间,姜尚加紧对周军进行合同战术演练,尤其是加强锻炼兵士们之近身

第三十六章　姜尚执意讨伐诸戎狄　姬发威武攻破黎城池

格斗能力,校场上杀声阵阵,喊声震天,精兵良将,利剑寒光习习,颇有以一当十之骁勇。闳夭所率大军凯旋归来后,稍作休整,便加入到严格艰苦训练之中,士气高昂,实战能力得到进一步提高。

讨伐黎国战前会议,在凤雏宫内悄然举行。

姬昌言简意赅地讲述了东征之理由:岐周要图谋天下,凡是周原以东之商属诸侯国与我为敌者,必须扫而荡之,以清除未来拓展之障碍。黎国本与我无冤无仇,但是他们野心勃勃,企图侵占周之友邦虞、芮两国。凡是天下国与国之关系,近攻远交,犬牙交错,与我友善者,共结同盟之好;与我敌对者,武力惩罚当为最佳实施方案;介乎于二者之间者,首先以诚相待,阴行善心,取得其同情抑或谅解;若其阳奉阴违,可观其行,察其心,以武力逼其就范。众所周知,虞、芮两国与岐周共结同盟,友好往来。如今他们面临亡国之灾祸,唇亡齿寒,西岐岂能袖手旁观!

姜尚曰道,主公一番宏论,提纲挈领地指出岐周图谋天下之行动纲要,真可谓高屋建瓴,宏才大略。黎国乃黄河北岸商属诸侯国之中实力最强,战略位置险绝,加之物产丰富,国富民强,为朝歌西方之天然屏障与门户。事与愿违,黎国却成为我岐周东征之拦路虎。我们倘若拿下黎国,进则可近逼朝歌,退而亦能屏障周原,若能如此这般地虎口拔牙,刺激而兴奋,此一举两得,何乐而不为也!

众人不由得开心地大笑起来。翌日,两万周军在姬昌领军下,大张旗鼓地离开周原,浩浩荡荡地渡过风陵渡,一路向东征战而去。

《尚书》载:"西伯勘黎。"黎国四周崇山峻岭,密林茂树,野兽飞禽出没其中。盆地水泽一片,鱼虾肥美,似有小江南之谓也。

黎国君足智多谋,当他获知周军大兵压境之际,依然异常镇静,指挥若定。他在战前部署黎国如何抵抗来势汹汹之周军时,慷慨陈词道:"来者不善,善者不来。西伯侯姬昌野心勃勃,此次亲率大军攻我黎国,貌似打援虞、芮,实则是剑指朝歌。周军虽气焰嚣张,但长途奔袭,利在速战速决。我军却要反其道而行之,以逸待劳,固守都城,更不易与其正面冲突,采取拖延战术,死死拖住周军,久而久之,再乘其疲惫不堪之时,相机而动,主动出击,方能一举击溃周军,乘胜围追堵截,聚而歼之。"

黎国君一席话,振聋发聩,众将领听得心花怒放,士气大振。他们摩拳擦掌,以逸待劳,定叫周军有来无回,遂使姬昌葬身于羊头岭下,姜尚毙命于黎水河畔。

芮国公芮侯早已把黎国固守不出城之战术情报,快速地传递给姬昌。兔子不出窝,飞鹰不离巢,毒蛇不出洞,纵然有万千锦囊妙计,亦是束手无策。姬昌在周军大营内坐卧不安,心急如焚。倘若持久为之周旋,周军粮草必将消耗殆尽矣。长此以往,自然不战而溃。正在此时,姜尚侦察敌情归来,姬昌亟不可待地问道:"太师,黎城果然易守难攻,固若金汤乎?"姜尚点点头,答道:"回禀主公。黎城城高墙厚,坚不可摧。且卫城防御设施齐备,兵力部署得当,严防死守,十分严密。黎侯心思缜密,将士士气高涨,一味地强攻,绝非上策。"姬昌沉思不语,顿顿,又问道:"倘若黎军久不迎战,龟缩城中不出来,那我周军虽兵临城下,亦是进退两难矣。"姜尚点头称是。

两人静坐军帐许久,无言以对。忽有兵卒来报,虞国公和芮国公各派一名密使送来战书,姬昌扬起眉头"哦"的一声,曰道:"快快请上来。"两个密使呈上急件,姬昌与姜尚相对一视,遂喝令左右退下。虞国密使曰道:"我们虞国主公获知西伯侯出师不利,特遣本将率兵士三千,已行至羊头岭西端驻扎,随时听候调遣。"

姬昌忙起身还礼道:"将军不辞辛苦,劳苦功高。"芮国密使亦呈上信函,曰道:"芮国君滋闻西伯侯亲率周军讨伐无道,为我撑腰,深感欣慰。遂派本将领精兵三千,以助正义之师凯旋而归焉。"姬昌又感谢再三,曰道:"黎国君助纣为虐,恃强欺弱,窥觎虞芮,其狼子野心,昭然若揭。今我三军汇集,士气高昂,攻破城池,指日可待也。"姜尚坐在一旁,低头不语。忽然,他豁然大笑起来。姬昌与两位将军面面相觑,登时莫名其妙。姜尚低声曰道:"主公,我已有攻破黎城之良策矣。"姬昌眉梢一扬,急急问道:"太师有何妙计,快快讲来。"姜尚看一看两位将军,答道:"烦请二位将军速回本国,恭请虞国公和芮国公各自给黎国君修书一封,言及与黎国一衣带水之传统友谊,周军来袭,必有唇寒齿亡之忧虑耳,故而欲重修于好。当以此计来麻痹黎国君云云。此去来回必在十日之内,我到时必有克敌制胜之妙策也。"

虞、芮两国将军随即离去。姬昌问道:"太师意欲何为?"

"我刚才听到芮国将军讲话,心生一妙计耳。"姜尚笑道,"芮国与黎国国人语音十分接近,自然就有机可乘也。虞芮两国君修书求和,正是麻痹黎国君之迷魂药也,此其一;黎国君屯兵囤粮草,可是城中柴火,却无法囤积许多。不出十日半月,便可告急。芮国兵士此时可扮成樵夫,乘机混进城内隐藏之,以作内应,此其二;黎国君晓得周军自有后顾之忧,不久自然退兵,其过分乐观之情绪必然蔓延,将士枕戈待旦久矣,又无战事,警惕性必然降低。若等到芮国兵士潜入黎城一半左右,即可在某一日约定,点火为号,开城门以迎周军,一举聚而歼灭之,此其三。"

姬昌一拍大腿,兴奋地曰道:"此计甚妙。我军不但围而不打,还要后撤十余里,以造成黎国君错觉。如此这般,你这一妙计则能顺利地实施了。"

姜尚接言道:"黎国君毕竟聪明过人,这一计策能否实现,还要看虞、芮两位国君的双簧,到底演的成功不成功?"

眨眼间七天时间过去,虞国公和芮国公遣使将信送到黎国。这一奇招,果真是大大出乎于黎国君之意料。

黎国君阁下见信如面:惊悉西伯侯逆贼,无缘无故竟出兵勘黎。虞、芮闻之,甚为震惊。西岐素有忤逆之贼心,此次东征兵伐,姬昌舞剑,当意在商王。我与贵国同

第三十六章　姜尚执意讨伐诸戎狄　姬发威武攻破黎城池

食商王俸禄,焉能任其宰割乎?况远亲不如近邻,虞、芮与黎国鸡犬之声相闻,自知唇亡则齿寒,兔死当狐悲之常理焉,为国为民,孰轻孰重,我等心知肚明,自然不能袖手旁观耶。黎国君雄才大略,黎城坚不可摧,定能御敌于羊头岭下,使周军有来无回,彻底歼灭之。我们两国愿意听从国君调遣,齐心协力,随时准备驰援黎国。

黎国君阅罢信函,心中久久不能平静。虞、芮虽为近邻,素来不合,大争执未有,小摩擦不断。他一直盯着两国交界之处那一块丰富的铜矿资源,正欲强侵占之,没想到牛槽里伸进个马嘴,却被西伯侯生生地搅乱布局。目前的局势,几乎是一团乱麻,乌云密布,诡异多端。于是,他召集百官前来商议对策。有人确信无疑,有人坚决反对,有人半信半疑,一时众说纷纭,几方相互争执不下。

一直默言不语的太师颛熊提议,如果要检验虞、芮是否真心实意,只要将他们质于黎城,则万事休矣。倘若他们以各种理由推诿不来黎城,此事十有八九有诈也。

一句话提醒梦中人。黎国君恍然大悟,众官吏直呼痛快。

姬昌接到虞、芮急报,一时间心里瞀乱如麻。姜尚以为正好借此进一步麻痹黎国君。虞、芮二侯风尘仆仆地赶到周军大帐之内,姬昌和姜尚略备酒宴,予以接风洗尘。最后,姜尚命南宫括亲自挑选十余个武艺高强之卫士,由闳夭与武吉带领,守护在二侯身边。虞、芮质于黎国都城之内,黎国君及百官无不欢欣鼓舞,遂令两侯各令军队堵住周军后撤之通道,待黎军追击之时,围而歼之。

虞、芮二侯质于黎以后,黎城内防卫强度明显降低。此时城内所需柴薪已经消耗殆尽,不得不容许城外樵夫挑担入城内,守城兵士对每个樵夫严加盘问,有异地口音者坚决拒之门外。有不少樵夫抱怨不已,言其已经在黎城鬻柴多年,却被无端拦截,真是岂有此理。樵夫一般都是壮汉,芮国兵士皆因所持口音接近,未遭遇过多阻拦,他们顺顺当当地就混入城内,一连三天,大约已有二三百名武士在城墙内潜伏下来。虞、芮二侯借此在城内花街柳巷内饮酒取乐,每日里乐此不疲。黎国君派出的卫士们见此情景,便放松警惕,任他们胡作非为。

总攻定在月黑风高寅夜之时。姬昌命周军做好出击准备,嗷嗷叫的众将士们,早已按捺不住奋勇杀敌之急迫心情。城内早先潜伏的芮国兵士,悄悄潜到守城兵士背街陋巷,磨刀霍霍向敌人。时至寅夜,忽然城外大火冲天,喊杀声阵阵,守城兵士们在张望中被藏匿在周围的芮国兵士跃起砍杀,大部分都稀里糊涂做了刀下鬼。城门大开,杀声大作,周军一拥而上,按照事先侦察好的布防格局,由南宫括等将军分而领率之,将黎城杀了个血流成河。

一个时辰过去,喊杀声慢慢消失,姬昌与姜尚立在战车之上,威风凛凛。被追杀的黎国君宛若丧家之犬,惶惶然出逃,迎面正碰上巡视战场的姬昌与姜尚,他望见二人身后那一面迎风招展的大红旗帜,眼前一黑,滚下马来。贴身的卫士们纷纷上前,

· 241 ·

大周原

手执宝剑盾牌,将黎国君团团保护起来。

姬昌身披红色斗篷,白髯飘飘,站立在战车之上,依然威风不减当年。

姜尚顶盔挂甲,手持大戟,脸颊溢满着肃杀之阴气,令人不寒而栗。

黎国君在卫士们搀扶下站立起来,目光呆滞,身子一直在打晃。姜尚厉声断喝道:"逆贼黎国君,还不受降,更待何时!"黎国君甩开身旁搀扶他的兵士,手指着姜尚骂道:"你这朝歌贩羊鬻豉之徒,有甚资格在本国君面前耀武扬威乎?"姜尚讥讽道:"咦!驴死了臭架子还不倒。一个亡国之君,有甚面目在这里装孙子!"黎国君凄然一笑,曰道:"想我堂堂一国君,竟然败在小人之手,老天爷真是不睁眼也。"

姬昌下车走到黎国君面前,和颜悦色地问道:"黎国君,别来无恙?"

黎国君睁眼一看,顿时气急败坏,厉声骂道:"姬昌老贼,我黎国素与西岐无冤无仇,你今日破我黎城,居心何在?"

姬昌依然面不改色,微笑着劝道:"黎国君,老夫规劝一句,识时务者为俊杰。尔等休逞口舌之快哉。纵观今日天下,纣王荒淫无道,暴虐成性,四方诸侯敢怒不敢言,八方黎庶皆深受其害,平民百姓无不叫苦连天。人心向背定成败。我岐周政通人和,人人心向往之。倘若你能迷途知返,与我大周共结同盟,姬昌保你城池永在,荣华富贵依然。"

"姬昌,你这乱臣贼子,人人得而诛之。"黎国君怒气冲天,高声骂道,"你竟然大言不惭,巧言惑众,不知世间还有耻辱二字耶?!待我禀明天子,定把你五马分尸,碎尸万段,方解我心头之恨也。"

姜尚走到黎国君面前,朗声笑道:"黎国君,你别再做白日梦了。请阁下睁大眼睛,看一看当今天下之形势。群星向往明月,河流归于大海,万物朝拜太阳,诸侯拥戴贤君。此三岁小儿知晓之浅显道理,尔等焉何不明事理乎?"黎国君骂道:"一个追逐微利之小商小贩,有何脸面与我争辩天下之伦理矣!"姜尚微笑道:"好,好。黎国君既然说到趋利,请问阁下,你为何仗势欺人,欺辱虞、芮之方国,窥觑他人之宝藏哉?"黎国君方才醒悟过来,对身边兵士大声喊道:"快、快去保护虞、芮二侯也。"

话音刚落,二侯便从周军之中悄然走出,微笑着与姬昌和姜尚站立在一起,互致问候。黎国君吃惊地睁大眼睛,愣在那里。

"且不用黎国君惦记矣。"虞国公笑道,"不过,我们还是要感谢阁下盛情款待。至于结盟之事,黎国君以为还有机会与必要?"芮国公接言道:"几天来整日无所事事,吃喝玩乐,体重倒是增加了不少。"

黎国君方才如梦方醒,遂大叫一声,口吐鲜血,气绝而亡。

姬昌心里忍不住骂一句:"有眼如盲,自取其辱。"

众兵士见大势已去,纷纷放下刀戟矛戈,一一向周军投降。

第三十七章

回西岐安抚烈士遗属　伐邘国扫清北翼屏障

翌日，西伯侯在黎城出榜安民，开仓济贫，城外堆积如山的柴薪，全部免费送给居民，一时三刻，黎城内炊烟袅袅，生气勃勃。难得一见的是周军更是主动救治伤病员，并且与市民一起掩埋尸体，将黎城内外清理得干干净净。

有位白发苍苍的老者赞誉道，黎城早些年战火不断，哪次打仗过后不是尸臭熏天，疾病蔓延！惟有周军善待伤兵，敬畏逝者，真乃是仁义之师。

姬昌召集黎城诸位贤达，在会上通报黎国君早存异心，与犬戎勾勾搭搭，图谋反叛朝歌。他是奉天子之命，执黄旄、白钺讨伐逆贼，还望诸位予以谅解，尽快各归其位，官复原职，为黎城百姓尽力。继而又请列位推举贤达，最后由一个名曰黎伯钊的德高望重者，暂时继任黎国之侯爵。黎城黎庶百姓遂从战火惊怕之中醒来，发现一切还是外甥打灯笼——照舅(旧)。以前负担过重的税赋，亦减轻许多，居民的生活很快地恢复常态。

姜尚因此提醒姬昌道，此次勘黎，毕竟在朝歌眼皮底下，老虎嘴里拔牙，玩的就是心跳。当然，纣王卧榻之旁侧，岂容他人肆意酣睡？当务之急，必须选派信使疾速前去朝歌说明灭黎之理由。姬昌觉得太师言之有理，遂亲笔写一份密信，呈上所伐之缘由，特别强调黎国暂由贤达黎伯钊代理国君，为确保黎国永远忠于大商，不生内乱，亟需天子尽快颁布圣令云云。纣王接到密报，对西伯侯擅自勘黎大为震惊，遂令丞相比干进摘星楼议事。比干久疏政事，显然心不在焉，加之以前黎国君多次顶撞过他，对此人早就心怀不满。他言道，黎国君傲慢无礼，骄奢淫逸，早有叛逆之心。西伯侯替天子除去心腹大患，王上还要嘉奖才是。纣王喃喃道，姬昌先斩后奏，本王心里总是不得劲。比干曰道，姬昌此举虽有不妥之处，但形势紧急，可能是怕贻误战机，箭在弦上，不得已而为之。再者，黎国一切未曾改变，只是除掉一个内奸罢了。王上只是任命黎伯钊为新侯爵，至此便可高枕无忧也。

纣王想想，似乎亦是这么个道理，回函即复命黎国新君。姬昌派姬腾领兵士两千，镇守黎国，实则为随时监视与牢牢的控制黎伯钊罢了。

姬昌挥师返回西岐途中，遂命战车快马将在黎城战死的96名兵士尸体，运回周原安葬。姬发一接到飞马送来的父亲亲笔信函，遂选封神台旁两里以外一块风水宝地，作为用来安葬牺牲的烈士。姬旦亲自察验风水，指挥阴阳先生勾画墓穴，待到运送烈士的战车到达周原之时，一切业已准备妥当。

隆重的祭奠仪式，在新设立的烈士墓地举行。墓地的上空，笼罩着一种久久不散的阴霾。一溜的黑色棺材之内，装敛着为国捐躯而牺牲的勇士们，送葬的人们头扎白色布条，他们围着棺木默默走过，没有眼泪，没有悲伤，即是烈士的亲属们，似乎眼泪早已哭干。征尘仆仆未曾下鞍的姬昌顾不上旅途劳累，坚持要亲自出席为烈士祭奠仪式。一阵阵鞭炮炸响过后，人群中忽然发出声震云天之吼声：报仇！报仇！报仇！

姬昌与姜尚站在一处高地之上，姬昌声音略带嘶哑，他大声曰道："西岐父老乡亲们！今天，我们在周原隆重地为保家卫国壮烈牺牲的烈士们举行国葬，以表彰他们奋勇杀敌为国捐躯之英雄壮举。这些即将长眠于地下之英烈们，为开拓疆土，英勇作战，前赴后继，不怕牺牲，他们值得我们这些活着的周人为之敬重，为之骄傲，他们是西岐百姓心目之中永远怀念的英雄。"

人群中又发出整齐的吼声：英雄！英雄！英雄！

姜尚面色凝重，向前一步，开始宣读祭文：

姬水泱泱，岐山苍苍。纵观天下，满目苍凉。纣王暴虐成性，乱贼祸害贤良。主公仁义天下，救危勇于担当。义旗所向披靡，纵横制暴安良。前人辛勤种树，后人树下乘凉。匹夫不敢忘国，猛士志在四方。吾辈咏歌英烈，莫齿勿敢相忘。

巍巍岐周，蒸蒸日上。莽莽周原，前景辉煌。万众一心，血浓情长。和谐周原，福祉无疆。烈士不朽，永垂故乡。入土为安，山高水长。肴馔敬陈，来品来尝。今日公祭，伏惟尚飨！

忽地，一阵旋风从天而降，紧接着雷声炸耳，瓢泼大雨倾盆而下，送葬军民默默地屹立在原地，放任暴雨浇灌。片刻过后，云开雾散，阳光普照，大地一片辉煌。姬昌高声叹道："老天爷亦为我西岐烈士洒下漫天遍野之泪水矣。"

人们怀着极其悲痛之心情，将一具具棺木用绳索吊入墓穴之内，然后，跪地三拜，挥锹扬土掩埋了。姬昌望着一排排新土堆积的墓冢，感慨万千，这些血气方刚的小伙子，正值青春年华，他们本可以享受人生之美好生活，娶妻，生儿，育女，待到人生暮年，孙儿绕膝，享尽天伦之乐。他们为国为民而赴战场，不惜牺牲宝贵生命。岐周如果不厚待这些为国捐躯的烈士及其遗属，天理何在？假如周人对他们不闻不

第三十七章　回西岐安抚烈士遗属　伐邘国扫清北翼屏障

问,淡漠待之,谁人还会再以保家卫国为荣耀?

姬昌回到凤雏宫内,独坐书房,默默不语许久,方才唤来姬旦,嘱咐其将历次为西岐牺牲之烈士,一一造册登记,按月对遗属发放抚恤金,所属村落,要将帮助烈士遗属耕田种地,作为国家制度予以确立之。同时,对伤残病退之兵士,亦要妥善安置,使得他们饭饱衣足,保障其基本生活无忧无虑矣。岐周更要借此树立一个道德标尺,使后来从军者懂得保家卫国,乃无上之荣耀也。以上抚恤措施,必须严加执行,做到激励士气之措施,代代相承。倘若相互推诿,必遭天谴!

当他看着姬旦得令且去,心中一阵轻松感油然而生。姬昌走出厅堂,信步来到那棵高耸入云的梧桐树下,耳中似乎又一次听到悦耳动听的凤鸣之声。西岐圣地,天降吉祥。人人安居乐业,家家和睦相处。蓦然,他从阳光影子里看见自己已有几分驼背,步履蹒跚,脑子里随即闪现出一道亮光:老吾老以及人之老矣,乃自然规律;体衰力竭,当然不可逆转也。然,那些失去儿男的遗属,且将如何度过余生乎?又,散居各地之孤寡之人,焉能任其自生自灭哉?

依次看来,在西岐建立一座赡养堂十分需要,且势在必行。

修建赡养堂之重任,依然由姬发来担任,姬旦作为具体执行者负责施工。

姬发先是召集西岐诸多元老征集建议,决定在西岐城内靠南侧一处向阳开阔之地,予以修建。姬旦心细如发,他在施工过程中因地制宜,将施工图改了好多遍,最后得以顺利地施工。等到正式开工那天,姬昌和姜尚及朝中百官,均到现场参加了奠基仪式。四方八面的许多孤寡老人闻听此事后,他们便拄着拐杖颤巍巍来到工地,当看到真真切切施工场景,激动得泪流满面,纷纷伸出大拇指赞道:亘古至今,谁人见过以国家名义,来为黎庶百姓建造安乐宫乎!

姬昌在西岐抚恤烈士并建造赡养堂之消息,仿佛长了翅膀,很快地传遍周围方国,有的诸侯不以为然,依然我行我素;有的诸侯则深受触动,借此检讨自己以往只知强行索取,从不把平民百姓利益放在眼里,悔之晚矣。

此消息传到朝歌,比干和微子大加赞赏,箕子则沉思不语,费仲更是心里暗吃一惊:姬昌号称承继尧舜之业,看来名不虚传耶。

赡养堂即安乐宫圆满竣工这天,西岐城内外人头攒动,摩肩接踵,热闹非凡,首批住进的除了伯达等周八士以外,不是烈士们的亲属,就是西岐城内外年事已高的鳏夫和寡妇,就连当年力阻姬氏祖庙之孤寡老夫妇,亦欣欣然住进安乐宫之中。老人们平日里三个一堆,五个一群,或在院中散步,或出门遛弯儿,等到就餐时再去大饭堂吃饭,丰俭由己,荤素搭配,其乐无穷。

姬昌又乘势将原来的庠序修缮扩展。至此,西岐城内太祖庙、安乐宫与庠序,成了周原方圆几百里内最宏伟的建筑工程。承继先祖遗志,老有所依,少有学业,使得

· 245 ·

大周原

岐周发展进入前所未有之快车道。

居住在犬丘(今陕西兴平)的首领中潏,原本是起于东海之滨的秦族,殷商得封为诸侯,主支得封于奄、薄姑等地,商王为保西陲安宁,派其率领一支兵马驻守此地,明里暗里监视着姬周的一举一动。

耶!这不是蓄意给活人眼里下蛆么,恶心人不说,咦!简直是欺人太甚!这简直是成了姬昌的眼中钉、肉中刺,倘若不去除这一块心病,岂能善罢甘休!当他召集群臣商议此事之时,却引起极大地争议,主战派言其为恶人在室外觊觎许久,日久必生祸端矣。主和派言及犬丘与姬周多年来彼此相安无事,牵一发而动全身,倘若朝歌拿此事质问,如何作答?何况,中潏亦是垂垂老矣,其子飞廉、其孙恶来又是重兵在握的大将军。倘若因此引发商军报复,岂不是因小失大,得不偿失!姬昌灭敌心切,根本不顾他人强烈反对,遂调兵遣将,将犬丘团团围住。

姬昌这老小子简直是无事生非,野心勃勃,竟然欺负到我头上来了。中潏气得是浑身打颤,连忙召集属下商议对策,有人主张与周军拼个鱼死网破,还不一定鹿死谁手!有人主张敌强我弱,避其锋芒,先保存实力再说。中潏怒不可遏,两眼通红,飘逸的白髯抖抖颤颤,随即咬牙切齿地告诫诸位将军,君子报仇,十年、百年、甚至千年也不晚矣。在被周军围剿三天后,他眼看大势已去,只好乖乖投降,秦人遂被周军驱逐于西犬丘(今甘肃天水一带)。中潏老泪纵横,他在马上几乎是一步三回头,当他率领军队走到关山草原,即将踏入陇原地带,他忍不住仰天长啸道,凡我后世嬴姓子孙切记着,此仇不报,枉为秦人焉。

自此,关中平原且已全部纳入姬周的势力范围之内。于是,讨伐邘国(其古城位于今河南沁阳市西北15公里处,西万镇邘邰村东南)提上议事日程。

邘国地处朝歌西南方位,北依太行屏障,南瞰沁河平原,地势北高南低。一条沁水河蜿蜒其中,北可携太行之势,南可得黄河之利,物产丰富,曾经是殷商鄂侯之封地。鄂侯被纣王杀戮,邘国君渔翁得利,乘势抱上纣王粗腿,成为朝歌死心塌地之鹰犬,为非作歹,危害一方。倘若不除此祸害,若以后要想攻击朝歌,必成拦路之虎。邘国君狂傲自负久矣,对周边诸侯方国欺辱许久,他们忍气吞声,敢怒不敢言。

姜尚分析此人既然目中无人,必然会有勇无谋,当以妙计诛杀之。

姬发主动请缨剿灭邘国,自带一万精兵足矣。

姬昌放心不下,仍欲亲自出马。姜尚劝道:"英雄不论年少,将帅马上夺天下。有老夫辅佐少帅,姬发完全可以担负此重任也。"姬发与姜尚率领周军,轻车简从,快速地朝邘国扑来。姜尚修书一封,若邘国君知趣识相,可出城来快快受降,周军可承诺优待邘国军民云云。邘国君看罢战书后怒不可遏,指着使者大骂道:"姜尚老儿暂且等着,三日后,我且出城来取尔等首级当夜壶耶!"使者乘势装作惧怕,屁滚尿流一

· 246 ·

第三十七章 回西岐安抚烈士遗属 伐邗国扫清北翼屏障

般慌忙逃遁。邗国朝廷之上，众皆嘲笑不已。

羊肠坂道尽头，周军大营军帐之内，姬发与姜尚相对而坐。疾速返回的使者回来将信息一一反馈，两人相对一视，不由得呵呵大笑起来。姜尚曰道："邗国君有勇无谋，大敌当前，竟然如此傲慢轻视我军，骄兵必败，看来可一战而擒获之。"

二人反复商议，并定下歼敌之妙计耳。

三日后，姜尚率领一千兵士，堂而皇之地来到邗国城下，叫骂不已。邗国君立于城楼之上，瞧见姜尚领兵来犯，大声喊道："姜尚老儿，你老贼是否活腻了，竟还有胆量前来送死。"姜尚答道："邗国君听着，我西岐主公姬昌念你性格耿直，深受纣王蒙蔽而已。老夫此次前来贵国，乃担负主公与贵国修好之重任，期望国君与我尽弃前嫌，共同对敌，以青史留名耶。"

"呵呵呵。"邗国君忍不住大笑不已，双肩抖动着，用手指着姜尚对随从们言道，"你们听说过白日做梦么？瞧，城外这位老东西，做了大半辈子白日梦。早年在朝歌做的是发财梦，贩鼍鼍贱，贩羊羊贵。只是杀牛的手艺倒还凑合，是个好匠人；他后来逃到渭滨河畔，又在山涧旁边装腔作势，做的是飞熊梦，出将入相，权倾天下。嘻嘻，只是碰上姬昌这么个老糊涂蛋，竟然还把他拜为太师，真是滑天下之大稽也。您说说，就这个只会做梦的老家伙，他能弄个啥？"

姜尚身边有将士早已按捺不住愤怒，拔剑欲冲杀前去。姜尚连忙用眼色制止。他朝着城楼上邗国君喊道："人各有志，不可强免。姜尚今日一番好言相劝，还望邗国君三思而行。我且退兵，耐心等国君明日午时回话不迟。"

邗国君见姜尚鞋底抹油——要溜，讥讽道："姜尚老儿，邗国兵强马壮，人才济济，只是集市上尚缺一个屠宰牛羊的屠夫。常言道，既来之，则安之，你且留下在邗国城内操持旧业，如何？"

姜尚亦不搭言，调转马头随即离去，其身后众多兵士们，懒懒散散跟随其后，慢腾腾离去。邗国君见状大喜过望，随即持戟高呼道："此时不擒姜尚，更待何时！"

邗国君亲率邗兵，一路冲杀出城门，尾追周兵，喊声震天。大军追之几里路外，进入山间羊肠坂道，蜿蜒崎岖，眺望白云深处，盘旋缠绕。姜尚骑马夹在周军之间，时隐时现。邗国君快马加鞭，直扑姜尚而去，眼看着马蹄跟前，正欲上前擒获，不料旁边丛林中杀出一队人马，遂将邗国君团团围住。眼见着猎物即将擒拿在手，却被伏兵纠缠不休，邗国君杀得一时性起，英勇得非同寻常，双手紧握一把长戟，左挑右刺，上下翻飞，宛入无人之境。无奈独木难支，恶虎难对群狼，渐渐地落入下风，他只有招架之力，且无还手之能。邗国君只得且战且退，朝邗国城池后撤。羊肠坂道本来就狭窄陡峭，更不适合大兵团作战，他此前灭敌心切，仓促之间犯了兵家大忌，冒险追击，落入险境。邗国兵士更是相互踩踏，损失过半。

邘国君使出浑身气力,好不容易才杀出重围,慌忙逃回邘国城门之下,正欲歇缓口气,忽然听到城门上一声炮响,硝烟飘散过后,一面大红旗后面,走出一个英俊将领,帅气逼人,气度非凡。他断喝一声:"邘国君,姬发在此等候尔等多时矣。邘国城池已被我拿下。丧家之犬,休得狂傲!还不快快下马投降!"

邘国君一时愣怔,时局转换之快,令他瞠目结舌。更令其始料不及的是,姬发率领周军兵士早已杀入邘国城内。城门失守,巢穴皆无,邘国君瞧一瞧身边,只有十几名残兵败将,低头沉思片刻,知晓大势已去,倘若就此束手就擒,岂不被天下英杰嘲笑!他大喝一声,欲作困兽犹斗之态势,转身又折身杀回来,不足百步之遥,正好碰见姜尚率兵士,将邘国君围堵得水泄不通。周兵步步为营,邘国君节节败退,不一阵儿,又被逼退到邘国城池之下。

姜尚剑指邘国君面门,历数其累累罪状,高声曰道:"我西岐主公姬昌远敬尧舜,近施仁义,阴行善德,广播圣贤,且为天下诸侯所仰慕之,周边方国所赞颂者也。纣王无道,沉迷酒色,远贤臣,近奸佞,而成汤之德、祖乙之智、盘庚之明、武丁之治,皆抛之于脑后,圣贤道德更是肆意践踏。然,邘国君不明事理,不辨黑白,助纣为虐,且一意孤行也。"

邘国君哈哈大笑道:"为人臣者,当以天子为重焉。天下者,天子之天下;王土者,四方之王之国土。我乃纣王信赖之重臣,只有全力以赴辅佐,才是本职所为耶。尔等这贩羊鬻鼍之狂徒,四处流浪且摇唇鼓舌者也,焉有何资格来指摘天子乎?"

"识时务者为俊杰。"姜尚微笑道,"有道是,好汉不吃眼前亏。我劝邘国君迷途知返,为时不晚,反戈一击,仍不失为人间之英豪也。"

"呔!"邘国君大喝一声,"姜尚老贼,快拿命来也!"毕,挥舞长戟,跃马冲杀过来。姜尚拨过马头,准备迎击。说时迟,那时快,武吉双腿猛夹坐骑,手持双剑迎上前去。邘国君擒敌心切,挥戟便刺。武吉侧身躲过,两人大战五十回合,仍不分高下。继而,双方再战三十回合,邘国君已经气喘吁吁。

姜尚厉声喝道:"汝若再不投降,必诛之!"

邘国君断喝一声:"姜尚老贼,你命休矣!"毕,他又挥舞长戟,单枪匹马朝姜尚冲杀过来。姜尚右手令旗来回摆两下,十几名弓箭手出列搭弓射箭,刹那间飞箭如蝗,将邘国君射成一只刺猬,在马上挺立一阵后滚落马下,气绝身亡。

第三十八章

整训黎邘降俘讨伐崇国　扫荡残余势力剑指朝歌

邘国君被射杀身亡,邘军顿时群龙无首,慌作一团,相互践踏,死伤过半。

姜尚登高一呼,朗声喊道:"诸位邘国弟兄们,且听我言。邘国君暴虐成性,欺凌百姓,恶贯满盈,已伏天诛!尔等多年来深受其害,我们周人心知肚明。故,愿归顺西伯侯者也,周军一律不再追究以往所犯罪责;若负隅顽抗者,必诛杀之!"

喧嚣的战争慢慢平静下来,邘国兵士们平时就对邘国君恨得咬牙切齿,于是纷纷放下武器,悄然站立一旁。正在此时,邘军中有一位下级军官隐藏在树林之中,正欲搭箭射杀姜尚,却被他身旁的一位兵士手起刀落,砍翻在地。

周军清理完战场,姬发特别下令部队不得虐待俘虏,并一一安葬好阵亡官兵,即使像邘国君这样的暴君,亦按照侯爵规格来予以安葬。这些行之有效的措施,在邘国军民之中产生极大的影响力。西伯侯仁义广德,果然名不虚传,周军纪律严明,从不骚扰百姓,今日一见,方知真切无疑。在当地名门望族一致推介下,一位邘国德高望重的名曰邘伯庸的贵族,继任邘国新侯大位,并以此名义上疏朝歌,邘国君打猎途中不幸摔伤不治云云。姜尚又对邘国军队做了重新整顿,驱除一批为非作歹的害群之马,挑选贫苦出身的下级军官担当重任。而邘国这支军队交由姬部担任最高指挥官。至此,原来的黎国与邘国两支旧军队经过大规模地改造,得到扎实充分的整训,军队战斗力明显提高。

姬发与姜尚领兵回到西岐,姬昌为之兴高采烈。休整三月以后,讨伐最后一个心腹之患崇国,便顺其自然地摆上西岐议事日程。姜尚以为,崇国实力不俗,毕竟要比黎国和邘国加起来还要强大许多,加之崇国城墙高大坚硬,军事布局整齐划一,易守难攻。此前周军讨黎、邘之所用战法,崇侯虎皆能应付自如,若以少量军队出其不意地来进攻崇国,显然是不合时宜。那么,必须集中优势兵力,进行大兵团协同作战,方能一举攻破崇国城池,剑指朝歌。

姬昌一连几天为如何进攻崇国而食不甘味,夜不能寐。浓重的夜色与那噬心的寂寞混合在一起,仿佛要将他吞没。期间,姬发几次前来问安,却见父亲紧锁蚕眉,心事重重,他每次只能悄然退下,默默离开。这又是一夜未眠,天色微亮,东方刚出现一丝鱼肚白色,姬昌便走出西岐城外,在临近村庄附近转悠。

周原的秋天是迷人的,空旷的原野沉静而安谧,全然是这么绚烂亮丽。清澈的碧空洁净且明快,一切是那么地澄明至纯。巍峨连绵的山峦,幽深景明且又苍翠欲滴,它静寂地卧在碛雍原北端对面,喃喃自语地叙述着历史的辉煌与世态沧桑。

秋风中的周原,真是明媚清澈,秋高气爽,天高云淡,一片片青纱帐,碧海青天中的糜子,展示着丰盈的金黄。一片片阡陌间,黄土地上低垂的谷子,炫耀着丰硕的盛景。一片片芳草地,到处是丰收在望的辉煌与掩饰不住地喜悦笑声。

秋天的周原是炽热亢奋的,抛金撒银,艳美而又散发着无穷的成熟魅力……岁月如流沙,在他眼前缓缓流走。姬昌眯缝着眼,仿佛听到祖父和父亲们对这块水源丰富、气候宜人、宜于耕耘之神奇土地赞叹不已。

太阳慢慢地升起,火红地挂在东方,金色阳光将硕果累累的果树,照耀得一片辉煌。一位白发老者扛着梯子,径直来到一棵万寿果树旁边,其叶如楸浓荫,其状如栌繁茂,挺拔状若钻天杨直上云霄。老者将木梯立在拐枣树下安放稳妥,遂在手心呸呸地吐两口唾沫,两手来回搓搓,将竹笼斜背在肩上,跨上木梯,手脚并用,一步一阶,稳稳当当地爬上树枝杈之上。姬昌顿时看的是张口结舌,惊诧不已:一位年届花甲的老翁,身手尚能如此矫健,木梯仿佛成了长腿一般,那么攻城略地,制造一批比木梯再长的云梯,岂不是万事大吉了。

姬昌登时兴奋得不得了,他快步回转凤雏宫内,正欲打发人去唤姜尚,刚喊一声。姜尚几乎是踩着话音的尾巴,笑呵呵走进来。两人一照面,相互一愣怔,然后心照不宣地呵呵大笑起来。姜尚曰道:"主公春风拂面,定有制敌妙计?"姬昌笑道:"看来太师成竹在胸,亦有克敌之法宝也。"姜尚笑而不答,他转过身去,用右手食指蘸着茶水,在几案上写一个大大的"梯"字,二人乐不可支,笑成一团。

选择轻而结实的木料,制造云梯成为姬旦最为惬意之差事。他足谋多智,心思缜密,经过与木匠们反复试验,又以榫卯相接,这样云梯使用时只要相互连接,运输时既可拆分又便于携带。一个多月过去,五十架云梯制造完毕,姜尚又命将云梯支在崖畔,令攻坚先锋队反复攀爬,再令崖畔之上守军与之搏杀,反复争夺演练,直至攻城夺池兵士们轻车熟路,战术运用娴熟,方才告一段落。

万事俱备,只欠姬昌一声令下。周军更是士气高涨,兴奋地嗷嗷叫。此次向崇国进发,西岐除过少数驻军之外,周军几乎是倾巢而出,所有高级将领都悉数带领部队,浩浩荡荡地向崇国扑去。姬昌大张旗鼓地讨伐崇侯虎,仁义之师周军所经过之

第三十八章　整训黎邘降俘讨伐崇国　扫荡残余势力剑指朝歌

处,纪律严明,秋毫无犯,沿途黎庶百姓皆夹道欢迎。

崇侯虎独霸一方,恃强凌弱,早已怨声载道,方国诸侯虽然对其恨之入骨,但此前却只能忍气吞声。正是这些中小方国,主动要求加入讨伐大军之中。更有许多平民百姓,他们挑着扁担,担着自己家里粮食,成为后方勤务保障之坚强力量耶。

看着这一幕幕感人场景,姬昌深情地对姬发曰道:"人心齐,岐山移。王天下者,必先要取得人心也。"姬发点头称是。姜尚接言道:"玉山自倒非人推,人心向背定成败。崇侯虎作恶多端久矣,乃自掘坟墓耳,这才造就主公令旗举处,我军必然所向披靡。"

周军大踏步地进入崇国境内,关卡守军早已跑得无影无踪。凡途径中小城池,几乎是兵败如山倒,一击即溃。当兵临崇国城外数里,却见周边许多村落房屋散落破败,大多被烧得只剩下残垣断壁,探马好不容易才找到一个气息奄奄的老人,经过一番询问,方知原是崇侯虎恶行所为也。方圆数十里村落中青壮年全部充军,而对逃荒到城内的老弱病残孕则统统赶出城门,弃之于荒野。原本百姓家中所藏口粮,全部没收充作军粮,平民家无粮食充饥,只得以野菜果腹。崇国周边原本富庶之地,此次经过崇侯虎洗劫之后,哀鸿遍野,几成死地。姬昌闻之大为震惊,一边命周军救援妇孺病弱,一边令部队将崇国都城包围得水泄不通。崇侯虎傲慢狂妄,根本不把姬昌放在眼里,赖其城坚器利,守城不出,周军焉能拿他如何! 每日里依然饮酒作乐,欢娱不已。崇国军队除轮流守护城墙之外,依然是花天酒地,为非作歹。

崇国城内早已炸了锅,土豪富商更是如坐针毡,心荡神迷,惶惶然不知所措。十多天过去,城内许多贫苦市民心惊胆战,缺衣少食,不得不到处寻找粮食及烧柴。然城门紧闭,加之撤回的军队及逃难的百姓,一时人满为患,不堪重负。期间,已有不少新充军之兵士思亲心切,趁着守城之际逃之夭夭。随着逃跑兵士的增多,以及难民们中间缺少食物之难题积重难返,崇侯虎这才意识到大事不妙,他随即采取高压态势及镇压措施,凡是一户人家中有兵士逃跑者,则令处死全家;一队守城卫士中有兵士投诚者,则要杀掉领兵之军官;凡黎庶百姓有逃跑者,一律就地处决。

而这些严酷政令军律,遂令崇国军民心寒齿冷,叛逃竟然成燎原之势。恰恰是这些不堪重负的军民,当他们逃离虎窟龙潭之后,又受到姬昌他们的仁慈款待与关怀备至,才将城内布防之军情详细的告诉周军。而这些叛逃兵士,又成了在崇国城外现身说法瓦解敌军之利器,他们每日里坚持到城下,对仍然守卫在城墙之上的兵士们喊话劝降。

与此同时,姬昌遂令一部分周军后勤兵士们,抓紧时机为失去家园的村民重修其所烧毁房屋,才使得逃出魔窟的人有了栖身之所。正是这一奇招,成了压塌崇侯虎这头骆驼的最后一根稻草。

当城内守军及四方黎庶百姓亲眼看到不远处的村落，原本一处处被烧毁的房屋被修葺一新时，他们方才为姬昌之仁德所感动，为其善行所震撼。姬发巡视归来，当他把这些信息告诉父亲之时，姬昌甚为触动，道："天理不可违也，民心不可违也。"

姜尚在一旁触景生情，叹曰道："得民心者得天下。崇侯虎恶贯满盈，此贼休矣。"

发起总攻的时间，定在半月后的寅夜。周军攻击之先锋队，黑夜潜伏到崇国城下，参与攻城的勇士们，威风凛凛，个个胸前紧紧扎围着柔软的牛皮，手执利剑盾牌。战车顶棚之上，蒙着用水浇湿的被褥。而用于攻坚战之利器——支撑在城墙的木梯，已经被一节一节连接成云梯。一切的一切，似乎都在按照姜尚之战术要求，部署到位。眼见着丑时时分已到，屹立在战车之上的姜尚令旗一挥，三声炮响，周军呼喊着抬起云梯，在城墙下竖立升起。

守城的崇国兵士方才如梦方醒，仓促之间慌忙应战。谁料城下飞箭如蝗，射杀无数。剩余的兵士们企图掀翻云梯，无奈云梯上攀爬兵士人数甚多，加之周军个个身手不凡，人人动作敏捷，他们左右腾挪，躲过劈杀，除过极少数不幸坠落城墙外，一个又一个奋不顾身的周军兵士已经杀上城墙，与崇国兵士短兵相接，兵刃相见，厮杀得难解难分。尽管崇国城内其他地方守军，不断增援守城兵士，城墙之上几乎是血流成河，两军死伤兵士堆积如山。你来我往，反复争夺，战斗极其惨烈。

当周军兵士们把守护吊桥的崇军消灭之后，异常笨重的木桥在"嘎嘎嘎"声中被缓缓地下放平展。隐藏在此的周军五六十名兵士们，立马推起另一辆装载着一棵合抱粗的榆木树干之战车，嗷嗷叫着朝城门撞击而去。"咣"的一下，城门晃晃，"咣"的又一下，依然坚不可摧。城墙上不断地有飞箭射下来，不少周军兵士被射中倒了下去。

显然，这是一场艰苦卓绝的攻坚战。姜尚站在战车上，心急如焚。此时蓦地刮起阵阵北风，柴草与树叶漫天飘舞，他灵机一动，遂令兵士们到附近田野中抱来一捆捆秸秆，堆放在城墙下和城门外，点燃后浓烟滚滚，风助火势，城墙之上的兵士，登时被烟熏得睁不开眼，咳嗽不已。一队又一队的周军兵士蜂拥而上，乘机杀戮。而坚硬的城门亦被熊熊大火彻底烧毁，数十名兵士推着战车猛地撞了一下，城门瞬间垮塌，城门洞大开，勇不可挡的周军，仿佛潮水一般冲杀进城区。

城门失守，崇军慌不择路，相互踩踏，死伤无数。气焰嚣张的崇侯虎已经无心恋战，眼看大势已去，只得换装潜逃。他万万没想到刚走出几里路外，就被眼尖的投诚崇军军士辨认出来，周围拿着农具的参战的崇国人群，义愤填膺，不由分说，挥舞着锹和镢头，将崇侯虎团团围住，最后将他砸成一堆肉泥。

卯时过半，东方已经微亮。城区内只剩下星星点点的喊杀声，姬昌和姜尚乘坐

第三十八章　整训黎邘降俘讨伐崇国　扫荡残余势力剑指朝歌

着战车进入到崇国城内,眼前惨不忍睹,街道硝烟弥漫,路面一片狼藉。而被周军俘获的一队队崇国军人,垂头丧气地被押解出城。有几家豪门深宅之内,不时地有人探头探脑地察看消息。许多穿着破烂的居民,痴痴地站立在墙根之下,漠然相望。一些顽童却也有了用武之地,捡起刀枪来哈哈对打,使得这座刚被战火洗礼过的城池,有了些许生气。

姬昌和姜尚巡视已毕,返回到周军大营帐内,彼此闲话此次战役之得失。

清晨,崇国门楼上贴出一份由姜尚起草并以姬昌名义颁布的安民告示。不一会儿,周围便围满看榜的崇国百姓,人头攒动,议论纷纷。榜曰:

崇国诸位父老乡亲:

西伯侯姬昌此次执黄旄、白钺,东征伐崇,代行天罚,皆因崇侯虎倒行逆施,欺凌周边方国诸侯、祸害黎庶平民久矣。

姬昌以为,崇侯虎自继位以来,横征暴敛,极尽淫威,欺压弱小,鱼肉百姓,敲诈勒索,祸国殃民,真乃人神共愤焉,天地为之所不容耶。此次诛灭暴逆,清除奸贼,恢复仁治,实为顺潮流而不得不为之也,祈望众父老乡亲,多多予以谅解矣。

况今崇侯虎已灭,妖雾尽散。其名下所有房屋财产,一律归公;其所霸占土地园林,尽数归还与原先主人;其无端杀害之官吏平民,皆为之恢复名誉;其麾下之帮凶鹰犬,皆由新侯予以惩处;崇国城内所有百工商贾,即日起恢复营业,所有税赋减半。城内外所毁房屋庄园,一律登记在册,待后由崇国统一修葺;目前居民所需粮秣,皆由国库救济,按人分发;所有负伤将士,尽快医治。所有亡故兵士,逐有周军予以葬埋。

崇国百废待兴,尚未论及之事,待后逐步补充完善之。

此公示,自发布之日起生效。

姬昌此令一出,立马传遍四方八面,崇国人皆呼西伯侯仁慈广德,真是名不虚传。与此前剿灭黎、邘两国几乎如出一辙的是,黎庶百姓皆拍手称赞。

姜尚依旧照方抓药,召集崇国诸位贤达,一致推举德高望重之贵族伯章,担任崇国新侯。姬鲜作为镇守崇国之统帅,带领兵士三千,驻扎于此。其余兵马,则于十多日后依次撤回西岐。

第三十九章

张世芳奉召西征 姜子牙冰冻岐山

周军一举剿灭崇国之消息，很快传到朝歌，此事在殷商朝廷百官之中仿佛炸了锅，一时间群情激昂，义愤填膺。此前，一直坚持为西伯侯开脱说好话的比干和微子，此时已经隐约地感到姬昌不是省油的灯盏，貌似忠厚，实则野心不小。箕子等人原本就对姬昌存有戒心，剿灭崇国更使他坚定地认为西岐当是目前商之最大威胁。而深藏不露的奸佞费仲、尤浑也慌了手脚，多次密会，忧心忡忡，言及放任不管，殷商危矣，倘若自己继续浑水摸鱼，恐怕凶多吉少。纣王闻听此消息之后，勃然大怒。毕竟，崇国与大商为同姓之国，打断骨头连着筋。如今崇国被灭，天然屏障付之东流，朝歌将直接暴露在虎视眈眈的周军面前。

面对如此窘况，纣王却是嘴里含着黄连，心里有苦，嘴里却道不出矣。此前，箕子、祖伊等人多次谏言西伯侯不是善茬，自己却一意孤行，还授其黄旄、白钺以征讨大权，真是悔之莫及也。俗话说，不叫的狗才嗜人。而今面对姬昌咄咄逼人之态势，必须予以痛击，方解心头之恨也。大敌当前，再不能任其胡作非为焉。于是，他召集权臣商议讨伐西岐，满朝文武却装聋作哑，谁也不愿领兵前往西岐。临渴掘井，悔之何及！

纣王气得暴跳如雷，欲亲自率将士出征讨伐，却被一旁坐着的妲己讥笑道："满朝文武，列位百官，平时享受朝廷俸禄，锦衣玉食，人人竞相奢侈，个个吃得脑满肠肥。关键时刻首鼠两端，当为国尽心尽力之际，却一满都做了缩头乌龟。"

正在此时，从众官吏中走出一位将军，伏地拜道："末将愿领兵前往西岐，一举剿灭周军！"纣王睨视一眼，原来是王宫卫队长张世芳。此人原本是尹城国青阳人氏，体健臂长，力大无穷，乃制造弓箭之世家。先祖为黄帝之子少昊青阳氏第五子曰挥，初为弓正，仰观弧星，始制弓矢，其子孙后代敬尊祖业以为姓，合弓长之寓意，始为张姓焉。

第三十九章　张世芳奉召西征　姜子牙冰冻岐山

纣王大喜所望，遂令张世芳为征西大将军，领兵一万，讨伐周原。

商军行军匆匆，一路杀出五关，沿途烧杀掠夺，穷凶极恶，大军进展神速，却极少遭遇周军阻拦，十日后顺利到达岐山脚下，安营扎寨以后，即向姬昌下了战书。

此时正值孟春时节。由于商军集结迅急，多数兵士只是夹衣夹裤，自然亦在情理之中。姬昌下令，命兵士们连续几天关紧城门，高悬免战牌。

商军歇息两天后，张世芳召集下属商议破西岐之法。有将领禀道，西岐城易守难攻，姬昌闭门不出，久拖不决，与商军显然不利。惟引蛇出洞，方能将周军围而歼之。忽有探马来报，说姬昌摘了免战牌，正在城门之上巡查。张世芳一听，立马赶到西岐城外，果然见姜尚神闲气静，悠然自得，络腮银须飘飘然，腰间佩戴雌雄宝剑，正在城墙之上指指点点。

张世芳怒从胆生，用马鞭指着城墙大骂道："呔！姜子牙，你原为商民，曾受我王恩惠，为何又反叛大商，以助逆贼姬昌为非作歹乎？讨伐黎邢两国，亦属罪不容诛。进犯崇国，更是恶大罪极，纵死莫赎。吾今奉召西征，马踏岐山，姑且念你年事已高，速速出城受降，以免欺君叛国之罪。倘若敢抗拒天兵，只待踏平西土，玉石俱焚，必将悔之晚矣。"

"张公此言差矣！"姜尚呵呵大笑道，"有道是良禽择木而栖，贤臣择主而仕。纣王荒淫无道，天下皆反之，岂在西岐一国乎？老夫且知张公世代贤良，赤胆忠心，焉能助纣为虐，以白为黑，让天下人笑话尔良莠不辨，是非不明！再者，西岐守法奉公，谨守节度，何罪之有？今日商军大兵压境，进犯西土，乃是公来欺吾，非吾欺公矣。公倘若失利，则贻笑大方。不如以老臣之拙见，请公自行回兵，此为上策，毋得自取祸端，以指挠沸焉。"

张世芳忍不住朗声大笑道："毋言你曾在伐鱼河边装腔作势，借此糊弄大头姬昌。尔等今见我商军铁骑纷至沓来，莫非巧言善辩，以求一逞乎？"

"呵呵。"姜尚笑道，"老夫知晓公为贤良之后，知书达理，万万没有想到的是，尔等竟然如此这般的出言不逊，难道不知天下还有廉耻二字哉？"

张世芳接言道："吾看你一大把年纪，幼稚所言，就如婴儿嘻嘻作笑，不识轻重，实非智者之言耶。"

城门"哗啦"一声打开，一员猛将纵马舞刀，此乃西岐大将军南宫适是也。张世芳令旗一挥，身旁闪出一员大将飞马应敌，乃前敌大将军凤来，手携狼牙棒，奋力厮杀。交战双方可谓是强强相遇，大战百余回合，只杀得天昏地暗，力尽筋疲，你来我往，不相上下。眼见得日落西山，各自鸣金收兵。

紧接着，姜尚又是三日闭门不出，急得张世芳恼怒成羞，在城外大骂不止。

商军所带粮草不多，又无近处援助，本来打算速战速决，谁料姜尚老谋深算，打

· 255 ·

打停停,消极应战,倘若再拖上十天半月,必然军心大乱,不战而溃矣。周原麦田虽然长势良好,正值扬花灌浆之际,青黄不接,确实不易持久作战耶。姜尚每日里站在南城墙之上,远眺南山之太白山顶白雪皑皑,若有所思。他每日里夜观天象,日察风向,推测出三日内周原地区,必将天气突变,随即天降冰雹,雨雪交加,此乃气候寻常之良机,万万机不可失矣。他趁着夜色,借机偕同姬昌躲入岐山之兔儿岭上。

翌日清晨,张世芳坐在军帐之内正在发愣怔,忽有探马来报,姬昌与姜尚已经乘夜色退至岐山之上,继而伺机逃亡豳地矣。张世芳获知此情报后,登时乐得合不上嘴,心里暗喜,姬昌、姜尚,我这次可要用一根麻线拴住两只蚂蚱也。天色大亮,他令旗一挥,一万多商军呼啦啦地跑到山下,遂将整个岐山围得水泄不通。凤来亲自领兵进攻兔儿岭,却因山势陡峭,易守难攻,一次又一次地被周军乱箭射退。与此同时,姬发、姬旦、南宫适、辛甲、闳夭等将领,不断地包抄过来,反将张世芳团团围住。

眼见得天色已晚,燥热异常,商军作战一天,疲惫不堪,又被周军围堵在岐山脚下,兵士们饥饿难忍,倒头便昏昏睡去了。谁料子时刚过,天空中黑云压顶,春雷乍响。又过两个多时辰,天上飘飘荡荡,竟然飘起纷纷扬扬鹅毛大雪了。不可思议的是,雪花飞舞之中,竟然夹杂着鸽子蛋一般大的冰雹。商军兵士们夹衣夹裤,怎的能抵赖住此凛冽严寒乎!张世芳坐在中军帐中,独自暗忖,这孟春时节,啼莺舞燕,飞香走红,何来如此凌寒,真是匪夷所思乎?正迷惑之际,凤来急匆匆来报,已有不少兵士冻伤手脚,情况万分危急。张世芳长叹一声,苦矣。遂下令只等天色微亮,商军疾速撤离岐山,再另作打算不迟。

坐在兔儿岭上的姬昌和姜尚以及众兵士,本来就提前准备着棉衣棉裤,加之有篝火取暖,一夜自然无恙。被商军围堵的周军,吃得饭饱腹圆,然后枕戈待旦,时刻紧盯着对方阵地之动向。

眼见得卯时快过,东方依然暗无天日。张世芳在中军帐之内,状若热锅上蚂蚁,心神大乱。他下令商军开拔,冲杀出一条血路来。凤来执刀高呼,众兵士们早已冻得蜷曲一团,老半天爬不起来,腰来腿不来了。正在此时,忽然天空中乌云快速地散去,不到一刻,便又是旭日东升,当空一轮火球,霎时间大地冰雪尽化了,脚下酥软成一团泥泞。商军兵士们抬起左脚,右脚即陷入泥潭。姬发令剑一挥,周军状若虎狼一般,冲杀商军阵营,刀劈剑砍,势如破竹。可怜这些遭遇饥寒交迫之商军兵士们,仿佛戴着脚镣一般,动弹不得,且无还手之力,纷纷倒毙在泥潭之中,剩下的大多束手就擒。

南宫适带领数百精兵杀到张世芳中军帐之前,断然喝令其投降焉。

张世芳惨凄地苦笑一声:"天不灭周,吾又奈何?!"正欲拔刀自刎,姬昌与姜尚正好赶到帐前。

第三十九章　张世芳奉召西征　姜子牙冰冻岐山

姬昌曰道："张将军，为将行兵，先察天时，后观地理，中晓人和；用之以文，济之以武，守之以静，发之以动；亡而能存，死而能生，弱而能强，柔而能刚，危而能安，祸而能福；审时度势，变化莫测，以静制动，警钟长鸣；定自然之理，循人和之基；神运用之权，藏不穷之智，方能运筹帷幄，决胜千里之外。此乃为将之道也。"

张世芳一愣怔，手中的刀慢慢垂落下来，低头羞愧不已。

已经被俘捆绑站立一旁的凤来极力挣扎着，大声喊道："张将军，别为西伯侯妖言所惑之。既然生擒，生死由命，我们认栽了。你我当宁为玉碎，不为瓦全。"

旁边跳出武吉，用剑指着凤来的喉管处，高声骂道："你这没眉眼的怂货，茅厕里的石头——又臭又硬的。你还扎势哩，扎的美么！来来来，我看是你的嘴硬，还是我的宝剑硬！"

"武吉不可胡来，暂且退下。"姜尚连忙喝退武吉，继而劝道，"凤来将军，你这就是不识大体了。将军乃三皇五帝之首伏羲之后，扶持正义，除暴安良，才是本分使然。商之武丁盛世，天下归心，平民安居乐业，何来天下之乱哉！今日纣王荒淫无道，四方黎庶怨声载道，八面百姓痛不欲生，朝歌朝不保夕，难道尔等还要为这个没落王朝殉葬乎？"

凤来气鼓鼓地昂起头，不屑一顾。姬昌劝道："天心要顺，时务要知，天理要明，真假要辨。如今天下稔知纣王恶贯满盈，鱼肉百姓，弃纣归周者三分有二，凤将军何苦逆天，自取杀身之辱乎？在我看来，天下者黎庶之天下，国家者百姓之国家，姓商者也，姓周者也，其实并不太重要，只要黎庶百姓安居乐业，百业兴盛，乐享其成，才是国家之本义，人民之福祉，君王天下之最高目标矣。"

一席话说得凤来赧颜羞愧，张世芳亦是有所触动。

"常言道，良禽择木而栖焉。"姬昌微笑着劝解道，"堂堂二位将军，难道如此这般地不明事理，一条道儿走到黑，尚不如飞禽走兽乎？"

姜尚接言道："张、凤两位将军，且听老夫好言相劝，识时务者，俊杰也。若是将军归顺西岐，辅佐良侯，共建天下之太平，其功在当代，名扬千秋者也。"姬昌见状，亲手解开绑在张世芳身上绳索，双手作揖致礼道："委屈张将军矣。"张世芳甚为感动，连连还礼道："世芳一时糊涂，还望西伯见谅矣。"他回头对凤来劝道："凤将军，我们世代贤良，焉能为暴君保驾护航，岂不是令天下之人笑话！"姬昌又亲自解开凤来身上绳索，赐座歇息。

姬昌遂命将所俘获商军兵士妥善安抚，并急招岐伯前来为伤兵诊治疗伤。

而这一切，都被张世芳和凤来看在眼里，感动在心田。他二人遂到几处商军战俘集结地方，看到伤兵们都得到一一安置，方才彻底佩服西伯侯仁义广德，真是名不虚传。当他们来到灵台旁边之烈士墓地，看到西岐如此这般对待为国为民牺牲之英

· 257 ·

烈,甚为震惊不已。姜尚急命太颠,暗地里将张世芳和凤来两位将军的家眷,悄悄送到周原,更是令张、凤二位将军感激涕零。

自姜尚冰冻岐山,商军不战而溃不成军,四方诸侯皆为震惊不已。周军军威甚盛,西伯声名远播,全军将士更是信心爆棚,八方归心,豪杰云集。

张世芳兵败并归降于西岐,此消息在朝歌传开之后,朝野为之大惊。纣王更是暴跳如雷,喝令将张世芳和凤来家眷全部斩首。卫士们将张将军与凤将军府邸包围后冲杀进去,却是人去府空,只得灰溜溜退去了。

纣王连续临朝,大发雷霆,欲讨伐西岐,两旁文武却装聋作哑,无人再敢于担当此重任了。失势多年且被边缘化一直赋闲在家的老太师闻仲,看到东山再起之希望。他启奏纣王,欲带商军前去周原讨伐西岐。

眼见得朝歌危机四伏,人心惶惶,纣王亦不得不与闻仲尽释前嫌,命左右速授黄旌白旄,得专征伐西岐。

话说闻仲择吉日出征之前,先祭宝纛旗,纣王亲自饯别,满斟一樽酒,递与闻太师。闻仲接酒躬身奏曰道:"老臣此去,最多不过旬月,必克除逆贼,清扫边陲,奏凯还朝。"纣王开怀大笑道:"闻太师此行讨伐西岐,定当马到成功。本王自无虑,只候佳音耶。"遂命排黄旌白旄,令闻仲起行。商军喊声震天,锣鼓齐鸣,声势浩大,威风凛凛。

闻仲翻身上马,那名曰黑麒麟的战马久不曾出战,蓦然间被宏大场面所惊,在原地转起圈来,它嘶鸣一声,跳将起来,遂将闻仲摔下马来。好在站立一旁的兵士眼疾手快,扑上前去,才将从马背上滚落的闻仲双手接住,二人滚作一团。百官登时唬得目瞪口呆,左右扶起闻太师,整理好衣冠。

旁有一大夫扶燮出列奏道:"王上,有道是开门大吉,花好月圆。闻太师今日出兵,未上阵,先落骑,实为不祥之兆耳。讨伐西岐,绝非易事,可否另点别将征伐可也。"纣王脸色突变,通红如涂丹。闻仲朗声一笑:"扶大夫此言差矣。正所谓人臣将身许国,而忘其家;上马抡兵,而忘其命。将军上阵杀敌,不死带伤,此理颇为正常,何足为异? 大抵此骑久不曾沙场出战,未曾演试,故而有此闪失,不过尔尔。"

纣王脸颊上这才多云转晴,遂令出兵。

闻太师率领三万兵士,出朝歌,渡黄河,兵至渑池境内,稍作歇息,过青龙关,越潼关,浩浩荡荡,甚是军威雄壮生猛,一路杀到周原。

早有探马报进太师府,姜尚暗忖此老贼遭受冷落久矣,此次卷土重来,又为何故乎? 他疾速来到凤雏宫内,将心中所惑呈表姬昌。

二人一起来到城门之上,但见闻仲麾下商军队列整齐,果然好兵马阵列。

姜尚曰道:"闻仲素有将才之名声,只是赋闲多年,不为我之所知也。此次来犯,

第三十九章　张世芳奉召西征　姜子牙冰冻岐山

必是有备而来,不可小觑。"

姬昌曰道:"老贼来势汹汹,太师可有御敌之妙方哉?"

姜尚答道:"兵来将挡,水来土掩。主公不必多虑,老臣自有破敌之法。"

二人回到凤雏宫内不久,忽报闻仲差官下书,姬昌匆匆粗览一遍,交于姜尚观看,书云:

殷商太师兼征西大元帅闻仲,奉书西伯姬昌麾下:

盖闻王臣作叛,大逆于天;西伯自立为王,有伤国体;姜尚犯上作乱,明欺宪典。天子累兴问罪之师,不为俯首服罪,尚不自量力,猖狂至极,剿灭商属方国,更是罪不容诛。杀军覆将,辄敢号令张威,王法何在?虽食肉寝皮,不足以尽厥罪;纵移尔宗祀,削尔疆土,犹不足以偿其失耶。今奉召下讨,尔等若惜一城之生灵免遭涂炭,可速至东门外授首,候归朝以正国典。倘若负隅抗拒,商军铁骑踏处,俱为齑粉,噬脐何及?战书到日,速为自裁不宣。

姬昌阅罢战书,眉头紧蹙,闷闷不乐。

姜尚答复商军差官,三日后应战。毕,姜尚曰道:"有道是擒贼先擒王。今夜乘其立足未稳之际,我军挑选精兵良将,乘黉夜时分,直接杀入闻仲中军帐内,倘若能活捉奸贼,商军自然不战而退矣。"

姬昌问道:"闻仲老奸巨猾,自然会布置伏兵重重卫护,怎的能轻易得手?"

姜尚答道:"此为'黑虎掏心'之计策。此前张世芳所属投诚商军居多,几经开导训练,亦对纣王恨之入骨,加之原本军衣尚在。我们责令其编入先头突击分队,则能轻易地混入商军营地。我已急令方国诸侯两日后包抄商军,以丑时为进攻时刻。"

姬昌登时眉毛飞扬,心情大爽。

两日后黉夜时分,南宫适与凤来率领的一千多兵士,悄然进入商军营地,然后在闻仲歇息的中军帐前开始厮杀,商军大多在睡梦中稀里糊涂的被砍杀了。商军内部登时大乱,兵士们喊爹叫娘,四处逃窜,正好被周边围追堵截之周军及方国诸侯悉数截杀。

闻仲骇然失色,慌不择路,在身边百余名卫士奋力保护下,方才冲出重重包围,狼狈逃窜,三万商军竟然兵败如山倒,除少数被杀外,大都伏地投降,乖乖地做了俘虏。

闻仲逃回朝歌,纣王闻之大怒,指着闻仲鼻子骂道:"就是三万头肥彘,也够宰杀一阵子的。你倒是大方,竟然将他们全部交于西岐,呵呵,你竟然还有脸回朝歌!"

群臣再三劝解,闻仲方才捡得一条性命。

第四十章

修丰京奠定灭商基础　讨有巢扩至江淮势力

姬昌三次东征,所向披靡,战功卓著,朝歌两翼敌对势力基本上予以剪除,天下形势有利于岐周进一步发展。立足周原,乃当初立业之根本也。为此,他审时度势地提出为巩固东征胜利成果,实现西岐下一步拓展之宏伟目标,为最终完成伐纣灭商大业而挥师东进,大本营亟需向东部迁移。至于到底迁徙何处,开始周人的思想并不统一,有人主张迁往新的根据地程邑(今陕西富平一带),尤其是驻守此地的姬高特别推崇,言及程邑地处关中平原北部,地广人稀,虽是旱原地貌,却是比周原平坦许多。

探赜索隐,钩深致远,以定天下之吉凶,成天下之亹亹者,莫大乎蓍龟。——《周易·系辞上》

面对众说纷纭,姬昌先是命卜官占卜龟甲,大吉。他此后夜观天象,但见天空之上金星、木星、水星、火星、土星五大行星齐聚于房宿。姬昌蓦然想起此前周庭祭祀之时,有赤鸟云集于周社祭坛之上,当时不少人惊呼为大吉之兆也。姜尚则认为"五星连珠",此乃天兆祥瑞,迁徙刻不容缓耶。姬昌召集众人几经商讨,正欲迁徙程邑之时,忽闻程邑遭遇大旱,五谷不收。正在此时,姬旦率领的另一队人马考察丰邑归来,言及沣河两岸土地肥沃,五谷丰登,河网密布,流水潺潺,富庶绝非周原与程邑所能及矣。

显而易见,与丰邑敞亮地势相比较,周原虽则壮丽肥美,但地貌狭窄,又偏隅一方,已经不太适应周人向东方迅疾发展之最终目标。相比而言,程邑地域宽阔,然其毕竟是旱原地带,农人要靠天吃饭,建都优越性尚不足比美丰邑也。

于是,姬昌带领姜尚、姬发十数人,亲自来到沣河西岸考察。抬望眼远眺巍巍南山,横亘东西,森林茂盛,百草葱郁。几人在沣河西岸一道土原下,正好碰上当地一位老者,经过询问方知这一处高地名曰郿坞岭,亦叫郿坞原。这道原本不太高,上下

第四十章　修丰京奠定灭商基础　讨有巢扩至江淮势力

落差在两三丈之间。郿鄢岭的东边,沣河水静静地流淌,滋润了沿岸的土地。放眼望去,沣河中下游地区风景如诗如画,碧波荡漾,美不胜收。

姬昌忍不住高声吟诵,赞道:"沣水碧波,静水深流"。

姜尚诗兴大发,道:"青岭如黛,山高水长;郁郁葱葱,万木竞长。"

姬发目睹"沣堤榆柳"之美景,畅然吟道:"榆钱柳絮兮,万千百条;垂曳河堤兮,碧水遥遥。"

姬昌心里欢愉不已,此地地势平坦,土地肥美,物产丰盈,尤其是沣河流水潺潺,旱涝不惧,当是心中理想之都城矣。他欣然望着沣河,水中鱼儿畅游,两岸杨柳成行,若有所思,遂叮咛道:"此次修建丰京,必然需要大量木材。发儿要精心施工,尽量减少浪费。切记,山林非时不升斤斧,以成草木之长;川泽非时不入网罟,以成鱼鳖之长;不麛不卵,以成鸟兽之长。"

姬发频频点头,沉思许久,心中豁然开朗,登时明白些许道理。

几人又来到泾河与渭河交汇之处,两河一浊一清,对比分明。

"你们且看,泾渭焉何分明?"姬昌解释道,"泾河黄浊,皆因泾河流域土质松软,每逢暴雨,抑或阴雨连绵,则水土极易流失,故而河水浑浊不堪也。而渭河清澈,其流域皆因山林茂密,植被繁盛,故而河水清清澈澈也哉。假若后世不加节制地滥伐南山之林木,恐怕以后两河则会相互转换角色,渭河浑浊而泾河清澈矣。"

建造丰京,成为周庭上下当前头等大事。鉴于迁都之事关乎到周人的长治久安,姬昌先后三次,在密室中问卜于龟甲,又与姜尚等官吏反复商议,最终确定的建筑规划及规模,几乎是西岐城一倍以上,宫室朝向东南,平凹呈"工"字形,主体建筑居中,两翼则为对称之附属建筑。而施工及督察重任,交付与姬旦全面主理。

姬旦遂令百工汇集,并将所俘获黎、邘、崇国战俘及奴隶,尽遣送至丰京建筑工地。周边方国,为表示诚意,亦派出许多能工巧匠,一时间沣河西岸,大兴土木,人声沸腾,红红火火,上万人的施工队伍汇集于此。

施工期间,姬昌几次亲临现场指导,姜尚亦是适时地提出建议,经过一年多的突击建设,丰京终于顺利竣工。姬昌和姜尚及文武百官被邀请前来丰京视察,但见宫殿金箔闪耀,雄伟壮观,玉石蚌壳镶嵌其上,富丽堂皇。众人先后将宫室及附属建筑巡视后,又兴致勃勃沿着城墙走了一大圈,竟然有点气喘吁吁。

姬昌望着城门楼,若有所思,姜尚会心一笑,曰道:"主公,这城楼之上空空荡荡,是否缺少点甚么?"姬昌蓦然回过神来,先是摇头,接着点头,倒把姜尚逗得开怀大笑,众人亦是乐得合不上嘴。姜尚曰道:"我听说周先祖当初修建西岐城之后,为怀念在豳地度过的时光,特在西岐城东门之上挂一匾,曰:'怀豳'。我还听说豳城则在西门之上挂匾'望岐'。此二处所隐喻及其中奥妙,则意味深长耶。"

姬昌抬起头来,极目远眺着蔚蓝色天空,只见一群大雁排着整齐的队伍飞向远方,他触景生情,曰道:"所谓故乡,就是先人们曾经居住过的最后一块地方。所谓故土难离,皆因为先人入土安息之伤心地矣。遥远荒寂的豳地,安息着姬氏一族的数十位列祖列宗,周原难以忘怀的故土,则埋葬着我爷爷和父亲的骨骸,那里却成了我永远地无法释怀之乡矣。"

毕,姬昌的眼角处溢出两行晶莹的泪水。

众人看得清楚,悄然不敢吭声。

姜尚劝道:"主公,何谓故乡?人之脚步所到之处,皆为故乡。君不见,古今凡是经天纬地之圣君,哪一个不是跋涉在征服天下路途之上乎!"

姬昌勉强地笑道:"落地生根。我生于岐,长于岐,周原当然就是我的故乡了。"

姜尚曰道:"此次我们从岐周迁徙丰京,雄踞华夏中心,在主公号令之下,一举完成大统伟业,倘若放眼天下,眺望极处,何处不是故乡也哉!"

太师一席话,说得大家热血沸腾。

姜尚接着曰道:"依老臣看来,丰京新城规模正好大于西岐老城一倍,故城门之上牌匾的字数亦要多其一半,方为吉利也。"

姬昌"噢"了一声,顿时眉飞色舞起来,他兴奋地问道:"太师,有何妙言,快快讲来,我等洗耳恭听。"

姜尚清清嗓子,摇头晃脑一阵子,方才慢条斯理地曰道:"当年姬氏先祖,挂匾之意味深长。如今,丰京四面城门,皆可予以挂匾耶。东门外即沣河流水潺潺,可否挂'沣水东注'?南门十数里外,便是南山雄奇巍巍,可否挂'华岳天赐'?西门百余里之外,即为周原,可否挂'遥望岐阳'?至于北门外,一片苍苍茫茫,可否挂'紫气映辉'?"

姬昌闻听此言,甚为欣慰,频频点头称是,心里对姜尚更是佩服不已,太师文才武略,真是天下无双也。众人亦深受鼓舞,纷纷拍手称绝。姬旦默记在心,遂令画缋之工悉心凿之,十余日后便悬挂于四面城门之上了。

丰京城市建设完毕,除留下少数工匠之外,其余战俘极其奴隶,尽数遣散,每人发足工钱及返途盘缠。但不少人念及西伯侯仁慈,纷纷留下加入周军,或者在丰京周边地区落户耕耘。

宫廷即始,便有宫墙之画矣。墙体是用黄土夯筑而成,其原料为黄土、石灰、沙子,即今称之为"三合土",墙皮再用石灰水精心加以粉刷,谓之"粉白墙壁",则可直接在上面作画。此类墙皮即可保护墙体,又能杀菌与增加室内光线。

忽一日,姜尚向姬昌提起在宫殿高墙之上,还需彩绘姬氏先祖,尤其是要描绘古公亶父和季历弃之豳地,西来周原创业之壮举图画。他进一步论述道,商高宗武丁

第四十章 修丰京奠定灭商基础 讨有巢扩至江淮势力

有宏图大志,日思夜想,盼望良臣辅佐他来干一番事业。有道是日有所思,夜有所梦。一日清晨,武丁从梦中惊醒,眼前却不见了梦中之人。他郁郁不安,遂令画缋之工将其描述的相貌画到布帛之上,再按图索骥,最后在傅岩找到正在筑墙的奴隶傅说。武丁周围官吏见高宗不顾礼仪,要拜一个奴隶为相,纷纷谏言相逼耳。然,武丁不为所动,坚持认为其梦寐之人,必是治国之良臣,予以重任耶。而傅说果然为经天纬地之大才,他不负武丁之重托,励精图治,剪除官宦利益集团,开创了"武丁中兴"之盛世矣。且商纣王建造鹿台,亦装饰了不少"宫墙文画"。

姬昌笑道:"各尽所需,纣王之淫乐'宫墙文画',我看还是算了"。

姜尚接言曰道:"这个还真的不能要。否则,当有骄纵奢侈之嫌矣"。

关于新殿之称谓,有人主张仍然沿革"凤雏",有人主张启用"凤鸣",言其雏凤翅膀变硬,业已翔舞九州,意喻"凤鸣岐山",继而"凤翔华夏"。几人反复商议,最终定名为"凤鸣宫"。

虞国与芮国获知西伯侯准备迁都丰京,遂送来大量青铜,以供其制作祭祀铜器之急需。姬昌接到这批铜材后,非常兴奋,遂令铸工精心制作一批工艺精湛的青铜鼎。而这些画缋之工,有的曾是朝歌制作青铜器的能工巧匠,但是,他们在那里吃不饱,穿不暖,还要受尽监工无端鞭打与百般欺辱。而周庭待他们如座上宾,倍加呵护。所以,他们在铸造鼎器件时,先是用质细的渭河中之细腻沙土制成陶器模范,用取自南山之中木炭作为燃料,再用铜制的坩锅冶炼铜和锡矿块,最后,将铜锡溶液注入各类不同的陶范中,遂成为门类众多的青铜器。在此基础之上,开始在青铜器上广泛采用饕餮纹饰,多以云雷纹衬之,精美绝伦,妙不可言。

而在此时,地处周原正南方位的古蜀国却蠢蠢欲动,派兵通过褒斜古道,深入到五丈原及陈仓一带,肆无忌惮的抢夺马匹粮秣,持续不断地来骚扰周人。

姬氏几代人一直被北方诸戎狄凌辱,并为此发生过多次战争,直到诸戎狄部落被彻底击溃为止。面对多年来古蜀国零零星星的挑衅,姬昌基本上无暇以对,放任自由。如今他们仍然执迷不悟,挑衅滋事,不是自己找着挨揍? 是可忍,孰不可忍,姬昌这一下被彻底激怒了。他盛怒之下遂召集姜尚等人商讨惩罚古蜀国时,众人群情激昂,纷纷要求带兵前往蜀地歼灭之。

姬昌曰道:"蜀人盘踞巴山蜀水久矣,能征善战,战术机动灵活,我周军所到之处,还需谨慎从事。太师可有破敌之良策乎?"

姜尚顿顿,曰道:"正如主公所言,蜀人惯以偷袭为策略耶。倘若以大兵团应战,我军必然会陷于困境,甚至有被拖入旷日持久之战中。老臣以为,擒贼先擒王。此次对蜀对战,首先要对蜀王采取斩首之特殊战术。可派两名将军,各率精兵两千,即由东西两边悄然进入蜀国腹地,观察蜀国城池及布防状况,采取化整为零,分成若干小分队混入城内。只要将蜀国国王宫殿以及警卫摸排清楚,我军乘贪夜时分,再伺机迅速动手,将贼首一举拿下。次日,可对外宣称其勾结戎狄,我军乃执黄旌、白钺,替天子行道,已斩杀逆贼也。"

"太师此计甚妙。"姬昌笑道,"擒杀贼王,蜀国必然群龙无首,树倒猢狲散。我们再以黎国、邘国模式,辅助蜀国傀儡政权,则可一劳永逸焉。"

众人听得热血沸腾,纷纷要求带兵参战。

此时,姬昌庶子姬高从人群中站起来,伏地曰道:"爹爹,哥哥们屡立战功,姬高尚小,深受呵护,至今我已成人,却寸功未立,实在无颜面对西岐父老乡亲。眼看着天下即将平定,讨伐蜀国之战事,乞求父亲交与孩儿前去完成!"

姬昌与姜尚相对一视,点头称是。姜尚曰道:"主公十七个儿子,个个英武盖世,皆为天下之英才耳。岐周取得天下,他们分享诸国,必将大有作为。"

姜尚一席话,无意间勾起姬昌心中永远无法释怀之隐痛耶。他情不自禁地想起英俊潇洒的长子伯邑考,眼角登时滚落出两串泪水来。

众人默默无语,悄然地站着,不敢作声。姬昌过了很长时间,方才从悲痛中醒悟过来,他环顾一周,凄然自嘲道:"看来我真的是老了。一句话,即可引得伤心流泪矣。"毕,抬起头来对姜尚曰道:"姬高毕竟年轻,还需另派将军辅助才是。"

姜尚显得成竹在胸,欣然笑道:"武吉可担此重任也。"一旁默默站立的武吉大喜所望,朗声答道:"末将不才,但愿以项上人颡担保。"姜尚嬉笑道:"武吉,你要全力保护好姬高,不得出丁点麻哒。倘若有任何闪失,你这颗光颡,可真的就保不住了。"武吉摸摸自己硕大无比的头颅,嬉皮笑脸地回答道:"伢这颡大,球的啥都不顶。关键是谁叫我是太师的学生,是不是?脸上看着不倭也么。"毕,知道自己失言,忙吐吐舌头,悄然低下头去。

姜尚笑骂道:"扑哧——还踏一脚哩。"他接着话锋一转,横眉冷对,厉声曰道:"军帐之前,焉能有闲言碎语哉!倘若出师未捷,断不可轻饶与你!"

讨伐蜀国战役进展之顺利,几乎就是周军战前预案的又一翻版。

周军所向披靡,十天过去,捷报频传,蜀城在一夜间被周军攻破,惊慌失措的蜀王来不及逃跑,就被一拥而上的周军兵士砍翻在宫内。除极少数罪大恶极之官吏被问罪外,其他官吏均官复原职,自然一致拥护姬昌为周方伯。姬高在此次伐蜀之战中临危不惧,指挥若定,所表现出来的独特英雄气质,令周军钦佩不已。而武吉的英勇善战,勇不可挡,更是令其麾下众将领心悦诚服。此一役后,蜀国土地从此归入西岐版图,此地存在的几十年之隐患,彻底得到解决。

一日,姬昌与姜尚议事,仲雍之子仲永派信使飞马来报,地处吴国西侧的有巢氏蠢蠢欲动,几月来已经多次寻衅滋事,企图侵占其领土。吴国最初只是一味地忍耐

第四十章 修丰京奠定灭商基础 讨有巢扩至江淮势力

退让,奉送贝帛及美女无数,反而使得巢国有恃无恐,更加胆大妄为,屡屡派兵侵扰。吴国自建立以来,还从未遭遇过如此多的劫难。

姬昌何尝不知,自大伯父太伯和二伯父仲庸为禅让父亲季历大位,继而为遵从与孝顺祖父之遗愿,而悄然地洒泪离开周原,遑遑然已有五六十年了。期间,两位伯父先后两次返回过周原,都是为爷爷古公亶父扫墓祭拜。他们先后亡故吴地之后,周庭曾派亲属前往祭拜。此后,由堂弟仲永继承大位,励精图治,遂将吴国治理得井井有条,只是近十多年来西岐周边战事不断,东征西讨,无暇顾及吴国。此次堂弟千里求援,亦是情急之下,无奈之举也。西岐与吴国同为姬氏一族血脉至亲,兔死狐悲,唇亡齿寒,岂有袖手旁观不助之理!

姜尚曰道:"有巢氏既是姬氏宗亲之吴国心腹大患,亦是西岐东征之潜在敌人。此祸害不除,必将后患无穷耶。"

姬昌曰道:"攻杀有巢氏,必以雷霆万钧之力,排山倒海之势,一举而歼灭之。"

姜尚接言道:"主公所言极是,杀鸡用牛刀,将其彻彻底底打趴在地下,既可破除吴国之劫难,又可缓解西岐数年之忧虑矣。"

两人商议过后,遂叫来吴国信使,密言叮咛几句,信使满意地乐而归去。

剿灭有巢氏之鏖战打响后,蛰伏在古巢国附近的周军五千骑兵,从西北方向呼啸着拼杀而来。有巢氏一族面对兵强马壮的周军飞骥,原本修筑之低矮巢国城内外,登时军心大乱,民心涣散,巢军更是慌不择路,四处逃窜,溃不成军。这些长期处在鱼米之乡娇生惯养的巢国兵士,哪里还能抵抗住西北周军虎狼一般的杀戮。与此同时,吴国兵士悄悄从东南方位包围过来,趁着巢军慌乱之际,仲永亲自带着一队精兵强将,杀进巢城宫殿之内,骄横淫威的有巢氏,只能束手就擒。在巢湖一带延绵了五六代的有巢氏一族,被彻底消灭。

周军撤退之时,吴国正式接管了古巢国原先统治势力范围及地盘,并与其母国西岐结成了牢不可破的军事联盟。这样,姬周一族实际控制的势力范围,且已远达东南江淮之广泛流域。故而正如后世所著《论语·泰伯》中所言,"天下三分有其二",诚然是也。

与此同时,姬昌命姬奭循行南方诸国,散布西伯之道化,宣传仁政,争取人心,结交盟国,为灭商兴周之大业组织统战联盟,成绩斐然。他风尘仆仆地返回周原后,顾不上鞍马劳顿,殚精竭力,处理政事。在巡察乡邑之时,正值甘棠树春天花开,枝繁叶茂,白花挂满枝头,其瓣五出如梅,洁白无瑕,芳香四溢。正在此时,忽然听到两家人在村口为土地界畔相诉讼,争执不休。姬奭遂现场办公,决狱政事于甘棠树下,苦口婆心地予以调解,庶人皆大欢喜。

《诗经·国风·召南·甘棠》记载:

蔽芾甘棠，勿剪勿伐，召伯所茇。
蔽芾甘棠，勿剪勿败，召伯所憩。
蔽芾甘棠，勿剪勿拜，召伯所说。

有诗赞曰：

姬奭南巡辛苦时，甘棠决狱续新诗。
先贤遗爱今犹在，百代为官尊圣师。

此时，迁徙丰京之路豁然开朗。姬昌带领姬发及众多姬氏儿孙们，先是来到岐阳村祖父古公亶父墓冢前，献上点心水果，祈祷祖父。接着，又去祭拜凤凰山下季历陵阙，姬昌跪伏在地，他强忍着心中之悲痛，含泪泣告父亲，岐周为实现先辈图谋天下之宏愿，必须迁徙丰京云云。

祭祀已毕。姬昌特别安排其庶子姬原留守周原，姬原郑重领命，为守护岐周宫室之大将军，统领西岐政治及军事要务，即将周原打造为以后翦商之巩固之大后方。

一年一度秋风劲，重阳节又到了。姬昌决定举行一次规模最大及十分隆重的敬老大典——乡饮酒礼，其主旨则是宴请德高望重的耄老，优礼贤能。姬旦作为大典的主持，为此作了精心的准备。重阳节前一日，凤雏宫内被清扫得干干净净，院子里摆满野菊花等采集的花卉。申时刚过，四方八面的老者代表陆陆续续地来到西岐城内，即被前来迎接的姬旦一一接入凤雏宫内。曾经为古公亶父创建时期立下汗马功劳的以伯达为首"周八士"，即伯达、伯适、仲突、仲忽、叔夜、季随、季骑八位名士，亦被邀请到上座，接受人们的致敬之礼。巳时，乡饮酒礼正式开始，凡年过六旬的老者统统坐下，接受年轻一代的侍候。姬旦朗声宣读了西伯侯的慰问信，接着他阐述了前人栽树后人乘凉之敬老缘由，并因此决定今后每年分别要在京师及食邑方国乡府之学馆，隆重地举行乡饮酒礼，一般由大夫或卿士主持，所需费用由国库开支。尤其是重阳节，大夫要对所辖食邑之内老年人举行"养老礼"，即以酒食赠送年事已高且德高望重之老者，倡导全社会形成"明尊长"、"明养老"之良好风气。众老者听到这里，不由自主地拍手叫好，伯达颤颤巍巍站起来，向坐在上席的姬昌深深鞠一躬，曰道："姬氏一族，自古公亶父迁徙周原之日，仁德广播四方，爱心代代相传，以衷心赢得天下人之心，我们感同身受。"姬昌连忙起身，扶着伯达坐下。

心细如发的周公，考虑到"周八士"毕竟年事已高，特别嘱咐庖人专门为他们精心挑选八样食材，熬制一道风味俱佳的"八宝饭"，并借此寓意尊重知识和人才。它是以江米为主料，配以红枣、百合、薏米、莲子、元肉、白果、花生米、核桃仁等，成为筵席上颇受青睐的一道菜肴。开始食用之前，姬旦命庖人先在饭上放几勺饴糖，他端起酒樽，在端上的八宝饭上浇一些酒，点着后燃起一丝丝蓝个茵茵的火焰，馨香扑鼻。姬昌邀请"周八士"们下筷子品尝，把酒言欢，其乐融融。姬发和姬旦频频举樽

第四十章　修丰京奠定灭商基础　讨有巢扩至江淮势力

敬酒,衷心感谢他们为岐周崛起作出的杰出贡献。席间,伯达等贤臣感慨万千,伯适忍不住赞曰道:"姬旦监制的这道八宝饭,真是用心良苦,其寓意深远绵长,那么,该给它起个甚菜名?"姬昌笑道:"诸位都是西岐的宝贝,况且个个满腹经纶,大才槃槃,给这道菜起个名,应该不是难事。"大家相互望一望,沉寂一阵,叔夜随即大叫道:"姬氏一族剪商大业即将完成,干脆就叫它'火烧殷纣王'如何?"众皆拍手叫好,笑作一团。

"凡我周人所辖之乡,对六十岁以上老人,一律要登记造册,根据不同地域,按月供应一定数量的细粮及肉食。"姬旦接着又宣布道,"老年人生病,卿士及专管要亲自登门慰问。九十岁以上一日一问,八十岁以上两日一问,七十岁以上三日一问,六十岁以上五日一问。倘若大夫及卿士期间因公事脱不开身,则要安排属下公差人员代为看望,事后将结果禀报。凡发生推诿误事者,一律严惩不贷。"

一直默默听讲的仲突感慨万千,他何尝不知西伯侯姬昌此举,将是多么伟大之敬老经典,其功德无量,开一代先河耶。

据《礼记·王制》记载,凡周原五十岁以上老人一律不再服徭役,且有资格挂拐杖也。五十岁可以在家挂杖,六十岁可以挂杖行于乡村,七十岁可以挂杖行于城邑、国都,八十岁可以挂杖出入于朝廷。对于年过九旬老翁,即使王上亦不能随意呼唤,倘若有事需要咨询,必须亲自登门问询之。

第四十一章

迁徙丰京如鱼得水　姬昌托孤姜尚受命

姬昌下令搬迁丰京,临走那一天,西岐城内外黎庶百姓扶老携幼,早早的簇拥到凤雏宫前,依依不舍,泪水涟涟。姬昌亦是深受感动,频频还礼。他乘坐出行的车辆,几乎是被民众围得水泄不通,走走停停,用了一个多时辰,方才走到西岐朝阳门,沿途之中更是人满为患,农人们手捧着煎饼、锅盔和煮鸡蛋,纷纷往东行的官人和兵士们怀中塞去。姜尚端坐在车上,看到眼前这一幕幕鱼水情深之和睦景象,亦是感动得老泪纵横,这是一方多么神奇质朴的土地,这又是一方多么可敬可爱的周人!

故土难离。姬昌初到丰京,日常起居还是有点不太适应新的环境,尽管丰京城要比西岐城大一倍还要多。对于这位生长在周原的西伯侯而言,藏匿在胸襟中的故土情节,依然是无法忘怀。故乡的山山水水,甚至一草一木,以及凤凰山上的凤鸣之声,总是在梦乡中反复呈现。虽然二者之间距离并不太遥远,只有区区两百多里距离。况且,丰京地貌开阔平坦,这一片渭河与南山之流交叉冲积的平原,其土壤结构却与周原大为不同,总是要略胜一筹也。其地面表层黄土覆盖,厚达二到三尺左右,黄土之下便是厚厚的细沙层。南山北麓峪口众多,诸水北流,滋润着这一方肥沃的土地,适宜多种农作物种植,这对于擅长农耕的姬氏一族而言,真是有了用武之地,丰京的富庶,将使周人的经济实力得到空前地提升与发展。

姬发看到父亲闷闷不乐,他察言观色,很快地便知晓老爹的怀乡心思,特地从南山根移植了一棵梧桐树,栽在姬昌居住的凤鸣宫前。姬昌眼睛每每看着这棵梧桐树,抑郁的心情变得轻松许多。一日早晌,他独自坐在窗前,默然回想起姬氏一族百年来自豳地迁徙周原之壮举,真是往事如烟,恍如昨日情景……

姬周一族蓬勃发展,曲曲折折,并非一帆风顺焉。而父亲季历一生命运多舛,屡遭挫折,屡败屡战,不断地在山西境内开拓,并把势力扩大到豫西地带,威胁到殷商腹地,方才招致奸佞记恨,最后献出了宝贵生命。我姬昌自承继西伯大位以来,亦是

第四十一章　迁徙丰京如鱼得水　姬昌托孤姜尚受命

在夹缝中求生存,在战乱中求发展,虽然经历几番艰险,几番痛苦,毕竟是打出了一方天地。如今,长期威胁姬周生死存亡的诸戎狄部落一一被击溃,再无还手之力;商之重要属国黎、邘、崇以及巢国被相继消灭,周人前面一马平川;朝歌茕茕孑立,形影相吊,已成一座孤城,对姬周而言已是门户洞开,等待的只是合适的翦商时机。

周边方国诸侯,纷纷前来丰京朝拜姬昌,他亲自接待这些友好邻邦派来的使节,并表示感谢。姜尚劝他要劳逸结合,毕竟年事已高,精力衰竭,长期如此,如何得了?姬昌却固执地认为,方国诸侯为我翦商之可靠同盟,倘若慢待人家,岂不是失礼耶。

繁忙的外交礼仪过后不久,姬昌又马不停蹄地到各地视察,每到一地,他几乎都要早出晚归,微服私访,不辞辛苦地深入到田间地头,明察暗访,甚至于走到背街陋巷之内,悉心倾听居民之所言,寻访民心之所向,探讨民意之所为。

姬昌几乎是事必躬亲,日理万机,这样超负荷的工作状态,令许多官吏及诸侯欣慰不已,姬周一族上下更是欢欣鼓舞。一个年逾七旬的老人,激情四射,竟然有如此旺盛的精力与魄力,真是周人之大幸也。

姜尚看在眼里,却急在心中,衣皎者易污,弓硬者易折,莫言连轴转,年岁不饶人。为此,他多次私下里规劝姬昌,凡事要循序渐进,适可而止,万万不可操之过急。

天不遂人愿。姬昌像陀螺一样旋转半年多,终于体力透支卧病不起矣。此时正值炎炎夏日,宫外艳阳高照,屋内倒是凉爽宜人。姬昌躺在炕上,折腾十几天后,面容憔悴,形容枯槁,萎靡不振,原本肥胖的身躯几乎瘦去大半。这一天早晌,夫人太姒做好糊汤,姬昌勉强喝了几口,顿觉口中苦涩,便频频摇头不想再喝。太姒问道:"我今早看着你咋茶得很,吃馍呀不?我给你在笼上烔一下,再给你做些拌汤如何?"姬昌答道:"口中寡淡,吃啥也没味道。"太姒只好转身离开,去厨房精心做了一碗糊汤,加了些花椒粉端进来,姬昌喝了小半碗,又躺下了。姬昌吧唧着嘴,似乎意犹未尽的样子。太姒问道:"夫君,你还想吃些啥?"姬昌皱着眉头愣怔一阵,曰道:"我就想喝点醯。"太姒一时没有反应过来,问道:"喝些啥?"姬昌喘着气答道:"醯。我就想吃酸酸的荠儿菜拌汤。"太姒竖着眉头,自言自语道:"五黄六月的,哪有荠儿菜么?"姬昌懊恼地偏过头去,不再吱声了。太姒连忙走出门去,找来负责掌管周庭"五齐、七菹"的醯人,舀了一小碗醯,又夹了一碟腌制的山韭菜,端到姬昌的炕前。太姒精心调好,姬昌喝了几口,又把碗搁下了。

期间,太姒进来问候过好几回,便又忙活宫中其他事宜去矣。姬昌斜躺在炕头之上,百无聊赖,直到日落西山,夜幕降临,方才觉得腹中饥肠辘辘。他端起窗台之上放着的糊汤,咕噜咕噜喝了下去,似乎觉得肚子还饥着,又端起拌汤喝了下去。华灯初上之际,太姒走进来,询问夫君晚上想吃喝点甚么?姬昌用嘴努一努两只碗,浅声笑答道:"我把碗里剩下的糊汤和拌汤,一满都喝光了。"

"娘娘。"太姒大吃一惊,诧异地曰道,"天气这么热,糊汤怕是放馊了气了,你,你,咋就这么不经心,万一把人喝日塌咧,这可咋办?"姬昌笑道:"咋办?凉拌。"太姒低声笑骂道:"你个老东西,眼看着都到这要紧关头了,你还心大的说笑话哩。"姬昌板着脸曰道:"咱俩可说好,我前头走,你后头跟尻子就来。"

太姒"噗嗤"一声笑了,她轻轻地拍一把夫君,抹着眼泪答道:"行,行。那你就在奈何桥上一定要等着我!"过了一阵。姬昌觉得腹中隐隐作痛,额头上顿时冷汗淋漓。他忽然觉得心悸不已,似乎有点不祥之兆,遂喊来宫人,速去请太师姜尚和散宜生到凤鸣宫内。宫人走后不久,他思索再三,又派人去将姬发、姬旦、姬度以及在丰京的儿子们一一通知到位。太姒坐在夫君跟前,泪水涟涟。姬昌气喘吁吁地安慰道:"老婆子,看来你我今生今世缘分已尽,我恐怕日后不久,老命即将休矣。"太姒泣道:"你这老没良心的,咋就这么狠心,想扔下我不管了?"

黄豆般的虚汗又从姬昌额颅渗出来,他叹口气道:"人生有许多不如意,却是无奈中的必然。夫妻本是同林之鸟,谁先飞,谁后飞,皆由老天定夺矣。"

姜尚第一个赶到姬昌病榻之前,眼见着姬昌躺倒在炕头,颡顶大汗淋漓,甚为震惊。他急急问道:"主公身体这几天不是已经好转许多,今日怎的又不舒服?"

窗台上放的菜油灯里的捻子,忽地跳了几跳。太姒赶紧拿来盛油的小油碗,往油灯里添上些菜油,复明如初。姬昌不眨眼地盯着油灯,勉强地笑一笑,继而曰道:"油灯熄灭前,捻子不是还能'噗嗤'亮一家伙。"

姬发几乎是和散宜生脚前脚后地进得宫来,紧接着姬旦们鱼贯而入,几人登时将姬昌的病榻围得严严实实。

姬昌硬撑着身子,半躺在炕上,颡顶之上状若雨水淋漓,虚汗迭出。太姒坐在夫君身后,不时地给丈夫擦去汗水。姬昌脸色煞白,叹口气道:"老天爷真的是不开眼了,这次看来,我姬昌恐怕是在劫难逃了。"

姜尚眉头紧蹙,吁口气并安慰道:"岐周图谋天下,正在翦商之紧要关头,主公无论如何,亦要挺过此次难关也。"散宜生曰道:"主公大福大贵,一生不知逃过多少劫难。此病定无大碍,调理一段时间,必然康复矣。"

姬昌摇摇头,苦笑一声:"人的命,天注定,世事皆有变数,惟天命不可违也。"

这一句话,说得众人脊背直发凉。某种不祥之兆,一刹那间在凤鸣宫内肆意地弥漫开来。姬昌转过头来,对姜尚曰道:"太师,姬昌此生最大收获,当是有幸聆听先生多年教诲。"姜尚连忙作揖道:"主公千万不敢如此抬举姜尚,老臣真的是担待不起。倘若没有主公宏谋大略且知人善任,姜尚就是浑身是铁,焉能打出多少钉子?"

"岐周几代人励精图治,几多艰难,几多辛劳。姬昌自在渭滨伐鱼河畔请得先生以后,姬氏一族蒸蒸日上,周人方才如鱼得水。蒙先生不弃,昌才得到先生朝夕垂

第四十一章 迁徙丰京如鱼得水 姬昌托孤姜尚受命

教,获益匪浅。此生能与先生共谋天下,十载春秋,耳提面命,昌何幸哉!"姬昌缓口气,继而曰道,"人活百岁,总有一死。况且,谁也不能栽在世上。我死以后,岐周一切军政大事,只能托付给先生全盘操持了。"

姜尚闻听此言后,立马伏地拜道:"主公信赖姜尚,老臣甚感欣慰,必将竭力辅佐周庭,万死不辞焉。"姬昌几乎是拼着力气,曰道:"姬发,快快扶起师尚父,我还有话要说。"姬发、姬旦一起疾步上前,挽扶起老泪纵横的姜尚,心思重重地静立在一旁。姬昌气喘吁吁地曰道:"今晚,将是我最后一次聆听先生高论,一则为自己心安,二则为岐周万代江山,三则为儿孙们发愤图强。"姜尚接言道:"主公请明示,姜尚竭力所为也。"

姬昌缓口气,继而曰道:"古代圣贤的治国之道,有的得到后世传承并推行,有的却得以废除摒弃,其中奥妙,先生能否予以明示乎?"

"见到利国利民之善事,却懈怠不做;时机蓦然来临,却婆婆妈妈的犹豫不决;明明知晓险境丛生,却依然一意孤行。此三种错误的施政方针,就是先贤在治理国家过程中不断探索而发现的弊端,必须坚决废弃之。"姜尚顿顿,曰道,"以柔克刚,恬静且和善,此其一;谦恭敬谨,慎终则如始,此其二;不声不响,强干而弱枝,此其三;隐忍其弱,实强则弥坚,此其四。而上述四种做法,则是先贤治国之道中理应大力倡导之结论。因此而言,正义胜过私欲,国家则能昌盛;私欲遮盖正义,国家则会衰亡;勤谨胜于懈怠,国家愈加吉祥;懈怠多于勤谨,国家则会灭亡也。"

"先生说得甚好,真乃是金玉良言,令人醍醐灌顶,眼界为之大开。"姬昌硬撑着身子坐起来,睨视一圈,见众人听得聚精会神,心中十分欣慰。他对姜尚曰道,"想我一生命运多舛,少不更事之际,父亲就惨遭横祸,亡故朝歌。昌临危承继大位,以弘扬岐周繁荣昌盛为己任,时刻不敢忘怀祖父殷切之寄托,不敢忘记父亲谆谆之教诲。五十年来,昌总算未负先公之厚望,殚精竭力,勤政为民,惟独未能完成兴周翦商之伟业,甚为遗憾。"

姜尚曰道:"主公此生惨淡经营,奠基灭商之可靠基础,利在当代,功在千秋。"

姬发跪拜道:"父亲雄才大略,英雄盖世,殚精竭虑,为姬周立下汗马之劳。我等儿孙们,承蒙祖辈之光辉映照,真是三生有幸,洪福齐天。"

姬昌忽然感觉到一阵恶心,姬发、姬鲜和姬旦一齐冲上去,将姬昌围起来,连声呼唤道:"爹,爹!"姬昌抬起头来,面色苍白,他示意要去后院茅厕。姬发和姬旦一边一个,遂将父亲架起来,去了后院茅厕。姬昌一次又一次地大口呕吐,几乎吐得昏天黑地。然后,又是飚一阵稀屎,几经折腾,直到筋疲力尽,方才回到炕上。姬昌大口喘着气,好一阵子才缓过气来,苦涩地一笑,自嘲道:"周原人常说,好小伙子经不住三泡稀屎。噫嘻,想不到一泡稀屎,就把老朽放得展展的了。"

众人心里个个惶恐不已,哪里还有心思听笑话!姬昌挣扎着对姬发曰道:"昔舜旧为小人,亲耕于历丘,恐求中,自稽厥志,不违于庶万姓之多欲。厥有施于上下远迩,乃易位迩稽,测阴阳之物,咸顺不扰。舜既得中,言不易实变名,身滋备惟允,翼翼不懈,用作三降之德。帝尧嘉之,用受厥绪。"

舜出身于民间,能够自我省察,不与百姓的愿求违背,他在朝廷内外施政,总是设身处地从正反两面考虑,尽力将事情做好。姬发自然晓得父亲讲的是舜如何求取中道矣。

姬昌接着又道:"昔微假中于河,以复有易,有易服厥罪。微无害,乃归中于河。"姬发登时愣了愣,方才反应过来,父亲讲的是上甲微为其父王亥复仇之事。这是一段久已湮没的史迹,商人的首领王亥曾率牛车到有易地方贸易,有易之君绵臣设下阴谋,将王亥杀害,夺取了牛车。后来王亥之子上甲微与河伯联合,战胜有易,诛杀了绵臣。可是,父亲说的"假中"是甚么意思?

"凡事以中和为上。天地万物皆可使然焉。"姬昌似乎看出儿子心中的困惑,继而言道,"发儿听着,我死以后,你要以父礼和师礼尊事于姜太师,凡朝政军机大事,一定要虚心聆听教诲。倘若有误,为父就是在九泉之下,也不会瞑目矣。"

姬发跪倒在地,先对父亲磕了三个响头,接着又给姜尚连磕了三个头。姜尚登时慌得手足无措,连忙作揖,继而劝阻道:"主公,此事欠妥,姜尚万万不可承受矣。自古君臣有别,老臣焉能坏了规矩,陷入不仁不义之举也!"

姬昌大口喘着气,继而言道:"太师,你我情同手足,难道还要姬昌再跪下来,祈求你么?"

姜尚登时唏嘘不已,昂起头来,眼睛看在屋顶上空,过了一会儿,方才点头称是。

姬昌又续言道:"先生乃上苍赐予岐周之栋梁之才。我死以后,期望先生肩负翦商之大任,勤勉国政;全力辅佐姬发之重任,不辞辛劳,勿负姬昌托孤之心也!倘若如此,则姬族幸甚!周人幸甚!西岐幸甚!"

姜尚忍不住老泪纵横,跪伏在地,哀泣道:"姜尚半生漂泊不定,自受主公知遇之恩,没齿难忘,感激涕零,岂敢不效犬马之劳哉!敬请主公静心养病,勿再伤身,老臣自当鞠躬尽瘁,死而后已!"

油灯里的捻子又跳了两跳,太姒忙溜下炕去,拿来油膏,往油灯里添上些许菜油。姬昌扭过头来,对众人坦然一笑,曰道:"你们要齐心协力,早日完成兴周灭商之大业,励精图治,为天下黎庶百姓造福。"

姜尚频频点头,姬发早已泪水涟涟,其余弟弟们个个泣不成声。

"嗳。"姬昌几乎是拼着最后的气力,气喘吁吁地曰道,"人生一世,谁能无死?自古王侯葬埋耗费巨资,劳民伤财,得不偿失。岐周自我开始,丧事一律从简,更要坚

第四十一章　迁徙丰京如鱼得水　姬昌托孤姜尚受命

决废除人畜殉葬,强制推行厚养薄葬之礼仪耶。所托之言,皆出肺腑,期盼你们切记！另,我生于周原,等我死后可将我安埋在父亲坟阙旁边,昌生不能尽孝,死则陪葬矣。"毕,他长吁一口气,慢慢闭上眼睛,溘然而逝矣。

　　姬发和弟弟们跪在地上,嚎啕大哭,悲伤不已。姜尚和散宜生劝解半天,姬发们方才止住悲声。太姒盘腿坐在炕头,苦着脸曰道:"有道是天命难违,人死自然不能复生焉。主公丧事,还望太师多多担当,散大夫辅之,姬发临危受命,全盘主理朝政大事。治丧期间,周庭内外,一律不得举办任何喜庆之事。"姜尚躬身曰道:"夫人请放心,老臣责无旁贷。"太姒顿顿,唉声叹气道:"你看人要是活着么,人眉俊眼的,可一旦把这一口气咽了么,就成臭根了。现在是五黄六月,天气炎热,人放不住,尸气味大,不知道贮存的冰够不够?"姜尚答道:"夫人尽管放心。去年冬天建设丰京时,同时已经将储冰窖一并建成,且已储存了大量冰块。"太姒长吁一口气,怅然曰道:"看来我老汉还是有福之人耶。"太姒说毕,眼泪又止不住地流下来。姜尚接言道:"夫人,你且要多多保重身体。剩余之事,我们各负其责,按照主公遗嘱,丧事从简。停丧期间,在凤鸣宫内另设灵堂,以供方国诸侯及四方百姓瞻仰遗容。姬发及诸位孝子贤孙,列班守灵。周军所属部队,一律加强警戒,以防不测。"

　　姜尚遂将凌人寒冰找来,特别嘱咐要快速搬冰到凤鸣宫内之灵堂。

　　周初时期,国人已经熟练掌握在"三九"凿冰,并贮存于六七米地下竖穴之冰窖之内,底部相互连接状如地道形式,以供来年"三夏"酷暑降温之用。其用途有五:一是在春夏之交祭祀;二是盛夏将冰块搬入室内防暑降温;三是防止贵族热天病逝后产生异味,将冰块放置其身下防腐,以等待制作棺椁及挖掘墓穴;四是存放食物以防变质;五是盛夏时食用冰块以降温,类似今人之冰棍也。《诗经·豳风·七月》载:"二之日凿冰冲冲,三之日纳于凌阴。"所谓"二之日",即夏历十二月份,"三之日"即正月,严寒之时冰天冻地,正是开凿大块冰块并储冰之大好时节。《周礼·天官·凌人》载:"凌人掌冰,正岁,十有二月,令斩冰,三其凌,春始治鉴,凡外内饔之膳羞鉴焉,凡酒浆之酒醴亦如之。"凌人特指西岐专设并管理冰政的官吏,称之谓"凌人",他是此项任务的总负责人,其属下有"下士二人,府二人,史二人,胥八人,徒八十人。"即下士管理众事,府主藏文书,史主作文书,胥十徒,八胥有徒八十人。而"胥徒"则是从事冰窖出纳的主要体力劳动者,其储存量必须超过实际用量的三倍之多。由此可见,其出纳、储藏、封藏、开启之组织管理机构严密有序,并有文书档案记录。等到"秋刷"凉爽之时,还需将剩余冰块及积水清除干净,以利来年储冰。周原遗址凤雏村西周大型宫殿建筑基址内,曾先后发现周王室所用的三处窖穴冰窖。

　　宽阔的凤鸣宫里,不时地悲声四起。前来吊唁的方国诸侯络绎不绝,八方四面的黎庶百姓更是悲痛欲绝,不少人在姬昌灵前泣不成声,如悲亲戚。有几个老者甚至伤心得昏死过去,人们纷纷述说着姬昌对岐周发展所创立下的丰功伟绩。

三日棺木封口那天,天上蓦然飘起大片雪花。六月飞雪,闻所未闻,众人更是大放悲声,哀嚎天人同悲矣。七七四十九天的停丧期里,凭吊者摩肩接踵,人来人往,凤鸣宫内,始终笼罩在悲伤的气氛之中。

凤凰山下的坟茔,经过紧张挖掘,终于按时完工。运载着姬昌的灵车卯时起灵之后,一街两行站满了送葬的丰京市民,众皆泪水飞溅,哀伤不已,默默地为这位仁德诸侯送行。当灵车沿着悬挂着"遥望岐阳"的西门出去时,在一个十字路口,跪倒一片百姓。邑姜强忍着悲痛,提着一斗无色粮食,在棺椁周围一一击打,口中念念有词。毕,灵车继续西行。凡是走过大小村落,农人扶老携幼,鸣放鞭炮迎送。等到夜幕降临,当灵车进入西岐城内,大街小道之上一片嚎啕,悲痛声振寰宇。姬昌灵柩被移送到凤雏宫内,接受西岐百姓祭奠。而西岐城内,几乎是整夜灯火通明。翌日起灵后,又在古公亶父坟墓前焚香祭拜。毕,灵车缓缓西行,到巳时时分,灵车运至凤凰山下,灵柩被慢慢放入墓穴之中。

姬发跳下墓穴,将父亲棺椁用布帛细细擦拭干净,遂将自己头上的麻冠端端放置在棺木顶头,然后再将弟兄们头上佩戴的麻冠,按长幼次序放置在棺木之上。蓦地,姬发仿佛看见大哥凄然的目光,遂将伯邑考的麻冠放在最顶头上。

姬发走出墓穴时,双腿发软,在旁人辅助之下,方才跌跌撞撞走出来,他两眼溢满泪水,姬旦将兄长扶到一旁,跪在一块空地之上。工匠们最后将墓穴开口之处,用青砖一层层码好砌严实,再用白灰浆灌实后退出。随着主祭之人一声断喝:"撏墓!"人们挥锹撏土,一拨人累了,又换一拨人上去,轮番撏土,等到坟茔堆成前低后高形状,有人便将孝子贤孙们手中所执之柳棍全部收齐,再依次插在姬昌的墓阙之上。姬发又是一顿痛哭不已,孝子们亦再次大放悲声。

凤凰山顶,蓦然响起一阵凄厉的凤鸣之声,那只火红的大凤凰,绕着凤鸣冈,盘旋着,嘶鸣着,飞翔几个来回,最后消失在蓝天白云里。送葬的人们惊奇不已,叹为观止。西岐一代明主,从此长眠于凤凰山下。

第四十二章

姬发临危受命承继遗志　　姜尚练成虎贲剑指殷商

父亲去世之后,姬发在很长一段日子里,情绪低落,沉默寡言,总是觉得心里空落落的,梦里老人家音容笑貌宛在,虚虚渺渺,醒来却是踪迹皆无,空空荡荡。显然,这是某种无法面对的心理落差,难以言说的痛心疾首。此前,有父亲这棵参天大树撑着,姬发可以全力依靠着闭目养神,可以遮阳庇荫着纳凉小憩,可以心无旁骛着耳提面命……如今,老人家静静地离开了,从此邈若黄鹤一去不复返矣。他曾经不止一次地徘徊在满天星斗的月夜里,仰望着浩瀚无垠的夜空发愣怔,繁星闪闪,星光点点……天上的星星不说话,嗳！哪一颗才是敬爱的父亲？

姜尚何尝不知道,姬发这头雄狮需要自己舐骨疗伤,挺身走出父亲逝世之后的巨大阴影。时不我待,他即将面临着岐周进一步拓展疆域之严峻局面和实现翦商宏图伟业的进一步挑战。

而远在朝歌的纣王获知姬昌去世,极为舒心,仿佛终于卸下心中搁着的一块石头,从此可以高枕无忧,在酒池肉林中消费人生。君臣之礼不得逾越,表面的文章该做还要继续做。于是,他顺水推舟指派使者前往丰京,宣命姬发继位西伯侯。

显而易见,姬发此时此刻表现出的忝颜偷生之谦恭,使得纣王大喜过望,愈加肆意淫乐,不再打理朝政军机大事。

姬发在日理万机之中,逐渐地从失去父亲的阴影里走出来了。

丰京城里,前来祝贺姬发继任西伯侯的方国使者络绎不绝,甚至有不少诸侯亲临丰京,一为恭贺新侯初立,二为共叙传统友情,三为缔结反商同盟。百闻不如一见。当这些来自四方八面的方国诸侯,亲眼目睹丰京城内外车水马龙,商铺林立,井井有条,人人喜笑颜开,户户安居乐业,无不叹服周人生活在德政仁义治下,路不拾遗,夜不闭户,真是眼界顿开,望尘莫及也。一些诸侯乘机进言姬发,号召天下诸侯共一呼,上遂天意,下顺民心,高举反商大旗,此壮举功莫大焉,响应者必将云集麾

275

下,如影随形,若燎原之火熊熊燃烧,且一发不可收拾矣。况且,众人拾柴火焰高,一虎难敌群狼,剪除朝歌昏君,指日可待。华夏繁荣昌盛,众族万众一心,共享天下之太平盛世焉。

这是一幅多么美妙的壮丽画卷。

这是一张多么诱人的宏伟蓝图。

此时此刻,姜尚却显得异常冷静。他不止一次地提醒姬发,殷商内部虽然矛盾重重,达官显贵之间权益交错,相互制约,钩心斗角不断,却不会因此而在一瞬间分崩离析。况且,瘦死的骆驼比马大。满朝文武中亦有比干、微子、箕子等忠臣,决不甘心六百年基业就此终结,他们出于对商依依不舍地深情,当然会竭力维护商王朝之统治。尤其是祖伊挂帅东征的数十万商军,装备精良,兵强马壮,能征善战,是一支虎狼之师。反观周军,目前除过自身装备无法与商军相比之外,更重要的是官兵的战术素养与军事技能,双方之间尚存在不小差距。常言道,一口吃不成一个胖子。周军此前面对的基本都是一些乌合之众,而要真正图谋天下,还需一段很长的路要走。

姬发点头称是。他心里十分明白,前一段丰京城里熙来攘往,方国诸侯笑脸逢迎,其内心深处究竟如何思想,未必都是全心全意。世事国事,皆如大海行舟,风平浪静之时,万船进发,百舸争流,浩浩荡荡,蔚为壮观。倘若遇滔天巨浪,舢板小舟必然为之规避风险,各寻逃路,绝不会不顾自家性命,拯救他人于风口浪尖也。

周原俚语云,穷在闹市无人问,富在深山有远亲。此乃至理名言,照古观今焉。

姜尚与散宜生共同建议,夯实基础,远交近攻,对此前周军西伐东征所攻占之地,仍需加强统治,以利巩固胜利成果。得人心者得天下,顺民意者治方国。主公不妨借此巡视诸方国与新占领的地区,一是体恤民心,开仓济民;二是减轻徭役,鼓励工商;三是安抚权贵,消除敌意;四是表明岐周臣服朝歌之诚意,借此来进一步麻痹纣王;五是加紧训练周军,为实现最后翦商的军事斗争做好准备。

姬发在散宜生陪同之下,沿着黄河一路东行,访芮问虞,共叙友谊;接着风尘仆仆地察邘视崇,对朝歌之天然屏障精心布防;然后再拐回来,沿途又对诸多方国进行慰问,借机宣传周人以德治国之理念,一晃四十多天飞逝而过了。

一行人马不停地回到丰京,正值姬昌百日祭奠,姬发又率领弟弟们回到周原凤凰山下的父亲阙前,潸然泪下,祭拜已毕,姬旦和姬奭等人马先行回到丰京。姬发在西岐城内略作歇息,又与散宜生一道翻越岐山,北去在密须国拜访了已经沉疴许久卧炕不起的密须国君,又与密须王子相交甚欢。继而在访问阮、共等友好邻邦之时,言及父辈传统友好交往,姬发甚至几次动情流泪,彼此留下许多佳话。

姬发俊朗潇洒,英气逼人,性格沉稳,高大威武。此次巡访,不但在方国诸侯里

第四十二章　姬发临危受命承继遗志　姜尚练成虎贲剑指殷商

树立了清新的美好形象，更是成为周人心目中的一面鲜红耀目之旗帜。

姬发访问方国诸侯期间，姜尚不失时机地在渭河流经荒滩之上，展开了一场大规模的军事训练。这次军训意义重大，自不必言。矛不磨不利，盾不坚则毁，军不强则败耶。常言道，兵熊熊一个，将熊则熊一窝。姜尚知晓，周军此前宜农宜军，收编的他国兵士亦是良莠不齐，大多是农人出身，别说对他们讲的战略战术如同天书，就是连基本的战斗技能，亦是腰来腿不来的，更别提战术层面议题了。

针对周军之中目前存在的严重问题，居安思危，姜尚心急如焚。他下定决心整肃部队，而前提是必须从严治军。

有道是，慈不带兵。姜尚与南宫适、闳夭、辛甲等将军商议再三，继而制定了一系列奖罚严明之军纪规章，张榜公布，以便相互监督。辛甲建议，先是将所有军队兵士们，大规模地进行基本身体素养训练一个月，然后再抽调一部分精兵，分门别类进行各类技战术训练，如冲车方队，如云梯方队，如弓箭方队，如飞马方队等等。最后，再将这些原本周军中的骨干力量分而化之，充实到各个基层方队之中，取得的训练效果，定会事半功倍。

姜尚闻之大喜，遂大力推广，果然行之有效，事半功倍。

姜尚此时却在审慎的思考剪商大兵团作战之难题，他何尝不知，此前周军无论西伐，抑或东征，但每次作战规模相对地比较小，最多讨伐崇国之时，周军动用的也就是一万多兵力。若要将目前庞大的五六万多军队整训到令行禁止，各兵种协同作战并整齐划一，全军一盘棋，当是最大的挑战。他常常站在由太颠密送来的商军军事布防图前，一看就是几个时辰，又命周军中画缋之工绘制成本部布防图，遂将两张图贴在一起，相互比对与甄别，从中揣摩攻城略地之战术。

远在朝歌大半年未曾临朝的纣王，忽一日，从摘星楼下来，心血来潮令百官前来议政。由于久不议事，拖拖拉拉等到百官聚齐，已经过了申时。纣王皱着眉头坐在大殿之上，怒气冲冲，但又不好发作，因为自他纳妲己入宫以后，从此君王不早朝，逐渐地连朝政都荒疏矣。大臣们只有不断地通过呈送谏书，来提出治国谏言。而这些饱含着他们心血的方案，大多被堆放在纣王的几案上，与空气及浮尘同在一座宫殿之内，相辅相成地存在焉。

纣王面色凝重，耐着性子，开口问道："各位爱卿，别来无恙？"

比干吭哧一阵，哑着嗓子，伏地拜道："王上久不临朝，天下云聚云散，人间花开花落，岁月变幻，风起云涌，商之形势亦呈多事之秋矣。"

纣王扬扬眉头，面呈不悦之色，问道："此言怎讲，所谓多事之秋，焉何来哉？"

比干曰道："自从上次王上临朝之后，恐已有二百多天矣。期间，西伯侯姬昌破邘国，灭崇国，继而断然镇压有巢氏之后，致使'天下三分，周有其二'，朝歌从此成为

· 277 ·

孤城一座，当危在旦夕矣。"

"危言耸听。"纣王大笑道，"我朝歌歌舞升平，百姓安居乐业，社稷固若金汤，丞相何来此言乎？"

"启禀王上。"微子伏地曰道，"姬昌绝非寻常之辈，窥觑朝歌之狼子野心，路人睚眦。世人姑且如此认为，我等朝中大臣更是忧心忡忡也。"

纣王蓦然呵呵大笑道："青天白日，尔等是否还在做梦乎？西伯侯姬昌，不是已经驾鹤西游也哉！"

微子猛一愣怔，方才醒过神来，不由自主地摇摇头，眨巴着眼睛，曰道："姬昌命虽休矣，当为朝歌除去一大祸害焉。然而，西伯侯后继有人，其子姬发年富力强，英明神武，野心不小，并非善类也。"

"你们觍颜人世，真是小肚鸡肠，父亡而其子立，乃官宦之常规是也。"纣王讥讽道，"本王且问尔等，子承父业，为何置喙？倘若你们百年之后，难道不是子继父爵，莫要换作旁姓他人不成？"

比干嘴唇抖抖颤颤，低声曰道："我们位于人臣，忝列衣冠，当为殷商六百年基业担忧耳。王上倘若不听老臣们规劝，时不我待，朝歌危矣。"

"咦！"纣王厌恶地挥挥手，讥讽道，"你该弄啥哝，快点弄去，甭在本王面前瞎晃悠，我眼晕得很。"

比干颤颤巍巍地爬起来，声泪俱下，哀唉不已："大商休矣！大商真的休矣！"一路凄凄惨惨戚戚，哭着喊着蹒跚归去了。

纣王亦是大为扫兴，厉声喝令退朝，愤愤然拂袖而去。

当太颠把此情况悉数报告给姬发以后，他甚为激动，对姜尚曰道："天助我也。"

姜尚沉思许久，曰道："无风不起浪。依老臣看来，此事断然不会就此罢休，极有可能还会有起伏也。"

姬发颇为不解，皱着眉头询问道："师尚父，纣王骄横自大，根本容不得忠言逆耳，焉能有何起伏乎？"

姜尚笑道："主公，难道你没注意到，朝歌之中那两个奸佞费仲、尤浑，不是一直没吱声么？另外，还有闻仲、胶鬲，目前并未现身说法么？"

姬发忽地明白过来，不由得暗暗佩服太师真是察见渊鱼，料事如神，纵论天下风云，果然非同凡响耳。

风雨欲来，妖风满楼。眼见得朝歌危机四伏，形势逼人，姜尚审时度势，不得不加紧对周军左、中、右三军，进行频繁地战术合练演习。

这一天，渭河滩上阳光普照，姜尚邀请姬发及丰京百官前去西郊校场，观摩周军演习。偌大的校场之中，红旗招展，战鼓咚咚。蓝天白云之下，周军个个精神饱满，

第四十二章　姬发临危受命承继遗志　姜尚练成虎贲剑指殷商

兵士人人斗志昂扬,战车整齐划一,弓箭手器宇轩昂……威武之师,整装待发!

姜尚令旗左右一挥,三声炮响,左军、中军和右军迅速撤离,消失在滚滚风尘之中。片刻过后,硝烟散去,姜尚令旗上下一摇,战鼓雷鸣,首先冲锋在前的是右军之中数以千百计的弓箭手,张弓跪射,万箭齐发,飞镝如蝗,铺天盖地的射向搭建的城门之上;紧接着俯卧在地的左军之中冲出一队云梯手,抬着超长的云梯呼啦啦喊叫着,把云梯很快地搭在城墙之上;中军之中持着刀剑的勇士们旋风一般冲杀上前。姜尚令旗在头顶画一个圆圈,鸣金收兵。左、中、右军依次返回到校场检阅台前,队伍明显地零乱不堪。

而文武百官们却看得热血沸腾,个个喜笑颜开。姬发亦是兴致勃勃,激情澎拜,他转身对姜尚直伸大拇哥。姜尚却总觉得此次演练漏洞百出,各军之间相互配合,不太默契,倘若面对面的是真正的真刀实剑,显然会方寸大乱。此隐患不除,周军必将难有作为。

树欲静,而阴风不止。果然不出姜尚所料,近一段时间里,朝歌暗流涌动,以比干、微子和箕子为首的王族权贵集团,在与费仲、尤浑之流所代表的权益集团之间明争暗斗之中,逐步地占据了上风。费仲、尤浑之流眼看着落入下风,当然不会甘心失败,束手就擒。他们将朝歌内外所有邪恶势力笼络聚集在一起,放出许多谣言,污蔑比干们不满纣王贪图享乐,不理朝政,欲取而代之云云。

这些无中生有的谣传,以讹传讹,很快就传到纣王耳朵里。他最初是一笑了之,依然昼夜欢娱。然,久而久之,纣王心中亦疑虑顿生,不免叽咕起来。于是,他派人唤来费仲、尤浑,想问个究竟。

费仲听到纣王召唤,心中暗喜不已。他和尤浑击掌一乐,看来明枪易躲,暗箭难防。总而言之,官场波澜壮阔,潮起潮落,仕途诡异多端,瞬息万变,只要潜伏其中,审时度势,借力发力,阴招还是管用的。倘若能借此向岐周发难,乘机转移斗争视线,制造朝歌内外之恐慌,方能一举摆脱困境,说不定还能顺坡下驴,将比干等王族国戚趁势踩在脚下了。

二人来到摘星楼下,通报毕,纣王准其上楼,君臣分列坐左右。

纣王笑道:"两位爱卿,久未相会,本王非常想念。尚不知尔等为何许久不来摘星楼乎?"费仲伏地拜曰道:"天下太平无事,朝歌歌舞升平。微臣等不忍叨扰王上,故而觐见少焉。"纣王微笑道:"有人谏言,商之六百年基业,必将毁于一旦,两位爱卿,尔等如何看待?"尤浑跪地拜道:"咦!那是他们无事生非,危言耸听,还不是想恐吓王上,借此浑水摸鱼。"

纣王问道:"爱卿之言,本王未听明白?"

费仲接过话茬,曰道:"尤大夫言过其实耶。只是,最近几个王叔怂恿其王子们

· 279 ·

抢夺许多豪门地盘,闹得鸡犬不宁。尤大夫因此损失不少沃土良田,故而有此牢骚,亦是有情可原也。"

"有人谏言西岐去岁以来,攻城略地,已经三面围堵了朝歌。"纣王郑重其事地曰道,"两位爱卿,平身回话。"费仲、尤浑谢恩毕,分开列坐。"纣王又问道,"如何看待姬昌,不,姬发此举乎?难道他们真的是敢冒天下之大不韪,向朝歌,不,向本王前来叫板哉!"

费仲闻听此言,竟然一时不知如何回答。他低头略一思忖,禀道:"以老臣看来,目前朝歌确实面临不测。内有王室与豪门争利,倘若不予禁止,必将使得权臣之间相互争斗,隔阂如鸿沟一般,愈来愈大;外有西岐虎视眈眈,假如任其突兀崛起,胡作非为,必然养虎遗患也。俗话说,害人之心不可有,防人之心不可无。"

"爱卿之所言,本王不以为然也。"纣王微笑道,"闻大夫似乎言过其实矣。尤大夫胸襟宽阔一点,待祖伊班师回朝,本王将其所获财物及奴隶,多分你一点,保你今后荣华富贵。"

闻仲登时面呈不悦之色。尤浑喜不自禁地再次伏地谢恩,欣然坐下。

"尚闻西伯侯姬昌诡计多端,为人处世,老谋深算,本王倒见识过多次。如今,姬昌一命呜呼,再狡猾亦只能在地狱里给鬼怪妖魔使去了。"纣王大笑道,"而今西伯姬发,区区乳臭小儿,焉有多少能耐?若再加上几个乌合之众,即使有姜尚这个贩齑贩羊之徒,有何能耐?总归是一拨虾兵蟹将,小小河沟,焉能泛起多少浪花!"

费仲见风使舵,恭维道:"王上文才武略,自从盘古开天地以来,可谓亘古第一人也。但世风不古,人心叵测,王上还是要多多提防才是。"

尤浑接言道:"王上,微臣所担忧朝歌之安危,不无道理。"

纣王笑道:"爱卿所言,本王且记在心。目前,祖伊与东夷战斗得难解难分,稍一松懈,必将前功尽弃矣。此时此刻,不得避重就轻,自乱阵脚。然,本王将毕其功于一役,除掉东夷后患,再来收拾西岐不迟。"

费仲和尤浑高兴而来,扫兴而归,心事重重地各自回到府邸,闷闷不乐。

而费、尤二贼此次煽风点火之举动,被太颠派出的耳目侦察得清清楚楚。

姜尚获知此情报后幸甚,他何尝不知,这是个千载难逢之良机,针对商军能征善战之特点,特别在左、中、右军之中精中选精,优中选优,组织一支三千人规模的特别能吃苦、特别能战斗的尖兵队伍,装备精良,名曰"虎贲之师"。他们在训练中摸爬滚打,其战术素养及战斗技能,如狼似虎,勇不可挡。严酷的攀爬技击训练,以及超乎常人之身体极限,使得这支尖兵队在未来的战争中,攻城略地,所向披靡,令敌人闻之丧胆,望风而逃。

第四十三章

黄飞虎反商奔西岐　　闻太师命丧绝龙岭

　　武成王黄飞虎,乃殷商之股肱重臣。黄门一门忠烈,护卫商朝,功高名重,被誉为七代忠良。黄飞虎对殷商可谓是忠心耿耿,屡建奇功。眼见得纣王荒淫无道,残害忠臣无数,真是顿足捶胸,欲哭无泪。但凡一年元旦之日,朝歌内各王公大臣的夫人,俱入内朝恭贺正宫皇后。黄飞虎原配贾氏,照例要去西宫看望一下丈夫的妹妹——西宫黄妃。姑嫂一年一度方才相会一次,必然逗留半日,叙说家长里短。

　　贾氏正往西宫行走路上,忽然被一宫女拦住,说是妲己娘娘邀请其去摘星楼坐一坐。贾氏心里猛吃一惊,自己素来与这妖姬尚无任何来往,福兮祸兮?今日贸然前去,必然凶多吉少。她正迟疑之时,宫女笑言道:"西宫娘娘亦在楼上,等候夫人前往一叙。"

　　贾氏方才舒一口气,跟随宫女上得楼来,行至九曲栏杆,但见脚下虿盆内毒蛇狰狞,缠绕恶斗;酒池之中寒气侵侵,白骨累累;肉林之下阴风习习,骷髅垛垛。贾氏早已吓得颜面煞白,魂不附体。宫女依然面带微笑曰道:"夫人莫慌。此乃宫中大弊难除,故设此虿盆耳。"贾氏花容失色,双腿打颤,竟然挪不动脚步。宫女轻蔑地讥讽道:"夫人真是少见多怪,假如看到大活人被扔进虿盆,你还不晕过去!"贾氏五脏六腑,猛然疼得紧缩一团,双臂紧抱着胸部,蹲在栏杆旁。她睨视一眼宫女,却见她面无表情,冷漠如铁石心肠,心里恨得咬牙切齿,别说妖姬恶毒如蛇蝎心肠,竟然连妲己身边的小小侍女,竟然也是如此这般地冷漠绝情,人世罕见矣。

　　正在此时,忽听楼下宫人来报:"驾到。"贾氏欲起心痛,欲走不能,愣怔在栏杆旁边。妲己眼见得纣王这一段时日里,大多泡在西宫,颠鸾倒凤,心生妒意久矣。她苦思冥想,方才想出这一恶毒计谋来。纣王上得楼来,与妲己饮酒,忽然看见楼上栏杆旁蹲着一妇人,鬓发如垂柳摇曳,飘飘然别有风姿焉。他扭头问道:"栏杆旁蹲者何人?"

妲己妩媚一笑:"武成王夫人贾氏。"末了,又补充一句,"此乃当世之奇女子也,姿态风摆杨柳,容貌羞花闭月。"

"呵呵!"纣王偏着头瞅着妲己,忍不住朗声嬉笑道,"我就不信,天下美人多多,焉能有谁胜过你的妖娆美貌乎?"

"萝卜白菜,各有所爱"。妲己心里虽然嫉恨得不得了,却又不好借题发作,只得继续挑逗纣王道,"美人各异,自有别味。"

纣王登时兴趣盎然,他兴冲冲地走上栏杆,贾氏一惊,站起身来。纣王不由得"咦"了一声,直眉瞪眼地瞅着贾氏,果然一副美人坯子,生得端庄,长得娇容,心里怦然一动,恨不得立马搂入怀抱,淫乐一番。他低声戏弄道:"美人今日在此欢娱,且留在摘星楼上,陪一陪本王如何?"

贾氏闻之,勃然大怒,她指着纣王鼻子,厉声骂道:"自古道,'君不见臣妻,礼也。'王上轻浮无礼,出言不逊,有失君王之威也。"

纣王被呛得面红耳赤,心里状如百爪挠心,遂想,天下者王之天下,国之者王之国家,难道天下美艳,不都是王之胯下之玩物乎?他继而淫笑道:"摘星楼上下,自有你享不尽荣华富贵。女人么,嫁汉嫁汉,穿衣吃饭,嫁谁不是嫁?"

"昏君!你且不知人间还有耻辱二字乎?"贾氏面红赤紫,怒发冲天,指着纣王面门,厉声斥责道,"黄门一门忠烈,祖祖辈辈侍奉殷商。我丈夫为你出死入生,屡建奇功,然尔等不思酬功,却信奉妖姬之言,借机调戏欺辱臣妻!昏君如此胆大妄为,违反天理,必将死无葬身之地耶。"

纣王被骂得灰头土脸,勃然大怒,喝令左右拿下。一拨虎狼卫士持刀相逼,贾氏大喝道:"谁敢动我?必遭天谴!"卫士们愣在原地,贾氏手扶栏杆泣道:"黄将军!妾身今遇帝辛这畜生苦苦相逼,无法脱身矣。呜呼!妾身宁为玉碎,不为瓦全,只能为你保全名节矣。"毕,纵身一跳,在楼台之下摔得粉身碎骨,灵魂出窍。

与此同时,西宫黄妃娘娘听说嫂嫂被妲己哄上摘星楼,惊诧道:"王上歇息西宫多日,这妖姬一定嫉妒成仇,不知又会出甚么蛾子。"她心里极度地慌张,顾不上许多,一路疾跑,径直撵到摘星楼下,正好看见嫂嫂坠楼身亡。她眼前蓦然一黑,双腿发软,瘫坐在楼梯之上,片刻过后,方醒过来,扶着楼梯一步一步地走上栏杆,却见纣王与妲己正在饮酒嬉笑,登时怒火冲天,手指着一对寻欢作乐的狗男女,大声呵斥,骂个不停。纣王脸上挂不住,上前欲劝解黄妃,谁料她仿佛疯魔一般,先是脱下两只鞋,奋力朝纣王面门袭来,他偏过头去,躲过一只,另一只却击中他的嘴唇,嘴角登时流出鲜血来了。纣王回头斜视一眼,却见妲己嘲笑似地撇一撇嘴,遂把脸转扭向别处。真是不可理喻。纣王恶恶地骂一句,混账东西!他在一刹那间怒火冲天,气冲冲地大步走到栏杆旁边,怒目圆睁,遂抓起黄妃腰带举过头顶,稍一使劲,便把她活

第四十三章 黄飞虎反商奔西岐 闻太师命丧绝龙岭

生生扔下摘星楼去,顷刻之间,黄妃被摔得七窍流血,登时惨死在嫂嫂身边。

黄飞虎闻此噩耗之后,悲痛欲绝,嚎啕大哭。毕,他怒不可遏地拔出腰刀,欲前往摘星楼报仇雪恨。四个弟弟闻之,迅速飞马赶到。二弟黄飞龙气得面如红枣,大声喝道:"纣王失政,大变人伦,无端逼死我黄家两条人命!君不正,臣必反之。是可忍,孰不可忍也。国仇家恨,兄长且不必踟蹰!"三弟黄飞彪大声喊道:"想我黄家世代护卫殷商,南征北战,马不离鞍,东伐西讨,人不脱甲,没想到竟然落得如此下场!"四弟黄飞豹猛拍腰间佩刀,朗声骂道:"君既负臣,臣不得不反。君既杀戮,臣安能长仕其国乎?"五弟黄飞鸿更是气得面色煞白,持刀高叫道:"大哥,此时不反,更待何时?倘若再犹豫再三,我等还有何颜面立于人世也哉?"毕,四人上马,飞驰而去。

黄飞虎见四个兄弟反了,飞马赶到,愣是强拦住四位弟弟,好歹才劝回家来。

"兄弟们。"黄飞虎劝道,"凡事不可鲁莽行事。"五弟黄飞鸿气鼓鼓地顶撞道:"嫂子惨死,你不痛心?难道亲妹妹被昏君杀死,你也无动于衷?"黄飞虎耐心地解释道:"你们一气之下杀将过去,倒也痛快。可是,黄家上下一百多口人,难道任其死于昏君乱刀之下?"四兄弟方才冷静下来,侧耳倾听兄长之谆谆教诲。

黄飞虎曰道:"以我现在心情,恨不得立马冲进摘星楼,把昏君剥皮嚼肉,敲骨吸髓,亦不能解心头之恨。然,此时此刻,万万不得蛮干,尚需冷静处置。今夜各家收拾好行囊,再派家兵一百护卫,趁五更时分出城门趱马西行。"三弟黄飞彪问道:"兄长,我们西行何处?"黄飞虎刚张开嘴,二弟黄飞龙冷笑道:"贤臣择主而事,良将择帅而从。三分天下,周有其二,姬昌有尧舜之遗风,姬发为盖世之英豪。我们不投西岐,还能有谁?"黄飞虎冷笑一声,几乎是咬着牙言道:"二弟此言甚好,正好说出为兄心声。国仇家恨,不能就此罢了。倘若如此落荒而逃,还不是辱我黄门家风。等到明日午时三分,我们在午门与纣王决一死战,以见雌雄,诸位兄弟,不知意下如何?"

四个弟弟方才击掌叫好,各自回府收拾细软,不提。

翌日寅时刚过,黄家一族五十多辆马车悄然地驶出西门,守城兵士乃黄飞虎麾下,甚觉诧异,却未多问。晌午,黄家弟兄五人在一家酒店吃得尽兴,歇息到午时三刻,便飞马来到午门之前。此时,正值朝歌城内大街之上,人来人往,热闹非凡。黄飞虎站在午门之前,振臂一挥,厉声喝道:"纣王无道,昨日在摘星楼上,断然逼死黄家两条人命。此龌龊之徒,灭绝人性,丧尽天良!士可杀不可辱,传于纣王,早早出来讲个明白!假如龟缩宫阙,我黄家将可不是好惹的。"

纣王自昨日贾氏坠亡,黄妃身绝以后,整夜间心烦意乱,悔之莫及。此时此刻,正在摘星楼上懊悔不已,忽然有宫人急奏报:"黄飞虎反了,现在午门请战!"纣王猛吃一惊,随即暗暗叫苦不迭。但事已如此,不得不硬着头皮来应战,否则,天子颜面尽失,如何君临天下!纣王披挂上马,提斩将刀来到午门。他见黄飞虎兄弟五人,个

· 283 ·

个面色凝重,气势汹汹,心中不免先有了几分胆怯,继而平添几分紧张。纣王好不容易勒住马头,凝神定气地厉声骂道:"好匹夫,焉能如此不记王恩,犯上作乱,合伙来欺负本王乎!"

"呔!"黄飞虎高声骂道,"昏君帝辛,自从尔等败类继位以来,骄奢淫逸,不理朝政,宠幸妖姬,纵然使天下分崩离析,黎庶怨声载道,百官人人自危,商之六百年基业,必将毁于一旦。想我黄家将一门忠烈,为殷商流血流汗,却被昏君逼得家破人亡!我兄弟五人,今日定要讨个说法。杀!"黄飞虎双腿紧夹胯下战马,提刀杀向纣王。纣王忙举刀应战,厮杀在一起。黄飞龙、黄飞彪、黄飞豹、黄飞鸿四人一起围上来搏杀,纣王挥刀应战,其势如困兽犹斗。黄家将状若虎狼一般,不到十几个回合,纣王体力渐渐不支,马往后坐,将刀一拖,狼狈地逃离午门。

黄飞虎带领弟弟们扬鞭策马,一路向西飞驰而去,等到月上眉梢,与先行的家眷会合。此后,一行人马晓行夜宿,几日后便进入西岐境内,但见河川丰盈,五谷茂盛,一派民安物阜之祥和景象。一行人马在城外安营扎寨之后,黄飞虎单人匹马来到丰京东门外,遂向守城兵士通名报姓,要前去拜访姜尚。不一会,兵士领着他进入丰京城内,黄飞虎牵马步行,城内熙来攘往,老小面呈笑容,两边街市繁华,行人相互让路,俨然尧天舜日之敞亮气象耳。

黄飞虎心中登时释然,岐周以德治国,气象万千,天地澄明,令人耳目一新。

两人一起来到太师门前,兵士请黄飞虎暂且等候,他进入府邸通报,稍等片刻,姜尚便从里屋急匆匆而出,抱拳曰道:"黄将军大驾光临,真是梦寐以求,快快请进寒舍。"黄飞虎还礼已毕,遂进入太师府内,两人分坐两旁,家人端上热茶,各饮半杯。

姜尚疑疑惑惑地问道:"武成王乃朝歌重臣,忠烈一门。今日造访寒舍,姜尚顿感蓬荜生辉。将军今来西岐,不知有何指教?"黄飞虎无奈地摇摇头,叹口气道:"太师有所不知,飞虎今非昔比,惶惶然如丧家之犬矣。"姜尚惊得差点摔了手中茶杯,忙问道:"黄将军,朝歌近日有何变异?"

黄飞虎遂将此事来龙去脉讲述一遍,说到心痛之处,竟然泪流满面。

姜尚长叹一口气,摇摇头道:"人作孽,天不容焉。"又问黄飞虎下一步如何打算?黄飞虎答道:"飞虎反出朝歌,穷途末路,只好投奔西岐,期望太师不弃殷商之叛臣也。"姜尚起身作揖言道:"黄将军世代忠良,却落得如此下场,令天下人心寒矣。今日将军莅临,岐周自然求之不得。我家主公,定当喜出望外,岂有不容之理乎?展望未来,周邦有黄家军位列其中,俨然如虎添翼也。"遂令家人速告于姬发。

姬发获知黄飞虎来到西岐,喜不自禁。姜尚陪同黄将军来到凤鸣宫外,瞧见姬发已在门口等候。黄飞虎拜道:"殷商罪臣黄飞虎,拜见西伯侯。"姬发上前扶住黄飞虎臂弯,畅然曰道:"姬发久闻黄将军义重四方,今日丰京相会,真乃是三生有幸耶。"

第四十三章　黄飞虎反商奔西岐　闻太师命丧绝龙岭

几人一起进入凤鸣宫内,分坐两旁。姜尚言简意赅地介绍完黄飞虎一门在朝歌遭遇的惨状,姬发不由得倒吸一口凉气,继而问道:"黄将军在朝歌官居何位?"黄飞虎猛一愣怔,脸色突变,急言道:"所谓英雄不问出处。不知西伯侯此言,意欲何为?"姜尚接言道:"黄将军官拜镇国武成王。"姬发大声曰道:"将军既来西岐,只需改一字便可。师尚父,封他为岐周开国武成王如何?"姜尚乐得合不上嘴,笑道:"殊途同归,名正言顺。"黄飞虎登时不知所从,随即脸红涂丹,抱拳谢恩,姬发又一次挽扶请坐。黄飞虎又曰道:"我们黄家五兄弟及家眷百余人,在沣河东岸停驻待命。"

姬发更是喜笑颜开,遂令姜尚将其家眷一行予以安置妥当。

黄飞虎断然反商直奔西岐,此事在朝廷内外引起了轩然大波,致使朝歌城内外,一时人心惶惶,众说纷纭。赋闲多日的闻仲看准机会,欲借此事挽回颜面,他启奏纣王,欲率兵前去讨伐西岐,愿将叛臣黄飞虎擒拿归案。纣王嗤之以鼻,不再理会。闻仲再三上疏,倘若此次失利,愿拿自己项上人头予以担保云云。

闻仲乃殷商之重臣,亦是纣王之父帝乙驾崩前所倚重的托孤大臣之一,老谋深算,文武双全,为殷商江山殚精竭虑,威重权威。只是后来参与谋害姜皇后,遂被纣王冷落一旁。上次闻仲出兵伐岐,大败而归,窝在府邸中灰头土脸,郁郁寡欢,度日如年。此次西征,倘若马失前蹄,铩羽而归,必将彻底坠入深渊,再无东山再起之平台矣。他仔细研究岐周目前之形势,若言硬碰硬决战,绝无取胜之可能耶。周邦近日新迁丰京,其老巢穴周原势必兵力空虚,假如避重就轻,奇袭西岐周原老窝,从而捣毁西岐城,踏破姬发祖陵,岂不一举两得,既灭了周人根基龙脉,又报了讨伐周惨败之深仇大恨也。

太颠早已将闻仲狼子野心之阴谋,悉数密报给姬发,姜尚闻之大喜,他对姬发曰道:"老贼果然厉害,老谋深算,出手不凡。呵呵!我岐周圣地,岂容他人染指!"

姬发道:"闻仲有备而来,且气势汹汹,师尚父还要慎重排兵布阵,以防不测。"

"多行不义必自毙。"姜尚显得胸有成竹,答道,"主公尽管放心,老夫亦有破敌之妙策耳。此次尽叫闻仲老贼有来无回,命丧西岐。"

姜尚令南宫适带领周军,沿渭河一直西行至郿坞原下,枕戈待旦。黄飞虎更是请缨出战,四位兄弟亦是扬鞭策马,跃跃欲试。姜尚命黄家五虎上将,潜伏在岐山箭括岭之上。两军形成夹击之势,纵然费仲使尽浑身解数,恐怕再也插翅难逃矣。

闻仲率领五万商军沿黄河北岸,一路西行至博爱、济源,然后朝西北拐向曲沃,继而过稷山、河津,渡黄河至韩邑,过程邑,再沿北山一直向西疾行,大军所到之处,烧杀掠抢,惊得鸡飞狗跳,百姓四处逃窜。

商军长途奔波十余日之后,浩浩荡荡来到岐山脚下。闻仲望着箭括岭,恨得咬牙切齿。他翻身下马,正在巡视之时,侧目忽见得眼前一块巨石之上,上书三个斗大的字:绝龙岭。闻仲为之一怔,不由得倒吸一口凉气,眼前浮现出其恩师"属龙,避龙,方能转危为安"之殷切教诲,登时身子晃晃,心中且已方寸大乱。部属见主帅踟蹰不前,欲上前问候。闻仲厌烦地挥挥手,部属噤声不语。闻仲遂令商军快马加鞭,一个多时辰之后,便将西岐城团团包围。

姜尚站在西岐城门之上,只见商军战旗猎猎,森严方队,整齐划一;金戈铁马,威武了得。他对身旁的闳夭与辛甲曰道:"闻仲来者不善,商军不可小觑耶。"辛甲却不以为然,曰道:"闻仲几千里路风尘仆仆,必然疲惫不堪,倘若乘其立足未稳,冲杀敌营,商军且不战而自退之。"闳夭接言道:"闻仲老谋深算,此次卷土重来,必然会严加防范。如果贸然出城,落入敌军陷阱,则得不偿失矣。"姜尚曰道:"我已命南将军和黄将军七日之后,寅时合击商军,诸位少安毋躁,且不必发慌着急。"

忽有探马来报,闻仲在城门前问话。姜尚径直来到城门之上,扫了一眼城下的兵马,冲着阵前的闻仲作揖曰道:"闻太师,别来无恙?"

闻仲猛然看见居高临下的姜尚,长髯飘飘,神情淡定,他登时火冒三丈,遂用马鞭指着姜尚,高声骂道:"姜子牙,你亦是商之旧臣民,曾受王上恩典。为何犯上作乱,协助西岐忤逆造反?"

姜尚呵呵大笑道:"闻太师,我看你是坐冷板凳久矣,脑瓜迟钝,不识大体也。观今天下,殷商大厦摇摇欲坠,还有谁人眷顾昏君恶朝乎?老夫劝你改邪归正,悬崖勒马,改弦更张,迷途知返,且不失为一代英豪也。"

"呔!"闻仲怒发冲冠,厉声骂道,"姜尚老儿,你巧言利齿,不知羞耻。蚍蜉撼树,不自量力也。竟然敢于与天子作对,犯下不可饶恕之欺君大罪。今吾到此,讨伐尔等大逆不道之罪孽矣。如果岐周明晓事理,缴械投降,老夫可保西岐免遭生灵涂炭也!"

辛甲跳将起来,恶言骂道:"闻仲老贼,你枉披了一张人皮。"

姜尚遂用眼色制止住辛甲,扭过头来,义正严辞地对闻仲言道:"帝辛自灭纪纲,荒淫无耻,无恶不作,罪孽深重,残害忠良,罄竹难书,君逼臣反,人神共愤。常言道,士为知己者死。闻太师德高望重,不知为民除害,却一味愚忠,真是逆历史潮流而动,可悲可叹哉。"

姜尚一番话,激得闻仲面红耳赤,尴尬不已。他恼羞成怒,气急败坏地下令攻城,刚攻击到城门百米开外,城墙上呼啦啦走出一队队弓箭手,搭弓射箭,刹那间箭如飞蝗,铺天盖地而下,商军纷纷中箭倒下,喊爹叫娘,倒毙一地。闻仲大惊道:"如此密集射箭绝技,只有张世芳部才能如此精准矣。周军何来此骑射之术乎?"身旁一将悄声言道:"张世芳已经投诚西岐。此射箭绝技,当为周军悉数掌握矣。"

闻仲恍然大悟,叹曰道:"宁失千军,不舍一将。商之多少英才反水,可悲,可悲。"商军连续三天强攻,均被万箭攒心,方队止步不前。

转眼已到七日寅时,忽听一声炮响,南宫适率领周军冲杀进敌营,杀声震天。商军在睡梦之中猛然惊醒,爬起来仓皇应战,两军混战一起,杀得难解难分。

西岐城内守军之万千兵士,趁乱杀出城门,双方拼杀搏击,战之东方大亮,商军损伤大半,且已溃不成军。

闻仲率领万余精兵,奋力拼杀出重围,仓皇出逃于独山脚下,此山与北边的岐山遥遥对峙,互不连接,山峰之上苍松翠柏,杂树荟萃,荆棘丛生,嶙峋怪石密布山涧,野兽飞禽出没其中。他刚歇口气,蓦然听到一声断喝:"闻仲老贼,还不快快下马投降!"

闻仲静眼一看,山头站立一员猛将,原来是武成王黄飞虎。他略作镇定,微微一笑,问候道:"黄将军几日未见,别来无恙乎?"

"榆木脑袋。"黄飞虎冷笑道,"难道闻太师还要为昏君殉葬不成?"

闻仲大怒道:"尔等乃堂堂王亲国戚,竟然为两个女人,反了朝歌!"

"愚昧透顶,真是不可救药耶。"黄飞虎怒不可遏地骂道,"老贼肆意妄为,竟有如此衣冠禽兽之言。我且问你,女人难道不是人?"

闻仲自知失言,赧然曰道:"天子一时糊涂,情有可原。再说,你我毕竟都是朝歌之权柄重臣,彼此撕破脸皮,同室操戈,这又何故焉?"

黄飞虎断然呵斥道:"飞虎念及与你同为朝多年,今日好言劝你放下屠刀,共诛昏君,为天下除去祸害,方才不枉一世英名者也。"

闻仲遂被彻底激怒了,胯下坐骑嘶鸣一声,不停地在原地打转,差点把他掀下马来。闻仲登时气得脸色血红,厉声骂道:"黄飞虎,你这逆贼,休得在此多言。快快拿命来,老夫且要替天行道也!"

"老贼真是王八吃秤砣——铁了心了。"黄飞虎厉声骂道,"既然尔等愿意为纣王殉葬,我且送你见阎王爷去矣!"他令旗一挥,其余四虎上将围杀过来,杀声震天,双方大战一百回合,商军四处逃窜,伤兵满营,大多缴械投降,只剩下闻仲及百余名卫士,遂被团团围在其中。

闻仲面色苍白,他眼见大势已去,"嗖"地拔出佩刀来,架在自己脖颈之上,望着"绝龙岭"三个大字,凄然一笑:"绝龙岭,绝龙岭,看来人算不如天算,闻仲命该在此休矣。"然后拔刀抹脖自尽矣。

商军见主帅自刎身亡,大势已去,乱糟糟慌作一团,纷纷跪地投降。

第四十四章

姬发孟津观兵　姜尚盟会诸侯

　　岐山大捷，周军班师回朝。姜尚兴冲冲地将此次剿灭商军、闻仲自刎于绝龙岭之事，禀报姬发。姬发闻之甚喜，下令犒赏三军，抚恤阵亡兵士家眷。显而易见，经过此番战役之后，闻仲毙命岐山，黄飞虎弟兄五人反商投周，朝歌元气随之大伤。殷商之大厦，连续失去栋梁之才，自然陷入摇摇欲坠之中，胜利的天平明显地偏向西岐，普天下明眼人有目共睹。

　　姬发在这一段日子里，他思考最多的是，殷商是否已经接近分崩离析，朝歌是否到了一触即溃之边缘？岐周是否强大到只需一拳，就能将对手击倒在地，揍得纣王满地找牙？这是一个十分敏感的时刻，亦是难以抉择之首要前提，更是关乎到周人王天下之宏图战略，能否顺利拓展之关键所在。

　　这样的命题，在姜尚的脑海里亦是不止一次地反复浮现，他苦苦思考着，寻找着最佳答案。这一日，姜尚来到凤鸣宫内，与姬发商讨目前面临而又亟待破解之难题。

　　姜尚曰道："主公，自岐山大捷后，军中近来多有伐纣之呼声，不少官吏亦有报仇雪恨之迫切愿望。众说纷纭，各持己见，不知你意下如何？"

　　姬发沉默一阵，一字一句地曰道："师尚父，殷商立国六百载根深蒂固，王族势力盘根错节，方国诸侯同床异梦，且不可等闲视之。"

　　姜尚笑道："主公高屋建瓴，明察秋毫，老夫甚为欣慰。有道是，百足之虫，死而不僵。虽曰'天下三分，周有其二'，然而，并未经过血与火之验证。俗话说，人心隔肚皮。方国是否会百依百顺，诸侯是否能百样玲珑，尚且不甚了了。但千流归海，当指日可待也。"

　　二人愈谈愈兴奋，当即决定对商朝进行一次试探性的军事行动——孟津观兵。

　　在此之前，向各国尽数派出友好使者，宣扬以德治国之方略，协调密切彼此关系，并以此来评估周族之号召力和影响力，为进一步图谋天下夯实基础。一个多月

第四十四章 姬发孟津观兵 姜尚盟会诸侯

之后,出使各国使者陆陆续续地返回丰京,带回来的信息令人十分地振奋。

孟津观兵之消息传到朝歌,随即在朝廷百官之中引起轩然大波,一时间朝歌内外,流言蜚语四起。尤其是一些殷姓贵族奔走呼号,如丧考妣,他们不断地进言纣王,强烈乞求尽快地撤回征伐东夷之商军,全力护卫朝歌。商之遗老遗少,更是惶惶然如丧家之犬,整日里坐卧不安,忧心忡忡。自恃天下无敌的纣王不屑一顾,根本不把西岐放在眼里。比干、箕子和微子几人,连续在摘星楼下等待纣王多日,纣王却依然我行我素,照旧欢愉不已。此事在没心没肺的妲己心里,亦不免担心朝不保夕,几次在纣王耳边吹风。纣王笑道:"区区西岐,焉能螳臂当车,不自量力!我大商八百诸侯,岂能听姬发小儿调遣乎!"

妲己曰道:"西岐出牌,向来不按常规。姬发桀骜不驯,王上还是小心为妙。"

"咦!虚张声势。"纣王轻蔑地一笑,"姬发新继西伯,名望式微,寸功未立,为显其能,劳命伤财,方才弄出这么一出所谓的观兵大戏,还不是自娱自乐罢了。"

妲己却不以为然,认为大商树大招风,还是小心没过错。纣王一把将妲己搂进怀中,亲一口,淫笑道:"美人就是为娱乐而生焉。治国平天下,乃大丈夫职责所为也。朝歌铜墙铁壁,坚不可摧。我不信天下方国诸侯,焉能听从那个装神弄鬼的姜尚摆布!"

与此同时,商军在东征作战中捷报频传,攻城略地,无坚不摧,缴获的大批财物和俘获的奴隶及俘虏,被源源不断地运送到朝歌。朝野立马被这迟来的喜讯冲昏了头脑,纣王更是乐得找不着北,他忘乎所以地对妲己夸誉道:"东讨西伐,此为上策。待我商军凯旋而归之日,就是西岐灭亡之时。"

缴获的战利品丰盈,纣王愈加奢靡无度,朝歌又一次沉浸在颓废奢华之中。

姬发孟津观兵,定在秋高气爽的日子里。此前一个多月,即对一些国力较为雄厚的诸侯发出正式邀请,箭在弦上,蓄势待发。姬发与姜尚信心大增,在丰京举行特别隆重的祭祀毕星仪式。

所谓毕星,乃主兵之星,自季历担任西伯侯起及姬昌继位之后,但凡周军兴兵作战之前,必须要举行祭祀毕星仪式,以求旗开得胜,马到成功。此时,周原驻守的姬原派人来到丰京,言曰近日凤鸣冈上凤凰鸣嘀不已,瑞祥环生焉。

姬发何尝不明白,此次孟津军演并结盟诸侯,借此天赐良机,一则可以试探方国真情实感,做到心中有数;二则与诸侯进一步联络和升华友谊,顺便打出感情牌;三则是趁热打铁,签订同盟合约。临出征之前,姬发命人将父亲姬昌之半身木雕坐像,端端正正地安置于主帅战车之上。他先是伏地跪拜,曰道:"祈望父亲在天英灵,保佑我周军孟津会盟顺利。"然后起身,手举凤凰宝剑面对着众将士,大声喝道:"我姬发何德何能,领兵会盟,还不是仰仗先祖仁德和诸位将士鼎力支持。今日周军挥戈东去,此乃奉先祖之遗命,下讨逆贼,上顺天意,中和民心。望诸位精神抖擞地完成任务。"

一瞬间,旌旗挥舞,战鼓雷鸣,风樯阵马。周军浩浩荡荡,威风凛凛,一路向东进发。

十日之后,周军来到孟津黄河古渡口。这里河面宽阔,滔滔黄河水东逝而去,恰似万马奔腾,奔流不息。姜尚吩咐左右道:"借用民舟渡河,每艘俱给出工食钱,万不可强征民船,骚扰百姓。"众舟子奔走相告,口口相传,众皆赞颂,"周军真是仁义之师",无不感恩戴德。于是,纷纷主动献出所藏匿舟楫,全力协助周军渡河。

姜尚走出军帐,他信马由缰地在黄河岸边巡视了一周,蓦然醒悟过来,忙嘱咐属下挑选一艘体积较大的舟楫,专载姬发。

周军渡河之前,姬发在中军帐中召见司马、司徒、司空各级官吏,并一一授予符节,然后高声言道:"齐栗,信哉!予无知,以先祖有德臣,小子受先功,毕立赏罚,以定其功。"众皆齐声应诺。

姜尚厉声曰道:"总尔众庶,与尔舟楫,后至者斩!"

此日黄夜时分,姬发端坐在中军帐中,浮想联翩,蓦然间忽听见天空中一声炸响,仿佛就在帐前,他抬头望去,有一团巨大的火光从天悠悠然而降,一瞬间染红了天际。耀目的火光忽而浮上,忽而飞下,宛若一团红色巨龙飞翔在夜空。片刻之后,巨龙又猛然化作一只巨大无比的乌鸟,落栖在中军帐顶。

姬发镇定自若地走出帐外,但见夜空中流星点点,"嗖"的划过天空,留下一道道长长亮亮的银色影子。闻讯赶来的姜尚欣喜不已,卜师们更是欢呼雀跃,以为乌为孝鸟。太子承继父业,感天动地,故而乌鸟前来鸣臻,此乃大吉之兆也。

翌日早晨,姜尚令旗一挥,几百艘舟楫在水面一溜排开,浩浩荡荡地朝黄河北岸漂去。周军将士群情激昂,河面之上喊声阵阵。舟楫之上,一杆杆红旗迎风飞扬,映射着道道红光。

姬发站立在船头之上,心潮起伏,感慨万千:想我姬氏一族,豳地延绵十余世,迁徙周原,方才如虎添翼。丰京奠基,铸就灭商兴周之伟业。

姜尚亦被眼前之盛景所感染,他眼睛湿润,浮想联翩。自己大半生穷困潦倒,浪迹天涯,可谓是风雨飘摇,苦不堪言。伐鱼河畔得遇西伯侯姬昌共叙天下大事,渭滨旁边八百步拉车,周原之上访英问贤,挥师北上讨伐戎狄……这一幕幕壮丽场景,仿佛就在昨日。

姬发与姜尚所乘大舟行至中流,耳听得黄河波涛震天,风声大作,顷刻间上下颠簸,左摇右晃。姬发此前从未坐过木船,如何见过疾风激浪,不免心中瞬间惊慌,面色煞白,急言道:"师尚父,此舟为何如此这般地颠簸,莫非有难与我?"

第四十四章　姬发孟津观兵　姜尚盟会诸侯

姜尚微笑道:"主公不必惊慌,黄河历来水大浪急,汹涌澎拜,况且今日天公不作美,风疾浪涌,因此比平日多了几分颠簸。你只需站稳船头,眼观前方,心静则足稳也。"

姬发紧张的心情稍一放松,随即双脚踏稳船头,精神为之一振,豪情满怀。

木舟在波浪里上下翻飞,白浪滔天,一望无际,蔚为壮观。蓦然,木舟前方水浪刹那间劈开一个大漩涡,忽听一声喷响,眼前划过一道白光,一条硕大白鱼,倏忽飞跃到船舱之上,倒把姬发吓了一跳。只见白鱼在船帮上蹦蹦跳跳,异常兴奋,竟然跃至有四五尺之高,溅起的水珠溅了姬发一脸。他愈加惊惶不安,喘着气问道:"师尚父,此鱼入舟,主何吉凶?"

姜尚镇静自若,坦然一笑,曰道:"恭贺主公,此乃大喜之兆也。白鱼归舟,岂不是寓意鱼儿'归舟'么。它自当昭示主公,纣王该灭,周室当兴,正应主公承继殷商而王天下者也。"

姬发闻听此言,心情登时大悦。姜尚传令:"命庖人将此鱼烹为美味佳肴,献于主公尝鲜矣。"姬发连连摆手阻拦道:"会盟在此,不可杀生。还是让它回归黄河去矣。"

"噫嘻。"姜尚蓦然脸色突变,急言道,"既入我舟,岂可赦免。正所谓'天与不取,反受其咎'。此鱼理宜食之,万万不可轻易放弃,否则后患无穷矣。"

姬发眨巴眨巴眼睛,默不做声,心中似乎还有些许疑惑,却只见姜尚微闭双眼,用手指掐算一番,毕,他悄声问道:"吉凶如何?"

姜尚微笑道:"主公有所不知。殷商尚白,以为正统之色。据老臣所知,黄河之中当以鲤鱼为多也,极少见白鱼出没于浪中。白鱼自入周人木船,此事虽为蹊跷,却兆上天垂示,商王帝辛,命将休矣。倘若轻易放生,必将会惹出无端祸灾耳。"

姬发闻听此言之后,自然惊得张口结舌,面红耳赤。姜尚即令庖人,且将白鱼从中劐开,再分割成块,从速烹制。不一时庖人端上来,姬发执意不忍食之,姜尚只好分与他人而食之。少顷,黄河水面之上风平浪静,天空云开雾散,阳光灿烂。木舟安然渡过黄河,顺利地到达彼岸。

放眼极处,北岸之上,早先抵达的方国诸侯安营扎寨,帐篷星罗密布。姜尚此时此刻却异常冷静,他深知姬发承继其父仁德之遗风,乃正人君子,虽则为人处事老道干练,但毕竟是此次会盟主角,假若不加节制,听任诸侯以大王称呼,必将引起他人无端猜疑,反而会引起不必要之麻烦。于是,他对姬发曰道:"主公,舟虽已抵岸,老臣还需先上岸去,要对一些会见礼仪事宜,提前做一统筹安排。请主公暂且歇息船中,容安扎营寨之后,再请上岸如何?"

姬发笑道:"师尚父心细如发,诸事考虑缜密周全,我自当一切听从太师安排。"

· 291 ·

大周原

　　姜尚安排周军在黄河北岸安营扎寨，依次排成一字长龙阵，声势浩大，蔚为壮观。中军帐搭建不久，便有诸侯陆陆续续地前来拜访。姜尚面对方国诸侯，一一抱拳相迎。他总是面带微笑地曰道："今日孟津会盟，乃岐周与诸位方国盟友之军国大事。老臣建议，我西岐主公虽为盟主，但毕竟是朝歌属下之西伯侯也。恳请各位遵守礼仪规程，一则不提讨纣之事，二则不要称王称霸，三则纯粹以盟会友，列位意下如何？"
　　期间，有诸侯却不以为然，天下归周，不过朝夕之间也。此次八百诸侯孟津会盟，适时祭出反商大旗，则名正言顺，殊途同归矣。姜尚耐心解释道，天下归于仁政，一统以德治国，乃浩浩荡荡之大潮流也。所谓名分之事，不过尔尔。目前且需不动声色，不露圭角为好。待破商灭纣之后，再做商议。众诸侯觉得太师言之有理，均点头称是。
　　姬发入得中军帐之后，与众诸侯分列周围，交相互拜。众人推举他位于上座。姬发坚决不应，彼此谦让再三，方才围坐一周，共叙友情。
　　席间，邢国侯起身拜曰道："西伯侯大驾光临孟津，使得我等诸侯得睹天颜，仰观威德，实乃三生有幸矣。若夫观当今天下，纣王无道，朝歌荒淫，黎庶苦不堪言，百姓怨声载道，天下分崩离析，诸侯离心离德。如此混乱局面，长久下去，如何得了？恭请西伯侯早作决断，拯救黎民于水火之中，天下幸甚，万民幸甚。"
　　姬发起身，先向诸侯深鞠一躬，谦虚地言道："予小子发，嗣位先父，孤德寡闻，才疏学浅，惟恐有负前烈，蒙天下诸侯，为之错爱耶。此次传檄相邀师尚父，东会诸侯，观政于商。若谓我姬发统率诸侯，不敢掠美，岂能造次？惟望列位贤侯教之。"
　　众诸侯见姬发不矜而庄，谦虚谨慎，不恶而严，果然是个谦谦君子，愈加敬重。
　　燕国侯曰道："纣王无道，杀妻诛子，焚炙忠良，屠杀贤臣，沉迷酒色，荒谬不堪；忤逆上苍，不祀祖庙，抛弃黎老，虐待妇孺，黄天震怒，绝命于商；予等愿奉西伯侯恭行天意，伐罪吊民，拯救黎庶百姓于水深火热之中。此乃应天顺人之善举，既可泄人神之愤怒，又可使九州之愉悦；倘若予等与众诸侯坐而论道，视而不见，听而不闻，真可谓天理不容，请贤侯慎思而裁之。"
　　姬发颔首倾听已毕，朗声曰道："燕国侯之言，情真意切。然，纣王不行正道，皆为妖姬奸佞所蔽惑耳。今只观政于商，擒获妖姬，诛杀奸贼，扶正祛邪，方可督促纣王改邪归正，天下自然则会太平矣。"
　　密须侯接言道："天命靡常，惟有德者居之。昔日尧有天下，因其子不肖，而禅位于舜；舜得天下，其子亦不肖，而让位于禹；禹之子贤能，继承父业并发扬光大。继而传之于桀时，暴虐失德，天怒人怨；商汤贤能，代天伐之，遂将桀流放于南巢，灭夏兴商，取而代之。商之圣贤之君，有六七人之多也。延至帝辛理政时，毁弃善政，恶贯满盈。废止仁德,罪不容诛。黄天震怒,降灾于商矣。九州之内,尚有贤德贤能者,莫过于西伯侯也。方国敬重,诸侯仰之,受命于天,伐纣灭暴,取而代之。祈望贤侯万勿推辞,以免冷落天下诸侯之心。"

密须侯一番话,说得众诸侯频频点头称是。

阮国、共国等方国诸侯,更是拍手叫好。姬发依然作谦谦君子状,惜言慎语,微笑着不再言语。姜尚深知姬发心思,继而接言曰道:"列位贤侯,正如老夫此前所示,今日亦非商议正事之时。况且,诸位难得一聚,可否先畅谈友情,共结善缘。等到他日汇聚朝歌城外,再商议不迟。"

姜尚目光如炬,众诸侯言听计从,心领神会,不再纠结此事。

姬发命人在营中置办酒席,大宴八百诸侯,交杯换盏,其乐融融。

三日后,八百诸侯悉数到齐,姬发与姜尚在军帐之中商议,次日在孟津举行大规模的军演。

翌日申时整,各路诸侯坐于观礼台上,只见姜尚令旗一挥,周军阵前战鼓雷鸣,三万周军依次列队而出,穿越观礼台之时,喊声震天,响彻云霄。而接下来的方队战术变幻,更是令人眼花缭乱,目不暇接:姜尚令旗指处,正面冲锋之时呼啦啦勇往直前,惊天动地;佯攻之时队形变幻多端,锐不可当;合围之时刀剑寒光逼人,饿虎扑食;鸣金收兵之时,齐刷刷撤退自如,首尾相顾……

诸侯们看得眼花缭乱,心悦诚服,纷纷议论,姜尚用兵如神,变幻莫测。周军必将战无不胜,攻无不克。接下来的诸兵合练,各诸侯国军队与周军配合,最初阶段显得十分生疏,慌不择路,阵脚大乱。姜尚即刻召集各军领帅,详细讲解战术要领,再次演练时,果然相互配合得井井有序,整个联军部队仿佛浑然一体,令行禁止。只见得旌旗招展,兵士嗷嗷,杀声震天,兵车驰骋,战马嘶鸣,人马鼎沸。

有诗为证:

战旗猎猎啸东风,虎贲连营聚孟津。
问路投石姜老辣,欲擒故纵发新英。
殷商大厦蛀梁蘖,周姬成城铁壁臻。
八百诸侯共一体,会盟河畔欣观兵。

戰艦搖之噉東風
帆赛連營聚畫堂
呼語投石萬老態
姑娘小艇發新笑
丙申庚辰西岐山長安

第四十五章

纣王东线调兵护朝歌　费仲火上浇油害祖伊

孟津会盟,声势浩大,八百诸侯如此大张旗鼓地集聚一地,阅兵、合练、盟誓,不亦乐乎。然,朝歌在此地残留的势力,早就在暗地里派人将情报密呈给朝歌。

本来已经赋闲在家多日的商相比干,闻听姬发正在孟津观兵之后,他愈加惴惴不安,宛若热锅上的蚂蚁,顾不得病弱身体,鼓动微子、箕子一起,来到摘星楼欲觐见纣王,言明当前之紧张局势,倘若放纵周军无节度地扩展势力范围,纵使姬发和姜尚胡作非为,朝歌将遭遇万劫不复之攻击。纣王却避而不见,比干哀唉一声:朝歌休矣!

一向我行我素、自恃强悍无敌于天下的纣王,闻知八百诸侯孟津会盟之事,不免也倒抽一口凉气。尤其是白鱼跃舟被烹食一说,顿时搅和得他方寸大乱,仿佛一闭上眼,那只白鱼就在眼前蹦蹦跳跳。纣王每每想到此事,更是气得眼冒金星,恨不得一把将姬发撕碎,方才解心头之恨。一日清晨,他独自坐在摘星楼上,眉宇紧蹙,郁郁不乐。妲己打扮得花枝招展,婀娜多姿,轻移莲步,依偎在纣王身边。她偏着头看看夫君愁眉苦脸的恓惶样子,试探地问道:"王上,几日来你闷闷不乐,心事重重,莫非臣妾侍奉不周,才惹得王上如此恼怒乎?"

纣王勉强地笑一笑,不置可否。

妲己柳叶眉扬一扬,眼珠子转几圈,眉目传情,媚态顿生,她紧贴在纣王身上,撒娇地又问道:"王上,你不高兴,臣妾亦是心里憋屈得慌。"

纣王唉声叹气一阵,曰道:"爱妃有所不知,前几日西岐姬发,号召天下八百诸侯会盟于孟津,窥觊朝歌。故此,比干等王亲联袂上疏,一再催促本王即刻调回东征大军,全力护卫朝歌,震慑西岐,恐吓诸侯,以免节外生枝,遭受歹人算计。"

妲己眼珠子滴溜溜转,扭扭身子,曰道:"那就依附王叔们启奏,急令撤回东征大军,护卫朝歌,免得夜长梦多,不就得了。"

纣王恶恶地瞪一眼妲己,斥责道:"头发长,见识短。十万商军正在东线剿灭东

大 周 原

夷,后撤一步,东夷死灰复燃,顽敌必将卷土重来,此前所获之战果,自当付之东流矣。"妲已欲言又止,只能撅着嘴,默默地坐在一边。

孟津黄河岸边的中军帐里,此时却是一派欢快景象。昨日阅兵合练,士气高涨,军威震天,姬发怦然心动,一个豪华的设想,立马在胸中蓬勃激荡,何不借此冲天余威,共八百诸侯于一体,十万精兵强将,一举直捣朝歌,擒获纣王,诛杀妖姬奸佞,拯救商民于水火之中,何不快哉!他愈想愈激动,愈想愈兴奋。正在此时,姜尚走进中军帐内,见姬发面色涨红,躁动不已,不停地在帐内来回大步走动,心里已经猜出几分端倪。姬发看见姜尚进来,急急曰道:"师尚父,我正好有要事与你商议。"

姜尚明知故问,却依然镇静自若,微微一笑,继而问道:"主公,你莫不是别离家园几日,思母心切,想要尽快地返回丰京,是不是?"

"非也。非也。"姬发大手一挥,意气风发地高声答道,"我昨晚彻夜未眠,思索再三,天赐良机,何不趁此举起灭商大旗,振臂一呼,一举剿灭殷商!"

姜尚双目微闭,神宁气定,正襟危坐,却未做任何表示。

姬发顿时手足无措,愣在那里。

早在中军帐外摩拳擦掌的南宫适、辛甲和黄飞虎兄弟十余将领,听到姬发此言,顾不上禀报,呼啦啦涌进帐内,几乎是异口同声地朗声喊道:"剿灭殷纣,恭行天罚!"

姜尚猛地睁大眼睛,吃惊地看着嗷嗷叫的诸位将军,一时愣怔。过了片刻,方才深深呼出一口气,坦然地询问道:"列位将军,你们异口同声地要在此时举兵讨伐朝歌,理由何在?不过,鼓不敲不响,话不说不明。老夫愿借此悉心恭听高论。"

南宫适出列曰道:"主公在上,南宫适愿以肺腑之言禀呈太师。此次我军出征前,凤鸣高冈,瑞祥毕现;祭祀毕星,天呈吉利;白鱼跃舟,暗喻纣亡。有道是,天时地利人和,我周军皆已具备耳。此时不乘势进攻朝歌,期待何时?"

姜尚回头看一眼姬发,又问道:"诸位将军,谁还有话要说,尽可直言禀报。"

辛甲出列曰道:"八百诸侯会盟,孟津浩气冲天。只待主公一声令下,我等愿披肝沥胆,听从太师调遣,正义之师勇不可挡,一举拿下朝歌。"

黄飞虎弟兄五人皆摩拳擦掌,跃跃欲试。

姜尚面无表情,依然不动声色。这时,旁边走出姬旦和姬奭二人,姬发眉毛一扬,问道:"二位贤弟,众将军力主伐商,你们意下如何?"

姬旦与姬奭相互谦让一阵。姬旦曰道:"兄长在上。太师明鉴。小弟以为,眼下即刻伐商,貌似天赐良机,实则是不合时宜,勉强为之。"

众将军闻听此言,仿佛三九天凛冽,却被一盆冷水浇在头上。

姬奭接言道:"凡事定当权衡利弊,一着不慎,全盘皆失。若以目前伐商而言,下策也;对峙孟津,中策也;坚持出征前之既定方针,回师丰京,上策也。"

第四十五章　纣王东线调兵护朝歌　费仲火上浇油害祖伊

姜尚脸上登时露出些许笑意，姬发却显得浑身不自在。众将军目目相觑，默不做声。

"主公且听我细表。"姜尚慢条斯理地曰道，"殷商六百年基业，毕竟不是一朝一夕筑成焉，根基坚固，绝非顷刻之间，便可土崩瓦解矣。纵观朝歌城内，各种势力盘根错节，根深蒂固。只要我军兵临城下，必将殊死拼斗。倘若以目前敌我兵力相比而言，一鼓作气，强攻朝歌，似乎还有五分把握。若是出师不利，久攻不下，必成拉锯之战矣。反观我军，此次并未准备丰足粮草。一旦东夷商军回撤驰援，我们将陷入进退两难之中。所谓麻秆打狼，两头惧怕。岐周要图谋天下，绝非在意一城一池之得失焉。有道是，大丈夫能屈能伸，亦是用兵之良策也。"

仿佛一盏油灯火苗渐息，遂被姜尚轻轻一拨捻子，蓦然之间悠然敞亮，众将军眼前一亮，心中佩服不已。姬发心中更是五味杂陈，仿佛打翻醋瓶子。师尚父高屋建瓴，雄才大略，无人能望其项背也。姬旦、姬奭在兄弟们之中，亦是出类拔萃，不可小觑。如此看来，自己还是容易感情用事，一时冲动，处事糊涂，险些犯下轻率用兵之过错也。血刚之勇，意气用事，一叶障目不见泰山，当为主政之大忌。

飞马来报，送来太颠十万火急之信函。姬发打开一看，猛然大吃一惊。原来纣王已经调回五万东征大军，快马加鞭，星夜赶回朝歌。他遂将密件递给姜尚，满脸羞色，随即起身拜曰道："姬发血勇之举，唐突用兵，若非师尚父加以阻拦，险些铸成不可挽回之大错矣。"

"一言以蔽之。为王侯者，定当高瞻远瞩，不可遇事莽撞而冲动。天下方国政事，情同一理，必须透过表皮浮华，看透事物本质。国与国联盟也罢，邦和邦敌对也好，纵然都是其背后维系之利益交织、叠加与博弈，绝不是非白即黑，一加一等于二这么简单明了。"姜尚显得十分平静，一字一句地曰道，"纵观当今天下，纣王豪夺天下之财富，皆为己所享用，积恶余殃；故此玩弄四方诸侯于股掌之中，积羽沉舟；貌似公正却夹带私利谋取，积铢累寸；看似色厉内荏却危机四伏，积重难返。以老夫看来，我周人要眼观六路，耳听八方，有备无患，蓄势待发，且不为一丝一毫微利而躁动，急于求成；又不为一城一池得失而沮丧，急功近利；以静制动，积愤不泯，以逸待劳，等到时机成熟，铆足劲儿，当以迅雷不及掩耳之势，一击而溃之。"

姬发如梦方醒，悔不当初。众将领如饮醍醐，顿时释然。翌日早晌，姬发与方国诸侯一一告别，约定下次会盟，再商议伐纣之大业。

在朝歌城府邸里焦躁不安的丞相比干，仰天长叹，他实在不忍心眼看着殷商祖业毁于一旦，自不甘心就此放任不管。他与箕子、微子多次上疏，言曰商军东征多年，彼此拉锯一般，不分高下，长期下去，必然两败俱伤。纣王务必审时度势，先于东夷讲和休战，集中优势兵力，再次讨伐西岐。周人一灭，万事大吉，东夷忧患，必将自动解除矣。

客观而言,此举乃回马枪,颇有敲山震虎之妙耳。然,朝歌之中各种利益集团相互掣肘,实行起来并非易事。商军与东夷交战之扯锯地界,乃殷商起根发苗之祖荫圣地,倘若以此作为媾和之先决条件,朝歌殷姓贵胄情感上定当难以接受,此其一;祖伊率兵东征,夺城攻关,已经取得不少战绩,倘若就此偃旗息鼓,必将留下商军懦弱之不良形象,此其二;商军攻城掠地,缴获大批财物及奴隶,亦给纣王带来丰腴的物质享受,贵胄因此亦获益匪浅,此其三;东夷与殷商土地犬牙交错地域,恰恰是双方反复争夺厮杀许久,不知有多少将士血染沙场,所以,谁也不敢轻言放弃之地,此其四;而对东夷部落相邻而居商属诸侯方国,自然不能眼睁睁地看着祖辈们世世代代居住的老宅地,无端地落入东夷部落之手,此其五;比干、箕子和微子"先西后东"之战略构想,却因此与坚决主张东征再西伐的大将军祖伊,发生了激烈冲突。祖伊因其祖茔正好处在商军控制地域之内,倘若放弃收复失地,必然使得祖茔被东夷所占领。以祖伊对东夷血腥镇压而言,他们的报复之心不可预测,此其六。而这些现实中无法调和的阶级矛盾,直截了当的摆在比干等人眼前,他们却拿不出既能满足各方利益,又能说服纣王的方案。

比干横下一条心,在他看来,只要剿灭西岐这个心腹大患,其余难题则可以不屑一顾,最终将会迎刃而解矣。而远在东夷前线浴血奋战的祖伊,却坚定地认为,此时东线不但不能撤兵,而且还要不断地增兵,直至将东夷彻底消灭之后,再来讨伐西岐不迟。本来,朝中大臣因自身利益取向而产生不同议案,是再正常不过的政事。而当两种十分尖锐且又严重对立的奏折,源源不断地呈送到鹿台之上,且几乎要将纣王的几案摆满之时,他似乎才添了几分警惕,多了几分愤怒。这个刚愎自用的君王,向来是自以为是,我行我素,根本不容别人置喙,多嘴多舌。比干和祖伊两方关于"东征"还是"西伐"之鹬蚌争执,却让蛰伏一旁的费仲、尤浑两位奸佞,又一次地看到"渔翁得利"之天赐良机。倘若将争执双方议案,略做分析比较,数白道黑,立马分辨得一清二楚。比干、箕子和微子毕竟是王亲国戚,根深叶茂,风头正劲;而祖伊则是纣王父亲帝乙时的赫赫战将,又做过他的启蒙老师,虽然也是擎天梁柱,却是略占下风。所以,借此先除掉祖伊,掌控商军军权,然后再伺机将比干等几位老臣一举拿下,那么,自己不就可以处于一人之下、千万人之上也。费仲向来自恃有经天纬地之大才,若改朝换代自立为王,亦不在话下。就连相貌猥琐的尤浑,亦是丑人多作怪,认为自己文武双全,只是一直得不到重用而已。

惯于吮痈舐痔的费仲、尤浑两位奸佞,舐糠及米,终于看到了排斥异己、窥觑王位的最佳时机。于是,他俩频频地光顾鹿台,陪纣王下棋饮茶聊天,继而察言观色,舐皮论骨。

纣王将比干及祖伊奏折翻阅已毕,对于"东征",抑或"西伐",依然是犹豫不决。

第四十五章 纣王东线调兵护朝歌 费仲火上浇油害祖伊

本来,他还是对祖伊继续东征持赞赏之态。然而,祖伊多次上疏之后,纣王却始终未做答复。祖伊每日里心急如焚,却未见朝歌丝毫回应,心中更加焦急万分,竟然未经纣王允许,飞马来到朝歌,顾不上鞍马劳顿,径直来到鹿台觐见纣王。

将在外,不由帅。但是未经允许,主将擅离职守,却是军政之大忌也。祖伊也许过于自信,倚老卖老,抑或过于担忧朝政,心急如焚,总之他这次单枪匹马有违常规的贸然进宫觐见,为自己原本辉煌的生命之章,亲手画上了歪歪扭扭的句号。

这一日,风和日丽,纣王正与费仲在摘星楼上弈棋,忽报祖伊上楼求见,纣王猛一愣怔,眉宇紧蹙,略显不快。祖伊披坚执锐,独自上的楼来。纣王劈头盖脸地问道:"卿为何事,如此地急不可耐?"

祖伊见纣王面呈怒色,不得不耐着性子启奏道:"王上,老臣闻知姬发在孟津会盟,挑衅滋事。以臣看来,西岐羽毛未丰,姬发稚嫩尚不足成大事。所谓八百诸侯会盟,亦不过虚张声势,自娱自乐罢了。然,东夷征伐正在关键时刻,万不可听信他人蛊惑,撤兵西征。倘若如此,必将顾此失彼,遗留大患。"

"大胆祖伊,你还知道自己是老臣?你还知晓东征正在关键时刻?你还晓得姬发是虚张声势?你还明白顾此失彼?"纣王瞪圆眼睛,连连质问道,"国不可一日无君,军不可一日无帅。那么,本王且问你,作为东征主帅,擅离职守,十万大军,万一失控哗变,如此重责,你能承担得起?"

祖伊被纣王连珠炮似的一席话激得面红耳赤,哑口无言,吭吭哧哧一阵,却无言以对。

纣王接言道:"倘若伸开五指,焉能按住十只跳蚤?所谓东征西伐,本王成竹在胸,自有先后次序安排。尔等只要悉心尽职,别来饶舌多嘴!"

祖伊不由得仰天长叹几声,毕,他依然是余怒未消,忿然顶撞曰道:"既然如此,王上为何不及早通报与我?免得我在东线心急如焚,火烧眉毛顾眼前。"

"咦!"纣王登时脸色突变,斥责道,"怎显能逞强,未报启奏,当问斩治罪。本王念你曾为吾师,这次且就放你一马,倘若下次再犯此重罪,决不饶恕。"恰在此时,飞马来报,姬发已经回撤丰京,孟津且已人去地空,一切恢复常态了。费仲乘势逸言道:"所谓孟津会盟,本来就是不太靠谱且虚张声势的一场闹剧而已。有人却借此无事生非,其中夹带许多私利,尚不知是何缘由?"

祖伊毕竟是行伍出身,血勇之躯,忠心报国,如何容得下他人说三道四?虽说是虚惊一场,总是如芒在背,若不提早铲除,迟早必成殷商心头之痛也。他想到此,谏言道:"启禀王上,对西岐不可掉以轻心,切不能小视姬发、姜尚,他们偏隅西北,居心莫测,窥视中原,一定会成为我朝之心腹大患。"纣王双目瞪圆,怒斥道:"笑话!难道本王还需要你来指点迷津乎?"祖伊亦是被激得面红耳赤,赫赫然反讥道:"若不是当年你犯晕,授予姬昌黄旄、白钺,西岐怎能发展壮大起来?今日之累累祸端,为何能一再有乎?"费仲插言道:"这些陈芝麻烂谷子,提它何用?既然威胁已除,还不是给天子添堵!"

祖伊厉声骂道:"朝歌淫乱无道,殷商朝不保夕,还不是你们这些鼠狼之辈献谀王上,纵容他胡作非为,这才导致天下大乱,诸侯离心离德。"

纣王黑着脸,怒目而视,胸中早已怒火中烧,此时若是别人饶舌,他恐怕将其项上人头,砍下当夜壶了。

祖伊大声喊道:"帝辛,我可是先帝托孤之臣。你少时聪慧伶俐,智商过人,英俊洒脱,堪当大才。我曾坚定地以为,你必将弘扬殷商大业,使得商之江山延至千秋万代,永不变色。如今看来,老夫真是太天真了。"

纣王几乎是强压着腹中怒火,不愿师生因此翻脸,继而反目成仇。他阴沉着脸,耐着性子劝慰道:"老师,你且老矣,今后管好自己所辖军队,且不要过多干涉朝政事宜,更不必多嘴多舌,则万事大吉也。"

费仲眨巴眨巴眼睛,却误以为纣王真的要就此解除祖伊兵权,遂火上浇油,讥讽道:"祖伊大将军,尔等现在上阵,恐怕连尿都夹不住了。"

纣王白一眼费仲,气呼呼地转过头去。

祖伊怒气冲天,忽地站起身来,指着纣王的鼻子厉声骂道:"帝辛小儿,瞧一瞧你身边这些龟孙,误国误民,迟早非把你爹的坟扒了不可!"

"你真是老糊涂矣,不要再倚老卖老。"纣王彻彻底底地被激怒了,他厉声斥责道,"你别以为曾为王师,就可以为所欲为,口无遮拦,给脸不要脸。"

祖伊大声呵斥道:"昏君,殷商六百年基业,非毁在你手上不成。"

纣王被骂得恼羞成怒,他忽地站起身来,大喝一声:"来人,快把祖伊这个老东西,打入死牢羁押,待秋后问斩。"

"且慢。"祖伊凄然一笑,他转过身来,面对着东方,声泪俱下,"天既讫我殷命,假人元龟,无敢知吉,非先王不相我后人,惟王淫虐用自绝。故天弃我,不有安食,不虞知天性,不迪率典。今我民罔不欲丧,曰,'天曷不降威?大命胡不至'?今王其奈何?"

纣王愣愣,随即淡淡地回答道:"我生不有命在天乎!"

"咦!"费仲蜡黄的脸颊上,堆着似笑非笑地做作表情,他趁机推波助澜,恶毒地挖苦道,"一个行将就木之人,危言耸听,自不量力。"

"自欺欺人。自我陶醉。"祖伊声泪俱下地泣道,"商之列祖列宗在上,祖伊无能,有负先帝之重托,眼看着大好江山将易帜变色,惟有以死谢罪矣!"毕,他从腰间拔出佩刀,自刎而亡。

一代豪杰,却以此种悲壮的方式谢幕,令人唏嘘不已。

第四十六章

妲己设计谋害比干　微子夜遁其子逃亡

　　祖伊在鹿台拔刀自刎,震惊朝野。东征军队失去主帅,军心大乱,费仲借此推荐尤浑为征东大将军,纣王虽然犹豫再三,但朝歌之中无人再能担当此重任,只好顺坡下驴,任命尤浑为东征大将军。忠臣以血荐轩辕,奸佞却趁机上位,窃取军事指挥大权,朝野更是议论纷纷。

　　此前,祖伊指挥下的东征部队本来已经在东线和南线,取得明显的优势。而今十万大军,却要委身在这样一个依靠权谋窃取主帅的尤浑麾下,众将领焉能心悦诚服?可王命难违,帅印难夺。

　　更令人惊诧的是,尤浑竟然改弦更张,抛弃以前祖伊制定的作战方略,将一线指挥官统统对调换防,从而使得东征部队几乎在一夜之间伤筋动骨,元气大伤,攻势明显地下降了。而东夷各个部落,也很快地从商军混乱的换防之中嗅出别样意味来,他们审时度势,采取更加机动灵活的战术,或者以小股人马半夜三更骚扰商军兵营,或者以奇兵袭击商军后方供应基地,或者集中优势兵力聚歼商军一部。不到旬月,商军便被东夷声东击西、灵活机动的骚扰战术搞得焦头烂额,前线指挥官们更是叫苦不迭。为此,尤浑气得大动肝火,正欲集中全部兵力与之决战之时,却愕然发现东夷军队早已化整为零,不知所向。

　　商军因此陷入被动地运动战中,一时节成了无头苍蝇。而东夷军队暗中窥视,等到商军无计可施之时,他们又是照方抓药,借机不断地侵扰。正是这种老鼠戏弄猫的游戏方式,搞得商军疲惫不堪,军心涣散,战斗力急剧下降,一线部队之中,临阵脱逃的兵士与日俱增,防不胜防。

　　商军在东线屡战屡败,军心不稳,此消息传到朝歌,比干等人心急如焚,寝食不安。他们绝对不能亲眼目睹殷商基业毁于一旦,摇唇鼓舌,奔走呼号,而盘踞在朝歌的殷姓达官显贵们,自然懂得覆巢之下无完卵之寻常道理。这些脑满肠肥的利益集团,当其真的要面对可能失去的荣华富贵的既得利益,他们当然不能等闲视之,坐以待毙。

在彼此共同利益的驱使下,显贵们开始抛弃以前彼此之间的阋墙之争,沆瀣一气,因此而达成以下之共识:谏言天子,剥夺尤浑东征大将军指挥权,与东夷割地和解,撤回商军西伐岐周。

聚集在祖祠里的殷姓贵族们惶恐不安,面面相觑,比干看到众人们垂头丧气,昔日的骄横之气,荡然无存。他直言禀告道:"在座的都是殷姓子民,商荣我荣,商衰我败,大家都是拴在一起的蚂蚱,谁也离不开谁的。自古食君之禄,忠君之政,自当分内之事,解君之忧,职责所在。今日聚集,请诸位以社稷江山为重,尽可抛弃前嫌,集思广益,为力保大商基业出谋划策。我必将诸位良策谏言,一并汇总禀报天子,以图力挽狂澜于既倒。"众人皆曰道:"丞相德高望重,想必天子一定能改邪归正,还我殷商一个明朗天空。"比干苦笑道:"有道是一荣俱荣,一损俱损。大敌当前,刻不容缓。敬请诸位,就不要再说这些模棱两可的空话了。"此言一出,众皆方醒,大家七嘴八舌地议论纷纷。

此时此刻,摘星楼上的纣王,依然欢娱不已。妲己更是使出浑身解数,将纣王侍奉得龙心大悦。每日里,她打扮得状如梨花带雨,海棠迎风。纣王歪着头,瞧着妲己容貌如牡丹盛开,妖艳无比,看得他心花怒放,怜爱有加。

心焦如焚的比干揣着奏折,急匆匆地径直来到鹿台。宫人来报比干觐见,未等纣王开口容禀,妲己却是十分扫兴,撅着嘴曰道:"这个老不死的,每次来都要添堵。"纣王一把将妲己搂进怀里,亲一口哄道:"叔父总是一朝宰相,久不上疏,总归是有军机大事禀报。"妲己翻着白眼,哼一声:"他个糟老头子,除过翻来覆去奚落与我,还能有啥新玩意儿?"

纣王眉头紧蹙,两眼盯着妲己,斥责道:"万一今日有重要国事,焉能耽误乎?"

妲己冷笑一声:"王上,老东西今日上疏,除了又说你荒淫无道,就该咒我不得好死,最后就是殷商基业毁于一旦这些陈词滥调。不信,咱就打个赌?"

"咦!"纣王被妲己一番话激得面红耳赤,张口结舌。顿顿,他几乎是咬着牙齿曰道,"倘若今日真如你所言,我绝不轻饶他。"

妲己鼻子轻蔑地"吁"一声,阴着脸,不再吭声。

比干伏地拜曰:"天子几月不朝,老臣虽是丹心为国,而终不能面君进谏,虽则近在咫尺,却是彼此隔绝,不啻千里之遥也。"

纣王闻听此言,面呈不悦,催促道:"有奏则报,无奏退下。"

"天子久居深宫,不知季节变换,花开花落;宠幸妖姬,导致四海荒芜,民不聊生。如今诸侯反叛,方国离心。东夷卷土重来,西岐虎视眈眈。"比干坦言启奏曰道,"殷

第四十六章 妲己设计谋害比干 微子夜通箕子逃亡

商六百年基业,眼看着就要毁于旦夕之间。为人臣者,不可不以死谏言,拿下尤浑,割地东夷,剿灭西岐。以老臣看来,倘若失去这最后良机,你我必将死无葬身之地焉。"

妲己在一旁狞笑着,瞅一眼纣王,鼻孔里轻蔑地哼一声,扭过脸去。

比干继续奏道:"大敌当前,人心向背,朝歌如此混乱不堪,为天子者,万不可视而不见,听而不闻。倒悬之急,天子要痛改前非,以社稷江山为重,效法先贤,重整河山,修善行义,方可复兴祖业,渡过难关。"

纣王被激得脸红脖子粗,回头看一眼妲己,她却依然抿着嘴,嬉笑不已。

纣王强压着怒火,用手指着比干呵斥道:"危言耸听,大逆不道。你身为一朝宰相,竟敢在光天化日之下造谣生事,恶言诅咒我大商者也。"

"呔!你这逆子,自从继位以来,朝欢暮宴,宠溺妖姬,沉迷酒色,重用奸佞小人,残害忠臣良将,大兴土木建造鹿台,倒行逆施,搜刮民脂民膏。"比干冷冷一笑,厉声骂道,"倘若还不悬崖勒马,改过自新,殷商煌煌之基业,迟早要毁于尔等之手!"

纣王被骂得灰头土脸,脸色时而青紫,时而涨红,时而灰白,时而乌黑,他忽地站起身来,色厉内荏地大声骂道:"比干,你这老东西,真是吃了豹子胆,竟敢当面忤君,难道活腻了不成?"

"噫嘻。"比干凄然一笑,讥讽道,"糊涂狗彘之辈,与行尸走肉何异乎?老臣尝闻圣贤所言,'主过不谏,非忠也。畏死不言,非勇也。过则谏,不用则死,忠之至也。'老臣且慕之。常言道,草木一秋,人生一世,若是一味地缩头缩脑,且不以国家利益为重,社稷江山为重,民生民权为重,我苟且人世,当与草木瓢虫同类者耶!"

"呵呵。自本王继位以来,你总是指手画脚,横挑鼻子竖挑眼,十句话里,自有九句训斥指摘。长计远虑,我且一直以你为长辈,方才不与你计较。你倒是登鼻子上脸,骑到本王的脖子上拉屎尿尿来了。"纣王怒不可遏地骂道,"好,好。本王闻圣贤常有赤胆忠心,不知王叔冷嘲热讽,居心何在?"

君子以言有物,而行有恒。比干仰天长叹一声,自知今日难逃厄运,他凄惨一笑道:"想我比干,一片赤胆衷心,可坦然面对列祖列宗。老臣不才,没有制止住你这败类祸害殷商,只能眼睁睁看着祖业危在旦夕矣。列祖列宗明鉴,我每一滴鲜血,红颜宛如丹霞,洁冰堪比日月。老臣平生以忠义为首要,死又何惧哉!"

纣王怒不可遏,断然质问道:"笑话?难道你是红心,本王就是黑心不成?噫嘻!俺今日倒是要看一看,验证一下你的心是红,还是黑?"

"呔!"比干怒目圆睁,愤然问道,"真是天大的笑话。一朝忠臣,其言行举止,可鉴日月星辰。你这逆子,难道还要王叔剖腹察看不成?"

纣王狞笑道:"王叔以为,这难道不是验证自己极好的办法么?"

比干眯着眼睛，不由得怆然泪下，泣道："心者乃一身之主，隐于肺腑之内，坐于六叶两耳之中；百恶无侵犯，一侵命则休矣。心直，则足下行走坦途正路；胆正，则身不入歪门邪道。所谓赤心侠胆，亦是比喻而已，古往今来，谁人听过有尔等此荒唐之举，且与疯癫之举何异哉！"

一旁察言观色的妲己，借机挑唆曰道："你花言巧语，遮遮掩掩，无非是害怕王上看见你那黑心肝么？"

比干何尝不知，这是妖姬借机滋事的激将之法，但话撵话，他已经被逼到悬崖边上，只有舍身一死，为殷商尽忠矣。他仰天长啸一声，大叫道："天公作证，比干在，江山在；比干死，江山亡！"

纣王厉声喝道："殷商天下，有你没我；朝歌内外，有我没你！"

"好！"比干怒目圆睁，朗声曰道，"痛快也哉。开膛验心察胆，古今未闻，纪纲绝灭；恶侄弑杀亲叔，空前绝后，恶贯满盈。呵呵，比干此生有此奇遇之厄运，乐哉！幸哉！"然后，他从衣袋中掏出一把尖刀，妲己尖叫一声，连忙躲在纣王身后。纣王双手撑开，拉开架势，欲与丞相试比高。比干怒目切齿，长啸一声，猛地将尖刀刺进自己胸前，一股鲜红的血液，状若喷泉一样喷射而出，在他身前划过一道彩虹，飒飒落落地飞溅地上。

纣王登时惊愕得张嘴结舌。他虽说对丞相欺君怒不可遏，但毕竟是自己王叔，眼看着比干状若石雕一般死不瞑目，真是后悔莫及。一代名相比干杀身成仁，这一壮烈义举，名留青史，亦被朝野传播得光怪陆离，面目皆非，遂成为千古奇怨耶。

微子、箕子闻知丞相比干被害，大惊失色，两人面面相觑，一时慌了手脚，不知计将安出。两人来到朝歌城内一家酒楼，借酒浇愁。席间，先是将樽中之酒默然洒在脚地，然后默默对饮，少言寡语。酒喝到三分，颊如涂丹，话便稠矣。喝到六七分，微子忧心忡忡，开言曰道："冷眼看朝歌，两位殷商重臣相继殒命，况且他们都是长辈，帝辛心硬如铁，亦是如草芥一般对待。我们倘若再不改弦更张，一味地直言相劝，恐怕只会死得更难看。"

箕子仰脖灌下一樽酒，曰道："与其束手就擒，不如放手一搏。"

微子环顾一周，果然见邻座有人不停地朝他们这里张望，便压低声音曰道："大庭广众之下，言多必失。如果周围有鹰犬耳目，必将大祸临头矣。"

箕子依然亮着嗓子曰道："人善被人欺，马善被人骑。你与我如此这般的窝窝囊囊，苟活于世，有甚意思？"

微子见箕子情绪失控，连忙拉着他离开酒馆。

俗话说，隔墙有耳。微子与箕子一番酒话，被费仲派出一直跟踪监视的家丁悉数闻听。费仲如获至宝，暗忖道，东征大将军尤浑军权在握，朝歌之中丞相比干又被

第四十六章　妲己设计谋害比干　微子夜遁箕子逃亡

不经意间除掉,目前形势甚好,只剩下这两个拦路石了。他先是让人在朝歌市井之中放出风去,言微子与箕子联手,要为比干报仇雪恨,欲废天子而自立。这种谣言像长了翅膀似的,很快地就在朝歌内外传得沸沸扬扬。而微子和箕子,却一直被蒙在鼓里,等到家人把这些街头巷尾流传甚广的谣言,一一转告给他们之时,微子却苦苦一笑,不为所动,家人好言相劝,他依然我行我素,坦言曰道:"为人不做亏心事,不怕半夜鬼敲门。"箕子更是朗声笑道:"身正不怕影子斜,半夜敲门心不惊。"

太颠闻听到此类谣言,很快判断出这一妙招,必是费仲借此谋划夺取宰相大位的狠招。他暗地里派人前去微子府邸告之,虽说只是空穴来风,却无法自证清白,惟有尽快地逃离朝歌,方能转危为安。否则,必将大祸临头,家眷难保,命将休矣。

直到此时,微子方才意识到问题的严重性,他来不及与箕子告别,慌慌张张地吩咐家人收拾好细软,坐上马车出了朝歌城门,直奔太庙而去。微子急匆匆走进大殿,在陈列着诸位祖宗的灵位之前,伏地拜了三拜,泣不成声曰道:"列祖列宗在上,殷启无言以对英灵。微子虽时刻不忘先祖教诲,更不敢相忘父亲之重托,为殷商殚精竭力。然,天子荒淫无道,毁坏先祖朝纲政纪,放弃先祖之正乐,度为淫声浪调。亲近小人,疏远贤臣,致使兵戈四起,黎庶生灵涂炭,八方诸侯离心离德,平民百姓怨声载道。启实在不忍看着六百年基业毁于一旦,太庙遭遇兵燹之祸,先祖灵位蒙受浩劫。敢冒不敬之罪,请列祖列宗之牌位,移与别处,另择供奉之地,若先祖泉下有知,请恕不肖子孙无奈之举。"言毕,遂起身将殷商三十代先祖列宗的牌位依次取下,整整齐齐码放在一起,用白色布包裹扎紧,双手托在胸前,念彼先人,涕零如雨,三步一回头地走出太庙,消失在夜幕之中。

微子悄然出走朝歌,太庙之中列祖列宗牌位移与他处,此举闻所未闻,古今罕见,立马在朝歌城内外引起轩然大波,尤其是在殷商贵族之中更是如丧考妣,震惊不已,朝野众说纷纭,莫衷一是。许多商贾悄悄收拾好财物,伺机出走。不少权贵挂冠隐居,另谋打算。

赋闲多年的太师疵和少师疆,曾经是殷商主管祭祀之礼的最高官吏,地位极高,颇受尊重,在历代商王执政期间,均参与国政决策,在朝歌政坛可谓是举足轻重。皆因帝辛继位以来不理朝政,以致祭祀之大礼,亦逐渐荒废。太师疵和少师疆等主管祭祀之大小官吏,亦是风光不再,遭遇冷落,逐渐退至二线边缘地带,随之雪藏,失去参政议政之显赫权利。而王叔比干光天化日之下,无端地惨死鹿台,王兄微子乘深更半夜之时惶惶然逃亡他乡,唇亡齿寒,太师疵、少师疆立马感到自身难保,不寒而栗,他二人商议再三,痛下决心,私下里带着殷商的祭祀器乐,不辞而别,乘着马车投奔丰京去了。

朝歌中另一位身世显赫的重臣箕子,被一连串接踵而来的噩耗,吓得面如土色,

· 307 ·

失魂落魄,他像一头发怒的狮子,在府邸之内赤身裸体地奔走呼号,家人见其疯疯癫癫,衣食俱废,伤心得涕泗滂沱。

几天以后,朝歌街头突然出现一个衣不遮体、浑身脏臭不堪且疯疯癫癫的老人,他披头散发,走街串巷,时而且歌且舞,时而昂首挺胸,时而仰天长啸,时而痛哭流涕,显得行为乖张,与众不同。终于有人认出来这个疯老头,原来就是大名鼎鼎的箕子之时,惊愕不已,同情之心油然而生,他们将其带回家中,伺候着穿衣戴帽,端上热腾腾的饭菜,谁料到箕子吃喝已毕,晚上竟然不在屋内歇息,专门寻找家畜棚窝,一躺下就呼呼大睡,唤也唤不醒。翌日,天色微亮,他又仰天大笑着出门而去,依然在朝歌城内奔走呼号,其惨状令人不胜唏嘘。

箕子疯癫,早就有人禀与纣王。最初,纣王根本没记在心里,等过了十几天,他方才想明白一位朝歌重臣在大街之上肆意妄为,既有碍观瞻,又失王家威仪,下令将其关进牢房囚禁起来。箕子被关押在牢房之中,每日里依然哭喊嬉闹,狱卒们最初看管甚严,多加斥责,后来见其愈来愈癫狂,疯癫的愈来愈厉害,此后便逐步地放松对箕子的看管,亦是睁一只眼,闭一只眼,任其在院内自由自在地嬉闹耍玩。日复一日,月复一月,有一段时日里,箕子连续五天却悄然无声,静静地待在牢房之中,一反常态地不再疯闹。

一日傍晚,箕子趁狱卒们正在用餐之时,悄然溜出牢狱,消失在夜色之中。他慌不择路地跑出十里之外,跪在地上,朝着太庙方位连续磕了三个响头,急匆匆地沿着小道向东北方向而去,不巧正好碰上从东线撤回来的一队骑兵,有人正好认识箕子,不由分说,将其带回朝歌,复押至牢房,不提。

而费仲借此天载难逢之良机,悉数派出豢养的上千名鹰犬恶兵,在朝歌城内大肆搜捕比干、微子及太师、少师等余孽,将来不及逃离的亲眷亲门几百人,统统抓进牢狱,一时间朝歌内外人心惶惶,鸡犬不宁,街头巷尾,路人稀少,店铺关张,商业凋零。朝歌之内,以商相比干为首的殷商重臣势力,遂被一一铲除殆尽,杀的杀,灭的灭,关的关,跑的跑,彻底消失在人们的记忆之中。

眼看着大权即将在手,费仲坐在府邸之内,思前想后,真是喜不自禁地偷着乐。几大樽酒下肚,饮着,乐着,他登时得意忘形,手舞足蹈,忍不住呵呵大笑起来。

第四十七章

姬发占卜夜观天象　叔齐伯夷不食周粟

　　朝歌内外交困,乱象丛生,此时已距离孟津观兵一年多了。
　　姬发在丰京接到太颠送来的密报,并以此获知朝歌且已陷入政局混乱,面临分崩离析之中。而更令他不可思议的是微子胸前悬挂着先祖牌位,自缚来到丰京东门外,请求姬发宽恕发落。姬发闻听此事之后,惊愕得半天合不上嘴,他连忙和姜尚一起来到东门,将微子请进凤鸣宫内,安慰再三。微子声泪俱下,言说纣王如何倒行逆施,毁坏朝纲,罪不容诛。姬发先是安顿微子住下,叮嘱妥善安置。谁料过去两天后,卫士又报,朝歌太师疵和少师疆来降,姬发又一次将二人接至宫内,并容许他们与微子相见,三人在一起抱头痛哭,泪如雨下。毕,姜尚建议,新辟一处住宅,权作殷商太庙,安放殷商列祖列宗牌位。此举看似寻常之举,却是瓦解朝歌民心之灵丹妙药。姬发遂令姜尚全力督办此事,不得有误。十日之后,当微子获知殷商临时太庙,已在沣河东岸修葺一新时,竟然吃惊得不知所措,他为姬发如此仁德而感动得涕泗滂沱。安置灵位这天,面对祭祀大礼,多年来荒疏此礼仪许久的太师疵和少师疆,期间竟然几次出错。好在牌位只是临时安放,祭礼自然简单许多。
　　几日以来,丰京城里的凤鸣宫内,姬发召集岐周核心领导层面的重要角色,连续地商议与研究兴师伐商之决策方案。姜尚指着墙上悬挂的作战地图,详细讲解了目前两军对峙及兵力状况,商军号称七十万大军,而周军只有区区五万多人,显而易见,若论商周目前兵力对比,敌强我弱,兵力悬殊,相差却在十几倍以上。若论仁德正义,朝歌人心思变,商军将士不和,军心不稳,则为大忌也。
　　天下诸侯,已有652国臣服于周。而我烈烈周军,将士齐心,训练有素,且能以一当十,勇猛顽强,战之能胜,所向披靡。众人各抒己见,愈讨论愈兴奋,只待姬发一声令下,便可一鼓作气势如虎,攻破朝歌如囊中取物矣。
　　此次军政大会之后,姬发与姜尚便全力以赴地投入到紧张的战前准备工作之中。尽管丰京上下对兴兵伐商毫无争议,但在何时出兵上,却产生了极大分歧。力主尽快伐商的姜尚、南宫适、辛甲一方认为,盘踞在朝歌内的纣王依然我行我素,花天酒地,导致众叛亲离,成为令人不齿的孤家寡人;自从尤浑统帅东征大军之后,东线连连吃紧,东夷步步为营,商军节节败退,更何况在商军内部,危机四伏,将士之间相互猜疑,貌合神离;费仲在私下里加紧培植党羽,这些魑魅魍魉,早已按捺不住抢班夺权之狼子野心,蠢蠢欲动。综上所述,可以说殷商已经处在崩溃之边沿。有道是机不可失,时不再来。周军倘若趁此天赐良机,以迅雷不及掩耳之势,必将一举直捣朝歌殷商巢穴,擒拿纣王,斩杀妖姬,一夜之间城头变换大王旗帜,何乐而不为哉!

而主事占卜的丰京太卜,却对此提出了不同看法,他信誓旦旦地认为,古往今来,凡是王朝更替之际,上苍必有垂象以昭示吉凶焉。几日来,太卜夜观天象,竟然发现夜空中多次出现过"月晕须女"之罕见景象,此乃覆军杀将之恶兆也,倘若此时仓促出战,必将损兵折将,铩羽而归;而最佳出兵时机,须待星空中出现"太白出高"之吉兆,周军可堂而皇之地东征,定能一举平天下,万事大吉。

姜尚深思竭虑,力主及时出兵。太卜以为上天垂象不吉,极力劝阻周军慎行。且二者尖锐对立,水火不容。原先一直力挺姜尚的将领,亦是忧心惙惙。

在这千钧一发的关键时刻,姬发却显得十分平静,端坐一旁,默默不语。他沸腾的内心深处,亦是力主尽快地出兵,认为时不我待,机不可失。诚然,姬周几代人之伟大梦想即将实现之时,却是任何闪失都不允许出现的,哪怕有些许异议,仍需耐心体察,绝不放过蛛丝马迹。那么,能不能设想一种双方都能接受的折中方案,这样大家都能放弃己见,心悦诚服地来接受命运的裁决!

占卜——姬发蓦然间灵机一动,茅塞顿开。此前,姬周一族凡是遇到重大军政要事实施前夕,总是要以龟甲占卜吉凶来做最终决定。

初冬的周原之上,艳阳高照,晴空万里,百官们喜气洋洋,谈笑风生。姬发和姜尚更是踌躇满志,意气风发。一行人乘着马车来到西岐城,占卜仪式在太庙专设的占卜密室内如期举行。

占卜师们一脸正色,有条不紊地开始选龟、开龟、定墨和灼契。太卜眼盯着龟甲,嘴里念念有词,站在他身旁的两位占卜师,一人摁住龟甲,一人拿着烧红的铜棍,对准龟甲上画定的七个类似勺子星辰之洞穴,依次插入其中,"刺啦啦"一阵阵炸响,然后,一股股白烟,从占卜室内徐徐飘出,夹杂着些许腥味。太卜弯下腰去,眼睛紧紧盯着龟甲炸开的裂纹,他小心翼翼地反复观看以后,方才走出密室,悄声对姬发曰道:"吉凶参半,如之奈何?为验证天象异常,还得再用蓍草占卜。"

姬发脸色凝重,点头默许。

太卜令其左右,将精心挑选的五十五根蓍草茎干,整齐地摆放在案几中间。六

第四十七章　姬发占卜夜观天象　叔齐伯夷不食周粟

根蓍茎置于最上位置,其余的四十九根被左右放置几回,然后再任意分为两部分,分置于天地二位。占卜师先是三叩拜,毕,从天位取出一根蓍草茎干,放置于天地二位中间,以象征人位,合起来便是天、地、人三才;占卜师按四根一组清点天位的蓍草数字,记下余数,称之为"揲之以四,以象四时,归奇于扐以象润";接下来,再次数清地位之蓍草茎干。如此这般地完成"一变";一变过后,再次将天、地二位的蓍草茎干重新组合,开始"二变、三变、四变"乃至"十八变",方能完成一个六爻卦符。

推演的结果,则是一个"震"卦。其上卦与下卦均为震,象征震动。

震卦:亨通。震雷乍至,人人惶恐不安,然后又谈笑自若;雷声震惊百里之地,圣贤却能镇定自若,不因恐惧而丢掉祭器;初九:震雷乍至,人人惶恐不安,然后又谈笑自若,吉祥;六二:震雷乍至,有危厉。会损失大量货物,应当登上高峻的九陵之上远避,而不要前去找寻,七日之内自然失而复得;六三:雷震时人人畏惧不安,但因雷动而谨慎行事,则免遭祸患;九四:雷震时,惊慌失措地坠入泥沼之中;六五:雷震时,上下往来都有危厉。但可以万无一失,能举行祭祀的仪式;上六:雷震时,惶恐畏缩,惊视四顾,向前行进会遇凶险。雷还未震及自身,而只震及邻人,如有婚配,将至言语不和。

有道是天有不测风云。正在此时,周原天空中蓦然间狂风大作,一声炸雷亮亮的响在半空。轰轰隆隆,从东南天际不断地传来一阵阵沉闷的雷鸣声。接着,一道闪电"刺啦"一声划过天空,又是一声炸雷"轰隆隆"爆在凤雏宫上。

站立一旁的百官们面面相觑,面如土色。太卜曰道:"主公,星战、龟卜、蓍占,结果均是喜忧参半。刚才雷公警示,天意不可违也!"

姬发依然异常冷静,在响雷时面不改色心不跳,他抬头看看阴云密布的天空,开玩笑道:"我们要去讨伐纣王,又不是和他谈婚论嫁,言语不和,又如之奈何!"

"雷电轰鸣,风雨至矣,皆为天气四时变幻之寻常事态耶。何况龟骨蓍草,焉知吉凶祸福乎?"姜尚闻听此言后,朗声曰道,"想昔日孟津观兵,凤鸣于冈,白鱼入舟,当为伐纣之良机美辰是也。然,老臣以为不可妄行耶。主公审时度势,采纳老夫谏言,方才避免操之过急,陷于灾祸。由此可见,虽天意不可违也,天象却不足信耳,鬼蓍更不足凭证焉。"

百官们竖耳恭听,姬发亦是听得津津有味。惟有太卜脸色阴沉,低头不语。姜尚继续曰道:"纣王杀祖伊、比干,逼走微子,囚禁箕子。如今,殷商方寸大乱,内外交困,君臣反目成仇,致使忠者死节,贤者隐遁,仁者畏缩,人人惶恐不安,个个惊视四顾,不亡何待?况且使者已出,诸侯咸知。各路兵马云集,箭在弦上,只待主公令旗一挥,即可马踏朝歌!倘若瞻前顾后,犹豫不决,日中不彗,必失其时,机不可失,时不再来。还望主公从速决断,免得犹豫不定,贻误战机耳!"

· 311 ·

大 周 原

姜尚一席话毕,周原的天空中乌云散尽,清新的旷野之中,一轮红日映照大地。清新的空气中,弥漫着一股醉人的芳香。众人抬头仰望,梧桐树上的雨水滴滴答答,仿佛久旱逢甘霖,依然是那么诱人。

姬发大手一挥,朗声曰道:"太师一番话,正合姬发意。常言道,天意与民意相比,民意则为重耶,苟利于民,又何惧哉!即日起,我军当从速兴师东征,以灭商兴周为最终目标,铲除暴逆,捉拿奸佞,替天行道,解民于倒悬。今日即回丰京,做好出征准备,倘若延误战机,定当悔之莫及!"

公元前 1046 年正月癸巳,周军东征伐纣灭商,终于在周人万众期盼之中,徐徐地拉开了帷幕。

姬发与姜尚调动四路大军向朝歌进发,他们亲率戎车三百辆,虎贲三千人,甲士四万五千人,并联合庸(今湖北竹溪一带)、蜀(今陕西汉中至四川、重庆一带)、羌(今甘肃成县武都一带)、髳(今山西南部一带)、徽(今陕西眉县一带)、卢(今湖北襄樊一带)、彭(今湖北房县一带)、濮(今鄂西至重庆之间)八国之兵,加之密须、阮、共、芮、虞及吴国等友好邻邦,浩浩荡荡地挥师东进。

周军渡过风陵渡后,稍作歇息,大军正欲进发,忽然有人急报,前面有两位白发苍苍的老者拦住去路,口口声声要与姬发亲自对话。姬发与姜尚双目相互对视,却不知此人因何而为乎?他们只好下车来,徒步走到大军前方,方才看见两位老者衣衫褴褛,眉宇间却透着某种炫鹜之气。姬发微笑着问道:"敢问二位老丈尊姓大名,缘何阻拦周军?"

其中一位年纪稍长者答道:"吾乃孤竹国墨邰允,伯夷是也。"毕,另一位老者曰道:"吾乃孤竹国墨邰致,叔齐是也。"

"嗳!"姬发心中暗吃一惊,仍握拳还礼道,"孤竹国距离此地,不啻千里之遥。且不知二位老王子,为何竟在首阳山下逗留?"

年长的伯夷走前一步,一手叉腰,一手指着周军,沉着脸问道:"不知西伯统帅周军,意欲何为哉?"

姬发略一思索,便知晓来者不善,善者不来,今日必有一番口舌之争矣。他耐着性子答道:"孤竹国路途遥远,二位老王子有所不知当今朝歌内情。纣王荒淫无道,沉迷酒色,残杀重臣,囚禁忠良,重用奸佞,宠幸妖姬,盘剥百姓,致使朝野怨声载道,民不聊生,诸侯方国,众叛亲离,已经获罪于上苍也!"

叔齐从袖筒里伸出食指,频频点盯着战车之中安放的姬昌牌位,厉声斥责道:"西伯号称仁德广义,方伯新丧不满三载,尔等正在服丧之内,然不守祖制,兴师动众,大动干戈,忠孝廉义,焉何而为乎?而天子为君,诸侯为臣,舞刀弄枪,以臣弑君,宽仁广德,从甚而言哉!"

第四十七章　姬发占卜夜观天象　叔齐伯夷不食周粟

姬发不由得腹中怒气上蹿，他黑着脸，强忍着内心忿怒，低头沉思一阵，婉言释道："殷商气数已尽，帝辛人神共愤。故姬发奉先父遗命，兴正义之师，讨伐暴逆于朝歌，解民倒悬于水火之中。待从头收拾旧山河，故而匡扶正义！"姜尚在一旁悄然静立，察言观色。

伯夷看到姬发低头不悦，姜尚亦不吱声，他更加地肆无忌惮，朗声斥责道："西伯若能迷途知返，仍不失为天下之英雄豪杰是也。"

南宫适和闳夭等将领，心中早已怒火熊熊，他们俩几乎同时一个箭步冲上前去，一人一把利剑，端直架在伯夷叔齐脖颈处。南宫适恶狠狠骂道："哪里来的野蠢神？竟敢阻挡伐纣天师！继而出言不逊，诬蔑周军，诋毁主公，真是自取其辱耶！"

眼见得利刃晃眼，伯夷叔齐吓得跟跟跄跄地后退几步，差点跌倒在地。

"二位将军，不得无礼。此乃孤竹国高义之士，虽则为昏君解脱罪责，其行为偏执，且言词失当，却自有抱负，铮铮骨气，值得我们尊敬。"姜尚连忙制止道，"然，两位老王子，却一意孤行，不识大体，则要被天下人所嗤笑矣。先贤曰：'君待臣以诚，臣事君以忠。'放眼天下，帝辛祸害九州，失信于四海，何诚之有？其丧心病狂，肆意残害忠良，致使国无宁日，民不聊生，何义之谓？正所谓天道，当以民生、民意、民权为首要耶。昔日商汤伐桀，凡后来者，有谁言及以臣弑君乎？今吾主公讨伐暴逆，诛杀奸佞，祛除妖姬，替天行道，倘与商汤伐桀又何异哉！难道二位老王子生活在孤竹国，真的是两耳不闻窗外世事，且孤陋寡闻乎？"

方才理直气壮的伯夷叔齐，顿时被姜尚义正严辞地一番话，噎得哑口无言。他两人只得知趣地躲闪在路旁，眼睁睁看着周军向东行进而去矣。

伯夷和叔齐来自地处殷商东北方的一个姓墨邰氏的诸侯国——孤竹国，即今河北卢龙县一带的滦河流域。帝辛继位时，孤竹国国君名初，字子朝。他有两个儿子，长子名允，字公信；次子曰致，字公达。二人死后被谥为夷、齐，按长幼排序，谓之伯夷与叔齐。伯夷比叔齐大近十岁，兄弟俩形影不离，知书达理，在孤竹国人心目中近乎完人。当孤竹初年老体衰时，立嗣迫在眉睫，众贵族更是不断地上奏早立储嗣。孤竹初却一时难下决心，缘由当然是他虽偏爱幼子公达，但长子公信同样出色，况且废长立幼为世俗所不容焉。当伯夷意识到父亲有立弟弟为嗣子之意，便开门见山地力挺叔齐。孤竹初没想到长子竟然如此大度，一时不忍心再提此事。

常言道，天有不测风云，人有旦夕祸福。孤竹初外出秋猎时，遭遇一只斑斓猛虎，其坐骑蓦然受惊狂奔，将他摔倒在地，跌成重伤，昏迷七天，便溘然而逝矣。

伯夷与叔齐哭得死去活来，后在整理父亲遗物时，在锦盒里发现藏有丝帛立叔齐为嗣之遗嘱。葬礼过后，孤竹国开始筹划新侯继位大典。叔齐坚持要兄长继位，他来全力辅佐，共同治理孤竹国。伯夷却认为父命不可违也，否则将陷于不孝不义

大周原

之罪孽中,况且无法自拔。两人推让来推让去,一时无法达成共识,只能不欢而散。

连续三日,不见伯夷露面,叔齐实在忍不住,又来兄长府邸寻找规劝。谁知家丁告知他,两天以前,伯夷已经出门云游四方矣。叔齐大惊失色,立马意识到大事不好,看来兄长真的是为躲避继位之争,索性离家出走,邈若黄鹤一去不复返了。叔齐回到府邸,茶饭不宁,坐卧不安,遂想起与兄长几十年以来手足之情,一幕幕画面,不时地在眼前浮现,顿时涕零如雨,悲伤不已。

叔齐闭门三日,大门不出,二门不迈,其夫人对丈夫此举毫无办法。伯夷夫人五六天以来,亦是活不见人,死不见尸,整日只能以泪洗面,哭泣不已。又是两日过去,叔齐夫人给夫君送饭之时,喊叫半天,不见他吱声,连忙呼唤家丁撬开房门,早已不见丈夫踪影。两位继嗣者相继离家出走,孤竹国里几乎乱成一锅粥。派出寻找二人的兵马四处查访,均无丁点消息,伯夷叔齐仿佛从人间蒸发一般,了无音讯。

一个多月以后,叔齐的儿子方才继位为孤竹国侯。

叔齐孤身一人,漫无目的地云游四方。他对伯夷到底会去何方,几乎是一无所知。但是,叔齐心里有一种期盼,他总是会在世上某一个地方,某一个早上见到同样是云游天下的兄长。于是,叔齐眼睛眺望着华夏的山山水水,日复一日地郁郁独行着。他用脚步丈量着九州的旷野荒岭,年复一年地疾走着……也许冥冥之中,注定这对难兄难弟有朝一日将聚会在一起,继续他们心向往之且执着地徒步穿越且丈量大地之未竟事业。叔齐终于在十年之后,在渤海湾一间茅草屋里不期而遇日思夜想的伯夷。两人相见,相互对视许久,竟然默默无语,涕泪交流。皓首白发苍苍,脸颊沟壑万道,彼此道不尽无限思念,说不完无限感慨,真的是恍如隔世,惨淡人生矣。兄弟俩相依为命,残留在伯夷与叔齐胸中之豪情,又燃烧起来,他们决心远赴西岐,考察西伯侯笃行仁政、广播德义之新政,倘若真的是宛如传言所证,干脆就在西岐养老送终。二人跋山涉水,历经千难万险,一年之后,终于来到西岐境内。当他们获知西伯侯姬昌已于两年多以前逝世,其子姬发断然要东征剿灭天下共主帝辛之时,他们再也按捺不住心中维护正统与反对犯上作乱之不道行为,挺身而出,阻拦周军。但是,面对着姬发义正严辞和姜尚的好言相劝,伯夷、叔齐却难以自圆其说,只能捶胸顿足,无计可施矣。周军浩浩荡荡行走过去,伯夷望着姬发伟岸的背影,垂头丧气,似乎知晓自己,徒劳无益。叔齐亦认为此举虽是吹灰找缝,吹毛求疵,但一时仍然不肯善罢甘休矣。

这一对活宝兄弟真是倔强,后来天下归周,姬发念及兄弟俩高风亮节,遂令孤竹国维持现状。伯夷与叔齐却是一根筋,始终转不过弯来,竟然不食周粟,依然云游四方,跋山涉水,足迹遍及周境内许多地方,以采薇充饥,度日如年。

第四十八章

两军交战勇者胜　牧野喋血炮声隆

周军士气昂扬,高歌猛进,大军途经之处,方国诸侯纷纷迎来送往,鼓乐喧天,黎庶百姓更是夹道欢迎,拍手称快。

一日行进途中,天气骤变,狂风大作,天际之间飞沙走石,混沌一片。忽听"咔嚓"一声,周军大旗竟被狂风吹折成两段,跌落在地。旗手连忙将战旗复擎于手,脸色甚为惊慌,左右兵士更是恐慌不已。

众将领目光转向姬发与姜尚,却见主公镇定自如,英姿勃发。太师若无其事,面不改色。辛甲挥舞着手中之剑,大声喝道:"何方妖怪在此作怪?待末将手到擒来!"姬发微笑道:"朗朗乾坤,清清人间,焉有甚么妖孽?风摧旗杆,扬沙飞石,亦不过天呈异象而已也!"狂风过后,随即大雨滂沱,周军只能在泥泞之中,趔趔趄趄地艰难行进。姬发持剑高呼道:"上苍赐我灭商雄魂利胆,天降大任于斯人,风神雨仙且将助焉。"毕,转瞬之间云开雾散,风和日丽,周军将士面呈悦色,抹掉脸颊雨水,喜笑颜开地脚下生风,呼啦啦加快行军的步伐。

大军到达孟津,各路方国诸侯会聚于此。南宫适带领的南路周军亦到达黄河南岸,等待渡河。天空忽降大雪,朔风凛冽,黄河几乎在一夜之间结成坚冰,放眼远眺,银装素裹,分外妖娆,白茫茫状若莽原,冰封天地;雪皑皑宛如明镜,雅洁清净。南宫适心中甚喜,指挥一万余大军在半日之中渡过黄河,与姬发带领的北路大军在北岸胜利会师。

翌日天气放晴,万里无云。姬发与诸侯围坐在中军帐里,共叙灭商大计,群情激昂,同仇敌忾。姬发道:"天地乃万物之父母,人群为风物之灵魂。为人君者,当为人中飞龙,世间俊杰。天之骄子,自然以护佑天下黎庶为己任,维持百姓利益为准则耶。而当今帝辛,不理国事,沉迷酒色,袒护妖姬,不遵天命,违背天意,迫害忠臣,奢侈无度,盘剥百姓,荼毒生灵。天下黎庶叫苦不迭,四方诸侯怨声载道。致使民不聊

大周原

生,国将不国,千里荒芜,万里饿殍。倘若任其继续祸害百姓,涂炭平民,上苍必然怪罪你我,天谴地惩。今姬发奉天之命,高举义旗,得道多助,与诸君齐心协力,同去朝歌讨伐失道寡助之昏君帝辛,必将振臂一呼,天下响应,完成讨纣之伟业!"

众诸侯被姬发一番话激得热血沸腾,齐声高呼:"铲除暴君,诛杀奸佞,奉行天罚,为民除害。"

面对着几万周军及列国讨纣大军,姬发进行战前动员,他再次宣布了纣王的滔天之罪状:"古人有言曰,'牝鸡无晨。牝鸡之晨,惟家之索。'今商王受惟妇言是用,昏弃厥肆祀弗答,昏弃厥遗王父母弟不迪,乃惟四方之多罪逋逃,是崇是长,是信是使,以为大夫卿士。俾暴虐于百姓,以奸宄于商邑。今予发惟恭行天之罚。今日之事,不愆于六步、七步,乃止齐焉。夫子勖哉!不愆于四伐、五伐、六伐、七伐,乃止齐焉。夫子勖哉!尚桓桓,如虎如貔,如熊如罴,于商郊,弗迓克奔以役西土,勖哉夫子!尔所弗勖,其于尔躬有戮!"

姬发激情四射地演讲,使得讨纣大军群情激昂,山呼海啸一般怒吼着,响应着。

孟津誓师大会之后,近十万大军宛如猛虎下山,战车辚辚,骏马萧萧,凶似狼群,势如破竹,大军东渡黄河,呼啦啦向朝歌扑去。

身处险境的纣王,自从逼死祖伊、比干,微子逃亡,箕子夜遁之后,再无人敢在其面前说三道四,絮叨斥责,从此后他两耳清静,心中甚感快活,依然在鹿台欢娱不已,纵情沉迷于酒色之中。费仲在暗处窥觑许久,豢养的家丁,亦是磨刀霍霍,只待天赐良机,取而代之。朝中众多百官,谨小慎微,安于享乐,得过且过。当周军兵临城下,朝歌内这才一片风声鹤唳,草木皆兵,众贵族商贾如梦方醒,慌作一团。

纣王召集文武百官商议如何抵御周军,众人却是装聋作哑,垂头丧气。纣王看着群臣个个束手无策,战战兢兢,人人目目相觑,呆若木鸡,登时大发雷霆,指着一个个脸色苍白、噤若寒蝉的百官面门,厉声骂道:"尔等食君之俸禄,从来狮子大张口。然,大敌当前,却畏畏缩缩,胆小如鼠,是何道理?"

面对着歇斯底里的君王,文武百官垂手站立,无言以对。纣王只得扭头询问费仲如何退兵?费仲吭哧一阵,曰道:"姬发亡我之心,路人皆知。只可惜王上不思进取,沉迷酒色,不理朝政,致使朝歌危在旦夕矣。"

"咦!"纣王猛地一愣怔,急赤白脸地言道,"你?"他显然被费仲狂言妄语刺激得耳红面赤,一时节竟然手足无措,原本想问罪与他,却是底气不足。众百官更是伸直脖颈,他们早已听惯费仲阿谀奉迎之言,焉能不惊叹奸佞胆大包天,今朝何来诡异之谏言。纣王更是脸色铁青,心中早已乱了方寸,只得气呼呼地喝令退朝。

纣王愤愤然回到摘星楼上,怒气未消,像一头咆哮的雄狮一般,一脚将一个案几踢翻。妲己端出一樽酒,微笑着走到纣王面前,娇滴滴地曰道:"王上,且将美酒饮

· 316 ·

第四十八章 两军交战勇者胜 牧野喋血炮声隆

上,消消气。"

纣王两眼血红,瞪着妲己不错眼地盯着,鼻子里呼呼喷着粗气。然后,气急败坏地骂道:"都是你这妖姬误国误事,大敌当前,满朝文武,竟然都一个个变成缩头乌龟,不敢挺身而出应战周军。"

妲己微微一笑:"天下者,男人之天下。王朝者,男人之王朝。古往今来只如此。臣妾不太明白,王上乃天下第一英雄,何惧区区姬发乎?大战之前,君心方寸大乱,六神无主,岂能御敌于城池之外?"

纣王猛然惊醒,望着如花似玉的妲己,登时懊悔自己虽为顶天立地大丈夫,却无她镇定自若之神情,真是悔之不及矣。妲己端着酒樽,双手捧至纣王面前,依然面不改色,妖艳照人。纣王昂脖灌下,猛地将酒樽摔在地上,厉声骂道:"满堂文武,一个个都是些酒囊饭袋,大敌当前,魂魄俱散,竟然都做了缩头乌龟!可恶,真是可恶至极也!"他一把将妲己搂进怀中,亲吻一口,曰道:"与朝中这些软蛋窝囊废相比,爱妃当为天下第一巾帼英雄,临危不惧,遇事不慌,本王甚为佩服之至。"

妲己暗忖道,呸!甚么狗屁巾帼英雄。你这蠢头,你以为我是妇好么!

纣王此时此刻,方才真正晓得朝中已是风声鹤唳,草木皆兵,忠者死节,贤者隐遁,奸者觊觎,庸者猥琐。他心神不宁地坐在摘星楼上,胸襟内时而激荡,时而落荒,时而愤慨,时而空虚……不知过了多少时辰,他这才慢慢醒悟过来,回想起自己多年以来目空一切,独断专行,真是悔不当初,自责不已。然,大丈夫能屈能伸,焉能为姬发小儿所吓倒!他暗暗思忖道,眼下王宫卫队一万余人,可谓是精兵强将,战斗力极强,但是恶虎难敌群狼,独臂不敌数手,总归是二者势力相抵,不啻天渊。况且东征商军在千里之外,远水难救近火。朝歌兵力衰微,寡不敌众,当在情理之中。

夜幕萧然降临,朝歌城内灯火暗淡,稀稀落落,往日的繁华都城,仿佛一去不复返矣。妲己款款走过来,悄然依偎在纣王身上,她看到夫君依然是愁眉不展,遂建言道:"东夷俘虏,数以万计。殷商奴隶,数十万有余。王上何不将他们编入商军,御敌于朝歌之外?"纣王一听此言,拍手大叫道:"爱妃此计甚妙耳,真是救国救民之良策者也。"妲己莞尔一笑:"是否救国救民,咱暂且不论。朝歌保不住,臣妾与王上去哪里欢娱?"纣王脸色凝重,曰道:"呵呵!大不了殊死一搏,鱼死网破。我倒要看一看,姬发有没有胆子与本王较量一番!"

整编俘虏和奴隶为守城商军,纣王原本想交与费仲来完成。可是老贼却以身体不适难以从命而再三推辞。纣王恨得咬牙切齿,倘若以前,他早就亲手将其碎尸万段矣。无奈此时顾头难顾尾,只得另选一位卫队低级军官殷洪来统领这支乌合之众。

毕竟是冬季,朝歌气温陡降,而新招募的商军哪里还有新的军棉衣可穿,远远望去,假如不是人人手中还有一只只刀枪,几乎就是逃荒的难民一般,如此涣散之军

· 317 ·

大周原

阵,真是惨不忍睹。纣王视察完新整编的队伍,忍不住仰天长叹,懊悔不已。至于这些勉勉强强凑合起来的七十万商军,能不能抵御威风凛凛的周军,只能听天由命。而支撑殷商大厦的顶梁柱,比干、祖伊、微子和箕子等忠臣良将被杀的杀,逃的逃,显然已经无人再像往日一样为朝歌保驾护航矣。纣王遣兵调将,捉襟见肘,他只能命太子武庚为守卫朝歌大将军,费仲辅之,固守朝歌城池,他自己亲自披挂上阵,统率以王宫卫队为主体的商军,来应战姬发和姜尚统领的周军。

一场华夏军事史上最为壮观的牧野之战大幕,正在徐徐拉开。对垒双方无不剑拔弩张,大战已是一触即发。

牧野,位于朝歌郊外约七十余里之处(即今河南省汲县是也)。这一片旷野,原本宽阔无垠,一马平川,一场大雪飘飘洒洒过后,眼极处莽莽雪域,似银装世界,粉饰之乾坤。商军与周军阵营相互对峙,色泽截然相反:殷商尚白,东边商军阵营中白旗、白马、白饰物,一阵寒风吹过,呼啦啦白旗飘飘,仿佛飞雪漫天飘舞,透出些许森森之杀气;岐周尚红,西边周军队伍里红旗、红马、红饰物,北风刮起,噼啪啪红旗漫卷,宛如朝霞映照原野,挥洒着无限烈烈之能量!

一月甲子之日清晨,天色微亮。周军及诸侯部队集结完毕,整肃威武。太阳从东方冉冉升起,金装素裹,煞是壮美。蓝天白云之下,一列列周军精神饱满,一队队兵士斗志昂扬,一辆辆战车整齐划一,一排排弓箭手气贯长虹……威武之师,整装待发!正义之履,碾碎敌顽!!

姬发站在战车之上,左杖白钺,右执黄旌,威风凛凛,气宇轩昂。周围战将如云,好似众星捧月,光耀寰宇。他环视一周,朗声曰道:"将士们,纣王无道,诛杀忠良,不祭天地,暴虐黎庶,不祀祖先,沉迷酒色,致使天下百姓民不聊生,妻离子散,九州苍生怨声载道,揭竿而起。我姬发以铲除暴君奸佞为己任,为弘扬四方人民福祉为目标。今奉先父之神圣遗命,尝与诸位贤侯同舟共济,敢和弟兄们同仇敌忾,替天行道,奉行天罚!"

姬发右手将黄旌一挥,大声喝令道:"伟大的西岐将士们,为天下苍生建功立业的时候到了。战无不胜的弟兄们,操起你们手中之利矛,拿起你们手中之坚戈,奋勇向前,活捉独夫民贼!此仇不报,更待何时!"

数万将士们身披骨甲,威风凛凛,他们齐声应诺,伴随着跺脚声,将手中所执掌矛、戈、戟、钺、斧、刀、剑及盾等武器,一次次地撅在雪地上,喊杀阵阵,声振寰宇,余音久久回荡,不绝于耳。宣誓已毕,姜尚再次地强调排兵布阵,必须严格执行战前纪律,万万不得有误:进攻方队每每前进六七步,连续击杀四五次敌军,即可后退一两步取齐,使得方队始终保持肃严队列,整齐划一,进则勇往直前,退则有条不紊;凡兵车行进,两旁需留开适当间距,从而使指挥通道,始终畅通无阻,步兵与战车之间相

第四十八章 两军交战勇者胜 牧野喋血炮声隆

互配合,天衣无缝;而目前这支商军,主体多以奴隶与战俘组成,乃贫苦人家子弟为多。故而与你我身世相近,都是平民百姓,所以,绝不容许滥杀降俘。

"牧誓"已毕,姬发令旗一挥。周军阵营喊声如春雷震天,响彻云霄。与周军肃整相比而言,纣王率领的商军方队凌乱,兵士们穿着式样千奇百怪,手中所持武器,几乎是五花八门,还未上阵真刀真枪搏杀,气势且已失掉七分。纣王不由得心中一阵阵忐忑不安,眉宇间愁云密布,胯下坐骑似乎也惶恐不已,在雪地里焦躁地打着转圈。

正在此时,周军中杀出一员猛将,厉声骂道:"昏君,还不快快下马投降!"纣王见此人貌不惊人,身材高大魁梧,仿佛一个山野人家出身。他用龙头大戟一指来者,轻蔑地问道:"来者何人?快快报上姓名,免得尔惨死在我戟头马下,妄言本王欺负无名小卒矣!"

武吉冷笑道:"啥无名有名的,我就是你蕚爷武吉!"

"呔!"纣王骂一句,"无名鼠辈!竟然不自量力,敢与天子叫板,自取死耶。我看你小子是活腻矣。"毕,调转马头,操起龙头大戟端直刺过来。

武吉双腿猛地夹击坐骑,手执红缨枪应战。周军在一旁跺脚助威,一则御寒,二则鼓劲。两人大战四五十回合,不分高下。姜尚头一偏,又一员猛将冲杀而出,厉声骂道:"帝辛,你这昏君,还认得我是谁么?"纣王虚晃一枪,拨转马头跳出丈外,静眼一瞧,原来是殷商叛将黄飞虎是也。他恶狠狠地骂道:"尔等世代为殷商重臣,焉何叛逃西岐乎?"

黄飞虎朝武吉睨视一眼,曰道:"武将军暂且歇息,等我来收拾这昏君足矣。"然后,他用长矛指着纣王骂道:"你这狗彘不如的昏君,荒淫无度,霸占臣妻,逼死良妃,竟敢有脸质问我乎!"

纣王这才猛然想起黄飞虎叛逃周军,皆因自己而起。他轻叹一声,懊悔不已。然事已至此,再后悔亦是木已成舟,无济于事了,只得硬着头皮与黄飞虎大战六七十回合,仍然不分胜负。毕竟是一代英豪,武艺高强,一只大戟上下飞舞,英勇无比。而周军这边红旗飞舞,杀声震天,气势恢宏。反观商军阵营,白旗低垂,将士们悄无声息,呆若木鸡。

姜尚见此鏖战,又一挥手,周军阵营中闪出四员战将,黄飞龙、黄飞彪、黄飞豹、黄飞鸿四位兄弟冲杀上阵,将纣王团团围在中央,杀的昏天黑地。五虎上将愈战愈勇,纣王则双手难敌十拳,渐渐力竭,只有招架之力,哪有还手之力!周军喊声震天,五虎上将更是擒敌心切。大战几十回合,仍然难分高下。

姬发看得真切,心里随想道,这帝辛果然厉害,看来今日定当是一场恶战。他朝黄飞虎等五虎上将振臂一挥,五人飞马回归周军阵营之中。姬发又看姜尚一眼,姜尚立马心领神会,驾驭单车冲到纣王马前,断喝一声:"帝辛小儿,快拿命来!"

纣王见姜尚独车前来挑战,不由得仰天狂笑一阵,继而挖苦道:"好一个贩骰鬻羊之徒,竟然还在西岐混得人模狗样,尔真的是走了狗屎运!"

"嘿嘿。"姜尚冷笑道,"帝辛小儿,你难道不记得?我还是朝歌城中宰牛杀羊的屠夫,专门拾掇畜生的皮毛,只是多日不用,手艺荒废矣。呔!今日正好练练手,且将你这狗骰东西的皮活活剥了,如之若何?"

"呵呵!"纣王冷笑一声,"一个昔日在朝歌街头的混混子,竟然敢与天子叫板?嘻嘻!真是天大的笑话。"

姜尚讥笑道:"老汉我今日权当学手哩。"毕,他挥舞着大戟,吆喝着坐骑,与纣王厮杀在一起,一时间,战马嘶鸣,尘土飞扬,二人战得天昏地暗。早已嗷嗷叫的三千虎贲之师,一拥而上,将帝辛团团围在阵中。一百回合过去,纣王渐渐体力不支,他只得虚晃一枪,乘势跳出包围圈,拨转马头,提着龙头大戟落荒而逃矣。

姬发振臂一呼,姜尚掏出令旗,由左向右连续画了三圈,只听三声震天炮响,三股浓烟扶摇直上,飘飘悠悠,威严齐整之左军、中军和右军严阵以待,战鼓雷鸣。

姜尚令旗左右一挥,首先冲锋在前的是右军之中数以千百计的弓箭手,张弓跪射,万箭齐发,飞镝如蝗,铺天盖地地射向敌人方阵,一群群兵士仿佛大风中的麦捆一般旋绕倒下;紧接着左军和中军之中持着短剑的勇士们宛若旋风一般冲入敌阵,厮杀混战在一起。虎贲军士手持利剑,在短兵相接中更是如虎添翼,他们左冲右突,宛入无人之境。红旗飘舞翻卷之处,车毂交错,杀声震天,戈戟叮当;战马腾跃嘶鸣声中,火星喷溅,血光映雪。

这原本是一场十分不对等的拼杀较量,交战双方兵力非常悬殊,周军以区区五万兵马却要对付商军七十万之众。而训练有素的周军将士以一当十,骁勇善战,喊声震天,咆哮如雷,尤其是他们手持的短剑,更是有利于近身搏斗,机动灵活,前冲后突,左刺右杀;反观庞大的商军阵势,前后脱节,左顾右盼,仿佛一群群混乱不堪炸了窝的羊群,慌里慌张地四处逃窜。周军在诸位将军的有序指挥下,乘势将一队队商军分割开来,团团围住,奋力砍杀,被围剿的商军兵士们后退着,哭喊着,相互踩踏,死伤无数,惨不忍睹。

这是位于牧野之战中靠近鹤壁的一处战场,武艺高强的姬高率领周军,将数万人团团围住,正欲冲杀。突然,商军阵营中有人高喊道:"弟兄们!我们再不能为暴君卖命了!"喧嚣的战场登时寂静下来。一个下级军官模样的人走出人群中,他面色凝重,大声喊道:"我闻听西伯侯仁德天下,而暴君纣王却不顾黎庶死活,纵容妖姬残害百姓!弟兄们,我们也是父母生养,而他们却生活在水深火热之中。大家想一想,我们为甚要为昏君抵命?"一番话后,商军们纷纷将刀戟丢弃在地上,叮叮当当的兵

第四十八章 两军交战勇者胜 牧野喋血炮声隆

器碰撞声响成一片。

姬高站在马上,高举斧钺,振臂一挥,喝道:"识时务者为俊杰。反戈一击者有赏!"接着,他跳下马来,紧握住刚才反水的商军军官之手,问清姓名,鼓励一番,遂带领这支庞大的队伍冲杀别的阵地。一场混战,而随着反水的商军愈来愈多,几乎分不清两军的队形矣。

这样的大战进行了不到两个多时辰,几乎是胜败大局已定,白旗纷纷落地,与雪地融为一体,不见踪影;旷野之下,红旗猎猎飘荡,仿佛一团团火苗,处处燃烧。

《诗经·大雅·大明》记载此次恶战:

牧野洋洋,檀车煌煌,驷騵彭彭。维师尚父,时维鹰扬。凉彼武王,肆伐大商,会朝清明!

这一仗打得真是漂亮至极。纣王只带几十个卫士,惶惶如惊弓之鸟,急急似漏网之鱼,一路飞马狂奔,惨兮兮逃回朝歌。

牧野之中,商军登时群龙无首,慌作一团。商军相互之间,更是兵相骀藉,血流漂杵,死伤不可胜数。剩余为数不多的少数兵士负隅抵抗,遂被砍杀倒毙。而众多将士们见大势已去,大多缴械投降。正所谓兵败如山倒,几十万商军阵营几乎在一瞬间土崩瓦解。

时至晌午,太阳暖暖地挂在蔚蓝色的天空。牧野大地,已是血染战旗,尸横雪野,一辆辆兵车斜撑,一匹匹战马卧毙,原本白茫茫一片洁净的旷野,被猝不及防的战争巨手,涂抹得光怪陆离,惨不忍睹。

第四十九章

苏妲己朝歌城下遭刀刃　　商纣王摘星楼上玩自焚

朝歌原名叫沫乡，又改为沫邑。公元前1101年，帝乙即位后改沫邑为朝歌。延至公元前1075年帝辛即位后，亦承袭朝歌为都。朝歌虽则是商朝晚期都城，但其性质则属于行都（或辅都），商朝首都还是安阳殷墟。朝歌古城位于今河南省淇县城北的淇县古城，原为古沫邑所在地。武丁由西亳迁沫，建立沫都，是为武丁城。《史记正义》记载"沫邑，殷王武丁始都立。"后武丁迁北蒙，沫都废置。其后武乙迁沫，文丁又都之。帝乙迁沫，纣又都之。纣王又对武丁城扩而大之，并因城西有朝歌山，改沫都为朝歌。帝辛之时的都城东有淇河为险阻，西有太行山作屏障，其城池南北各有三道城垣，最外面这道城垣南至淇县的常屯村，北至淇县的淇水关，南北五十余里；第二道城为王城。《淇县志》中所说的"淇邑北门出，西过纣王城"，指的就是第二道城；第三道城即宫城，位于今淇县三海村和西坛村一带。王宫左有宗庙，右有社稷坛，是纣王祭祖和祭天之地，即今淇县西坛村是也。城墙高约10米，顶宽约130米，基厚约150米，城垣东西宽4里，南北长6里，城周20里，总面积24平方里。朝歌城垣，巍然壮观，体现了《诗经·商颂·玄鸟》中记载的"邦畿千里，惟民所止，肇域彼四海。"

从战场仓皇逃离的纣王，惊魂未定，连忙下令收起架在第一道外城壕沟之上的吊桥，任何人不得逾越。夕阳西下，大约几万四处逃跑的兵士们，陆陆续续地返回朝歌。纣王站在第二道城墙之上，心中依然是愤愤不平，浩浩几十万商军，不战自溃，竟然在几个时辰之内，几乎是全军覆没。他仰天长叹道："天亡与我，本王还有何面目，再见九泉之下之列祖列宗？"

"王上资辩捷疾，闻见甚敏，材力过人，手格猛兽。自继位以来，南征北战，从未遭遇败绩。"一直鞍前马后的护卫天子的卫队军官殷洪，安慰纣王道，"今日一战，虽然出师不利。但尚余我东征商军，还有十万精兵强将。固守朝歌，只要耐心等到尤

· 322 ·

第四十九章　苏妲己朝歌城下遭刀刃　商纣王摘星楼上玩自焚

浑和飞廉将军驰援守军,里外合营,夹击周军,定当剪除叛逆,一举收复旧山河!"

纣王闻之甚喜,朝歌外城壕沟深邃坚固,内城及王城城坚池固,粮秣充足,坚持十天半月,应当不成问题。况且,眼下正值寒冬天气,周军若在野地驻扎,冰天雪地,旷日持久,必然非冻即饿,减员日渐甚多。他想到这里,郁闷之心情,随之多云转晴,带着殷洪一起巡视朝歌。两人走了几处地方,愈觉诧异,往日繁华之街市,此刻门可罗雀,大街之上,更是罕见人迹,背街小巷之中,弃物乱抛乱撒,仿佛劫匪恶徒扫荡之,宛如鬼魅兵燹祸害矣。他们正面碰上乘着马车装满细软的恶来一家老小,纣王喝令恶来下车问话。

恶来战战兢兢滚鞍下马,跪倒在天子脚下,浑身筛糠一般,纣王厉声质问道:"大敌当前,尔等竟然惊慌出逃,欲躲匿何方?"恶来早已吓得屁滚尿流,魂不守舍,嘴唇嗫嚅道:"王上息怒,费仲已经逃亡他乡,我也要随他去矣。"纣王又问道:"武庚太子,目前何去何从哉?"恶来翻翻白眼,前言不搭后语,惶惶然答道:"今朝不是还在大街上骑马转悠来着。"

"好一个奸佞之臣,本王以往真的是瞎了眼。"纣王用剑指着恶来的额头骂道,"大敌当前,竟敢临阵脱逃,且留尔等何用!"

恶来奸笑一声:"王上且慢。我爹飞廉将军还在东夷御敌,难道你不怕他也因此而造反么?"纣王猛一愣怔,竟然不知所措。

"呔!"殷洪大喝一声,厉声骂道,"小人恶来,我看你真是活腻矣。"他手起刀落,恶来的头颅骨碌碌滚在车轮下面,一家老小,惊叫不已。

纣王遂令殷洪为守城大将军,殷洪谢恩,他便扬鞭策马,巡视守城部队而去。纣王在十几名卫士护送之下,急匆匆回到鹿台之上。他挥手让卫士们退下,独自坐在摘星楼上,思绪万千。窗外冷风飕飕,飞雪皑皑,白茫茫大地真干净……侧耳倾听,远处不时地传来零零星星喊杀声,以及战马的嘶鸣声。

忽然有报,护殿大将军殷环前来给纣王请安。纣王为之一振,急令殷环上楼来见。殷环战袍裹体,身上血迹斑斑,他伏地请罪,曰道:"王上,殷环该死。"纣王勉强地笑道:"大将军平身回话。"殷环谢恩,起身曰道:"费大夫可恶至极,竟然假传王令,命微臣护送太子武庚撤离朝歌。路遇南方吴国驰援周军,微臣拼死与之搏杀一个多时辰,方才脱身,我等冲出敌军方阵,才晓得费仲挟持太子,早已不知去向了。故而杀回朝歌,来向王上请罪。"

纣王恶恶地"呸"一声,随即恨得咬牙彻齿,骂道:"奸佞费仲,其挟太子另有企图,居心不良,必然图谋不轨,浑水摸鱼,趁势取而代之。依此看来,老贼早生异心,煽阴风,点鬼火,只是本王被生生蒙在鼓里了。"

殷环骂道:"奸佞当朝,祸害忠良。乱中窥觎王位,路人皆知之。"

纣王低下头，无言以对。殷环换个话题，建议疾速调回东征大军，以解朝歌之围。纣王心里明白如镜，远水难解近渴，他铁青着脸，曰道："周军兵临城下，我军兵败将亡，苟延残喘，朝歌无人，为之奈何？"

殷环奏道："今社稷确有累卵之危，黎庶有倒悬之急。朝歌人去城空，旦夕末待。微臣与姜子牙早年有半面之识，今愿舍生死于不顾，前去周营，动之以故旧情理，晓之以君臣大义，劝解西岐罢兵，令天下诸侯就此解散，各安本土，或未可知。倘若其不愿就范，臣愿与其同归于尽，以报王上隆恩耶。"

纣王眼前一亮，瞪圆双眼，急言道："爱卿可速去周军阵前，有话好好说。只要规劝周军撤出牧野，本王愿意与姬发平分天下。"毕，又一次低下头，牙齿咬得咯嘣响，心里恶恶地想，姬发，姬发，等我渡过此次难关，我必啖其肉，嚼其皮焉。

姬发站在壕沟之外，目睹空空荡荡的朝歌外城，回想起姬周一族几代人追寻的梦想即将实现，他心潮澎湃，感慨不已。忽然壕沟对面，跑出一匹烈马，骑在马上的殷环高声喊道："我乃是朝歌护殿大将军殷环，愿与姜尚老友一会。"

姬发眨巴眨巴眼睛，扭头看一眼姜尚，却见他正眯缝着眼睛，似乎在思谋着甚么？姬发提醒道："师尚父，有人呼你。"姜尚如梦方醒，眨巴着问道："谁人？"姬发用马鞭一指壕沟对面，曰道："殷环。"姜尚登时一愣，随即呵呵大笑道："主公，此人送降书者来也。"接着，他大声喊道："殷环将军，别来无恙？"殷环朗声答道："末将愿与老友畅然一叙。"

吊桥嘎嘎放下，殷环只身匹马，走过浮桥，在众人护卫下步入周军大帐之中。姜尚正欲向殷环介绍主公，姬发却用余光制止。

殷环曰道："姜太师，殷环甲胄在身，不能全礼，万勿责怪。"

主宾分列两座，姬发站立姜尚身后，默不做声。姜尚欠身曰道："殷将军此次亲来周营，有何见谕？"

殷环环视一圈，最后盯住姬发细瞅一阵，开口言道："末将尚闻天子之尊，上等于天，天可灭乎？据古今法典所载，凡是有违天子之制而擅专征伐者，当为乱臣贼子，人人得而诛之；凡是结党营私，图谋不轨而犯上欺君者，实为逆臣奸佞，个个得而讨之；忆往昔，成汤仁义，栉风沐雨，伐夏已有天下，相传至今；我王继位以来，天下诸侯百姓，沐浴国恩，何人不是纣之臣民哉？今姬发不思报本，反倡为乱，首率天下八百诸侯，叛乱滋事，践踏生灵，大举侵犯王之疆土；覆军杀将，乘势骚扰王之都城；此举乃乱臣贼子之尤，罪在不赦。千秋万代，谁人能逃脱篡弑之恶名乎？末将以为，姬发亦不敢冒天下之大不韪，犯上作乱耶。"

站立一旁的闳夭辛甲诸位将军，早已气得满脸通红，他们手按在剑柄之上，怒气冲冲，嗔怒而视。

第四十九章　苏妲己朝歌城下遭刀刃　商纣王摘星楼上玩自焚

姬发却依然不动声色，不矜而庄，傲睨自若。

"殷将军。"姜尚微笑道，"周军兵临城下，老夫以为尔等尚能迷途知返，反戈一击，为兴周灭商助一臂之力，也好封妻荫子，流芳百世。那么，依将军之意，姜尚该如何办理？"

殷环挺挺身子，面带微笑道："若依末将之愚见，太师理应立马劝退各路诸侯，自返本国，阴行仁德，毋令黎庶遭殃，生灵涂炭，天子亦不加尔等叛乱之罪，彼此重修于好，相敬如宾，则天下受万寿无疆之福祉矣。忠言逆耳，有利于行，尚不知太师意下如何？"

辛甲跳将出来，用剑指着殷环的喉咙骂道："我看你这老家伙，真的是活腻了！"

姜尚微笑着摆摆手，辛甲极不情愿地退回原地，呼哧呼哧喘粗气。

"殷老将军此言差矣！"姜尚正色言道，"尚闻天下者非一人之天下，乃天下人之天下也。故天虽无常，惟眷顾有德行者也。尧得天下，而禅让于虞，舜复让于禹，禹传于桀，而桀荒怠朝政，不修仁义，遂坠夏统。成汤德承天命，继而放逐桀得天下，传于至今。岂意帝辛继位以来，不思进取，荒淫无道，恶贯满盈，杀妻诛子，炮烙贤臣，酷戮忠良，蛊盆宫女，囚禁义士。三纲裂绝，五伦毁灭，天怒于上，民怨于下。尚闻古往今来，罪孽深重，恶行滔天，未有若此之甚者也！古人云，'贼仁者谓之贼，贼残者谓之残。'残贼一人，谓之一夫，乃天下所共唾弃者也，又安得谓之君哉？而今天下诸侯忍无可忍，共伐无道，正为万民祛除凶残之昏君，拯救黎庶百姓于水深火热耶。此贼不除，天怒民怨，人神共愤，我主公奉天之伐者，谓之天吏，岂得尚拘之以臣伐君之名乎？"

殷环闻听姜尚一番话，义正严辞，无以反驳，仰天长叹道："殷商大厦将倾，环焉能独木单撑也哉？噫嘻。吾虽不能为君讨贼，亦可为国尽忠矣。大丈夫何惧一死，即死必为厉鬼，定当诛杀汝等矣！"

辛甲忍无可忍，怒不可遏，跳将出列，持剑骂道："朝歌离心离德，还不是因你这班奸贼兴风作浪，祸害国政。今日若不杀老贼，何日得泄沉冤旧仇于黄泉乎？"他刚一骂罢，遂手起剑落，殷环身首分离，血溅军帐，断为两截。姜尚命左右将殷环尸体抬出帐外，以礼葬埋。

姬发从姜尚身后走出来，沉思一阵曰道："殷环愚忠，诛之可憎可叹耶。以此推断，朝歌城内，亦有不少忠烈之士，当殊死拼斗，尽心守城，恐怕急难攻下。况京师城垣坚固，若以强攻，事倍功半，当以计取可也。"

姜尚领命，接言道："主公审时度势，老夫即刻尊令便可。"

毕，便以姬发之名义，起草一份告示，又分抄写数十张，搭箭射入城内，朝歌百姓争相观看，议论纷纷。告示曰：

大周原

"西伯侯姬发晓谕朝歌万民知悉：天爱人民，笃生圣主，所以保毓乾元，统御万国。明君广德仁义，则黎庶安居乐业。尧天舜日，九州为之澄明。岂意帝辛，荒淫不道，酷虐生灵，不祀祖宗，绝灭纲纪，拒谏害忠，炮烙虿盆，恶刑酷罚，人神共愤。孰意帝辛，稔恶不俊，惨毒性成，民命何辜，遭此荼毒？黎庶言之，痛心疾首，百姓厌恶，涕泪乡邻。而我西岐，国泰民安，夜不闭户，路不拾遗，仁德之乡，心而往之。今发奉天伐罪，大会天下诸侯，高举义旗，惩处独夫，解万民之倒悬，救苍生于水火。吾素心仁德，不忍无辜平民葬身于战火之中。我周军攻城略地，无坚不摧，城池陷落，玉石俱焚，甚非吾吊民伐罪之意。故此，尔等宜当弃暗投明，速献都城，庶免杀戮之虑，早解涂炭之苦。特此告之。"

朝歌众军民口口相传，一时哗然。民怨沸腾，状若干柴烈火，顿时燃烧起来。

潜伏在朝歌的太颠等人乘机在民众中散布谣言，说纣王偕同妲己早已逃亡云云。黄夜时分，第二道城门洞开，周军顺利进入城内，姜尚令兵马按次而行，各守其位，安营扎寨，绝不许骚扰百姓。

太颠前来拜访姬发，相见甚欢。

此时此刻，纣王正在摘星楼上与妲己饮宴，忽听得不远处杀声阵阵，大惊失色，忙问宫人："哪里喊杀？"宫人跑下楼去，不一会上来禀报："启禀王上，朝歌军民已经献了二城，周军且已将王城团团包围了。"

纣王大叫一声，昏倒在地，登时人事不省。妲己乘机跑下楼去，消失在夜幕之中。她花容失色，已不见昔日千娇百媚，慌慌张张来到壕沟旁，正欲趁着夜色逃遁，却被巡查的兵士逮个正着，妲己哭泣着言说她是良家妇女，一家老小都已被杀身亡云云。周军兵士正迟疑间，却被曾在纣王卫队中效力且已投诚的一名下级军官辨认出来，此人正是祸国殃民的妖姬妲己，众兵士如获至宝，喜不自禁地将她押到中军帐前。

妲己面对姜尚，知道自己罪孽深重，必死无疑，遂声泪俱下，言及自己是为纣王所迫而为之。

姜尚历数妖姬犯下的滔天罪行，喝令兵士们将其乱刃砍成肉泥了。

第五十章

六百年殷商分崩离析　八百载周朝巍然挺立

日落西山,夜幕降临。纣王在迷迷瞪瞪之中,仿佛看见一群人蓬头垢面,悲悲戚戚,血泪盈襟,哽哽噎噎。恍惚之间,又一阵阴风卷起,漫天雾霾滚滚而来,隐约可见十余人怒目圆睁,气壮甚烈。他正欲撒开脚步逃遁,却被死死拽扯住衣袖,歇斯底里的骂道:"昏君,哪里跑?快还我命来!"纣王仿佛看见愤怒的人群里,既有鄂侯父女,又有比干祖伊,还有黄妃姑嫂,均是血流如注,披头散发,面目可憎,惨不忍睹也。

烛光闪烁,火苗跳跃,围在纣王身边的几个人影晃晃悠悠,宛如魍魉魑魅,舞之蹈之。纣王醒来之时,天已微亮,东方出现鱼肚白色。他环视一圈周围,惟独不见妲己,问:"爱妃此去何处?"侍女只得告诉他,妲己已经乘夜色逃往别处,早已不知去向了。

"呜呼!"纣王无可奈何地摇摇头,连连叹息道,"夫妻本是同林鸟,大难到来各自飞。毕竟她陪侍本王多年,随她逃命去也。"

"本王文治武功,天下第一。"纣王焦躁不安的情绪逐渐地稳定下来,他神色黯然,有气无力地叹道,"然,本王自傲自大,骄奢淫逸,不听重臣贤良谏言,反为奸佞之徒所惑耳,远忠良,近权臣,致使天下诸侯分崩离析,朝歌城郭遭受兵燹之祸,殷商贵族流离失所。商之六百年基业竟要毁之一旦,思之撕心裂肺,念之噬脐何及焉!所谓阳世之上,本王拥有数不尽的珍玩珠宝,惟独没有一粒后悔药,可供食之。"

他看了看身旁几位侍女,遂摆摆手,曰道:"尔等快一点逃命去矣。"侍女们却不离不弃地守在纣王身边,其中一位泣道:"奴婢侍候王上多年,沐浴王恩。如今国难当头,焉能撇下天子不管,苟且偷生遁去矣。"

一席话说得纣王泪如雨下,捶胸顿足,他平日里何曾将这些奴婢当作人看待过?生死关头,却是这些奴颜婢膝、命薄若草芥之婢女,陪伴左右,生死不离。

忽闻一阵战鼓雷鸣。纣王整理好衣冠,镇静自若地曰道:"本王自有天子之尊,

· 327 ·

城破必为周军所获欺辱甚焉！惟有以身许国，方能挽回一丝半点颜面。尔等速去抱柴薪堆积楼下，本王当与摘星楼同焚之。"

众奴婢大放悲声，规劝半晌，纣王却不为所动，惨笑一声叹道："人之性命，上苍注定。早年本王曾命费仲、尤浑同姬昌八卦演数，言及本王尚有自焚之厄运焉。未曾想到，今日果然应验，正所谓自作自受。此乃天谴，人岂能脱逃乎？"

奴婢见纣王主意铁定，抹着泪水搬来一捆捆柴薪，堆积在摘星楼下，又往柴薪上浇上几盆清油。然后跪倒在地，叩拜再三。纣王在楼上喊道："尔等迅速点火，且快快逃跑也！"奴婢们磨磨蹭蹭好一阵子，才把火把扔进柴薪，相互搀扶一步三回头地大哭着离去。

摘星楼四周，腾地蹿起一股火苗，此时一股旋风猛地吹来，柴薪愈烧愈旺，熊熊烈焰，一刹那间照亮了整个天空。只见得风趁火势，火借风威，巨大的火焰宛若一条火龙，蓦然间朝楼上蹿去，须臾间四面通红，烟雾冲天。纣王端坐楼顶烟火之中，闭目巍然不动。不一时功夫，整个鹿台陷入一片火海之中，霎时间栋梁烧毁，屋顶坍塌，噼噼啪啪，不绝于耳。眼看着这座耗费巨资建造的雄伟壮阔、玉雕珠围之豪华圣殿，陪同着他的主人商纣王一起，在片刻之间化为灰烬矣。

与此同时，数万周军正在全力以赴地攻击最后一道城池，叫喊声震耳欲聋，无数舞动的火把，遂将初夜照得宛若白昼。一批又一批周军架着云梯，呼喊着攀登上城墙；一轮又一轮弓箭手，奋力射出如飞蝗利箭；一辆又一辆冲车，在呐喊声中冲击城门。整个朝歌城墙内外，杀声震寰宇，喊叫如雷鸣。蓦然之间，忽见得王宫城内火光冲天，烈焰腾飞，几乎是染红了大半个夜空。姬发抬望眼，盯着漫天燃烧的熊熊烈火，深感纳闷，他回头询问姜尚道："师尚父，王城之内，此时为何火光冲天？"

姜尚远眺着火焰冲天的夜空，他略一停顿，曰道："据老夫判断，起火位置大约在鹿台附近，极有可能是摘星楼焚烧矣。"姬发"哦"了一声，又问道："如此熊熊冲天之大火，恐怕纣王命该休矣？"

"呵呵。"姜尚微微笑道，"帝辛自命不凡，人极自负，他绝不能任其落到主公手里。一代枭雄，威风不再，束手就擒，遭受凌辱，他将情何以堪！嘻嘻。纣王作恶多端，自绝于民，亦是保留住最后一丁点颜面而已。"

姬发扬扬头，不由得连声叹息道："一代英豪，本应建功立业，光耀万年。谁料帝辛倒行逆施，失信于民，祸害诸侯，必遭天谴，亦是罪有应得，可悲可叹耶！"

太颠疾步走过来，对姬发禀道："主公，可否传令我军暂停进攻王城，由我前去劝降守城将士，以免造成更多的无辜将士伤亡。"

姬发与姜尚迅速地交换一下眼色，点头许可。姜尚下令鸣金收兵，攻城周军甚感诧异，登时立在原地不知所惜。太颠快步走到城门之下，朗声喊道："商军弟兄们，

第五十章 六百年殷商分崩离析 八百载周朝巍然挺立

你们的纣王已经自绝于民,且已自焚于鹿台之上。商之大势已去,你们只有赶快缴械投诚,可保性命无忧。倘若负隅顽抗,只有死路一条,何去何从,必须做出决断!"

守城将士们登时呆若木鸡,愣在原地。太颠又乘势大讲周军优待俘虏,对投降将士既往不咎等政策,过了一刻时分,城墙之上忽然喧哗不已,随即大量的兵器被纷纷抛下城池。

姬发见商军土崩瓦解,兵败如山倒,形式一片大好。于是,他上前一步,精神抖擞地站在周军之前,随之厉声宣布喝道:"所有将士,进城之后不得滥杀无辜,不得私闯民宅,不得抢夺商贾财物,不得侮辱良家妇女,不得骚扰寻常百姓……违令者,杀无赦!"

姬发此号令威严敞亮,响彻云霄,城墙上的守军们,自然也听得清清楚楚。又过一刻,城门被嘎嘎地打开,周军将士们蜂拥而上,王城不攻自破。周军入城,红旗招展,兵车辚辚,战马萧萧,将士们精神饱满,意气风发,所到之处欢声笑语,掌声雷动。

殷人亲眼所见周军纪律严明,果然秋毫无犯,纷纷啧啧称赞不已。

姬发和姜尚一起来到摘星楼下,望见余火尚存,烟焰未尽,断壁残垣,惨不忍睹。姬发下令周军迅速扑灭周围屋舍之余火,救治烧杀之宫人杂役。姬发目睹残余之雕梁画栋,叹息道:"纣王这等豪华,竭尽天下之财,穷奢极欲,安有不亡国丧生乎?"

姜尚深深叹口气,继而接言曰道:"古今凡此一理,骄奢淫逸者为人所不齿,必然会以失败而告终耳。故,圣贤之君再三叮嘱垂戒者,宝已以德,毋宝珠玉,良有以也。"

"帝辛身亡,咎由自取。"姬发感慨一番,曰道,"然天下诸侯及黎庶百姓,长久以来,遭受其剥削之难,荼毒之苦,征敛之烦,暴虐之伤,罄竹难书。今若将聚敛之浮财,散与诸侯百姓,将国库囤积之稻粱米谷,赈济与饥民,方能使万民昭苏,享受几日安康之福耶。"

姜尚附和道:"主公仁心广德,惦念及此,真是社稷生民之福祉也。事不宜迟,当从速行之。"

周军一日之内,连续攻城略地,将士们极为疲惫,歇息不提。

次日晌午,姜尚命太颠主持在巨桥仓库前散发财物及粮秣。刚刚经过战火兵燹之朝歌居民,惊魂未定之时,便一一领到果腹之五谷,甚感欣慰不已。诸侯之间更是喜上眉梢,相互恭贺往日贡奉之财宝美女悉数退还,浩叹真是一朝天子一重天,姬发乃天下新主,阴行仁德,与纣王不啻万里之遥焉,西岐真该是众望所归,万民敬仰。

翌日清晨,姬发便安排太颠从摘星楼火堆中捡出纣王骨殖,并请出原先多次主持过殷商祭祀大典的商朝首席乐师商容,来主祭帝辛。商容最初坚决不出山,他在纣王继位之后亲眼所见,其弃之先祖制乐,反而令他为妖姬提供歌舞乐谱淫靡之曲。

大周原

商容为此仰天长叹祖业俱毁，无地自容之际，托病不出，赋闲在家数年矣。姜尚几次亲自登门，反复劝解，商容方才主祭安葬仪式，只可惜兵荒马乱之际，乐师们早已不知去向，只得删繁就简，草草下葬矣。而此善举，在殷商遗老遗少们心中留下不可磨灭之印象。民众们更是赞不绝口，皆呼西伯侯仁德天下。

几日过去，朝歌内逐渐地恢复了往日平静，四处一片狼藉。外出躲避战火的不少居民亦是回到原处，整理庭院，安家置业。这一日晌午，姬发与姜尚论起政事，遂提到比干在商民中威信甚高，许多人对其被纣王逼死，唏嘘不已，不妨借此给他平反昭雪之际，便可近一步地笼络人心。

姜尚曰道："葬埋纣王，此乃主公仁德天下；祭祀忠良，当是树立起一杆道德旗帜。"姬发笑道："师尚父真是一语中的，说出我心中之所愿矣。"

"周人要长治久安，必须以仁德来治理天下。"姜尚曰道，"仁德万里，方能仁政千年矣。"

二人商议已毕，遂将此事交与姬旦全力操办。姬旦心细如丝，先是派人将比干墓冢修缮一新，周围栽植百余松柏，昭示其品行高洁，万古长青。蹊跷的是，举行祭祀的这一天，天空突降鹅毛大雪，纷纷扬扬，漫天飘舞，然而四方百姓扶老携幼，簇拥在比干墓冢前，为这位冤死的商相哭泣不已。姬旦又亲笔撰写悼词，追思他一生不畏权贵，殚精竭虑，却屡屡遭受不白之祸端。姬发临时决定，他要亲自出席祭祀仪式，倒令姜尚大吃一惊。他先是劝阻再三，毕竟是敌方丞相，而主公倘若出席，从礼仪而言，似乎不太妥当。

姬发笑道："若以西伯侯名义出席，倒也名副其实。"姜尚想想，此举意义非凡，看来还是主公高掌远跖，棋高一着。姬旦主持祭祀仪式，雍容安雅，面如白玉。姜尚宣读悼词，气度不凡，不怒自威。姬发更是显得安静恬默，超凡脱俗，喜怒不形于色，威风不言于表。前来参加祭祀的几千民众，人言忠臣不得善终，唏嘘不已。

姜尚遂令周军打开朝歌所有牢狱，尽数释放了众多被关押多年的奴隶及平民，无意之中听到箕子也在被关押在人群之中，他迅速告知姬发，并把他奉为上宾。又是几日过后，姬高和南宫括在巡视朝歌以北的殷墟城时，有人向他们告密，殷商太子武庚及太师闻仲，潜藏在城内一处豪宅之中。姬高闻之甚喜，与南宫括带领兵士们迅速包围住豪宅，来了个瓮中捉鳖，生擒武庚、闻仲，将其五花大绑，押解朝歌。

姜尚命将二人推上堂来，众诸侯恨得咬牙切齿，群情激昂，纷纷要求将其斩于午门，方解心头之恨。

黎国侯曰道："帝辛无道，毁我殷商，罪孽满贯，人神共怒。子当问罪斩首，一泄殷族之满腔仇恨！"

"子承父债，天经地义。"姜尚闻听此言，即刻称赞道，"众诸侯之言甚是，正合

第五十章　六百年殷商分崩离析　八百载周朝巍然挺立

我意。"

姜尚正欲下令处决几位奸雄。姬发正好来到大堂，即令制止道："武庚虽为太子，却未主理朝政，若问其罪，何以服众？何况，帝辛荒淫无度，残害重臣，虽贤如比干、祖伊及微子，皆不能匡扶正义，说服暴君，过则改之。又何况武庚为幼稚之子乎？姬发半生见多杀戮，血流漂杵，愿与诸位共体之，切不可妄行杀戮也。殷商毕竟乃豪门贵胄，留其一脉，封之以茅土，以存殷祀，正所以报商之先王也。"

姜尚心中略有不快，所谓斩草除根，乃古训之真理也。当断不断，反受其乱。但姬发已经做出决断，他只好闭口不言。闻仲听到姬发豁免武庚，不由得长呼一口气，脸颊顿现轻松。这一幕，正好被姜尚睨视眼中，心里骂道，老贼别自作多情，有你好果子吃的。兵士给武庚松绑，武庚伏地拜谢。

毕，姜尚指着闻仲问道："权奸费仲，你可知罪？"费仲眨巴眨巴眼睛，掩饰道："老夫不知，罪从何来？"姜尚厉声骂道："你助纣为虐，罪恶滔天，竟然还觍着脸说不知何罪，真是天大的笑话！"费仲翻着眼睛狡辩道："上梁不正下梁歪，文武百官皆如此。我只是有过错而已，不足为奇。"姜尚讥讽道："不以为耻，反以为荣。费仲，你真是恬不知耻，脸皮比城墙还厚几尺矣。"

正在此时，忽听到姬发喝令一声："将奸佞费仲推至午门，斩首示众，以儆效尤。"费仲登时吓得面如土色，跪倒在地，连连求饶。兵士们围上前去抓住费仲，将其拖出大堂，费仲一路鬼哭狼嚎，遂被兵士们乱刀斩杀于午门之外。

武庚被姬发豁免，殷商贵族暗地里欢天喜地。而费仲被诛，朝歌中人人称快。

一日，姬发召集姜尚、姬旦等人商议如何管理殷商遗民，众说纷纭，莫衷一是。在如何处置朝歌贵族问题上，尤其是对待微子等人的看法上又发生了激烈的争执。姜尚主张凡是朝歌重臣必须予以严惩，若是视虎为猫，必留后患矣。

一向对姜尚尊敬有加的姬旦却提出异议，主张首恶必办，协从不问，更为强烈反对追究微子等重臣之责任。他慷慨激昂地反驳道："偌大朝歌，为何一溃千里？正因为七十万商军阵前倒戈，反戈一击！皆因为帝辛多年来实行恐怖统治，其所做所为不得人心而已！如果我们不分青红皂白，滥杀无辜，如何才能赢得天下人心乎？况且，暴政不得人心，仁政长治久安。此有前车之鉴，难道我们鼠目寸光，好大喜功，还要步帝辛之后尘乎？"

一番话说得掷地有声，振聋发聩。姬发低头沉思不语，姜尚昂起头来，久久望着上空。姬旦继续曰道："以德治国，方能永保姬周江山不变色。何去何从，请谨慎决断之！王朝变换，且不能以伤害黎庶百姓利益为前提。最妥方案使各居其宅，田其田，无变新旧也。"

众人甚觉有理，继而推而广之。姬发与姜尚遂召集殷商所有贵族遗老遗少们，予以告诫:其一,周作为蕞尔小邦而克商,皆因商纣王违背天命,昏虐百姓,欺压黎庶,上苍令周邦革殷之命也;其二,殷商贵族必须听从天命,绝对地服从周人统治,且不得犯上作乱,更不得图谋复商。倘若如此,方能安居乐业,享受平安之生活;其三,纣王恶贯满盈,且为独夫民贼,鹿台自焚,当是罪有应得也。其余为非作歹之恶徒,不杀不足以平民愤。今后,但凡是与周人作对者,必然会付出生命之代价云云。

姬发通过上述"怀柔"之对策,极大地缓解了贵族阶层的敌对情绪,逐步地消除了殷人的抗争基础,并以此获得了众多民众的支持与拥护,最终为西周政权顺利建立,夯实牢固之基础。

时至阳春,百花盛开,万象更新。姬发分派姬旦、姬奭、姬铎、姬武、姬郑、姬庸、姬滕、和姬高,分率八路大军,讨伐全国各地的商属方国诸侯,周军所到之处,所向披靡,攻无不克,攻城略地,战无不胜。不到三个月,向姬发臣服的已有六百五十二国,另有九十九国被八路大军悉数征服,周人基本上控制了殷商的全部地区,并在此基础上有了新的斩获。

此前祖伊自刎,统帅东征商军的帅印被奸佞尤浑取而代之后,飞廉一直心存不满。外行领导内行,加之尤浑瞎指挥,商军屡遭败绩,商军内部早已将尤浑看做眼中钉,肉中刺,欲除之而后快。眼见得周军围攻过来,尤浑不顾双方兵力悬殊,执意与周军决一死战。飞廉与众军官却以保存实力为由,图谋东山再起。双方针锋相对,谁也不愿就此让步分寸。此时,原先被贬职的几位下级军官,早就憋着一肚子怨气,暗地里找到飞廉将军,要将尤浑灭掉,以绝后患耳。飞廉将军却坚决反对,其理由为尤浑总是纣王任命的东征统帅,而诛杀统帅,如同叛国之重罪耶。其中一个名叫鸣嘀的军官劝道:"将在外,君命有所不受。况王上已经自焚于鹿台,殷商已经亡国,何来君命乎?"飞廉这才觉得部将言之有理,下定决心借机除掉尤浑。

这一日,飞廉召集东征商军中上层军官,一起商讨下一步如何进发。尤浑自然坚持与周军决一死战,为纣王尽忠也。飞廉问道:"皮之不存,毛将焉附?"尤浑翻翻白眼,恶狠狠地曰道:"我们愿为天子殉道,同殷商一起灭亡耶。"旁边围坐的军官,早就按捺不住满腔怒火,鸣嘀忽地站起身来,手持宝刀,锋刃直指尤浑喉咙,骂道:"奸佞,尔等祸害朝歌,罪不容诛。而后又来祸害东征商军,更是死有余辜耶。"

尤浑见大事不妙,周围军官满脸怒色,颤颤巍巍地曰道:"难道你们还要造反不成?"鸣嘀冷笑一声:"爷爷我且成全你,在九泉之下和你那暴君会合去!"毕,利刃封喉,尤浑身子一鼓,跌倒在地,死不瞑目。

第五十一章

姬发丰京新君嗣位　姜尚封齐励精图治

周人一统天下,大局甫定。这一日,姬发在朝歌宴请方国诸侯。席间,众诸侯纷纷建言,天不可无日,国不可无君。今大事俱定,当立新君,以安天下诸侯庶民之心。天命有道,归于诸仁。西伯侯仁德,广播海内,普及神州。况且,我们八百诸侯响应号召,景从云集,追随周军讨伐无道,正是为黎庶百姓选择明君者也。

姬发思忖再三,答道:"天位维艰,惟仁德者居之。姬发位轻德薄,名誉未著,且诚惶诚恐,未敢窥觎人君之大位哉。"

旁有黎国侯曰道:"西伯侯此言差矣!天下之至德,景星麟凤,孰有与之比肩者乎?众望所归,何必固辞?今天下归周,已非一日,即黎民之箪食壶浆,以迎王师,人心所向,岂有他哉?愿西伯侯服从众议,毋令我等失望耶。"

姬发依然摇摇头,曰道:"发有何德何能,担负天下之千斤重担?期盼诸位贤侯从长计议,访寻贤德,以服天下之心。"

芮国侯接言道:"西伯侯不事干戈,以仁义广德教化黎庶,三分天下有其二,所辖之地,万民乐业,天人相应,理不可诬,名正言顺耶。"

姬发扭扭捏捏地曰道:"天下诸侯才高比王肩者,比比皆是,我……"

忽听两旁众诸侯,一齐上前大呼道:"天下归心,已非一日,西伯侯为何如此执拗,固执己见,太拂众人之心矣。况吾等会盟此地,岂是一朝一夕之望也。无非是顺应民意,拥戴阁下为王上,再现太平之世耶。今若舍此不居,天下诸侯则失去主心骨,继而九州分崩离析,四海又重归祸乱,再无平安祥和之日矣。"

众诸侯一番挚言,情深意长,感天动地。姜尚见状,心里盘算,此时应当顺坡下驴,见好就收。于是,他赶紧给姬发频频使眼色,姬发会意一笑,心里甭提有多滋润了。

"聚为一团火,散是满天星。"姜尚乐不可支,道,"列位诸侯,天下甫定,百废待兴,大家不必为此着急发慌,老夫自有说服主公之妙计耳。"

众诸侯闻听此言,身心为之大悦矣。

姜尚起身拜曰道:"帝辛祸乱天下,主公亲帅八百诸侯,明证其罪,天下无不心悦诚服矣。今若不归正王位,号令天下,试问今之天下,谁能担当?况昔日凤鸣岐山,祥瑞见于周原,此上天垂应之吉兆耳,岂是偶然?普天下人心归周,正是天遂人愿,时不可失耶。主公如此固执,不受美意,惟恐诸侯心冷,各散归国,涣无所统,滋生祸乱,遂成一盘散沙矣。如此不堪收拾之局面,绝非当初吊伐之本意,自当深失万民之所望,愿主公详察之。"

姬发嘴里啜嚅着,不再固执己见。因此,姬发决定在朝歌举行社祭,凡三日过去,一切均已准备妥当。社稷当日,风和日丽,人山人海,场面宏大。姜尚遂令姬旦于天地坛前,搭建临时庆典王台。台高三层,按三才之象,分八卦之正,中设皇天后土之位,旁立山川社稷之神,左右十二元神,前后有十面红旗迎风飘扬,坛上有四季正神方位,中有炎黄祭坛。宝鼎焚香缭绕,鬲瓶野花盛开。姬封仔细察看着彩席,来来回回巡视着。申时整,社稷即登基仪式正式拉开序幕,姬发抬头挺胸,肃然立于台上。百夫长扛着素质之旗帜,姬铎进拜嘉礼排设威仪车辆,姬旦手拿大钺,姬高手握小钺,护卫在姬发身旁。散宜生、南宫适、太颠、闳夭执"轻吕"宝剑不离左右。姬郑双手捧着在月下取得象征圣洁的露水铜盘,默默站立一边。姬爽双手捧着祭神用的皮帛,目不斜视。姜尚指示武吉牵来祭祀用的牺灵。姬鲜、姬度、姬武、姬处、姬载、姬雍、姬滕、姬郜、姬郇执剑挺立,分列台下左右,护卫守候。八百诸侯,齐聚台下。

姜尚主持社祭仪式,尹佚走上祭台,朗声宣读册书:"殷之末孙帝辛,珍废先王明德,侮蔑神祇不祀,昏暴商邑百姓,其彰显闻于昊天上帝。"于是,姬发遂向上帝再拜稽首,曰道:"膺更大命,革殷,受天明命!"言毕,他复拜稽首。少顷,姬旦接着宣读祭词赞曰:

"惟大周元年,时在壬辰。天地澄明,万象更新。西岐姬发,敢昭告于皇天后土神曰:呜呼!惟天惠民,惟辟奉天,有殷商末代帝辛荒淫无道,自绝于民。予小子发,位列诸侯。井渫不食,为我心恻。承祖宗累世之仁,继列圣相沿之德,一统天下,万民沸腾。故而方国诸侯拥戴,书请再三,众志虔诚,实难推诿,勉强王位。爰考旧典,择诹吉日,告于天地祖庙社稷,暨我文考。于是日授受册宝,嗣即大位。惟有勤政为民,祛除弊端,褒善贬恶,朝乾夕惕,慎终如始,神完守固,廉洁奉公,方能不辱使命耳。然自思德浅才薄,自此取消帝号,单称王位,以示仁逊三皇,才让五帝之谓耶。尚望福我维新,慰兆人胥戴之情,永终不替,垂累叶无疆之绪,永矢弗谖。神其鉴兹,伏惟尚飨。"

姬旦诵读完毕,火焚告天。此时天明气清,惠风和畅,真是昌气氤氲,瑞霭习习,

第五十一章 姬发丰京新君嗣位 姜尚封齐励精图治

众诸侯分列朝拜,其乐融融。毕,姬发传旨,大赦天下。又宴请八百诸侯,君臣共乐,俱各欢娱。姬发在朝歌旬月,万民欢喜,城内外又恢复往日之繁荣。天地间风和日丽,百草旺盛,五谷丰登。期间几次普降甘霖,醴泉溢溢,景象太平。众人赞曰,姬发为天子,天人感应,民安物阜,天降祥瑞,风调雨顺。万民无不心悦诚服,皆呼万寿无疆。

社祭之后,时过三日。姬发命姜尚为丞相,统领满朝文武。姜尚遂建议追授曾祖古公亶父为周太王,祖父季历为王季,父亲姬昌为周文王,姬发则称之为周武王。

姬发闻之甚喜,决意回归丰京以后,伺机再去周原追祭。

"所谓名不正,则言不顺。"姬发笑道,"师尚父多年以来,实为执掌丞相之位,却只能以太师称之,真是委屈你老人家了。"

姜尚笑道:"老夫惨淡经营几十载,倒也算是功成名就矣。"

姬发皱着眉头,明知故问道:"丞相大人,我今后该称呼你老人家为师相父乎?抑或岳丈乎?"姜尚眉头舒展开来,然后压低声音道:"贤婿莫非兴糊涂了?在朝则称丞相,在家则称老爹!"姬发作揖道:"遵令。师尚父老爹。"姜尚闻言道:"咦!我咋觉得这个叫法挺别扭,你还是称呼师尚父为好。"姬发道:"那我就直接称呼相父,岂不更好?"姜尚只得点头同意,末了,又忍不住扑哧一笑道:"你愿意咋叫就咋叫。"姬发继而曰道:"况我初君临天下,百废待兴,相父可不能撂挑子。"

两人又说笑几句。姜尚曰道:"王上——"话刚出口,自己先一愣怔。姬发亦是蓦然一愣神,顿觉诧异。过一会,两人方才呵呵大笑起来。姜尚接言道:"自古君臣有别,天经地义。此称呼虽然唐突,久而久之,吾便可熟悉矣。"他随即建言道:"王上对待武庚,使之以仁政。又得存商祀,虽则用人不疑,疑人不用。但是,此人毕竟为商朝最后的一株独苗,当是一些遗老遗少们心中残存复辟之念想。倘若不管不问,无人监守,恐将有后患之忧也!"姬发思想一会,曰道:"我意封姬鲜于管,姬度于蔡,姬处于霍,三监合围殷人,倘若武庚贼心不死,即可围剿灭之,如何?"姜尚笑道:"此乃万全之计耶。"

姬鲜为姬发之弟,在姬昌嫡子中排行老三,被周武王封在管;姬度在嫡子之中排行第五,被封于蔡;姬处在嫡子之中排行第八,被封于霍。

在对朝歌军政要事安排妥当完毕后,姬发返回丰京之前,特意将两位弟弟管叔鲜和蔡叔度请到面前,复谓道:"民乃国之根本,国为民之靠山。况开国世事烦乱,百废待兴,诸事巨难,尔等需勤政为民,万不可荒疏军政大事,且更要爱民如子。倘若骄奢淫逸,轻虐平民百姓,本王将以国法施政,严惩不贷耳。所谓国法大于家法,必不能为亲者所讳也。望二位弟弟共勉之!"

姬鲜拜曰道:"请王兄尽管放心,我与五弟将殚精竭虑,决不懈怠,管控好武庚,

· 335 ·

保一方平安。"姬发微笑道:"上阵父子兵,治国亲兄弟。"蔡叔度接言道:"这还用说?打断骨头连着筋么。"

周之"三监"悉数到位,殷商未降之诸侯方国,见大势已去,纷纷归顺与周人。

姬发通盘考量,遂令他们继续统治原本之土地,奄国、薄姑等在残余势力中较强的诸侯,率先降服于周,其余的中小诸侯亦大伤元气,不得不顺应历史发展之潮流,皆臣服于周,天下为之和平。

次日,姬发一行离开朝歌之时,众多百姓扶老携幼,拜别于道旁,人群中走出一位白发苍苍的耆老,伏地大呼曰道:"王上拯救商民于水火之中,朝歌重显尧天舜日,廓然清明,朝野幸甚!万民幸甚!新王今日归国西去,我等心中皆惆怅不已。倘若能长留此地,百姓幸甚!"

姬发下马扶起白发老翁,曰道:"老丈请起。本王已命管、蔡二叔监国,他们在此监守,当与我一般为民造福,必然不会令黎庶失望也。尔等当奉公守法,方能安居乐业,又何必在乎本王在与不在也?"

老丈闻之有理,遂抱拳恭送。姬发一行顺大道西行,趱马走到孟津渡口之时,他望着滔滔黄河,感慨万千,眼前仿佛白鱼跃舟,兵扰戈攘,不胜嗟叹不已。

一日,周军兵过金鸡岭,行至首阳山前,忽见队伍前方,有人高呼着要见姜子牙。姬发与姜尚相对一视,不知是何人在此胡闹。走进一看,原来又是伯夷和叔齐这一对宝贝。

姜尚下得马来,躬身问道:"二位贤侯,在此等候子牙,有何高见?"

伯夷冷笑一声,直言问道:"周军凯旋归来,西伯侯得意洋洋,姜太师盛气凌人,文武百官小人得志,众皆喜形于色,必然为之。但尚不知帝辛命运如何?"

姜尚轻叹一声,答道:"二侯真是愚顽至极矣。且两耳不闻天下事,游山玩水,不亦累乎?商纣王无道,天下共弃之。他已在鹿台自焚,自绝于天下耳。君不见,四海为之平定,九州欢欣鼓舞,朝歌黎庶百姓,无不拍手称赞。吾主公散鹿台之财宝,发巨桥之仓粟,悼比干之祭祀,释箕子于囚牢,八百诸侯,无不心悦诚服耶,在朝歌尊吾主姬发为天子,一统天下也。二位贤侯,别再做白日梦游,应当醒醒了。今之天下者,是周武王之天下,亦非纣王之天下也!"

姜尚一语道罢,伯夷、叔齐登时嚎啕不已,如丧考妣,哭天抢地,泣道:"伤哉!伤哉!周人以暴制暴兮,予意欲何为乎?"

"嗨!"旁有一兵士悄声骂道,"天底下咋还有这等傻瓜!"

伯夷与叔齐拂袖而去,最后流落到岐山东北的首阳山上,搭建窝棚歇息。然而,伯夷和叔齐却以此为荣耀,歌以咏志:

第五十一章 姬发丰京新君嗣位 姜尚封齐励精图治

"登彼西山兮,采其薇矣。
以暴易暴兮,不知其非矣。
神农虞夏忽焉殁兮,我安适归矣?
吁嗟徂兮,命之衰矣。"

春夏秋季,采薇相对而言,比较容易充饥果腹。一旦进入冬季,则难上加难矣。

周原当地两位村民见他们毕竟年事已高,长期忍饥挨饿,面如菜色,骨瘦如柴,于心不忍之际,一名老伯遂送去秋收新打下的粮食。谁料伯夷断然拒绝道:"姬发不顾君臣之礼,以暴制暴,为天下仁人君子所不齿耶。我兄弟二人,宁可采薇而果腹,亦耻食周粟焉!"

周老伯劝道:"粟生于田野,谷长于沟壑,薇漫于山岗。你二人作息于周境,何言食周粟之耻乎?"

"嘻嘻!"叔齐挺一挺胸膛,然后理直气壮地曰道,"粟为稼穑之工,吾不食之;薇乃荒野之天然野味,吾当然食之。"

周老伯见二人执迷不悟,四六不懂,气得七窍生烟,继而讥讽道:"强词夺理,不以为耻,反以为荣。请问两位贤者,你足下之地,是否为周地乎? 山上薇草,是否为周草乎?"

伯夷登时被激得张口结舌,欲言又止。周老伯妇人实在看不下去,挖苦道:"你们两个老汉,赖活在周原,还好意思说不食周粟? 以老妇之拙见,你们真是一对不食人物间烟火的桀物!"

叔齐翻着白眼,哑口无言,迟疑半响,末了,憋出一句狠话,曰道:"承蒙指教。既然薇草亦姓周,我们今后不吃它便罢了。"

周老伯夫妇见这老哥俩冥顽不化,油盐不进,遂愤愤然下山离去。此后,伯夷、叔齐果然不再采薇食之,竟然活活饿死在首阳山上。

浩浩荡荡的周军路过华山脚下,歇息一晚,远眺可见奇峰突兀,状如五朵莲花盛开于天地之间,巍峨耸立,连绵如黛,天下无双焉。次日,继续向西行走,余日暮落西山,便在骊山北麓扎营安寨。

姜尚凝望着巍巍骊山,夕阳晚照之下,碧瓦红墙,朱旗玉殿,并立于残阳之中,使八百里山川一半红透,其壮丽之美景,使人赞赏之余,又有晚照回光之感叹耶!

苍山秀岭,茂林修竹,清流激湍,映带左右。山不高而岫窝联列,泉不丰且溢流纵横,地热沸腾,温泉迭出,好一处人间仙境,世外佳苑!

此地原为骊戎聚居之地,故得其名焉。北眺可见,杂树荟萃,不可计数焉,鸡鸣于土墙,犬吠于旷野。石桥村路,蜿蜒于疏林密圃之间。村舍茅屋,错落于绿荫花红

大 周 原

之中。阡陌桑田,碧绿一片,池临竹丛,尘俗未尽,泾渭分明,远混天穹。此一方世外桃源,仙气升腾!

正在此时,有一下级官吏遂告知姜尚,众多兵士征战多日,在朝歌天天枕戈待旦,大多来不及洗澡,身上多有异味矣。如今天与人归,班师回朝之日,可否在此地泡泡温泉,以解疲惫之旅也。此军官原本此地人焉,自然知晓这一妙招。姜尚皱着眉头问道:"春寒料峭,数万大军,如何泡澡?你是站着说话不腰疼,岂不是信口开河!"军官笑而不答,姜尚质问道:"倘若是夏日炎炎,兵士们在河水中可嬉戏再三,何乐而不为耶。你说说,这要多少薪火?多少木桶?洗热水澡,泡泡温泉,谈何容易!"

军官笑道:"天道好还。天覆地载。周军为天下先,拯救于庶民百姓于水火之中,天地公平,自然会天遂人愿,让大军一洗征尘耳。"姜尚刺一句:"难道天塌地陷,徒在此地设置汤锅?"军官答道:"丞相真是料事如神,一语中的。"姜尚吃惊地绷大眼睛,张大的嘴巴半天没有合上。军官继而曰道:"禀报丞相,可否随属下前去温泉一睹为快?"

姜尚疑义顿生,却忍不住跟随军官信步来到一里以外的山泉河边,只见偌大之泉水温腾,热气缭绕,云蒸霞蔚一般。

此情此景,宛若仙境。姜尚惊得目瞪口呆,他自己亦是见多识广,却不知天下竟然有此温泉奔涌,热气腾腾,温暖如春。军官笑问道:"丞相意下如何?"姜尚顾不上回答,他把手伸到温泉里,只觉得泉水似丝绸一般细腻,倘若玉石一样滑溜,起身双手举拳,对上苍致敬道:"天造地设,天高地迥,天从人愿,天理昭彰!"

周军数万名兵士,十分惬意地在温泉水中度过一个愉悦的夜晚,洗去一身疲惫,众皆如嗷嗷叫的马儿,撒着欢儿嬉闹一番。

姜尚亦加入到泡澡大军之中,遂洗去一身疲惫,感慨万千。他正在叹息之时,隐约觉得身旁有人嗤嗤嬉笑。他扭头瞧见却是姬发,早已站立多时。姬发问道:"相父,不知你身处此美景之中,有何感悟?"

姜尚欣然答道:"启禀王上,老夫思忖许久,不知何故,竟然生出许多烦恼来了。"

姬发饶有兴趣地问道:"相父快说一说,让本王也长长见识耶。"

姜尚沉思一阵,萧然曰道:"我仰观骊山,云蒸霞蔚。俯察台地,氤气缭绕。总觉得此处山川河流之中,似乎蕴藏着许多奥秘,故而叹息耶。"

姬发皱着眉头思想一阵,依然百思不得其解矣。

姜尚继续言道:"此处妩媚多姿,易生颓废之事矣。王上理应告诫后人,万万不可在此地放纵淫乐,戏耍滋事,以免衍生出无端灾祸耶。"

翌日,阳光普照,蓝天白云,浩浩泽国,碧波荡漾,星星鸟影,时起时落,有数十只大鸟,懒懒散散地行走在沙滩之上,胜似闲庭信步;河岸之上,条条垂柳枝新叶嫩,婀

· 338 ·

第五十一章 姬发丰京新君嗣位 姜尚封齐励精图治

娜多姿,仿佛风姿绰约之美人艳红酥手,轻轻地抚摸征人之脸颊;柳絮纷飞,飘飘扬扬,又好比清雅素洁之少妇,柔柔的厮缠着兵士之衣袖。

周军将士们仿佛细狗追兔归来,嗷嗷叫着。

大队人马跨过浐河、滋水,大踏步地向西进发。沣河岸边,人山人海,丰京城外,摩肩接踵,早被获知消息的百姓围得水泄不通。丰京留守官兵在东门外迎接姬发东征归来,红旗招展,锣鼓喧天,天地间一片欢腾。其中一名官吏上前启奏道:"王上今登大位,四海升平,华夏欢娱,真乃是天遂人愿,功成名就矣。"

姬发曰道:"周国初立,百废待兴,攻坚容易,守则更难。"

君臣一起回到凤鸣宫,宴请百官,君臣欢饮,俱醉而归矣。

姬发次日早起,信步来到相府,唬得姜尚脸色顿变,连连曰道:"天子至尊,焉能随便进入相府,折煞老夫矣。"

姬发扬扬头,答道:"相父何必如此生分?你我之间,不许讲究那么多繁仪多礼,如何?"

姜尚愣愣,竟然不知如何接言。姬发曰道:"周人已得天下,本王昨晚转辗反侧,却夜不能寐,姬氏一族,百年发愤图强,几代人前赴后继,终成伟业。而今胜利之时,且不能忘记先辈流血流汗,夯实根基。所以,在丰京举行完毕献俘礼之后,我等亟需回西岐,祭祀列祖列宗,以告慰祖先之英灵也。"

姜尚闻之甚喜,答道:"王上真乃天地间正人君子,忠孝两全,当为古今之楷模耶。老夫今生能遇上王上父子,真是三生有幸矣。"

君臣商议好祭祀议程,三日后率百官朝西岐而来。

当西岐百姓获知周武王要来故里祭奠,周原八方四面之平民百姓扶老携幼,几乎是倾巢而出。周原大地,登时陷入一片欢庆之中。武王所到之处,人头攒动,欢呼雀跃。

周原蓝天白云,艳艳暖阳高照,几团祥云缭绕,大地碧绿蝶飞。周武王姬发在西岐祖庙之中,举行庄严肃穆的祭祀典礼。巳时甫过,姬发率领诸弟及文武百官三叩首,毕,他开始宣读祭文:

列祖列宗在上:予小子发,率领姬族子孙,追思勿忘。始祖后稷,教民稼穑,播种百谷,声名遐迩;元祖不窋,夏末去官,率族迁豳,诚厚笃行;其孙公刘,行不履生草,运车以避葭苇。其避夏祭于戎狄,变易风俗,民化其政;居豳九世,延绵维艰,戎狄骚扰,苦不堪言;遥祭曾祖,古公亶父,来朝走马,至于岐阳。筑室于兹,民皆歌之,励精图治,实始翦商;祖父季历,修公遗道,笃于行义,拓土开疆;先父姬昌,仁德至上,礼贤下士,治国图强。积善累德,震怒殷王,羑里七载,演易谋强;吾等承业,开来继往,孟津观兵,牧野灭商。天下一统,四海升平,普天同庆,荡气回肠。今与百官,祭祀先祖,雅乐佳肴,供奉庙堂。列祖列宗,护佑姬周,其功盖天地,与日月同辉。我等饮水思源,子嗣没齿不忘。与此同时,特谨尊曾祖古公亶父为周之太王,谨尊祖父季历为周之王季,谨尊父亲姬昌为周之文王。呜呼哀哉,伏惟尚飨!

周武王姬发率领姬周子嗣及百官三鞠躬,姬旦依次换改灵位。毕,又去岐阳古公亶父及凤凰山下季历、姬昌墓阙前,祭拜一番。次日,武王又在西岐城东灵台祭祀天地及阵亡将士,昭告诸神及先烈英灵,大周王朝在华夏大地巍巍然挺立焉。

祭祀已毕,大功告成。周武王及一行人依依不舍地回到丰京。

公元前1046年农历四月丁未日,周人期盼已久的献俘礼,在丰京新建成的周庙之中举行。

周庙庄重肃穆,宁静威严。这一日清晨,周武王姬发乘车来到周庙门前,他下车后巡视了一圈之后,前来参加献俘之礼的文武百官陆陆续续地来到周庙,人人兴高采烈,个个表情轻松,他们互致问候,然后一一登台就位,面色凝重地悄然静立。

姬旦宣布献俘礼开始,庙外炸起十数声镢把炮砰砰作响的声音。礼炮声息,再由史佚宣读武王命令,历数纣王之滔天罪状。紧接着即是万众翘首的杀俘祭礼,姬旦大手一挥,殷商恶贯满盈的百名恶臣,被卫士们五花大绑,提溜着押解到庙前。

这些昔日在朝歌为非作歹的罪臣,面如土色,六神无主,狼狈不堪,焉有往日之威风。

周武王慷慨激昂地讲完一席话,最后喝令一声:"杀无赦!"卫士们齐声称诺,声振寰宇。

恶臣们登时脸色煞白,一个接一个地瘫倒在地,吓得灵魂出窍,丑态百出,有几个人竟然连屎带尿地弄了一裤子。卫士们闭气忍住恶臭,抡起大刀,将他们头颅砍得满地滴溜溜地滚。其后,姜尚主持杀死殷纣王的直系贵族若干人及家臣四十名。接着,剩余的顽固不化者数百俘虏,一一被押解并拷于南门外,再由司徒、司马主持在丰京郊外砍头了事。

武王祭祀之后,姜丞相捎搧着画着殷纣王头颅的白旗与绘着妖姬头颅的赤旗,更在斩首的人头之先进来,将旗焚烧于周庙。此时,一场血腥的镇压与屠杀,方告结束。

姬发审时度势,开始命姬旦全盘起草分封事宜,以功论赏,设立爵位,列为公、侯、伯、子、男五等档次,其余不及者为附庸;又重新划分封地,分为百里、七十里、五十里三个等级;又大开库藏,将贝币宝物,悉数分发公爵诸侯。授爵封地已毕,姬姓子嗣、方国诸侯及百官,皆大欢喜,弹冠相庆。他们各领敕封,以赴职任,临行归国拜别武王之时,大都难舍难分,洒泪而别。周武王则勉励他们各居要位,务必勤政爱民,仁德诚信,造福百姓,保一方平安。

此时,又传来飞廉残余势力在渤海骚扰百姓,武王思忖再三,便将相父姜尚封为

第五十一章　姬发丰京新君嗣位　姜尚封齐励精图治

齐侯,都营丘(即今山东临淄)。姜尚临行那天,武王率百官送至东郊,彼此依依不舍,泪洒衣襟。姜尚欲叩首谢恩,武王连忙扶起曰道:"相父如同我的再生之父,焉能受此大礼乎!"姜尚闻听此言,禁不住老泪纵横,泣道:"今日一别,老臣不知何时再睹天颜哉?"武王强忍住泪水,低声曰道:"予皆因相父年事已高,不忍在此劬劳耶。敕令相父归国,保一方平安,且安度晚年矣。"

当姬发告知邑姜,其父已经被他封为齐侯,明日就要离别丰京去营丘赴任,她登时心慌意乱,一时不知所从。邑姜木然坐下,想着想着,不由得伤心欲绝,继而泪如雨下,姬发笑道:"夫人,你这是何苦,相父封侯,纵然是你们姜家之荣耀,焉何伤心乎?"

邑姜抽泣了好一阵子,方才抹掉眼泪,抱怨道:"你们男人,个个都是些铁石心肠,哪里懂得女人的心思?"

姬发微微一怔,随即低头不语。邑姜呆呆地坐了一阵,忽地站起来,慌里慌张地朝丞相府走去,姬发醒悟过来,连忙尾随而去矣。

邑姜急火火走进大门,家丁忙迎上前来问候。她却顾不上应答,忙不迭地喊叫着:"爹爹,爹爹!"坐在大堂之上的姜尚,正在闭目养神,忽然听到女儿的声音,急忙起身走到厅门口,邑姜已经走到眼前,一见到白发苍苍的老父亲,眼泪又止不住地流下来了。

姜尚眨巴着眼睛问道:"邑姜,你这是——?"

邑姜瞧见步态蹒跚的父亲,声泪俱下,哭泣道:"获悉爹爹明日远赴营丘,孩儿故此伤心。"姜尚方才长释然,继而笑道:"马上封侯。这是人生之喜悦美事,女儿应该高兴才是。"

邑姜焉何不知,毕竟父亲年事已高,远离自己,焉能放得下心?

姜尚吭哧一阵,方才吞吞吐吐地提及心中隐藏的一桩往事,原本他在故里还有一个儿子,只是几十年未见其面,且不知是死是活?邑姜吃惊地睁大眼睛,愣怔一阵,随即释然了。

正在此时,姬发大踏步地走进厅堂,姜尚连忙起身欲迎接,武王连连示意,再不必讲究礼节了。他悄然坐在一旁,默然想到,相父视女儿为掌上明珠,邑姜操心年迈老爹起居,似乎亦在情理之中。邑姜终于止住眼泪,她忽然看到父亲衣袖上有一处裂口,从头上拔下针线,围坐在姜尚身旁,一针一线地敉缝起来。

姬发看在眼里,心里深受触动。俗话说女儿是父亲的小棉袄,予始信焉。

第五十二章

箕子丰京讲述《洪范九畴》 姬发创伤复发危在旦夕

翌日清晨,武王姬发亲扶姜尚上车,依依不舍地看着一代名相怅然东去。

邑姜眺望着父亲远去的背景,禁不住涕水连连。

姜尚乘车东行,一路春光灿烂,草长莺飞,青山隐隐,绿水悠悠。他却是心事重重地寡言少语,随行之人知晓其心中恋恋不舍西岐故地,以及爱女邑姜,只得小心翼翼侍候着,不再多言。姜尚闭眼思忖,自己半生漂泊,辗转多地,满腔抱负却无从施展。自从渭滨伐鱼河畔遇到西伯侯姬昌,方才麻雀变凤凰,展翅翱翔于大周原矣。姬昌知人善任,姜尚呕心沥血,周人万众一心,百官励精图治,西伐东讨,运筹帷幄之中,北战南征,决胜于千里之外,使得三分天下有其二,战功卓著,功盖主公。昨夜姬发和邑姜离开后,他几乎是一夜未眠,浮想联翩,继而愈想愈觉得心中不快,大失所望耶。姜尚更为烦恼的是,他竟无端地猜测武王此次封地,似有戒防之心?姬旦封鲁,姬奭封燕,鲁燕南北夹击,自然形成对齐钳制之态势也。况齐地封疆辽阔,却是荒蛮之地,重振旧山河,谈何容易!姜尚心中为此一路纠结,郁悒前行。末了,遂想,如今天下一统,四海升平,可以刀枪入库,马放南山,从此后安度晚年,享受夕阳余晖之福祉耳。

姜尚想到此,心情为之大爽,遂令马夫拐向风陵渡,再目睹一回黄河东流去。马蹄声声之中,黄河即在眼前。他下得车来,站在风陵渡口,不免感慨万千:

九曲黄河一串珠,滔滔东去海亦噬。

弄潮个体何足论,俨然逝者如斯夫。

姜尚正欲前行,忽见面前有一老者挡道,衣衫褴褛,且歌且舞,甚觉诧异。

山野荒地,官道平坦,路人碰见官车,往往避之莫及也,皆怕城门失火,祸及池鱼。想,此老者不是疯癫愚钝,则是世外高人焉。两人对视片刻,彼此却无片言只语相互交流。家丁满脸狐疑,卫士拔剑怒目,姜尚见状,惟恐伤及无辜,立马制止了兵

第五十二章　箕子丰京讲述《洪范九畴》　姬发创伤复发危在旦夕

士之鲁莽行为。他趋步上前,躬身施礼道:"敢问老丈尊姓大名,为何在此处截路挡道?"老者停止歌舞,偏着头睨视一眼姜尚,表情诡异地笑道:"山野村夫,名不见经传。自娱自乐,官人切莫误会。"姜尚方才舒一口气,又躬身施礼道:"多劳老丈,贵体腾挪尺寸,我等还要赶路。"

"呵呵!"老者怪异的笑道,"福兮祸兮,福祸相依;安兮危兮,安危联袂;是福不是祸,是祸躲不过;居安而思危,孰能知晓哉?"

姜尚眉头紧蹙,躬身再拜道:"老丈之言,诘屈聱牙。姜尚似乎听得稀里糊涂,特请老人家不吝赐教!"

老者仰天大笑道:"英名盖世,却无进取之心,尚能饭否?功成名就,理应老马识途,志在营丘!"毕,径直朝前走去,头也不回地消失在荒野之中。

姜尚闻听此言,心头一惊,仿佛钉在原地,久久回不过神来。他下令随行兵士,日夜兼程,疾速地向营丘进发。他到达目的地不久,诸事甫定,还未喘口气,东方莱夷部落便趁虚而入,企图一举将齐国扼杀在摇篮之中。姜尚疾速招兵买马,以从西岐所带千名将士们为基干,仓促应敌,加之鲁、燕两国及时派兵救援,大张挞伐,莱夷部落方才闻风而逃矣。

大命将泛,姜尚此时此刻,方才明白武王大才槃槃,高瞻远瞩,颇有先见之明也。从此以后,姜尚仿佛大梦初醒,依然像在西岐一般励精图治,修明政事,选贤用能,训练军队,提倡农耕,鼓励工商,繁荣街市,惩罚罪犯,推广仁德,齐国面目为之一新。后来,他又考察齐地距离东海之先天独厚特征,大兴鱼盐之利,随之经济阔步发展,国富民强,逐渐地成为东夷强国。齐侯姜尚声名远播,仁人贤士慕名而来,周边莱夷及多个部落纷纷求和,归降于其管辖之下。

众将领分别镇守要地,尤其是相父别离丰京以后很长一段时光里,武王姬发黯然神伤,顿失左膀右臂,按迹循踪,甚觉孤单矣。他何尝不知创业难,守业更难!周朝刚刚建国,百废待兴,忧患重重,殷商贵族盘根错节,百足之虫,死而不僵,暗流涌动,危机四伏……为此,武王白天日理万机,政事如山。夜晚常常孤灯独坐,愁肠百结,即使睡卧炕头,亦是辗转反侧,夜不能眠。不过半年,姬发已经感到心力交瘁,甚至有点勉为其难。加之多年以前之旧伤复发,体力竟然大不如前。而每日里日出日落,又急需处置大量的军政要务,疲惫不堪,他更是显得力不从心,愁眉苦脸。于是,武王只得让本已分封鲁国侯的姬旦和封为燕国侯的姬奭留守丰京,协助自己处理朝政公务,分担朝政之重任。

周国新立,丰京城内人口急剧增加,尤其是市政设施严重不足,百官办公场所十分匮乏。武王决定在沣河东岸择地建造新的都城,名曰镐京,为与"岐周"相区分,亦称之为"宗周"。镐京经过一年多建成,但对于中原统治而言,仍有鞭长莫及之困惑。

大周原

所谓得中原者,方能得天下也。为此,姬旦建议另建一都城,作为丰、镐之别都,这样天子可以往来其间,既可监控殷商之余孽,又可顾及西方戎狄之部落。武王觉得四弟此建议,颇有宏大之战略眼光,他反复衡量许久,最终决定在洛邑建造一座新都。此事交由周公姬旦前去勘察地形,以规划新址。

武王住在镐京新城,有一天,宫人邀请他前去观赏方国诸侯送来的各种贡品。武王看到堆积如山的礼品,手抚摸着珠玉宝器,心里乐开了花。东北方的肃慎氏(今吉林省境内)进贡的一种用楛木制作的箭和用砮石制作的箭簇,足有一尺八寸长。武王爱不释手,摆弄再三。他微笑着走出王家陈列室,站在院内,忽然,一条牛犊般大的獒犬挣脱锁链,"呜噢"一声,猛地扑上前来。此恶物如狮如虎,鬃毛繁密,皮色金黄,前胸宽阔,目光炯炯,吼声如雷。武王大惊失色,不知其为何物,慌忙后退几步,差点跌倒在地,卫士们急忙拔出利剑,护卫住武王。谁料到獒犬凶猛异常,粗狂剽悍,野性顿现,使人望而生畏焉。正在獒犬与卫士双方对垒僵持之时,不远处传来一声口哨,獒犬稍一愣神,立即跑回牧犬人身边,随之昂首挺胸,四蹄稳稳站立,王者一般威武。

武王惊魂甫定,忙问此物来自何方,又为何如此凶恶?牧犬人上前躬身致礼,答道:"王上,此物曰'獒',乃喜马拉雅山脉牧民牧羊狩猎和看家护院之犬矣。此为我西域旅国所贡奉之宝物也。"武王抚摸着胸前,方才舒一口气,感叹道:"本王晓知四海之内,狗犬百种千样,从未曾听说还有此类獒犬。"

牧犬人笑道:"世有恶犬万种,不敌獒犬一只。西域所产之獒,其性极烈,擅长攻击,敢与豺狼争高低,不向虎豹让半分!"

"呵呵。"武王略一思索,曰道,"既然此獒如此凶猛,袭击人类,养它何用?"

牧犬人呵呵大笑道:"王上有所不知,獒犬虽则狂傲不羁,却对主人极其忠诚,一旦认准,终身不离不弃耶。此乃华夏之神犬,部落首领之卫士焉。主人在,獒护卫;主人毙,獒则亡矣。"

武王方才明白过来,喜不自禁地笑道:"看来此神犬,要比那个桀骜不驯的亡国之君可爱多了!"

武王遂命奖赏牧犬人贝币若干,然后大笑而归。从此,对獒犬爱怜有加,每日里吩咐宫人以鲜肉喂养,他时不时地前去观摩欣赏,久而久之,这只獒犬毛色金黄透亮,宛如彩霞附体,高贵典雅,沉稳勇敢,颇有王者风范。尤其是见了新的主人,摇首摆尾,甚是驯顺。武王心里暗暗思忖,獒犬尚且如此,何况人乎!于是,他下令将多余珠玉宝器分发给方国诸侯及有功将士,众皆感恩不已。

召公姬奭目睹兄长每日里必去观赏獒犬,忧心忡忡。武王玩物丧志,他何尝不知此举于国于民,极为不利,思忖再三,决定劝诫武王。他径直来到凤鸣宫内,正好碰

第五十二章　箕子丰京讲述《洪范九畴》　姬发创伤复发危在旦夕

上兄长观奭归来,喜形于色。两人先是扯了一阵闲话,召公姬奭便直奔主题,曰道:"古往今来,凡是大德之君,必然胸怀天下苍生,心系社稷江山。倘若轻慢贤达仁人,则无人与其同心同德;轻慢百官众臣,必无官吏与其风雨同舟;轻慢黎庶百姓,当是没有平民与其同甘共苦。而君王若为其感官痛快之欲望所役使,处置国事则会荒于嬉戏;对人轻视怠慢,则会丧失其美德;沉迷于好玩之物,则会丧失远大之志向。心正则足履端正,神往则身体挺拔。豪华志向,浩瀚无垠,尚需行端走正,方能坚定不移;他人投其所好,则凭克服欲望才可应对无误;冰冻三尺,绝非一日之寒矣。倘若一曝十寒,一叶障目,安于享乐,且励精图强,国富民安,从何谈起哉!"

一席话说毕,召公竟然脸色通红。武王眨巴着眼睛,他似乎听出召公话中有话,疑疑惑惑地问道:"贤弟,你是否认为我迷恋犬马珍奇,荒芜政事?"

召公接过话茬,单刀直入,正色答道:"此乃臣弟之肺腑之言,望王兄见谅。犬马乃畜生之类,来自何处,并不重要,城内城外,亦能圈养。关键是重人轻物,以国事为重,谨小慎微,莫以玩物而丧志耶。九仞之山,尚差一筐土石,依然不见其巍耶。"

"嘻嘻。"武王这才彻底地明白召公一番话,虽则忠言逆耳,却是良药苦口,他心中十分地欣慰,曰道,"为山九仞,功亏一篑。本王乃是糊涂至极,若不是贤弟提醒,险些误入歧途矣。"召公兴奋地曰道:"有道是兼听则明,偏听则暗。王兄真乃为大德之君王,有尧舜之遗风,百姓幸甚!大周幸甚!"君臣坦诚相待,推心置腹,留下一段佳话,武王还下令将《旅獒》刻于一铜鼎之上,以便早晚诵读,引以为戒。

武王获知箕子已经在朝鲜落地扎根,念其品格高洁,乃正人君子,遂派使节跨过鸭绿江,封箕子为朝鲜国君。箕子思前想后,纣王必亡,此乃天理。武王登基,实为民意。他为周天子诚意所打动,欣然接受周国封爵。故土难离,乡情似蜜。过了两个多月,箕子决定亲自赴镐京朝拜新君姬发。

箕子历经二十多天艰苦跋涉,终于到达原来商地故土,但见朝歌郊外,人欢马叫,欣欣向荣。一块块井田整齐有序,碧绿成行。一片片庄稼茁壮成长,微风荡漾。阡陌之间,农人欢歌笑语,田间地头,妇孺面带喜色。穿越官道,目睹行人相互揖让,路过村庄,耳听鸡犬之声相闻。此情此景,与昔日田园荒芜,饿莩遍野,形成鲜明之对照耶。真是新旧两朝两重天,商周换代天注定。箕子感慨万千,脱口而出,吟诵一首《麦秀》之歌:

"麦秀渐渐兮,禾黍油油。
彼狡童兮,不与我好兮!"

箕子吟歌中的狡童,自然指的就是那个令他为之痛心切齿的纣王帝辛。

重回故园,感慨万千,感同身受,触景生情,他只能借吟诗来排遣发泄自己心中之怨恨罢了。箕子到达镐京之后,被武王奉为上宾,彼此之间,且留下一段佳话。

大 周 原

　　一日,武王与召公姬奭、毕公姬高一起,前来国宾馆看望箕子,彼此互致问候,然后相谈甚欢。武王步入主题,欲与箕子探讨治国方略,箕子却显得表情不太自然,嘴里吞吞吐吐,似乎有点忌讳此类话题。武王看在眼里,嘴里却夸誉道:"奇节之士,云山筋骨,金石丹心,坦荡高襟。"箕子闻听之后,眉头舒展,心底顿觉舒坦,随即畅所欲言道:"老夫此生所爱,惟大禹之《洪范九畴》,精研再三,略有体会。"武王兴致盎然,微笑道:"本王愿洗耳恭听。"箕子倏忽听到武王自称为本王,还是猛一愣怔,表情略显尴尬。姬奭看在眼里,立马笑道:"今日能当面恭听先生讲授经卷,学生真是三生有幸焉。"武王晓知召公替自己遮掩,随即明白过来,曰道:"予愿闻其详,敬请先生不吝指教。"

　　箕子方才舒展眉梢,不紧不慢地详叙其情:"鲧之治水,阻流以治,维持不敝,致使洪水泛滥,民不聊生,上苍因此震怒,鲧则殛死,禹乃嗣兴。禹则因势利导,疏而通之,上苍鼎力相助,赐予他《洪范九畴》,天下江河为之顺畅,水患皆除,民则欢颜矣。"

　　武王侧耳倾听,兴趣渐浓,曰道:"先生能否详尽讲述?"

　　箕子接言道:"所谓'洪范',即指治理洪水之规范是也;所谓'九畴',乃治国安邦之九种常理:一曰五行,二曰五事,三曰八政,四曰五纪,五曰皇极,六曰三德,七曰稽疑,八曰庶征,九曰五福、六极。"

　　武王、召公和毕公三人,几乎是异口同声地"哦"了一声。

　　箕子登时谈性大增,曰道:"所谓五行,即金、木、水、火、土是也。水曰润下,火曰炎上,木曰曲直,金曰从革,土曰稼穑。润下作咸,炎上作苦,曲直作酸,从革作辛,稼穑作甘。此五行环环相扣,循环往复,相生相克,缺一不可也。"

　　武王点头称是,曰道:"天地万物,皆此一理。"

　　箕子接言道:"所谓五事,即修身之五事也,貌、言、视、听、思。貌端品正,人则恭敬;言之谆谆,听之藐藐;明察秋毫,防微杜渐;兼听则明,偏听则暗;思维敏捷,睿智英明。倘若随心所欲,言行相诡,必然会一败涂地矣。"

　　武王登时陷入沉思之中。

　　"所谓八政,乃是治国施政之要务也。"箕子曰道,"一曰食。民以食为天,民众衣食无忧,则天下太平;二曰货。以货为资,监控适度,收支平衡,则国富民强;三曰祀。敬畏天地,祭祀鬼魔神灵,缅怀祖先,常存感恩之心;四曰司空。管辖有秩序,荒芜究其责,耕者有其田,耘者护命根;五曰司徒。朝野风气正,教化树新风;六曰司寇。惩恶亦扬善,法不徇私情,民众盼安稳,社稷且升平;七曰宾。朝拜井然有序,推恩树仁,迎送以礼相待,义不取容;八曰师。秣马厉兵,居安思危,枕戈待旦,天下无敌耳。"

　　一番慷慨陈词,箕子说得口干舌燥,他无意中舔了舔干涩的嘴皮。毕公见状,连

第五十二章　箕子丰京讲述《洪范九畴》　姬发创伤复发危在旦夕

忙起身,端来一壶热茶,恭恭敬敬地递到箕子手里。箕子微微点头致谢,他嘬着嘴,轻轻吹拂漂着的茶叶,急不可耐地喝了几口,咕咚咚咽下,咀嚼一阵,又将粘在舌尖上的一片茶叶吐回茶壶。然后若无其事地点点头,曰道:"茶能清心,乃君子之谓也。周茶怡情,鲜爽醇和矣。"

召公兴致勃勃地问道:"先生真是学富五车,吾等如饮琼浆焉。请问,五纪该作何释义?"

"所谓五纪,乃指年、月、日、星辰、历法是也。此乃天时地利与人和之谓也。农人春耕秋播,顺应农时,则能五谷丰登,六畜兴旺,仓廪殷实,安闲自在。"箕子微笑道,"所谓皇极,则为大中至正之道也。"他睨视一眼武王,接言道:"皇极,皇建其有极。即君王要高屋建瓴,审时度势,树立天威,并制定各种行为法则规范。国家法成令修,则国运亨通;民众有法可依,则繁荣昌盛。官吏不能结党营私,百姓不得为所欲为。重用贤达英才,宽恕违规街痞,赐福忠厚臣民,救助孤寡病残。倘若君王如此厚道,心胸宽阔,天下人皆心而往之,以为楷模焉。官吏富裕而享有丰爵厚禄,颐指气使,容易滋生腐败,祸害朝政,败坏社稷之风气矣。尤其是用人之道,更为重中之重也。倘若选拔奸佞之臣,轻则乱党扰政,重则祸国殃民,君王不得不为其担负偏袒失察之累累恶名焉。百官亦要赤胆忠心,心底无私,勤政为民,国家方能走上康庄大道也。国之政策,不偏不倚,持之以恒,不能朝令夕改,才能阔步前进。君王奖罚分明,一碗水端平,不以好恶行事;官吏严于律己,廉洁奉公,皆以俸禄待遇为衡度;民众遵法守纪,循规蹈矩,当以社规民约良心为底线矣。君王圣明,官吏尽职,黎庶守则,国富民强,社稷江山,井然有序,大同世界,焉能不海晏河清,政通人和!"

武王激动地站起身来,躬身拜曰道:"先生真是神人也!姬发如醍醐灌顶,如梦方醒。"

箕子赶紧回礼道:"想当初老夫唾沫飞溅,帝辛却嗤之以鼻。今王上虽贵为天子,却能闻听逆耳忠言耶。且王上之雄才大略,老夫今日方才真正领略矣。周兴商灭,发胜纣亡,天意诚然,何足惜分!"

毕公给箕子茶壶里续上热水,虔诚地问道:"先生不吝赐教,能否再讲一讲三德、稽疑、庶征,以及五福、六极?"

箕子谈兴正浓,大口喝下少半杯热茶,继而曰道:"所谓三德,当为君王治理臣民之三种做法,悉心使之,必然无忌。一曰正直。中庸平和,不失偏颇;二曰刚克。强弩易折,强干弱枝;三曰柔克。水绕顽石,柔能决堤。所谓稽疑,即明用稽疑,特指君王每每遇到国之大事,定当深思熟虑,然后集思广益,以占卜验证之。倘若只有君王与卜人认可,而百官与民众竭力抵制,此时,君王万万不可独断专行,否则后患无穷耶;所谓庶征,曰雨、曰旸、曰燠、曰寒、曰风。此乃五种自然之现象,交替出现,天象昭示君王之品行,地貌演绎天子之德性。所谓人在做,天再看。敬请王上好自为之。"

武王低头蹙眉,沉思不语,箕子此时此刻,心中不免有点忐忑不安,自己忘乎所以,谈性大增,今天是否说得太多了?有道是言多必失,还是见好就收,以免信口开河,无事生非,闹得彼此都不愉快。

召公接言问道:"先生,五福、六极该如何解释?"

箕子只好硬着头皮,继续坦言道:"所谓五福,一曰寿,二曰富,三曰康宁,四曰攸好德,五曰考终命;所谓六极,一曰凶短折,二曰疾,三曰忧,四曰贫,五曰恶,六曰弱;君王贤明,则天下无不呈现王道乐土,五福兴旺;若天子违反天条,上苍必将以六极惩罚之。夏桀与殷纣,倒行逆施,则自食其果,四海皆唾弃之;文王和武王,替天行道,百姓敬慕,九州共吟诵之。"毕,长长地舒口气,如释重负。

"先生真是学识渊博,见解高屋建瓴,别开生面。"武王面如涂丹,感慨万千,曰道,"一部《洪范九畴》,包罗万象,极尽安邦治国之方略。本王茅塞顿开,受益匪浅。先生深谙天道地理,精通治国良策,倘若周国能得到先生辅佐,予必将如虎添翼,大展宏图矣。"

箕子微笑着不再言语,几人只好另转话题,闲话周茶清爽味醇,别有一番意味。

武王见箕子不再接自己话茬,亦不好强求。次日,箕子固执己见,主宾话别。他便决然返回到高丽,从此再未踏上中原故土家园,一代英杰,最终长眠于鸭绿江东岸。

九曲黄河一带珠滔
奔去海上嗟矣激伺
柰何之於儻然迹者
如驷夫

丙申李西岐诗岳书于京

第五十三章

周公承继遗命殚精竭虑　姬旦鞭笞伯禽崮山震虎

周公考察洛邑归来,兴致勃勃地向武王汇报详情。两人谈兴正浓,展望未来,禁不住呵呵大笑起来。

忽然,武王感觉到天旋地转,双目圆瞪,瞪着眼睛,身子不由自主地颤抖起来,额头登时大汗淋漓。他在恍惚之中,伸出手去抚摸几案,屡试屡踬,眼前倏忽一黑,一头跌倒在地。周公见武王倒下,惊慌失措地大叫着"快快来人!"宫人鱼贯而入,手忙脚乱地将武王抬到内室,暂且休息。宫中御医急忙赶来,号脉已毕,好一阵默不做声。周公心急如焚,急得团团转。他忙问天子病情?御医满脸愁云,似乎束手无策,他将周公拉到一边,低声说道,王上脉象软弱,心竭力衰,岌岌可危矣。

周公闻之,身子一软,圪蹴在地上掩面恸哭不已。御医瞧见一向沉稳遇事不慌的周公心境大乱,亦是慌了手脚,不知如何是好。周公哭了一会,方才止住眼泪,叮咛御医一定要想方设法救治武王。

天下甫定,百废待兴,皇皇周廷,此时此刻,焉能失去顶梁之柱哉?

周公随即将此情一一告诉诸位兄弟们,大家登时大眼瞪小眼,亦是心乱如麻,慌了手脚。眼看着武王病情一天天加重,御医们状若热锅上的蚂蚁,惴惴不安,他们虽则绞尽脑汁,却依然是无计可施。巫师们开始作法事祷祀鬼魔神灵保佑之,祈求河川山岳显灵。岐伯听说武王病危,着急慌忙地从周原赶到镐京,他仔细诊脉之后,心中不免大吃一惊,看来武王乃旧伤复发,俨然回天乏术,必当在劫难逃矣。周公、召公闻听岐伯之言,顿感天塌地陷,随即大放悲声。

武王喝下岐伯调剂配方的中药煎汤,三服药下肚,精神为之一振,病况亦明显地好转。岐伯何曾不知,此乃是天子回光返照之余景也。

这一天夤夜时分,武王派人将周公叫到卧榻之前,开始交代后事。武王颤颤巍巍地曰道:"此次旧伤复发,为兄恐怕是在劫难逃矣。"周公连忙阻止武王道:"王兄自

大 周 原

从服用岐伯药之后，身体日渐康复好转，再过时日，略加调理，必然药到病除，龙体安康也。"

"不。"武王凄然一笑道，"人活百岁，必有一死。病魔久已缠身，为兄自然知晓，神医亦难诊治矣。想我姬周先祖，世世代代励精图治，方才打下这一方姬周家天下。为兄本应殚精竭虑，为周国鞠躬尽瘁。无奈天不遂人愿，致使本王命将丧于黄泉。姬旦，这几日来，为兄思谋再三，决意将周之天下托付与你，禅让天子之位。"

周公闻之，登时愣怔。他圆睁着眼睛，几乎是有点歇斯底里地喊道："为甚？为甚！为兄只是疾病缠身，只要略作调整，药到病除，即可带领姬氏弟兄们完成伟业矣。"

武王接言道："四弟。有道是创业难，守业更难。殷商六百年基业，为何能一夜之间毁于一旦？此中曲折，你比为兄心中更为明了。太子诵年幼，尚不懂世事险恶，焉知人间冷暖，怎能君临天下，管理好一个泱泱大国？此时此刻，我心若明镜，众兄弟们之中，惟你才华出众，尚有经天纬地之大才。倘若由你接替大位，方能保持姬周千秋万代，永不变色！"

周公痛苦地闭上眼睛，两行泪水簌簌而下。他忍不住趴在王兄病榻旁，大放悲声。武王轻轻拍着四弟的脊背，安抚道："贤弟！姬周一族发展壮大至今，艰苦卓绝，数代先辈呕心沥血，爷爷、父王及长兄为此献出了宝贵性命，方才打下这周家江山。天下初定，百废待兴，为兄本应与你及弟兄们殚精竭力，巩固这来之不易的辉煌战果。可是……"

周公忍不住潸然泪下，泣道："王兄乃我等主心骨耶，况正值英年，手足情深，焉能忍心生死别离乎？"

武王苦笑一声："天不遂人愿，本王焉何为哉？"

周公抹去眼泪，昂起头来劝道："我姬周以仁德王天下，上苍必然佑护王兄不日即可康健矣。"

武王浑浊的眼睛，直愣愣望着屋顶，沉思一阵曰道："四弟，昔日大爷太伯、二爷仲雍为顺遂太爷古公亶父传位祖父季历，继而再传承与父王之愿望，发扬光大姬周一族，竟然决然离开周原，远走江南，这是何等的高风亮节耶！假如为兄目光短浅，为一己私利，勉强传位于姬诵，致使周朝朝政因此失控，而匆匆短命灭亡哉，本王有何面目在九泉之下，愧对列祖列宗！"毕，涕泪俱下，凄然长啸一声，倏忽昏死过去。

周公登时惊慌失措，吓得六神无主，连忙呼唤岐伯前来救治。岐伯见武王昏厥不醒，取出针刺，在他身上多处穴位刺激再三，武王终于醒了过来。岐伯命众人皆回避之，让武王静养。

周公悲痛欲绝，戚戚然回到府邸，他忍不住痛放悲声，嚎啕不已。自己何尝不

第五十三章 周公承继遗命殚精竭虑 姬旦鞭笞伯禽敲山震虎

知,目前危机四伏,周国这条大船倘若失去舵手,如何才在惊涛骇浪中历经激流险滩、躲避暗礁漩涡,顺利地到达彼岸,当是多么艰难困苦并且难以想象之大事。万般无奈之际,他只能求助于上苍,借助于神灵之自然功力,祈求武王平安!

黄夜时分,一轮圆月孤悬皎洁天际,星云飘渺。周公沐浴戒斋,决心以己身为质,去向神灵赎回武王之命。他身着礼服,手秉持玉圭,携带祭品若干,与祭司、史佚及卜师一起,悄然地来到祖庙灵位之前,上香、摆放好祭品,再顶礼膜拜。毕,周公百感交集,声泪俱下地祈祷:

惟尔元孙某,遘厉虐疾。若尔三王是有丕才之责于天,以旦代某之身!予仁若考能,多才多艺,能事鬼神。乃元孙不若旦多才多艺,不能事鬼神。乃命于帝庭,敷佑四方,用能定尔子孙于下地。四方之民罔不祗畏。呜呼!无坠天之降宝命,我先王亦永有依归。今我即命于元龟,尔之许我,我其以璧与圭归俟尔命;尔不许我,我乃屏璧与圭。

一旁默默站立的史佚,早已热泪盈眶,唏嘘不已。古往今来,兄弟阋于墙,且因家财万贯,往往大打出手;又尝闻为国政大权,反目成仇,拼杀得你死我话。自己通晓夏商政史,何曾见得弟为兄祷,愿以己之宝贵性命相置换乎!周公祷告已毕,遂命卜师占卜,连卜三次,竟然均是上上大吉之兆也。周公欣然曰道:"体!王其罔害。予小子新命于三王,惟永终是图;兹攸俟,能念于一人。"卜师喜上眉梢,赞叹道:"为师平生占得此上上签,实属罕见也。看来周公之诚心诚意,感天动地,史无前例也。"

周公闻知心情为之大悦,命将祈祷之辞及占卜成果刻于甲骨之上,藏匿在金縢之匮里。他叮咛卜师与史佚,此天机不可泄露,否则功亏一篑,悔之莫及矣。两人忙不迭地称是。周公再次在祖宗案前三拜九叩,最后长跪不起。毕,他似乎言犹未尽,又在甲骨上写下一段遗言,鲁国事宜,可交付长子伯禽管理。若其不思进取,武王可断然废其爵位,另选高明云云。书写完毕,把它藏于另一只金縢匮里。

翌日清晨,云开雾散,一轮红日冉冉升起,镐京内外阳光灿烂,武王在众人殷切呼唤之中慢慢地醒来,缓过劲儿,接着就能下得炕来,自己拄着龙头拐杖四处行走了。王宫内登时多了欢声笑语,一扫多日之阴沉过度紧张之气氛。

三天过去,武王自觉不久于人世,他便召集姬旦、姬奭、姬郑、姬高和太子姬诵,以及王后邑姜。武王环视一圈,凄然一笑:"本王自知此乃回光返照,灯灭之前,倏忽一亮矣。"邑姜惊得目瞪口呆,众人亦是泪水簌簌。武王接言道:"人这一生,总会留下许多遗憾。禹王奠基夏朝基业,厄未除而身先亡焉;商汤灭夏建商,宏图未展,撒手人寰;本王功劳尚不如禹汤万一,但命运却如此相同也。可见天命不可违,世事不可测。"他把太子诵叫到身边,拍着他瘦弱的肩膀叮咛道:"我儿,你毕竟初长成人,焉何能担负得起大周之千斤重担乎?"太子姬诵忽闪着大眼睛,茫茫然不知所措。邑姜以

· 353 ·

大周原

泪洗面,忍不住哭泣不已。武王凝视着周公,他似乎在拼着最后一点气力,喘喘吁吁地曰道:"惟天地万物父母,惟人万物之灵。四弟,你为人诚挚厚道,做事有条不紊,思维缜密,堪当大任耳!周国王位传位于你,为兄在九泉之下,亦可瞑目矣。"

言毕,武王竟然在一瞬间神情恍惚,遂即急促地喘息不止,片刻过后,溘然而逝耶。

邑姜取出一缕蚕丝,放在夫君口鼻之上,未见有丝毫动静,方知他已驾鹤西去,身子一软,遂哭倒在地了。

众人见武王归西,悲声四起,泪眼迷离。

窗外蓦然天色灰暗,太阳躲进云层,一阵狂风大作,树叶腾地卷起,扶摇直上云霄,百鸟啼叫,六畜低鸣,大地悲伤,河川呜咽。

周公抹干泪水,遂命宫人抬来棺椁,放置武王遗体旁边。邑姜强忍着悲痛,命宫女端来温水,她亲手给夫君将身体擦洗干净,然后依次换上九件衣物,一一悉心抚平。剃头匠眼含热泪,悉心地给武王修整颜面。毕,邑姜将玉和贝轻轻地塞到他的嘴里。

姬旦将姬诵领到武王遗体旁,低声说道:"姬诵,你来摸摸你爹的手,今后就啥也不怕了。"

姬诵扑闪着眼睛,看着父亲面色苍白的脸庞,惶然不知所措,身子往后退缩着,怯怯地不敢上前抚摸。

姬旦忍住悲痛,他牵着姬诵的小手,在武王的脸上来回摸了几摸,姬诵随即抽回手去,惊慌失措地喊道:"凉,凉!"

周公悲伤地曰道:"我的凉侄儿,且要多看一眼,你以后再也看不到你父王了。"

姬诵木然地点点头,站立在武王灵寝前,此时却久久不愿离开。姬旦眼含热泪,悄然走去。姬诵不眨眼地盯着父王的遗容,泪水滂沱之中,他恍惚间似乎看到,父王两行泪水宛若滚珠一般地流淌下来,仿佛还睁开眼,朝着姬诵苦笑了一下。姬诵惊惶地喊道:"娘!我爹没死,他还在笑哩。"

周公猛地吃一惊,连忙跑回来将姬诵紧紧抱在怀里。

宫人将武王遗体放置于棺盖之上,五官上遮挡丝帛手绢,身子覆盖黄色薄被,双脚用红带扎紧,再在供奉几案上,依次地摆上祭品若干。

诸事安排妥当,周公在武王灵寝前言道:"国不可一日无君。予秉持先王遗愿,特此宣告:太子诵继任王位,承继周国大业!"

姬诵含泪拜倒在父王脚下,泣不成声。周国新君初立,是为周成王。

朝野闻之武王与世长辞,哀嚎遍野。凤鸣宫内庄严肃穆,松柏树枝、黄花白绢,摆满灵堂。匾额立柱,悬绕白布百丈。王亲国戚、文武百官、四方宾客、黎庶百姓,依

第五十三章　周公承继遗命殚精竭虑　姬旦鞭笞伯禽敲山震虎

次前来吊唁,络绎不绝。大堂之内,哭声不断,沿街走廊,悲痛欲绝耳。

姬诵及孝子们依次跪倒在武王灵寝之前,每每遇到祭拜者叩首,他们便要陪着宾客磕头,几天下来,早已疲惫不堪。武王遗体停丧、小殓、大殓,在宫中停放七天后入棺封口。

天子驾崩,丧仪极其庄重与繁琐,下葬过程要达百日之久,而服丧期则长达三年。从父王倒头之日算起,开始三天之内,孝子们必须米水不进,跪在灵前,哭天抹泪;三天过后,以稀粥和蔬菜充饥;三个月以后,方能吃饭食和水果;一年才能吃肉,三年服丧期满,才能身着丝织衣服。期间,最为辛苦的是孝子们要住在陵阙旁边搭建的茅草屋棚中,冬去春来,夏秋相连,不管酷暑,无论严寒,他们必须吃住在茅舍之中,身穿下襟撕裂没有纽扣之麻衣,即谓之"斩衰"。每日夜晚,孝子们均不得脱掉孝衣,头枕砖瓦,囫囵着和衣躺在草苫之上,即所谓"恋丧"耶。

周公审时度势,决定简化武王丧事仪式,尽量地缩短下葬时间,周廷坐等数千军民夜以继日,将凤凰山下墓穴开挖完成,定在武王"七七"祭日下葬。

巍巍岐山垂首,滔滔渭河呜咽,凤鸣冈上,盘旋飞翔的凤凰哀鸣不已,箭括岭颠,百兽频频出没,飞奔嚎啕。

武王姬发魂牵故里,安埋之时,周原方圆百里平民百姓,自发地扛着镢头铁锹,聚集凤凰山下,渴望能亲手为一代英王填土培茔,以寄托哀思。

成王姬诵少不更事,他被父王的葬礼中繁琐之祭礼,多日来弄得焦头烂额,苦不堪言。而他虽已称王,却对朝政国事,更是屎爬牛哭它娘——两眼煤黑。周公想起武王临终遗言,便义不容辞的摄理国政,并昭示天下诸侯。且此时此刻,若要担当起治国重任,绝非易事。

周公几乎是夜以继日,废寝忘食地投入到繁忙的政务之中。一日,他忽然听到窗外传来一阵阵打闹声,扭头一看,原来是伯禽与姬诵在一起,相互追逐戏耍着"狗撵兔"的游戏,两人玩得不亦乐乎。周公登时皱起眉头,假以时日,成王要亲自掌控周国军政要事,时不我与,如此下去,如何了得?尤其是令他气不打一处来的是,伯禽本来是指派他去陪天子读书,这下倒好,弟兄俩瞌睡遇到枕头,倒成为玩耍的伙伴了。伯禽,为甚你没一点出息,这般地荒于嬉!伯禽,为甚你没心没肺,难道不知晓为父之焦虑心思!

周公气呼呼地站起身来,走到门口,断喝一声:"伯禽!"正在玩得忘乎所以的伯禽,蓦然听到父亲厉声喊叫,猛一愣神,转身撒腿跑回书房了。成王见叔父满脸怒色,吓得吐吐舌头,连颠带跑,紧跟堂兄进入室内,端端坐在几案前,手捧着竹简朗读起来,眼睛却不停地盯着门口,一心两用。周公紧跟着走进书房,蹙眉瞪眼,恼怒成羞。伯禽自知惹下祸端,姬诵把头埋在竹简后面,眼睛偷偷的从竹简缝隙里窥视动

· 355 ·

大周原

静矣。

　　周公怒不可遏地走到伯禽面前,不由分说,便从腰里摸出一把戒尺,喝令伯禽伸出左右手,猛地各自抽打了三下。伯禽疼得龇牙咧嘴,泪水在眼眶里打转儿。周公似乎余怒未平,又从腰里抽出皮鞭,左手按倒伯禽,在尻子上重重的连抽十几下。伯禽疼得紧咬牙关,双眉紧蹙,却始终强忍着疼痛,未敢吱声矣。

　　周公呼哧呼哧喘着粗气,他恶狠狠的将戒尺扔在地上,依然余怒未消,随之转身离去。

　　戒尺虽然打在堂兄身上,却痛在姬诵心里。他何尝不知,今日玩耍游戏,皆因自己而起。他天天诵读经书,时日愈久,看得头昏脑胀,苦不堪言;读的乏味无聊,味如爵蜡。好在叔父命伯禽陪同自己读书,不再寂寞。自有堂兄在一旁伴读,姬诵用心许多,大约在不长一段时间内,几乎已将典籍通读一遍,增添不少知识。若按常理论说,男娃们贪玩嬉闹,似乎也在情理之中。姬诵毕竟还是贪玩的年岁,他亦不例外,诵读之余,在书房里打打闹闹,再正常不过了。

　　周公因此勃然大怒,显然是渴望成王早日成才,急于求成,甚至于有点揠苗助长之意味。但其所作所为,都是不得已而为之,姬诵贵为天子,重任在肩,亟需快速成长,方能尽快担负治国之大任也。

　　姬诵瞅见伯禽虽则眼里噙着泪水,却依然捧着竹简在默默诵读。他左顾右盼地看了一圈,早已不见叔父身影,遂起身悄悄地走到伯禽身边,抚摸着堂兄红肿鼓胀之手,低声问道:"伯禽哥,你还疼不疼?"

　　伯禽强颜欢笑地答道:"诵弟,为兄不疼。"

　　姬诵一瞬间泪水盈眶,他摇摇头道:"我才不信,四爸把你打得那么重,还说不疼?"

　　伯禽苦笑道:"打得再重,我也得认罚才是。陪同天子诵读经典,本来就是我应尽之责。今日却忘记父亲谆谆教诲,所谓勤有功,嬉无益。噫嘻,悔不当初也。"

　　伯禽真情实意地一番表白,说得意味深长,弄得姬诵不知如何安慰堂兄,他嗫嚅着嘴,悄然坐在一旁,开始静心诵读。从此以后,姬诵仿佛变个人似地,每日里潜心读书,学业大为长进,他严于律己,终于成为一代恭谨勤俭之英王。伯禽亦是更加用心,对父亲之治国方略,烂熟于心。他日后治理鲁国,文治武功,名扬天下。

　　周公看在眼里,喜在心头。忽一日,伯禽无意间提起姬诵的一件小事,引起了周公的警觉与不安。

　　那一日,伯禽、姬诵和叔虞一起玩耍,三人玩耍得一时兴起,姬诵捡起落在地上的一片梧桐树叶,随手将它撕成玉圭形状,递给叔虞,笑道:"二弟,你看这像啥?"叔虞玩得正开心,瞅一眼又耍了。姬诵挖苦道:"你只知道耍,连这都不知道。"叔虞不

第五十三章　周公承继遗命殚精竭虑　姬旦鞭答伯禽敲山震虎

耐烦地呛道:"不就是个玉圭么,有啥稀奇的? 它还是树叶撕的,你还不是哄我高兴哩。"姬诵正为自己随手一撕的大作自鸣得意,谁料却被噎得脸颊通红,急急喊道:"啥? 你真是个瓜娃。我是谁? 周国成王,以后说封你就能封你。你给哥说,你想封到哪国去?"叔虞白一眼,讥讽道:"说得轻巧,拿根稻草。我想到唐国,你敢封我吗?"话撵话,兄弟两一来二去,针锋相对,姬诵被逼无奈,只得对天发誓,赌咒自己以后若不分封叔虞于唐国,就是小狗一个。

话不投机半句多,三人不欢而散。常言道,"天子口中无戏言"。姬诵虽然少不更事,毕竟是大周国航船未来的掌舵人,"桐叶封地"——虽则是孩子们嬉戏的玩笑之举,对于常人而言,可以一笑了之,而对于国君而言,谨言慎行,绝不能当作儿戏一般。为此,周公喊来姬诵,询问此事真伪。

时过境迁,姬诵早已将此事忘得一干二净,他眨巴着眼睛,一时不知如何是好,只好低着头不吱声。

周公叹口气曰道:"你再想一想,你那天给叔虞究竟许愿了啥愿?"

姬诵"哦"了一声,随即红着脸答道:"我是随便说着耍的,哪能算数!"

周公昂起头来,深深呼出一口气,郑重其事地曰道:"君王言而有信,万不可信口开河也,否则,君将不君,国将不国矣。切记,你虽则是一句戏言,但作为天子,金口一开,驷马难追。此事等叔虞成年之后,再选择吉日良辰,正式分封他于唐国。"

毕,周公转身离开了,姬诵一抹脑门,满把虚汗,傻傻地站在原地,脊背上凉飕飕的。他登时感到有点难堪,微微涨红了脸颊。

过了一段时日,周公听说渭北耀邑寺沟阿姑社村人因不服族长管理,整个村庄闹得乌烟瘴气。他为此前去巡访,决定进一步完善原有之里社管理制度,并以此严格规定:五家为比,使之相保;五比为闾,使之相授;四闾为族,使之相葬;五族为党,使之相救;五党为州,使之相赒;五州为乡,使之相宾。其比、闾、族、党、州之头领,均称之为"长",乡之领导,则称之为"大夫"。各"长"备选人等,必须德高望重,为人处事公道,深受村民拥戴,负责农业生产,推广教化学育,处理诉讼争执等事宜。而"长"之产生办法,皆有所在村落民众逐级推荐选举,民主推崇,最后经全体村民大会选举产生。

此举一出,周国以此组织严密而使得政令畅通,各种新策方针及法规,皆能迅速有效地贯彻落实到全国各地的村社院落,周国呈现出一派欣欣向荣之盛世景象。

第五十四章

周公握发吐哺日理万机　召公听信蛊惑顿起疑心

天下甫定,风调雨顺,四方百姓,丰衣足食,仓廪满囤,国库殷实。

周公摄政以来,清正廉洁,执政为民,若网在纲,有条不紊,终日操劳,屡建奇功,国人因此颇受鼓舞。他因此信心爆棚,愈加勤勉,常常夜以继日,通宵达旦地处理国政事宜。每每早朝之时,成王居左,周公居右,凸显君臣有别。每有文武出班启奏,他总会在成王附耳禀报一番,并说明处置缘由,然后等到王上点头同意,周公方才当朝予以答复。如此这般的处心积虑,如此这般的谨小慎微,如此这般的殚精竭虑,从而使得朝政事宜井然有序,有声有色。退朝之际,周公总是谦让成王行走在前,他则紧随其后,目送王上车辇远去,方才折身返回府邸。周公谦虚敬慎,心细如发,极力呵护维持成王天子之权威,文武百官更是钦佩不已。

一日傍晚时分,周公喝毕汤,在院中散步归来,正坐在几案前读书,他翻阅着手中的竹简,似乎觉得头皮发痒,方才晓得近一段政事繁忙,很长时间没有洗头了。夫人嫣然讥笑道:"夫君除过吃饭睡觉,哪里还知晓日升日落,月圆月缺? 痛痒乃身外之物,痒则痒矣,怎地兀自烦恼乎?"周公闻听夫人此言,晓得她埋怨自己一心操持朝政,对家庭几乎是不闻不问,故而借此冷嘲热讽矣。他忍不住笑骂道:"头发长,见识短。你咋成了麻糜不分的歪婆娘了? 颡乃人之思索谋事之首脑,若头皮痒,则心烦意乱矣。"嫣然扑哧一笑道:"嘻嘻! 看来我夫君并非一块木桩,还是知晓冷热的。"周公忽地板起脸来,直言斥责道:"外人面前,不许如此放肆,传言出去,成何体统?"嫣然遭到夫君斥责,心里仿佛打翻五味盆,撅起嘴来,顿生了满腹闲气。周公只得自己端来一盆热水,没有夫人帮忙,他登时显得手足无措,万般无奈之际,一只手刚伸进热水盆中,即被烫得龇牙咧嘴。他嘴里不停地"嘘嘘"着,偏着头给夫人道歉道:"姬旦这厢有礼矣。麻烦夫人出手相助,拯救我于水火之中耳。"嫣然平日里给夫君洗头,自然晓得男人笨手笨脚,只得上前来给丈夫洗头。她先是用洗布将周公头发濛

第五十四章　周公握发吐哺日理万机　召公听信盅惑顿起疑心

湿,再用皂角在头发里来回涂抹,然后用指甲轻轻抠挠一番。

嫣然一边揉搓,一边发牢骚道:"用时搂在怀里,不用时操在崖里。你们这些臭男人,一满都是些齉。"周公舒服得直哼哼,答道:"齉,我就是齉!"嫣然绷着脸,接言道:"这还差不多嘛。"周公嘴一撇,继而夸誉道:"苗好一半谷,妻好一半福。"

"嘻嘻。"嫣然终于绷不住了。她噗嗤一笑,"男人出门在外,装神弄鬼,图个体面。丈夫回到堂屋,原形毕露,活个自然。"

夫人端来一盆清水,周公把头伸进盆里,用手淋着水,忽然听到有人来访,他赶紧用手握着水滴滴的头发,偏着头走到客厅接待来宾。来者是辛甲,他见周公头发淋水,简单汇报完近来演练虎贲之师成果,匆匆告别离去。周公刚把头发倾入水中,有人再次来访,周公只得又把湿头发握在手心,接待来客。此人正是史佚,他兴冲冲地前来告诉周公,殷商典籍已经全部清理完毕。周公谓之此乃治国良策,还要分门别类,再次分册整理,以备随时翻阅。史佚告别之后,周公催促夫人道:"今夜宾客云集,说不定还会来人的。"嫣然笑道:"瞧瞧你们朝廷中的男人,总是把工作与休息混淆在一起,连洗个头都不消停。"话音刚落,门外又走进来姬高,他一眼看到兄长正在洗头,愣怔着止步不前,曰道:"四哥正在洗头,我明日再来。"周公偏着头,手握着湿漉漉的头发,连忙请他坐下,曰道:"但说无妨。我这已经习惯成自然了。"姬高笑道:"等兄长洗完头,我再说不迟。"周公笑道:"贤弟尽管说事,洗头早一点、晚一点,不碍事的。"姬高说他明日要去巡视列国,行前不知兄长还有何吩咐? 周公低头沉思,头发上滴滴答答的水珠,且已经将胸前背后弄得铺兮来嗨的湿透一片。他却不以为然,稍一思索,继而嘱咐姬高,曰道:"贤弟到访列国,万不可走马观花,且一定要悉心考察,掌握诸侯诉求,以便周国下一步调整政策,维护天下一统,长治久安。"姬高听令归去,嫣然送到大门口,曰道:"他蕞爸,请慢走。"她回到屋内,周公这才将头发清洗完毕。嫣然嗔怪道:"你以后洗完头,再出去接待人。片刻之时,自家兄弟,焉能慢待?"周公边用干布擦干头发,边答道:"正人先正己,岂能慢待奉公人!"

周公"一沐三握发",后世皆以他为榜样,克己奉公,美誉千载。

时过境迁。一个冬日,周公正用午餐之时,嫣然见夫君操心国事,消瘦许多,便亲自下厨,给他熬一锅羊肉汤,烙了锅盔。周公拿到手里,左看右瞧,锅盔状如锅盖,盖为平面,盔乃凸形,坚硬如铁,敲之嘭嘭作响,皮薄瓤厚,色气黄白相间,食之却酥软,咬嚼喷香,咯嘣脆响。他赞曰道:"夫人,好手艺,这囫囵锅盔,到前线可当作盾牌御敌,可在长途当作干粮,妙哉、妙哉!"周公接着喝一口羊汤,连连夸奖道:"咦,这味道釅得很!"嫣然笑道:"釅了,那你就多咥一碗。"周公意犹未尽地曰道:"夫人,倘若以后咱退隐周原故里,你烙锅盔,我卖羊肉泡馍,咋样?"

"天上无云不下雨,地上无媒不成双。"嫣然开心地笑道,"跟上当官的当娘子,跟上杀戮的翻肠子。嫁乞随乞，嫁叟随叟。我生是姬家人，死是姬家鬼。行也得行，不行也得行么！"

周公笑得合不上嘴。他刚掰一块锅盔含在嘴里，忽然听到门外脚步声嗵嗵作响，门帘掀开，太颠跨进门槛，大步流星地走进来，翕动着鼻翼，朗声曰道："娘娘。咋这馫的？我在几里外就闻着了。"周公与太颠无话不谈，彼此亲密无间，他笑骂道："你鼻子灵，几里外就能嗅到羊肉美味飘香？"遂高声喊叫嫣然，给太颠来一碗品尝品尝。太颠连忙摆手示意道，他刚放下碗吃饱了。周公笑道："让人是个礼。我可是让你了，可别说我是啬皮。"

太颠见周公手心里捏着锅盔，连忙汇报完毕朝歌鹿台整修进展状况，拔腿就走。周公低头沉思一会，将手中锅盔掰成小块，放进碗里，又在嘴里塞一块，咯嘣咯嘣嚼着。门帘一掀，姬铎走进来，朗声曰道："四嫂做的啥饭，满院子都是香味。"周公连忙将嘴里的馍吐在手心，起身招呼道："来来，他七爸快快坐下，尝一尝你嫂子厨艺如何？"嫣然端上一碗热腾腾的羊肉，笑道："来得早，不如来得巧。七弟，你尝尝嫂子这手艺咋样？"姬铎馋涎欲滴，忍不住吸溜一下笑道："嗳！我早知道，咱就不在家咥油泼面了。"姬铎遂将他近一段巡视里社之情况，简单做一汇报，匆匆告辞离去。

嫣然催促夫君道："你赶紧吃，没准还会有人来。"周公端起老碗，美滋滋喝了一大口汤，鲜美无比，夸赞道："夫人，这羊肉鲜嫩味美，一满全在汤里。泡馍若是用死面饼子煮泡，亦可愈加地道。"话音刚落，门外传来召公姬奭亮亮的笑声："四哥倒是会享清福，躲到家里研究起厨艺来了。"一步跨进门槛，嫣然连忙起身招呼道："嘿！啥风把他六爸吹来了？快快请坐，尝一尝嫂子做的羊肉泡馍。"周公嘴里嚼着馍，呜呜啦啦，他起身让五弟坐下，只好将嘴里的馍渣吐在手心，召公见状，忙曰道："四哥你看你，咽下这一口饭，再说话不迟。"周公嘴里边嚼边摇摇手答道："但说无妨。"嫣然抱怨道："都是自家兄弟，用不着这样讲究礼数！"周公喉结上下骨碌着一滑动。遂将咀嚼的馍渣吞咽下去，忙问他有何急事？这一下姬奭有点左右为难，自责自己万不该在饭口时辰来打扰兄长，走也不是，不走也不是。他劝道："四哥先把饭吃完，我再说事么。"周公拗不过召公，只得狼吞虎咽地吃完泡馍，两人这才坐下来商议政事来了。

姬奭走后，嫣然则是一顿抱怨道："娘娘，人还没老哩，为人处事咋就癫懂了？人一来，你就把馍吐在手心，脏不脏！"周公笑道："这有啥脏的，又不是别人嚼过的馍。"嫣然冷着脸，讥讽道："你倒是会强词夺理。"周公曰道："待人接物，需从点滴做起。诚信待客，无论内外，谦虚谨慎，事无巨细。若是不拘小节，当是为官之大忌焉。"嫣然鼻子里嗯一声，收拾好碗筷，撅着嘴离席而去了。

周公"一饭三吐哺"，彬彬有礼，后世传为美谈，众多清官皆以此楷模，忠心报国，

第五十四章　周公握发吐哺日理万机　召公听信蛊惑顿起疑心

清正廉洁，至今传为佳话耶。

周公深谙殷商历史，熟读经典册籍，加之亲眼目睹商纣灭亡之惨状，回想起父亲和兄长创业之万般艰难，他常常为此废寝忘食，四处奔走呼号，发愤图强，通宵达旦地忘我工作，不辞辛苦，企图凭借一己之力，为周国大厦夯实并奠定之牢固基础，力保姬周江山千秋万代，永不变色。他深知，立法制于天下，则天下善；尊仁政于一国，则一国治。为此，他想起那个为殷商制定法律条款的理徵后人李利贞，于是骑马沿着渭河北岸一路西行，径直来到碛雍原上。走到村口，下得马来，正碰上一位翩翩青年，一打问，原来他就是几年未见的李利贞，风流倜傥，英气逼人。周公与李利贞一起来到家里，却见其母鬓角霜染，垂垂老矣。他感叹岁月如刀，风霜雪雨无情，理徵遗孀契和氏为培育儿子成才，不知耗费了多少心血！

周公抱拳问道："老夫人，别来无恙？"契和氏眨巴着眼睛，问道："先生从何而来，究为何事？"李利贞笑道："娘，这是咱们周国摄政王周公是也。"契和氏似乎还是有点不太明白，问道："他与恩公西伯侯有何关联？"周公忙接言道："老夫人。后生乃西伯侯第四子姬旦是也。"李利贞解释道："娘。现在是周国家天下，西伯侯早被追封为周文王了。"契和氏眨巴眨巴眼睛，问道："何谓追封？"谁料一句问话，惹得周公登时眼眶湿热，情不自禁地低下头去。李利贞赶紧扭转话题，曰道："娘，大周甫立，普天同庆。今日摄政王风尘仆仆地来到咱家，暂可不重提旧话了。"契和氏瞪一眼儿子，斥责道："真是好了伤疤忘了疼。若不是西伯侯当年拯救我们娘儿俩，咱们早就尸骨无存了。"周公暗暗抹掉眼泪，勉强地笑道："老姨。我今日就是奉父亲之遗愿，接公子去镐京做事。"契和氏此时方才明白过来，连声曰道："好，好。利贞勤奋苦学多年，也该为国出力效劳了。"周公握着契和氏之手，连声感谢道："老夫人言传身教，功莫大焉。"随即安排妥当，定于次日返回镐京。

一行人回到镐京，周公随即安排李利贞将历代经典中法律条文一一整理完毕，并禀报于成王，任命李利贞承继祖业，为周国大理政并掌管国家法律刑狱之重任。李利贞不负众望，其后为新兴之周国制定一系列行之有效的法律条文，切实保证国家有法可依，违法必究之基础。

有道是明枪能躲，暗箭难防。召公连日以来，从多种渠道获知不少有关周公欲取代成王，自立为王之传言。最初，他不屑一顾，认为这是殷商残余势力混淆黑白的惯用伎俩，以便达到其扰乱朝政与浑水摸鱼之不可告人之罪恶目的。谁料，此谣传甚嚣尘上，愈来愈烈，以至于镐京城内外，市井里弄，街谈巷议，众说纷纭。召公这才引起警惕，追查源头许久，更是一头雾水，老虎吃天无处下爪，却不知到底谁是始作俑者？他将心中疑惑讲给夫人碧玉，并言明四哥绝对不是忘恩负义之辈。

碧玉曰道："按理说，四哥勤政，有目共睹。既然大街小巷都在传言他居心莫测，恐怕是无风不起浪也。再说,知人知面不知心。四哥面对王权至上,要说一点心思不动,似乎亦说不过去。"召公接言道:"事已如此,何必当初? 二哥当着我们几个人面前,明确要将王位传与他。那时节,他却再三推辞,坚不领命。只要顺水放船,今日焉能弄得满城风雨,谣言四起?"碧玉冷笑道:"你去当面对质,看他如何应答?"召公愁眉苦脸,曰道:"都是自家兄弟,如何开口?"碧玉翻翻眼睛道:"你且去他府上,说咱要去燕国赴任,看他如何应答? 倘若不放你走,证明他心地坦荡。如果顺水放船,则说明他心怀鬼胎,自有不可告人之目的矣。"

召公觉得夫人言之有理,遂急匆匆地朝周公府邸走来。

这一天,周公处理完政务,回到府中,身心疲惫不堪。正坐在几案旁询问伯禽,成王最近学习有无长进? 伯禽答道,他自上次被父亲鞭笞以后,成王以此为戒,循规蹈矩,再未做出嬉戏之类傻事了。

周公闻之甚喜,叮咛两人苦读学业,一日不可懈怠,以便天子尽早临朝亲政。

召公不请自到,周公喜出望外,他连忙叫伯禽沏茶。两人闲扯一阵,召公曰道:"昔日武王疾病缠身,国事繁多,王兄留下你我二人,在镐京协助处理国政。武王驾鹤西游,恍若昨日。如今三年已过,转眼服丧期满,成王已经羽翼渐丰,不日即将临朝亲政。再者,周国局势且已安稳,方国诸侯安居乐业,天下一统,和谐共存,我回燕国执政,正是时候。不知四哥意下如何?"毕,他眼睛直勾勾盯着周公,仿佛要从其瞳仁里寻找些许答案来。

周公闻听召公此言,惊愕得目若铜铃。他半张着嘴巴,半晌没有合上,心里却是五味杂陈:周国虽则已经走出百废待兴之泥泞,况四方诸侯并未心悦诚服,殷商残余势力仍然蠢蠢欲动,九州之内盗贼泛滥,更何况成王刚满十六岁,学业尚未完成,双肩仍然稚嫩,且不堪如此之大任耶。自有召公几年来相与辅佐,自己真是收放自如,可以心无旁骛地应对各种复杂局面。而今,姬奭突然提出去燕就国,偌大朝廷,自己独木难支,徒手如何抵挡得住三头六臂? 况且,召公说起话来吞吞吐吐,似乎有难言之隐也。那么,这其中到底匿藏甚隐情乎? 想到此,他坦言曰道:"天下未定,祖业初成,周国肇基,忧患犹存。你我风雨同舟共济,尚觉体力难支。贤弟突然提出回归燕国,为兄百思不得其解乎?"

召公淡淡一笑道:"君有国都,臣有封地。国君一日不临朝,名则不正;诸侯十日不辖地,言则不顺。愚弟以为,成王虽则稚嫩,毕竟王气渐成,不日可以临朝亲政。眼下镐京国政,兄长一人摄政,可谓绰绰有余矣。故而想辞别京都,此乃远赴燕国之最好时机矣。"

周公聪慧绝顶,早已听出召公一番言辞的弦外之音,他蓦然间如坠云雾之中。贤弟不但话中有话,似乎还有对自己警告之意味耶。虽则是委婉温和,却是柔中带

第五十四章 周公握发吐哺日理万机 召公听信蛊惑顿起疑心

刚,其中语义,却是明白无误矣。姬旦苦笑一声:"贤弟一番表白,我已略知一二。莫非你怀疑为兄有窥觑天子大位之意图?"召公依然沉着脸,冷笑一声,曰道:"流言蜚语,众说纷纭。难道兄长是充耳不闻,还是装聋作哑乎?"周公这才如梦方醒,惊诧地问道:"贤弟,市井之中到底有何流言蜚语?请你快快讲来!"

召公看着周公满脸惊异之色,登时有点犯迷糊,倘若就此判断,其绝对是蒙在鼓里。于是,他决意直抒胸臆,将事由曲直和盘托出,坦诚相告道:"我最初亦是认为,这是歹人造谣生事,无事生非。可百人千面,焉能众口一词乎?市井诸多传言你将废除天子,自己登临大位。此言甚嚣尘上,我还能怎样,信则有,不信则无。只好避开这恼人漩涡,去燕国就职,离开这是非之地,一走了之。"

周公闻听此言,惊得目瞪口呆,宛如五雷轰顶,脸色刹那间变得通红。他身心俱疲,万万没有想到,自己呕心沥血,殚精竭虑,竟然落得如此令人不齿之下场。

召公看在眼里,心里仿佛打翻了五味瓶。周公沉思许久,热泪盈眶,抬头亦是声泪俱下,哭泣道:"人言可畏耶!呜呼!人言可畏哉!予万万没有想到如此之恶毒谣言,亦能逼杀人也。武王病逝之前,你与我都在炕前守候。王兄之言,想必贤弟听得明明白白。忆往昔,峥嵘岁月,高祖溺爱其孙子,有意传位于三子,方才能圆如己所愿也。大爷、二爷为满足太爷心愿,为禅让于祖父,远去江南开辟吴国,故而才有了我等今日之辉煌矣。况有前车之鉴,灵寝之旁,我即可宣布继位,谁人能提出异议乎?倘若要篡位废君,我何必要扭扭捏捏地等到今天!噫嘻。想我姬周一族,百年以来前赴后继,经历多少艰难困苦,方才打下这一片壮丽江山。若此被贱人所惑,周家一统山河,焉能传承千秋万代也哉?呜呼!我摄政以来,每日里战战兢兢,如临深渊,如履薄冰,却落得如此下场!别人诬言,为兄尚不在意,但贤弟之言,确如剜心挖肺,痛彻心田也。贤弟,你难道要我效仿昔日比干挖心表白,方能去除心中之疑虑乎?"

周公说毕,背过身去,竟然委屈得嚎啕大哭不已。召公一时不知如何是好,只得悄然离去了。走出一截路,他不经意间回眸一看,蓦地瞧见兄长的背影似乎比以前更加佝偻了,不由得悄然抹了一把泪水。

夜幕降临,周公府邸陷入黑暗之中,他在灯下静坐许久,浮想联翩,夜不能寐,提笔给召公写了一份长信:

君奭!弗吊天降丧于殷,殷既坠厥命,我有周既受。我不敢知曰:厥基永孚于休。若天棐忱,我亦不敢知曰:"其终出于不祥。呜呼!君已曰:时我,我亦不敢宁于上帝命,弗永远念天威越我民;罔尤违,惟人。在我后嗣子孙,大弗克恭上下,遏佚前人光在家,不知天命不易,天难谌,乃其坠命,弗克经历。嗣前人,恭明德,在今。"予小子旦非克有正,迪惟前人光施于我冲子。又曰:"天不可信,我道惟宁王德延,天不庸释

大周原

于文王受命"。

君奭！我闻在昔成汤既受命，时则有若伊尹，格于皇天。在太甲，时则有若保衡。在太戊，时则有若伊陟、臣扈，格于上帝；巫咸乂王家。在祖乙，时则有若巫贤。在武丁，时则有若甘盘。率惟兹有陈，保乂有殷，故殷礼陟配天，多历年所。天维纯佑命，则商实百姓王人，罔不秉德明恤，小臣屏侯甸，矧咸奔走。惟兹惟德称，用乂厥辟，故一人有事于四方，若卜筮罔不是孚。

君奭！天寿平格，保乂有殷，有殷嗣，天灭威。今汝永念，则有固命，厥乱明我新造邦。

君奭！在昔上帝割申劝宁王之德，其集大命于厥躬？惟文王尚克修和我有夏；亦惟有若虢叔，有若闳夭，有若散宜生，有若太颠，有若南宫括。又曰：无能往来，兹迪彝教，文王蔑德降于国人。亦惟纯佑秉德，迪知天威，乃惟时昭文王迪见冒，闻于上帝，惟时受有殷命哉！武王惟兹四人尚迪有禄。后暨武王诞将天威，咸刘厥敌。惟兹四人昭武王惟冒，丕单称德。今在予小子旦，若游大川，予往暨汝奭其济。小子同未在位，诞无我责收，罔勖不及。耇造德不降我则，鸣鸟不闻，矧曰，其有能格？

呜呼！君肆其监于兹！我受命于疆惟休，亦大惟艰。告君，乃猷裕我，不以后人迷。

前人敷乃心，乃悉命汝，作汝民极曰："汝明勖偶王，在亶乘兹大命，惟文王德丕承，无疆之恤！"

君！告汝，予允保奭。其汝克敬以予监于殷丧大否，肆念我天威。予不允惟若兹诰，予惟曰："襄我二人，汝有合哉？"言曰："在时二人。"天休兹至，惟时二人弗戡。其汝克敬德，明我俊民，在让后人于丕时。呜呼！笃棐时二人，我式克至于今日休？我咸成文王功于！不怠丕冒，海隅出日，罔不率俾。

君！予不惠若兹多诰，予惟用闵于天越民。

呜呼！君！惟乃知民德亦罔不能厥初，惟其终。祗若兹，往敬用治！

翌日清晨，召公接到周公派人送来的书信，一口气读完，浮想联翩，不能自已。他终于被周公一番真言挚语所感动矣。召公来不及多想，出了家门紧走几步，紧接着撒腿就跑，急慌慌地赶到周公府邸，两人大眼瞪小眼，竟然一时无语。末了，兄弟俩忍不住抱头痛哭一场。

第五十五章

姜尚再伸援手助周室　周公力挽狂澜治乱局

周公与召公冰释前嫌，便又投入到紧张繁忙的朝政之中。常言道，树欲静而风不止。镐京城内外甚嚣尘上，有关周公的谣言像长了翅膀，更加传得面目皆非，甚至离谱到成王被周公所囚禁，且已致使其疯癫云云。周公无论上朝抑或巡察，每每走在路上，总会看到许多人三五成群地聚集在一起，彼此交头接耳，议论纷纷。一些姬姓贵族亦是雾里看花，非月非云非鹤的开始猜忌并逐渐地疏远姬旦。久而久之，成王从最初对周公既敬既畏，变得既戒既惧，每临朝君臣商议政事，成王目光游离，总是心不在焉。周公自然晓得其中缘由，而他只能哑巴吃黄连，有苦难言矣。

不久，东方传来飞廉与奄杲、徐戎及淮夷诸国，相互之间来往频繁密切，似有犯上作乱之迹象。内忧外患，初见端倪；乱象频现，相继而来。周公为此忧心忡忡，心急如焚，召公亦无计可施，噩梦不断。正在此时，忽报姜尚自齐国朝见天子，不日即可到达镐京。这给原本被谣言弄得焦头烂额的周公，则是一场喜出望外的及时雨矣。姜尚大才槃槃，足谋多智，见微知著，思维缜密。姬旦在其内心深处，如神灵一般默默崇拜着这位经天纬地之治国良才。他愁眉舒展，甚至于盲目乐观的认为，只要姜尚出手相助，扑风捉影之谣言必将不攻自破，镐京自然重回往日之宁静矣。

一路风尘仆仆。姜尚到达镐京之后，天色已近黄昏，晚霞映红西天，京城华灯初上，一片繁荣景象。他径直回到原先府邸，家丁从夜市上买来食物，几人简单用过晚餐，刚刚歇息一会，门人来报周公与召公夜访来临，姜尚喜出望外，赶忙走出厅堂，迎接两位公子。三人落座，互致问候。姜尚道："老夫刚到京城，二公屈尊来访，真是本末倒置也。"周公笑道："齐侯功高盖世，堪与日月同辉。且高屋建瓴，披坚执锐，图谋大局，所向披靡，辅佐先王和王兄兴周灭商，一举完成天下一统。今日先生千里迢迢来到京畿，我与召公为之甚喜，故而前来拜访，唐突之举，还望齐侯多多谅解矣。"

召公快人快语，性子毛里毛糙，做事急爪失掭。他见周公循规蹈矩，慢条斯理地

大 周 原

官话绵绵，心里甚为恼怒，想，都火烧眉毛了，你还有空文绉绉的在此唠闲牙！他直言不讳地急道："齐侯有所不知，眼下京畿流言蜚语，此起彼伏，不知何人在暗地里扇阴风，点鬼火，挑唆传播周公欲废天子而自立耶。我们原本心无旁骛勤政奉公，却被无端地卷入漩涡之中，真是百口难辩，叫天天不灵，叫地地不应也。"

姜尚不由得"哦"了一声，吃惊得睁大眼睛，急急问道："此话怎讲，缘由何来？"周公无可奈何地摇摇头，苦笑一声："空穴来风，了无踪影。"姜尚眨巴着眼睛，低头思索一阵，继而问道："最初时节，难道一点迹象也没有？"召公摊开双手，扫一眼周公，然后气呼呼地答道："满朝文武，窃窃私语，街谈巷议，妖风阵阵，最后，只有他一人被生生蒙在鼓里。"周公登时满脸涨红，接言道："倘若不是召公质问与我，方才如梦方醒。掩目捕雀，怏怏不乐；扬汤止沸，无济于事矣。"

嘻嘻！这到底是怎么回事？姜尚眉头紧蹙，思忖再三，抬起手来，搔搔头皮，却是心乱如麻，如堕五里烟海之中。他寻思此事非同小可，定当包含着惊天巨大之阴谋与祸心，绝非一般流言蜚语那么简单。周公苦着脸哀叹道："言人人殊。我即使浑身上下都是嘴，恐怕亦是有口难辩了。"召公急言道："齐侯可否有良策应对乎？"姜尚慢慢地摇一摇头，依然沉思不语。周公仰屋兴嗟，悲叹一声："天无绝人之路。我既然身处漩涡之中，惟一解脱之举，抑或隐居山林，老死其间，故而能消除谣言。"

"堂堂周朝顶梁支柱，焉能如此这般地没出息？"姜尚白一眼姬旦，忿然斥责道，"既然此次谣传来势汹汹，必定是殷商遗老遗少心存异志，沉渣泛起，为恢复其昔日荣华富贵，而故意为之。与此同时，亦有四方诸侯，借机浑水摸鱼且造谣生非耶。况东夷飞廉蠢蠢欲动，摩拳擦掌；奄国与徐夷叛逆之心，昭然若揭。一旦东方兵燹祸起，奸党乘机谋乱，而镐京远在西方，鞭长莫及，倘若局势失控，必将天下大乱，周国朝不保夕。面对如此严峻形势，你急流勇退，谓之知机？"

周公被噎得哑口无言，翻翻眼睛，无言以对。况齐侯亦师亦友，虽为讥讽之言，却是真心之告白耶。召公鼓着眼睛，继而挖苦道："兄长倒会脚底抹油了。呵呵！既然放任谣言，我也赴任燕国，大家不妨一走了之，各自图个清静。"周公瞪一眼召公，愤愤不平道："姬奭，哪壶不开提哪壶，你别火上浇油好不好！"召公反讥道："整个镐京，被谣言弄得乌烟瘴气，长期待在这里，还不把人活活憋死！"

"看来谣言的杀伤力，真是威力无穷，连堂堂二公都先乱了方寸了。"姜尚微笑道，"身正不怕影子斜。面对如此来无踪、去无影之谣言，若听任它肆意传播，却正和传谣者之意耶；若不理不睬，不就中了奸佞之徒诡计乎！"

静场。谁也不说话，时间仿佛停滞一般，令人窒息。召公终于忍不住，急言问道："齐侯有何应对妙计良策，快快释疑解惑于我们。"姜尚看一眼低头纳闷的周公，坦言问道："老夫昔日曾闻武王欲建造洛邑，周公是否曾亲自勘察过十日？"

第五十五章　姜尚再伸援手助周室　周公力挽狂澜治乱局

周公频频眨巴着眼睛,只好点点头,瞳仁中写满疑惑。他突然想起武王率九牧之君登临嵩山眺望商邑之时就有了安居东方而君天下的宏伟设想,且曾经明确无误地对自己言道:"自洛汭延于伊汭,居阳无固,其有夏之居。我南望过于三塗,我北望过于有岳,丕愿瞻过于河、宛,瞻于伊洛,无远天室。"周公何尝不知,武王此举高屋建瓴,且周人统治区急剧拓展,东北远至辽河地带,南疆跨越长江天堑,东疆延至大海之滨,而丰镐作为国都,偏于西北,其局限性非常地突出。显而易见,在地处周国中心的伊洛地区建造东都,已成亟待上马之举措耶。

姜尚又道:"量小非君子,无度非丈夫。我建议公可借机前往洛邑,一则继续规划并完善东都之方案,吸取丰京、镐京建设之中几次拆建浪费之教训;二则可以借此静心阅读历代经典,进一步总结殷商灭亡之经验,为周国发展强大做好长远之方案;三则借此避开嫌疑,正好遁入原野,步入苍苔盈阶,落花满径,足随流水,耳听鸟啼,置身于葱茏葳蕤,放纵于阡陌之中。岂不是一箭三雕?"

一句话提醒梦中人。周公与召公相对一视,随即点头称是。

"良言一句,如沐春风。"周公感慨不已,曰道,"齐侯一语中的,姬旦如释重负,看来去除瓜田李下之嫌,定当为时不远矣。遵循师长此妙计,我借此正好放松心情,只是朝政大事要劳驾二位多多操劳了。"

姜尚接言道:"老夫曾受文王知遇之洪恩,又受武王'师尚父'尊称之荣誉,国事纷乱之际,岂能袖手旁观,敢不以死相报乎!"

召公面呈喜色,心里却将姜尚佩服得五体投地。周公正色曰道:"鉴于此次谣言传播之深刻教训,且为保证周国君位传承有序,我近日经常思考,何不立下国以长子为嗣,若无特殊变故,不得随意更改之,不知二位意下如何?"

"好,四哥这主意挺好。"召公亟不可待地拍手叫好道,"此举一旦成为我朝承继大礼,则可保大周绵绵瓜瓞。"

姜尚接言道:"凡长子立为储君,国则传承有序,避免节外生枝。公之深谋远略,善莫大焉!"三人借此达成共识,开始为成王筹备举行冠礼仪式。

商周之习俗,凡是男子成长到二十岁,必须为其行冠礼,此事称为"弱冠";凡是女子长到十五岁,则要举行笄礼。笄,女子束发用的簪子,达到"及笄"之岁,女子可将乌发绾起,戴上簪子,预示成人矣。此"弱冠"与"及笄"之礼,正所谓古代之成人礼也。未行冠礼与笄礼之前,翩翩少年,豆蔻年华,只能算作未成年之童男童女也,责、权、利不得享受之。尤其是行冠礼,当为男子成年之标志,所以极其隆重。一般而言,皆由父亲做主,敬请一位德高望重之贵宾,来给童子戴上成人之帽,第一次戴的是缁布冠,第二次戴的是皮弁,第三次戴的是爵弁。若是天子加冠之礼,最后一次则戴的是衮冕,即所谓加冕之礼。民间亦有给男娃提前行冠礼的,最早可在十二三岁左右。倘若某一家父亲早逝,则由家中长子做主,代为其弟们行冠礼矣。

在周公主持之下,成王加冕之礼,在凤鸣宫内举办得非常隆重。文武百官见成王英华发外,风度翩翩,无不欣喜不已。周公无端地遭遇谣言所伤,似乎仍心有余悸,遂命祝史雍作"颂",期望成王亲近百姓,疏远谗佞,惜时如金,不吝财物,惟德是尊,唯才是用,节俭勤政,不负列祖列宗等等。

周公此举,有点出乎预料。他借此良机还政于成王,并且奏请自己前往洛邑规划东都事宜。豪情满怀的成王姬诵登上王座,对于周公姬旦能全身而退,心里不由得暗暗高兴,他毫不掩饰其胸中蕴藏之猜疑,其恼怒之情,溢于言表。末了,虚情假意地挽留敷衍几句,忙不迭地准奏了事。

周公目睹昔日谦恭畏惧的成王喜形于色的欢喜样子,胸中宛若刀割斧砍,心田好似沥沥滴血。翌日清晨,东方刚刚露出鱼肚色,他便乘着马车悄然离开镐京,心事重重地向东方驶去。山道弯弯,风景如画,坦途荡荡,心潮起伏,没有人知道周公一路上到底在想些什么?他强忍着心中之愤懑,郁郁独行。眼前山清水秀,青翠欲滴,天空云开云散,疏淡有致,阡陌花开花落,旅人如旧。他抬头望见,一行鸿雁嘎嘎飞过,天际之间,更加显得空旷寂寥,仿佛时间在这一刻戛然定格,惟有山川云烟氤氲,河流清香萦绕于心矣。

几日之后,周公终于到达洛邑,心里却依然是没着没落的恓恓惶惶。

周公继而去了鲁国,视察其长子伯禽代替父命而主政事宜。晚上,父子两个坐在油灯下面,相谈甚欢。周公苦口婆心地对伯禽曰道:"君子不施其亲,不使大臣怨乎不以。故旧无大故则不弃也,无求备于一人。君子力如牛,不与牛争力;走如马,不与马争走;智如士,不与士争智。德行广大而守以恭者,荣;土地博裕而守以险者,安;禄位尊盛而守以卑者,贵;人众兵强而守以畏者,胜;聪明睿智而守以愚者,益;博文多记而守以浅者,广。去矣,其毋以鲁国骄士矣!"

伯禽忙不迭地点点头,遂将父亲的谆谆教诲牢记在心里。

周公返回洛邑之后,心情平静了许多,猛然间摆脱往日朝政之繁杂事务,不见府邸车水马龙,倒也显得寂静安逸。当度过最初一段时光,周公似乎仍然难以平静内心之委屈。他每日里昂首面对蓝天白云,逐步地走出谣言的阴影。所谓洛邑东都规划,早已成竹在胸。惟一的正事,则是手不释卷地研究殷商经典及灭亡之缘由。久而久之,他惊诧地发现其中一个暗藏之机密,凡是王权交替之际,总会沉渣泛起,众口嚣嚣,谣言始兴,众口铄金,然后众毛攒裘,众口一词。那么,此次谣言到底因何而起,看来不把它弄清楚,必将成为建国伟业之心腹大患也,日后若再遇到朝政风吹草动,定成星火燎原不可遏制之态势焉。

于是,周公暗忖,知味停车,尝鼎一脔。他随即秘密派出心腹数人,每日里混迹

第五十五章　姜尚再伸援手助周室　周公力挽狂澜治乱局

于市井之中,打探消息。雪地里掩埋的死人,终于露出了尊容。最后,费尽周折追查出的谣言始作俑者,竟然是嫡子姬鲜。周公纵然是做梦亦难以想到,原本一母同胞之兄长,焉能如此这般地下作,玩弄狗彘不如之小人伎俩!

殷商隐患未除,却是骨肉相残,恶语中伤,演变成禽兽一般窝里相斗,岂不悲哉!姬旦被之僮僮,夙夜在公,勤政为民,废寝忘食,为何引得姬鲜如此记恨?他登时头痛欲裂,百思不得其解,一时陷入巨大的惶恐之中。此后十余天之内,周公日思夜想,反复揣摩,依然茫无头绪,且不知如何应对才好。

溯源寻流。武王当初得胜回朝离开朝歌之时,审时度势,遂将兄弟们之中军事才能最为突出的姬鲜封于管邑,并且再封姬度于蔡邑,姬处于霍邑,此举对朝歌商邑而言,三人成合围之态势,为的是为监视武庚,以防殷人叛乱;封姬旦于鲁邑,以对付商军残余并防止奄国、徐夷等方国诸侯犯上作乱;封姬奭于燕邑,以震慑北方之戎狄;齐国周边,皆以姬姓大国所钳制,其中隐藏监督齐国之余味也。有道是,人算不如天算。开国不久,无奈武王身体每况愈下,只得将弟兄们中间最具才华之姬旦和姬奭留在身边,协助处置国事。在姬发眼里,姬旦乃经天纬地之大才,不但多才多艺,而且心胸宽广,仁义厚德,临终前欲将王位与他,自然是以姬周社稷江山为重也。恰恰就是武王这一番真心表白,从而激起姬鲜内心藏匿弥久的狂傲不羁之隐痛矣。他为此忿忿不平:大哥姬考命丧朝歌,二哥姬发顺坡下驴捡了个大便宜。如今武王病殁,我姬鲜理应按次序继位之,才是按部就班之寻常规程。即使退一万步而言,侄子姬诵承继大位,从哪种角度来看,总该由我姬鲜来摄政才是。大麦未黄,小麦却先上了场?做哥哥的却要听弟弟号令摆布,这是甚意?鸡娃倒要给老鸡硬踏蛋哩。

心理防线一旦崩溃,姬鲜几乎是深深地钻进牛角尖,不可自拔了。他思前想后,继而猜测当初武王封他于管,乃是周公撺掇之结果。成王年幼,姬旦正好借此独揽朝政大权,动辄怒责与他。假如不是心怀叵测,为何不还政于成王,而要如此卖力!倘若不是掩耳盗铃,图谋天子之位,傻子才会这样地干事!

管、蔡封地相隔不远,姬鲜与姬度相互来往频繁。姬鲜每每大发牢骚,在兄弟们之中大放厥词,挑拨离间,竟然使得姬度亦心理失衡,无端地嫉妒起周公来。蔡叔若论文韬武略,亦是出类拔萃,才思敏捷,举手投足,风流倜傥。他从小勤奋好学,慎思善辩,却自恃清高,心胸狭窄,常以自己之心度他人之腹,极尽捕风捉影之能事。加之与姬鲜同病相怜,一拍即合,两人并肩作战,毅然决然加入到"倒旦"阵营之中。

霍叔姬处心地善良,人中俊杰,虽则聪慧敏学,但其性格绵软,遇事优柔寡断。当姬鲜最初鼓动他参与"倒旦"之时,他态度暧昧,既不支持,亦不反对,属于典型的"骑墙派"。

世上没有不透风的墙。姬鲜和姬度沆瀣一气,合谋要出周公之丑,此事很快传

大周原

到武庚那里。武庚闻之,大喜过望,殷商六百年基业,毁于一旦,他曾经是那么地痛心疾首,暗地里不知做过多少回噩梦。作为殷商末代之储君,怅然失去荣华富贵,焉能如此认命,蛰伏苟安于人世焉。他虽则受封于殷邑,得奉商朝之祭祀。但是,身处"三监"眼皮之下,宛如笼中狡兔,有何自由所言?为此,武庚未曾一日忘却复辟之梦想,企图东山再起,恢复昔日之天堂。武王病殁之后,周公继而摄政,召公鼎力辅佐,整个西岐蒸蒸日上,镐京朝政井然有序,苍蝇不叮无缝鸡蛋,只能隐忍等待时机。然,天赐良机,姬鲜带头滋事,城墙最容易从内部攻破,牵一发而动全身焉,此时不动,更待何时?他随即派出心腹,秘密前去管国和蔡国,在街头陋巷之中造谣生事,大肆宣扬周公居心莫测,欲废天子而自立为王耶。

旬月之内,管国谣言四起,传得有鼻子有眼。管叔赶到蔡国,询问蔡国是否也听到此类谣言?蔡叔曰道:"三哥,你我昔日担心姬旦篡位之举,看来确有此事。"

姬鲜骂道:"姬旦野心勃勃,路人皆知,我们要提早下手,防患于未然,使得心怀叵测之人落个鸡飞蛋打,猫咬尿脬——空欢喜一场。"

蔡叔笑道:"鸡飞'旦'打,妙哉,妙哉!"

姬鲜眨巴眨巴眼睛,眼珠子滴溜溜转一圈,曰道:"咱们要以其人之道,还治其人之身。即日起,派心腹去镐京城内外散布小道消息,嘻嘻,我就不信他有三头六臂,还能得尿醢哩。"

"三哥愈来愈有趣。"蔡叔恭维道,"以我看来,姬旦恐怕尿下的都是苦胆汁耶。"

武庚见姬鲜和姬度中计,喜出望外,兴奋得差一点跳起来。他对心腹伪仲乐滋滋地曰道:"此时不推翻周国,必将遗恨万年。事不宜迟,赶紧联络飞廉旧部,并与奄国、徐戎和淮夷私下达成起义事宜,等待周公离去,趁镐京混乱之际,我们可一举恢复殷商之天堂也。"伪仲建言道:"靠人不如靠自己。咱们几十万商军散布于殷地周边民间,加之姬发在朝歌大开杀戒,镇压许多殷商贵族,且已埋下诸多隐患。只要我们暗中集结,进行秘密训练,不日即可成为讨周之主力大军。"

武庚闻言大悦道:"伪仲,真没想到你这一句话,可值十万黄金。只要等殷商大业复辟成功,我封你为侯爵,赠与俘获周人奴隶若干。再封地百里,到那个时节,身穿绫罗绸缎,出入车马成行,定叫你一生享不尽荣华富贵。"

"咦!"伪仲得意忘形地嬉笑道:"侯爵,我要不要都行。只要俺能一天三顿喝上胡辣汤,再娶上两个老婆,前夜抱大老婆,后半夜搂小老婆,我可就心满意足矣。"

武庚心里恶恶骂一句,烂泥糊不上墙。我看你就这么点出息。

第五十六章

周三监原形毕露为虎作伥　周成王在河之洲飞凤求凰

　　武庚与殷商残余势力相互串联，频繁勾结，寻衅滋事，并借此在暗地里训练大军，这一点却未逃过周公之法眼。当潜伏在朝歌城内以做生意为掩护的内线，将此详情密告给身在洛邑的周公之时，他思前想后，方才恍然大悟了。这显然是以武庚为首的殷商残余势力策划于密室，点星星之火于管、蔡，继而燎原并蔓延于镐京的一个惊天大阴谋。

　　为达到不可告人之罪恶目的，武庚在羑里秘密训练兵士的同时，从而加紧了对其管辖之内殷人的煽动与恐吓，到处散布谣言说周公在洛邑训练大军，即将再次大举进攻以剿灭武庚等等。殷商遗老遗少们，原本对纣王暴虐天下毁灭祖业恨之入骨，他们却对向来谦恭谨慎的武庚并无恶感，甚至于将早日复兴殷商大业的希望全部寄托在他身上。此番周公却要不依不饶地除恶务尽，岂不是有点欺人太甚！

　　当武庚看到殷商余孽被彻底地激怒之时，他心里暗自窃笑不已。正当一年一度的殷墟春季祭祖仪式，几乎成为武庚借此起事的动员大会。当祝吏声情并茂地诵赞殷商先王开疆拓土、君临天下并誉播四海、名扬九州辉煌至极的颂诗之时，在场的殷人深受触动，大多数人神情黯然，继而泪流满面，全场哭泣不已。

　　"列位殷商贵族子嗣，不肖子孙武庚面对祖庙诸位先王，羞愧难言矣。"武庚趁机鼓惑道，"想我大商王朝巍巍然挺立华夏大地，煌煌然六百年矣。数风流人物，从成汤至于武丁、盘庚，继而文丁，英姿焕发，有多少英雄豪杰，名扬青史，誉播华夏！父王不思进取，辜负殷商豪门贵胄之殷切希望，从而铸成大错矣。然，逝者为尊。父王之错，焉何要诸位父老乡亲来承担乎？周人剿灭商族之心不死，近来周公又在洛邑厉兵秣马，数万周军枕戈待旦，说不定哪天早上，将会将屠刀架在诸位脖子之上了。我们且已亡国，难道还要灭族不成？周人号称仁德天下，为甚要对我们这些亡国之遗老遗少大开杀戒！武庚每念于此，甚觉羞辱先人，苟活于世，如芒在背，如坐针毡，即使人头落地,焉有何面目见先祖于九泉之下哉!"

武庚言毕,登时泪流满面,身子晃晃,不经意间跌倒在地,继而嚎啕大哭不止。有人振臂高喊道:"周公欺人太甚!诸位若是任其宰割,恐怕我们连起码的祭祀仪式亦难以保全了。别说是血性男儿,就是一只鸡临死前还要挣扎的!"在场的商朝原旧臣民,顿时热血沸腾,义愤填膺。武庚坐在地上,心里却暗暗高兴,他深知只要点燃这些人心中藏匿之怒火,一旦时机成熟,就会化作滚滚热流,喷涌而出,必将周人焚为灰烬。一个伟大的殷商,将会再次巍然屹立在东方。

武庚得意地笑了,笑得涕泪交加,笑得肆无忌惮。

人若一旦被愤怒冲昏头脑,原本高贵的气质必将大打折扣了。

且被无端愤怒刺激的管叔姬鲜脑海里,每天萦绕着几乎都是四弟周公得意忘形的样子,他愈想愈烦躁,精神高度紧张,以至于情绪失控,且近于歇斯底里。几个月以来,他两耳不闻窗外政事,一心只与周公缠斗。恰恰因其一味地愤怒与专注,夜以继日地心无旁骛,竟然对武庚图谋不轨之所作所为,几乎是毫无察觉,且一无所知。当接到周公派人送来密信,邀请他和蔡叔姬度、霍叔姬处三人一起到洛邑一叙,并借此良机尽释前嫌之际,他一时间竟然方寸大乱,惊愕之余,心里开始嘭嘭打鼓,猜测周公且已知晓自己所做的腥臊糗事。假如此次应邀前往洛邑,岂不是癞蛤蟆跳门槛——伤脸蹾尻子。

身处蔡邑的姬度自从接到周公信函,亦是心慌意乱,六神无主,他惶惶不可终日,登时陷入巨大的恐惧之中,万般无奈之际,蔡叔只得飞马来到管邑,与三哥一起商议应对之策耶。

晃晃悠悠的油灯之下,兄弟二人坐在一起,唉声叹气,眼神迷离,一时间竟然默默无言。姬鲜心知肚明,何尝不知自己作茧自缚,若想解脱,岂能轻易了之。倘若自投罗网,似乎又不甘心就此认怂并束手就擒耶。姬度亦是心事重重,惶恐不安,假如推诿不去,又恐周公借此出兵讨伐,末了,弄得里外都不是人。正在此时,忽报武庚前来求见,两人对视一眼,惊愕得嘴巴半晌没有合上。如此紧要敏感时刻,若与其秘密会见,还不是给自己脖子底下垫砖,岂不是又叫周公抓住勾结他人之把柄?

蔡叔望着管叔,怯怯地问道:"三哥,你说句话,见,还是不见?"

管叔低头思谋一阵,无端的愤怒使得其原本缜密的思绪混乱不堪了,他压抑许久抑郁的情绪竟然在一瞬间失控了,彻底地爆发了,歇斯底里了,几乎是咬牙切齿地咆哮着:"井边滚钱,球上挂镰,咱们本来弄的就是悬事。噫嘻,该死的娃娃球朝上,死虺不怕开水烫。见,见一见又能如何?看谁人还能把我的球咬了!"

蔡叔恼怒地瞪一眼二哥,心里的气不打一处来了。毕竟是自家弟兄之间的相互纠纷,肉烂了,大不了还在一个锅里。幸好还无外人在场,你刚才这么地使性子,一

第五十六章　周三监原形毕露为虎作伥　周成王在河之洲飞凤求凰

番话口无遮拦,说得又那么粗野难听,跟自己的身份不相符的。假如这样地传播出去,他人定然会质疑,死皮赖脸,家教何在? 斯文扫地,仁德何在? 这是周文王儿子们的所作所为么? 倘若如此,岂不不丢人显眼乎! 姬鲜似乎并未意识到自己的瞬间失态与言辞失当,他涨得通红的大脸颊仿佛能滴出血来。

武庚乐滋滋地进入客厅,遂带来不少奇珍异宝,彼此相互问候一番,谈话直奔主题。武庚曰道:"吾闻周公近日在洛邑操练兵马,准备讨伐犯上作乱之诸侯,不知二位是否知晓此事?"蔡叔看一眼管叔,急言道:"我们亦是刚刚知晓,殷侯可否相告细情?"武庚微微一笑,心里鄙夷道,揣着聪明装糊涂。他沉下脸来挑逗道:"我倒是听说镐京市井里,疯传周公欲废天子而自立焉,此谣传皆因二位贤侯而起也。"蔡叔被激得面红耳赤,辩解道:"这是谁人胡说八道,满嘴放炮? 我们都是自家兄弟,焉能有如此下作乎!"

"呵呵。"武庚冷笑一声,刺一句,"此时此刻,恐怕二位贤侯浑身上下都是嘴,跳进黄河亦洗不清了。"蔡叔的情绪一瞬间亦有点失控了,甚至有点歇斯底里,他大声地吼道:"甚洗清洗不清? 我们身正不怕影子斜,谁爱说啥尽管说去!"武庚又是呵呵一声:"问题是周公怎么想,他可是被你们两个联手相逼,被迫无奈地离开镐京,且远离了炙手可热的权柄顶峰,这口气焉能轻易地咽下? 除非他是彻头彻尾的大傻子。"蔡叔被噎得张口结舌,他翻翻眼睛,嗫嚅着嘴,无言以答。

一番唇枪舌战之后,登时冷场,三人谁也不再言喘,愣怔在那里。

不知过了多长时间,管叔方才开口言道:"殷侯言之有理。以此看来,我们现在是绑在一根绳上的蚂蚱,恐怕谁也难脱干系了。"

"管叔一言中的,我们三人可是身处绝境,再无退路了。"武庚暗地里观察管、蔡两人神不守舍,惴惴不安,显然已经乱了方寸,他窃喜不已,继而言道,"我这次可是冒着巨大风险,前来拜访二位贤侯,正是为如何应对此事而来也。"

"这、这弄的是啥事?"蔡叔急言问道,"我们总不能就此束手就擒,叫姬旦摔了死鸡娃?"管叔咳嗽一声,又瞪一眼蔡叔,暗里警示其沉不住气,焉能在武庚面前惊慌失措,自乱阵脚,若此传播出去,可真的是让人笑掉大牙了!

武庚看在眼里,乐在心头。蔡叔显然已经六神无主,心理防线且已轰然坍塌。管叔虽然装模作样,貌似镇静,恐怕心里亦是乱成一团麻了。嘻嘻! 天助我也。只要再怂恿挑拨,使其兄弟阋于墙,骨肉相残杀,这样就能共同应对周公,必能结成统一战线,强强联合,则胜算率极高耶。他想到此,心里暗暗高兴,遂对管叔曰道:"若论才华,管侯军事才能,当今天下无人能出其右耶。若论摄政,管侯按其功劳及兄终弟续之顺序而言,堪当周国天下之大任也。然,我说一句不中听的话,你与周公还是略有差距。"

大周原

管叔心中十分妥帖，他频频地眨巴着眼睛，明知故问道："愿闻其详。"

"智慧。"武庚眯缝着眼睛，言辞极具挑衅，狡黠地一笑道，"权谋。"

蔡叔"呀"了一声："三哥尚有经天纬地之大智慧，惟独不搞阴谋诡计耶。"

管叔略有所思，深深叹口气，苦笑一声："殷侯所言极是。如果真刀真枪，予敢问当今天下谁是英雄？若论心思缜密，暗地做事，我确实不是周公的对手。"

武庚强按住心中惊喜，看来这两个蠢货已经悄然上钩了。大英雄乎？大智慧乎？呸！无非是两个没脑子的绿头苍蝇而已！他却借此转移话题，继续大吐腹中苦水，叹道："吾自受封以来，为人处世皆小心翼翼，走路都怕踩死蚂蚁，且行且珍惜。以我看来，此次二位贤侯不过是发了几句牢骚，对周公大权独揽看不惯而已，且被周公怀恨在心，正欲大力讨伐，诛灭你等所谓逆贼。如此小肚鸡肠，纵然使天下英雄寒心，如此妇人之心，焉能令八方诸侯折服？有道是城门失火，殃及池鱼。却不想连我亦连带其中，俺真的是躺着中箭，有苦难言矣。"

管叔被武庚一番话彻底激怒了，他站起来吼道："周公，姬旦。为兄在尔眼里不过是眼中钉，肉中刺，看来不一网打尽，你是不会就此善罢甘休矣。"

蔡叔情绪容易激动，原本属于血勇之辈耶。而武庚见缝插针几句挑拨的话，又使其登时失去了甄别事情真伪的判断力，他几乎是咬着后槽牙骂道："既然他不顾手足之情，咱们何惧淫威？干脆拼个鱼死网破！大男人即是死，亦要站着死，绝不当他娘的怂包！"武庚继续挑拨道："只要咱们三人强强联手，到底鹿死谁手，嘿嘿，还真是不可预料的。"

伺隙趁虚地挑拨离间，无中生有的直抵软肋，是古今往来屡试屡爽的利器之一。

被愤怒冲昏头脑的管叔，在武庚随机应变一再地挑拨教唆之下，终于下定决心要与周公撕破脸皮，决一死战耳。三人约定共同应对周公，齐心协力地结成"倒旦"之坚强同盟，只要周公敢来进犯，必将其予以剿灭之。

远在黄河之北霍州的姬处接到周公信件，心里为之怦然一动。他眼看着兄弟几人为周公摄政之事弄得貌合神离，是是非非一大堆，心中仿佛打翻五味瓶，酸甜苦涩咸五味俱全，自己虽则是于心不忍，却是束手无策耶。

姬处性格绵软，为人谦和，遇事却有点像墙头草，往往是左摇右摆不定。当他听到关于周公的种种传言之后，最初坚不相信，并且判断必是奸人传播的谣言。他坚定地深信四哥是正人君子，绝对不会做出如此有辱家风之龌龊丑事，被天下人笑话。再者，人都有见面之情，况弟兄们坐在一起，相互敞开心扉，坦诚相待，甚样的心结不能解开！为此，他令人收拾好行囊，正欲启程之际，接到三哥管叔快马送来急信，打开一看，如同寒冬腊月，被一盆凉水迎头浇下，登时惊吓得浑身惊怵不已。他身心俱惫，面朝南方，仰望着蓝天白云，叹息道："姬旦四哥，你既然想做王上，直截了当地做

第五十六章　周三监原形毕露为虎作伥　周成王在河之洲飞凤求凰

不就得了。你凭啥还要拉上我们垫背，真是人心不足蛇吞象。嘻嘻，人没尾巴，确实难认了。"

身处恐慌之中的霍叔，其原本明智的判断力，在此瞬间发生了始料不及地逆转。远离纷争、明哲保身成了他惟一的选择，并为此付出无可挽回的代价。

姬处见两位兄长躲避不及，自己何必要趟此浑水也。他派家丁给周公送去回信，言及自己偶感风寒，卧炕不起多日矣，趟马往来，恐不胜旅途之劳累耶。人算不如天算，且病来如山倒。故而只能等待身体彻底康复，再来洛邑一叙手足之情云云。

周公在洛邑几乎是心急如焚，坐卧不安。他时时刻刻都在盼望着兄弟几人能尽快地见面，彼此以诚相待，相互消除隔阂，继而同心同德，为姬周大业团结一致，共同渡过难关。然，他日思夜想，却是黄鹤一去无消息。正在焦急之中，忽然接到霍叔来信，打开一看，心里登时凉了半截。管叔和蔡叔更是音讯全无，不可置否。为此，周公愈加焦躁不已，长吁短叹，度日如年，惶惶不可终日矣。原本期盼的好消息了无踪迹，而坏消息却接踵而来，从殷邑不断传来武庚暗地里操练兵马，来势汹汹地准备反攻倒算。更令他百思不得其解的是，管叔、蔡叔心存异志，在各自封地里亦是集结训练军队，凸显咄咄逼人之态势矣。加之奄国、徐夷与淮夷诸国蠢蠢欲动，多管齐下，大有山雨欲来大风满楼，黑云压顶城门欲摧之咄咄逼人之态势也。倘若不立即采取断然且行之有效之手段，熊熊叛乱战火燎原，必将不可避免，遂成大患焉。而自己又身陷谣言漩涡之中，横竖左右都是有口难辩矣。他不止一次地面对夜空，怆然泪下：老天爷，你为什么不伸张正义，给我撑腰！

夜的眼是清爽的，也是空洞的，夜空中暧昧的星星，频频眨巴着眼睛，闪闪烁烁一阵，便钻到云层里去了。

蓦然，一个苍老的声音从天际间传来：姬旦！在关乎国家生死存亡之命运关键时刻，你倘若放手不管，任其泛滥成灾，几代先王呕心沥血打下之姬周江山，立马就会土崩瓦解矣。

在这一段惆怅且艰难的日子里，周公睡卧不宁，食不甘味，殚精竭虑，疲惫不堪。清晨即起，他踉踉跄跄地走出军营，来到驻地村头散步。忽然，一声凄厉的猫头鹰叫声，划破清晨的宁静，消失在天空之中。他愕然抬头望去，猫头鹰从天空中俯冲而下，树杈上盘踞的一窝喜鹊，惊慌失措地扑棱棱飞去了。猫头鹰盘旋一圈，飞落在树梢上，它横扫一眼天上鸣叫不已的飞鹊，然后堂而皇之侵占鹊巢，停栖在枝头跳跳蹦蹦，欢欣不已。倏忽，一阵狂风袭来，树干晃动不止，搭倚在树枝中的鹊巢摇摇欲坠。大风呼啸而过，只有枝条随风摇摆。末了，猫头鹰站在树颠之上，示威似地鸣叫几声。周公听得心烦意乱，他自然知道只要这恶物出现，必然会带来灾祸也。于是，他狠狠骂一句，曰道："尔等恶物，人见人厌。鸮占喜鹊巢，天道晓知否？"

而这恶物在枝头跳了几跳,依然我行我素地站在枝头鸣叫不已。

周公心里气愤不已,他从地上捡起一块石头,奋力掷向树颠,随之几片树叶萧然落下,猫头鹰依然稳稳站立枝头,一副不屑一顾之调皮模样。而他因用力过猛,不由得倒抽一口凉气,肩头亦是隐隐约约地疼痛不已。

"这个可恶之极的鸱鸮!"周公边走边骂道,"我看你就是武庚蜕变的。"他回到驻地帐篷之中,仍然怒不可遏,愤恨之余,摊开布帛,写了一首"鸱鸮":

鸱鸮鸱鸮,既取我子,无毁我室。
恩斯勤斯,鬻子之闵斯。

迨天之未阴雨,彻彼桑土,绸缪牖户。
今女下民,或敢侮予?

予手拮据,予所捋荼。
予所蓄租,予口卒瘏,曰予未有室家。

予羽谯谯,予尾翛翛,予室翘翘。
风雨所漂摇,予维音哓哓!

周公吟诵完毕,逐字逐句地修改再三,派人送往镐京,借此以表明心迹:鸱占鹊巢,居心莫测,它不就是贼心不死的武庚!而不明事理的管叔和蔡叔,不就是被鸱鸮捉去的小鸟!而我惨淡经营、危机四伏的周王朝,不正像风雨中飘摇不定的鸟巢!

镐京城里的成王读罢此诗,心里为之怦然一动。周公一片心迹,坦露无疑。然,当最初的感动过后,成王思忖再三,依然是疑虑重重,他决定再等一等,看一看,时间是最好的照妖镜,是真是假,必将水落石出,真相大白于天下耶。他转眼又一想,说不定周公眼巴巴地正等待着招他回镐京摄政耶。看来此事还得从长计议,暂且不予理睬他。

周公心急如焚,却无计可施,每日里只能靠读书打发日子。

镐京城里依然平静如水,太阳升起落下,百姓安居乐业。

日子如流水一般悄然而过,转眼已是春暖花开的季节。宫中有一渭北洽川人氏有来,言说其家乡有一偌大湿地,芦苇丛生,野鸭成群,常有窈窕淑女,三五成群,在河之洲游戏玩耍,十分地调皮。成王听得心花怒放,翌日清晨,带上十余人乘车向洽川方向驶去。一路秋光明媚,碧草泛绿,彩蝶飞戏草丛,白鹭一行游天,绿叶荫浓,乳燕雏鹰弄语,枝条繁密,高柳鸟啼雀鸣……

一行人来到洽川,放眼望去,青山绿水,相共为邻焉。黄土平原在大自然鬼斧神

第五十六章　周三监原形毕露为虎作伥　周成王在河之洲飞凤求凰

工的雕凿之下,形成了奇特的黄土峰林地貌,却与黄河湿地鲜明对照,天柱山巍巍然一柱擎天,莲花山群峰并立莲瓣环绕,金凤山翩翩然展翅欲飞。万亩芦荡,嫣然亭亭玉立;千眼神泉,咕咕嘟嘟喷涌;百种珍禽,嬉戏游曳其间;十里荷塘,碧绿映日红天;一条滔滔黄河,万马奔流而去。瀵泉边绿柳成荫蔽,丛草中虫鸣飞蝶舞,沐浴垂钓,游人如织,湖光山色,景色迷人,仿佛天外之美景,堪称人间之仙境。

成王漫步其间,心情为之大悦,夸誉道:"不枉此行,有来有功。"

有来笑道:"王上,前面还有一处处女泉,大如车轮,小似蚁穴,状如汤沸,我们莘国当地姑娘每每出嫁之前,都要来这里洗浴。沐浴一番,美女们往往肌肤如雪,润滑若玉,故名'处女泉'也。"

"噫嘻!"成王忍不住打趣道,"看来我们到此一游,可是一饱眼福矣。"有来连忙摆摆手,急言道:"不,不,只能远远偷窥矣。"成王眨巴着眼睛,揶揄道:"有来,你以前是不是经常干这事?"

"过一过嘴瘾尚可,万万不敢胡作非为矣。"有来嬉皮笑脸地曰道,"倘若叫人抓住,可就把我的腿给卸了。"成王止住笑,又问道:"此泉有何妙处?"有来答道:"老少皆宜,可去病健身矣。"

"此乃天趣幽然之胜地也。"成王环顾一周,赞曰道,"洽阳古莘国地,山有飞浮之异,水有神瀵之奇,大河浩浩荡荡,又自龙门环绕之,人烟辐辏,庐舍之屯,花鸟航舟之胜,盖旅游胜地也哉。"

几人正往前走,果不其然看见有一美女在泉边沐浴,她撩拨着清清泉水,瀑布一般的黑发坠入水中。成王出神地望着其婀娜多姿之背影,不由得舔了舔发干的嘴皮,脸色随之暗红。这一切,却被有来看在眼里,他悄声问成王道:"王上,倘若对此窈窕美女有兴趣,我可代为打听是谁家女子,不知你意下如何?"一句话,问得翩翩少年双颊绯红,慌得眉眼低垂,掩饰着转身眺望远处。

当晚歇息处女泉边,成王每每想起白天所见美女的靓丽身影,风摆杨柳一般,婀婀娜娜,总在眼前不断浮现,辗转反侧,夜不能寐。他心情激荡,嘴里念念有词:

   关关雎鸠,在河之洲。窈窕淑女,君子好逑。
   参差荇菜,左右流之。窈窕淑女,寤寐求之。
   求之不得,寤寐思服。悠哉悠哉,辗转反侧。
   参差荇菜,左右采之。窈窕淑女,琴瑟友之。
   参差荇菜,左右芼之。窈窕淑女,钟鼓乐之。

第五十七章

成王幡然醒悟请周公　姬旦统帅东征伐武庚

　　五月的沣河两岸，风光正好。河水中的鱼儿摇头摆尾，游哉悠哉。一溜树林的叶子哗哗的摇曳着，发出轻轻的响动声音，宛如纤纤玉手在忘情的拨动琴弦。田野之中麦浪滚滚，一片金黄。一支支透着金色的麦穗，头顶着针刺一般的麦芒，在微风中骄傲的四处张望。农人们乐的合不上嘴，磨镰霍霍，看来今年小麦丰收在望，又是一料好收成。

　　成王率领着十几名朝中官吏，兴致勃勃地来到沣河东岸，察看农作物长势状况。成王眺望着一望无际的麦田，在阳光照耀之下，金浪翻滚，心情为之大悦。正在此时，天空中一大团乌云悄然飘过，飘浮的黑云遮天蔽日。一阵狂风呼啸，不期而至。蓦然之间，麦田登时被大风刮得东倒西歪，麦穗散落一地。天地刹那间浑浑沌沌，倾盆大雨从天而降，将成王一行浇成落汤鸡了。他们连忙策马扬鞭，却不料被大风刮倒的几百棵大树拦截再三，不得不一再挪动树枝，方能穿行，等费尽周折地逃回镐京城内，一行人面如土色，狼狈不堪。

　　成王遭遇风寒，头痛欲裂，不由自主地连连打了好几个喷嚏，打得地动山摇，涕泪并流。他心里不由得默默念叨着：一想、二念、三臭骂。噫嘻，这是谁在警告与本王？昏昏沉沉睡了一夜，早朝时还是有点犯迷糊。文武百官们议论纷纷，似乎都觉得昨日天象异常，一定是周人做错了甚么，苍天才会勃然大怒，因此而降灾祸于镐京。成王思谋再三，甚觉有理，他立马带领官吏来到太庙占卜。

　　占卜师正在有条不紊地进行卜筮，文武只能耐心等候。成王灵机一动，想调看一下原来的卜辞，他随卜人进入到侧室，看到一只金縢做的匣子上着锁，静静地放置一边。他问卜人这是怎么回事？卜人却不明所以，无言以答。

　　成王兴趣盎然，遂命卜人打开匣子，卜人将匣中竹策捧与成王，他飞快地看一遍，顿时泪如雨下：原本是四爸姬旦，愿以自家性命来置换父亲姬发康复云云。呜

第五十七章　成王幡然醒悟请周公　姬旦统帅东征伐武庚

呼！如此高风亮节,古往今来,何曾有过！成王含着泪水唤来卜师,质问道:"如此重要祷辞,为何隐瞒至今?"卜师连忙解释道:"王上息怒。周公为防祈祷失灵,特别嘱咐此事绝不能轻易泄露耶。"成王又一次被感动得泪流满面。他哭泣道:"上苍责罚与我,罪不可赦也。"

卜师指着另一只金縢匣子,曰道:"此匣之中,还有竹简数枚。正是王上生病之时,周公祈祷之策也。"

成王登时惊愕得哑口无言,他手捧着竹策,双膝酥软,瘫坐在地上,用手使劲地拍着青砖,嚎啕大哭道:"四爸,我真是混蛋透顶了。祈请苍天放过黎庶百姓,再独惩罚与我也哉！"

卜师劝慰道:"王上,武王病逝之日,你承继大位,尚且年幼,不能临朝亲政。周公勤政爱民,废寝忘食,为大周忍辱负重,可以说是历尽千辛万苦,方才有了安定局面。今日上苍暴怒,既有龟甲警告,又有蓍草提示,还请王上尽快地接回周公摄政,方能保周国风调雨顺,百业兴旺也。"

成王揩干眼泪,决意亲自去洛邑接回周公,以赎此前之过错也。

他乘坐之车辇驶出镐京东门,天色突变,蓦然又刮来一阵狂风。成王坐在车里,默默祈祷上苍。姬诵悔过自新,万望苍天不计前嫌耶。忽然,有人急报天朗气清,天公作美,大风已将吹倒的麦田再次扶正矣。成王闻之,忙令停车,他跳下车来,三步并作两步走,眼前的景象还是让他万分惊呆矣。恍惚之间,昨日倒伏成连片的麦地里,惨不忍睹,农人们哭天抢地,言犹在耳。他默默站在依然是一片金黄的麦田之前,感叹天理昭彰,天遂人愿,又一次热泪盈眶,涕零如雨矣。

正在洛邑苦思冥想的周公接到快马来报,连忙整理好衣物,匆匆朝西一路走来,叔侄二人在洛邑城外道路上相遇,泪眼滂沱,相对一视,竟然默默无言以对。

至此,他们方才冰释前嫌,重归于好,曾经笼罩在心头的阴霾云开雾散。回到镐京,周公再次摄政当国。天下百姓,无不欢欣鼓舞。文武百官,个个心花怒放。镐京一扫先前之暮气沉沉,又恢复到往日生气勃勃之盛景也。有诗赞曰:

霞蔚云蒸千里马,春风得意九霄鹏。
凛凛飘忽真君子,烈烈燃烧指路灯。
蜚语流言皆不惧,潜心忍辱为周兴。
武王伤病复发日,姬旦含悲作金縢。

周公返回镐京,此消息对于正在暗自高兴的管叔和蔡叔,不啻五雷轰顶,顿时惊得目瞪口呆,彻彻底底乱了方寸,心结大乱耶。远在霍州的霍叔姬处心里直打鼓,暗自侥幸自己态度暧昧,没有双脚都踩进泥潭耶,这一下倒是黏糊到点子上了,总算是瞎鸟儿碰上个孽谷穗,歪打正着。否则,即使浑身上下都是嘴,亦无法撇弃与两位兄

大周原

长所捣鼓的龌龊事矣。

管叔和蔡叔如坐针毡，神情恍惚，若向周公承认错误，大面子上又过不去矣；假如死扛硬顶，恐怕又在劫难逃焉。正在犹豫不决时，武庚派出一个能言善辩的使者来见管叔。他为此纠结一天，还是决定接见使者，且听武庚有何高见，继而再想应对之策。使者见管叔身心憔悴，心里暗自高兴，他要凭三寸不烂之舌，行挑拨离间之能事，使之兄弟阋于墙，遂与周公彻底决裂之，方能在乱中求变，趁机浑水摸鱼耶。使者察言观色，鼓惑道："周公重回镐京，执掌朝政大权，恐怕管侯必将大祸临头矣。"

管叔心里微微一怔，问道："此言怎讲？"

使者讥笑道："管侯是文过饰非，还是揣着聪明装糊涂？"

管叔沉下脸斥道："你这是何意？难道要挑拨我们姬家兄弟的关系！"

使者摊手一笑："何谓挑拨？管侯与周公撕破脸皮，不共戴天，天下共知之！"

管叔表情极不自然，厌恶地反诘道："危言耸听，不可理喻。既是彼此之间有过节，那也是我们姬家哥们弟兄之间的不同政见而已，自然不容别人置喙。"

"是，是。管侯此言极是。按常理而言，管侯与周公之争，别说撕破脸皮，就是打得头破血流，且与他人无关矣。"使者拱手致礼道，"问题是，周公初到洛邑要召见管侯，你固执己见，飞扬跋扈，且不理不睬。依我看来，自有一番道理。若按长幼而论，你为兄长，周公为弟。幼以长先，周公应当先拜访管侯才是。他反而为何要你非去洛邑？这不正好证明周公早已将兄弟之情置之度外，而要以国法惩处与你！他借此天赐良机，一举将管侯拿下问罪，铲除异己。所谓将在外，不由帅。周公可谓名正言顺，手执尚方宝剑，采取先斩后奏之策略，使你命丧洛邑矣。依我看来，你还是心明眼亮，棋高一着，未赴洛邑，方才躲过杀身之祸也。倘若周公阴谋得逞，恐怕管侯已该过百天祭日了。"

管叔听得脸颊一阵丹红，一阵煞白，眉头紧锁，鼻孔粗气频出。他抬起头来，瞅一眼使者，却见他镇定自若，毫无戏弄之意。

使者知晓管侯已经被他一番话激怒，于是，乘胜追击曰道："成王醒悟，亲自接周公回镐京继续摄政之。此举何为？岂不是意味着管侯和蔡侯二人所散布谣言，业已寿终正寝乎？"管侯似乎有点委屈的辩解道："我们也是听路人传言，只是借此发泄心中不满而已。天地良心，这并非自己无事生非，造言生事么。"使者知道管侯心理防线已被自己攻破，继续挑拨道："管侯此言，武庚知晓，鄙人知晓，然而，天下人焉能知晓乎！而自认为无端遭受诬陷的周公能信么！在我看来，他是揣着聪明装糊涂，尽管篡位之野心，人皆知之。他为掩盖其不可告人之目的，一定不会善罢甘休矣。话又说回来，管侯乃姬周肱骨之臣，仁义君子，此举虽然不够光明正大，但总是为国家长治久安而深谋远虑耶，即使有些微瑕疵，亦不是叛国灭族之大罪哉！"

· 380 ·

第五十七章　成王幡然醒悟请周公　姬旦统帅东征伐武庚

身心俱疲的管侯此时此刻,心理防线早已轰然坍塌,他怯怯地问道:"殷侯派你前来,到底何打算,不妨一一道来。"正在此时,蔡叔慌慌张张来到管叔府邸,见有生人在场,欲言又止。管叔介绍二人认识,坐下继续扯闲道:"小人听说蔡侯也为周国立下累累奇功,还不是成了惊弓之鸟乎!"蔡叔闻听此言,如芒在背,他睨视一眼使者,心中甚觉不快,鼻子里哼哧几声,仰头张望着屋顶,不再搭言。

使者心里鄙夷道,屎弄肛门,焉能憋持许久?他轻蔑地一笑:"俗话说,马善被人骑,人善被人欺。想我殷商六百年基业,毁于一旦。武王大德于天下,武庚受封殷地,得奉祖祀,殷人感恩戴德,无不念其仁义厚德。殷侯更是循规蹈矩,谨小慎微,惟怕逾越妄为耶。"

蔡叔冷笑道:"我可是听说殷侯近来不守规矩,已在暗地里招兵买马,加紧训练商军,企图推翻周国,请问使者,这到底该作何解释?"

"咦!"管叔瞪大眼睛,吃惊地问道,"此话当真?"

"千真万确。周公无端要剿灭殷侯,出师无名,难道殷人就该束手就擒乎?"使者微微一笑,他看一眼蔡叔,继续曰道,"那么,蔡侯在封地大肆扩展势力,练兵练得热火朝天,如果不是惧怕周公扫荡,究为何哉?"

蔡叔张张嘴,无言以对,额颅上渗出点点细汗来。

"一枚钱币,总是有正反两面。"使者冷笑道,"假如殷侯真的要造反,而'三监'督察不力,充耳不闻,监守自盗,是否也该追究责任?"

管叔被噎得张口结舌,面红耳赤。蔡叔亦是脸红脖子粗,哑口无言。

使者察言观色,知晓此次目的且已达到,只要再点一把火,不信他们不乖乖就范。他微笑道:"事到如今,我们都是一根绳上的蚂蚱,谁也脱不了干系。惟一的出路,我们只有联合起来,求同存异,共同对付周公之狼子野心,方能保周国一方宁静天地。俗话说,众人拾柴火焰高。我们强强联合,保家卫国,与其坐以待毙,倒不如自卫反击。若此,或许还能相互驰援,不至于任人宰割,被零打碎敲,分而讨之。大敌当前,何去何从,万望二侯三思而后行矣。"

使者凭着三寸不烂之舌,终于将管叔与蔡叔游说成功。二人相对一视,痛下决心与周公拼个鱼死网破。使者又道:"小人临行之前,殷侯再三嘱咐,倘若打败周公,为周室锄奸,消除隐患。殷侯愿意说服方国诸侯,奉二位贤侯为新的盟主,共兴天下一统大计耶。"蔡叔心有余悸,欲言又止。

管叔却斩钉截铁地曰道:"君子一言,快马一鞭。今日与殷侯战前结盟,不得反悔矣。"毕,从怀中拔出宝剑,将几案一角削去。

使者见计谋已定,乐滋滋地回到朝歌,将详情一一禀报于殷侯。武庚闻之大喜过望,许诺殷商复辟成功,必以上大夫爵位授之。他速派人与奄国、徐戎、淮夷等方

大 周 原

国诸侯联络之后,接着又派信使告知飞廉将军,约定攻打鲁国之时日。

管叔和蔡叔反复商议,同时派密使给霍叔送信,约定一起讨伐周公。

霍叔接到二位兄长来信,心中更加忐忑不安,他万万没有想到,弟兄们彼此水火不容,竟然仇恨到刀刃相见之恶劣地步,一时不知如何是好。他对自己夫人蔷薇曰道:"他们都是做哥哥的,这都弄得甚事么,把我们夹在期间,弄得咱里外不是人。"

蔷薇虽是豪门大户人家千金之身,但她生性直爽,嫉恶如仇,不但看不惯自家兄弟们的"窝里斗",而且对性情绵软的夫君亦是满腹牢骚。

"你看你们周家么,人人都是些能豆豆。个个都能得尿醯哩。谁也不尿谁,谁也不让谁。"蔷薇气不打一处来,愤然骂道,"总归是阴阳多了,埋不下死人的。咱们惹不起,总能躲得起。俗话说,打断骨头还连着筋哩。依我看来,他们两边狗扯连环——胡撕咬去,咱干脆来个稀泥抹光墙,两边谁都不得罪,他们爱撕扯就撕扯,爱胡嘈就胡嘈,咱不操心人家的闲事。"

"你咋这么巨烦些!"霍叔被夫人一番话激得面红耳赤,"少说几句能咋的?今日个我心里瞀乱①得很。"他接着恶恶地瞪她一眼,气呼呼地不再接言,坐在那里生闷气,心里却想,这一下尿去了没尿下,真的是屄下了。蔷薇亦是觉得无趣,转身离去。霍叔思前想后,继而觉得夫人话丑理端,况且谁是谁非,谁胜谁负,一时难以判断。最好是坐山观虎斗,按兵不动,静观其变罢矣。

时过白露,正是硕果累累的金秋好时光。成王决定乘车外出巡游,一行人浩浩荡荡,喜形于色。姬诵来到沣河岸边,放眼眺望河水清澈透底,岸柳成行,河湾处芦苇随风飘荡,心情登时喜悦不已。芦苇深处,碧波之上,似乎有影影绰绰的红衣女子的身影时隐时现,他精神为之一动,诗兴大发,随口吟出一首"蒹葭":

> 蒹葭苍茫兮,
> 白露为霜。
> 美人妖娆兮,
> 伊在何方?

所谓蒹葭,即是沣河两岸村人常说的芦苇,关中方言中称为"羽子"。

随从接言道:"王上,你看这一片片羽子,像不像身材苗条之美女?"

"噫!"成王盯着迎风起舞的蒹葭,略一思索,欣然道,"羽子像女子。好说辞焉!"

几人正说到妙处,忽然有一帮游人大声喊叫,成王随即兴致索然,闷闷不乐地回

---

① 瞀乱,(普通话读音为 mào luàn。西府及关中方言读音为 mú luàn)1. 目眩;2. 心绪纷乱,六神无主的样子。譬如,我今日个心里瞀乱得很,啥事都不想做么;3. 愚昧不堪。如长辈痛斥某个不靠谱或者愚笨的人,"你瞀的跟瓯一样!"

第五十七章　成王幡然醒悟请周公　姬旦统帅东征伐武庚

到镐京城内。

鹤鸣九皋,声闻于天。云行雨施,品物流形。悠悠苍天,秋风送爽。镐京城里终于恢复了往日的平静。周公重新摄政之后,第一件事情就是整顿兵马,肃严军纪,随时准备进行东征,镇压武庚叛乱。他召集姜尚和召公一起商议讨贼之策。周公曰道:"若以目前形势而言,飞廉率领的商军势力不可小觑,当是我们最强对手。鲁国正好处于奄国与徐夷之间,虽有犬子伯禽镇守于此,尚可抵挡一时。但伯禽毕竟年轻,恐怕不是飞廉对手!因此,我们必须早作准备,方能防患于未然耳!"

召公看一眼姜尚,曰道:"若论韬略雄才与随机应变之术,惟齐侯堪当此重任耶。"姜尚接言道:"国难当头,诛暴讨逆,老臣愿赴汤蹈火,万死不辞。"周公哀叹一声,曰道:"想我周国几十载,每逢劫难危机之时,总有相父挺身而出,挽狂澜于既倒,灭火消灾,功莫大焉。"

姜尚笑道:"老夫既为周臣,敢不奉命。然兵贵神速,驰援打围如救火,宜当从速而行,切不可贻误战机也。"周公躬身拜曰道:"大计方针已定,请相父即日迅速返回齐国,以助伯禽哉!"三人就此话别,姜尚立马返回齐国。

周公与召公一起来到成王面前,遂将目前之严峻形势详细禀报。成王闻之甚喜,赞曰道:"吾国有周公摄政,又有召公相国,区区殷商残余,何足挂齿。大敌当前,且请二位叔父全力统筹,集中优势兵力,彻底消灭负隅顽抗之敌,以绝后患耳。"周公接言道:"此次东征,意义非凡,周国能否就此安邦治国,今后不再遭受内忧外患,成败在此一举耶。"成王曰道:"此次东征,本王授予四爸军事指挥及生杀大权,奖勤罚虐,一切可以先斩后奏。不获全胜,不得回还。"周公答道:"有王令在手,吾即使血染沙场,亦在所不惜矣。"成王笑道:"四爸,大军出征之前,可不许说这些丧气话的。"

少顷,周公对召公曰道:"我亲帅兵马东征之后,镐京诸政事还需贤弟多多谋划。"召公点头称是,过了一阵,他眨巴眨巴眼睛,遂提议道:"四哥,此次东征讨贼,你是否考虑再多带一个兄弟,这样好有个得力帮手?"周公低头愣怔一阵,自言自语地道:"这样也好,对。那该带谁么?"召公清清嗓子,试探地问道:"毛叔郑如何?"周公紧锁的眉头登时舒展许多,答道:"行。姬郑的才能在众多弟弟中,可谓脱颖而出矣。只是他现在仍然是伯爵,若是命其做前敌统帅,惟恐众将领不服气的。"召公笑道:"名不正,则言不顺么。"周公若有所思地点点头,遂禀报成王,将姬郑由伯爵升格为公爵,命其做前敌统帅,协助自己并率领人马以征伐东夷。

周军浩浩荡荡出征之前,周公以成王名义发表一篇讨伐殷商残余势力之"大诰":

王若曰:"猷!大诰尔多邦,越尔御事。弗吊!天降割于我家,不少延。洪惟我幼冲人,嗣无疆大历服。弗造哲,迪民康,矧曰其有能格知天命?已!予惟小子,若

大 周 原

涉渊水,予惟往求朕攸济。敷贲敷前人受命,兹不忘大功。予不敢闭于天降威,用宁王遗我大宝龟,绍天明。即命曰:'有大艰于西土,西土人亦不静,越兹蠢。殷小腆诞敢纪其叙。天降威,知我国有疵,民不康,曰:予复!反鄙我周邦,今蠢今翼。日民献有十夫予翼,以于敉宁武图功。我有大事,休?'朕卜并吉。"

"肆予告我友邦君越尹氏、庶士、御事,曰:'予得吉卜,予惟以尔庶邦于伐殷逋播臣。'尔庶邦君越庶士、御事罔不反曰:'艰大,民不静,亦惟在王宫邦君室。越予小子考翼不可征,王害不违卜?'肆予冲人永思艰,曰:'呜呼!允蠢鳏寡,哀哉!予造天役,遗大投艰于朕身。越予冲人不卬自恤。'义尔邦君越尔多士、尹氏、御事绥予曰:'无毖于恤,不可不成乃宁考图功!'"

"已!予惟小子,不敢替上帝命。天休于宁王,兴我小邦周,宁王惟卜用,克绥受兹命。今天其相民,矧亦惟卜用?呜呼!天明畏,弼我丕丕基!"

王曰:"尔惟旧人,尔丕克远省,尔知宁王若勤哉!天閟毖我成功所,予不敢不极卒宁王图事。肆予大化诱我友邦君:天棐忱辞,其考我民,予曷其不于前宁人图功攸终?天亦惟用勤毖我民,若有疾,予曷敢不于前宁人攸受休毕?"

王曰:"若昔朕其逝。朕言艰日思。若考作室,既厎法,厥子乃弗肯堂,矧肯构?厥父菑,厥子乃弗肯播,矧肯获?厥考翼其肯曰:予有后弗弃基?肆予曷敢不越卬敉宁王大命?若兄考,乃有友伐厥子,民养其劝弗救?"

王曰:"呜呼!肆哉,尔庶邦君越尔御事。爽邦由哲,亦惟十人迪知上帝命越天棐忱,尔时罔敢易法!矧今天降戾于周邦?惟大艰人诞邻胥伐于厥室,尔亦不知天命不易。予永念曰:天惟丧殷,若穑夫,予曷敢不终朕亩?天亦惟休于前宁人,予曷其极卜?敢弗于从率宁人有指疆土?矧今卜并吉?肆朕诞以尔东征。天命不僭,卜陈惟若兹!"

周公宣读完《大诰》,三军士气高昂,吼声如雷,红旗飘飘,战鼓咚咚,三万多西岐大军,状如潮水一般向东奔涌而去。

第五十八章

武庚贼心不死命丧黄泉　三监助纣为虐贻害无穷

　　周公率领周军刚过函谷关，前方传来飞廉联合奄国、徐夷等已向鲁国发起进攻的消息。一阵阵秋风吹来，呼啦啦从山顶刮过，山涧茂树密集，五彩缤纷，宛若阔笔涂抹之瑰丽无比图画。周公身心为之振奋，遂命大军快速前进，昼夜行军。车辚辚，马萧萧，状若虎狼之师，势不可挡；雄赳赳，气昂昂，宛如秋风扫落叶一般向朝歌袭去。

　　武庚近日以来，心情甚为兴奋，眼看着殷商祖业恢复在即，豪情满怀，他夜夜欢娱，一扫往日萎靡不振之颓势矣。朝歌城里蠢蠢欲动的商军残余势力枕戈待旦，依然不失当年强盛之雄风，更加穷凶极恶，欲与周公试比高。他在心里多次盘算，周公远道袭来，先于管叔、蔡叔决一死战，必然大伤元气。虎狼缠斗，非死即伤；鹬蚌相争，渔人获利。只要自己坐山观虎斗，等待良机凸显，趁彼此人困马乏之际，商军便可趁火打劫，活捉周公，一举可平天下。

　　伯禽看到飞廉来势汹汹，决定避实就虚，且战且退，最后固守都城。飞廉为报儿子恶来被杀和屡次被逐之旧仇新恨，下令所率商军急攻鲁都，几番冲杀，损兵折将，却无奈城墙坚硬，久攻不下，伯禽兵精粮足，坚不出城，双方遂成对峙之势矣。

　　姜尚征召五侯九伯，带领大军向鲁国集结，三日后，便从外围将飞廉所率军队围了个水泄不通。每逢夤夜时分，伯禽派出精兵强将，呼啸出城，杀入飞廉兵营之中，趁乱中袭击，得手后则迅速回撤城中。五更时节，等疲惫不堪商军刚刚进入梦乡，姜尚又派出几队骑兵，分别冲进敌营，放火烧掉连片军帐。几日过后，这支精锐部队便遭受巨大创伤，死伤过半，锐气顿减。此后，双方多次厮杀，你来我往，互有胜负，彼此不分高下，一时陷于拉锯战中。

　　周公获悉姜尚与伯禽已经将飞廉紧紧缠住，他派出使者前往管城与蔡邑，极力规劝管叔和蔡叔以大局为重，迷途知返，回归祖国。况言明二人只要就此收手，他可在成王面前替其求情，豁免其叛乱之罪责，从轻发落。管叔看完信函之后，与蔡叔反

大 周 原

复商议,权衡再三。管叔曰道:"目前周公来势汹汹,若要正面抵抗,恐怕凶多吉少。既然他来信劝降,足以证明其没有必胜之把握。我们以静制动,暂且观察形势演变,以逸待劳,再作打算。若是武庚飞廉大胜,我们则乘胜追击,将周公杀个鸡犬不留。若是周公势如破竹,击败武庚。我们则可顺坡下驴,以保全性命。继而避其锋芒,割据一方,韬光隐晦,以图东山再起,如何?"

蔡叔愁眉舒展,赞道:"三哥真的有经天纬地之大才,只可惜二哥有眼无珠,错令老四摄政擅权,闹得大家心里疙里疙瘩,且一盘散沙,一发不可收拾了。"二人主意已定,回信说他们还得一段时间考虑,不提。

"执迷不悟。"周公看完回信,心中五味杂陈,哀其不幸,怒其不幸,末了,气呼呼地骂一句,"不识抬举。真的是不见棺材不落泪!"他思忖半晌,既然管、蔡二人隔岸观火,不正是偷袭武庚之大好良机!

当获知管、蔡并未与周公所率大军如期开战,武庚还是大吃一惊。如此看来,眼前形势则大为不妙。飞廉所率商军与姜尚和伯禽死缠滥打,一时不得脱身驰援。管叔与蔡叔置身局外,他们倒是稳稳当当地坐山观虎斗矣。此前所谓的同盟战线,自然被撕得千疮百孔。且周公率领周军欲渡黄河,朝歌孤城危在旦夕,倘若不把周公消灭在黄河北岸,任其野马长缰绳,铁蹄所踏之处,自己必成醢矣。于是,武庚只好硬着头皮,动员所有商军将士与周军决一死战,战斗场面极为惨烈。两军几经搏杀,黄河岸边血染黄沙,尸骨撑垒,一时竟然未分胜负耶。

艰苦卓绝的战斗在持续着,商军倒有点逐渐地占了上风。这些昔日的贵族为夺取失去的天堂,几乎是拼了性命厮杀,作战极其勇敢,凶恶状若困兽犹斗,负隅顽抗,战场呈胶着状态。随着冬季来临,大雪纷纷落地,原野中一片洁白,黄河上且已结冰封冻,后方给养频临断供。周公心急如焚,再次向管叔求援,却是泥牛入海无消息。他仰天长叹道,姬鲜,姬鲜,我念及手足之情,给你多少改邪归正之机会,可惜你鬼迷心窍,以后就别怪我翻脸不认人了。

战场呈现拉锯战,势均力敌。正在一筹莫展之际,周公忽然发现殷人十分好酒,每次作战以后,商军必然要喝酒取乐,及至深更半夜,依然吆三喝四,猜拳行令。且不论将军兵卒,无一例外地喝得酩酊大醉,方才罢休矣。他灵机一动,连忙唤来南宫适、辛甲、太颠、武吉诸位将军,将自己观察商军饮酒恶习告之众将领了。

南宫适笑道:"大元帅真是心细如发,我等武将征战多年,竟然没有发现如此有价值之谋策也。"辛甲夸誉道:"文心纤细,武胆粗狂。然,像周公如此胆识过人之统帅,古今未有,恐怕后世亦不多见矣。"周公拱手告饶,苦笑道:"列位将军,我还没死耶,怎的就准备悼词乎?"太颠接言道:"周公大名,将传千秋万代,后代文人骚客们,倒是可以借题发挥,大书特书矣。"

第五十八章　武庚贼心不死命丧黄泉　三监助纣为虐贻害无穷

周公心里听得妥妥帖帖,他微笑道:"等我们完成东征大业,我专门备上酒菜,再听你们歌功颂德好不好?"

"呵呵呵!"武吉一听有豪华酒宴,立马乐不自禁地欢呼雀跃,朗声喊道,"到时我可要吃一块、藏一块。喝一壶、藏一壶的。"

周公笑骂道:"看你就那点出息。"毕,周公与诸位将军商议决定当夜偷袭敌营。一战之后,间隔一个时辰,紧接着发动第二次战斗。武吉大笑道:"我叫手下兵士将刀剑磨得利利的,权当在瓜园里砍瓜,咋向!"辛甲笑道:"武吉,再甭叫兵士们把你的额当瓜砍了,那可就再也无法栽在脖颈上了。"

武吉摸摸后脑勺,嘿嘿笑了,笑得十分开心,笑得肆无忌惮。

晌午过后,两军厮杀至夕阳西斜,各自鸣金收兵回营,周军吃饱喝足,每人少抿些许烧酒御寒,然后整装待发。过了两个多时辰,派出的兵士侦察回来,禀报商军兵营中早已醉倒一片。周公立即下令攻击商军大营,南宫适、辛甲、太颠和武吉,各自带领将士们冲杀进敌营,仿佛砍瓜切菜一般,不到一个时辰,杀得这些商军鬼哭狼嚎,哀声遍野,大多在酩酊之中身首分离,见了阎王。武庚见大事不妙,急慌慌收集残兵败将,落荒而逃矣。

这一仗打得真是过瘾极了。周公站在雪原放眼眺望,四周泛着一片灰白色,残火点点,偶尔传来战俘伤兵的呻吟声。武吉正带领着兵士们打扫战场,直到东方天色微亮,方才回营歇息不提。

狼狈逃窜到朝歌城里的武庚,惊魂甫定,本想稍作歇息,重振旗鼓,汇集所有殷商残余势力,再与周公决一死战。他万万没有想到,翌日清晨,周军且已将朝歌城团团围住,水泄不通。武庚哀叹一声,自知大势已去,即使苟延残喘,恐怕亦是秋后蚂蚱,蹦跶不了几天。他思忖再三,决意趁着混乱之际,伺机跳出朝歌,以待东山再起。

武庚先派人前去将围城布防情况——侦察摸清,东、西、南三面城门戒严甚紧,惟有北城门稍微松懈。武庚闻听已毕,不由得欣喜若狂,朗声曰道:"天助我也!"一直紧随身边的卫士长殷鹰怯怯地问道:"莫非大王已经有了破敌之策?"武庚随即沉下脸来,恶恶瞪一眼飞鹰,斥责道:"败军之将,焉何言勇乎?我们只是找到逃生线路而已。"殷鹰翻着白眼,不再作声。过了一阵,他又忍不住问道:"大王可否明示小人,以便早作准备?"武庚哀叹一声:"所谓狡兔三穴,方能免其死耳。你且将卫队分为四个部分,安排得力军官带领,待今夜子时,分别先从东西南三个城门冲杀而出。更要挑选其中最为剽悍兵士,紧随于我,再从北门伺机杀出,即可摆脱困境矣。"

殷鹰眨巴着眼睛,疑惑难解,问道:"东西南方均有我商军接应,惟独北方属于周国封地,这样本末倒置,岂不是自投罗网乎?"

"你真是榆木脑瓜。跟我这么久,怎的还不开窍?"武庚白一眼殷鹰,接言道,"燕国虽为召公封地,然而姬奭一直滞留镐京,相对实力较弱,不正是我们图谋东山再起之理想境遇么。俗话说,留得青山在,不愁没柴烧。只要我们在燕国站稳脚跟,再与东南方国遥相呼应,殷商大业复辟,必将指日可待耶。"

殷鹰方才如梦方醒,心里啧啧称赞武庚真是足智多谋,只可惜生不逢时,做了亡国奴矣。此日子时刚过,殷鹰发出指令,三队兵马先是朝东西南门发起突围,不到半个时辰,即被周军杀得鸡犬不留。殷鹰掩护着武庚,率领百余精兵顺利地冲出防守虚弱的北城门,飞马奔驰半个多时辰,停在一个壕沟旁边。武庚回首眺望一阵,呵呵大笑道:"都说周公颇得姜尚用兵之精髓,依我看,他亦是一肚子青泥。倘若是我布兵排阵,只要在此地埋伏,重兵把守,岂不是瓮中捉鳖,手到擒来也!"

"呵呵呵"——忽然一声爽朗笑声,如雷贯耳。一刹那间,火把通明,映照得夜如白昼。周公和姬郑站在一处高台之上,周公用剑指着武庚朗声骂道:"逆贼武庚!真是忘恩负义,无耻之极。当初我仁慈之心昭然,特向武王谏言,为尔封地封侯,保留商祭殷祀。谁知你蛇蝎之心不死,竟然起兵叛乱,恩将仇报,真乃是十恶不赦,恶贯满盈,不杀不足以平民愤也哉!"

武庚自知死到临头,懊悔已迟。他从马上跳下,双手拱道:"大元帅在上,武庚罪该万死,罪不容诛。然,此次并非我寻衅滋事,挑战周国尊严,皆因管叔和蔡叔从中予以挑唆,我才犯下叛乱之大罪矣。"

周公冷笑一声,骂道:"巧言令色。我且已查明,此事皆因你首先造谣生事,企图恢复失去之天堂,其后又胁迫管、蔡就范耳。事到如今,尔等还有何话可言?"

武庚身旁跳出一书生模样之人,有人告诉周公,此人正是此前武庚派出游说管、蔡之使者耶。书生大声曰道:"禀告周公。此事皆因武庚而起,我始终参与其中矣。"

武庚自知阴谋败露,再狡辩亦难逃一死。他手起刀落,将书生头颅斩下,骨碌碌滚落一旁。

周公勃然大怒:"呵呵!尔还有何等面目苟活于世乎!"

早已恨得咬牙彻齿的周军将士们,一齐上前,将武庚砍成肉醢了。残余的兵士纷纷丢下刀戟,束手就擒。殷鹰见大势已去,遂拔刀自刎矣。

武庚被周军诛杀,殷商残余叛逆顿作鸟兽散了。

冬去春来,大地一片生机勃勃,朝歌城内外逐渐地恢复了往日平静。周公念及此次殷人叛乱之教训,决定禀报成王,令姬封为殷地新侯,统辖朝歌及旧殷都羑里一带,国号曰卫,赐予侯爵。此前因姬封曾食采于康,故称其为康叔。周公思谋许久,决定留下两万精兵强将,史称"殷八师",亦称"成周八师"。

周公借此空暇之余,休整并依次操练周军。而解决三监难题,亦提上议事日程。远在霍州的姬处,真的是惶惶不可终日,当听说周公率领大军兵临城下,他终于

第五十八章　武庚贼心不死命丧黄泉　三监助纣为虐贻害无穷

醒悟过来,令兵士们打开城门,自缚其身,亲自来到周公帐下求饶。周公知道霍叔性蔫面软,本分实诚,此次随声附和管、蔡,亦是情有所原,但,为以儆效尤,仍奏请成王,削去侯爵,贬为庶民。如果知错就改,三年后可再恢复其爵侯之位耶。

霍叔回到府邸,灰头土脸,坐在家里眼睛发直,痴呆呆地不吭声。蔷薇忙问周公怎地发配?霍叔低垂着脑袋,半晌方才抬起头来,眼含热泪,哭泣道:"我这是偷鸡不成蚀把米,这一下叫四哥给抹得一线不挂,成光溜溜了。"蔷薇眨巴着眼睛,问道:"谁把你的啥抹成个光溜溜了?"霍叔涕泪俱下,答道:"爵位,除过这事,还能有啥值得这么伤心抹泪的。"蔷薇登时怒目圆睁,大声喊道:"凭啥?咱又没弄啥事。有本事你去拾掇那二位去。"霍叔抹干眼泪,劝道:"小声点。咱这可是犯下的叛国大罪,你当是随随便便地说笑哩。从今往后,咱们慎言慎行,再不敢胡骚情了。"蔷薇连忙捂住嘴,不敢再吱声。

盘踞在管城里的管叔心乱如麻,顿时慌了手脚,且不知如何是好。

周公解决霍叔以后,掉过头来,率领周军渡过黄河,命将押解的商军俘虏集中起来,全部用于修筑洛邑都城工程。况众多商军俘虏已经知晓武庚被周公诛杀,早已心悦诚服矣。安排妥当之后,周军便朝管城蜂拥而来,将其团团围住,不到旬月,管城之内人心惶惶,趁乱逃出的平民百姓不计其数矣。周公派几路人马乘机混进城内,到处宣讲管叔叛乱不得人心之消息,兵士们大多是当初姬鲜从镐京带来的关中乡党,许多人木木的蒙在鼓里,根本不知道管叔阴谋叛乱之倒行逆施,军心随之大乱。当周公向管城发起最后进攻时,整个防御体系登时瘫痪。素来心高气傲的管叔,心知肚明此次犯下的是叛国之重罪,开弓没有回头箭,自掘坟墓,反正横竖都是一死,索性拼他个鱼死网破,说不定还能峰回路转,绝处逢生。

"姬鲜听着,尔等已成瓮中之鳖。倘若快快投降,可保性命无忧!"周公在管城城墙外大声喊道,"何去何从,请速决断!"

管叔见是周公,不由得怒火冲天,二人虽则尚有手足之情,此时却宛若仇敌相见,分外眼红,他高声骂道:"姬旦我儿,闲话少说,有屁就放!"

周公呵斥道:"尔狂妄自大,竟然执迷不悟,犯下如此滔天之罪行。我且问你,你与我同祖同宗,一脉骨亲,焉何要造谣生事,逆天作孽乎!"

管叔冷笑一声:"废话!我就是看不惯你作冠冕堂皇的表面文章,哗众取宠。况且事到如今,覆水难收,再说啥亦是枉然。既然你不念兄弟之情分,要将我逼上绝路,我何尝念及什么手足之情,在这里与你唠闲牙?姬旦,我与你不共戴天,今日不是你死,就是我活!"

周公刺一句,曰道:"头顶三尺有神灵。所谓人在做,天在看。白天是日头高悬,晚上是月亮映照,它们时时刻刻无不在监控着人间之善行丑恶焉。姬鲜,你不以为耻,反以为荣,亏你还是兄长,有脸说出此等忤逆之言?老天令尔疯癫狂傲,必将令其无耻之极矣。"

"呵呵呵!"此时的管叔利令智昏,且已丧心病狂到极点,显然已经听不进去任何劝解言论,他拔出剑来,仰天长啸道,"弟兄们,今日生擒活捉姬旦,每人官升三级,奖励贝币一罐!"

周公不由得仰天长叹一声,知晓任何劝解无济于事,他高声对城墙之上的兵士们喊道:"对面的兵士们听着,我们都是成王臣民!今日姬鲜为非作歹,勾结武庚叛国,且已犯下滔天之罪行也。你们倘若迷途知返,放下武器投降,我既往不咎。假如死心塌地为叛逆姬鲜卖命,待城破之时,必将杀无赦!"

一阵沉默过后,便是长时间的鸦雀无声。姬鲜正在城墙之上指挥作战之时,冷不防被自己的卫队一拥而上,结结实实地五花大绑起来,拉拉扯扯地押送到周公帐前。

周公见到三哥被按倒在地,他眉头紧锁,不忍卒看,于是悄然背过身去,不由得潸然泪下,心痛不已,原本一奶同胞,今日却生死以对,怎的不叫人恍如梦境。姬鲜极力反抗,连声叫骂不止。众武将一声声喝斥着,周公方才如梦方醒,断然喝道:"逆贼姬鲜,罪不容诛。就地正法,以绝后患!"

姬鲜刚才还挺着脖颈叫骂着,猛一听到喝令就地正法,随即肝胆俱裂,面如土色,瘫软在地,刀斧手将其拖出帐外,他裤裆里早已湿成一片,骚气难闻。武吉飞起一刀,一代奸雄顿成刀下之鬼矣。

蔡叔亦是每天提心吊胆,惴惴不安。当他闻听霍叔自缚投降,管叔命丧黄泉,他登时六神无主,宛如热锅上的蚂蚁,惴惴不安。当周军兵临蔡国城下,他一夜未眠,东方微亮,遂便命卫士们将其捆绑,出城受降了。周公见姬度跪在帐外,气不打一处来了。他指着蔡叔的鼻子忿然骂道:"姬度,你这没出息的东西,竟然大逆不道,做出如此有损祖德之丑事?"

蔡叔被骂得无地自容,羞愧难言,他乞乞啃啃一阵,继而狡辩道:"如果不是三哥从中撺掇,我才不信这些不着边际的流言蜚语哩。"

周公苦笑一声,摇摇头,继而斥责道:"早知今日,何必当初?颡长在你的脖颈上,别人说啥你信啥!姬鲜若是叫你跳崖,你能闭眼跳下去?"

蔡叔自知事到如今,即是浑身都是嘴,亦难说清耶,只得把头低到裤裆里,不再强词夺理。周公命人将他暂且关押,等待战后再另作处置。正是:

泾渭分明苦对咸,手足泪痛湿衣衫。

阋墙兄弟薄如纸,周公惩处叛三监。

· 390 ·

第五十九章

势如破竹东征伐敌顽　天下归心众星拱月明

又是一年秋风劲。周军东征已过两年，期间，大大小小的战役不计其数，双方的军事实力对比由最初的旗鼓相当，逐步地演变为周军占了上风。周公运筹帷幄，步步为营，其麾下将领愈战愈勇，势不可挡，大决战的号角终于吹响。一路向北追击殷商残余势力的重担，落在召公长子姬克的身上，他率领的将士势不可挡，马不停蹄地追击到录国城下，在一举强攻下此城之后，又是穷追不舍地向北进发，且把盘踞在燕毫（今北京一带）的最后一股残余势力清扫荡尽，方才收兵。

一路向东追击的周军在周公亲自统帅之下，且以伯禽和吕伋为先锋。在胜利地攻克薄姑以后，周公决定一鼓作气，集中优势兵力，统统集结于徐国城下，趁八月十五月圆夜敌军懈怠之时，一举攻下徐夷都城，顽敌纷纷缴械投降之。紧接着，周军又挥师南下，乘胜追击，朝东南方位急行军而来。由于淮夷之黄、蓼、六、舒鸠、龙舒等十几个部族方国，彼此之间不相统属，谁也不服谁，一盘散沙，各自为阵。周军所到之处，所向披靡，淮夷方国闻之丧胆，早已逃得不知去向了。加上被武庚诱惑叛周的缯国、丰国，亦为乌合之众，在周军强大的阵容面前，更是不堪一击，落荒而逃了。周公痛打落水狗之后，接着调转马头，挥师北上，逼近最后一个强敌奄国城池，继而与齐鲁两国对其形成南北夹击之势耶。

正在姜尚与周公商议好攻城时日，姬克率领的北路周军快马杀到，三路大军从东、西和北三个方面，形成对奄国夹击合围之态势也。周军如虎添翼，气势如虹，而被围困的奄国奄人，仿佛被活活阉割一般，则是气血不足，奄奄一息，城内人心惶惶，兵士们闻风丧胆。奄国君晏畿暴跳如雷，大骂飞廉蛊惑人心，将其拖入战争泥潭。飞廉被骂得火冒三丈，怒从胆生，他手起刀落，遂将晏畿砍杀在奄国宫殿之内。奄国君卫士们见国君被飞廉诛杀，一拥而上，拼死相争，宫殿内外砍杀得血流成河，尸横遍地。飞廉在将士们拼死保护之下，方才杀出一条血路，冲出奄国城池，他们撤退之

大周原

中慌不择路,又误入周军包围圈中,一次次地突围,一次次地拼杀,末了,最后被周军团团包围在一片空旷地里。飞廉终因寡不敌众,他眼见大势已去,只得拔刀自刎。周军兵士们挑着飞廉的人头,骑马来到奄国城下,喊话诱降。奄国此时已经群龙无首,顽强抵抗半日,遂大开城门,投降周军。

飞廉属下的残兵败将,顿作鸟兽散矣。他们先是隐藏于渤海湾的诸多岛屿之中,久而久之,其中相当一部分兵士乘船漂洋过海,不知去向。

周公遂命周军稍作休整,一鼓作气地乘势追击,横扫商军残余,一直打到东海之滨。至此,所有殷商残余势力被彻底铲除并加以肃清,这一片广袤热土,从此皆入周之版图。历时三年的东征,最终以周军大获全胜而欣然落下历史大幕。期间,有些战役极其惨烈,《诗经·豳风·破斧》记载如下:

既破我斧,又缺我斨。周公东征,四国是皇。哀我人斯,亦孔之将!
既破我斧,又缺我锜。周公东征,四国是吪。哀我人斯,亦孔之嘉!
既破我斧,又缺我銶。周公东征,四国是遒。哀我人斯,亦孔之休!

除过留守的官吏与兵士之外,其余的东征将士兴致勃勃地踏上返乡的征途,一路上喜笑颜开。周公身边的书童鸣箫耳濡目染,常以吟诗为乐,眼看着大军一路向西,他归心似箭,激动之余,亦是吟诵一首《东山》,以表达其思念故土、渴望和平盛世及向往幸福生活之心情。诗曰:

我徂东山,慆慆不归。我来自东,零雨其濛。
我东曰归,我心西悲。制彼裳衣,勿士行枚。
蜎蜎者蠋,烝在桑野。敦彼独宿,亦在车下。
我徂东山,慆慆不归。我来自东,零雨其濛。
果臝之实,亦施于宇。伊威在室,蠨蛸在户。
町畽鹿场,熠燿宵行。不可畏也,伊可怀也。
我徂东山,慆慆不归。我来自东,零雨其濛。
鹳鸣于垤,妇叹于室。洒扫穹窒,我征聿至。
有敦瓜苦,烝在栗薪。自我不见,于今三年。
我徂东山,慆慆不归。我来自东,零雨其濛。
仓庚于飞,熠燿其羽。之子于归,皇驳其马。
亲结其缡,九十其仪。其新孔嘉,其旧如之何?

周公与姜尚再次话别,两人禁不住热泪盈眶。周公泣道:"每逢姬周蒙难,相父总是伸出援手,此次一别,不知何时再能倾听教诲?"

"老臣自渭滨伐鱼河边与文王相遇,奉为上宾,安邦治国,略施雕虫小技耶。"姜尚揩干眼泪,曰道,"武王临朝,又尊为师尚父,老臣不惜气力,只为行君臣之礼矣。

第五十九章　势如破竹东征伐敌顽　天下归心众星拱月明

文王不幸病殁,武王英年早逝,成王尚且年幼,正值周庭多事之秋,周公不遗余力,独掌军国大权,殚精竭虑,却不幸生出许多祸端,险些江山易主矣。嘻嘻!今天下已定,还望君再接再厉,制礼作乐,以保周国长盛不衰耶。"

周公点头称是,二人依依惜别。随后,他便带了两名卫士,径直来到奄地,见伯禽治下井井有条,甚为欢喜。奄地即为鲁国,是武王分封给功勋卓著之周公,故而以鲁为国也。周公摄政镐京,伯禽当为鲁侯之执政者也,并授以大辂、大旂,获得夏后氏之玉璜,封父之良弓繁弱,凡殷民六族,条氏、徐氏、萧氏、索氏、长勺氏及尾勺氏,均在伯禽管辖之下,成为其役使之奴隶,周边许多小国亦成为其属国了。周公特别给鲁配备了包括祝、宗、卜、史以及他们使用的服饰器物、典籍简册以弘扬周礼文化。临别之时,周公与伯禽把杯言欢,伯禽说到兴处,沾沾自喜,竟然手舞足蹈起来。正在此时,有家丁禀报,一位隐士前来拜访,正在门外等候接见。伯禽登时不悦,脸拉下来斥责道:"你有没有脑子?难道看不见我正忙着陪父亲大人。"

家丁慌不择路地退下。周公看在眼里,心头却隐隐地有一丝不安,他语重心长的告诫伯禽:"我乃文王之子,武王之弟,成王之叔父,我于天下亦不贱矣。然,我一沐三握发,一饭三吐哺,起以待士,惟恐失天下之贤人。子之鲁,慎无以国骄人。"毕,长长的一声叹息。

伯禽猛地一愣怔,登时不知如何是好。

"奄地乃殷商盘踞数代之根基重地,商奄旧民沿袭陈规陋习久矣,自然不会在一个早上幡然醒悟耶。"周公继续言道,"我们周原有一句俗语,牛不喝水,犄角是强按不下去的。你是否明白,习非成是,习焉不察,当是治理国家之大忌也。你且记着,凡事当要深思再三,所有教民规则,必须顺应东夷民族之习俗,循序渐进,使其在润物无声之中完成教育之转变。倘若如此,何愁我姬周春风不吹遍奄地方国!"

周公一番谆谆教诲,字字珠玑,动人心弦。伯禽竖耳倾听,仿佛心中百爪挠心,登时羞愧难言,遂对自己刚才的轻率言辞懊悔不已。今日幸而有缘当面聆听父亲直言相告,在自责的同时,心里多了几分感动。从此以后,他以父亲为学习楷模,勤政爱民,在其管辖属地内大力推广周公治国理念,竭力普及周文化,为鲁国经济文化的繁荣昌盛,奠定坚固之基础。

这天夜晚,华灯初上,周公在伯禽陪同下巡查夜市,在熙熙攘攘的人群中不期而遇满街东倒西歪之酒徒,吆三喝四,横冲直撞。见此街景陋习,民风颓废,周公的眉头不时地频频紧蹙,厌恶不已。伯禽见父亲不悦,心里随之一惊,立马意识到此恶劣风气非刹不可。

翌日,周公临时决定去康叔管辖的卫国巡视一番。刚刚进入卫国城门,正好碰见卫康叔坐着一辆豪华大辂,威风八面的巡视卫城,但见大辂插着少帛,兵士们高举

· 393 ·

大周原

着大红色的绨茷,翻飞招展,大辂之后随行的兵士们手持着十数面五颜六色的旒旌,迎风飘扬,一路浩浩荡荡,煞是排场。

噫嘻!周公厌恶地撇了撇嘴,心里暗忖道,天下甫定,百废待兴,你这是扎的甚势!卫士正欲上前禀报,却被周公制止道,我不妨先借此机会,考察一下康叔治下究竟如何。毕,三人在一家酒肆前下马,进得门来,但见大堂之内乌烟瘴气,猜拳行令,此起彼伏。周公皱起眉头,长叹一声了之。三人草草吃了一顿饭,便牵着马来到市井巷道,眼前的一幕幕颓废场景,竟然比在鲁国看到的情景更加令人不安,酒肆茶楼,皆为猜拳行令吆喝声,街道陋巷,多见摇摇晃晃之醉汉。周国新立不过几载岁月,然奢靡之风已经蔓延到如此地步,是可忍,孰不可忍耶!呜呼。看来不刹住此类歪风邪气,久而久之,必成祸端。况殷纣沉迷酒色,毁坏江山,此嗜酒习气疯长,必将后患无穷也。周公在与卫康叔会面期间,他郑重其事地指出这一恶劣现象,并督促对其属下要严加管控,并且宣布了严格的戒酒令,黎庶百姓,不许酗酒滋事;各级官吏,不论在职退休,更不能借助权力赶赴酒宴享乐。而这样的硬性规定与具体措施,体现出了周公乱世出重典的伟大思想,于国于民都有警戒意义。

晚上歇息公馆,周公竟然夜不能寐,于是,他端坐在灯下,浮想联翩,思索再三,起身来到姬封官邸,彻夜长谈,跟随的史佚,将此次谈话记录下来,便是流传后世的《酒诰》:

明大命于妹邦。乃穆考文王,肇国在西土。厥诰毖庶邦庶士越少正御事朝夕曰:"祀兹酒。"惟天降命,肇我民,惟元祀。天降威,我民用大乱丧德,亦罔非酒惟行。越小大邦用丧,亦罔非酒惟辜。文王诰教小子有正有事,无彝酒;越庶国,饮惟祀,德将无醉。惟曰,我民迪小子惟土物爱,厥心臧。聪听祖考之彝训,越小大德!小子惟一妹土,嗣尔股肱,纯其艺黍稷,奔走事厥考厥长。肇牵车牛,远服贾用,孝养厥父母;厥父母庆,自洗腆,致用酒。庶士有正越庶伯君子,其尔典听予教!尔大克羞耇惟君,尔乃饮食醉饱。丕惟曰,尔克永观省,作稽中德,尔尚克羞馈祀。尔乃自介用逸,兹乃允惟王正事之臣。兹亦惟天若元德,永不忘在王家。

封,我西土棐徂邦君御事小子,尚克用文王教,不腆于酒。故我至于今克受殷之命。

封,我闻惟曰:'在昔殷先哲王迪畏天显小民,经德秉哲,自成汤咸至于帝乙,成王畏相惟御事,厥棐有恭,不敢自暇自逸,矧曰,其敢崇饮?越在外服,侯甸男卫邦伯;越在内服,百僚庶尹惟亚惟服、宗工越百姓里居,罔敢湎于酒,不惟不敢,亦不暇,惟助成王德显越,尹人祗辟。'我闻亦惟曰:"在今后嗣王,酣,身厥命,罔显于民祗,保越怨不易。诞惟厥纵,淫泆于非彝,用燕丧威仪,民罔不蠹伤心。惟荒腆于酒,不惟自息乃逸。厥心疾很,不克畏死。辜在商邑,越殷国灭,无罹。弗惟德馨香祀,登闻

第五十九章　势如破竹东征伐敌顽　天下归心众星拱月明

于天;诞惟民怨,庶群自酒,腥闻在上。故天降丧于殷,罔爱于殷,惟逸。天非虐,惟民自速辜。"

封,予不惟若兹多诰。古人有言曰:'人无于水监,当于民监。'今惟殷坠厥命,我其可不大监抚于时!予惟曰,汝劼毖殷献臣,侯甸男卫,矧太史友、内史友、越献臣百宗工,矧惟尔事、服休服采,矧惟若畴、圻父薄违、农父若保、宏父定辟:'矧汝刚制于酒!'厥或诰曰:"群饮。"汝勿佚,尽执拘以归于周,予其杀。又惟殷之迪诸臣惟工,乃湎于酒,勿庸杀之,姑惟教之。有斯明享,乃不用我教辞,惟我一人弗恤弗蠲,乃事时同于杀。

封,汝典听予毖,勿辩乃司民湎于酒。

商周时代,人们的娱乐生活极其匮乏,饮酒是人们十分难得的娱乐方式之一。以游牧为生且商业文明发达的商代,酒风之强悍自然不难想象。周公是从历史层面以及殷纣灭亡之教训,告诫姬封治下一定不能任酗酒恶习蔓延之。但是,《酒诰》对于酗酒的限制,主要体现在对群饮的严格控制。而事实上周朝并非完全禁酒,而是在提倡树立和弘扬优良的酒风。周王朝虽然有意遏制酒风,但出于礼仪的需要,并没有摒弃对于酒文化的传承和发展。

《酒诰》是我国第一部用政治意识形态思维方式,对饮酒行为与国家政治问题关系进行系统清理思考的重要历史文献,更体现了周公向臣民昭示其天意政治和神权法制思想的伟大宣言。它虽然是一部与酒直接相关的历史文献,追慕先王,发扬仁德;以史为鉴,未雨绸缪;宽猛相济,先教后诛;最后,约束各级重权在握的官吏,以身作则,不得以权谋私。并可以此窥见周公明确无误的政治主张,借禁酒而推动清正廉洁的政风政务:一是基业初定,周公希望构建一个稳定发展的社会和谐之环境,而商末周初,好酒滥饮之风太盛,遂成为社会稳定一大隐患;二是塑造周朝重视农勤、仁德保民、节俭孝道之统治者良好的形象,并确立全新的政治秩序和道德规范;三是周王朝以农业起家,希望以农业立国,因此对粮食格外重视;最后是以潜意识形态教化殷商遗民,使其逐步蜕变为周天子之"新民"。

在《酒诰》中,周公反复告诫各级官吏,一定要汲取殷商酗酒亡国的历史教训,并对殷商的"崇饮"风尚严加申斥,认为"庶群自酒,腥闻在上,故天降丧于殷"。因此,他不希望"惟荒腆于酒,不惟自息乃逸"。与此同时,周公不但制定严厉的法令,对官吏和百姓"群饮"施以重刑,"尽执拘以归于周,予其杀"。而且告诫官吏专心政事,要"惟助成王德显越",不要"自暇自逸",更不可"缅于酒"。周公甚至将饮酒列为对官员考察的重要项目,认为勤勉政事的官员"不惟不敢,亦不暇"。西周统治者在推翻商代的统治之后,发布了中国最早的禁酒令《酒诰》。规定不可以经常饮酒,只有祭祀时,才能饮酒。对于那些聚众饮酒的人,抓起来杀掉。在这种情况下,西周初中

· 395 ·

期,酗酒的风气才有所收敛。这点可从出土的器物中,酒器所占的比重减少得到证明。《酒诰》可归结为,无彝酒,执群饮,戒缅酒,并认为酒是大乱丧德,亡国的根源。这构成了中国禁酒的主导思想之一。成为后世人们引经据典的典范。西汉前期实行"禁群饮"的制度,相国萧何制定的律令规定:"三人以上无故群饮酒,罚金四两"。禁止群饮,这实际上是根据《酒诰》而制定的。

所谓禁酒,顾名思义即由政府下令禁止酒的生产、流通和消费。其主要目的是:减少粮食的大量消耗,备战备荒。而防止沉湎于酒,伤德败性,引来杀身之祸,禁止百官酒后狂言,议论朝政。这主要是针对统治者本身而言。禁止群饮,在古代主要是为了防止民众聚众闹事。由于酒特有的引诱力,一些贵族们沉湎于酒,成为了严重的社会问题,最高统治者从维护本身的利益出发,不得不采取禁酒措施。在中国历史上,夏禹可能是最早提出禁酒的帝王。相传"帝女令仪狄作酒而美,进之禹,禹饮而甘之,遂疏仪狄而绝旨酒。曰,后世必有以酒亡其国者。"(《战国策·魏策二》)显而易见,我们可以把"绝旨酒"理解为自己不饮酒,但作为最高统治者,"绝旨酒"的目的大概不仅仅局限于此,而是表明自己要以身作则,不被美酒所诱惑焉。同时,大约也包含有禁止民众过度饮酒的想法。而夏商的两代末君,都是因为酒而引来杀身之祸而亡国的。从史料记载以及出土的大量酒器来看,夏商二代统治者饮酒的风气十分盛行。夏桀"作瑶台,罢民力,殚民财,为酒池糟纵靡靡之乐,一鼓而牛饮者三千人"。夏桀最后被商汤所放逐耶。

周军凯旋到达洛邑,歇息一日,周公遂将此次战役之中俘获的所有战俘,统统编入修筑东都城池建设队伍之中。夤夜时分,天空繁星闪烁,他依然担心朝歌之安危,遂在军帐内浮想联翩,姬封为人豪爽,处事果断,却有意气用事之担忧耶。当初康叔就任卫国时,周公曾经与他进行过一次长谈。为此,他决定再给康叔写一封信,将其缜密的思考与管理国政理念尽叙其中,后经史佚予以整理,名曰《周书·康诰》:

孟侯,予其弟,小子封。惟乃丕显考文王,克明德慎罚;不敢侮鳏寡,庸庸,祗祗,威威,显民,用肇造我区夏,越我一、二邦以修我西土。惟时怙冒,闻于上帝,帝休,天乃大命文王。殪戎殷,诞受厥命越厥邦民,惟时叙,乃寡兄勖。肆汝小子封在兹东土。

呜呼!封,汝念哉!今民将在祗遹乃文考,绍闻衣德言。往敷求于殷先哲王用保乂民,汝丕远惟商耇成人宅心知训。别求闻由古先哲王用康保民。宏于天,若德裕乃身,不废在王命!

呜呼!小子封,恫瘝乃身,敬哉!天畏棐忱;民情大可见,小人难保。往尽乃心,无康好逸豫,乃其乂民。我闻曰:"怨不在大,亦不在小;惠不惠,懋不懋。"已!汝惟小子,乃服惟弘王应保殷民,亦惟助王宅天命,作新民。

呜呼!封,敬明乃罚。人有小罪,非眚,乃惟终自作不典;式尔,有厥罪小,乃不

第五十九章 势如破竹东征伐敌顽 天下归心众星拱月明

可不杀。乃有大罪,非终,乃惟眚灾;适尔,既道极厥辜,时乃不可杀。

呜呼！封,有叙时,乃大明服,惟民其敕懋和。若有疾,惟民其毕弃咎;若保赤子,惟民其康乂。非汝封刑人杀人,无或刑人杀人。非汝封又曰,劓刵人,无或劓刵人。

外事,汝陈时臬司师,兹殷罚有伦。"又曰："要囚,服念五六日至于旬时,丕蔽要囚。

汝陈时臬事罚。蔽殷彝,用其义刑义杀,勿庸以次汝封。乃汝尽逊曰,时叙,惟曰,未有逊事。已！汝惟小子,未其有若汝封之心。予心予德,惟乃知。凡民自得罪：寇攘奸宄,杀越人于货,暋不畏死,罔弗憝。

封,元恶大憝,矧惟不孝不友。子弗祗服厥父事,大伤厥考心;于父不能字厥子,乃疾厥子。于弟弗念天显,乃弗克恭厥兄;兄亦不念鞠子哀,大不友于弟。惟吊兹,不于我政人得罪,天惟与我民彝大泯乱。曰：乃其速由文王作罚,刑兹无赦。不率大戛,矧惟外庶子、训人惟厥正人越小臣、诸节。乃别播敷造民,大誉弗念弗庸,瘝厥君;时乃引恶,惟朕憝。已！汝乃其速由兹义率杀。亦惟君惟长,不能厥家人越厥小臣、外正;惟威惟虐,大放王命;乃非德用乂。汝亦罔不克敬典,乃由裕民,惟文王之敬忌;乃裕民曰："我惟有及。"则予一人以怿。

封,爽惟民迪吉康。我时其惟殷先哲王德,用康乂民作求。矧今民罔迪,不适;不迪,则罔政在厥邦。

封,予惟不可不监,告汝德之说于罚之行。今惟民不静,未戾厥心,迪屡未同,爽惟天其罚殛我,我其不怨。惟厥罪无在大,亦无在多,矧曰其尚显闻于天。

呜呼！封,敬哉！无作怨,勿用非谋非彝蔽时忱。丕则敏德,用康乃心,顾乃德,远乃猷,裕乃以;民宁,不汝瑕殄。

呜呼！肆！汝小子封。惟命不于常,汝念哉！无我殄享,明乃服命,高乃听,用康乂民。

往哉！封,勿替敬,典听予告,汝乃以殷民世享。

周公强调的"慎罚",即使用刑罚时一定要慎之又慎：施行刑罚既要看罪行大小,还要看作案之动机;重罚故意犯罪且不思悔改者,适当处罚过失犯罪且愿意悔改者;惩罚罪犯的目的是惩前毖后,治病救人;执政者亲自掌握刑罚尺度,以确保刑罚的权威性;判决时要实事求是,要慎重多虑;不能感情用事,以自己的意愿来代替刑罚。

显然,周公的这些观点很有点现代意味,并且是有意识地把刑罚作为维护统治的手段。更值得赞赏的是他强调不能用"人治"来代替"法律",也就是说要讲究规则,按法律办事,不管统治者个人是否喜欢,犯了规就得处罚。周公推行"德政",辅之以法律手段,为他赢得了前所未有的累世美名。

大周原

　　成王闻知周公及东征大军凯旋归来,亲率召公及文武百官倾城而出,在镐京朝阳门外迎接。镐京城内十里长街,人头攒动,锣鼓喧天,红旗招展,盛况空前。此次东征浴血奋战,是周国建立以来取得的一次重大胜利,它奠定并夯实了"成康盛世"之可靠基础,使危机四伏的周王朝从此摆脱四面临敌之困境,真正地实现了几代先王一统天下之梦想,走上文明健康的发展之快车道。

　　鉴于此次东征取得的辉煌战绩,成王决定为此召开一次声势浩大的庆功大会,方国诸侯闻之,纷纷前来恭贺。周公择吉日大会八方诸侯,并借此举行大蒐典礼,请成王登上检阅台,检阅东征大军。方国诸侯见成王英气逼人,风流倜傥,举手投足,俨然彬彬有礼,温文优雅,甚觉欣慰。显而易见,这是一场征服者展示余威的胜利大会:

　　一队队列兵方队整齐划一,喊声震天;

　　一辆辆兵车方队威武雄壮,吼声如雷;

　　一排排云梯方队豪气冲天,整齐有序;

　　一溜溜骑兵方队战马嘶鸣,铁蹄铿锵……

　　而以周公为主、召公为辅建设的东都洛邑,历经十个多月快马加鞭地奋战,业已完工。《尚书·召诰》记载了召公向成王禀报洛邑营建的开始:

　　惟二月既望,越六日乙未,王朝步自周,则至于丰。惟太保先周公相宅。越若来三月,惟丙午朏。越三日戊申,太保朝至于洛,卜宅。厥既得卜,则经营。越三日庚戌,太保乃以庶殷攻位于洛,越五日甲寅,位成。若翼日乙卯,周公朝至于洛,则达观于新邑营。越三日丁巳,用牲于郊,牛二,越翼日戊午,乃社于新邑,牛一,羊一,豕一。越七日甲子,周公乃朝用书命庶殷侯甸男邦伯。厥既命殷庶,庶殷丕作。

　　《尚书·洛诰》亦记载了周公向成王汇报占卜的过程:"予惟乙卯,朝至于洛师。我卜河朔黎水,我乃卜涧水东、瀍水西,惟洛食;我又卜瀍水东,亦惟洛食。"由此可见,周公在对整个洛邑地区详细考察以后,通过占卜,修正了原来武王在洛汭与伊汭之间建邑之设想,而把新邑确定在洛水和瀍水交汇的地方。

　　东都洛邑建设速度极快,当年二月奠基动工,十二月业已竣工建成,真乃是华夏历史上大干快上、进展神速的都市建设工程。《逸周书·作洛解》载之:

　　城方千七百二十丈,郭方七百里。南系于洛水,北因于郏山,以为天下之大凑。制郊甸方六百里,因西土为方千里。分以百县,县有四郡,郡有四鄙。大县立城,方王城三之一;小县立城,方王城九之一。都鄙不过百室,以便野事。农居鄙,得以庶士;士居国家,得以诸公、大夫。凡工贾胥市臣扑,州里俾无交为。乃设丘兆于南郊,以上帝,配祀后稷,日月星辰,先王皆与食。封人社壝,诸侯受命于周,乃建大社于周中,其壝东青土,南赤土,西白土,北骊土,中央冒以黄土。将建诸侯,凿取其方一面

第五十九章　势如破竹东征伐故顽　天下归心众星拱月明

之土,橐以黄土,苴以白茅,以为社之封,故曰:受列土于周室。乃位五宫:大庙、宗宫、考宫、路寝、明堂。咸有四阿、反坫。重亢、重郎、常累、复格、藻梲。设移、旅楹、春常,画旅、内阶、玄阶、堤唐、山廇、应门、库台、玄闱。

另载,"周公敬念于后曰:予畏周室克追,俾中天下。及将致政,乃作大邑成周于土中。"一个"敬"字,承上启下,武王遗愿未了,周公继往开来,遂建都城于"居阳无固"之处,"有德易兴,无德易亡",并殷切告慰后世万不可固步自封,切不可睥睨天下,更不能丢弃德治,肆意妄为焉。

洛邑建成以后,周成王来到洛邑视察并举行了冬祭以表示庆贺,召公令各方诸侯前来朝贺,他向成王和周公奉献了玉璋、大弓等礼品。召公向成王献营建洛邑词曰:"上苍让你做黎民之元首,请接受老天赐你的神圣职责。殷纣无道,万民哀号。上天怜悯苍生,把天下托付盛德的文王、武王。今王嗣位,宜勉修德政,以祈不负上天重托,不废先王之功业。王上虽然年幼,但为国之元首,望能和治民众。今王上迁宅于洛邑,亲理朝政,动静语默,均须持重,应敬重德行,躬行德教。上天将根据帝王的德行赐智慧,赐吉凶,赐享国期限。我王初据新都,更应崇尚美德,祈求上天赐予永久的治理天下的使命。今我率众邦君长,入朝进贺,并非慰劳君王,只是供奉礼品,献祭于上天,使姬姓王位世代相传,永无止期矣。"

"六爸,我还年轻,确实需要你的辅佐。希望公发扬伟大的功德,使我顺当地继承文王、武王之宏伟事业,以奉答上帝的教诲,使四方百姓和悦,继而定都在洛邑,再适时隆重举行大礼,有条不紊地举办好盛大之祭祀。"周成王郑重其事地对召公曰道,"公之功德光照天地,勤劳施于四方,普遍推行美好的政事,虽遭横逆而不迷乱。文武百官努力实行你的教化,我这年轻人尽早慎重进行祭祀好了。"

成王在洛邑举行祭祀大典之时,周公曰道:"王上,新都洛邑已成,它将是你始作万民明君之地。在那里,你将首次奉行隆重礼仪,在洛邑举行祭祀大典,这一切都已经有条不紊地进行了安排。"成王答道:"四爸,请你勤勉辅佐我这个年轻人,指示我弘扬文王、武王之功业,奉答天命,和抚万民,居于洛邑,举行大典。叔父之谆谆教诲,我岂敢不顺从。"

成王七年,即公元前1037年,周公经过深思熟虑,决定将政务全部归还于成王。当他将此想法告诉召公之时,召公依然认为百事待兴,是否往后推一段时间,再移交权力不迟。周公坦然曰道:"长江后浪推前浪,一代更比一代强。我们倘若紧握权柄不撒手,姬诵永远都有依赖之心,亦放不开手脚来实现自己心目中之远大梦想。假如我们总是在一旁说三道四,横挑鼻子竖挑眼,长此以往,必然于国于民都不利耶。"

召公觉得还是周公高屋建瓴,一语道破真谛,遂勉强地同意他还政于成王。当周公将此想法禀报成王之时,却遭到他的极力反对。成王再三辞让,希望叔父代理国政,继续为周国掌舵远航。周公态度诚恳坚决,成王真心实意,一时陷入困顿之中。召公眼见得长期僵持下去,必然对国家政局不利,遂反复规劝成王亲政临朝,接掌周国权柄,从此勤政为民,大展宏图。周公还政于成王,顿觉身心轻松许多。

朝贺已毕,成王率满朝公卿、众邦君长在洛邑举行冬祭,时在周公摄政七年十二月十二日。次年正月初一,成王以朝享之礼献祭于文王、武王之庙,禀告嗣位大事。在文王庙、武王庙各献一头赤色牛。成王入太庙,献酒于先王之灵。至此,成王方才彻底地完成了迁都和亲政大礼。

于是,周成王安排周公继续居住在洛邑,主持政务。他对周公曰道:"命公后。四方迪乱未定,于宗礼亦未克敉,公功迪将,其后监我士师工,诞保文武爱民,乱为四辅。"

此为所谓的"周、召分陕而治",即以陕原(今河南三门峡市陕州区)为界,周公留守成周,主政陕东;周公遂将在镐京辅佐成王的重任交给召公,主政陕西,清正廉洁,勤政爱民,甚得民和,英名万古流芳。

借此机会,成王对宗族小子何进行训诰道:"何的先父公氏追随文王,文王受上天大命统治天下。武王灭商后就告祭于天,将以洛邑作为天下的中心,统治民众。你们这些后辈要记住祖先的荫福。"此后,一直跟随周公修建洛邑的姬姓何公后人,为纪念先祖功德,特意制造一尊造型浑厚,工艺精美的青铜器"何尊",圆口棱方体,长颈,腹微鼓,高圈足,腹足有高浮雕兽面纹,角端突出于器表,体侧并有四道扉棱。其铭文曰:"唯王初壅,宅于成周。复禀(逢)王礼福,自(躬亲)天。在四月丙戌,王诰宗小子于京室,曰:'昔在尔考公氏,克逑文王,肆文王受兹命。唯武王既克大邑商,则廷告于天,曰:余其宅兹中国,自兹乂民。呜呼!尔有虽小子无识,视于公氏,有勋于天,彻命。敬享哉!'唯王恭德裕天,训我不敏。王咸诰。何赐贝卅朋,用作庚公宝尊彝。唯王五祀。"至此,"中国"一词,横空出世焉。

此后,为敬重周之先王创业之艰辛,遂将洛邑称之为"成周",则为"王业告成"之意;镐京称之为"宗周",岐山周原称之为"岐周",即是区分,又是传承有序。

周公留守成周之时,"恐成王壮,治有所淫佚",深谋远虑,乃作《多士》以训戒殷商旧臣安分守己,勿要无事生非;乃作《无逸》以训戒成王尚需殚精竭虑,勤政爱民。此两篇文稿中阐述的所谓"上帝引逸",则是举例以夏商周兴亡的历史说明,凡是不节制游乐,上帝必然废其命耶;且又以帝王在位的时间长短,来证明"不逸"就能位长寿高耶,"生则逸"则会昙花一现耶;继而说明"无逸"方能"知稼穑之艰难","知小人之依",才会"怀保小民",得到百姓一致地拥护,执政之权因此牢不可破,和谐社会则能长治久安矣。而召公此前提出的"玩人丧德,玩物丧志。志以道守,言以道接。不作无益害有益,功乃成;不贵异物贱用物,民乃足"之鲜明观点,与周公的主张不谋而

第五十九章　势如破竹东征伐敌顽　天下归心众星拱月明

合,仿佛双星闪耀,熠熠生辉焉。

周公在成周苦心经营,政绩卓著,天下逐步安定,其次子君陈接替他的留守成周之职责。周公返回丰镐,稍作歇息,成王便委托其针对官吏之间职责不明,相互推诿扯皮,效率低下,制定应对之策。《史记·鲁周公世家》载:"成王在丰,天下已定,周之官政未次序,于是周公作《周官》,官别其官;作《立政》,以便百姓说。"在《立政》中,周公设立了官僚体系的基本框架,即在中央设立常事、准人、牧夫三事官,并提出了任官的基本原则:"其勿以憸人,其惟吉士。用劢相我国家。"即勿用贪利奸佞小人,启用贤良达人;而君主对国家之统治,要宏观管理,教育训导,抓大放小,不在具体细节与做法之上纠缠,知人善任,任他们放手大胆地负责其所辖具体业务。

一日,周公闲来无事,蓦地想起几年未见的微子,亦不知他在镐京过得怎样?他一人寻访到微子的住处,两人相见甚欢,喜不自禁。微子自从逃离朝歌在镐京东郊住宿以来,衣食无忧,悉心整理殷商史料,过了几年舒心日子。周公问曰:"先生知识渊博,通晓夏商典章制度,乃天下第一。我想请先生继续担任大周史官——掌监邦之六典,掌邦国都鄙及万民之治令,掌邦国之志,尊系世,辨昭穆,掌十有二岁,十有二月,十有二辰,十日,二十八星之位,掌天星,以志星辰日月之变动,以观天下之迁,辨其吉凶耶。予贸然敬请,不知先生意下如何?"微子连忙起身致谢,答道:"老夫食周俸禄,理当全力奉献才是。"周公闻听此言,愈加欢欣。于是,他借此建议微子迁徙周原故地,别离镐京繁杂之国都,安心致志地整理史料矣。微子闻听此言之后,一时愣怔,眉头微微一跳,随即低下头去。周公看在眼里,轻舒一口气,继而笑道:"请先生不必多心,若是为此不愿迁徙周原,予绝无强迫之意。"微子随即苦笑一声:"亡国之臣,焉有讨价还价资质否?"周公随即朗声笑道:"看来先生真的误会了。我亦决定返回周原凤凰山下之官邸,倘若如此,咱们今后相互交流则方便多矣。"微子登时又是一愣怔,脸色略显难堪,只得自嘲一句:"这样的话,可真有点出乎意料了。"几日后,微子与家人一起,高高兴兴的来到周原,周公将其妥善安置,以五十颂处。颂即容,指的是礼容、威仪,五十颂就是五十种威仪,虽然与《礼仪·中庸》中所记载的"礼仪三百,威仪三千"数目尚有较大差距。但是,微子凭此"五十颂",其子孙依次长久地以"掌威仪"为官,善始善终。今周原地区的殷家庄一带,当为微子当年之居住地。

周公返回周原之后,在其故地官邸院落里一边休闲,一边对缴获的历代经典著作及殷商的兴衰史,展开进一步地研究和总结。正在这时,李利贞因有法律之事请教于周公,便从镐京赶到周原的凤凰山麓之下的周公府邸,在门外不远处正好碰见行色匆匆的周公。李利贞下马作揖拜见,周公喜出望外,连忙招呼李利贞进屋歇息,两人分坐两旁,家人沏茶上来,周公眯着眼睛观察片刻,只见得他帅气逼人,干练精明,好一个英烈之后生。李利贞喝完茶,抬头却见周公静目注视着自己,登时面颊绯红,腼腆地笑一笑,低下头去。周公微笑道:"我今日要去处理一件公案,不知你是否有兴趣?"李利贞眉头一扬,欣然道:"好。我最近正遇到几家农人为牲畜诉讼,还有几桩土地纠纷案件亟待处置,正要请示恩公如何处理此类案件的。"周公"嗯"了一声,笑道:"这真是瞌睡遇到枕头了。咱们且去现场办案如何?"

两人一起走出家门,边走边聊,不觉间走出三里多路,远远看见村外有两个农人拉拉扯扯,走近一看,他们吵闹得面红耳赤,争执得不亦乐乎。原来,两家近邻而居,亦有二十多年矣。农忙时两人相互帮忙,农闲时一起放牛,彼此和睦相处。昨日傍晚时分,两头牛不知何故,蓦然发起牛脾气来,彼此犄角相顶,一时牴斗得难分难解,登时尘土飞扬,地动山摇一般惨烈。两个农人慌了手脚,甩着皮鞭抽打,丝毫不起作用。这样的缠斗进行了半个多时辰,终于一头体衰的牛被另一头健硕的牛牴翻在地,两只坚硬的牴角洞穿了跌倒在地的那头牛的腹部,鲜血如注,不一会儿就断气毙命。得胜的农人扬眉吐气,死了牛的农人却认为自己吃了亏,两人协商不成,公说公有理,婆说婆有理,为赔偿之事吵得不可开交,无奈之际,遂派家人请周公断案。牛是农人的宝贝,这事马虎不得。所以,周公今日特别是为此事而来的。两个农人瞅见周公来临,立马走到周公面前,各自诉说理由,争吵得一塌糊涂。

李利贞觉得脑袋都被他们吵大了,耳朵里嗡嗡鸣叫,仿佛钻进去一窝苍蝇。

周公笑道:"牛死不可生,活人还得活。你们针尖对麦芒,二人各不相让,这样吵闹下去,总不是办法。"两个农人相互对视一眼,气呼呼地低下头去。周公接着言道:"周原民风淳厚,邑民深重礼仪,左邻右舍相助,同心同德久矣。我提议解决此事一法,不知二位可否听从?"死了牛的农人赶紧表态:"愿闻其详。"周公转脸询问牛活着的农人:"你意下如何?"愣怔着的农人方才明白过来,连忙答道:"愿听从大人裁定。"周公先看一眼李利贞,接着又看一眼两位农人,转身捡起一根树枝,在地上写下四句话:"两牛相争,各有责任,活牛合用,死牛平分。"

两个农人如梦方醒,连连作揖拜谢,和和气气回家去了。李利贞耳闻目睹,更是茅塞顿开,如饮甘霖。返回路上,周公一一讲解此案和解之缘由。所谓民事纠纷,当以调解为上策;所谓法律条文,貌似冷酷无情,其实仍然当以教化感悟为重点;凡是利益之争,断案人不偏不倚,方能化解难题;倘若遇到棘手案件,断案人宛若层层剥茧抽丝一般,悉心察之,做到心中有数,定能寻找出判案之端倪耶。

回到府邸,李利贞便急着要赶回镐京,他抱拳拜别之时,赞誉道:"此次来到周原,尤其是镐京周边村民土地之争执,我多日无解。小生今日目睹先生断案之风采,三生有幸也!"周公夸奖道:"愿你为我大周法律逐步健全,殚精竭虑矣。"两人握手言别,不提。

一片绿茵茵的植被覆盖之下的官邸坐北朝南,松柏参天,绿槐蔽日,三面环山,

第五十九章　势如破竹东征伐敌顽　天下归心众星拱月明

地呈凹形,形似卧蟾,仿佛簸箕一般敞开着,欣欣然爽朗无尘。这一日清晨,他徒步登上凤凰山,站在山顶之上,但见足下云烟氤氲,紫气缭绕,荫着一片绿意,任意地散漫着,不由得触景生情,感慨万千:统治阶级不安其分,违背民意,强行推行所谓政策及倚重政绩矣。凡天子骄奢淫逸者也,不思进取,必然失去人心;方国诸侯贪得无厌,进犯邻国四邻,必然引起区域内不和谐,震荡不安;文武百官相互掣肘,卿大夫互不服气,则国政必陷于扯皮推诿之中,办事效率不高,黎庶百姓以追求金钱至上,社会层面必然铜臭气熏天,致使道德水平低下,伦理纲常沦丧,精神堤岸坍塌,必将国将不国,民将不民……有鉴于如此种种弊端,必须要制礼作乐,重新确立道德规范准则,即给自天子而下之所有人确立名分。

一渠泉水叮咚,清澈如镜,味甘如醴,悄然流淌出庭院矣。

有诗二首赞曰:

　　　　北山之麓有涌泉,渺渺淙淙亿万年。
　　　　公宰殚精竭虑时,灵兮凤鸟舞蹁跹。

　　　　一泓岐水净年芳,剔透晶莹玉液香。
　　　　潺潺流泉伴礼乐,缘得地久与天长。

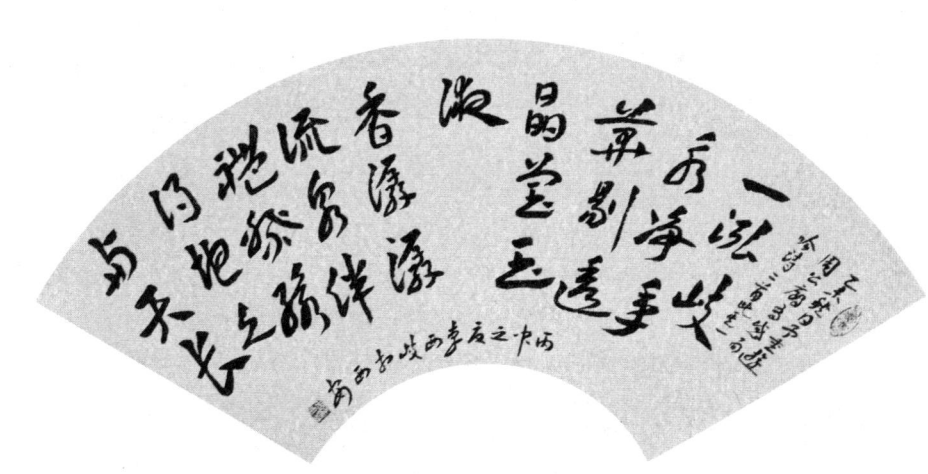

归隐图

第六十章

封邦建国天下安宁　姬氏一族长盛不衰

　　周之政权经济基础是农耕业，采邑是它的基层里社组织。周人则以采邑为单位，举行大蒐礼。作为一种训练农人为兵士的军事守则与手段，大蒐礼在仲春的训练称之为"振旅"，仲夏为"茇舍"，仲秋为"治兵"，仲冬为"大阅"。平时军训，当以村社为单位，举旗来校场参训；战时号令之下，采邑之农人则即可编入军队，上阵杀敌。此为姬氏一族迁徙周原之后，秉承公刘时代且已实行的平时务农、战时为兵的采邑制度，成为岐周政权在周原迅速崛起，并且逐步强大进而灭商的秘诀之一。

　　周公承秉武王遗志，从统治天下及国泰民安之大局出发，经与召公反复商议，遂建议成王承继武王自灭纣大业已成，即推行一以贯之采邑分封诸侯的基础之上，再次大规模地实行分封诸侯——"封邦建国"。而关中是周王朝的京畿，武王克殷与周公东征以后获得的晋南、豫西及豫北这些殷商旧畿，因为灭商而使得新旧两个王畿合二为一，从而形成"京畿千里"之广袤盛景耶。为了有力地统治这一物产丰富的直辖区域，成王与周公决定只设采邑，不再建立新的方国。

　　如果溯源，分封采邑之举，则从姬昌被封为西伯侯之时，业已开始实行。姬昌封姬旦于周、姬奭于召、姬度于蔡等等，当为最初的分封采邑之地。随着武王姬发迁徙丰京后地盘的不断扩大，尤其是灭纣之后，业已开始广泛地实施分封制，期间，原先分封的采邑亦是多次改变。武王审时度势，为安抚殷商子民，允许纣王之子武庚保存商祀，封于殷，都朝歌。为监视武庚行动，以防其犯上作乱。

　　封文王第三子姬鲜于管（今河南郑州市），叔鲜子孙初称管氏，其后人以国为姓，乃管姓之正脉也。另一支则是周文王第六世孙周穆王之庶子，亦曾受封与管，裔孙有管氏，如管仲等名士。

　　封文王第五子姬度于蔡（最初封地应在岐山蔡家坡一带，后在今河南上蔡、新蔡一带），他因参与叛乱遭放逐。蔡叔后来见周公还政于成王，想到自己听信谣言，险

大周原

些断送姬周江山，悔恨交加，羞愧难当，经常噩梦缠身，每每半夜惊醒，没过多久便大病不起，撒手人寰矣。周公闻此噩耗大哭一场，将蔡叔次子蔡仲留在身边，作为卿士。许久，见蔡仲行事谨慎，忠于职守，奏请成王让他作蔡国之君，成王念旧情仍封其于蔡，蔡仲之子姬胡等后人改以国为氏，乃天下蔡姓之正脉也。

封文王第八子姬处于霍（今山西省霍州市西南一带），因其参与叛乱被贬为庶人，后因周公建言由其子继任霍君，其后人以国为姓，乃霍姓之正脉也。

管、蔡、霍，此乃周初所谓"三监"也。

封文王第四子周公姬旦于鲁，太公望姜尚于齐，借以监视位于东方之残余势力；封召公姬奭于燕，以统驭北方领土。后来因为武王沉疴难起，周公和召公滞留镐京，协助武王处理朝政。武王病逝，成王年幼，于是周公摄政，召公辅政，二人未曾就国，由他们长子伯禽在鲁（今山东省曲阜市一带）、姬克于燕（今北京市西南一带）建国。

周公姬旦长子伯禽成为鲁国开国君主，其后人以国为姓，乃鲁姓之正脉也。此一脉有施、汪、费、臧、展、柳、季、颜、惠、郎、东野、梁其、公孙、叔孙等200余姓。天下孟氏源自姬姓，一支出于周公，为山东孟氏；一支出于康叔，为河南孟氏。二者皆为周文王之后裔矣。伯禽的裔孙之中，有人在鲁国担任大夫之职，并被封于秦（今河南省范县旧城南），子孙中一支以封邑为氏，即秦氏正脉也。伯禽后裔在鲁国任大夫，以党为氏。另据考证，孟母仉氏，即鲁党氏分支而出。此一脉中还有朗、众、彊、隐、宣、桂、庄、东门、闵、僖、弓、公、为、符、缪之姓也；周公第二子曰伯羽，为周京畿内诸侯，是周姓源头耶；周公第三子曰伯翀，被成王分封于凡（今河南辉县西南）其后始有凡氏；周公第四子伯（翎）龄，因在周公南征中战功卓著，在成王时受封于蒋国（今河南省固始县蒋集），称为蒋伯，其子孙以蒋为氏，乃天下蒋姓之正脉也，此一姓中还有定等姓氏；周公第五子伯翔在周公北征中英勇善战，最初的封地在雍（今陕西省凤翔县城以南一带），由于刑侯率军平叛到了觝地，康王时被改封邢于此，（国都在今河北省邢台一带），又称刑伯，其子孙遂以国为姓，乃刑姓之正脉也；周公第六子伯盼，在周公东征中屡建奇功，被封于茅国（今山东省金乡县茅乡），其子孙以国为姓矣；周公第七子伯骹，成王封于胙城，为胙伯，作畿内侯。胙国故地在今河南辉县境内，即原延津县胙城乡，后裔以胙为姓矣；周公第八子伯翔，成王时受封于祭（今河南省郑州市金水区祭城乡与中牟县一带），又称祭伯，为周畿内之邑（今河南郑州郊区东祭伯城），子孙以国为氏，始称祭氏。因曾任周太宰，子孙即有宰、宰父、赞、谋、茆、訾、足等姓氏。另外，源自周公后裔姓氏的衍生，此脉中还有友、引、节、艺、旦、有、后、庆、防、忌、尾、奇、杲、充、弥、秋、哀、富、勤、衡、襄、麴、南宫、端木等74个姓。

封文王第六子召公姬奭于燕，因其辅佐武王在京城一直无暇就国，其长子姬克便成为第一代燕侯也。据1986年出土于北京琉璃河的克罍铭文记载：姬克曾朝见成

第六十章 封邦建国天下安宁 姬氏一族长盛不衰

王,向成王盟誓后受封为燕侯,并给予其羌、马、驭、微等殷民之六族,成为此后燕国的国民。其后势力发展至辽左,东北的肃慎遂臣服于周王朝。姬克后人则以国为姓,乃燕姓之正脉也;而姬奭最初采邑于召(今陕西省岐山县西南部),其子孙世袭召公爵位,并以食邑为姓,称召氏。召地后来被秦国侵占吞并,失去封地之子孙为怀念故土,在召字偏旁加邑字,合并为邵氏焉。召公后裔之中,还有以奭为姓,称奭氏。在西汉时为避讳汉元帝刘奭,改为盛氏。其来源还有一说:召公夫人姜氏出游池上,见二黑龙交会甚欢,欷然不乐,遂有妊娠,生子有文在手曰盛,因而氏之。盛十八岁被封为谯侯,其地谯国(今安徽省亳州市),子孙中有一支以谯为氏。

文王第七子振铎,受封于曹国(今山东省定陶县西南),始称曹叔振铎,子孙以国为氏,乃曹姓之正脉也。另有振铎之支庶食采于卞,后裔称卞氏。

文王第九子叔封,受封在殷圩(今河南省汲县一带,即《诗经》中所指之邶国)建立卫国,人称卫康叔。他勤政爱民,卓有成效,死后谥号曰康,其子孙中有以谥号为姓,称康氏;还有更多子嗣则以国为姓,始称卫氏;孙姓的首要一支源自春秋时的康叔其八世孙卫武公和,他因为助周灭西戎,被周平王赐为公爵。武公儿子惠孙生子名耳,为卫国上卿,食邑于戚邑(今河南濮阳市)。耳生子名乙,字武仲,武仲以祖父的字命氏,即为孙氏,因此,他又叫孙仲。为孙姓所改的丁氏,源自三国鼎立之时的东吴,当为康叔后裔;另有一支封邑在贝(今河北省南宫市),子孙始称贝氏。此一脉中还有常、凌、冰、鹿、石、戚、宁、及、寇、商之姓也。

文王第十子季载,受封于冉(今河南省平舆县沈亭),称冉季载,子孙以冉为氏。因沈与冉古时同音,子孙后裔亦作沈氏。《唐宰相世表》曰:沈氏出自姬姓,周文王第十子聃叔季,食采于沈,汝南平舆沈亭即其地也。《沈氏族谱》记载:聃季姓姬,讳载,封于冉,食采于沈,以地为姓,娶姜氏,生三子:秘、穆、和。另:尤氏自沈氏所改之。据宋李纲所撰《梁溪漫录》载:五代王审知据闽,闽人沈姓者,避穴音,去水得尤氏;另据东汉蔡邕撰《叶氏谱序》载:叶氏之先,出自姬姓,文王子聃季之后,至沈诸梁公,生于春秋,超迈等夷,尝慕孔子之道,而不得亲灸者,由子路之不援引也,及为令尹司马,于楚有功,封于叶,因以叶为姓,生二子:重、才。

文王第十一子叔郜,受封于郜(今山东省成武县东南),郜君子孙称郜氏,亦有简写为告,称告氏。乃郜、告姓之正脉也。又一说是文王世子叔武,受封于成国(一说为今山东省宁阳县北或汶上一带,一说为今山东濮县西南,一说在鄄城和郓城之间),人称成叔武,后裔始称成氏。

文王第十二子叔郑,受封于毛(今陕西省岐山县与扶风县一带),初建毛国,伯爵,史称毛伯郑或毛叔郑。成王时任司空,因司空乃当朝三公之一,又称之为毛公。子孙世袭毛伯爵位,以国为姓,始称毛氏,乃毛姓之正脉也。

文王第十三子叔雍,受封于雍(今河南省焦作市西南),号称雍伯,子孙后裔以国为氏,乃雍姓之正脉也。

文王第十四子叔绣,受封于滕(今山东省滕州市西南),人称滕叔绣,亦称叔滕,其子孙以国为氏,乃滕姓之正脉也。

文王第十五子姬高,受封于毕国(今陕西省咸阳市东北一带),人称毕公高,其与召公等顾命大臣一起辅政,为周国立下汗马功劳。毕公高之子伯季,受封于潘邑(今陕西省西安市北部一带),后裔以潘为氏;其子孙有一支始称毕氏,乃毕姓之正脉也;其后裔有封邑在庞,便以庞为氏;其后裔之中曰毕万,因毕国被西戎攻灭而投奔晋国,成为晋献公之大夫。毕万随晋献公多次出征,屡建奇功。公元前661年,他与赵夙一起率领兵马灭掉霍、耿、魏三国。晋献公将魏(今山西省芮城县北部)封于毕万,他即以国为姓,始称魏氏,此乃魏姓之正脉,为天下之望族也;毕万之后裔中,有万、信、元氏,晋文公即位后,封其为大夫,承袭魏氏封邑。毕万后裔中的魏犨生三子,小儿魏颗,晋国猛将也,因与秦军作战有功,被晋景公封邑于令狐(今山西省临猗县西部)。魏颗之子魏颉则以封邑作姓,乃令狐氏之正脉也;毕公高后裔魏氏一脉,有曰魏长卿封邑在冯(今河南省荥阳县西部),其后裔始称冯氏,乃冯姓之正脉也。

文王第十六子叔原,受封于河内原邑(今河南省原阳县),为伯爵,人称原伯。原伯之后裔转封于先轸,号为原轸,其子孙遂以原为氏。

文王第十七子叔郇,被封于郇(今陕西省户县东部),郇君之后,子孙以国为氏,此乃郇姓之正脉也。此脉之中,后又被封邑于郇(今山西省临猗县),史称郇伯,子孙以国为氏,为郇氏。其后,去邑加草头,遂成荀氏。荀氏后裔曰荀首,春秋时受封于智(今河北省辛集市即原束鹿县),人称智庄子,子孙以食邑为姓,乃智姓之正脉也。

除上述分邦建国之外,若是从姓氏追根溯源的话,姬姓源于人文始祖黄帝,本姓公孙,名轩辕,因生于陕西岐山姬水之滨,别姓姬氏。子嗣白至后稷,帝舜时受封于邰(今陕西省杨凌区一带),子孙中有以邰为氏;后稷之孙曰鞠,有子孙以鞠为氏。至汉代,鞠谭之子鞠闷,避难温中,改性麴。麴氏之后又有后裔改姓麹氏,即今曲氏;公刘之子庆节部族留在豳都者,以邠为氏;文王东迁丰京,留在岐山周原子庶者,为岐氏;古公亶父次子仲雍留在岐山次子曰旻,以祖父字号为姓,始称古氏,此乃古姓之正脉也。文王姬昌三十代至郝王,子孙号姬氏,汉有周之南君姬嘉,唐水部郎中处逊,代居长安,开元初以玄宗嫌名,遂改姓周氏;显然,周姓最初发源于今陕西周原地区。据《元和姓纂》所载,帝喾生后稷,至太王(古公亶父)邑于周,文王以国为氏。古公亶父率领姬姓部落迁至周,建立周国。周武王克商纣,建立周朝。历经三十四王,共八百多年。到公元前256年,被齐国所灭。周王族也就沦为平民,遂以周为氏;周平王少子名烈,受封于汝南,当地人称之为"周家",其后亦有周氏;姬姓改为周姓。

第六十章 封邦建国天下安宁 姬氏一族长盛不衰

《通志氏族略》所载唐朝先天年间,唐玄宗李隆基继承皇位,为避皇帝的嫌名,遂令天下姬姓改为周姓;《新唐书宰相世系表》载:公元前256年秦始皇嬴政灭周后,周赧王姬延被黜为庶人。因其是周末君王,其裔人故为周氏。由于周初大规模分封诸侯国,周姓由西向东迁徙繁衍,广布于黄河中下游及江淮地区,成为旺族。

文王后裔之中,有叔颖受封于赖(今河南省息县),即赖氏也。叔颖生子赖惠,赖惠后裔因赖国公元前538年被楚国所灭,遂逃亡附近的傅国与罗国,子孙便以傅、罗为姓,此为赖、傅、罗姓之正脉也;文王后裔中还有子嗣名曰伯廖者,子孙遂以廖为姓;有名曰虔仁者,子孙以仁为姓也;后裔庶子中,还有一支以谥号"文"为姓者,称之为文氏。此为陕西文氏。

据不完全统计,除武王一脉流传有序之外,文王其余的子孙从姬姓中衍生的主要有以下姓氏:管、蔡、邵、召、爽、曹、卞、霍、康、卫、冉、郕、成、雍、郜、告、潘、毕、毛、魏、滕、原、鄅、郇、荀、智、季、鲁、禽、阴、颜、郎、展、柳、臧、后、施、孟、南宫、东门、西门、司马、澹台、端木、令狐、东野、梁其、公孙、叔孙、费、闵、汪、弓、宫、贡、公、公羊、羊、党、符、桂、闻、温、秋、言、郁、匡、况、凡、蒋、邢、茅、祭、汲、籍、及、訾、万、信、元、冯、常、寇、石、孙、戚、宁、蒯、南、凌、海、弘、沈、尤、燕、谯、贝、盛、奂、初、经、庞、程、席、狄、赖、傅、罗、邢、于、叶、冰、鹿、寇、商、友、有、胙、引、节、艺、旦、庆、防、忌、尾、奇、昊、兖、弥、哀、富、勤、衡、襄、鹡、彊、宣、庄、僖、为、缪、季、惠、文、仁、廖大约一百五十个姓氏。

太伯,又曰泰伯,他与仲雍为国家计,长途奔袭荆蛮之地,断发纹身,教民稼穑,被荆蛮人举为君长,并在苏州西北一带(今江苏省无锡市梅村镇)建立吴国。亦有人说太伯到此吴国后再未生子,他便将吴国王位传于仲雍。泰伯与仲雍共同成为吴姓的开基始祖。据考证,太伯在岐山曾经留有子嗣,阎姓始祖即为太伯之曾孙,因居阎乡(今山西省运城市一带),子孙称之为阎氏。又一说为周昭王姬瑕的小儿子出生后,手心即有"阎"字,当为陕西阎氏。再一说为唐叔虞后裔,为山西、河南之阎氏。阎与闫互为异体字,三脉同源,当为姬氏子孙也。

仲雍在吴地生下第三子,曰季简,遂以国为姓,始称吴氏,为江南吴氏始祖也;武王灭商之后,在江南寻找到仲雍的传人时,周章已继承父位,其为仲庸四代孙,武王便正式封周章为勾吴国君,又将周章之弟虞仲封于周原的北夏墟即虞国(今山西省平陆县北)。武王后又封虞仲之子为"宫"(tóng,音"同")国之君,宫国传数世即为晋国所灭。宫之奇原本姓姬,名之奇,为宫姓始祖;仲雍九代孙吴王柯卢,有一支以名为姓,即柯氏之正脉也;仲雍第十八代孙寿梦后裔,以寿为氏;仲雍后裔中曰盖余受封于养(今河南省沈丘县东部)为食邑,其子孙中以食邑为氏,称之为养氏;仲雍后裔中曰夫概者,其子孙为避仇改姓既氏;虞伯后裔名溪,因居于虞国百里乡,谓之百里奚,子孙以百里为氏。百里奚为秦国大夫,生儿曰子视,字孟明,世称孟明视。孟明视生二子,一曰西乞术,一曰白乙丙。白乙丙官拜秦国大夫,其后裔以字为氏,是陕西关中白氏之起源矣。其子孙中有一支还以明为氏。仲雍后裔之仲山甫,因辅佐周宣王南征北战,战功卓著,被周宣王封于樊(一说为河南省济源市西南;一说为陕西省长安区西南),称之为樊侯,其子孙以樊为氏。仲山甫后裔樊皮,春秋时任周朝大夫,其子孙以皮为氏。还有一支为避仇,因而改姓种矣。

又一说是季历次子姬仲,武王灭商后被封于东虢(今河南省荥阳县虎牢关),世称虢仲。至周平王时,将其后裔姬序封于北虢(今河南省陕县东南),号郭公,因古时虢、郭通用,其后裔始称郭氏,此为郭氏之正脉也;季历第三子姬耀,生子曰姬渠,成王时受封于岑(今陕西省韩城市),称之为岑子,子孙以食邑为氏,得称岑氏。

太伯、仲庸后裔主要有吴、虞、訚、宫、百里、柯、白、明、寿、养、仲、樊、皮、既、种、郭、岑17个姓氏。

周武王姬发一脉传承有序,长子姬诵继位为成王。姬诵长子一脉中传至周宣王时,他封其庶弟姬友于棫林(今陕西省华县东部),始建郑国,称之为郑恒公,其后裔夺虢、郐两地,在河南省新郑一带再立郑国。郑氏姓源比较纯正。据《郑氏族谱》载:郑恒公配陈氏和吕氏,生一子,曰郑武,号掘突。此一脉中还有都、段、京、兰、良、游、印、罕、羽、丰、国、孔、如、蔚、尉、濮阳、西门之姓也。周昭王的支庶子孙受封于翁山(今浙江省定海县东,一说是在今广东省翁源县东),后裔以邑名"翁"为氏。据《六桂堂业刊》载,宋初,有福建泉州人翁乾度,六子分别以洪、江、翁、方、龚、汪为姓,兄弟六人同列进士,皆望族之家,固有"六桂联芳"之誉也。姬诵次子姬臻,受封于单(先为陕西眉县,后为河南省济源市西南),作为成周之甸内侯。单伯世袭卿士,子孙遂称之为单氏;其余蓬、彤、阴、史、家、宣、詹、梁、武、林、精、从、宾、惠、甘、巩、缑、年、朝、晁、阳,均出此于姬诵一脉矣。

武王次子叔虞,被成王封于唐(今山西省翼城县),始称唐叔虞,其庶出子孙开始称之为唐氏,为唐氏之正脉也。唐叔虞长子燮父,将唐都迁于今山西省太原市南的晋水之滨,改国号为晋,子孙开始称之为晋氏。此一脉中还有狐、续、简、栾、鄂、侯、曲、共、祁、郤、冀、籍、席、步、温、古、成、余、董、段之姓也;唐叔虞次子平杼,周康王六年(公元前1073年)受封于杨邑(今山西省洪洞县),赐杨侯,始称杨氏矣。此一脉中还有有羊舌氏,羊舌突有次子羊舌胗,字叔向,为春秋时晋国大夫,食采杨邑(今山西省洪洞县东南部),及晋灭羊舌氏,叔向子孙逃于华山仙峪,遂居华阴,以杨为氏;唐叔虞子嗣有封邑在怀,遂以食邑为姓,称怀氏;唐叔虞三子姬良,食采于解(今山西省运城市解县),子嗣中遂始有解氏;唐叔虞少子公明,康王时受封于贾(今山西省临汾市贾乡),称之为贾伯。曲沃武公取晋,任用贾伯子嗣为大夫,贾伯后裔始称贾氏,此

第六十章 封邦建国天下安宁 姬氏一族长盛不衰

为天下贾氏之正脉也。

武王第三子叔分,受封于鄂(今河南省沁阳市鄂台镇),后代以国为姓,即鄂氏。又鄂与于通用,故亦写作于氏;另一说是武王第二子被封在殷商之邘国旧址,称作邘叔,建立邘国(今沁阳市和博爱县一带)。邘叔子孙以国为氏,姓邘。又因古代邘、于同音通用,其后去邑为氏。此即《新唐书宰相世系》所载:于氏出自姬姓,周武王第二子邘叔,子孙以国为氏,其后去"邑"为于氏。

武王第四子叔韩,封于韩(一说今河北省邯郸市,一说今陕西省韩城市,一说山西省河津县),韩国在西周后期被同姓诸侯晋国吞并。晋武公封其小叔姬万于韩,即为韩武子,其曾孙韩厥以封邑为姓,始称韩氏。此一脉中何、蔺、平、花、韦均出于此矣。韦氏为名将韩信之后,西汉初年他遭受吕后所害,萧何密使蒯彻将其子送往南粤(今广东省),遂改韩字一半为姓,称之为韦氏。子孙中还有受封于应(今河南省叶县西北应城),称之为应侯,子嗣遂以应为氏。

武王第五子孝伯,受封于狄城(山东省高青县东南),子嗣遂以狄为氏。

武王第六子叔韦,子孙遂称之为韦氏。

此外,还有出此姬姓同根同源之岐、醋、胡、芮、黑、滑、萧、翟、郑、钊、枞、汝、盖、堵、濮、习、焦、刁、滑、项、耿、暴、芮、万、息、裘、左、糜、门、充等约50多个姓氏。

作为中国《百家姓》载录的一百个大姓之一衍生并构成王之姓氏主体的三支姬姓族派,一是为毕公高的后裔;二是为周灵王太子晋的后裔,是天下王氏最主要的支派,魏晋南北朝时最为显赫;三是为周平王太孙赤的后裔。同样,另一支大姓张氏族大枝繁,其中一脉亦源自周文王的姬姓后裔,即春秋时的晋国大夫解张,字张侯,其子孙以字命氏,称张氏。其中,以迁居韩国的张氏影响最大,是今山西、河北、河南之张氏主体也。刘姓的一支源自东周匡王封其少子于刘邑,是为刘康公,其后裔以邑为氏,是河南刘氏;春秋时有戴国为姬姓诸侯国,其族人以国为姓,为河南戴氏;乔氏出此姬姓,为桥姓所改,始于唐朝五代时期;龚姓只要出于西周后期之姬和后裔,亦有晋献公的后裔,也有春秋时郑武公之子共叔段的后裔。鉴于篇章所限,对于中国一百个大姓之外的姬姓来源,本书没有再作详细统计。如此大致算来,西周开国分封之后源自姬姓的姓氏大约在二百个以上。另外,根据《百家姓》收录的508个大姓中,有411个源自姬姓。随着历史的推移,且又从上述姓氏之中分化出许多姓氏来,可谓是不胜枚举。姬姓无疑成为名副其实的"万姓之祖"。

周初大封建伊始,除上述姬姓诸侯以外,周公为从长计议,遂将顽固不化的殷商贵族统统迁到成周,子民则留在殷墟,由卫国严加管制。成周常驻周八师或称殷八师,每师有兵士万人左右,以防殷商残余势力再度叛乱。为进一步减少殷人之敌对情绪,周公封微子启在商丘(今河南省商丘市)建立宋国,可继续祭祀商祖,并特准他

· 413 ·

可使用殷商天子礼乐。微子启在殷人中威望极高,又未参与武庚叛乱,加之周朝待为贵客,微子启因此对周天子忠心耿耿,至此,殷商残余势力逐渐地消亡殆尽矣。

而这次以血缘为纽带的分封制,据统计,从武王至成王,共封建七十一国,其中姬姓占五十五(一说五十六)国。从而使得周天子可以通过同姓诸侯将其执政政策与方针传播到八方四面,并加以有效地控制与推广,基本上达到"以藩屏周"之目的。而诸侯按尊卑之序,且分为公、侯、伯、子、男五种爵位,如鲁、燕、齐、卫、宋等国之诸侯,均为公爵,他们拥有管理监督和支使周围小国之权力。这对于多年以来天下大乱、民不聊生而言,无疑是一种社会大势所趋和进步所望。

凡是接受封赏及臣服于周之方国诸侯,必须定期前往国都朝拜周天子,禀报其治下社会政治经济发展近况,并听取天子指令。与其同时,还要进献若干财宝及土特产,以供天子享用。每遇战事,诸侯责无旁贷地要护卫天子。周天子外出视察和旅游胜地,以及王室婚丧嫁娶诸事,诸侯都要分担一部分费用。假如诸侯越权行事或者不履行应尽之义务,周天子便可以降低其爵位并削减封地,甚至于废掉他另立新君矣。

而诸侯在其封地内可以聚族分宗,组成宗族利益集团;亦可仿效王室,设置百官有司统治奴隶与平民;诸侯国还可建立军队,构成相对独立之政权;诸侯有权力将其封地内之土地赐予卿大夫,作为采邑。卿大夫则可以在自己采邑之内,又可将土地划分给士来管理,而士则监督奴隶及平民进行生产劳动。士向卿大夫负责,卿大夫向诸侯负责,诸侯向天子负责。如此这般的层层负责机制,天子——诸侯——卿大夫——士——平民及奴隶,形成一个权力之"金字塔"。而处于最顶端的周天子发号施令,使得自己的意志可以逐级下达到最底层,从而得到有效的贯彻落实。

封邦建国的实施,周朝势力范围急剧拓展与延伸,极大地加强了周天子对天下之有效控制;制礼作乐则进一步强化了黎庶百姓之宗法意识,使得奴隶制等级理念形成制度化与合法化,周初统治之基石稳固且坚硬无比。

天下归于一统,周王朝宛若红日东升,生机勃勃,普天下一片金碧辉煌。周公决定借此东风,建言成王在成周大会诸侯,借此展示并炫耀大周实力。此乃成王亲政以后举行的首次盛会,其势甚为热烈隆重,史无前例。据说有大约有三千以上的诸侯前往成周朝拜周天子,一时间成周城内外车水马龙,摩肩接踵,热闹非凡。其中,遥远的越裳氏部落使者乘坐的车子铁轮都磨坏了,令人匪夷所思的是,他们竟然忘记了来时的道路,周公为此而制作了指南车,才使他们得以顺利地返回故国。

周朝从此威名远播,势及千邦。成王豪情满怀,信心爆棚,他喜不自禁地返回镐京,继续由召公辅佐,周公则请求其坐镇东都,坚守诸侯。从此,周朝开始了长达八百年的统治,由此开创的灿烂多姿的奴隶制文明,在华夏文明历史上写下灿烂辉煌的新篇章。

    2013 年 9 月 24 日——2014 年 5 月 26 日第一稿于兰州、西安
    2014 年 8 月 28 日——2014 年 10 月 25 日第二稿改于兰州、西安
    2014 年 11 月 26 日——2015 年 1 月 27 日第三稿改于西安、兰州
    2015 年 2 月 10 日——2015 年 5 月 21 日第四稿改于兰州、西安
    2015 年 6 月 12 日——2015 年 11 月 14 日第五稿定于西安、兰州
    2016 年 2 月 14 日——2016 年 7 月 22 日第六稿终定于兰州、西安

后　记

　　2013年8月中旬,当我写完《华夏文明之源》系列丛书《黄河水车·羊皮筏子》的初稿之后,总是感到腰不太舒服,写写停停,有一天早晨,忽然感到腰椎部位钻心的疼,强忍了几天,最终在夫人的一再劝诫下去医院做了检查,结果是烦人的腰椎间盘突出症。呜呼！这对于一个长期伏案工作的人而言,简直是雪上加霜。此时此刻,我不停地在想,作为一个立志以笔为旗的人,不能坐将意味着什么？人之将老,疾病来焉。看来人生的自然规律,是谁也不能轻易改变的。所以,当我治疗一段时间病情稍微好转的时候,一种从来未有过的悲凉与急迫感油然而生。

　　此前一年,我历经多年创作的以兰州为背景的长篇小说《金城关》研讨会,在西安的长安大学艺术与传播学院举办期间,著名作家徐岳老师、蔡昌林研究员、黄建国教授、竹子教授、戴生岐教授、辛晓玲教授均提醒笔者,接下来是否能再接再厉地撰写一部以西周为题材的长篇历史小说。说句实话,我当时曾为出版《金城关》弄的心灰意冷,至于继续写不写长篇小说,真的还未拿定主意。所以,在短时间之内,确实没有进行西周题材写作的打算。按照多年以前的计划,我原本是准备几年以后再动笔的。毕竟,有关西周题材的创作难度非常之大,有目共睹。否则,就不会有许多人望而怯步了。诚然,陕西文学创作大家辈出,石破天惊,况且西府作家中更是人才济济,英才多如繁星,如任一个在外地度过大半生的游子,前来写作如此重大的题材,是否可以胜任,且不得而知。我当时予以拒绝。没料到小说家黄建国院长却坚定地认为笔者一定会完成这部作品的,缘由是他在《金城关》里已经看到笔者的古文修养和对长篇小说创作以及结构的把控实力。

　　原本打算三年之后再动笔的《大周原》,决意不再拖延下去。腰疼时不时地在发作,我几乎是咬着牙坚持坐在书桌前,开始进行新书的写作,从此开始踏上漫长的新书写作征途。国庆节后去了西安,天天坐着冷板凳,一个字一个字地敲打着键盘,两个月写了五万多字,返回到兰州继续码字。春节过后,我几乎是一天也没有落下,每天早上六点多开写,几乎要在电脑上趴八九个小时,常常是疲惫不堪之际,还要忍受着腰痛的折磨。期间,我几乎是推掉了一切应酬,连平日里喜欢小酌两口的唯一嗜好,也只能放弃,继而一门心思的"闭门造车",尚不知是否"出门合辙"？

　　凡是传世文学的最伟大之处,是它以最逼近真实的历史,通过作家的独立思考与演绎,然后不动声色地把它一一还原出来。这种逼近一定是自觉地由表入里与深刻地触及灵魂的写真和描摹,神闲气定和借古喻今必然是其创作的动力与源泉。

我虽则心无旁骛,但却如履薄冰,甚至有点诚惶诚恐。这是一场特别耗费智力与体力的文学"马拉松",这又是一次检验知识储备和文学技能的功力较量。当我吭吭哧哧地写完《大周原》初稿和二稿,屈指一算,时间已经过去一年多了。对于一个年过六旬的人而言,这样的坚持如同马拉松赛跑,多少还是感觉到有点吃力,甚至疲惫不堪。当然,途中多歇息几次,没有人会求全责备的。俗话说,不怕慢,单怕站。每当我写得头昏眼花,或者常常因为某个章节写的不太顺当之时,曾经多次命令自己歇缓几天。但是,第二天起床之后,又忍不住坐在桌前继续写作了。自从几年前学会使用电脑,可以说这是我第一次放弃手写稿,而完成的新一部长篇小说。

历史是什么?过去听得最多的一句话,它是被人任意打扮的小姑娘。我理解所谓的历史,纵然是由于后世的过度粉饰罢了。那么,我所从事的写作且力图还原西周历史的本来面目,亦是避免不了粉饰的嫌疑的,看来还真的是有吃力不讨好之嫌。当然,这本书到底是伪劣文字的粗制滥造,抑或是殚精竭力地悉心打造,这都是后话,一切交由读者来作评判。

我生在西安市西关医院,但对出生地没有任何印象。父亲当时在西安工业学院工作,他为我起名"西岐",缘由我就是一个生在西安的岐山人而已。当我多年以后在兰州和一拨西安人聚会交杯换盏之际,多喝两杯以后,遂说起自己曾经生在西安之时,其中一位女士低声撇撇嘴,揶揄道,你的口音里哪里有西安味?纯粹就是一个西府人么!噫嘻。我一时愣住了:原本咱就是个乡下人么,还厚颜无耻地在这里装蒜,冒称自己是城里人的。从此以后,我再也不敢在别人面前觍着脸提这茬了。呜呼!城乡户口的限制,将原本平等的共和国公民分成三六九等,尊卑有序,看来周公制定的"公、侯、伯、子、男"之礼,三千年后,依然有着旺盛的生命力。

我依然庆幸自己少时长在岐山乡下,至今仍操着一口土土的西府方言。及至成人,肚子里有一点墨水后,方才知道自己生活在一片多么神奇的土地之上。我幼年时常在村口的大槐树底下,听满腹经纶的老者讲《三国》,品《水浒》,从而在不经意之中完成了对传统文学的少年启蒙。记得小学三年级时,当一位同学流利地念着《封神演义》之时,我方才知道"西岐"这个名字中隐含着的深刻含义。

我儿时从六爷口里知道那个在今天关中道中,大大小小饭馆里写的硕大无比且又繁复无比的"biáng"字,其实就是"井"字,水井里丢一块石头,发出的声音不就是"biáng"的一声么。我那时嗜书如命,除过作业之外,我在上课时几乎都是在课桌下偷看小说的,几次被老师发现,头被打肿端的成了"生姜头"。即使在家里推磨,几乎是手不释卷,几次差点把磨盘损坏。十六岁在蔡家坡上了高中,便在课余时间内学写了一本小说,遂在同学们中间传阅许久,只可惜被不识字的母亲塞进炕洞,温暖了全家。

　　我从蔡家坡高中毕业以后,在乡下参加半年多生产劳动后即应征入伍,到兰州军区后勤部队后的最初几年中,我几乎成了军区后勤机关业务部门借调的常客,总是干着抄抄写写的活计。我最初从事的几乎都是与汽车有关的业务,解放牌运输车上成千上万个零部件,我皆能如数家珍。但是,对于文学的热爱和向往,始终如影随形,未曾丢弃,入伍时背的一套书是《中国文学史》。我的微薄津贴,大都买了文学书籍。说起来,我是从20世纪80年代初就有写作《大周原》的宏大计划,幻想能一口吃成个胖子,一举成名成家。此时,我雄心勃勃地试图摒弃《封神演义》中的神魔鬼怪,还原一个真实的西周。当我吭吭哧哧写了一段时间,还是觉得自己功力不够,真的把握不了如此重大之题材,只能把它束之高阁,一晃几十年过去了。但,就是从那时起,我就有意识地开始收集有关周原的历史资料,凡是与西周有关的书籍,我几乎是见到就买,30多年间积攒了几十本资料书籍。20世纪80年代初期,我便开始有短篇小说和散文在报刊杂志不断地发表。到80年代末,我精心创作的一批以六七十年代故乡周原为背景的乡土题材作品应运而出,获得一致好评。90年代初,我默然地离开军区机关,转业地方工作。最初的三年中,单位的工作环境非常舒适,我几乎是在读书中度过时光的,并且完成了以兰州为背景的近六十万字的长篇小说《金城关》,还撰写了大量的文学、书画、戏曲等艺术评论,也算是在偏隅西部文学重镇的兰州这一方土地小有名气,偶尔露一露峥嵘吧。期间,有不少业内的学者和朋友,多次建议并鼓励我一举完成《金城三部曲》,以报答在这片土地上生活工作四十多年的西北丝绸之路重镇。而我确已做好下一部书的案头准备工作,并且已经写了几万字,第三部书也已列好提纲,只待撰写即可。

　　陕西是周秦汉唐文化的发端之地。易中天先生说过,按文化基因而言,所有的中国人都是陕西人。在笔者看来,若按文化基因而言,所有人都是西府人,即周原人。况且中国这个名称,最早就是出现在宝鸡出土的"何尊"之上。倘若依《周礼》而言,它曾经令两千多年前的孔老夫子魂牵梦绕,念念不忘,"郁郁乎文哉,吾从周。"

　　毋庸置疑的是,周文化是中国文化的源头,岐山是华夏儿女的精神家园。

　　真正的周文化是什么呢?我认为有以下特征:"海纳百川,以义克利。守道诚信,自强不息。顺天应人,继古开今。"

　　据我所知,相比秦汉唐文学的海量作品而言,描写周代的文学作品少之又少,要么是天马行空似地穿越臆造,要么是功力不济的浅吟低唱,要么是极不靠谱的道听途说。显而易见,而今影响巨大的仍然是出自于明代作家许仲琳的《封神演义》,且《封神演义》中展示的神鬼魔幻情节,将春秋战国以后开始流行的儒、道、释熔于一炉,九天、地狱、东海、昆仑于一体。而我此次写作《大周原》,虽然是打乱了原先的创

后 记

作计划,似乎有点仓促上马的意味,而期间所遇到的困惑与资料的鉴别,可以用艰苦卓绝来形容,一点也不为过。好在这几年来,西周出土的宝物愈来愈多,给我平添了许多资料。

夏、商、周三代大致跨越一千七百多年,有据可查的史料也就一万七千字左右,而今人一般是以司马迁《周本纪》为蓝本,区区几百字,且将周先祖十多代人在豳地活动一笔带过。而关于豳地之争论,自汉代司马迁、班固始,至近代学者钱穆等学霸,每人一把号,各吹各的调。延至当下,纷争得更是面红耳赤。怎么办?我想起胡适先生一句话:大胆假设,小心求证。此后,我经过反复揣摩,试想从耳闻目睹的岐山民间传说中的故事来支撑起作品的骨架,再从西府遗留几千年的民风民俗中寻觅蛛丝马迹,来编织起《大周原》的经纬,以还原及演绎自古公亶父迁徙周原后生发的兴周灭商过程中,以及王季、姬昌、姜子牙、姬发、姬旦等风流人物身上,所表现出来的顽强不息的革命精神及精彩绝伦的斗争方略,波澜壮阔,瑰丽多姿,至今仍然令人津津乐道。他们承禀的以德治国理念,依然闪耀着智慧的霞光。

说起来,我留心并收集有关岐山的史料,早在三十多年前就开始了,1976年周原首次发掘后,我在探家回村后即从一位亲属那里获得了此消息。随着宝鸡地区考古的不断发现,这些来自三千多年前蕴含着真凭实据的信息史料,比比皆是,尤其是2004年周公庙遗址被发现后,我回故乡探亲时曾经登上凤凰山麓,俯瞰与遥想这一片土地上曾经波澜壮阔、瑰丽多彩的西周开国史,奇峰兀立,别具一格,古公亶父、太伯、仲雍、王季、姬昌、姬发、姬旦、姬奭和大名鼎鼎的姜子牙等风流人物,似乎就浮现在我的眼前。他们志存高远,风流倜傥,操着和我一样的方言土语,呐喊着土得掉渣的野腔野调,喝着甜滋滋的姬水,春天里吃着甜兮兮的荠儿菜。他们曾经是这块土地上主宰华夏的英雄豪杰,他们从这一方偏处西北一隅的周原方国,经历不到百年的奋发图强,最终战胜统治达六百年之久的殷商。而他们在兴周灭商的伟业中所表现出来的极其卓越的斗争谋略与伟大的顽强不屈之奋斗精神,更是成为中华文明五千年璀璨文化中的一颗耀眼的明珠。他们彪炳千古,树立的道德高度,至今仍令我们仰望星空。那是多么辉煌且已失去的一段光辉历史啊!作为在这片神奇土地上长大成人的笔者,自小就从父辈口中闻听过"画地为牢"、"路不拾遗夜不闭户"、"兄弟阋于墙"、"制礼作乐"等典故所反映的民风淳朴及道德高峰,至今无法企及。我们大致能从古今智者的身上,依稀看到他们雄心勃勃的伟岸背影。

而我此次殚精竭虑地创作《大周原》,一是企图对三千年前西周社会进行一次详细地梳理与解读,那个曾经影响了中国几千年以来的社会制度,究竟该是怎样的令四百多年以后才出生的孔子念念不忘,以至于每每做梦都会梦牵魂绕?二是曾经主管夏商两朝的"农业部长"后稷及其姬氏一族,怎样前赴后继地推广农耕文明及"教

· 419 ·

民稼穑",才取得如此丰硕的丰功伟绩？后稷迁徙豳地十余世之后，尤其是古公亶父率领族人迁徙周原后奋发图强，经过爷孙四代的不懈努力，继而建立了强大的西周，"三分天下有其二"；三是提出以德治国理念与周公所作的"周礼"，对整顿组织、规范礼仪以及整个奴隶社会所产生的深远影响，对于当今社会有何借鉴意义？四是周人大办学堂，推行赡养孤寡以及抚恤英烈，凝聚民心，且对中国社会的政治军事经济文化进程有何参考价值？五是企图通过还原那个生气勃勃地周原大地和西岐城里曾经"夜不闭户路不拾遗"的安定局面，来关照和借鉴如何治理当今社会的纷繁社情；六是通过"竖木为吏画地为牢"，且人人都能遵守法纪的生动场景，企图解释和还原那个时代的鲜明特征与运行规则；七是曾经建国六百年之久的殷商王朝，为什么会在双方兵力悬殊达十倍之多，却依然会大败于周人，且在一夜之间土崩瓦解？八是历经数代文人演绎的所谓"红颜祸水"，到底是不是殷商垮台的最终答案？九是出自于明代作家许仲琳笔下的《封神演义》，它和真实历史中的西周到底有多大关联，且反映了多少史实？十是商周之间、周与诸多戎狄之间发生的多次战争，究竟是怎样作战并且最终取得胜利的？他们使用的武器制作水平达到何等地步？

  关于书名《大周原》，期间也经历过几次变更，先是《周原》，接着改为《凤鸣岐山》，这自然是随着查阅资料的持久而逐步改变的，原来我心目中的故乡周原，显而易见只能算作小周原了。众所周知，自古公亶父开始迁徙落户周原，至传位三子季历，周人已将北至甘肃泾川、灵台、陕西长武、彬县、旬邑，西至甘肃张家川、平凉，南至汉中，东至渭北、陕北及山西很大一部分基本都归于周人的统治之下。季历被商王帝乙杀害后传位于姬昌，又收复庆阳宁县、正宁以及宁夏固原、西吉一带，加上太伯、仲雍在苏州一带建立的吴国已经传位第二代，所以周人的统治范围达到前所未有的"天下有其二"。那么，周原的地理尤其是势力范围，且就不是原来的岐山和扶风所能涵盖的了。此时，我果断地将书名定为《大周原》，且只有如此方能符合兴周灭商之豪迈壮举。以当下比较流行的说法是有小、中、大之分。小周原是以1982年国务院公布的周原遗址为基准；中周原以关中西部除宝鸡所辖岐、宝、凤及扶风、眉县外，还包括乾县、武功和杨凌一部分；大周原则是包括整个陕西关中道和甘肃庆阳、平凉及宁夏固原地区。我个人以为，大周原甚至扩展到东至山西晋南与河南洛阳、郑州、安阳、鹤壁及新乡一带，南至江苏苏州、无锡一带，即周武王和周成王的统治辖区。

  本着学术精神写作小说，是我从事文学创作以来一直梦寐以求的崇高目标，继而达到极致逼真地现场描摹与刻画，却是我从事艺术评论之后，借鉴画家写生且感悟到的重要方法之一。其实，西方文学领域很早以前，且就有"造型描述"之概念，它要求写作者必须具备扎实的基本功，既能十分认真且仔细逼真地描述一幅画面，一

后 记

座雕像,抑或是一个实实在在的场景,并以身临其境的现场感而征服读者,"仿佛它就摆在眼前"。从荷马到但丁,从乔伊斯到博尔赫斯,这样的写作实例不在少数。而在眼下文艺界流行穿越、戏说的大背景之下,历史小说既要写出新意,又能符合历史的真实,这在学术精神上而言,融史料性、可读性和文学性于一体,是颇具有挑战性的意义。而我一贯坚持的现实主义创作原则,如何才能在历史题材小说中写出别样的意趣?确实是无法回避,且必须面对的难题之一。为此,我经过很长一段时间的考虑,决定凡是有记载的史料既要去伪存真,又能在其基础之上发挥作者的艺术想象力。对这些历史人物的性格塑造,一定要写出他们彼此不同的音容笑貌。但是,这毕竟是一种尝试,一家之言,才情不足可能是笔者写作此书最大的短板。

语言是小说的三大要素之一。我在这部以文白夹叙的《大周原》之中,除过使用大量成语及恢复误传至今的歇后语本义之外,还穿插着不少流行于西府地区的方言俚语。至此,我则是以读者能从书面语中阅读并知晓其词语含义为底线,过于小众虽然其味无穷的词句,则坚决地忍痛割爱。而对于国人耳目能详且今天还在民间大量使用的字词,我则尽量地予以保留,并在行文之中略作巧妙提示。这样的话,对于东南西北广大的受众而言,既不显得茫然无措,又能通俗易懂,继而达到古今通达,趣味盎然。譬如,"丼"、"飝"、"顥"、"敇"等异声异体字。

霍忠义教授在《金城关的守望者》一文中写道:"在中国的文化研究中,有一种方法叫田野考察法,这是中国文学艺术家早就在践行的一种最为重要的方法,不论是司马迁写《史记》,还是郦道元作《水经注》,都用此法征服过脚下的万里行程。从李白、杜甫、苏轼一直到路遥、余秋雨等等,他们的创作无不是在放脚四野考察之后。西岐先生不玩名词,也从未提出过他是在做'田野考察',但却是扎扎实实地身体力行。体制内的文人,几人愿意去做如此辛苦的'田野探访者'?现在,越来越多的所谓文人大都躲在冬暖夏凉的都市书斋,靠'拷贝粘贴'完成其作品。为此,我更加佩服西岐兄,他年近花甲,写作纯属兴趣驱使,无半点功利之心,且四处探访,费用颇高,而这些都需自费。他非体制内的受益者,可以借公差机会干点'私活',却自掏腰包乐此不疲,当今天下有几人会如此靠近艺术却又远离功利?"

为了写作《大周原》,我至今已经去了许多地方,陕西和甘肃各地当不在话下,姜太公钓鱼台、丰镐遗址和庆阳宁县,我曾经多次前往考察,辛苦和花费自不待言。为了探访当年禅让王位给王季的两位兄长太伯与仲雍,我曾千里迢迢去无锡梅里村寻根,并在马年盛夏到河南安阳、鹤壁和新乡考察殷墟故里、羑里、朝歌和牧野之战遗址。面对着三千年前兴周灭商的波澜壮阔场面,其中有大大小小几十次战争的场景描写,对于我这个有着20年军旅生涯,且又曾经在北京总部和大军区机关工作背景的作者而言,当然不是什么难事。但是,对于周人当时使用的兵器却是煞费心思的,一再考证，心中依然忐忑。在写作过程中，我常常是半上午对着地图发愣，以至于我夫人给我茶杯里续水时，嬉笑我有点像传说中的那个坐在地图前木讷寡言的林彪元帅。恰恰是这样的经历，使得我面对这个历史题材时，总是能站在一个宏观的角度来判断事件的真伪。每每遇到一个地名，或者打仗的地域，我总会摊开地图，凭着年轻时看军用地图的功底，来做一决断。如首阳山，有甘肃渭源说，山西永济说，河南济源说，河北卢龙说，陕西岐山说，陕西周至说，莫衷一是，似乎都是言辞凿凿。我运用排除法，留下山西永济与岐山首阳山，作为伯夷叔齐阻拦周军与归隐之地。当然，对于今天大打旅游牌的各地政府而言，在下实在是对不起了。我只能按照自己的判断，来描述自己心中的首阳山。当然，还有"君子好逑"的"在河之洲"，如户县说和合阳说，至于其它江南、江北之说。而我对它的基本判断，也是从这个理念出发的。

记得前些年有人说过，"人一辈子只能干成一件事情"，我多年以后未曾忘怀。近来又有人说，"人是先有一份职业之后再做作家不迟"之类的感言。我以为，此说法颇有几分道理。再回首展望逝去的岁月，低下头来想一想自己，似乎啥事都干过，又似乎啥事都没干过，浑浑沌沌的，一眨眼满目深秋，两鬓染雪，腰背弯成问号，仿佛只剩下晒暖暖的余光，静静地等待时光荏苒，再写一个感叹号，人生一场则是彻底地画句号了。我到底该算什么人？武人？商人？抑或是文人？仔细一想，似乎什么都是，好像什么都不是。在部队待了20年，大多时间内做的是政治工作；转业到外贸公司，又没经过商务；算是文人吧，又是置身于体制之外，写作纯属业余爱好，有一搭没一搭的全凭兴趣使然。且又在不经意间广泛地涉猎诸多文艺领域，每每参加一些文艺活动，介绍身份时总是要劳驾主持人多费口舌若干。有时想一想，业余身份真是嫽得很，尤其是文人置身于体制之外，亦有许多好处的，且不为发表多少文稿苦恼，不为创作题材而沮丧，更能随心所欲地干自己乐意干的雅事。写作没有那么神圣，其实就是个手艺活计，与阳世上其他匠人相差无几，且都是在付出劳动的同时，收获着自己期待的丰收成果而已。如今，不读书的"刘项"们愈来愈多，"碎片化阅读"又成为老少皆宜、乐此不疲的娱乐方式，文学这碗饭确实没啥吃头了。况且像我有退休工资可以果腹，干这劳什子作甚？说白了，我写作纯属闲得牙痛。人活一世，草木一秋，即使是个虫儿、蛾儿，抑或鸟儿，倘若在阳世上活一番，恐怕亦是能留下些影子的。一晃荡，几十年就这样如白驹过隙，一刹那间过去了。欣慰的是，我毕竟有了叠加起来比砖头还要厚的六七本书，告别人生时脖子底下有垫的东西了。呵呵，想一想，心里还挺滋润的。

小说是一个民族的心灵史。《大周原》终于进入到最后的润色、修改与校正阶段，但愿这部花费了我许多心血的著作，能够逐步地还原西周历史的前世今生，厘清若干的传奇史实，并且勾勒出周人从豳地辗转周原励精图治继而一统天下的历史脉

后　记

络,使得远在三千多年前传说中的西周历史重新"极致逼真地"展现在今人的眼前,尽一点绵薄之力,我也就心满意足了。尽管自己才情不高,好在我这人还算勤奋,几十年来坚持不懈地以笔为旗,像一个踏实的农人一般,精心耕种着这一方砚田纸地。有耕耘自然会有收获,老天不负辛苦人。我何德何能,只要能为故乡树碑立传,做一点微薄贡献,则心满意足矣。我是岐山人,那一方土地曾经培育了我,在我游历陇上四十多年以后,方才静下心来,能为她新写下四十多万文字,也算对这一方故土有个交代了。

中国梦的源头在西周,"仁德"的思想最早也是出现在西周。周文化是"以义克利",秦文化是"以利克义",后经春秋战国时期百家争鸣,逐步地确立了"义利兼蓄"并奠定了中国人的基本治国理念。《大周原》的写作不仅是填补了西周文学的空白,并为实现中华民族伟大复兴梦提供一个清晰的参考版本。

2014 年 10 月 30 日于兰州

《大周原》不间断地大改了六遍,而大大小小的勘正,我真的是记不清楚有多少遍了。三年来,为这部新书殚精竭虑,我几乎是在强忍着腰椎不断疼痛的状态下勉强完成的。改稿期间,我又患上十分糟糕的耳鸣,宛如颅里钻进一窝蜜蜂鸣叫不已,靠吃大把的中药丸方能改善症状。我知道这是思虑过甚、用脑过度了,加之烦人的失眠如影随形。更为痛苦的是找了十余家出版社,几乎都敷衍了之。有人戏言,所谓的史书可作三流小说看,好的小说则可作一流史书来欣赏,而《大周原》就是具有一流史书的小说文本。我平生慎言慎行,一般不会轻易地向人求助,惟怕欠下人情债不好偿还的。而残酷的出版现实,终于将我打回了原形,一地鸡毛,随风飘舞。

最后借拙作出版之际,我衷心地感谢张宇联、李巨怀、张宗科、刘进、蔡小舟、李锦峰、王建国、姜毅、任莉、任军、张刚、张玉、刘文科、上官金辉、崔满盈、农京早、李中鹏诸位先生的鼎力相助,感谢陕西旅游出版社及责任编辑赵爱宁女士悉心审阅,尤其是侣哲峰先生的封面设计为拙作增色不少。并借此致谢关心支持我文学创作的亲朋挚友们。

2016 年 7 月 30 日于西安